维纳斯启示录

（美学编）

易洪斌 著

时代文艺出版社

图书在版编目（CIP）数据

维纳斯启示录 / 易洪斌著 . —长春：时代文艺出版社，2018.3（2021.5重印）

（米萝文存）

ISBN 978-7-5387-5542-8

Ⅰ . ①维… Ⅱ . ①易… Ⅲ . ①文艺理论－文集②美学－文集 Ⅳ . ①I0-53②B83-53

中国版本图书馆CIP数据核字（2017）第139231号

出 品 人　陈　琛
责任编辑　李贺来
装帧设计　陈　阳
排版制作　隋淑凤

本书著作权、版式和装帧设计受国际版权公约和中华人民共和国著作权法保护
本书所有文字、图片和示意图等专有使用权为时代文艺出版社所有
未事先获得时代文艺出版社许可
本书的任何部分不得以图表、电子、影印、缩拍、录音和其他任何手段
进行复制和转载，违者必究

维纳斯启示录

易洪斌 著

出版发行 / 时代文艺出版社
地址 / 长春市福祉大路5788号　龙腾国际大厦A座15层　邮编 / 130118
总编办 / 0431-81629751　　发行部 / 0431-81629755
官方微博 / weibo.com / tlapress　　天猫旗舰店 / sdwycbsgf.tmall.com
印刷 / 保定市铭泰达印刷有限公司
开本 / 710mm×1000mm　1 / 16　字数 / 483千字　印张 / 41
版次 / 2018年3月第1版　印次 / 2021年5月第2次印刷　定价 / 99.00元

图书如有印装错误　请寄回印厂调换

我到人间只此回
——《米萝文存》总序

　　这部"文存",自度系"速朽之作",于浩瀚的文化生态而言,几乎是一种可有可无的存在。自古以来,"悔其少作",废弃不成熟时的肤浅文字,乃是不少高人雅士的做法。我非雅士高才,虽无论文或画,可能永远也达不到自己和他人皆满意的境地,但还是敝帚自珍,将这部好不容易才整合成的"文存"作为"我写故我在"的证言,付梓出版,留给现在和以后还能记起我、想了解我的家人和朋友们。

　　"我到人间只此回",虽然此理人尽皆知,但当清末民初女词人吕碧城如此温婉、诗意地将"人总是要死的"这个残忍的真理表述出来时,仍然令人心生无尽感慨。这世界上的任何之地,很多你没去过,有些地方你去过,从可能性上讲,只要你愿意,没去过的你可以去,去过的也可再去。唯独"人间"这个地方,你离开后就再也别想故地重游了。

我们在人生之路上或急或缓地跋涉，或是自觉地朝向某个目标，或是漫无目的地徙行；或一路艰难困厄，风雨交加，或一路春风得意马蹄疾；或走得步步有雷声，处处留下巨大深刻的足印，或雨过地皮湿，什么痕迹也留不下，但不论你走对走错，走好走坏，走长走短，其实都是在由人生的起点走向人生的终点。

　　这么说来，人的生命之始就蕴含着生命之终，出场就是为了有朝一日的退场。而人生的价值就在这一始一终、一出一退的两点一线之间。但是，除极少数英雄豪杰能通过自己的人世游给"人间"打下"到此一游"的巨大印记，影响着历史进程、留下或物质或精神的历史遗存外，一般的凡夫俗子、芸芸众生在结束自己的人世游之后即灰飞烟灭了，就仿佛你从未来过这世界一样。生命的这种速朽性、唯一性给古往今来的人生旅者留下了无尽的咏叹和怅惘！

　　不过，有一种东西，或许多少能弥补你的不甘与遗憾，也许能让你再现逝去的生命、回味自己曾经历过的时代风云，所曾有过的思想情感，看世界、看人生的视角，且可让旁人从中体味到那曾经存在过的充满七情六欲的鲜活的你——这就是你留下的文字，你创作出的作品。

　　所幸者，几十年来，从在麓山湘水畔嬉戏于湖湘文化和佳山秀水间的懵懂少年，到负笈京华的莘莘学子，从曾一度沉迷于文史哲，怀揣建功立业幻梦的大学生，到被那场"十年浩劫"搅得心灰意冷；从几乎一夜之间经历两重天的由首都到落藉千里之外长白山林区山沟沟；从"天之骄子"的大学生到"四个面向"接受"再教育"的"臭老九"；从当滚木工的"臭老九"变成"老木杷"认可的"工人师傅"，到不期然地获得写作画画一展所能的机会；从林业局无所不写、勤勉劳作的宣传干事，到被人赏识成为一家地区小报的编辑记者；从1976年的十月惊雷、第二次"解放"，到1978年改革开放大潮动地而来的百废复兴更新万象，到经历一系列政治动荡、解放思想的过程，由普通新闻从业者被任命为一家省报的主管；再到走完一个甲子有余，从行政工作岗位上离任，聊作书画手艺人至今，这大半生虽无太大的起落，亦无可资炫耀的成就，但却经历了前人和后人无法再经历的国家和民族从低谷到中兴，从积贫积弱走向繁荣富强当惊世界殊的沧桑巨变——这一切都发生在我这区区几十年的人生中，正如吴祖光先生题写的"生正逢时"所示，难道不是此生有幸吗？幸中值得一提的是，在这由"青春颂"到"白头吟"的半个世纪中，由于兴趣和工作需要，陆陆续续、零零散散写下了若干文字，尽管其中不少难登大雅之堂（这次选取了其中除时政、新闻、人生思考之外的一些篇什）和自己也难以计数的画作。这些，正是此回"人世游"的足痕。它既是对"已经逝去的青春岁月"的致意，又是不受时光磨灭而继续存在的历史，一份一个人的生命史。

这些文字和书画基本上都在各级各类刊物上发表过，有的还集结成册出版了。只是，时过境迁，它们大多散佚、湮没在各个角落里。倘再不钩沉抉微，就真的"零落成泥辗作尘"了。古人云，"文章千古事"。我等凡夫俗子决不会有此奢想，但也不希望当初挤奶般挤出的文字成为转瞬即人间蒸发的"朝露"。所以，到了"七〇"后这个生命的节点，不管有无迟暮之感，我还是费力劳神地将能找到的文字归拢一处，整编成这部《文存》，大体分为五编：

一、"觅渡，争渡，惊起一滩鸥鹭"——文艺理论·评论编。

二、"维纳斯启示录"——美学编。

三、"怪侣奇踪"——小说编。

四、"凡圣之间"——散文编。

五、"指上崩云控万骑"——绘画编。

要说明的是，本"文存"选录的这些东西既是一定时代的产物、也是我本职工作的副产品，因此，必然带着当时的局限，和自己在认识上、才学上、修为上的种种不足与缺失。"卑之无甚高论"可以一言以蔽之。倘若读者诸君竟还能从中得到一点收益，那笔者真是三生有幸了。

数十年来，之所以在繁冗的行政管理工作之余还要将有限的时间和精力花在纸笔上，在多个领域逡巡出没，成为名副其实的"万金油"，除了兴趣，除了工作需要，还出于这样一种想法：一个人的潜力有可能超出自己的估计，关键是能否开发出；一个人的才华和工作、职业也往往是不一致的，关键是要对此有足够的认识和把控。这就需要不断地多方面地尝试，看看到底什么才是最适合自己的，自己最大的潜力究竟在哪里。这种探求，既是对自己的不断发掘和认识，也是人生一大乐趣。

逝者如斯夫！

回首过往数十载的人生，诸多事物连同我们的生命都在消逝，我们过往的记忆和思想感情也终将随同我们的生命一起逝去。差堪自慰的是，唯有存留在纸上的这些文字和图画还将作为第二个自我在身后依托于读者或长或短地继续它的人世游。这或许能让它避免"速朽"吧。

这，就是"我到人间只此回"的感言。当然，希望此番人世游勿止步于此。"老骥伏枥，志在千里"——只是，笔者还有这个"致千里"的幸运吗……

2017年2月15草
2017年12月25定

鸣 谢

在本书集稿、打印、编排、出版过程中，承蒙刘丛星、葛世文、陈琛、郭力家、李贺来、冯卓、宋殿辉、刘影、吴英格、邢大路、史秀图、陈龙等同志和朋友的真诚支持与大力协助，终使此《文存》得以顺利付梓。谨此向各位致以深切的谢忱！

米 萝

2017年2月22日

目录 Contents

美学漫谈

一、天鹅,从大自然飞向社会和艺术 …………………… 003
　　——关于美的起源、美的本质和美的领域

二、"登山则情满于山,观海则意溢于海" …………… 061
　　——关于审美中的直观、理性与心境

三、"春兰秋菊,各一时之秀" …………………………… 087
　　——关于美的形态、美的范畴

四、究人情之异通古今之变 ……………………………… 127
　　——关于美和美感的民族性、阶级性、时代性

五、审美的客观尺度在哪里? …………………………… 175
　　——关于审美意识和审美理想

后　记 ……………………………………………………… 192

维纳斯启示录

从地下发掘出来的美爱女神 …………………………… 195
　　——代引言

《米洛的维纳斯》艺术魅力探析……………………… 208

维纳斯断臂之谜的美学思考……………………………… 256

美与爱合流溯源…………………………………………… 284

爱情审美纵横谈…………………………………………… 297

美神·人脑·尺度………………………………………… 340

美的花朵是怎样绽放的?………………………………… 362

论演员的美及其塑造……………………………………… 378

"理性美"初探…………………………………………… 393

两个人的世界

序言………………………………………………………… 413

引言………………………………………………………… 418

第一章　从原始林莽走向文明大道……………………… 420
　　　　——爱情审美的历史历程

第二章　"你"…………………………………………… 476
　　　　——爱情审美客体的审美特征

第三章　"我"…………………………………………… 523
　　　　——爱情审美主体的心理机制

第四章　两个人的世界 ·················· 573
　　——二体双向流程

后记 ·· 629

"否定之否定"问题析疑 ················ 631

某曰 ·· 642

美学漫谈

(中国青年出版社 1985年3月出版)

一、天鹅，从大自然飞向社会和艺术
——关于美的起源、美的本质和美的领域

天鹅和大自然为什么美？

法国雕塑家罗丹说过："美是到处都有的。对于我们的眼睛，不是缺少美，而是缺少发现。"① 实际情况正是如此。早上，那迎着你上班的澄碧如洗的天空、灿烂的云霞、辉煌的朝日、欢飞的鸟雀、晶莹的露珠是美的；夜晚，当你上罢业大，或是看完电影伴着恋人踏月归来时，那迷蒙的夜色、扶疏的树影、隐隐的蛙鸣、幽幽的小溪也是美的；节假日，你来到公园，来到郊外，那处处蕴藏着美的韵律的湖光云影、山姿水色、月貌花颜，更是叫人目不暇接、心驰神摇。当夕阳正一点一点沉下湖去，湖水掀起浅浅的波浪，波浪在夕阳里一闪一闪的，像一只只跃跃欲飞的蝴蝶；在深远的湖面上，三五成群的白帆，也好像在彩色的蝴蝶中舞跃着，这多美呀！而

---

① 《罗丹艺术论》，人民美术出版社1978年版，第62页。

如果那倒映着云影、飘拂着柳絮的湖面上，突然飘落秀颈修喙、雪衣红足的白天鹅时，那又是怎样一番景象啊！这些珍禽或成双作对，或一字儿排开，游动时顾盼流波，倩影联翩，振翼时如雪莲绽放，舞姿翩跹，一只只雍容典雅、仪态万千，真不啻瑶宫仙子、月里素娥！

面对着如此山清水秀、悦目佳景，有谁能不从心底里赞叹：大自然真美呀！

然而，你想过没有：美，究竟是什么？天鹅为什么是美的？自然界那似乎俯拾即是、取之不尽的美，到底是怎样产生的？对于这个看似简单的问题，人们已经探讨了两千多年！从中国先秦时代的老子、庄子、孔子、孟子等，古希腊的苏格拉底、柏拉图、亚里士多德等开始，历代都有人在苦思冥想，给美做出各种各样的解释和定义，有人认为美是主观"理念"，"实现它在功用方面的目的就是美的"，有人认为美是客观事物的自然属性，"美要靠体积与安排"，还有人提出"充实之谓美"，"不全不粹之不足以为美"等等论点。到了近现代，人们除了沿着哲学的路子继续对美的本质进行探讨外，还凭借先进的科学知识，从物理学、生理学、心理学等角度对美进行了深入的研究，以期打开新的局面。事实上，也的确取得了不少新的成果，但是，这种种新的探索并没有趋向一个统一的结论，而是形成了许多互不相同、甚至彼此对立的美学学派和美学观点，聚讼纷纭，各持一端。美的真相依然云遮雾绕，它似乎真的成了难解的千古之谜。

但是，世上没有不能被认识的事物。理解什么是美尽管是难的，也还是可以认识的。马克思主义的美学理论已经为解开这个千古之谜指明了线索。现在，让我们沿着这条线索，来考察一下自然美的起源和本质吧！

考古学告诉我们，人类的出现最早可以上溯到距今六十万年以前，而地球从产生到现在大约已经有四十五亿到六十亿年了，也就是说，地球的年龄是人类年龄的一万倍！在人类出现之前，地球上已有山川河海，地球外早有日月星辰；且不说那各式各样的恐龙、剑齿虎、始祖鸟在天空、大地、海洋中争雄角逐，"抚凌波而凫跃，吸翠霞而夭矫"，是何等的壮观；单说那巨大的蕨类植物如森林般耸立，用它那春潮般的绿荫染遍大地，就够让今天的人们叹为观止了。然而那时无所谓美，因为还没有人。无数的事实证明，美只对于人才有意义，也只有人才能欣赏美。没有人和人类社会，地球上的一切都只是无美丑可言的自然现象罢了，即便那时已有飘飘欲仙的天鹅，也只是一种生物的存在，而不是审美的对象。

"人猿相揖别。只几个石头磨过，小儿时节。"毛泽东同志的词句高度地概括了人类产生和发展的历史。大约在二千万年以前，在热带和亚热带的丛林地区，出现了一种高度发展的古代类人猿，简称古猿。由于地球上气候变化的不平衡，造成古猿生活区域自然条件变化的失调，从而使古猿向着两个不同的方向发展，形成了两大分支：

一支古猿由于所生活的那些区域气候变化不大，林木依然茂密，于是继续生活在树上，或者虽然原来地区的林木消失了，但又转移到有森林的地方，总之是没有下地来生活，因此它们在生理状态上就没有什么变化，一直繁衍到现在，仍旧是类人猿——大猩猩、黑猩猩、猩猩、长臂猿。它们虽然与人类共一个始祖，但是"夏虫不可语冰"，美对于它们就像对于其他任何动物一样，是毫无意义的：人看见白天鹅会产生美感，类人猿看见它却只能按照其遗传基因所决定的行为模式对之做出一定的本能的生理反应。在这里，"人的眼睛跟原始的、非人的眼睛有不同的感受，人的耳朵跟原始的耳朵有不同的感受，如此等等"。①

另一支古猿则不同了，它们随着森林的消失被迫到地面上生活，由于地面生活的需要，古猿的前肢不得不担负起采摘果实、挖掘块根、捕捉动物等获取食物的活动，这样，前肢就逐渐完全离开地面，成为与后肢根本不同的上肢，可以直立地在地面上行走了，"这就完成了从猿转变到人的具有决定意义的一步。"②恩格斯将这种由森林古猿向人类转变中的生物称之为"正在形成中的人"。在争取生存的漫长岁月中，"正在形成中的人"由于反复不断的劳动实践，使"手变得自由了，能够不断地获得新的技巧，而这样获得的较大的灵活性便遗传下来，一代一代地增加着"③，终于发展到能制造简单的石器、骨器工具，开始真正的劳动了。与此同时，人们在共同生活中用来传递信息、交流感情的工具——语言，也适应劳动的需要并在劳动过程中产生了。于是，"首先是劳动，然后是语言和劳动一起，成了两个最主要的推动力，在它们的影响下，猿的脑髓就逐渐地变成人的脑髓"④。猿脑和人脑是根本不同的，据科学资料记载，类人猿的脑容量约350～650毫升；"正在形成中的人"（如在我国发现的"北京猿人"）的脑容量平均为1075毫升；而"完全形成的人"（包括现代人）的脑容量却平均达1400毫升。人脑和猿脑不仅有量的区别，更重要的是有质的区别，人脑是思维的器官，能产生意识，具有认识和反映客观事物的功能，而包括类人猿在内的动物却做不到这一点，它们只具有"纯粹动

---

① 马克思：《1844年经济学—哲学手稿》（以下简称《手稿》）第78页。
② 《马克思恩格斯选集》第3卷，第508页。
③ 同上，第509页。
④ 同上，第3卷，第512页。

物式的本能",脑子里没有概念,不会推理。因此,人的"生命活动是有意识的。有意识的生命活动直接把人跟动物的生命活动区别开来"①。至此,"人猿相揖别"的伟大历史性分化始告完成。这是距今天五六十万年前的事了。

有了人,就有了人类社会、人类历史;有了人,整个地球的面貌就在人的能动作用下发生着崭新的变化,美也就开始了它艰巨而光辉的历程。

人类在从动物界分化出来的初期,由于认识能力和生产力水平的低下,不但不能支配大自然,相反,时时处在大自然的威胁之下,那凶恶的猛兽、肆虐的风雨雷电、骄阳冰雪、烈火洪水,都是危害"太古初民"的可怕天敌;他们认识不了、掌握不了大自然的规律,处在饥寒交迫之中,与大自然形成了尖锐的对立。这种情形在一些远古传说中可以看出来,如《吕氏春秋·古乐》里说,在所谓的"朱襄氏"时代,"多风而阳气蓄积,万物散解,果实不成";又说,"昔阴康氏之始,阴多滞伏而湛积,水道壅塞,不行其原,民气郁阏而滞著,筋骨瑟缩不达"。《淮南子》中"后羿射日"的神话就说得更形象了:"逮至尧之时,十日并出,焦禾稼,杀草木,而民无所食,猰貐、凿齿、九婴、大风、封豨、修蛇,皆为民害。"这就是说,风、水、日、怪兽、恶鸟等都在威胁着人类,初民们对这些狰狞可怖的事物充满了恐惧,避之唯恐不及,只能仰首苍天,祈求平安,哪里还有心思去欣赏自然!事实上,这时既谈不上什么自然美,也谈不上对自然美的欣赏。

但是,人作为有意识的生命,毕竟高出于动物。"动物仅仅利用外部自然界,单纯地以自己的存在来使自然界改变;而人则通过他所做出的改

---

① 《手稿》第50页。

变来使自然界为自己的目的服务，来支配自然界"。①因此，尽管"太古初民"曾一度处在大自然的淫威之下而将其视作可怕的异己物，但是他们可以通过自己的努力逐步改变这种状况。到了旧石器时代，原始人在生产劳动中逐步学会了制造工具捕猎鸟兽和鱼类；而通过这种渔猎劳动，人们又进一步认识了鸟兽活动的规律、天气变化的规律、制造工具的规律等，人们自身的组织化程度也得到了提高，从而增强了同大自然做斗争的能力。在印度北部的一个小山洞里，有一幅原始人围猎犀牛的壁画：五个猎人围着巨大的犀牛，手持石制或骨制的投枪向它猛刺，这正是原始人掌握了野兽活动规律从而取得了狩猎自由，以自己的实际行动去实现自己目的的真实写照。在法国索柳斯特尔地方的一处悬崖峭壁之下，发现了约十万具野马骨和猛犸、大熊、野牛的骨头，这些骨头有火烤过的痕迹，证明是原始人猎获的食物。从那里的情形来分析，可以看出原始人是怎样将成群的野兽包围起来，将它们逼到悬崖边，成群地跌死在崖下。不难想象，如果当时的原始人不掌握这些野兽活动的规律，他们的组织没达到一定的规模，那是无法采用这种巧妙的狩猎方式，达到获取大量肉食的目的的。

在原始社会晚期的新石器时代，由于实践范围进一步扩大、实践程度进一步加深，原始人对自然规律的认识和掌握有了新的进步，从而在改造客观世界的劳动实践中获得了更大的自由。他们不但学会了制造弓箭、编结渔网、制造独木舟，使渔猎生产有了新的发展，而且还学会了驯养动物和栽培植物，出现了原始畜牧业和原始农业。人类要生存，就要解决物质生活问题，就要向大自然开战。而在大自然面前，单个人是软弱无力的，

---

① 《马克思恩格斯选集》第3卷，第517页。

必须结成一定的社会关系（其中最重要的是物质生产关系），才能有效地进行改造自然的斗争。这就是说，人们改造自然的斗争必然是社会的活动，人们改造自然和改造社会这两大实践活动是不可分割地联系在一起的。

人区别于动物就在于人能够使用工具、制造工具。人所独具的根据自己的需要自觉按客观规律改造环境的能动性，它表现为肉体方面的体力、技能和精神方面的智慧、意志、激情、愿望、理想等等因素；人的这种本质在实践中形成和发展，同时又在实践中得到了表现和发挥，成为改造世界的实际力量。这样，当人们成功地猎获野兽，种植庄稼，放牧禽畜，建筑房舍，利用阳光、风力、水力、篝火、林木、土石等自然物为自己和社会服务时，这些被利用、被征服、被改造的自然物就表现为人的创造物和作品，表现为"人的本质对象化"。[①]

由于劳动成果是人付出了辛勤的劳动才得来的，它凝聚着人的心血，体现着人的积极本质，人们从中看到了自己的愿望、要求、理想向现实的转化，看到了自己的无限创造的能动性，所以，人对劳动成果会产生特殊的感情，为它自豪，为它高兴，欣赏它，观照它，"而且在观照对象之中就会感受到个人的喜悦，在对象里认识到自己的人格"[②]。所以，人的欣赏物，实际上是欣赏自己的创造、自己的本质、自己的劳动，它使人感受到自己的力量和作为大自然主宰者地位而引起的欢欣愉悦的感情，这就是审美感情。它是人——审美主体得到的一种心理上而非生理上的满足，精神上而非肉体上的享受。而那些因体现了人的积极本质而使人感到愉快的

[①]《手稿》第50页。

[②] 马克思语。转引自《美学问题讨论集》第6集，1959年作家出版社，第187页。

自然物的外在感性形式，如动物的形状、线条、颜色、动作等，在他心目中就"显得好看"即显得"美"了，它成了人的审美对象、审美客体。这种由喜爱自然物而后觉得它"美"的过程经过无数次反复之后，自然物的感性形式就逐渐获得了巨大而独立的意义，成了某种带有普遍性的形式性因素，人们开始单单为了"美"和审美愉快去追求这些形式了。美的起源史以大量的事实证明了这一点。

普列汉诺夫在《论艺术》一书中举例说，非洲的野蛮人（即某些尚停留在原始时代的部族居民）爱用杀死的动物的鲜血来涂抹自己的身体，用虎的皮、牙、爪或野牛的角来装饰自己。无独有偶，在我国西藏东南部的喜马拉雅山南麓居住的珞巴族，过去基本上保留着原始狩猎民族的古老习俗。他们如果打到猛虎，就要举行最隆重的仪式加以庆祝，老人要向最先扑向猛虎的猎手奉献青稞酒和食物，祝福他平安吉祥，然后给他戴上用虎皮制作的帽子，再插上虎须。为什么要这样做？因为野牛、猛虎之类是这些原始部落居民的战利品，是他们艰苦豪放的狩猎生活的感性显现，在这些野兽身上体现了原始猎手的积极本质，用这些野兽的牙、爪、角、皮、须、血装饰自己、涂抹自己，也就是肯定、显示、炫耀自己的勇敢、智慧、灵巧、力量，使自己显得"美"；这些东西不仅是光荣的标志，也是美的装饰物，它们已经在人类的劳动实践中获得了审美价值，具有了审美意义。

同自然美的起源一样，人工制造物的美学价值也是这样获得的。从石器时代众多的砍砸器、刮削器、尖状器的考古发现中，我们可以看到，当时的工具制作已趋向定型化、标准化，边缘平整，块面光滑，便于使用，效能显著，而且有的还刻有各式花纹和图案，它表明人们不但求它实用，而且求它美观。为什么会这样呢？因为原始人的制造工具，也是对石料、骨料性能以及它们与狩猎活动的关系等规律性东西认识和掌握的结果，是他们艰辛劳动的产物。在工具上同样体现着人的本质、"物化"了人的劳动；人制造的石、骨武器愈是锋利适用、杀伤力强，猎获率就愈高，也就愈是能显示和发挥出人在肉体和精神两方面的力量，因而就愈受到人们的喜爱，它本身的效能和形式融为一体，既是生产的样品，又是"美"的标本，带动着、吸引着其他工具的制造向它看齐，以此导致定型化、美观化。当然不是一切劳动产品都是美的，只有体现了人自身的力量、智慧与才能的劳动产品才是美的。

人作为主体，通过实践同大自然建立起一定的关系，将自己的积极本质转移并体现在自然物上，使自然物成为人的对象，实现"人化"，从而产生了自然美。究竟是哪些自然物能成为人类的审美对象？那要取决于人和自然的关系，取决于人的本质力量所能达到的领域，亦即人使自然"人化"的范围。

人类为了生存，必须和自然界建立这样那样的关系。马克思说过："人（和动物一样）赖无机自然界来生活，而人较之动物越是万能，那么，人赖以生活的那个无机自然界的范围也就越广阔。从理论方面来说，植物、动物、石头、空气、光等等，部分地作为自然科学的对象，部分地作为艺术的对象，都是人的意识的一部分，都是人的精神的无机自然界，是人为了能够宴乐和消化而必须事先准备好的精神食粮；同样地，从实践方面来说，这些东西也是人的生活和人的活动的一部分。"[1]马克思在这里说的就是指人的物质生活和精神生活同自然界不可分离。

---

[1]《手稿》第95页。

人作为一种生命性的物质，本来就是自然界的一部分，人的一生需要跟自然界不断地进行物质交换：从自然界摄取食物、空气、阳光和各种生活资料，又向自然界纳还各种无用之物，最后生命本身也还于自然界。人类通过自身的生命活动特别是生产活动有意识地改造、利用大自然，使其为自己的生存和发展服务，从而同自然界建立起各种物质关系。从原始时代简单的狩猎、渔捞、畜牧、种植活动，到今天用现代科技对自然进行的大规模改造，都是人类和自然界之间发生的物质关系。"劳动与劳动对象结合着，劳动是对象化了，对象是被加工了"[①]，创造了一个符合人类生活需要的有用的生产物。在生产活动中人类是作为一种自由创造的主体而出现的。通过这种物质的生产活动，人的积极本质就在一切被他所实际征服、掌握和改造的自然物上打上了人的意志的烙印，或者说，这些自然物人化了，成了反射人的本质力量的镜子。唯其如此，那碧绿的草原、奔驰的马牛、鸣啭的鸟雀、戏水的鱼虾、娇艳的花草、苍翠的山林、丰收的田野、雄伟的水库、奔流的江河、巍峨的长城、雄伟的大桥等等一切被人所掌握、所征服、所创造的对象，是人自身的"对象化"和肯定。当对象以它表现人的创造活动内容的感性形式特征而引起人的喜爱和愉快的情感时，人们便从这个对象中发现了美的光辉。

人类对自然界的认识，是在对自然界的实际掌握和改造（也就是人的实践活动）中逐步深化的。正是在猎捕鸟兽、驯养动物、种植作物以获取生活资料的劳动实践中，原始人逐步认识了一些动物、植物的习性、生长活动规律，以及它们对于人类的用处和意义，反过来，这种认识又提高了

[①] 马克思：《资本论》第1卷，第196页。

人类掌握和改造大自然的能力和水平。随着人类实践范围的扩大、实践程度的加深和认识能力的提高，人类就与越来越多的自然物发生关系，从而使越来越多的自然物由于体现了人的积极本质而"人化"，成为人类审美的对象。普列汉诺夫说："原始的部落，例如布什门人和澳洲土人——从不曾用花来装饰自己，虽然他们住在遍地是花的地方。"[①] 为什么？就因为布什门人和澳洲土人当时尚处在狩猎阶段，他们只对狩猎的对象——动物发生兴趣，因而他们从自然取得的装饰艺术的题材完全是动物和人的形态，这里不会出现植物题材的痕迹，那些五彩缤纷的鲜花，在他们看来是毫无意义的，当然也就谈不上欣赏鲜花了。只有从狩猎生活过渡到农业生活的时候，才开始对植物包括鲜花产生美的趣味和概念，自然美的根源就在于生活与自然的客观联系。当生活中美的事物以它的形式引起人们的美感时，人们对那些形式相似的事物也同样产生美感。

  人类除了通过生产实践同那些他能实际掌握和改造的自然物发生关系外，还能借助实践的桥梁同那些他一时还不能实际改造的自然物，如日月星辰、风云雷电等发生关系。像太阳，别说原始人掌握不了它，就是在科学技术高度发达的今天，它也仍然处在人类的实际掌握之外，但这并不意味着它不可能被人类认识、所反映。很久以前，人们就已在生活和生产中初步认识到了太阳对于人类和万物的意义，太阳以它的光和热哺育着地球上的一切生命，给了人类社会以巨大的影响；不仅如此，人们还观察到了太阳运行的规律以及它的形状和颜色的变化，等等，于是，就如上文所说，太阳这个宇宙中的巨大火球，对于人类就逐渐消除了它的可怖感，人们对

[①] 普列汉诺夫：《论艺术》三联书店1973年版，第32页。

它产生了亲切之情，于是，它就由同人的敌对状态转化为融合状态，人们也不再将"民无所食"的痛苦归之于太阳的酷烈，不致想象出天有十日，非得将它们射落不可。太阳如动物、植物等一样是人类的衣食之源，不但成了人的认识对象，而且成了人的审美对象。人们不但从自然科学的角度进一步研究它的起源、构成和运行规律，力求充分利用它提供的巨大光能和热能；而且人们对太阳作美的欣赏，于是太阳的形象遍及诗歌、散文、小说、绘画、建筑等所有艺术领域，体现着人类同大自然不可分割的关系。太阳如此，其他如月亮、星辰等自然物也进入了人的美感领域。例如，日出日落、月圆月缺、云起云消乃至"九星联珠"一类自然现象，都为人们提供审美的对象。自然美的主要特征是侧重于形式美，它直接以自然本身的感性形式引起人的美感。从鱼龙起舞的大海深处到鹰鸢搏击的万里长天，从虎啸猿啼的深山莽林到兔起鹘落的茫茫草原，从壮丽的日出到幽静的月夜，从天鹅的倩影到骏马的雄姿，从含露的鲜花到傲岸的松竹，乃至石破天惊的电闪雷鸣，震撼大地的火山喷发，壁立千仞的奇峰怪石，这一切自然景物、自然现象，都"被赏心悦目的、诗意的魅力环绕着"，"以迷人的微笑吸引着人的整个身心"[①]，给人以丰富多彩的美的享受。

那么，为什么人能欣赏美，能通过对审美客体的"观照"而产生美感，获得美的享受，而包括类人猿在内的其他动物却不能呢？这是因为，人类在使自然"人化"的实践过程中，同时也改造了人自身的"自然"，从而形成了具有"观照"美的能力的眼睛和耳朵。所以，美不仅是人类社会的产物，而且只对于人才有意义。

---

① 《马克思恩格斯选集》第3卷，第383页。

前面说过，自然现象既可作为科学的对象，又可作为艺术的对象，而这又是由人类对现实的不同反映方式决定的：当人以科学的抽象来把握自然物的本质和规律时，那是一种理性的反映，属于科学的范畴，在这个范畴中，自然物是作为科学的对象出现的；而当人以情感的体验来把握事物的感性形象时，这就是美感反映，属于审美的范畴，在这个范畴中，自然物则是作为美和艺术的对象出现的。所谓审美"观照"，也就是审美主体（人）通过眼、耳的直观，对审美对象做出的情感反映。

马克思说："五官感觉的形成是以往全部世界史的产物。"[①]虽然我们在生活中习惯将好吃、好闻的东西称之为美味，但味道、气味之"美"却不是美学上的美，口、鼻由此产生的快感、惬意感也不是美感。对于审美而言，五官中只有眼和耳才是真正的美的感觉器官，才能对美的客体作审美观照并产生美感。可是，为什么说它们的形成是"以往全部世界史的产物"呢？这是因为，人的感官同它所赖以存在的主体——人，是在同一历史过程中形成和发展起来的。

我们已经知道，人由古猿进化而来。当古猿还没变成人时，它的感觉器官完全是动物式的，只能对外界事物做出一定的生理反应。那时世界上无所谓美，猿的眼和耳也不可能有美的感觉。"人猿相揖别"之后，在人类世世代代的能动实践的作用下，大自然成了人反映和改造的对象，凡是人的本质力量所能达到的地方都有美的花朵在绽放。而当人"通过这种运动（指改造客观世界的生产劳动——笔者）作用于他身外的自然并改变自然时，也就同时改变他自身的自然。他使自身的自然中沉睡着的潜力发挥

---

① 《手稿》第79页。

出来，并且使这种力的活动受他自己控制"。这里所谓的人自身的"自然"指的就是人的大脑、四肢、五官等生理器官的生理构造和生理机制，所谓"使自身的自然中沉睡着的潜力发挥出来"，说的就是语言、思维、劳动能力以及感受自然与社会现象的能力。人之所以有这种能力是人的"自然"即生理器官、生理机制在实践中"人化"的结果。于是，"眼睛变成了人的眼睛，正像眼睛的对象变成了……社会的、属人的对象一样"①，在客观存在着的美的事物的反复作用、反复刺激下，人的大脑（心）通过眼和耳就产生了"在一定事物或现象的影响下体验一种特殊的（'审美的'）快感的能力"②，这种能力使得人只要看见美物、听见美声，只要"观照"到美，就能不假思索地产生美感。就像小孩生下来什么也不懂，当然也感受不到美，但只要让他在美的环境中生长，不断接触美的事物，那么过不多久，他的眼和耳就会形成对美的感受能力，接触的美越多，眼、耳的感美力就越强。正如马克思所指出的："只有音乐才能激起人的音乐感；对于不辨音律的耳朵说来，最美的音乐也毫无意义。"③这就是说，美感的发生过程总是先有美的对象，然后通过人的眼和耳鉴赏判断美的对象，从这里引起了情感、想象的活动，于是得到美感享受。美的对象不是对任何人都能引起美感，这取决于人们的审美能力，而这种能力总是随着人类社会的发展而发展起来。

在我们对美的起源、美的本质和人的美感感觉的生成做了回顾和考察之后，现在有必要对构成美的事物、引起人的美感的一些要素和原因做些

---

① 《手稿》第78页。
② 普列汉诺夫：《论艺术》三联书店1973年版，第16页。
③ 同①，第79页。

分析了。

前面说过，美是人的积极本质的对象化。但是人要发挥自己在肉体和精神两方面的积极本质并使其对象化，那只有通过合规律性和合目的性的实践才能实现。所以，美产生的前提、美本身所必然包含着的要素，就是合规律性（真）与合目的性（善）。但是，我们的审美经验表明，真的、善的，不一定就是美的。就拿太阳来说吧，在有关的科学书籍中是这样谈到太阳的：

太阳，是太阳系的中心天体和最大天体，表面温度六千度，为一巨大炽热的火球；体积约地球的130万倍，质量约两千亿亿吨，其引力控制着全系天体的运动，并携带整个太阳系以每秒二百多公里的速度参与庞大的银河系的自转运动。太阳离地球约一亿五千万公里，它每时每刻向周围空间发射大量的光和热，其中二十亿分之一射到地球上，是地球上一切生命发生和发展的基本条件……

不用说，这样的叙述是真实地反映了太阳的自然性状和运动规律，它们的性能也正符合人的生存、生活的需要，既"真"且"善"，然而，却无所谓美，引不起我们的美感。但是，如果我们见到的是这样的景物——

远处，在草场尽头的树林后面，光芒四射的太阳不慌不忙地升上来，在树林的黑色树顶上燃起了火焰。然后，一种奇怪的、激动人心的活动开始：草场上的雾气越来越快地往上升，由阳光照成一片银白色。这以后，地面上就耸起灌木丛、树木、干草垛。草场仿佛在阳光下溶化，向四面八方流去，颜色金黄而带点暗红。这时候，阳光接近岸边的、平静无波的河水了，于是整条河都好像在活动，所有的水都涌到太阳照着的地方来。太阳越升越高了，它欢欢喜喜，祝福一切，晒暖光秃而冻僵的大地，大地就发散出秋天的甜香。①

这时，也只有这时，我们才会被眼前的美景所陶醉，由衷产生出一种强烈的美感。

为什么同是太阳，在前一种场合，虽然那判断是符合"真"与"善"的，我们却并不感到美，而在后一种场合却产生美感呢？根本原因就在于，"真"是事物自身的规律性以及对这种规律性的认识，"善"则是人的活动或客观对象与人的目的相一致。尽管美与真和善有着不可分割的关系，真和善在实践的不同层次上成为美产生的前提，但美并不等于真和善，真和善也并不就是美。美作为能直接通过人的视、听感官引起愉悦之情的事物，不能不是具体的、感性的。只有当人在实践中按照客观事物的规律（真）去行动，实现了认识和改造世界的目的（善），人的积极本质才能发挥出来并在被认识、被改造的事物上对象化，人那创造的智慧、才能和力量才能获得"物化"的具体的感性的存在形式和形象，也才可能有美的存在。所以，当从抽象的真和善的角度来谈论太阳的自然性状、规律和性能时，我们的视听感官接触不到它们的具体存在形式，因而感觉不到美；而当太阳以其具体的感性的形式呈现于我们的视听感官前面时，我们才能进行审美"观照"，所以美感就油然而生。

那么，什么是美的存在形式呢？就是色彩、线条、形状、声音、节奏、韵律等等，以及由这些因素排列、组合成的形象。诚然，这些形式性因素早在人类产生以前就已客观地存在于自然界了，但那时无论什么形式都无所谓美与丑。例如赤、橙、黄、绿、青、蓝、紫，在光学上不过是根源于

---

① 高尔基：《人间》。

电磁辐射的不同波长而已，完全是事物的自然属性。但是人类出现以后情形就变了，事物的自然形式如色彩等就通过人的物质生产、精神活动与人类的生活发生了这样那样的联系，从而具有了社会性。人作为万物之灵，从他一产生就需要光明、需要温饱，而太阳、篝火、野兽之类就是给他带来光明、温饱的事物，他为了认识它们、掌握它们、得到它们，就必然在劳动实践中手脑并用，发挥创造性和力量，于是，这被认识了的太阳、燃起的篝火、猎获的野兽就像镜子一样反射出人作为大自然主人的积极本质，他因此而欣赏太阳、篝火、野兽以及与阳光、火光和兽血有关的红色。原始人喜欢用赭红色的石珠作装饰和用野兽的血涂抹身体就说明了这一点。这种颜色在人们的心目中是同光明、温暖、热烈、有力等联系在一起的。久而久之，人通过实践、感受的无数次反复，就在心理上对红色以及与之相近的橙、黄等色产生特定的感情反应，唤起光明、温暖、热烈的感觉，这时，红、橙等色就脱离开它原来所附丽的某些个别的、具体的事物，而有了巨大独立的审美价值和审美意义，成了包含着感情因素的审美普遍形式。至于绿、蓝等色，则由于它往往同浓荫、清泉、绿洲等给人以凉快、清爽、生机的事物联系在一起，就逐渐使它们在人的心理上引起清凉、平静或生机蓬勃之感。而皎洁的白云、皑皑的白雪、素净的白花等自然景物又使人们对白色产生出纯洁、空朗的感情反应。——其他任何一种色彩的审美意义都是这样形成的。而在这个漫长的历史过程中，人也就历史性地形成了由一定色彩产生一定感情反应的生理—心理机制和能辨别各种不同色彩的眼睛。

　　现代色彩学、美学和心理学、生理学的研究表明，强明度、高饱和度和相当于长波振动的颜色可以引起兴奋，而红色正是这样一种长波振动的颜色,它比柔和的绿色、灰蓝色更为活跃。有人通过实验发现,肌肉的机能和血液循环在不同色光的照射下发生变化,"蓝光最弱,随着色光变为绿、黄、橙和红而依次增强。"这一点又正好符合心理学上对这些颜色的效果的观察①。歌德则指出,所有的颜色都处于阳性与阴性两极之间,阳性的或积极的颜色即橙红、红,呈现出一种"积极的、活跃的和奋斗的"姿态;他还在纯红中感受到一种高度的庄严和肃穆②。另一位学者也说,红色"把自身烧红,达到一种雄壮的成熟程度",是一种"燃烧着的激情,存在于自身中的一种结实的力量"③。这里有两个有趣的小例子:有一个法国人自称,"由于夫人把她的内室里家具的颜色从蓝改变成深红色,他对夫人谈话的声调也改变了"。还有一位足球教练,"把球队的更衣室油漆成蓝色的,使队员在半场休息的时候处于缓和放松的气氛中。但是,外室却涂成红色的,这是为了给他做临阵前的打气讲话提供一个更为兴奋的背景。"④而红、蓝等颜色之所以能传达出这样的情绪,说到底是由它的物理性质(自然属性)所引起的人的生理反应在漫长的历史过程中转化为心理的审美反应的结果(社会属性)。正因为红色庄严、热烈,燃烧着激情,呈现着奋斗的姿态,所以自然而然地为革命人民所喜爱,在无产阶级革命中,红色之被用于领章、帽徽和旗帜,之所以被用来称呼我们的军队、革命根据地和政权,绝不是偶然的,而是社会的、历史的、心理的乃至生理的诸因素综合起作用的结果。

线条、形体、动作的审美价值也是这样获得的。古希腊的毕达哥拉斯

---

① R·阿恩海姆:《色彩论》第6页。
② ④ 同上,第13页。
③ 同上,第14页。

学派认为,"一切立体图形中最美的是球形,一切平面图形中最美的是圆形。"① 为什么呢?因为圆形或圆弧形大量出现在自然界的事物上,太阳、月亮、树干、果实、水珠、卵,乃至人自己的身体,都呈圆形或圆弧形;人按圆形制造出来的碗、杯,较之其他形体的器皿具有更大的空间和更多的容量,圆的刀把、枪杆不但省工省料,而且实用、便利,至于车轮等更非圆形不可;在自然界和人类社会生活中,许多关隘滞涩之处一旦应用了圆的原理,往往就运转自如,畅行无阻,取得较大效益。这样,圆自身所固有的一些自然属性如均衡、和谐、完善等就具有了审美意义而成为美的特征。至于自然界和人工造物中许多有冲击力、穿透力的东西大多呈锐角状,如利牙、尖刺、枪尖、刀刃等等;而瀑布飞流、地泉迸射、人手投物都呈直线状,于是锐角、直线就给人以锐利、刚劲、有力之感。总而言之,圆形、锐角、直线等形式之所以能引起美感,归根结底在于这些形式是符合人的目的(劳动需要、生活需要)的,而这种合于目的的规律性形式的造成,又是人们对客观规律认识和运用的结果。

  这些形式通过审美实践与人的感情反应建立起稳定的联系之后,就和颜色一样脱离具体的事物和事物具体的合目的性(即社会功利性)而独立出来,使人一见就觉得美。至于隐藏在、积淀在这形式深层的功利内容,人们一般是看不见也想不到的——因为在形式和功利内容、美的表现和美的根源之间,有着一系列隐蔽着的中介环节。因此,形式美是在合规律性与合目的性的统一中突出了合规律性,是形式胜于内容的。这个过程和成语的产生颇为相似:任何成语都有其形成、产生的具体原因,如"赔了夫

---

① 《古希腊罗马哲学》,三联书店1957年版,第36页。

人又折兵"一语本出于历史小说《三国演义》，说的是周瑜设计将孙权的妹妹嫁给刘备，让刘备到东吴来成亲，以便趁机扣留，夺还荆州。结果刘备来东吴后，反携孙夫人逃出吴国；周瑜一计不成又生别计，但都被刘备、诸葛亮挫败，丢兵弃甲，大败而归。但是，"赔了夫人又折兵"这句话传开以后，它所以产生的那段历史掌故却不被人们提起了，而只剩下了"双重损失"的含义，于是，这句话就不再依附于原来的出典而有了独立的意义，成为具有普遍性的成语，凡是"双重损失"的事物都可用"赔了夫人又折兵"来形容。

正因为颜色、线条、形体等形式在审美上具有独立性、普遍性，所以一般说来，这些形式不管出现在哪儿，都能使人产生相应的美感感情，如太阳的红色、鲜花的红色和红旗的红色，都给人以热烈、昂奋之感。也正因为如此，人们在审美实践中才能自觉运用不同的颜色、线条、形体等形式来装饰环境、构筑园林、进行艺术创作，以传达出不同的审美情趣，唤起人们不同的审美感受，如绘画中的波浪形构图与数学中的三角形构图、楼台亭阁上圆形的门窗与一般住房的方形的门窗，它们给人的观感是大为异趣的。

但是，情形并不总是如此，有时，相同的形式表现在不同事物上，却会给人以截然不同的感受：少女体形的曲线，天鹅脖颈的曲线是美的，而蛇身子蠕动的曲线却使人厌恶；春天森林的绿色使人感到清爽、生机蓬勃，而一潭死水的绿色则叫人恶心；天鹅白色的羽毛使人生纯洁无邪之感，晶莹的白雪却令人生空朗冷寂之情，如此等等。在这些场合，具有特定情绪因素的线条、颜色失去了它的独立性，而以它所附丽的事物在实践中形成的意义为转移了。所以，形式性因素的独立性只是相对的，而不是绝对的。

审美实践表明，自然界中不同的事物是具有不同的审美价值和审美意义的。而这个价值和意义究竟怎样，则要以自然物同人类的社会生活发生什么样的物质关系或精神关系，对象化了人的什么本质而定。前面说过，人总是要通过物质生产和精神活动，或是改造自然物，或者认识自然物，而在对自然物的改造和认识中，人就能将自然物与自己的生活相比较、相对照，从而发现二者之间的某些相似之处和相互联系：太阳通体红亮，光芒四射，早出晚落，多么像人类蓬勃的生活、旺盛的生命和人类的作息规律，又给予人类多少光和热！天鹅远举高飞，雌雄相守，浴清波、洁翎羽，这种生活习性又同人所珍爱的远大志向、坚贞爱情、高洁操守多么相似！而蛇那屈曲盘旋、粘滑冰冷的身体，悄无声息的潜行和偷袭，咝咝作响的血口、毒牙，又多么像人世间那些狡猾、凶残的鬼蜮！……自然物这些同人类社会生活现象相类、相近、相似的特征，使得它具有暗示、象征、寓意的作用，正如车尔尼雪夫斯基所说，"构成自然界的美的是使我们想起人来（或者，预示人格）的东西，自然界的美的事物，只有作为人的一种暗示才有美的意义。"① 这也就是我国唐代文学家柳宗元说的"夫美不自美，因人而彰"②。由于人的生活有多种多样的表现，而自然物的特征也各个不同，所以，自然物同人类生活的联系也是形形色色的，于是，就形成了多种多样的象征、寓意：太阳象征着光明、温暖、兴旺、生机；天鹅象征着高洁、坚贞、优美；森林象征着宁静、和平、青春；蛇却象征着邪恶、狡猾、狠毒；死水潭象征着滞涩、腐朽、肮脏等等。而从人这方面来讲，则正是凭借自然物的这

---

① 《西方美学家论美和美感》，商务印书馆1980年版，第244页。
② 《柳河东集》卷二十七。

些有象征意义的特征，寄托人的思想感情，使人本质的丰富性、多样性获得物化的恰当感性形式。——这就是自然界不同事物之所以具有不同审美价值和审美意义的原因。

由于人在观赏大自然时一般不是孤立地着眼于某种颜色、线条或局部的形状，而是将呈现于视听感官面前的自然景物作为一个整体来观照，如一只或一群天鹅以及天鹅所处的环境，一枝梅花在暴风雪中盛开的情景，一轮冉冉上升的朝日，一棵树或一片森林，一条小溪流，如此等等，所以，人获得的审美感受是由事物的整体所具有的审美价值和审美意义决定的，构成事物具体形象的种种形式性因素综合起来成为该事物审美价值、审美意义的体现者，它们都服从于、服务于该事物的整体审美意义——如果颜色、线条、形体等的本来审美值与它们所依附的事物的审美意义相一致，那就会使该事物显得更美（如红色和圆形之于太阳、鲜花，白色和曲线之于天鹅，绿色之于树木、森林），或更丑（如青灰色之于蛇身）；反之，如果形式性因素的本来含义与所依附的事物的整体审美意义不一致甚至正相反，那么这些因素就会由于服从事物的整体审美意义而改变或失去其本来的审美性质，获得与事物整体审美意义相一致的含义（如红色之于蛇的血口，白色之于蛇牙蛇腹，曲线之于蛇身，绿色之于死水潭）。所以，太阳和鲜花的红色、天鹅羽毛的白色和颈项的曲线会给我们以强烈的美感，而蛇牙、蛇腹的白色，蛇身的曲线和死水潭的绿色却只能使人大起反感。

但是，即使事物作为一个整体，其审美意义也不可能都一成不变。这是因为任何事物都处在不断的运动变化之中，它和人类社会生活的联系点也会由此发生改变，从而导致审美意义的变化。最明显的例子莫过于太阳："太阳的光之所以美，是因为它使整个大自然复苏，使大地上一切生命的根源都盎然富有生气；我们不但想到这点，我们自己也体验到这点，因为，在白昼、在阳光中比在寒夜、在黑暗里，我们倍觉得生气勃勃、愉快、有力、清醒。白昼的光，自然界的生机的源泉，惠泽万物，也使我们的生活温暖，没有它，我们的生活便暗淡而悲哀，阳光是美得令人心旷神怡的。旭日初升，大自然带着一股清新朝气的力量苏醒起来，我们也苏醒了，所以日出是愉快而绝美的；而当我们欣赏落日，往往黯然伤神，仿佛是同生活告别，在'临别的时光'，依依不舍，回味一下白昼生活的一切欢愉、一切盛况。"[1]这就告诉我们，旭日与落日之所以会给人以不同的审美感受，原因就在于，由于它自身的运动，使得它在不同的时候同人类生活的不同方面发生联系，从而使同一个审美对象的价值和意义发生了变化。天鹅也是如此，当它们在碧波中成双作对地荡漾时，给我们的是优美之感，而当它搏击风云、飞越高山峻岭，或是为保卫爱侣而和来犯的天敌拼死搏斗时，我们就会油然而生崇高壮美之情了。再如老虎，由于它性情凶残，猎食人畜，所以它有时会被人们当作丑的对象，文学艺术中将坏人比作老虎就是证明。但是，老虎除此之外还有威猛、矫健的一面，而它斑斓的皮毛，威武有力的形体，凛凛生风的步态、动作，深沉的吼声，这一切形式性的因素又恰到好处地体现着威猛、矫健的特性，它向人暗示着更多的值得珍视的东西，从而构成了老虎同人类生活发生联系的更重要的一面。由此可见，自然美一般具有两重性。老虎在审美传统和文学艺术中更多的是作为正面的审美形象（壮美）出现的。在我国历代的神话故事、民间传说中，虎都占据了"百兽之王"的宝座；古代精锐的战士、卫队被称之为"虎贲"，将军或猛士的威

---

[1]《西方美学家论美和美感》，商务印书馆1980年版，第244-245页。

仪被称之为"虎威",《三国演义》中曹操称他的"裸衣斗马超"的猛将许褚为"虎痴",刘备则封关、张、赵、马、黄为"五虎上将";在生活中,人们也常用"虎头虎脑"一类词语来形容气质粗豪、强壮有力的人,将"虎子""二虎子"之类的词作为男孩儿的小名;而动物园的老虎也是人们最爱观赏的动物。至于工艺品中的老虎形象,画家笔下的出山猛虎、草泽雄风,就更具魅力、更动人心魄了。

以上,我们从色、线、形等独立的形式性因素,到由这些因素构成的事物整体形象,再到事物自身变化引起的审美意义的变化,按层次顺序对自然美做了大略的分析和考察,从中可以看到:第一,美是具体的、可以通过直观感受到的客观存在,自然美就客观地存在于大自然之中,而不是存在于人的主观意识之内。第二,不论是美的形式还是美的事物,其审美价值、审美意义都取决于它同人类生活的关系,都是在人类的社会实践中获得和形成的,因而美从本质上说是一种社会现象,具有社会性;但是,它也离不开事物的自然属性,如颜色之所以会给人以不同的感受,就同它的波长不一有关,而太阳与天鹅之所以能象征光明、温暖、爱情、高洁,人之所以能将信念、操守等特定本质在太阳、天鹅上对象化,就因为太阳和天鹅分别具有辐射光和热、高飞远举、雌雄相依的自然特性;狮虎不具备这样的自然属性和特征,所以不能体现人这种本质,但它们雄健威猛,所以具有另外的特征,能体现人的另一些本质,如孔武有力等,可见美的社会属性的获得是以事物的自然属性为依据的。第三,由于自然物本身由各个方面、多种形式组成,具有多种自然特征,而又与人类生活发生多方面的关系,因而具有审美的多义性,太阳、天鹅、老虎等就是这样。这正是同一审美对象能给人以多样性审美感受的客观原因。

美，是人的自觉（合目的）自由（合规律）活动的产物，是人的积极本质在实践对象（被认识和改造的事物）上的感性显现，人通过眼、耳等感官就能"在他所创造的世界中直观自身"[①]，感受到自己的性格、生活、力量和理想，从而"在对象世界中肯定自己"[②]，获得精神上的享受、心理上的满足。因此，正如"饮食男女"是人不可缺少的物质需要一样，欣赏美则是人不可缺少的精神需要，它对于陶冶人的性情、培养人的品德、提高人的精神境界具有重要意义；而人对现实的审美关系则成了人认识和评价事物的一种特殊方式。

以自然美而论，古往今来，人们从大自然的美中汲取过多少力量和慰藉，得到了多少享受和启示啊！司马迁横遭冤狱，身被腐刑，犹能不屈不挠地从事《史记》的写作；李白一生蹉跎，书剑飘零，壮志难酬，却能留得铮铮傲骨在，写下了"光焰万丈长"的不朽诗篇，这同他们行万里路、饱览祖国大好河山的经历是分不开的。无产阶级和劳动人民同样热爱大自然，欣赏自然美。马克思以人类解放的事业为生活的第一需要，但这绝不意味着他生活中不需要美，恰恰相反，他不但对美学做了精湛的研究，而且在紧张繁忙的工作之余，喜欢同战友、亲人到住地附近的小山上和田野间去散步，领略大自然的美景，当他们看到那些城市里难以看到的野花时，他们是多么快乐哟！而列宁在打猎时竟为大自然的美而入神，以致当狐狸跑到枪口下来也不开火，原因呢？列宁说："它长得太漂亮了。"请看，连列宁这样具有钢铁般的意志、时时在思考俄国无产阶级革命大计的坚强

[①]《手稿》第51页。
[②] 同上，第79页。

革命家，面对大自然的美，也会心花怒放！毛泽东、周恩来、朱德等老一辈无产阶级革命家也是如此，故园的稻菽、异国的樱花、战地的黄花、雨中的岚山、太行的风雪、六盘山上的征雁、烟雨苍茫的大江、赤橙黄绿青蓝紫的彩虹，都曾使他们倍添革命的壮志豪情。

而亲爱的读者，你不也从大自然中得到过丰富多彩的美的享受吗？当你心情郁闷时，壮丽的山河、辽阔的草原、苍茫的大海可以开阔你的心胸；当你精神疲顿时，虎跃狮腾、鹰击鱼翔会使你精神振奋；当你被琐屑的杂念纠缠时，明丽高远的天空、清澈晶莹的泉水、皎洁无尘的白雪会净化你的头脑；而当你陷入苦闷和悲愁时，那"水面清圆，一一风荷举"的美景和"惊涛裂岸，卷起千堆雪"的大江则会使你神清气爽，豪情浩荡。的确，没有自然美和对自然美的欣赏，我们的生活将为之减色，我们的心灵将为之贫乏。

正因为如此，热爱美、追求美是对生活充满信心、渴望创造和进步的表现，是力量和希望的显示。当第二次世界大战的硝烟刚刚飘散，到处还是一片废墟时，有两个美国人去访问一户住在地下室里的德国居民。离开那里之后，两人有如下对话：

"你看他们能重建家园吗？"

"一定能。"

"你为什么回答得这样肯定？"

"你没看到他们在地下室的桌子上放着什么吗？"

"一瓶花。"

"对，任何一个民族，处在这样困苦的境地，还没有忘记美，那就一定能在废墟上重建家园。"

说得好极了！后来的事实完全证实了这一点。我们现在正处于十年劫难之后振兴中华的历史新时期，我们是一定能完成党的十二大提出的全面开创社会主义建设新局面的宏伟任务的，这信心和力量不仅表现在我们的誓言和行动之中，而且也表现在对大自然和自然美的热爱追求之中。

"翩若惊鸿"话洛神

余告之曰："其形也，翩若惊鸿，婉若游龙。荣曜秋菊，华茂春松。仿佛兮若轻云之蔽月，飘飖兮若流风之回雪。远而望之，皎若太阳升朝霞；迫而察之，灼若芙蕖出渌波。……"

熟悉中国古典文学的读者会知道，这是三国时期的杰出诗人曹植（字子建），在他的名篇《洛神赋》中借"余"（白话中的"我"）之口对洛水神女的形象描述。《洛神赋》以浪漫主义的手法，通过梦幻的境界，描写一个神（洛神）人（即赋中的"余"）相恋，但又无从结合，终于含恨分离的故事，充满了强烈的抒情气息与传奇色彩，千百年来深深打动着读者的心灵。据前人研究，有说法以为这是曹植感念自己意中人而作，不过现在尚无法确定其所指的具体对象。但无论如何，诗人所欣赏、所追求、所描绘的洛神实际上是有血有肉的人，而不是超凡脱俗的神，从她的形体到她的思想感情都具有社会人的一切特征，他之所以要给她披上神的外衣，不过是为了造成作品特殊魅力而使用的文学手法而已。

在上面那段话中，诗人运用了大量的比喻来形容洛水神女：翩然凌波的身影像天鹅惊飞，婀娜苗条的体态如游龙宛转；夺目的光彩照耀秋菊，青春的容颜胜过春松；若隐若现像轻云遮掩的明月，飘忽轻扬如流风拂转的雪花。远远望见，明亮如太阳从朝霞中升起，逼近细睹，又娇艳如荷花在碧波中绽放。……这真是流光溢彩、绝艳惊人的美丽形象！诗人这样用天鹅、松菊、日月、云霞等形容他心目中的恋人，就是借大自然中的美好事物表明了自己对所向往、所追求的社会生活的审美评价。

社会生活的美是人类所开拓的又一个审美领域，它同自然美一样，也是产生于人类的社会实践的。我们已知道，"人猿相揖别"的历史分化过程一结束，人类就随之开始了社会性的实践，这就是原始的狩猎活动。为了有效地猎取野兽，首先必须有得心应手的工具，正是这种劳动需要推动着原始猎手去琢磨如何才能制造出这种合用的工具。当他根据石料的性能和狩猎的要求、特点制造出光滑、锋利、结实、耐用的石斧、石枪时，这石斧、石枪就是既合规律性又合目的性的，它像被猎获的野兽一样，体现着人的积极本质，因而引起人的热爱、喜悦和快慰；与此同时，人们根据鸟兽生长活动的规律，利用各种地形和隐蔽物，或是悄悄地接近狩猎对象，或是潜伏着等它出现，在攻击距离之内，或是四面包围中，挥舞着得心应手的石斧、投枪，将野兽击毙、猎获，在这个过程中，原始猎人的体力、技巧、灵活、勇气、毅力、激情得到了充分的发挥，成功地实现了自己的目的和愿望，从而引起了人的豪迈、欢乐之感。这样，石斧、石枪以及运用它们进行狩猎的生产活动就不仅是人们改造自然的手段和过程，而且也成为人们的一种精神享受的对象——审美对象。于是，社会生活的美就萌芽了。我们从考古发掘出来的新石器时代的石斧的规整形式、骨器上的图案花纹以及原始狩猎壁画上就可看到这种美的最早记录。

当然，同原始社会极为低下的生产力水平相适应，原始人的生产关系和社会组织也是极为简单的，他们无须在这方面多费脑筋而必须将注意力集中于狩猎活动，因此，当生产工具、劳动过程和劳动对象逐一成为美的对象时，人自身尚没被人作为美的对象来欣赏。发掘出来的最古老的原始壁画中只有动物的形象而没有人的形象就表明了这一点。随着生产力的不断发展，人们的生产关系和社会组织也不断起着革命性的变化，日趋复杂和完善。先是氏族公社制度，后是阶级社会的出现，使人的活动、家庭、国家以及各种制度、机构等在社会生活中发挥越来越重要的作用，也越来越成为人们注意和认识的中心。而在这人类社会的整个历史性的变化发展中，那代表新的生产力的先进社会力量对阻碍生产力发展的反动社会力量的斗争，贯串在经济的、政治的、思想的、文化的各个方面，它合乎人类社会进步的客观趋势，最集中地表现出人民群众变革旧物、创造新生活的愿望、要求、理想，因而成为美的对象。这样，社会生活美的领域就愈来愈宽广。举凡一切合乎社会发展规律，体现着人的美好愿望和追求的人和事，都在不同程度上具有了审美价值。而这客观存在着的社会美又以它的内容、感性形式及其在社会实践中所形成的意义，进一步丰富了"感觉的人类性"（马克思语），人的美感能力、审美意识也大大发展了，以致出现了洛神这样的审美对象和能欣赏洛神美的人，以致诸般世态、各种人情都向我们放射出美的光彩，以至人类的审美实践揭开了新的篇章。

社会生活的美表现在哪里呢？它与自然美又有什么异同之处呢？还是让我们来看看"洛神"吧。

在《洛神赋》中，洛神那俊逸风流的形貌之所以能通过对一系列自然物的借喻表现出来，是因为在自然物和洛神之间存在着可比性。

"秾纤得衷，修短合度。肩若削成，腰如约素。延颈秀项，皓质呈露。芳泽无加，铅华不御。云髻峨峨，修眉联娟。丹唇外朗，皓齿内鲜。明眸善睐，厬辅承权。瑰姿艳逸，仪静体闲。柔情绰态，媚于语言。

"奇服旷世，骨像应图。披罗衣之璀粲兮，珥瑶碧之华琚。戴金翠之首饰，缀明珠以耀躯。践远游之文履，曳雾绡之轻裾。微幽兰之芳蔼兮，步踟蹰于山隅。"

这一段话，是作品中的"余"在用自然物比喻洛神的形态之美后，对洛神容貌和衣饰的直接描写。你看：洛神那像卷紧的绢一般圆细的腰肢（腰如约素），那纤秀修长的脖子，那隐隐显露的雪白的肌肤（皓质呈露），不是和那雪羽秀项、体态轻盈的白天鹅在外形上有某种相似吗？她那有着红润的嘴唇、洁白的牙齿、微微弯曲的修眉、顾盼多姿的明亮眼珠的容貌，洋溢着青春的气息，焕发着童贞的光辉，不是比秋菊还鲜明，比春松还茂盛吗？她肥瘦适中、长短合度、体格匀称的身躯（秾纤得衷、修短合度、骨像应图），配上色彩明艳的罗衣，镶着珠光宝气的饰物，拖着薄雾轻烟般的纱裙（披罗衣之璀璨，珥瑶碧之华琚，戴金翠之首饰，缀明珠以耀躯，曳雾绡之轻裾），不是既像轻云之蔽月，流风之回雪，又似冉冉而升的朝阳、亭亭玉立的荷花吗？可见，在天鹅（鸿）、秋菊、春松、荷花、日月风雪等自然物与洛神之间之所以存在着可比性，就在于二者形式上的某种一致性，或者说，在自然物与洛神的具体形象上有某些共同的形式上的因素。这种由事物的感性形式或形式性因素所体现出来的美就是形式美，它不仅存在于自然界，而且也存在于人类社会之中。

前面说过，形式美是伴随着美的事物产生和发展的历史过程而形成的，构成形式美的因素多种多样，如线条、色彩、明暗、块面、音响以及由它们的排列、组合、搭配所形成的和谐、对称、均衡、统一、节奏等等，它们在人类长期的审美实践、审美经验中通过千百万次的反复出现而使人的感官和心理具有了相应的适应性,因而这些因素得以脱离特定的事物,被赋予了独立的意义,成为美的普遍性因素。一般来讲,事物只要具备了与其整体审美意义相一致的形式性因素,就有了某种形式美,而不管该事物是一朵花、一只鸟、一轮朝日还是一个人。如白天鹅舞姿轻盈是美的,洛神体态轻盈也是美的;鲜花白里透红的花瓣是美的,洛神白里透红的面颊也是美的;荷花丛碧波中绽放的亭亭倩影是美的,洛神从洛水中升起的亭亭玉立的身影也是美的,离开了这些形式美的因素,洛神和自然物就失去了可比性。

马克思说:"色彩的感觉是一般美感中最大众化的形式。"[①] 其他如线条、形体、音节等也是这样,它们对于具有审美感知力、具有能"感受音乐的耳朵、感受形式美的眼睛"的人来说,简直是如菽、米、布、帛、空气、阳光一样不可须臾稍离的东西。不能设想,如果没有自然界和社会生活中的形式美,我们的生活将会是什么样子!正因为形式美对于人类的生活具有极为重要的意义,所以它不但为一代又一代的人所追求、所向往,而且必定要在人类的劳动实践中被不断地创造出来。

《庄子》书中有这么一个故事:"庖丁为文惠君解牛,手之所触,肩之所倚,足之所履,膝之所踦,砉然向然,奏刀騞然,莫不中音,合于《桑林》之舞,乃中《经首》之会。"庖丁解牛的这种高超技艺、优美动作是从他合于解牛规律和解牛目的的实践中产生的,或者说,庖丁精通牛生理结构的解牛实践必然要形成他那游刃有余的优美动作,正是这种合乎规律和目的的动作,使庖丁得以充分发挥自己的意志、聪敏、力量和技巧,它

[①]《马克思恩格斯全集》第13卷,第145页。

成了庖丁积极本质的确证，成了"庖丁解牛"这一事物、这一过程的美的形式。庖丁解牛如此，人类社会的一切实践活动也如此，那合乎规律与目的的事物和现象，都必然是于人和社会有益的，最能发挥和体现人的本质力量，因而就必然成为美的形式。原始人石制工具的定型化、标准化就说明了这一点。在以后的实践中，人又有意识地将这些使他觉得愉悦的形式表现在他的活动及其创造物上。为了创造这种形式美，有多少能工巧匠蘸着汗水镂金刻玉，顶着烈日画栋雕梁，冒着炉火炙烤浇铸金属器物；又有多少人在描眉画鬓、健身美容、修饰打扮；建筑、衣饰、器物等的样式又怎样代代有变化、各领风骚！为了探索、表现这种形式美，多少丹青圣手、雕塑大师、乐坛奇才、体坛健儿、文苑巨子进行过有声有色、绘影绘形的艺术创作，他们在美的形式上不断推陈出新。

  所有这些追求、探索、创造、表现，大大丰富了形式美的宝库。自然界和人类社会生活中那些形式美的因素经过这样的集中、概括、提炼，就沿着去粗取精、由简到繁、由低到高的路线不断向前发展，从不停步，终于以其千变万化的韵律、节奏和色彩，构成了一个极其绚丽多姿、荡人心目的形式美世界。反过来，在形式美的发展历程中，人的眼睛、耳朵的感觉又因其相应的对象——线条、色彩、形体、音响——的发展而得到了发展，于是，它们就变得那样敏感细腻，不但能欣赏由极其复杂的形式美因素构成，"仿佛凭着魔力似的产生"出来的"拉斐尔的绘画、托尔瓦德森的雕塑以及帕格尼尼的音乐"[①]，而且能从大自然和社会生活中那些为野蛮人所不能领略、品味的每一角落、每一事物上发现美、欣赏美，从那为原始

[①]《马克思恩格斯选集》第3卷，第510页。

时代所不可能有的微妙笑容、深沉表情、复杂动作、华丽衣饰、精巧器物等等社会现象上产生丰富的美感。曹植不就因目睹洛神的丰姿丽影而"精移神骇，忽焉思散"（精神受了震动，心思不能控制），惊呼"彼何人斯！若此之艳也"吗！而在今天，人类已将形式美发展到叹为观止的地步，以至如厂房、车床、饲养场、隧道这些以实用为唯一价值的劳动场所、劳动工具等，也被赋予了赏心悦目的美的形式，甚至瘦弱、肥胖的人体，苍白枯黄的肤色，也能通过科学的锻炼方法变得健美起来！

这一切说明了什么呢？说明了社会生活美同自然美一样，都是具体的而不是抽象的，都有生动可感的形式。当然，社会生活中美的事物的感性形式不一定美（例如《巴黎圣母院》中见义勇为、心地善良的敲钟人卡西莫多就长得奇丑），但凡是具有美的形式的社会事物（如洛神）都和自然美（自然界中的美的事物无一例外在形式上都是美的）一样，具有了共同的形式美因素，因此是可以互相比较的。

不过，社会生活中的形式美毕竟有异于自然界中的形式美。一般来说，在自然界中，自然美就是形式美，它是以形式取胜的，我们欣赏秋菊、春松、天鹅、荷花、云霞、日月，就是欣赏它的美的形式（它的审美意义就是由这形式体现出来的）。而社会生活的美却是可以由形式看到内容，形式表现内容，显出社会的目的性，因而它的形式同内容密切相连并受内容的制约；它之作为完整的审美对象是形式与内容的辩证统一，在合目的性和合规律性的统一中，更多的是表现出一种实现了的目的性（自然美则更多的是表现出合规律性的形式），社会功利内容总是直接或间接地显现出来，因此它以内容取胜。

就以人本身来说吧，他作为审美对象，是一个复杂的、完整的统一物。

我们直观一个人，首先作用于我们感官的是其外在的自然美、形式美因素，如洛神的容颜、体态、服饰等；但这容颜、体态、服饰又无不打上了社会的印记。洛神作为"完全形成的人"，在外形上完全不同于人以外的任何生物，包括人的老祖宗猿。洛神之所以能"凌波微步"、直立行走，之所以"皓质呈露"、体肤光洁，就是"人猿相揖别"的漫长劳动过程造成的，是人自身的"自然""人化"的结果；是政治、经济、思想、文化等社会因素形成的社会环境才使得她"肩若削成，腰如约素"，"丹唇外朗，皓齿内鲜"，具有"若轻云之蔽月，若流风之回雪"的上层社会美人风度的。至于人的面部特征及表情，其社会化的程度就更高更复杂了：洛神"超长吟以永慕兮，声哀厉而弥长"（高声吟咏以表深切的爱慕，声音哀厉而持久不歇），"抗罗袂以掩涕兮，泪流襟之浪浪"（举起罗袖擦拭泪水，泪水滚滚流到衣襟上），她的这些表情、动作，难道不正是由于爱情不能实现而生的哀怨之情的反映吗？在现实生活中，阿Q那时而自鸣得意、时而愤愤不平的脸和脑后的小辫儿，祥林嫂那目光凝滞、不时闪过疑惧悲伤神情的眼睛和蓬乱灰白的头发，难道不正是旧中国畸形社会的反映和阶级压迫、阶级剥削的记录？鲁迅那钢刷似的倔立着的短发、浓重的口髭、横眉冷对敌人的表情，难道不正是他疾恶如仇、刚正不阿品格的表露？周总理那端庄凝重的风度、雍容大度的举止，难道不正是伟大革命家崇高的人格、丰富的经历、高深的修养的体现？其他如战士献身时安详凛然的神情，热恋中的少女花前月下的娇嗔巧笑，学者冥思苦索时心不在焉的神态，运动员临场决赛时面部紧张隆起的肌肉，无不反映着一定的思想感情、精神状态、气质素养及职业特征。因此，人虽然也如自然物一样有着外在的形式，但却是在人的本质——"一切社会关系的总和"影响下的形式，是社会因素与个人反应相结合通过生理的自然性而呈现出来的形式,从这种形式是可以窥见其社会内容的。

既然人的外在形式是社会历史的产物,受社会因素、内在本质的影响和制约,而内容也必然通过形式直接或间接地表现出来,所以,当我们评价人的美时,总是把他(她)作为一个形式与内容相统一的整体来考察,以把握其美学特征、美学意义的。当然这不是说人的外在形式不能作为独立的审美对象。一个"翩若惊鸿,婉若游龙""巧笑倩兮,美目盼兮"的美女,一个"力拔山兮气盖世"的壮士,其外表是美的,会使我们产生优美或壮美之感。但是,如果只着眼于这一点而不顾及形式后面的内容,那么,这同我们欣赏一只美丽的天鹅、一匹雄健的骏马、一头威武的狮子又有多大的区别呢?古希腊哲学家德谟克利特说得好:"身体的美,若不与聪明才智相结合,是某种动物性的东西。"[1]这样,就只能说"这个人长得美",而不能说"这个人美",因为当我们说到"这个人美"时,总是指他的整个形象,这个形象是形式与内容的统一,形式体现着内容,内容制约着形式。洛神作为社会的人,她的形象就体现着形式与内容的统一。

美丽的洛神是封建社会追求纯真爱情的女性。马克思告诉我们:"男女之间的关系是人与人之间最自然关系。因此,这种关系可以表现出人的自然的行为在何种程度上成了人的行为。"可以看出"人在何种程度上对自己说来成为类的存在物,对自己说来成为人并且把自己理解为人"[2]。这意思是说,在人类社会中,人与人之间的种种关系如阶级关系、朋友关

---

[1]《西方美学家论美和美感》,商务印书馆1980年版,第16页。
[2]《手稿》第72页。

系、上下级关系、交换关系、分配关系等等，都是政治的、经济的、道德的、感情的关系，与人的自然生理属性不发生直接联系。男女关系则不同，它是直接与人的自然生理属性（性爱）相联系并以此为其自然基础的，因此它是人与人之间最自然的关系；但是，它毕竟是人类社会中人与人之间的一种关系，因此，男女关系不但同动物界雌雄间"单纯的性欲"根本不同，而且也根本区别于"古代的爱"即远古人类基于"单纯的性欲"而发生的动物式杂婚，"它是以所爱者的互爱为前提的"①，在这种关系中，"当事人双方的相互爱慕应当高于其他一切而成为婚姻基础"②。而引起男女间相互爱慕的就是恩格斯所指出的"体态的美丽、亲密的交往、融洽的旨趣等等"③，它包括了形式（体态）和内容（旨趣、交往）两方面的因素，而后者往往是更重要的，正是这些因素在男女关系中的地位、作用"表现出人的自然的行为在何种程度上成了人的行为"，"人在何种程度上对自己说来成为类的存在物（即社会化的人——笔者）"。为什么俗话说"情人眼里出西施"？就因为基于真正爱情的男女双方总是能从对方身上感受到自己所具有、所喜欢的那些东西的，如勇气、智慧、才干、忠诚、温柔等等。这样，双方就都像是镜子，相互映照出对方的积极本质，而引起彼此的爱慕。于是，在美的起源阶段要经过千百万次反复的漫长历程才能完成的事情，即人的本质在物上对象化，人由喜悦而觉得对象"好看"，从而产生美和美感的过程，就以浓缩的形式在恋人之间发生了，由"旨趣融洽"到互生爱慕，到觉得对方如西施一样美。只有这样的爱情才是"人的行为"。

---

① 《马克思恩格斯选集》第4卷，第73页。
② 同上，第75页。
③ 同上，第72页。

可是，这样一种合乎自然规律（人的生理要求）又合乎社会规律（人的思想要求、感情要求），于男女双方和社会都是有益的事情，这样一种人的积极本质对象化的活动，这样一种"人的行为"，在封建社会里却被压抑着、窒息着，那时的男女结合都是"父母之命，媒妁之言"，而这"命"和"言"又是以经济上、政治上的利害关系（如"门当户对"之类）为转移的，至于男女之间有没有爱情、能不能产生爱情那是根本不予考虑的。这样，有情人不能结合，人的合理要求和真正感情被压抑、被窒息，受到保护的所谓婚姻便只能是一种没有爱情的动物式的结合，或者说是一种动物性的行为。曹植《洛神赋》所描写的人神殊途、无从结合的悲剧故事无疑正是这种社会现实的反映，将这男（"余"）女（洛神）分隔开来、使之天各一方的不是作者笔下的人与神的界限，而是作品中借此隐喻的封建制度、封建观念（如"交接之大纲"等）。然而，人的本性是难以完全被压抑的，它像地底的泉水一样总是要冲破压力这样那样地喷射出来。所以，历史上、文学中才会出现那么多追求真正爱情、争取婚姻自由的动人故事。而曹植笔下的人神相恋，正是借梦幻的境界，反映了人世间男女相慕、自由结合的要求。在洛神这个意中人身上所体现的光彩，正是诗人追求美好事物的积极本质；因此，诗人对她"思绵绵而增慕"（越想越使人爱慕），她的形象在诗人心目中越来越充满着美的魅力，以致他情不自禁地要用那么多自然界的美好事物来赞美她——其实，人世间哪有这样尽善尽美的姑娘呢？曹植在现实生活中的情人也未见得有这样美——这大概也是"情人眼里出西施"吧！所以，当"余"不得不"收和颜而静志兮，申礼防以自持"（收敛笑容使自己冷静下来，重申封建礼法的约束以控制自己）时，他眼前的情景是那样哀婉感人——

于是洛灵感焉，徙倚彷徨，神光离合，乍阴乍阳。竦轻躯以鹤立，若将飞而未翔。践椒涂之郁烈，步蘅薄而流芳。超长吟以永慕兮，声哀厉而弥长。

在封建礼法、封建观念的阻击下，洛神被迫含悲离开她的恋人。"若将飞而未翔""声哀厉而弥长"，她在这个爱情悲剧中多么像自然界中因伴侣死去而盘旋哀鸣的白天鹅啊！所以，"惊鸿"不只是比喻洛神的外表体态，而且也是失去真正爱情的女性的象征。宋代爱国主义诗人陆游在晚年写了一首情词恳切的悼亡诗，来表达他对青年时代被迫离异的前妻唐婉的怀念之情，其中就用了"惊鸿"之典："城上斜阳画角哀，沈园非复旧池台。伤心桥下春波绿，曾是惊鸿照影来。"

外表非凡美丽，又具有真挚追求纯真爱情的心灵，对这种爱情的毁灭满怀哀怨，这就是洛神形象的美，就是其美学价值之所在。在洛神身上，绝艳惊人的外表美、形式美与哀怨动人的心灵美、内容美是和谐地统一着的。但显而易见，这里的内容美是胜于形式美的，因为外在的形式美如英国人所说不过是"一层皮"而已，肤浅、易失，只能给感官以享受，而内在的心灵美却是比外在美更深沉、更凝重、更持久的东西，它所引起的是灵魂的震撼、感情的激荡，这是比单纯的感官快适更丰富、更高级的审美享受；有了这种内在的美，形式美更生光辉，反过来，内在的美又因有与它一致的形式美而变得更加具体感人。如果洛神只有外表美而没有对于爱情的真挚追求的品格，那她的形象在很大程度上就会失去其美学价值，也不会如此打动人心了。所以清初戏剧理论家李渔说，人的形象美不美，主要看其内里，而不是看其外表，重点在内容，不在形式，"在中藏不在外表,在精液不在渣滓"①。在《风筝误》传奇中,他在借人物之口谈到美人标准时还提出了三条:一曰"天姿",即容貌、体态;二曰"风韵",即风度、举止、言行;三曰"内才",即品德、才智、修养。他认为,有天姿而无风韵,像个泥塑美人;有风韵而无天姿,像个花面女旦;但是,天姿风韵都有了,而独独没有内才,那也只能算半个美人。这些见解同古希腊哲学家亚里士多德所说"美是一种善,其所以引起快感,正因为它善"②的意思是一致的,即都强调了"善"即内容、内在美对于形式、形式美的重要意义。

但是,在社会生活中,形式美与内容美并不总是和谐地统一于同一事物上的,往往是形式美而内容不美,或者是内容美而形式不美。德国著名女革命家罗莎·卢森堡说过一件有趣的事:有一次她在布累斯劳的监狱见到一个女犯人,具有女王般高贵的仪表,她以为此人的情操也是如此。谁料两三天后同此人一接触,立刻发现在其美丽的外表下却隐藏着卑劣愚蠢的思想。卢森堡就此事感叹说米洛斯的维纳斯归根结底正是由于她不讲话,才能在千百年中间保持她那最美丽的妇女的荣誉,但只要她一开口,说不定她的魅力就烟消云散了……。而法国作家雨果小说《巴黎圣母院》中的敲钟人卡西莫多虽有一颗正直高尚的心灵,但外表驼背眇目,长相奇丑。在这种内容与形式、内美与外美不一致的情形下,就更应着重内容、内美了,因为决定一个人美学价值的,归根结底取决于他(她)的品格、才华以及在社会事务中所起的作用:有内美的人,虽然外形丑,但他的思想和

---

① 《中国古典戏曲论著集成》(七)第65页。
② 转引自1981年10月20日《中国青年报》。

行动符合客观规律，有益于人民和社会，体现出进步人类的积极本质力量，因而他的形象富有美学价值，这种美学价值越大，他外表上的不足就越是退居到次要地位，以至于可以忽略不计。相反，如果一个人外表虽美而心灵丑恶、人格渺小，那么，其形式上的美也会失去其审美价值的，正如我们不会去孤立地欣赏一个卖国贼、一个杀人犯的美貌一样。所以，卢森堡见到的那个女犯人的形象是丑的，而驼背眇目的敲钟人的形象则是美的。内在美、心灵美的这种重要性一放到历史的天平上就立刻显示出其分量来：那些彪炳青史，流誉千古，至今为人所纪念、所崇仰、为文学艺术作品所歌颂的卓越人物，不都是以其精神的崇高、品德的峻洁、思想的深刻、知识的渊博、才华的突出、意志的坚韧、理想的远大、胸怀的宽广、气节的凛然、贡献的卓越等等示人以美吗？伟大如马克思、高尔基、鲁迅、托尔斯泰、贝多芬等，有谁还会注意他们的外表美不美呢！这些卓越人物恰如长城、金字塔一样，使人观瞻之际油然而生壮美之感。正如共产主义战士雷锋，虽然——

你只有

一百五十四厘米

——身高呵，

二十二岁的

年龄……

但是，在诗人看来，他却是

——我的

高大的

长兄！

为什么？因为——

你共产党员的

红心呵，

是何等的

纯净、透明！……①

所以，四肢瘫痪，但具有钢铁般意志的苏联作家奥斯特洛夫斯基是美的；全身负伤无数次、"把一切献给党"的中国革命战士吴运铎是美的；一切虽然身有残疾、体有伤痕、长相有所缺陷或不足，但心灵高尚、学识渊博、全心全意为人民服务的人，其形象也都是美的。当然这决不意味着形式美、外表美对于人是无意义的，一个人有德又有容，心灵美外表也美，那就达到了美的最高境界。但即便如此，二者相比较，内容、内在美也仍然更重要，例如那些历来为人们所称道的美女，如战国时舍身救国的西施，汉代随司马相如私奔的卓文君，唐代四川的才女薛涛等，她们之所以流芳后世，主要是因为她们的爱国义举、杰出文才和坚贞爱情，美丽的外貌不过是附丽于这种内美才得以传留至今的，否则，这些美人恐怕早就在历史上湮没了。我们今天还提起洛神，不也是出于同样的原因吗！

诗人郭小川在《祝酒歌》中这样写道：

山中的老虎呀，

美在背；

树上的百灵呀，

美在嘴；

---

① 贺敬之：《雷锋之歌》。

咱们林区的工人啊，

美在内。

说得太好了！这是在用诗的语言谈美，它形象地指明了社会生活美之所以不同于自然美，在于内容胜于形式。也就是说，只有符合社会发展规律，表现社会实践的前进要求，肯定人的进步理想的生活形象，才是美的。在全面开创社会主义现代化建设新局面、建设高度的社会主义物质文明和精神文明的伟大事业中，让我们都来做"美在内"的共产主义新人吧！

天鹅飞上了舞台……

一束蓝色的追光打在铺着绿色地毯的舞台上，光柱中，被恶魔用魔法变成了白天鹅的公主奥杰塔在湖面上徘徊顾盼，等待着她心爱的王子——这是古典芭蕾舞剧《天鹅湖》中的一幕。夜色静静地笼罩着湖水，管弦乐器缓缓奏出曼妙轻扬的旋律，使人如醉如痴。波光月影之中，天鹅起舞了：演员那薄雾般的白纱裙，那轻盈幽婉的舞姿，那婀娜多变的脖颈、手臂、腰背的动作，都使人重新体验到曾经在大自然中领略过的天鹅的美，从社会生活中体验过的纯真爱情的美，但又不一样，《天鹅湖》中的奥杰塔比大自然中的天鹅更能激起人们的美感，她和王子的爱情故事比生活中一般的男女之爱更能打动人们的心弦……

天鹅飞上了舞台，爱情谱成了舞剧，于是，自然美、社会美升华成了艺术美。

艺术是人对现实的审美掌握的最高形式；艺术美是作家、艺术家在客观存在着的自然美、社会美的基础上，根据一定的审美意识，通过各式各样的艺术形象和各种形式性因素重新创造出来的一种美。这种美附丽于艺术作品和艺术形象之上，它不等于艺术，又离不开艺术，通过艺术作品的形式和内容体现出来。艺术美来自现实美，但又比现实美更高、更精致、更细腻；它使现实中分散的美得到集中、浓缩；使庞杂的现实生活得到净化、提炼；使隐蔽的美明朗化。因此，艺术美比现实美更典型，更有感染力，也更为激动人心，它是自然美和社会美所不能取代的又一美的领域。

人类通过艺术（绘画、雕塑、舞蹈、音乐等）来反映、掌握世界，并将艺术作为独立的特殊的审美对象，有着久远的历史。我们现在所能见到的最古老的艺术作品是旧石器时代原始人的洞壁绘画，如西班牙阿尔塔米拉洞画中受惊的野猪；法国封·德·高姆洞画中向前俯冲的猛犸，拉斯科洞画中仰角飞奔的鹿群，尼奥斯山洞画上中箭的野牛，等等。法国还有一个叫"三兄弟洞"的原始人的穴居之所，是1912年三兄弟发现的，主体是一个长16米、宽4米、高4米的大厅，那里有原始人用黏土雕塑的两头大野牛，公牛在前，母牛在后，形态栩栩如生。

至于舞蹈、歌唱等表演艺术的产生则晚一些，在旧石器时代晚期，它是以群众性的"排演"狩猎场面和以幻想与祈祷、祭献或巫术来影响主宰自然界的神灵的宗教仪式为基础的。到了中石器时代，岩画上就有了新的内容，出现了人的形象，如西班牙勒支特岩画上飞跑的人群正手持弓箭，在追猎四蹄腾空、势若飞行的山羊；印度北部的一个山洞中，则画了手持石制或骨制投枪的五个人，在围猎巨大的犀牛。而彩陶上的图案装饰则是新石器时代绘画艺术的特点，我国仰韶文化的彩陶上有鱼纹、鸟纹等多种动物图案，丰富多彩。

这些绘画、雕塑、舞蹈虽然发源于史前时期，但它们毕竟不如劳动本身那样古老。要进行艺术创作，首先必须有发达的脑和手；而脑和手只有在劳动实践的历史过程中才能形成和完善，所以，人类的劳动和制造劳动工具的本领是先于艺术创作的。问题在于，原始人在极端艰苦的条件下为什么还要去从事艺术创作呢？这是因为艺术如同工具、劳动和狩猎品一样，对于原始人的生活来讲是确实需要的。

　　人与自然、人与兽的矛盾是生产力水平极端低下、社会组织极不完善的原始社会的主要矛盾，动物是人类实践的第一个对象，是人类同现实建立功利关系的起点，是人的积极本质"物化"的最初形式，因而也必然是人类艺术史上最早的艺术形象。普列汉诺夫指出："楚克奇人的图画描绘的是什么东西呢？——是狩猎生活的各种不同的场面。很明显，楚克奇人最初从事狩猎，后来才在图画中再现了自己的狩猎。同样，如果布什门人描绘的几乎完全是动物，如狒狒、象、河马、雁等等，这是因为动物在他们的狩猎生活中起着巨大的决定性的作用。最初人同动物发生一定的关系（开始猎取它们），后来——正因为同它们发生了这样的关系——他才产生了要描绘这些动物的冲动。"① 这种冲动一则是出于对动物强健、有力、灵巧的赞美，要从再现动物外形的活动中肯定自己的勇敢、力量和智慧中，得到心理的满足；二则是出于人们这样一种朴素的信念（实际是迷信），以为再现出动物的形象就能获得战胜它们的体力和技巧，就能保证它们成为自己生活的不竭来源。例如，北美洲的红种人跳"野牛舞"，正是在好久捉不到野牛而使他们有饿死的危险的时候，舞蹈一直要继续到野牛的出

---

① 普列汉诺夫：《论艺术》，三联书店 1973 年版，第 92 页。

现。如果我们发现某个原始部落的人将野牛涂画在穴居的洞壁上或是刻在自己的皮肤上,则"是有缘故的,为的是关于野牛,或者是猎取野牛,禁咒野牛的事。"① 他是要借此从野牛那儿获得战胜它的力量,或是要以此显示自己的勇敢和功劳。这发展到后来,则可能成为一种特殊的装饰,成为一种可以从中得到某种精神愉悦之感的对象了。至于最初的音乐和文学的产生,鲁迅曾作过说明:"假如那时大家抬木头,都觉得吃力了,却想不到发表,其中有一个叫道'杭育杭育',那么,这就是创作。"② "杭育杭育"本是为了调整、统一抬木头或别的劳动时的步伐而喊的号子,也可能是为了减轻、忘却劳累而发出的声音,是有功利内容在其中的,但久而久之,就"偕有自然的韵调"③,发展为诗和歌。由此可见,艺术和自然美一样,最初也是发源于劳动的。

随着社会的进步和体力劳动与脑力劳动的分工,上层建筑、意识形态离直接的生产实践、经济基础也越来越远,它们之间的联系越来越要经过一系列的中介、中间环节。在这过程中,美的想象、美感中的情感活动等"人类的高级属性开始发展起来"④,人的精神需要也越来越高;于是,美和表现美的艺术就越来越超乎实际的生产活动,而成为一种与实际效用、狭隘的功利目的无关的,专用以丰富自己的精神生活、对现实做出独特审美评价的手段。我们不妨看看《儒林外史》上的王冕是怎样画荷花的:

那日,正是黄梅的时候,天气烦躁。王冕放牛倦了,在绿草地上坐着。须臾,浓云密布,一阵大雨过了。那黑云边上镶着白云,渐渐散去,透出

---

① ② 鲁迅:《门外文谈》。
③ 鲁迅:《中国小说的历史变迁》。
④ 马克思:《摩尔根〈古代社会〉一书摘要》第54页。

一派日光来，照耀得满湖通红。湖边上山青一块，紫一块，绿一块。树枝上都像水洗过一番的，尤其绿得可爱。湖里有十来枝荷花，苞子上清水滴滴，荷叶上水珠滚来滚去。王冕看了一回，心里想道："古人说，'人在画图中'，其实不错。可惜我这里没有一个画工，把这荷花画他几枝，也觉有趣。"又心里想道："天下那有个学不会的事，我何不自画他几枝？"……自此，聚的钱不买书了，托人向城里买些胭脂铅粉之类，学画荷花。初时画得不好，画到三个月之后，那荷花精神颜色无一不像，只多着一张纸，就像是湖里长的；又像才从湖里摘下来贴在纸上的。

这里，荷花的美与画荷（表现荷花的美）同王冕的生活并无任何利害关系，他之所以要画荷，不是为了满足生理的、物质的需要，而纯粹是出于一种精神需要和感情冲动，是雨后荷花湖水的绚丽景色作用于他的视觉，唤起了他"人在画图中"的想象和联想，从而想再现它、挽留它、在艺术地描绘它的过程中得到精神享受。同样，《天鹅湖》的创作及这个舞剧本身也是同狭隘的功利观念、实用主义相对立的。当柴可夫斯基为它作曲时，当伊凡诺夫、彼季帕将它编排上演时，当乌兰诺娃、白淑湘扮演白天鹅时，他们的出发点当然不会是要从公主奥杰塔与王子齐格菲尔得的爱情中给自己搞到什么好处，也不会是要用这个舞剧去解决观众诸如组建家庭、生儿育女之类的具体问题，而是要通过这个悲欢离合的故事去歌颂忠贞的爱情、正义战胜邪恶、光明战胜黑暗的信念和理想；而一代又一代的观众之所以欣赏《天鹅湖》，也是要从中得到美的享受，在这种美的欣赏中自然而然地受到高尚的思想教育。

不过，说真正的艺术是审美的而非实用的，并不是说它是无目的的"为艺术的艺术"；艺术在人的功利性实践活动的基础上产生，成了人的社会性需要，它同美一样，是为人类而存在的，归根结底是同追求人类的利益，同争取生活的进步的斗争相关联的。艺术摆脱了低级的、狭隘的、粗陋的功利要求，但是却追求高级的、广阔的功利价值：第一，它有助于人类与黑暗势力进行斗争，成为推动社会进步的实践活动；第二，它有助于提高人类的认识能力和知识水平，增强人类征服自然的能力，增进社会文明；第三，它有助于陶冶人的灵魂，丰富人的精神生活，提高人的精神境界和道德修养。艺术所追求的这种高级的、广阔的社会功利价值，也就是艺术美的功利性之所在。像我国战国时期的伟大爱国主义诗人屈原的不朽诗作《离骚》，曾被鲁迅誉之为"逸响伟词，卓绝一世"。诗中巧妙地运用浪漫主义的手法，铺陈芳草，召唤美人，下地上天，悲今怀古，大量神话传说、历史人物、日月风云、山川流沙等，使作品幽远情深、瑰丽奇伟，达到了极其高远的美的境界；而在这美的境界中凸现出来的高大的主人公的艺术形象更是焕发出美的夺目光彩。这种境界的美、形象的美当然同诗的艺术形式、艺术手法有关，但更重要的是因为它具有广阔的功利价值、具有深厚的社会内容，就是说，诗人创造这样的美的境界、美的形象不是无目的、无追求的，恰恰相反，正是为了通过这美的境界、美的形象去寄托、抒发自己对祖国、对人民的挚爱。这里表现了主人公"路漫漫其修远兮，吾将上下而求索"的追求真理的精神和"虽九死其犹未悔"的同恶势力作殊死斗争的意志。

我们还可看看西方美术史上那些表现裸体的艺术作品，如古希腊的雕塑《米罗斯的维纳斯》，意大利文艺复兴时期绘画、雕塑中的裸女，19世纪法国画家安格尔的《泉》，雕塑家罗丹的《海神之女》，以及我国画家徐悲鸿的《山鬼》（屈原《九歌》诗意图之一），这些作品当然不同于原始时代某些氏族的女性雕像（它那突出夸张了的庞大乳房和隆起的腹部体现了原始人为了部族的繁衍而追求生殖的功利目的和生殖崇拜，是当时的女性美的观念在艺术中的反映），也不是为了在人们身上激起肉欲，它们同这些低级、粗陋的狭隘功利性是不相容的。但它们也并非"为艺术而艺术"，而是在人体的形式美中表达着艺术家进步的生活理想、美学理想，甚至更为复杂的政治理想，即以徐悲鸿的国画《山鬼》而论，那跨在猛虎背上，以容貌姣好、体态健美的裸女形象出现的"山鬼"，难道不正是寄情于香草美人的屈原的"夫子自道"，又是画家高洁品格和美好追求的表现吗？

总之，《离骚》也罢，《山鬼》也罢，中外古今其他的文学艺术作品也罢，只要堪称真正的艺术，它就是既脱离了低级、狭隘的功利目的，又不是无所追求，而是体现着广阔的功利性的"为人生的艺术"，这样的艺术才有艺术美可言，才能在不同程度上提高人的认识能力，启发人的思想，丰富人的知识，陶冶人的性情，给人以美的感受；这样的艺术和艺术美总是同进步的阶级、集团、政治派别和个人联系在一起的，总是和广大人民群众灵犀相通的。

在我们这个时代，真正的、于人类进步和社会发展有益的艺术、艺术美则是属于无产阶级、被压迫民族、被压迫阶级和广大人民的。我们"唯物主义者并不一般地反对功利主义，但是反对封建阶级的、资产阶级的、小资产阶级的功利主义，反对那种口头上反对功利主义、实际上抱着最自私最短视的功利主义的伪善者。……我们是无产阶级的革命的功利主义者，我们是以占全人口百分之九十以上的最广大群众的目前利益和将来利益的统一为出发点的，所以我们是以最广和最远为目标的革命的功利主义者，而不是只看到局部和目前的狭隘的功利主义者"①。无产阶级的这种革命的功利主义，是上面讲过的人类艺术的广阔的功利主义的一个新的发展。这种革命的功利主义具有最博大的胸怀，它能容纳中外古今一切有益于社会进步、有益于提高人的精神境界、丰富人的知识的文学艺术作品，肯定这些作品所创造的艺术美，同时，它又是革命的文艺家创造美的准则。从《国际歌》《母亲》到《铁流》《毁灭》，从鲁迅的杂文、诗歌、小说，毛泽东、周恩来的诗歌到新中国成立前后的一大批革命文艺作品，如郭沫若的《女神》、茅盾的《子夜》、周立波的《暴风骤雨》、柳青的《创业史》、郭小川的诗、王式廓的素描《血衣》等等，都体现了这种革命的功利主义，因而对于提高人们的思想和精神境界，丰富人们的审美活动都起了重大的作用。当然，我们这里所说的功利是就艺术、艺术美而言的，而艺术、艺术美总要通过形式表现为形象，表现为节奏和韵律，所以，艺术的功利性、思想性一定要同它的娱乐性、形象性有机地结合起来，否则，就无所谓艺术和艺术美了。

那么，艺术、艺术美又是怎样创造的呢？它也是按照"美的规律"创造的。世上的万事万物都有自身的规律，人的创造性活动亦如此。美的起源告诉我们，美是在人类的社会实践中产生的。而实践之为实践就在于它是既合乎客观规律又合乎人的主观目的的，实践的过程也就是人的本质力量对象化的过程。因此，从广义上说，所谓美的规律也就是实践的规律。这个规律既存在于人的物质生产领域中，也存在于精神生产领域（包括艺术创造）中，支配着人的行动，所以，马克思说，"人也按照美的规律来

---

① 毛泽东：《在延安文艺座谈会上的讲话》。

塑造"①。

当然，艺术并不等于美，那些粗制滥造、违背生活真实、宣扬低级趣味和腐朽思想的小说、绘画、电影等，看了只能使人恶心、中毒，难道能称之为"美"吗？显然不能。只有反映了生活真实、表达了先进思想和健康趣味、富于艺术魅力的作品才是美的。同时，艺术作为一种意识形态，是主观反映客观的一种形式，而美则是客观存在的事实，是艺术反映的对象；生活中不光有美，还有不美和丑，而艺术不仅反映美，也反映不美和丑，反映生活中形形色色的现象，这是美和艺术的区别。但是，我们也知道，艺术作为人对现实的最高审美掌握，它不论反映生活中的美还是丑，都应将它表现得美，它的本质不在于"画出一个很美的人"，而在于"很美地画出一个人"，即便是表现卡西莫多，表现生活中的丑剧，也应赋予它们以审美价值、审美意义，而这种审美价值、审美意义就来自于对被反映对象本质的真实描绘，和这种描绘所产生的积极社会效果。在这个意义上说，创造艺术和艺术美同创造生活美一样，也受美的规律的支配，也离不开对客观规律的掌握和人的本质力量的对象化。

当原始人在岩石上、洞壁上作野牛画，在丛林中跳野牛舞时，他是在不自觉地按美的规律办事：一方面，他只有熟悉野牛生长、活动的规律及其性状，才能用恰当的绘画和舞蹈手段形象地表现它；另方面，他又用自己作为狩猎者的本质、感情来衡量表现的对象，使野牛画、野牛舞符合其狩猎活动的功利目的，传达出他的愿望和要求，这样，艺术中的野牛形象就倾注了作者的思想感情，体现出他的本质力量，成为美的形象。在以后

---

① 《手稿》第51页。

的历史发展过程中，不管人意识到没有，他要进行艺术创作，就如同要创造生活美一样，不能不受美的规律这个客观法则的支配。所不同者，是后来文明社会的艺术家们的艺术创造已完全脱离了生产实践，与劳动和狭隘的实用观点、功利目的分开，成为一种专门的、独立的事业，艺术家的审美意识愈来愈发展，愈来愈完善，也愈来愈自觉。但是，要进行艺术创作，要创造艺术美，必须要有生活对象这一点，则是古今中外的艺术所共通的。

拿文艺复兴时期的大画家达·芬奇创作名画《蒙娜丽莎》来说，那一充满女性魅力的艺术形象是怎样产生的呢？这首先得有画家"至少在一个活人身上曾经爱过的那种美作为典型"（马克思语），这个"活人"就是生活在16世纪的佛罗伦萨皮货商乔肯杜的妻子蒙娜丽莎。法国作家高乃依诗云："一种莫名的爱娇，把我摄向着你。"蒙娜丽莎的美对于达·芬奇也有如此的吸引力，他是带着一种对这位美丽女性的虔敬的感情来作画的。当时蒙娜丽莎的爱女不幸夭折，为了使这位心灵带着创伤而郁郁寡欢的少妇露出笑意，芬奇在作画时常请来乐师伴奏。在创作过程中，芬奇凭着他对人物心灵和外形辩证关系的深刻理解和高度的艺术技巧，在真实地描绘这位美人形象的同时倾注了自己对形象的认识、理解和评价，从而通过《蒙娜丽莎》中表现出的"谜一般的微笑"，寄托了艺术家的思想感情和审美理想，赞颂了人和人性，这本身就是对欧洲黑暗中世纪禁欲主义的大胆否决。这个艺术形象已不是对蒙娜丽莎及其美的简单再现，而是生活美与艺术家主观因素的辩证合金，是艺术家积极本质的实现。

绘画是这样，其他如小说、诗歌、戏剧、音乐、舞蹈的创作也是这样。当然，由于各种艺术部类的特点不同，它们在"按照美的规律来塑造"的具体过程和表现形式也不会是一个模式；就是同一种艺术，它在反映生活、塑造形象和典型时方法也是多种多样的，有的以某个真实的人作为生活原型，如绘画《蒙娜丽莎》、小说《钢铁是怎样炼成的》、电影《雷锋》；有的则综合生活中的各个人、多种现象作为原型，用"杂取"（鲁迅语）的办法将它们集中为某一个艺术形象，如绘画《血衣》、小说《阿Q正传》、电影《牧马人》《咱们的牛百岁》，等等。但是无论如何，"按照美的规律来塑造"，通过真实描写生活表达出作家、艺术家对生活的评价，寄托自己的思想感情，努力在作品中实现自己的本质力量，则是各种艺术创作所遵循的共同原则。对于那些反映比较复杂的生活现象，有较大思想容量的艺术门类，尤其是小说、戏剧、主题性绘画、群雕、叙事诗等，更必须通过生动感人的艺术典型，深刻揭示生活的本质和社会规律，体现出进步的思想、倾向，帮助人们认识生活，激发人们的道德感，同时给人以美的享受。因此，同生活美一样，艺术美也必然通过建立在真与善的基础之上的优美形式和可爱形象表现出来，因而它也必然是感性的、具体的。

不过，创造艺术、艺术美虽然和创造生活美一样，在基本的规律上（"美的规律"）是一致的，但也有自己特殊的、具体的规律，这就是艺术的规律。艺术规律这个概念所包含的内容是很广的，举凡艺术自身发展变化及艺术创作的规律都属此范畴，如各门艺术存在和发展的规律、艺术构思规律、典型化规律、形象思维规律、形式美规律等等，而这些规律在不同艺术门类中又各有其特点。但是这些具体的规律都服从于、从属于艺术、艺术美创造的基本规律即"美的规律"，离开了"美的规律"，离开了对客观世界规律的掌握和人的本质的对象化，离开了人类的基本实践活动，就没有美和艺术，当然也就谈不上艺术规律了。因此，"美的规律"是创造艺术、艺术美的根本规律。

在生活中，人们是时时在跟艺术打交道的。可是，当我们坐在剧院里观看戏剧、舞蹈、电影时，那感受难道和阅读小说、诗歌时一样吗？当我们在展览馆欣赏绘画、雕塑作品时，那感受难道和在音乐厅倾听音乐时一样吗？显然不一样。因为在上面这些艺术中，有的用眼看，有的用耳听，有的眼耳并用；有的以活人出场，有的以色线绘形，有的用语言叙述，有的用音调抒情，等等。艺术用以反映生活、生活美的形式和手段不同，"而眼睛的对象不同于耳朵的对象"（马克思语），所以这用不同形式和手段反映生活、作用于人的不同感官的艺术，也就必然使主体产生不同的感受。

艺术以其反映生活的不同形式和手段，以及主体对它的不同感受，分成了不同的艺术种类。艺术种类以其大体而论，可分为语言艺术，如小说、诗歌，造型艺术，如绘画、雕塑，音乐艺术，如歌唱、演奏，综合艺术，如戏剧、电影，等等。

艺术之所以会有不同的种类，这不是艺术家一厢情愿的主观愿望，而是有其客观依据的。我们已经知道，现实生活中的美是以不同的形态存在着的，比如形式美具体表现为色、线、音、形及其组合，而内在美却要通过现象在运动中表现出来；形式美中有的是视觉的对象，有的则是听觉的对象，有的表现内容，有的又脱离具体内容而独立，等等。美的这种存在形态上的差别，使主体感受、反映它的途径也有所不同。艺术家要将这不同形态、不同特点的现实美转化成艺术作品供人欣赏，就必须依据美的不同存在形态以及对它的不同感受、反映方式，采用不同的物质手段（如色彩、线条、音调等等）来加以表现，使艺术家的审美意识"物化"为欣赏者可以感受的形态。当原始人要通过熟悉野兽的特征以提高狩猎效率，或是他要将自己从被征服的野兽身上获得的荣耀感传达给他人时，他就自然而然地用赭红的石块、烧焦的木炭在岩壁上再现野兽的可视形象，于是有了绘画；当他们从自己劳动时"杭育杭育"的喊声中获得快感，而又欲将这快感传布于伙伴时，他就顺理成章地将这劳动号子发展成有节奏的曲调，于是有了音乐。随着社会的发展，美的领域的扩大，物质手段的增多，人们——主要是艺术家，不但丰富、发展了绘画、音乐的表现手法、表现形式，而且又创造出文学、戏剧以至电影等各种艺术种类。这个事实表明，艺术史上新的艺术品种的出现和旧的艺术品种表现方法的发展，不但同现实美的发展有关，而且同物质手段的增多相一致：没有电的发现和摄影术的发明，电影这种新艺术种类是不可能诞生的；而现在在国外新出现的电子音乐、喷泉音乐，也是以新的物质手段为存在条件的。因此可以断言，艺术的分类不会到此止步，生活和生产的发展必将使艺术种类更加多样化。

艺术的不同种类有不同的审美特征。

从包括建筑、工艺、绘画、雕塑等在内的造型艺术来讲，其共同特点是以颜料、纸布、石膏、石料、金属、木材等物质材料，创造以线、色、面、形、体构成的可视形象，直接诉诸人的视觉，甚至触觉，使观赏者从对它的直接观照中产生美感；而这种可视的形象都是静止的。虽然如此，它们又各有其特点。建筑是一种实用与审美相结合的艺术，它是人们劳动创造的，供人生活、活动的物质环境，其审美特征不能不受实用功能的限制，这除了作为权势象征的帝王宫殿、以供观赏为重要目的的园林建筑外，其他一般建筑的审美功能要服从它的实用功能，如住宅、厂房等首先是要实用，其次才是美观。建筑由于使用的材料笨重和体积庞大，所以建筑艺术才能以其特殊的形式体现一定时代、一定社会的风貌和审美意识，像古埃及法老的陵墓、狮身人面像，以其形式的完整、宏伟以及其体积与人之间比例的高度悬殊，非常有力地反映了东方奴隶主专制制度的森严及奴隶主阶级的审美理想、审美趣味。而人民英雄纪念碑、人民大会堂、葛洲坝水电站以及现代化的高层居民住宅，多层次的立体桥等，则体现出当代社会风貌和当代人的审美理想。所以，建筑艺术的审美特点，主要就是在其特殊的物质材料和技术的基础（这种物质材料和技术基础又是以一定的生产力状况为前提的）上建立的三维（即三度空间中存在的立体）形体构造所体现的造型美。在生活中，人们用线条、色彩、形体来美化实用物品如工具、器皿、家具、玩具以及各种装饰品等等，它们统称为实用工艺品。实用工艺和建筑艺术有许多相似之处，最突出的一点是都以实用与审美相结合为特征，除装饰品等特种工艺品外，都从属于实用。如一张桌子，首先要适用，然后才是它的形状是否美观；一只竹篮，首先也是它能盛物、结实，然后才谈得上编织是否精细、样式是否好看。工艺品离开实用，所谓美不美就失去了意义（专门供人摆设、装饰用的花篮、金碗等除外）。实用工艺品的审美价值也像建筑一样，主要在于其形体结构所表现出来的造型美。

至于绘画和雕塑则与建筑和工艺不同，它们的审美价值已与实用价值（狭义功利性）相分离，而与广义功利性（思想教育功能、认识功能、美育功能）相结合了。齐白石的墨虾图、黄宾虹的山水画、董希文的《开国大典》、罗中立的《父亲》、潘鹤的雕塑《艰苦岁月》、四川大型泥雕《收租院》，这些作品的创造当然不是为了供人们的实用，但它用艺术的语言指导人们加深对生活的认识，提高人们的思想境界，给人们以精神享受的作用。

造型艺术以具体形象直接诉诸人的视觉，音乐艺术则以在时间上流动的音响直接作用于人的听觉，给人以优雅、热情、崇高或者潇洒沉郁等美的感觉。音乐，不论是歌唱还是演奏，有其与众不同的"音乐语言"和"音乐形象"。正如著名俄国作曲家亚·尼·谢洛夫所说的：音乐是"心灵的直接语言"，"是一种特殊的诗的语言，这种诗的语言具有由人声（与言语相联系和在某种程度上受制于言语）发出的或特殊的人造工具（实质上或多或少都适合于人的声音）所产生的一定的特殊音响，作为自己的手段"。这种手段是在长期的音乐实践中形成的一套音响体系，包括旋律、和声、乐曲结构和其他因素。由这种"音乐语言"所创造的"音乐形象"，必然和造型艺术中的视觉形象不同，它通过特定音响的起伏变化传达出主体——音乐家对现实的审美感受；由于人有大致相同的生理—心理机制，对于那些具有"感受音乐的耳朵"的听众来讲，就会通过特定的音响变化生发出联想和想象，在内心唤起一定的情感意象，从而受到感染。至于与音乐有密切联系的舞蹈，由于它以人自身的形体动作作为物质手段，通过在舞台背景上配合音乐的形体的有韵律的活动来反映生活，抒发感情，因而兼备可视性与可听性；它综合了音乐（伴奏和伴唱）、绘画（布景和化妆）、雕塑（舞蹈造型）等因素，因而具有综合性。舞蹈反映现实生活，但不是直接模仿、直接再现，而主要是通过舞蹈动作表现主体从现实生活中产生的情感活动，因此，舞蹈和音乐一样，在反映现实美上，是通过人的主观感受上的折光来实现的。

　　作为语言艺术的文学在审美特征上又与以上艺术种类大不相同。它是通过以语言或语言的书面符号——文字作为物质手段，传达出一种经验信息，在人们头脑中唤起想象中的形象，来反映现实的。由于语言艺术不受视觉形象和听觉形象的限制，也不受时间和空间的限制，所以它的表现方式更为自由，反映生活的能力更为强大，从可能性上讲，人间天上的一切人情世相，一切悲欢离合，一切矛盾冲突，一切音响色彩，都可以映入文学的巨镜中来。所以它是一种最自由、最带普遍性的艺术种类。

戏剧、电影、电视剧又不同于上述种种，它们是语言、美术、舞蹈、音乐等各种艺术样式的综合体，因而是综合艺术。

生活的复杂性、多样性以及人反映生活的不同途径决定了艺术的多种类。各种艺术不但各有其相对独立的艺术特征、审美特征，它们之间也有内在的联系和彼此相通的共同规律，例如古人早就指出过，诗是无形画，画是无声诗，"诗中有画，画中有诗"；近现代也有不少人说过，音乐是流动的建筑，建筑是凝固的音乐；雕塑是静止的舞蹈，舞蹈是活动的雕塑，等等。文艺作品是人创造的，艺术家之所以画这个不画那个，这样塑造而不是那样塑造，都体现出他对生活的认识和态度。所以，在山水花鸟画或人体雕塑上都渗透着作者的思想感情和趣味。掷铁饼者、维纳斯这些古希腊雕塑，乍看似乎只是表现了人体的美，而实际上，它们那半裸或全裸、肌肉饱满、比例匀称的身躯，表情恬静的面部，却在揭示着古希腊人的社会历史风貌以及由此形成的"人神同形同性"观念和健美观念，这些，不就是古希腊雕塑所包含的认识价值吗？当我们欣赏徐悲鸿那泼墨如洒、雄健骏秀的奔马，何香凝那造型严谨、气势深沉的雄狮，吴作人那墨分五色、形象坚挺的骆驼时，不是也同时感受到了画家的思想感情、对生活的态度吗？李可染山水的浑厚深沉之美，李苦禅花鸟的雄奇俊雅之美，等等，都同样凝结着画家的思想感情，表明画家的情操、趣味和生活态度——这也就是这些艺术作品的认识价值和思想意义之所在。

艺术不仅反映现实，而且由于它体现着作家、艺术家的思想感情，是作家、艺术家审美意识的"物化"形态，所以这里也流露了他们评价现实的思想。当然,作家、艺术家在艺术作品中对生活的评价,不应当是简单化的、抽象的政治、道德说教,也不应当是某种观念、政策条文的图解,而是从所描写的场面和情节中自然而然地流露出作者提倡什么和反对什么的思想感情倾向。正如恩格斯所说:"倾向应当从场面和情节中自然而然地流露出来,而不应当特别把它指点出来。"[1] "作者的见解愈隐蔽,对艺术作品来说就愈好。"[2] 这就是说,艺术作品中包含的真和善的思想,必须通过具体可感的活生生的形象含蓄地表现出来。艺术具有这种含蓄美,才能耐人寻味,引人入胜,意味无穷。文艺作品的形象性、形式美使它具有特殊的艺术魅力,能使人在愉悦的美的欣赏中被潜移默化,受到熏陶、感染、启发、教育和鼓舞。

---

[1]《马克思恩格斯选集》第4卷,第454页。
[2]《马克思恩格斯选集》第4卷,第462页。

二、"登山则情满于山,观海则意溢于海"
——关于审美中的直观、理性与心境

"流连万象之际,沉吟视听之区"

你读过苏东坡的《前赤壁赋》吗?

在这篇赋中,诗人记述北宋元丰五年七月十六那天,他和客人的赤壁之游。其时月出东山,白露横江,他们泛舟江上,清风徐来,水波不兴,于是饮酒乐甚,扣舷而歌。"客有吹洞箫者,倚歌而和之。其声呜呜然:如怨如慕,如泣如诉;余音袅袅,不绝如缕;舞幽壑之潜蛟,泣孤舟之嫠妇。"以致苏东坡为之"愀然"动容,正襟危坐,问客人说:"干吗吹得这样悲凉呢?"这就引起了客人一番溯古说今、人生如梦的感慨,表示要借箫声来表达此时此地的感情。苏东坡针对这种消极悲观的情绪,从事物发展变化的角度发挥了万物与人类都是永存的道理,然后指出:"江上之清风,与山间之明月,耳得之而为声,目遇之而成色,取之无禁,用之不竭。

是造物者之无尽藏也,而吾与子之所共适。"

这篇赋文情并茂,反映了苏东坡身处逆境(其时正遭贬职)而力求解脱、听任自然、乐观自适的旷达胸怀,历来为骚人墨客所传诵。然而,人们却忽略了作者的这种思想感情是通过审美感受的形式表现出来的。

的确,"江上之清风,与山间之明月",这些美声美色,"是造物者之无尽藏也",人们在生活中的哪一个角落都会碰到,当你置身于"水作青罗带,山如碧玉簪"的桂林山水中,当你徘徊于"明月松间照,清泉石上流"的幽林里,当"一桥飞架南北,天堑变通途"的壮丽图景在你眼前展现,当"声震林木,响遏行云"的优美歌声在你耳际回响,此时此际,你不是既不用旁人提示,也无须自己多费思索,而在心中产生一种愉悦之情吗?这就是美感。

美感,或审美感受,是作为审美主体的人用眼、耳观照审美对象时所产生的一种心理反应、一种感情状态、一种精神享受,它不同于"饮食男女"等生理需要得到满足而产生的生理快感。

这种美感感情既可以是愉悦的,如你观赏桂林山水时那样;也可以是悲凉的,如苏东坡品箫时那样;还可以是激昂的,如听到"响遏行云"的《国际歌》时那样,如此等等。究竟美感感情处于什么状态,要以审美对象的性质、形态、意义而定。"流连万象之际,沉吟视听之区",这就是古人对审美感受的生动描绘。

人为什么会在观照审美对象时产生美感呢?前面说过,这是由于在改造自然的漫长社会实践过程中,人"同时改变他自身的自然",使大脑及眼、耳等感官的生理构造远远超出动物的水平,形成了社会人所特有的通过眼、耳对审美对象的观照而产生一定美感感情的生理—心理机制,从而获得了动物所不具备的审美能力。

那么，大脑是怎样的生理结构，审美对象又是如何由大脑引起人的美感的呢？人的大脑有一百四十多亿个神经细胞，每个细胞又伸出许许多多枝杈，有一个主枝，叫轴突，还有不少分枝，叫树突。轴突和树突都同相邻的神经细胞形成一对一对的接触，叫突触，由此构成个四通八达、彼此相通的错综复杂的神经网络。在社会实践中，社会经验（包括审美经验）和外部信息（包括审美对象的感性形象）经由眼、耳的桥梁，通过多次的反复刺激，会在人脑结构中留下生理的痕迹，其中有作为表象（形象）整体储存于记忆中的，也有经过大脑进一步分析、加工、综合，形成概念等意识的储存。一旦审美对象刺激了人脑中某种储藏原型（即以往的外部形象或概念在大脑结构中留下的生理痕迹），就可以通过突触使神经网络中保存的类似表象和概念互相沟通，彼此联系，人就可以不假思索（即车尔尼雪夫斯基所说的"什么也不想"）地产生相应的美感。当年楚汉相争垓下之战时，刘邦的谋士张良编了一曲楚歌，教士兵至楚营四面唱和，于是"旋复有一片歌音，递将进来，如怨如慕，如泣如诉，一声高，一声低，一声长，一声短，仿佛九皋鹤唳，四野鸿哀。虞姬是个解人，禁不住悲怀戚戚，泪眦荧荧。……无句不哀，无字不惨，激动一班楚兵，怀念乡关，陆续散去。"[①]楚兵之所以听了张良的楚歌会产生悲戚之感，是由于楚兵生在楚地，听惯了楚音，引起了思乡的联想和感情。苏东坡泛舟赤壁时听了陌生的箫声而"愀然"动容，则是因为这箫声唤醒了他大脑中储藏的类似原型。再如《西厢记》中的张生第一次见到莺莺，就为她的"倾国倾城貌"所倾倒，

---

① 《前汉演义》上册，第264页。

"只教人眼花缭乱口难言，魂灵儿飞在半天。"林黛玉初次见到贾宝玉便大吃一惊，心中想道："好生奇怪，倒像在哪里见过的，何等眼熟！……"这里张生所生的美感，黛玉所得的"似曾相识"的美好印象，显然都是由于对象的表象触动了他们脑中的信息储藏所致。正因为人的大脑具有"构造"美的表象、美的概念、美的经验的功能，就使得通过直观而自然产生的美感具有理性的深度，而又无须任何自觉的思维活动。因此，美感这种充满社会内容的、以人的生理—心理机制为自然基础的、对当前审美对象的特殊感情反应，是受过去的理性认识（包括个人的和社会的）所制约的。

现代生理—心理学证明，人脑不但具有构造美的表象、概念和经验的功能，而且类似一架超级巨型电子计算机，它能在极短的时间内对新的美的信息完成多次的接收、贮存、分析、判断等活动；在审美过程中，客观存在的审美对象以其形象连同其所包含的内容、意义作用于审美主体，主体又通过理解、体会和思考赋予对象以更多的内容和意义，这新的内容和意义又可以反射回来；如此循环往复，从而强化了审美愉快。只是由于这个过程极为短促、迅速，所以不易为人所察觉，而往往以为美感仅仅是由单纯的直观所引起的。

不过，美感虽然暗中受着理性的制约和牵引，但本质上是一种对美的事物的感情反应，是对事物的一种好恶的倾向。人在审美过程中必然会离开平心静气的心理状态，而掀起感情的波澜，对值得肯定的美好事物表示欣赏、喜爱、愉悦，对应该否定的丑恶事物表示嫌恶、憎恨、鄙弃，以及为美好事物的失败、毁灭而惋惜、痛苦、悲哀，为丑恶事物的得势而愤怒，等等。古人早就看到了这一点，"情以物兴，物以情观""悲落叶于劲秋，喜柔条于芳春""登山则情满于山，观海则意溢于海"，这些话说的都是审美过程中的感情活动。

唐代诗人白居易在"浔阳江头夜送客"时,听到一位"漂沦憔悴,转徙于江湖间"的长安娼女弹琵琶,那"大弦嘈嘈如急雨,小弦切切如私语。嘈嘈切切错杂弹,大珠小珠落玉盘"的琵琶声,使诗人为之"叹息"不已。当她诉说了她的悲凄身世,弹出了更加"凄凄"的琵琶声时,"满座重闻皆掩泣",以致白居易泪下如雨,青衫都湿了。又如《牡丹亭》中的杜丽娘,是一位长在深闺的"千金小姐",当她来到花园,看到那一片葱茏春色时,伤春之情就油然而生:"原来姹紫嫣红开遍,似这般都付与断井残垣。良辰美景奈何天,赏心乐事谁家院!"这里隐隐透露出她爱情上的苦闷。可见,审美过程中的美感是浸透着感情的,对美的事物愈敏感,感情也就愈强烈。这对什么人都不例外。列宁就这样对人谈过他的切身感受:"当然,欣赏音乐是十分愉快的事,可是您想想,它竟会使我心烦意乱。不知怎么,音乐使我的心情难以平静。"①

不过,美感所伴随的感情是会因美的景物不同而不同的。宋代范仲淹在《岳阳楼记》一文中说洞庭湖"衔远山,吞长江,浩浩汤汤,横无际涯;朝晖夕阴,气象万千。"面对着洞庭湖这样变化多端的景色,人们的"览物之情"是没法一样的:

若夫淫雨霏霏,连月不开,阴风怒号,浊浪排空;日星隐曜,山岳潜形;商旅不行,樯倾楫摧;薄暮冥冥,虎啸猿啼。登斯楼也,则有去国怀乡,忧谗畏讥,满目萧然,感极而悲者矣。

至若春和景明,波澜不惊,上下天光,一碧万顷;沙鸥翔集,锦鳞游

---

① 《列宁论文学艺术》第923页。

泳；岸芷汀兰，郁郁青青。而或长烟一空，皓月千里，浮光跃金，静影沉璧，渔歌互答，此乐何极！登斯楼也，则有心旷神怡，宠辱偕忘，把酒临风，其喜洋洋者矣。

这两段一写览物而悲，一写览物而喜，或悲或喜，不就是因为景物的不同而引起的不同美感感受吗？

但是，这种美感感情在欣赏艺术作品时来得最强烈。请看《红楼梦》中"牡丹亭艳曲警芳心"这一段：

这里黛玉……刚走到梨香院墙角外，只听见墙内笛韵悠扬，歌声婉转，……偶然两句吹到耳内，明明白白，一字不落，唱道是："原来姹紫嫣红开遍，似这般都付与断井颓垣……"黛玉听了，倒也十分感慨缠绵，便止步侧耳细听，又听唱道是："良辰美景奈何天，赏心乐事谁家院。"听了这两句，不觉点头自叹，心下自思道"原来戏上也有好文章，可惜世人只知看戏，未必能领略这其中的趣味。"想毕，又后悔不该胡想，耽误了听曲子。再听时，恰唱到："则为你如花美眷，似水流年……"黛玉听了这两句，不觉心动神摇。又听道："你在幽闺自怜"等句，亦发如醉如痴，站立不住，便一蹲身坐在一块山子石上，细嚼"如花美眷，似水流年"八个字的滋味。忽又想起前日见古人诗中有"水流花谢两无情"之句，再又有词中有"流水落花春去也，天上人间"之句，又兼方才所见《西厢记》中"花落水流红，闲愁万种"之句，都一时想起来，凑聚在一处。仔细忖度，不觉心痛神痴，眼中落泪。

在这个过程中，黛玉虽有"细嚼'如花美眷，似水流年'八个字的滋味"，以及"仔细忖度"，联想起来的有关古诗文含意的思维活动、理性认识，但却是通过欣赏《牡丹亭》的曲文、通过欣赏艺术美引发出来的，它始终伴随着强烈的美感感情和感性形象,使作为审美主体的林黛玉由"点头自叹""心动神摇"到"如醉如痴,站立不住"到"心痛神痴,眼中落泪",心海中掀起了多么强烈的感情风暴!至于《红楼梦》本身,自它问世后,士民争读之,有的读者被书中的人和事感动得"呜咽失声,中夜常为隐泣",可见动情之强烈。之所以会如此,就因为文学艺术作品使生活中的美得到了集中而典型的表现,因之更能拨动人的感情之弦。不过,欣赏艺术时的美感和我们平时看到一朵花、听到一声鸟鸣时产生的美感有所不同,它是在一个贯穿着审美、理解、分析、玩味的错综反复的多层次过程中产生,因此这种美感受理性制约更为明显,感情也更其强烈。

在现实生活中,美感感情到处都在对人的行为发生着作用:如果你是海外游子,那么,当你回国饱览了祖国的大好河山之后,强烈的爱国之情就会随着对祖国河山的美感油然而生,使你魂牵梦绕,万里思归;如果你是一位艺术家,你则会从那些使你深深感受到美的事物上产生出强烈的创作冲动;而壮丽的四化建设给予我们的美感感情,则会成为我们每一个人投身进去的动力。列宁说:"没有'人的感情',就从来没有也不可能有人对于真理的追求。"[1] 也可以说,没有"人的感情",就不可能对美好的事物引起美的享受。

人的大脑虽然有着贮存美的表象、概念、经验的功能和对客观事物做出审美反应的能力,但是,由于不同的人的文化修养、生活环境、个性特征等等的不同,他们所达到的审美水平也不同,对同一客体所做出的审美反应当然就有差别。

---

[1]《列宁全集》第20卷,第255页。

这种审美趣味的差异首先在不同阶级地位、不同政治倾向的人之间显示出来。普列汉诺夫举例说："在塞内冈比亚，富有的黑人妇女穿着很小的鞋子，小到不能把脚完全放进去，因而这些太太们具有步态别扭的特色。……贫穷的和劳动的黑人妇女是不穿那种鞋子的，所以走起路来就是一种普通的样子。她们不能像卖弄风情的富有女人那样走路，因为这会使她们浪费很多时间；然而富有女人的别扭的步态之所以是诱惑人的，正因为她们用不着珍惜时间，她们没有劳动的必要。这样的步态本身是毫无意思的，仅仅由于与劳累的（因而也是贫穷的）妇女的步态恰恰相反，所以才获得意义。"[①] 在西方资本主义世界，上流社会的人提出的美人的标志一般要具有纤细的手足、苍白的面色、忧郁的病态、娇弱的体形，即所谓"娴静似娇花照水，行动如弱柳扶风"的形象。而劳动人民对具有鲜嫩红润的脸色、饱满的精神和匀称的体形的健康女性，才认为是真正的美女形象。

　　对艺术和艺术美的感受也是如此。如19世纪的法国作家夏多布里昂是反动浪漫主义的代表人物，他的代表作《勒内》的主人公勒内是一个具有忧郁、孤独、厌世性格特征的"世纪病"典型，集中反映了法国资产阶级大革命后没落贵族阶级消极颓废、悲观绝望的精神状态，在文风上则表现出"虚伪的深奥，拜占庭式的夸张，感情的卖弄，色彩的变幻，文字的雕琢，矫揉造作，妄自尊大"[②]。这样一部作品正好投合了一心复辟的没落贵族的审美口味，因此在复辟王朝时期受到了欢迎。但无产阶级革命导师马克思却对之很反感，他说："这个作家我一向是讨厌的。"并指出，

[①]《论艺术》，三联书店1973年版，第23页。
[②]《马克思恩格斯全集》第33卷，第102页。

夏多布里昂的包括《勒内》在内的作品"无论在形式上或在内容上，都是前所未有的谎言的大杂烩"[1]。

美感差异也在生活环境、人生经历不同的人之间表现出来。一只"很瘦，很脏，毛散乱地披着"的卷毛小狗，对于一般人未见得能引起美感，但它对于青年画家韩美林来说却能引起美感，因为这只小狗在韩美林被"四人帮"专政的凄苦岁月中，曾"无限同情地仰望着他""陪着他呜咽""寸步不离地跟他""用身体替小韩遮挡向他打来的雨点似的拳头"，直到临死前，还"挣扎着回过头来，用它那粉红色的舌头，舔着韩美林的脚，用那天真、欢乐，但此刻满是泪水与疑问的眼睛，一眨不眨地凝视着他。看他，问他，同情他，爱恋他……"[2]韩美林从这只卷毛小狗身上，体验到了友谊、信任、同情这些人生应有而他却独独缺少的美好东西。这种美感在"四人帮"被粉碎后曾被韩美林表现在名为"我的小友"的画中，画上小狗的可爱形象浸透了画家的一往情深。

中国古代的《列子》一书记载了这样一则轶事："伯牙鼓琴，志在高山，钟子期曰：'峨峨兮若泰山。'志在流水，曰：'洋洋兮若江河。'子期死，伯牙绝弦，以无知音者。"钟子期之所以能成为伯牙的"知音"，是因为他有很高的音乐素养，伯牙志在高山流水的琴音使他陶醉，而一般缺乏音乐素养的人却不能对这种高雅的音乐产生美感，当然更不能品味出音中之意。反映时代面貌的镜子——《红楼梦》《安娜·卡列尼娜》等小说是人们普遍熟悉的文学珍品，但它在读者心灵中产生的影响往往因人而

---

[1]《马克思恩格斯全集》第33卷，第102页。
[2] 柯岩：《美的追求者》。

异。由于读者的生活经历和生活态度的差异，生活理想和美学观点的分歧，对艺术形象所反映的社会矛盾做出审美判断往往各不相同。

正因为不同时代、不同阶级地位和政治倾向、不同性别、年龄、职业、生活环境和人生经历的人的美感是有差异的，所以在美的欣赏中，特别是在艺术欣赏中，会出现"有一千个读者，就有一千个哈姆雷特"的复杂现象。但是承认美感的个性差异的存在，并不是说美没有客观标准，而是要求我们对美感差异产生的原因做出实事求是的具体分析，以便将低级的美感提高，将偏颇的美感匡正，从而确立正确的审美态度和获得健康的美的享受。

"不因鹏翼展，哪得鸟途通"

在贴有新时期突击手照片的宣传栏前站着一位年轻姑娘，她面容清秀，体态轻盈，带棱线的筒裤和紧身上衣更显出她身材的修长苗条。此刻，她一手扶着宣传栏前的栏杆，一手捏着大约是刚刚摘下的"蛤蟆镜"，在低头沉思。她是在这些新长征突击手获得的成绩和光荣面前，为自己追求生活享乐而浪费了大好青春在追悔？还是为自己的一事无成而惭愧？……——这是曾经在不少报刊上刊登过的油画《思》。应该说，作品的主题是值得肯定的。

然而不久，生活中、报刊上不同的议论和评价就出现了。有人说，爱美、追求美是人的天性，但社会主义时代的青年不应该追求衣着打扮的美，而要追求心灵美。这画表现了这一主题，给人以教育。也有人说，筒裤、紧身衣之类都是资本主义社会的玩意，根本就不美，追求这些的人也不美，因此画上的姑娘从外表到心灵都是不美的，这幅画谴责了这种现象，提出了什么是真正的美的课题，启人思索。又有人说，仪表美、心灵美都是美，都应该提倡，画上的姑娘从形体到衣着都能给人以美感，但是作者却将这种外表的美与心灵上的不美相对照，给人的印象似乎仪表美与心灵美是相矛盾的，要追求仪表美就当不上先进人物，要当先进人物就不能讲究仪表美，这就将仪表美与心灵美割裂开来、对立起来了，本身就违背了"五讲四美"的要求，因此，这幅画犯了片面性的毛病，不能给人以美的正确教育。还有人认为，作者其实是欣赏这姑娘的美的，为了表现这种美才安排了那么一个"思"的场景，人们在观赏这画时得到强烈印象的是姑娘外形具体的美，而不是那抽象的"思"，因此作品的客观效果和作者的主观意图相矛盾，这幅画是失败的。

在这里，《思》这幅画上的一切，从人物（姑娘）到环境（宣传栏等）都是具体可感的形象，按说凭直观的审美感知力就可对之做出审美判断了。但事实上，人们对它的审美评价已经超越了直观的美感的范围，而是借助于思维，对形象进行理性分析了。这是为什么呢？原因就在于人们的直观的审美感知力不是万能的；在审美实践中，它不能替代认识和思维的特殊作用。

像油画《思》上的那位年轻姑娘，她属于这一代青年中的这样一部分人，这些青年人生长于社会主义的中国，远比他们父辈的物质生活条件优裕，使他们具有匀称的四肢、健康的体魄；但十年内乱又将他们抛向街头，在最需要精神文明来熏陶的年华却失去了接受思想文化教育的机会，变得心灵空虚、头脑简单；一旦动乱结束，社会发生急剧的转变，青年人那种敏感、活跃的天性，强烈的求知欲和对美好生活的渴望就驱使他们如饥似渴地寻求一切可以满足他们身心两方面要求的东西，他们的无知却又往往使他们片面地追求新奇，重形式轻内容，重现在轻理想，重个人轻集体。然而，他们毕竟是在红旗下长大的社会主义时代的青年，一旦他们从实际中认识到社会主义制度的优越性，一旦马列主义、毛泽东思想的真理之光照到了他们的心田，他们就会思索，惊醒，转变，奋发图强。《思》所表现的正是处在这样一个转折关头的青年。这样的青年从外表到内心都不同于过去时代的青年，是一种新的有待于人们去认识、去理解的复杂的社会现实，他们到底美不美，单凭那种发源于既往认识的审美感知力怎么能做出判断呢？我们只有对这样的青年做全面的、历史的分析，认识他们，理解他们，抓住他们身上积极的、向上的本质方面，才能从政治方面、审美方面正确地评价他们，而不至于片面地抓住这一点（比如追求穿戴）或那一点（比如曾经一度后进）去否定他们。应该说，油画《思》由于表现了一个正处于觉醒、转变关头的青年典型，既反映了他们的外表美，又揭示了他们心灵中美好的一面（在要求上进、幡然思悔的意义上）；因而这幅画从形式与内容的统一上对这样的青年基本上做出了正确的审美评价。

在我们日常的审美活动中，认识、思维、理性都在或明或暗，或显或隐地起着作用。这特别表现在对社会生活美以及那些内容复杂的艺术美的欣赏上。为什么呢？因为这类美往往是内容胜于形式，以内美取胜的。比如一个人到底美不美，光看其外表是难以做出正确评价的，即俗话说的"人不可貌相"；人美不美归根结底不在外表，而在心灵；可是心灵美不美却只有在我们把对他（她）的行为的认识由感性上升到理性，懂得了其意义之后，才能判定。这个理解美、评价美的过程实际上也就是发现美、欣赏美的过程。对其他社会现象、社会事物的审美也是如此。

人们常说，我们的祖国是美丽富饶的。这个评价无疑是正确的，但这不只是靠单纯的直观得来的，因为正如上文所说，祖国的整体形象远远超出了我们每一个人的视听所及的范围，而且，即使乘坐飞机、火车、轮船跑遍全国，直接诉诸我们眼、耳感官的祖国的形象，既有泰岱雄姿、黄庐丽影、五湖风烟、三江碧波、湖广丰田、江淮沃野，也有穷乡僻壤、荒山恶水、洪患虫灾、不毛之地，既有壮丽的都市、宏伟的建筑、沸腾的工地、繁荣的市场、宽阔的大道、现代化的厂矿、舒适的住宅，也有贫瘠的山区、泥泞的小路、原始的操作、低矮的茅屋。在人群中既有庄严的工作、奋发的学习、磊落的胸怀、光荣的事业，也有堕落的行径、腐朽的作风、卑鄙的情欲、肮脏的勾当……这种种彼此矛盾、互相抵触的景象和音响涌入我们的眼帘、回荡在我们的耳际，常常一种印象抵消另一种印象，一种感觉代替另一种感觉。如果不对这些印象和感觉进行由此及彼、由表及里、去伪存真、去粗取精的加工制作功夫，我们怎么能对"祖国"这一整体形象做出正确的审美评价呢？事实表明，不论是大陆儿女还是海外游子，凡是觉得祖国美的人，十之八九是对自己的亲身经历和间接材料做过深入思考，真正了解中国的历史和现状，懂得什么占主导的支配的地位，认清了社会主义制度优越性的有识之士。

艺术形象总是以个别的、具体的感性形式来体现本质的一般的东西。也就是说，艺术家要创造出成功的艺术形象并使它达到艺术典型的高度，就必须借助于思维对自己作品中所反映的外部世界的客体的本质有深刻的认识，然后把它化为形象。因此，我们对艺术形象的审美判断，不能仅仅停留在感性和直观性的水平上，这毕竟是有局限性的，还必须依赖思维来把握艺术形象所体现的思想，理解艺术形象怎样在个别中反映一般、在现象中反映本质、在偶然中反映必然的倾向。比如说观赏芭蕾舞剧《天鹅湖》

吧，如果你熟悉芭蕾舞的程式和舞蹈语汇，具有感知音乐的耳朵和感知形式美的眼睛，那么，当你看到扮演白天鹅的演员舒展她的两臂，柔若无骨，在轻逸飘洒的挥动中，似白天鹅拍水嬉戏，凌空翱翔，清理羽毛，抖落水珠，既是优雅文静的少女的臂膀，又是天鹅光洁轻柔的双翅，这时，你的美感会油然而生。但是，如果欣赏仅仅停留在这里，而不运用你的思维，去理解演员通过富于诗意的舞蹈语汇表现出的孤寂、苦闷、悲哀、彷徨、欣慰、热恋、祈祷、愤怒、向往、喜悦等细腻的心理情绪，哪能懂得白天鹅奥杰塔善良、纯洁、多情的性格呢？如果你不从演员的表演中进一步理解剧情，哪能领会《天鹅湖》所表达的爱情战胜魔法、正义战胜邪恶、美战胜丑的主题呢？显然都不能。而做不到这一点，不理解这个剧，就不能真正、完整地把握它的美学意义，因而也就不能对它做出正确的审美判断和审美反应，在感情上不会与之激荡共鸣，一句话，不能欣赏它。其他如对绘画、戏剧、文学、电影等艺术的欣赏也是如此。实际上，任何人只要是在欣赏艺术，尤其是欣赏那些场景宏大、头绪繁多、内容复杂的作品，如小说《人间喜剧》《悲惨世界》《战争与和平》《红楼梦》《子夜》，油画《近卫军临刑的早晨》《伊凡杀子》《血衣》，电影《列宁在1918》《林则徐》《西安事变》等等，他的思维总是在伴随着他的感官紧张地活动着，因为不如此，他就没法进行真正的艺术欣赏。在这里，不是欣赏者要不要运用理性的问题，而是艺术欣赏的规律使得他不能不运用理性来进行思维。这正是欣赏艺术美时的必然过程，虽然大多数人不一定自觉到这一点。欣赏艺术美同欣赏自然美（形式美）时"什么也不想"（车尔尼雪夫斯基语）的情况是不同的。理性不仅是引导欣赏者把握审美对象美学意义的桥梁，而且反过来它又会帮助欣赏者更好地欣赏审美对象的形式。还说《天鹅湖》吧，当你不了解它的剧情和思想主题时,固然可以凭着直观去欣赏演员形体动作所表现出的形式美,但是由于不了解演员形体动作的意义,所以,你顶多只能看到演员的手在有节奏地挥动,却看不出这是天鹅抖动的翅膀,体会不到一个被恶魔变成天鹅的纯洁少女那被各种思绪所支配着的手臂——翅膀动作的微妙变化。这一切,只有在理解了之后才能感觉到。所以,毛泽东同志说的"只有理解了的东西才能更深刻地感觉它"的论断,对于美的欣赏也是适用的。

但是,认识、理性、思维在审美活动中的作用还不止于此。对于油画《思》中那位姑娘及其穿戴,为什么有人以为美,有人却不以为美甚至以为丑?这除了有个对事物本质的认识过程、理解程度外,更重要的是不同的审美观念在起作用。

人都在一定的社会环境中生活,他不但通过环境的熏陶形成了一定的感受形式美的能力,而且还通过教育和社会影响获得了一定的审美观念。这种审美观念是关于"美"的比较系统、比较条理化的看法,它受着政治倾向、道德观念、文化素养、生活情趣和个人经历的制约,是人的审美意识的核心,它渗透在审美感受之中,使美感不单纯是人的感觉对美的事物的机械复写,而具有一定的倾向性,这就是审美趣味性。当人们对事物做出不同的审美反应和审美评价时,乍看似乎是凭直觉、凭本能,实际上暗中有审美趣味—审美理想—审美观念在起作用。鲁迅之所以不喜欢柔媚的猫、驯服的狗,却推崇狮虎鹰隼,他之所以对风花雪月并无敏感,却悦目于"耸立于风沙中的大建筑",他之所以不追求事物的"雅"和"精",却神往于粗粝、坚固、奔放的力之美,就是因为鲁迅生在长夜如磐、人民涂炭的旧中国,具有救国救民的政治理想,因而他的这种审美理想、审美趣味迥异于世俗。

　　当然，作为认识—审美主体的人的观念也不是一成不变的；一旦观念改变了，对事物的审美评价也会或迟或早地随之改变。大家知道，由于地理环境、历史条件、文化传统、民族心理的不同，中国和西方的审美观念、审美趣味是有差别的。但是，解放战争时期来华的捷克友人、国际主义战士罗别愁，当她在革命圣地延安生活过一段之后，思想发生了深刻的变化，审美观也有了新的见解。她说："这里的人不论工作，还是散步，还是应邀到首脑机关赴宴跳舞，一律是一身蓝制服，虽然式样古老，也没有化妆品，但是很对我的口味。年轻漂亮的姑娘就这套行头也远比珠光宝气的丑女人好看得多；"这说明审美趣味来自生活实际。

　　无产阶级文学奠基人高尔基在谈到想象在艺术形象创作中的作用时指出："文学家的工作究竟是什么呢？他想象自己的观察、印象、思想和自己的生活经验——把它们放进形象、画面、性格里去。"[①] 他还认为："文学创作的艺术，创造人物与'典型'的艺术，需要想象、推测和'虚构'。"[②] 这说明艺术家是用生动的艺术形象来反映生活现实的，而这些生动的形象主要是通过丰富的想象创造出来的。人们对美的事物引起美的享受，这也需要有自己丰富的想象力，否则就不能真正领悟外部世界的美。美感中的想象活动，是以形象思维为基础，把过去的认识和材料重新联系起来而形成新的形象，从中获得美的享受。这里说的想象，实际上也就是联想。联想分类似联想、接近联想和对比联想。什么是类似联想呢？这是指通过观

---

① 《论文学》，人民文学出版社 1978 年版，第 225 页。
② 同上，第 159-160 页。

察某一形象的形式美的特征而联想到另一形象的形式美的特征。比如白居易的《琵琶行》，写到那个沦落歌女演奏琵琶的声音："大弦嘈嘈如急雨，小弦切切如私语；嘈嘈切切错杂弹，大珠小珠落玉盘。间关莺语花底滑，幽咽泉流水下滩。"作者采用急雨的喧嘈、私语的低诉、莺雨的间关、流泉的幽咽、大珠小珠落玉盘等等音响，构成了一个严峻的、饱尝了生活苦难的、激愤、刚毅的音乐形象，使读者通过联想而感受到音乐美的情趣。比如古诗把北国雪后的树景比作梨花，"忽如一夜春风来，千树万树梨花开"；张志民在《三唱山海关》诗中写道："脚踏着大海，头枕着山；近看是座城堡，远看是座宫殿；又像是只猛虎出山岗，一条飞龙腾九天。"这些都是把两种形象外部特征联想在一起，通过这种类似联想手法表达到美的意境。

人们在审美活动过程中常常情不自禁地用某个形象的本质特征来形容这个形象的外部特征。比如北宋著名文学家范仲淹在《渔家傲》词中写道："塞下秋来风景异，衡阳雁去无留意。四面边声连角起。千嶂里，长烟落日孤城闭。浊酒一杯家万里，燕然未勒归无计。羌管悠悠霜满地。人不寐，将军白发征夫泪。"这里通过雁去、号角声、群山、长烟、落日、孤城、浊酒、羌管悠悠、霜满地、将军白发等具体形象联系起来，组成了当时塞外荒凉的秋天的景色，流露了诗人忧国思家之情。这些联想都是接近联想。在《华山交响曲——献给华山抢险队战斗集体》诗中，诗人徐刚写道：

我

渐渐地接近这雕像，

作一次人生难得的寻访。

那一根根冷冰冰的索链，

在我还没有来得及触摸的时候，

已经感到了火一般的滚烫；

那一条清冽冽的溪流，

在我远远地望见的时候，

已经舞起了霓虹羽裳；

而山风林涛的交响，

竟使人想起维也纳郊外的树林，

贝多芬的旋律

束缚住了小鸟的翅膀……

此情此景都是与英雄们的形象联系起来的，这也是接近联想。

人们常常用对比联想的方法，借那个形象的某些特征，来强调这个形象的本质特征。宋代诗人黄庭坚那首著名的《清平乐》，用拟人化（即把事物比作人来写）的手法，表达了作者惋惜春光流逝的深情。词中写道："春归何处？寂寞无行路。若有人知春去处，唤取归来同住。春无踪迹谁知。除非问取黄鹂。百啭无人能解，因风飞过蔷薇。"把"春"比作人，她已经静悄悄地离开了，使我感到很寂寞，"若有人知春去，唤取归来同住"。到哪里去寻找春天呢？他向黄鹂去打听，而黄鹂用那婉转的歌声回答，实在无法理解；他想再追问一下，但只见黄鹂顺着风势向蔷薇飞去。作者通过这种手法，写出了非同一般的惜春、恋春、伤春的深厚感情，呈现了一种耐人寻味的无限诗意和难以捉摸的含蓄的美。这种创造性想象，就是人们根据自己所追求的和憧憬的生活需要创造的艺术。艺术家的生活感受越深刻，意识中所累积的表象越多，他的想象力就越丰富，他的艺术的表现力的水平就愈高、愈美。

想象、联想看起来似乎是"浮想联翩"的纯心理活动,实际上这些想象是依赖于主体对现实的态度、对社会的倾向性而产生的。美感中的想象活动,也是一种思维活动,即形象思维。古人形容舞蹈的轻盈为"翩若惊鸿,婉若游龙""玉腕俱凝若行云""体如轻风动流波",舞者的手足身躯动作怎么会和"惊鸿""游龙""行云"以及"轻风动流波"联系在一起呢?这就是想象、联想的结果,而这种想象、联想又是通过形象思维(抓住了舞姿与物象之间轻盈的共同之点)实现的。"何故水边双飞鹭,无愁头上也垂丝。""拍手笑沙鸥,一身都是愁。"在诗人白居易、辛弃疾的眼中,白鹭、沙鸥的美之所以会和"愁"联在一起,也是与他们特殊的审美联想分不开的。总之,在审美过程中,想象、联想对于美感的生发和强弱起着十分重要的作用。

"物因情变"

我们懂得了什么是审美感知力,什么是审美观念,是不是就能合理地解释一切审美现象了呢?

不妨先看看这么件事:列宁是位音乐爱好者,他最喜欢贝多芬的音乐——《悲怆奏鸣曲》和《de-moll》奏鸣曲,以及"高丽奥朗"和"爱格蒙特"序曲。有一次,列宁在听了凯德洛夫弹奏贝多芬乐曲后称赞他说:"弹得真出色!"并且把他介绍给克鲁普斯卡娅,要她一定听一次。

列宁有很高的音乐鉴赏力,他对凯德洛夫的演奏表示欣赏。凯德洛夫回忆当时的情景,写道:"并不是我那毫无出奇之处的演奏本身给他这种印象，而是因为弗拉基米尔·伊里奇当时的情绪所致。"①

这里的"情绪"，也就是主体的审美心境，指的是作为审美主体的人在审美时的心理、感情状态。两个人，即使有同样程度的审美感知力和相同的审美观念，如果心境不同，对同一审美对象也会产生不同的美感；而同一个人对同一对象，在不同的心境下美感也不同。所以，审美心境对人的审美活动影响极大，是属于主体审美诸要素中最活动、变化最不定因而也最难把握的一种，不能不加以重视。

心境会影响人的注意力，而人的感官对于客体（包括客体形象的美）的感觉的灵钝是受着思维注意程度的限制的，注意不注意，用心不用心，既是决定认识内容的一个重要因素，也是决定审美感受的一个重要因素。

宋朝有名的诗人欧阳修写过一篇《秋声赋》，绘声绘色地描写了"初淅沥以萧飒，忽奔腾而砰湃，如波涛夜惊，风雨骤至。其触于物也，鏦鏦铮铮，金铁皆鸣，又如赴敌之兵、衔枚疾走，不闻号令，但闻人马之行声"的秋声，对这秋声，作者"悚然而听之"，但觉"凄凄切切"，不由得发出"噫嘻悲哉"的感叹。可是这秋声在老百姓听来就不一定有此感触了。鲁迅说："我想，假使是一个使用筋力的工人，在喉干欲裂的时候，那么，即使给他龙井芽茶，珠兰窨片，恐怕他喝起来也未必觉得和热水有什么大区别罢。所谓'秋思'，其实也是这样的，骚人墨客，会觉得'悲哉秋之为气也'，风雨阴晴，都给他一种刺戟，一方面也就是一种'清福'，但在老农，却只知道每年的此际，就要割稻而已。"② 这里，鲁迅从阶级分野上指出了不同的审美

---

① 《列宁论文学艺术》第908页。

① 鲁迅：《喝茶》。

心境对人美感的影响。老农之所以没有骚人墨客的"秋思",之所以不受"风雨阴晴"的"刺戟",除了因其审美观念和骚人墨客不同外,还因为在旧社会里,老农是受剥削和压迫的劳动者,生活迫使他把注意力都放在割稻上,而失去了欣赏秋色秋声的闲情逸致。

心境会影响人审美时的感情,并进而使审美对象的印象随感情的变化而变化。

屠格涅夫所著《贵族之家》中的男主人公拉夫列茨基从国外回到他在俄国的庄园之后,因为他妻子的背叛,使他感到痛苦,决心要做点工作,把农村生活改善一番。这时,他和美丽、虔诚的少女丽莎发生了爱情,他们在一个难忘的夜晚会面了——

半点钟之后,拉夫列茨基……回到市内,缓缓地走过沉睡的市街。一种强烈的、意想不到的幸福的感觉充溢了他的灵魂,所有的疑惑全部消逝了。"消灭罢,过去的,阴暗的幽灵,"他想着,"她爱我,她会成为我的了!"突然,在他的头上,天空里面,神奇的、凯旋的音乐似乎鸣奏起来了。他停止下来。音乐似乎更加壮丽地震响。强大的、宏朗的旋流波荡着——在那里面,他的幸福似乎也在一同高声宣诉,高声歌吟。他引领四顾:那音乐是从一幢小屋的两个楼窗里面浮泻出来的。……拉夫列茨基许久不曾听过这样的作品:一曲甜美的、热情的旋律,从第一个音节起始,就震动着人的心弦;它充满着灿烂的光辉,横溢着灵感、幸福,和美丽;它抑扬着,申诉着地上所有一切亲爱的、秘密的,和圣洁的事物;它呼吸着那不死的悲哀——于是,飘逝了,死寂了在遥远的天际里。拉夫列茨基伸直起来,从椅上站起,因为出神,脸面变得冷而苍白。那些声音一直地沁入了他的灵魂深处;他的深心刚刚受过了爱情祝福的震荡,而这些声音,却是本身就燃烧着爱情的。①

很明显，此时的音乐声之所以如此强烈地拨动着拉夫列茨基的心弦，他之所以会对这乐音产生如此强烈的美感，完全是由于他此时的心境所致——他心灵里充溢着巨大的爱情的幸福。

心境对于美感效果的作用还可以从下面这些事实中看出来：如果你曾尝过国民党、法西斯的铁窗风味，或是曾不幸陷于林彪、四人帮的冤狱之中，那种与世隔绝、见不到阳光、见不到草木、失去任何自由活动可能的生活会使你染上"孤独症"，这时，倘若有一线太阳光射进阴森的地牢，或者在布满电网的院墙下发现一朵野花，或是有一只麻雀飞落在铁窗上，将会引起你怎样的狂喜，它们在你眼中会变得多么美好啊！无产阶级革命家罗莎·卢森堡在昏暗的佛龙克监狱里写信给她的亲人和战友，字里行间充满着对美好生活的无比热爱和挚意追求。她用"渴望看到颜色"的眼睛，观察监狱外面的自然景物，写道："淡淡的叶影和一圈圈闪闪的阳光在我正写字的信笺上舞动，从远处传来杜鹃的啼声。这多美，我多么幸福，人们几乎感到有些仲夏的气息了——夏季的丰满茂盛和生命的沉醉。""在雨中，在闪电中，在隆隆的雷声中，夜莺啼叫得像是一只清脆的银铃，它歌唱得如醉如痴，它要压倒雷声，唱亮暗昏——我从来没有听见过这样美的声音，而且美得不可思议。"罗莎·卢森堡虽身陷囹圄，然而她对无产阶级革命事业仍然充满了信心，她预感到胜利的曙光会出现。她的这种革命乐观主义的精神风貌，使她感到监狱院子里的阳光、树影、杜鹃、闪电、夜莺、小草等都"美得不可思议"。

---

① 《贵族之家》，丽尼译，文化生活出版社版。

这里就涉及审美中的"移情"作用。所谓移情，是指审美主体在审美过程中把特定心境下的主观感情移注（外射）到本来不具有人的感情的审美对象上去，使无生命的自然物仿佛具有了人的思想感情，使它在审美主体心目中的印象随主体感情的变化而变化。

移情，不管你承认不承认，它总是顽强地、按照审美的规律在起作用的。古人很早就注意到了这一现象，并将它表现在文学艺术之中。"昔我往矣，杨柳依依，今我来思，雨雪霏霏。"《诗经》中这首诗的"杨柳依依"，写的就是被移注了征人离家恋情的杨柳，它在征人眼中也像自己一样满怀依依不舍之情。古人坟墓上多种白杨，触景生情，风吹动白杨似乎也是含悲茹愁的表示，所以古诗云："白杨多悲风，萧萧愁杀人。"《史记·刺客列传》中荆轲的《易水歌》有"风萧萧兮易水寒，壮士一去兮不复还"之句，讲的是他受燕太子丹之命去刺杀秦王，"太子及宾客知其事者，皆白衣冠以送之。"荆轲自知此去凶多吉少，但慨然前行，"至易水之上，既祖取道，高渐离击筑，荆轲和而歌，为变徵之声。"气氛十分悲凉，所以"士皆垂泪涕泣"，此时的风声水声在人们听来都充满了肃杀、悲凉之意，于是，荆轲才有"风萧萧兮易水寒"的感慨。可见，移情是和特殊的审美心境联系在一起的。当人情绪平静时，美的事物使他产生美感，而当人处于某种心境、带着特殊的感情去审美时，这种特殊的感情就会由于外射而笼罩对象，使对象更强烈地感染人，这是一个主体与客体之间不断交流感情、产生共鸣的过程。

由于移情作用是人类审美实践中极为常见的现象，而且正是这种移情作用使人的审美感受变得更加摇曳多姿、丰富多彩，因而在文艺作品中得到了广泛的表现，使作品中的情与景彼此交融，创造出迷人的艺术境界。

罗曼·罗兰在《约翰·克利斯朵夫》中描述主人公在欣赏大自然美过

程中所引起的心理活动：

倾听着看不到的管弦乐队的演奏，倾听着昆虫在阳光下激怒地绕着多脂的松树的轮舞时的歌唱。他能辨别出纳虫的吹奏铜号声、丸花蜂的大风琴的钟声一样的嗡叫，森林的神秘和私语，被微风吹动的树叶的轻微的颤动，青草的温存的簌簌声和摇摆。仿佛是湖面上明亮的波纹的一呼一吸的荡漾，仿佛听到轻软的衣服和爱人的脚步的沙沙声……

在这个场面中，情与景是彼此交融的。这种情景交融还经常被用拟人化的手法表现在文艺作品中。《西厢记》的长亭送别里说："朝来谁染霜林醉，点滴是离人泪。"辛弃疾词中说："我见青山多妩媚，料青山见我应如是。"在为离别而伤怀的张生和莺莺看来，枫叶上的朝露竟化作了"离人泪"，而在辛弃疾的想象中，青山也像他一样富于思想感情，竟觉得词人也妩媚得很。鲁迅的小说《在酒楼上》也有类似的描绘。作品中的"我"羁旅北方多年后，回到了家乡 S 城。深冬雪后，风景凄清，懒散和怀旧的心情联结起来，这种心情在他从酒楼上观赏楼下的废园时，竟移注到园中的山茶树上去了：

……山茶树，从暗绿的密叶里显出十几朵红花来，赫赫地在雪中明得如火，愤怒而且傲慢，如蔑视游人的甘心于远行。

这"愤怒而且傲慢"的山茶花，多么像人呀！这就是王国维说的"以我观物，物皆注入我之色彩"，也即是王夫之说的"景中生情，情中会景，故曰景者情之景，情者景之情也"。总之，移情是人之情"随物宛转"，物之美"与心徘徊"的过程。

这里要注意的是，移情虽然表现为主体感情的外移，但它却是以类比联想为前提的一种心理现象。前面说过，类比联想指的是由对一事物的感受而引起和该事物在性质上或形态上相似的事物的联想，它是暗中受理性牵引的。所以，移情作用虽由主体而发生，但也不能离开对象本身所固有的特征和属性。比如枫叶上的露水之所以会化作张生、莺莺眼中的"离人泪"，是因为它本身具有泪珠的形状；山茶花之所以会被赋予"愤怒而且傲慢"的人的情绪，是因为山茶花"明得如火"的红色容易与人的愤怒、傲慢这类热烈的、外露的情绪联系起来，如此等等。在这里，"离人泪"与露珠、山茶花的红色与人愤怒傲慢的情绪，都是形状上或性质上相似的东西，所以通过类比联想的桥梁，二者能联系起来，使主客体之间达到情景的交融。所以，移情与想象、联想在审美活动中往往是交织在一起的，移情中有下意识的想象，想象中也有潜移默化的移情。

但无论如何，在移情中，审美对象只是在审美主体看起来似乎、仿佛具有人的思想感情而已，并不是它真的具有了人的品格，正如我想象天上的白云像羊群，而事实上白云只不过是白云一样。在移情作用下使对象人格化，这是"自然的人化"在审美欣赏领域中的表现。

心境会转移人注意力的方向，导致人们审美时对事物某些特征或方面的选择，从而产生特殊的审美印象、审美感受。

比如，夏日的荷湖是美丽的，碧绿的荷叶在风中摇摆，把鲜嫩的翠色铺向天际，与蔚蓝的天空连成一片，娇艳的荷花亭亭玉立，在阳光的照耀下显得透剔晶莹，娇红夺目。一个心境平和、不为别事烦扰的人，他的注意力会放到这整个荷湖的景色上，就是说，这荷湖是作为一个审美整体进入他的视野的，他会产生"接天莲叶无穷碧，映日荷花别样红"的明丽、开阔的美感。但是，如果有人正处于悲凄、失意、伤感的情绪之中，那他此时的审美就有两种可能：或是将自己的心情移注到荷湖景色上去，在他的感觉中，无边翠色是无穷烦恼，别样红的荷花红得刺心，此之谓移情；或是对整个荷湖景色不感兴趣，而将自己的注意力集中在某个角落的败叶、断茎、落红上，产生一种幽独、凋零、孤凄的美感，这却是心境对人的注意力的影响了。相反，如果一个人心情很好，满怀昂扬喜悦之情，那么，他"移"在对象上的"情"和对事物的注意之"点"就是另一种情况。例如秋天，西风萧瑟，落叶飘零，容易给人以冷寂、萧条、悲秋之感，可是他却能以自己热烈的感情赋予西风落叶以蓬勃生机和灿烂的希望，由衷地赞美秋天："一年一度秋风劲，不似春光，胜似春光。寥廓江天万里霜。"[①]这是移情。他也许会对西风落叶全不在意，而独独专注于那顽强地屹立枝头、傲霜斗雪的红叶，从中获得丰富的精神享受。这却是对事物某些方面的选择了。

　　总之，心境对于人的审美，作用是相当大的。而心境怎么样，又同人的世界观、审美观关系密切。封建时代的骚人墨客、才子佳人没有科学的世界观，对事物的看法总是或多或少地带着宿命论的色彩，脱离人民又使他们身有孤独之感，感情脆弱，一有蹭蹬挫折即易灰心丧气、消极失意，审美观念上又偏重于阴柔，因而心境多是低沉的，见春伤春，知秋悲秋。而具有辩证唯物主义和历史唯物主义世界观的革命者则"究天人之际，通古今之变"，懂得事物发展变化的规律，能自己掌握自己的命运，他们性格坚强，是革命的乐观主义者，对现实能确立正确的审美关系，在艰难困苦的环境中也不会情绪消沉，总是保持着高昂向上的审美心境，能从极尽发展变化之妙的大自然和社会生活中获得丰富多彩的美的感受。所以，培养、树立正确的世界观、人生观、审美观是十分重要的。

[①] 毛泽东：《采桑子·重阳》。

三、"春兰秋菊,各一时之秀"
——关于美的形态、美的范畴

美与丑的对立统一

美,是美学范畴(或"审美的不同形态")中最重要的方面,它表现了我们美感经验的一个重要方面,凡是被肯定的、能引起我们的愉悦之感、可以给予正面审美评价的事物,就是美的。

然而,世界如此之大,并非所有被我们感觉到、认识到的事物都能给人以愉悦之感的。碧绿灵巧的青蛙、斑斓雄壮的老虎、巧舌如弦的夜莺,会激起我们的喜悦之情;癞癞疤疤的蛤蟆(蟾蜍)、红眼瘸腿的鬣狗、呱呱乱叫的乌鸦,则会引起我们的憎恶之感;鲜花盛开的原野,星光灿烂的天空、风光秀丽的都市和乡村,能使人赏心悦目;枯草死水的池塘、阴沉昏黄的天空、破烂拥挤的街市,则使人感到压抑;衣着整洁、仪容端正、朝气蓬勃的青年、刚健威武、英姿飒爽的战士,有着丰富的精神生活和严正品格的鹤发童颜的学者，我们与之接谈之时会有"如坐春风"之感；未老先衰、仪容不正的人体，行为不端、举止粗野、灵魂肮脏的恶少，则只能引起我们的不快。上述这类憎恶、压抑、不快的感觉、感情，是由与美的事物相反的事物引起的。这样，我们就由美这个美学范畴过渡到了它的反面——丑这个美学范畴了。

美与丑是美学范畴的正反两极，它们几乎是同时产生的，二者互为依存，不可或缺，没有丑就无所谓美，正如没有美也就无所谓丑一样。丑具有许多与美共同的、然而又是在相反的另一极表现出来的特点。

感知美和感知丑，这是人的直观审美感知力的相辅相成的两个方面。但是，审美感知力在感知美的方面或丑的方面都有其局限性，它对于那些超出了既往认识和直观范围的美和丑，必须经过认识，借助于思维，才能做出审美判断。对于资本主义社会中上流人士在温文尔雅的虚伪礼节掩盖下的尔虞我诈、男盗女娼的丑恶本质，《巴黎圣母院》中大主教在英俊仪表掩盖下的丑恶灵魂，不通过实践去认识，不经过理性的分析，是难以对此做出正确的审美判断并产生憎恶之感（这也是一种审美感情）的。

在自然界中，事物的所谓丑，和美一样，多是指它的外部形式、它的被直观的方面，这种外部形式往往是和事物的本质与功利性相分离的。有的害鸟对于观赏者来说，却是以其华丽的羽毛和婉转的鸣叫声引起人的美感；猫头鹰是一种益鸟，但它猫头的外形、灰褐色的羽毛和夜半难听的叫声却给人以丑陋的感觉。"飞流直下三千尺"的匡庐瀑布，以其雷鸣电闪的浩大声势、水雾蒸腾的壮美景象，使我们心旷神怡，流连忘返；这时不会、也不必去探究这瀑布是否能用来发电，还是能用来浇田；而荒芜的山包，尽管它埋藏着丰富的矿藏，我们也很难对它产生美感，更不会使之成为游览胜地。在人类社会生活中，也有一部分事物是如此。这多表现在那些以形式取胜的事物上面，如雕花玉饰、精美字画、彩陶盆景等等，这些东西并没有任何实用价值，但却被评价为美的；奇形怪状的衣服、发型，虽然它于己于人都谈不上有什么实际害处，但却被评价为丑的。之所以会在审美中出现这种外形与内质相分离的情况，是因为在人类漫长的认识——审美过程中，事物的形式性因素一旦获得独立的审美意义之后，就成为美或丑的普遍性因素，而不管这些外在因素所体现的内容如何，这表明人类已摆脱了童年时期那种狭隘的功利观念（吃、穿、用等），而进入高级的、广义的功利观念（如对陶冶性情、对美化社会和生活有益）了。但是在人类社会生活的其他方面，在渗透着政治的、理论的、道德的内容的方面，对于审美来讲，则是内容重于形式，直接体现着广义的功利观念的。凡是有害于社会、人类的事物和行为，按其本质来讲都是丑的；这种本质外化为现象，现象也成为丑的了。《巴黎圣母院》中的主教，《天云山传奇》中的吴遥，尽管一个仪容英俊，一个道貌岸然，但他们那肮脏的灵魂一旦外化，就破坏了外表上的、形式上的"美"，于是从里到外都只能引起人们的反感了。

正因为美是人类自由自觉活动的产物，既符合客观规律，又体现着先进阶级和人民群众的利益、愿望和理想，并以其生动可感的具体形象给人以愉悦的精神享受；而丑则恰恰相反。所以，人们在认识和改造自身和自身所处环境的社会实践中必然追求美，按照美的规律来塑造。正如高尔基所说："照天性来说，人都是艺术家。他无论在什么地方，总是希望把'美'带到他的生活中去。"而对于丑，却总是厌弃、反感，力图避开它、消除它。由此形成了美丑之间的对立和斗争；美与丑作为一对对立统一的审美范畴，总是相比较而存在、相斗争而发展的。

这种情况首先在人类的基本实践——改造大自然的生产劳动中表现出来。人们辟田凿河，植树造林，防风治沙，改良生物品种，保持生态平衡，治理穷山恶水，修造园林馆阁，美化生活环境，这一切活动虽然首先是为了实际的功利目的，但由于它体现了人的能动本质，因而必然赋予其创造物以美的形式，不但实用，而且美观，所以，人类改造自然的实践总是美对丑的改造和克服。

在社会生活中，美与丑同样是普遍存在的，一眼望去，最明显的莫过于形式上的美丑之分和美丑之争。谁不希望自己的容貌漂亮一些，衣饰好看一些，仪表潇洒一些，居室美观一些？于是，有修饰打扮、健美锻练、讲究风度、布置居室之举。谁不讨厌灰颓的颜色、嘈杂的声音、不和谐的形状？于是，从家具器皿、商品广告、城市建筑乃至生产工具、劳动场所，都力求色彩悦目、形状和谐、音响适耳、布局规整，近年来新兴的商品美学、技术美学、生产美学等就说明了这一点。总之，在生活的一切领域，都是美丑并存的，正是这种美丑相存相较，促使人们不断地去追求美、创造美，而排斥丑、消除丑、改造丑。

但是，生活中美与丑的矛盾斗争在那些以内容取胜的事物上表现得更为尖锐、深刻。人们还记得，上海的青年女工陈燕飞"身怀六甲"下河救人，北京的青年女民警周怡为从地铁道上抢救儿童而被车撞成重伤，广东的青年记者安珂挺身同歹徒英勇搏斗壮烈牺牲，这样的人和事都是美的；而那些在此类场合见死不救、安之若素、临危脱逃、趁机行窃以及说风凉话的人，其灵魂则是丑的，至少是不美的。艺术作品通过美丑比较中呈现出的两种道德的对立，反映出两种不同人生观的分歧，从而震撼灵魂，激起人们的向善之心。我们不是正在开展"五讲四美三热爱"活动吗？它是人民群众根据建设高度的社会主义精神文明的客观需要创造出来，按照社会主义社会发展规律培养一代守纪律、有道德、讲文明、心灵美的社会主义新人的好形式，本身就具有极大的美学意义；它的对立面正是那种不守纪律、不讲文明、思想落后、道德败坏、有失人格国格的丑人丑事。前者和后者相比较，会使我们进一步懂得什么是美，什么是丑，从而不断净化社会风气。

美与丑的比较和斗争在文学艺术中表现得最为鲜明，这是因为文学艺术能运用典型化的手段将生活中的美丑现象加以提炼和概括，做集中的表现。法国19世纪的著名作家雨果认为，自然中的万物并非都是崇高优美的，它们处于一种复合状态之中，"丑就在美的旁边，畸形靠近着优美，粗俗藏在崇高的背后，恶与善并存，黑暗与光明相共"，因此，艺术不能将二者割裂开来，而应同时加以表现，"滑稽丑怪作为崇高优美的配角和对照，要算是大自然所给予艺术的最丰富的源泉"，滑稽丑怪作为"一种比较的对象，一个出发点"，可以使人们由此"带着一种更新鲜更敏锐的感觉朝着美而上升"。雨果基于这样的认识，他在作品中将美与丑加以极度夸张，力求在人物身上造成强烈的、尖锐的对照。《巴黎圣母院》就是如此，小说中的敲钟人卡西莫多外貌奇丑而心灵高尚，他的养父、巴黎副主教克洛德道貌岸然而灵魂肮脏，是个鲜明的对照；吉卜赛女郎艾丝美拉达具有女性美，且心地真纯，她的情人弓箭队长、号称"太阳神"的法比斯仪表堂堂而生性轻浮，是个鲜明对照；里表皆美的艾丝美拉达同内丑外美、企图占有她的克洛德，更是鲜明的对照；而外丑内美的卡西莫多同艾丝美拉达则是在外形上形成奇特对比。小说就是通过人物从外形到心灵的这种错综复杂的美丑对比及人物性格和命运的冲突，表达了追求真、善、美的思想，在读者的心海中掀起了感情的风暴，留下了深刻的印象。如果说，这种美丑对立是理想化了的、带有浓厚浪漫色彩的，那么，《高山下的花环》则真实地反映生活中美与丑的对立，在这部小说中，十年动乱的恶果、走后门之类的丑行被放到了生死较量的火线上来表现，因而丑到了极点；相对照之下，"雷神爷"雷军长对这种丑行的火山爆发似的义愤，梁三喜、靳开来等指战员们为了保卫祖国壮烈牺牲，梁大娘的无私品格，显得更美、更崇高，使整个作品震响着爱国主义的高昂主调，在读者心弦上产生强烈的共鸣。

美和丑这一对美学范畴是可以在一定的条件下互相转化，美可以转化为丑，丑也可以转化为美。战国时期的宋玉写过一篇名叫《登徒子好色赋》的文章，其中说一个美女——"东家之子"美到了"增之一分则太长，减之一分则太短；著粉则太白，施朱则太赤"的地步。如果真是这样，那么这个美女的美就达到了它的极限，只要增减一分，她就要转化成丑了。当然，这不过是文学家的艺术夸张，生活中是很少有这种相差一分就决定美丑的情形的。但是，美与丑的互相转化却是确实存在的。人们不是常说眼睛大美吗？但不管是哪位英俊小伙或漂亮姑娘，他（她）的眼睛大小都是有一定分寸和限度的，如果你给他（她）画一张肖像，只要将眼睛稍稍放大，就会给人以"眼似铜铃"之感，它的美就会完全消失，甚至变成丑的了。所以歌德说，对于健美的年轻姑娘来讲，骨盆宽大、胸脯丰满是必不可少的条件，这是发育正常、身体健康的标志，"如果骨盆不够宽大，胸脯不够丰满，她就不会显得美。但是骨盆太宽大，胸脯太丰满，也还是不美"[①]，

[①]《歌德谈话录》。

因为偏离了正常的生理规律，超过了为健康的发育所决定的分寸，亦即越过了美与丑的界限。

作家张贤亮的审美经验则为我们提供了一个丑变美的例子，他在《从库图佐夫的独眼和纳尔逊的断臂谈起——〈灵与肉〉之外的话》[①]一文中说：

小时候，翻着世界名将肖像画册，我觉得独眼的库图佐夫和一只胳膊的纳尔逊，比恺撒和安东尼更有震慑人心的力量。当时并不知道他们是何许人也，属于什么阶级成分，而画面上给人的却是一种雄健的、严峻的、深沉的美感。这种美感，和欣赏《蒙娜丽莎》与《雷卡米埃夫人》时获得的美感在质上有微妙的区别，而程度上却是同样的。独眼和断臂这样的伤痕，非但没有损害他们的形象，反而给他们增添了特别吸引人的风采，使人不由得联想到他们的痛苦和他们的斗争，敬仰之情油然而生。这里，缺陷构成了美。

我们知道，任何事物，包括人的形体，只有当它们合乎规律地正常发展，从而呈现出整体的完满与和谐时，在形式上才是美的，而缺陷则表明事物整体在某些方面的不健全，不但自身不美，而且会影响、破坏整体的美。比如一个好端端的年轻姑娘，不要说缺少一只眼睛会大煞风景，就是眼睛太小或太大也会影响其容貌的。可是，为什么在上面的事例中，缺陷（丑）反而构成了美呢？这从形式上是找不到答案的，而必须深入到事物的内蕴中去。纳尔逊（英国海军名将）和库图佐夫（俄国大败拿破仑侵略军的统帅）当然都是资产阶级军事家，其赫赫战功不足以掩盖他们的阶级局限性和历史局限性。但是画像着重表现的不是他们的历史功过，而是他们在特定历史条件下和社会环境中形成的刚毅性格、"黄沙百战穿金甲"的斗争经历

---

② 《小说选刊》1981年第4期。

以及因遭受妒忌、压抑、不为世俗所理解而产生的深沉孤愤。这样独特的性格、经历、气质、心境往往非一般正常的外形所能体现，而需要超出通常的形式；断臂、独眼作为与他们独特经历有密切联系的生理上的伤痕，正好是对完整、平衡、和谐的形式美规律的突破，而外形的整体又由于完满、平衡、和谐的被突破，由于这特殊伤痕、缺陷、局部丑的存在，具有了粗犷、冷峻、甚至深沉刚毅的性质，恰好体现出纳尔逊、库图佐夫的独特性格和气质，于是，断臂、独眼的丑不但没有像通常那样破坏整体的美，反而构成了一种带悲剧意味的美。正因为如此，所以法国大艺术家罗丹说，美就是性格。所以，虽然伤残瘫痪、形销骨立的身体是不美的，但如果它属于百炼成钢的奥斯特洛夫斯基和"横眉冷对千夫指，俯首甘为孺子牛"的鲁迅，那么就成为美的了，因为正是这样残病瘦削的体形，"触目惊心"地体现着他们生命不息、战斗不止，为人民和革命舍弃个人一切的思想与品格，达到了形式与内容的高度统一，从而使人产生雄健、严峻、深沉的美感。

这种情况也在其他事物上表现出来。人们都知道北京圆明园遗址上那残留的石门石柱，当年它和有"万园之园"美称的圆明园建筑和谐地、有机地结合在一起，组成了一个令人心醉的艺术境界，而现在整体消失了，只剩下了一门一柱，且这一门一柱也残破不全，照一般建筑美学的观点看来哪里谈得上美！然而实际上正是这种残缺不全才构成了特殊的美，这原因，就在于那残缺不全的形式正好体现出中国近代史上那段苦难屈辱的历史的内容；它矗立在昔日繁花似锦，而今荒草丛生的土地上，以其感性的形式唤起人们多么深沉的痛定思痛、振兴中华的感慨！难怪在进行爱国主义教育的今天，有那么多的美术、摄影、诗歌作品会将它作为题材。这就告诉我们，事物的形式美或形式丑虽然有其独立性，但这种独立性不是绝对的而是相对的，当形式表现着鲜明的社会内容时，它本身的美学性质往往要依内容而变化。

除此之外，美与丑的相互转化还有许多情况。世上的一切都以时间、地点和条件为转移，美与丑也不例外。从时间性上来看，有些美具有历史延续性，如"位卑未敢忘忧国"的情操美，当年陆游身体力行它时是美的，今天我们的解放军战士在对越自卫反击的战场上实践它时也是美的。但是，也有些美却是有鲜明的时代性的，一旦超越了特定的时代，它就可能转化为丑。例如，二千多年前的屈原好高冠长剑，"高余冠之岌岌兮，长余佩之陆离"。这种服饰体现了屈原峻洁的人格，在有戴冠佩剑风尚的古代是美的，然而今天恐怕谁也不会如此装束而自以为美，别人也不会认为是美的。当然，这里指的是人们在现实生活中的表现，而不是说的反映历史生活的文学艺术作品。作为艺术作品，如《哈姆雷特》《红楼梦》中的人物都是生活在特定历史环境中的人，本身就有时代性，人们是将其放在特定历史条件下来欣赏它，如果离开了这特定的历史时代、社会环境，美与丑就会失去其客观依据，无从判断，或者美丑互易其位。因此，今天的作家去写历史题材，一定不能违背历史的真实，更不能用今人的观点去改铸古人，或用古人来影射现实，否则就会损伤作品及人物的审美价值，甚至化美为丑。

地点、场合的变动也是引起美丑互变的因素。这是因为，事物的价值和意义往往是在同周围其他事物的关系中、比较中显示出来的，一旦关系变化了，事物的价值和意义也就不同了。郭沫若的历史剧《屈原》中有一个屈原遭谗之后在风雨中高诵《雷电颂》的场面，他兀然傲立，仰首苍天，高举双手，愤激地召唤着那照耀一切、震撼一切的雷电，狂风高扬起他披散的长发，鼓荡起他的长袍广袖，目光如炬，浩气冲天。无疑，这形象是很美的，但是，如果演员演现代生活题材的戏剧，用如此姿态去表达其思想感情，那就只会给人以滑稽之感，不但不美，反而丑了。正因为美丑会以地点、场合为转移，所以在外国那样的穿戴、那样的举止也许是美的，而在中国却不一定美甚至可能是丑的；在这样的场合这样的样子也许是美的，在那样的场合这样的样子却可能是丑的。此外，年龄、性别、身份等等都可以成为美丑转化的条件，如年轻姑娘打扮打扮益增其美，老年妇女倘和年轻姑娘一样打扮则有"老来俏"之嫌；姑娘的长发秀美可人，男青年长发垂领则令人生厌，如此等等。

至于生活中的丑转化为艺术中的美，则更为常见。这又有几种情况：一种情况是，生活中自然物的丑、形式上的丑，如奇形怪状的丑石，它"丑到极处，便是美到极处"①，艺术家将这种"丑到极处"的丑用熟练的艺术技巧表现出来，就会像郑板桥画上的怪石那样，"丑而雄，丑而秀"，使观赏者从它那狂放古拙的形象中获得特殊的美感。另一种情况是，社会生活中那些丑的事物和现象，如《三国演义》中的奸雄曹操、《奥赛罗》中的无耻之徒雅果、《白毛女》中的恶霸地主黄世仁、《流浪者》中的法官拉贡纳特，这些人物如果是在现实生活中，谁也不会以为他们是美的，但他们在艺术中却是艺术家加以典型化了的艺术形象，艺术家通过这种从生活中概括、集中、提炼出来的反映生活中丑恶现象的艺术典型，一方面揭示了生活的真实及其规律，另一方面又体现了对生活的审美评价，即它们是作为被否定、被批判的人物而登场的，艺术家否定、批判这种丑，也

---

① 刘熙载：《艺概》。

就是肯定、赞美了丑的反面——美。读者、观众不但能通过丑的艺术形象认识生活的真理，而且能产生"高贵的反感"。这种饱含着感情的对于生活真理的认识，就是审美感受的内容，而丑的典型就能引起"高贵的反感"。所以生活中的丑到了艺术中是能转化为艺术美的。

著名电影演员赵丹曾在一篇回忆文章中说到自己当年创造《大雷雨》中奇虹这个人物的体会：奇虹本是个善良的人物，如何将他的内心世界表现出来呢？赵丹经过反复琢磨，决定先将他演成非常低能与愚蠢，甚至有些白痴的类型，并赋予他怯懦丑陋的外形与动作。然后，随着剧情的发展，一层层剥开他内心深处的隐痛：奇虹早已明白自己的妻子有了情夫，但是由于他爱得真挚，非但没按他母亲的意旨和社会舆论去揍她、虐待她，反而格外地宽容她、疼她，从而在不知不觉之中，改变了人们对他的低能、愚蠢、怯懦、丑陋的外形的嘲笑，看到了他灵魂深处善良与美好的东西。有一天，演出结束后，唐槐秋走到后台，站在扮演奇虹的赵丹面前，久久不言，最后，非常庄严地说了句："美极了！"[①]

这是丑转化为艺术美的又一种情况。但在这里，艺术家是通过揭示外表丑的事物的内在美的方法，来创造艺术美的，它使生活中外丑（形式）内美（内容）的矛盾事物在艺术形象中统一了起来。

那么，用美和丑这一对范畴是否可以概括世上一切事物呢？不能。因为，在美和丑之间，还有一个即便不好说是广大，至少也是无法规定其范围的中间地带；处在这个地带中的事物，真可以说是亦好亦坏，亦美亦丑，不好不坏，有美有丑的：一张普通的桌子，一件平常的衣服，一个一般的人，

[①]《戏剧与电影》1981年第9期。

一件平凡的工作，一处毫无出奇之处的自然风光，一幅信笔涂鸦的画，一首平庸的诗，都够不上美，但也不能说丑，它们既不会使人产生美感，也不会产生反感。这个中间领域的存在，为美的创造提供了取之不尽、用之不竭的原料和大显身手的广阔天地。这种家具、这种服饰不美吗？那你按照美的要求设计去吧！这样的自然环境不是一般化吗？那你自己动手去创造环境美吧！这样的人不是很平常吗？那你努力去塑造美的心灵吧！这种工作不是太平凡了吗？那你奋发图强，在平凡的工作岗位上去创造英雄业绩吧！这样的艺术作品不是太平庸了吗？那你勤学苦练，去画最新最美的图画，唱出时代的最强音来吧！罗丹说，生活中不是缺少美，而是缺少发现。我们可以补充一句：生活中不是缺少美，而是缺少创造。让我们都来当美的创造者吧！

"大江东去"与"杨柳岸晓风残月"

亲爱的读者，我们刚才涉猎了美学上的一对重要范畴——美和丑，现在，当我们站在美与丑的分水岭上时，让我们转过身来，暂时将丑置诸脑后，将注意力集中于美，看看它本身的基本形态及其美学特征吧！

俞文豹在《吹剑录》中记载了这么一个故事："东坡在玉堂，有幕士善讴。因问：'我词比柳词何如？'对曰：'柳郎中词，只好十七八女孩儿，执红牙拍板，唱杨柳岸晓风残月；学士词，须关西大汉，执铁板，唱大江东去。公为之绝倒。"这是两首什么词呢？苏东坡的是《念奴娇·赤壁怀古》：

大江东去，浪淘尽、千古风流人物。故垒西边，人道是，三国周郎赤壁。乱石穿空，惊涛拍岸，卷起千堆雪。江山如画，一时多少豪杰！

遥想公瑾当年，小乔初嫁了，雄姿英发。羽扇纶巾，谈笑间，樯橹灰飞烟灭。故国神游，多情应笑我，早生华发。人间如梦，一尊还酹江月。

柳永的词是《雨霖铃》：

寒蝉凄切，对长亭晚，骤雨初歇。都门帐饮无绪，方留恋处，兰舟催发。执手相看泪眼，竟无语凝咽。念去去、千里烟波，暮霭沉沉楚天阔。

多情自古伤离别，更那堪、冷落清秋节！今宵酒醒何处？杨柳岸，晓风残月。此去经年，应是良辰好景虚设。便纵有千种风情，更与何人说？

毫无疑问，这两首词都很美。但是，为什么唱苏东坡的"大江东去"词须关西大汉执铁板，而唱柳永的"杨柳岸晓风残月"却只能由十七八女孩儿执红牙拍板呢？

这是因为，虽然两首词都美，但却是不同的美。苏东坡是北宋词坛豪放派的首领，在《念奴娇》词中，他用铿锵有力的诗句描绘了奔腾汹涌的长江壮景，并以此为背景，通过想象，再现了历史上那场以少胜多、以弱抗强的著名战役，塑造了一个雄姿英发的青年将领的形象。这首词从形式到内容，从眼前的自然风光到追想的历史往事都是豪壮激越的，这样的格调决定了它只能由英豪的壮士来歌唱。柳永的《雨霖铃》则迥异于此，它以一幅冷落凄清的秋景来衬托与爱人难分难舍的依依离情，风格是幽婉纤柔的，故须由娟妙的少女来浅唱低吟。这样，两首词就为我们展示了美的两种境界，两种形态；两种不同的美学特征，前者激起我们的雄壮热烈之感，后者引起我们的柔婉清幽之情。

中国古代的文论、画论对这两种不同形态、不同特征的美早就有过精细的观察和研究，将它们区分为阳刚之美和阴柔之美。

通常所谓阳刚之美，就是在巨大的体积、激烈的动作、惊人的速度、辉煌的光彩、磅礴的气势、强烈的对比、刚劲的力线、尖锐的冲突、粗粝的形态等等事物、现象和矛盾中体现着的美；所谓阴柔之美，则是在具有曲线、圆形、小巧、光滑的形体，舒缓轻柔的节奏，柔和协调的色彩，统一、平衡、和谐的状态中显示出来的美，前者是壮美，后者是秀美。

为什么美有阳刚壮美与阴柔秀美之分呢？这既不完全取决于客观事物本身所固有的自然属性，也不是作为审美主体的人一厢情愿的结果，而是因为人类认识世界、改造世界的实践是一个由浅入深、由窄到广、先易后难、从低级到高级的过程。所以，人类总是着手解决自己所能解决的任务，并在这个自己的认识能力和实践能力所允许的范围内，依据事物的规律和人的要求、愿望、目的来创造生活创造美的。在这个自由自觉的实践活动中，如果某一事物比人们所接触过的事物更大、更强，而这一事物又能体现出人的积极本质；如果某一任务比一般人所能解决的任务更艰巨、冲突更尖锐激烈，而解决这一任务、卷入这一冲突的人又表现出超乎常人的勇敢、毅力和力量，做出了个人的最大牺牲；如果某一事物、现象以其质和量上的巨大，突破了均衡、对称、和谐、光滑等形式美的一般规律，而呈现出雄奇、粗粝、桀骜不驯的形态，那么，这些事物、现象、任务、冲突以及与此相联系着的人，就会以其体积之大、力量之强、品格之高、气势之壮、形态之奇，使人产生惊叹、崇仰、敬畏等感情。这种由一定对象引起人一定感情的过程循环往复、代代相传，就会一方面在人的大脑中打下烙印，建立起条件性情感反射，赋予人以对阳刚之美的直观反应能力；另一方面又会形成关于阳刚之美的审美观念，通过各种渠道影响着每一个人。这样，阳刚之美就成为人类的一种审美对象、审美客体了。阴柔之美的成因也大抵类此，只不过它不是作为美的特殊形态（阳刚之美），而是作为美的一般形态,侧重于表现客体与主体在实践中经由矛盾对立达到的统一、均衡、和谐状态,秀美、幽美、优美、柔美都属于此类,它们一般通过事物或现象的娇小的体积、清晰的轮廓、柔曲的线条、舒徐的节奏、秀媚的色彩、静穆的神态、和谐的关系等等显示出来。

在自然界和社会生活中,在艺术中,阳刚之美与阴柔之美各尽其妙,异彩纷呈,给人的美感也摇曳多变,不拘一格,使人得到不同的精神享受,找到不同的乐趣。

鹰隼搏击于大海长空,狮虎腾跃于广漠丛莽;山风中万顷林涛澎湃有声,烟雨里九曲黄河惊涛裂岸;丽日经天将蜿蜒于崇山峻岭之上的万里长城镀成金色,狂风行地驱使着茫茫草原上万马奔腾卷起半天烟尘;钢筋混凝土大桥如长虹飞越天堑之上,巍巍铁塔如参天巨树直入云霄……这些伟美的壮观,使人心雄气旺,豪情洋溢。而莺燕啼啭于柳隙花间,松鼠窜跃于松枝之上;兰花在深谷飘散着幽香,寒梅在白雪中映着倩影;清凉如水的月光洒向静谧的田野,舒卷的白云倒映于波平如镜的水面;深山古寺传来悠扬的钟声,杏花疏影里响起清脆的牧笛……这些秀雅的景物,使人屏气凝声,柔情婉转,心旷神怡,不知所之。

人和人的行为以及社会事件、社会现象的美也有阳刚与阴柔之分。刘义庆所撰《世说新语》中有这样一则轶事:

魏武将见匈奴使,自以形陋,不足雄远国,使崔季珪代,乃自捉刀立床头。事既毕,令间谍问曰:"魏王何如?"

匈奴使答曰:"魏王信自雅望非常,然床头捉刀人,此乃英雄也。"魏武闻之,追杀此使。

这里的魏武、魏王即三国时的曹操,他为什么要追杀匈奴使呢?这同他和崔季珪的长相有关,因为曹操自己觉得容貌不雅,恐怕匈奴使者见了笑话,所以让仪容俊美的崔季珪代替接待使者。但实际上,曹操并非不美,只不过不是崔季珪那种温文尔雅的阴柔之美(优美),而是踔厉风发、雄强勇健、英气外射的阳刚之美(壮美)。匈奴使者可谓慧眼识英雄,一眼就看出了这位"治世之能臣,乱世之奸雄"的本来面目,所以引起了性格多疑的曹操的猜忌,终于丢了性命。

在现实生活中,那充满刚毅气概、浓眉大眼、轮廓分明的面孔,那身躯魁伟、虎背熊腰、强健有力的人体,那沉着坚定的举止、虎虎有生气的步态,都显出力之美、刚之美;而那眉清目秀、表情恬静、线条柔和的脸蛋,那苗条的身腰、秀雅的动作、轻盈的体态,则透着柔之美。挥舞着寒光闪闪的军刀、跨着四蹄生风的战马、呼啸着杀向敌人的骑兵队伍,使人顿生壮美之情;沐浴着清幽的月色、徘徊于湖畔花前的爱侣则使人油然而起优美之感,如此等等,在我们的审美经验中都是十分熟悉的。

阳刚之美和阴柔之美在艺术中被表现得尤其突出、鲜明。意大利文艺复兴时期米开朗基罗的绘画、雕塑作品,如《大卫》《摩西》,塑造的人体是那样伟岸刚劲,蕴藏着火山爆发般的力量和激情;而同一时期拉斐尔的油画,如《椅中圣母》《西斯廷圣母》,从人物造型到整个画面的构图、色彩、线条、格调,却是那么秀雅、柔媚。显然,这两者虽都是美,但却有阳刚与阴柔之别,给人的美感也是不同的。

德国作曲家贝多芬的《热情奏鸣曲》,渗透着法国大革命时期的英雄主义思想,全曲依照戏剧性的思想顺序发展,在第一乐章的快板中,像是表现勇敢的斗士与黑暗势力进行力量悬殊的卓绝斗争,副题安详雄壮,给人以光明和希望;第二乐章充满内在雄厚和肃穆的主题,进入短暂的宁静和沉思；到了第三乐章，继之以"勇士赴疆场""铁骑突出刀枪鸣"的隆隆声，慓疾如风的下行音流，展现出宏壮激情的斗争场面。整个奏鸣曲有如"在花岗石的河道里的火焰巨流"（罗曼·罗兰语），极尽壮美之声色。而奥地利作曲家约翰·施特劳斯的圆舞曲《蓝色多瑙河》，序曲一开始就以轻柔徐缓的乐曲把人们带到了微波荡漾的多瑙河畔，接着，第一、第二、第三、第四段圆舞曲的优美旋律自然倾泻而来，表现出阳光照耀、波动金影、鸟儿欢唱、鲜花盛开的多瑙河景色。第五段圆舞曲则以欢快热烈的旋律，模拟出多瑙河上的清风，吹拂着听众的心弦。整个舞曲优美、流畅、清新，使人为之陶醉。

宋代豪放派词人苏东坡、辛弃疾的词，明代历史章回小说《三国演义》《水浒传》，这是大家熟悉的文学作品，其内容、其风格是壮美的；而大家同样熟悉的宋代婉约派词人张先、晏殊的词，清代小说典范《红楼梦》，其内容、其风格却是柔美的。

不过，美虽有阳刚、阴柔之别，但二者无论在自然界、社会生活中和艺术里，都不是互相排斥的，而往往是水乳交融地彼此渗透。例如庐山之奇莫若云，奇就奇在这云雾会发出声音，有时如少女弄琴，轻弹慢奏，音色曼妙优美，沁人心脾；有时却有如壮士高歌，声震山谷，韵律雄浑壮美，动人心魄。"会当凌绝顶，一览众山小"的泰山，其雄伟壮丽天下闻名；但泰山上也有秀美的清泉拳石、琼花瑶草。有如一个平常文静腼腆如姑娘的战士，当面对敌人时却有如猛虎下山般的英猛。晋代诗人陶渊明，既有赋"采菊东篱下，悠然见南山"诗时的闲情雅致，也有"金刚怒目"的时候。再如《红楼梦》《人间喜剧》，整体如宏伟殿堂，观之动魄，而其中的细节则有如雕梁画栋，精致可爱。至于文学艺术作品在内容、风格上刚柔相济，则更是大量的。如《三国演义》通篇金戈铁马、唇枪舌剑，多是两军鏖战、逐鹿中原、你砍我杀的场面，但其中也不乏三顾茅庐、横槊赋诗、孙权嫁妹一类插曲；《红楼梦》全书状写闺阁情事、儿女之态，但其中也有尤三姐自刎、柳湘莲削发这样的刚烈之事；辛弃疾的词多悲壮之声，却也时有如"明月别枝惊鹊"一类的清丽之语；柳永词好写凄清之景，但也时有"怒涛卷霜雪"一类壮景的吟咏等等。正是阳刚之美和阴柔之美的这种互融互济，使人世间的美更加变化多姿、丰富多彩。

当然，在美上刚柔相济，必须有内在联系、和谐统一的，否则，就会弄得不伦不类，有煞风景。十月革命后，俄国一个叫普列特涅夫的人在《在思想战线上》一文中说："在巨大的水电站的正面放上一个闺房中的小天使，是荒诞的；在一座横跨大江的桥上放上一些小花环，也是可笑的。因为水电站和桥的美，在于它们的巍峨壮观、有力，以及大量钢、铁、混凝土和石头的结构的美。"列宁在这段话后面加"*"批注说"正确"[①]。为什么？就因为水电站、桥的壮美同小天使、小花环的秀美在这里没有内在的有机联系，它们搭配在一起就破坏了水电站、桥的整体美和统一风格。

壮美与崇高往往是不可分的。无论是在自然界还是社会生活中，当壮美的事物以其内在矛盾的性质充分显示、肯定人性格和力量的伟大时，壮美就成了崇高。

在美的问题上持唯物主义立场的18世纪英国政论家博克，曾将崇高与美做过比较，他说："……崇高的对象在它们的体积方面是巨大的，而美的对象则比较小；美必须是平滑光亮的，而伟大的东西则是凹凸不平和

---

① 见《列宁论文学艺术》第780页。

奔放不羁的；美必须避开直线条，然而又必须缓慢地偏离直线，而伟大的东西则在许多情况下喜欢采用直线条，而当它偏离直线时也往往作强烈的偏离；美必须不是朦胧模糊的，而伟大的东西则必须是阴暗朦胧的；美必须是轻巧而娇柔的，而伟大的东西则必须是坚实的，甚至是笨重的。它们确实是性质十分不同的观念，后者（指崇高）以痛感为基础，而前者（指美、优美）则以快感为基础。"①应该承认，博克说出了崇高的一些不可少的性状，但是，这些性状都只是形式方面的因素，却没有涉及内容方面、内在矛盾方面的原因；而如果不涉及内容方面的原因，那就还只停留在壮美的说明上，而说明不了崇高的特质。

让我们先具体分析一下自然中的崇高之美——海潮、海涛的美吧。

海涛、海潮，如浙江的钱塘江潮，其声威浩大、伟美壮观是世界闻名的，自古以来，每年涨潮时节，都有成千上万的人涌来观赏。北宋时的词人潘阆曾作《酒泉子》词，描绘了当时来潮的盛况：

长忆观潮，满郭人争江上望。来疑沧海尽成空。万面鼓声中。弄潮儿向涛头立，手把红旗旗不湿。别来几向梦中看。梦觉尚心寒。

周密的《武林旧事：观潮》中也称潮水"大声如雷霆，震撼激射，吞天沃日，势极雄豪。"毫无疑问，这声如雷震、吞天沃日的潮水在表现形式上已经突破了平静、匀称、光滑、柔和等形式美的要求，而且有巨大的数量、雄豪的气势、粗犷的容貌、激烈的动态。仅就这一点来讲，它就已经达到了壮美之境。但是它之所以引起人的崇高之感，成为审美的崇高的对象，却还不止于此，而在于这壮美的形式里包含的矛盾所展示着的主体

---

① 《西方美学家论美和美感》，商务印书馆1980年版，第123页。

和客体的对立统一,在于它对人的性格和力量的巨大肯定:一方面,是雷霆万钧、波涛汹涌、吞天沃日的海潮所表现出的暴烈、野蛮对于人的挑战;另一方面,这暴烈、野蛮的狂潮却是被锁在二百里长的海塘之内,人能安全地尽情地观赏它,而它却无法加害于人,这里,自然的蛮力和人的伟力既尖锐地对立着,又以人对自然力的自觉的掌握和征服而统一着,海潮作为人的对象,它愈是声威浩大、气势磅礴就愈是意味着人的才智和力量的伟大,就愈是肯定着人的这种才智和力量;人由海潮所引起的崇高之感实际上也就是对人自身力量的赞美、惊叹。

所以,还是公元3世纪的雅典人朗吉弩斯说得比较中肯:"大自然把人带到宇宙这个生命大会场里,让他不仅来观赏这全部宇宙壮观,而且还热烈地参加其中的竞赛。"[①]这就是人以自己的力量同自然的力量进行较量、角逐、最终战胜自然,这就是崇高之所以然。正由于崇高作为美的一种形态具有这样的特点,所以并不是任何壮美的事物都能成为崇高的对象、引起人的崇高之感的;所以狮虎鹰隼飞腾于长天大漠虽伟美壮观,但却不一定是崇高。只有当这种壮美以其内涵强烈地肯定着人的高尚品格、巨大精力、卓绝斗争时,它才是崇高的,如杜甫将"功盖三分国""鞠躬尽瘁,死而后已"的诸葛亮比作"万古云霄一羽毛",高尔基把英勇的革命者比作搏击风暴的海燕,这时的雄鹰、海燕才被赋予了崇高之美。

在社会生活中,崇高之美更是在严峻、艰险、卓绝的斗争中锤炼出来的,崇高的事物必然体现着劳动人民、先进阶级、进步社会势力的巨大力量和崇高精神。例如农民驾牛耕地,人那粗犷的脸色、隆起的肌肉和牛那

---

① 《西方美学家论美和美感》,商务印书馆1980年版,第48页。

奋力向前的躯体，都给人以壮美之感，但是，如果我们不是和耕地的农民处于同一平面，而是如著名画家石鲁所作《高山仰止》一画上那样，农民在壁立千仞的黄土高原上耕地，而我们是在高崖下仰望，那么，耕地者形象的壮美就变成了崇高，"高山仰止，景行行止"之情油然而生。为什么？就因为在后一场合，耕者和高崖构成的形式、形象中蕴含着人力和自然力的对立统一：红色的黄土高崖是那样陡峭，以其高不可攀的形态似乎藐视着人，而人却以坚忍不拔的意志、无高不攀的毅力和勇气征服了它，开垦了它！这难道还不崇高？！还不令人敬仰神往？！

由于崇高的实质是人对自身高尚品格、巨大才智的肯定和赞美，所以，在社会生活中，哪里有艰苦卓绝的斗争和坚毅的追求、英勇的牺牲，哪里有精神在升华、人格在净化、智慧在闪光、生命在燃烧，哪里就有崇高。屈原以高冠长剑、雄奇古朴的外表和忧国忧民、献身真理的心灵的和谐统一，形成了峻洁之美，即崇高。鲁迅一生"横眉冷对千夫指，俯首甘为孺子牛"，其博大深沉的人格闪耀着崇高的光辉。周恩来同志功盖华夏、德被九州，其精神是何等崇高！张志新烈士"把带血的头颅，放在生命的天平上，让所有的苟活者——失去了重量"，使人顿生崇仰感佩之情！面对这些人物，我们就像面对拔地摩天、浑无际涯的崇山大海，惊服、赞叹、敬畏、感奋，几至不可仰视，此之谓崇高。

生活中的崇高在文学艺术中得到了广泛的反映。画家石鲁有一幅题为《转战陕北》的彩墨画，充塞整个画面的是层峦起伏的赤赭色黄土高原，在画的中央，是屹立于高崖之上背手沉思的毛泽东和他的警卫员以及长啸的战马。画家运用中国画虚实结合、浓淡相间的手法，将作为背景的远山表现得层次分明、连绵起伏、一望无际。整个画面大气磅礴，人民领袖毛泽东为人民解放、胸中自有雄兵百万的崇高精神，使观者的崇仰之情油然而生。鲁迅的小说《一件小事》，写了一位为了救治被撞伤的老妇人而甘愿吃"官司"的人力车夫，他这种高尚品格使得作品中的"我"，"突然感到一种异样的感觉，觉得他满身灰尘的后影，霎时高大了，而且愈走愈大，须仰视才见。而且他对于我，渐渐地又几乎变成一种威压，甚而至于要榨出皮袍下面藏着的'小'来。"这里的"仰视"和"威压"之感正是崇高引起的审美反应。

以上是文学艺术作品将生活中的崇高表现为艺术中的崇高。艺术中还有一种崇高，这就是由于艺术做品本身规模的宏大而在观赏者心中唤起的崇仰之感。例如美国雕塑家科扎克所做的印第安人英雄雕像，它表现的是美国独立战争结束后，美国资产阶级和奴隶主联合政权向西部广阔土地扩张时，领导印第安人反抗入侵者压迫和杀戮的英雄"狂马"。这座雕像是美国南达科他州黑山山脉中的一座花岗石岩山峰，科扎克从年轻时代起，花了三十三年工夫，前后共炸掉650万吨花岗石（今后还要炸掉175万吨），终于，一座雄冠世界、刀笔苍拙的大石像粗具轮廓，巍然耸立在游客面前。它全高563英尺，仅头高即达87.5英尺，臂长363英尺，上面站得下四千人！这尊石像即便不考虑它所表达的内容，单就它巨大、粗犷的形式本身所体现的人和自然的矛盾性质而言，就已成为崇高的对象。当人们在呼啸的山风中仰视这金刚怒目、挥臂东指（入侵者就是从那个方向闯进他的故乡的）的印第安武士时，从精神到肉体都会不由自主地感受到一种巨大的威压，令人崇仰，令人敬畏！

除此之外，崇高在艺术中最集中的表现是悲剧。车尔尼雪夫斯基说："美学家们把悲剧性看作是最高的一种伟大（即崇高），也许是正确的。"的确，悲剧作为有价值的生活、美的事物的悲壮毁灭，作为坚毅、高尚性格在艰巨斗争、苦难命运中的毁灭，它创造的正是崇高，所导致的是人们通过巨大的悲痛所得到的美的享受。这个问题在下面悲剧一节还要专门谈到，这里从略。

"将人生的有价值的东西毁灭给人看"

一带粉垣，数楹修舍，有千百竿翠竹遮映，进门是曲折游廊，阶下石子漫成甬路——这是什么地方？熟悉《红楼梦》的读者大约会觉得似曾相识，这就是大观园中的潇湘馆。那条石子漫成的甬路上，有一位封建末世的贵族少女曾多次漫步、悲吟；它通向怡红院，牵动着贾宝玉的心，通向生死不渝的爱情，通向个性解放的理想。然而，行将就木的封建顽固势力是不能容忍这种叛逆行为的，它终于掐断了这条爱情之路：贾母和王熙凤合谋用"调包计"扼杀了宝、黛的爱情，在"薛宝钗出闺成大礼"的日子里，"林黛玉焚稿断痴情"，待到探春、李纨赶来，她手也凉了，目光也散了。探春、紫鹃正哭着叫人端水来给黛玉擦洗，猛听得黛玉直声叫道："宝玉！宝玉！你好……"说到"好"字，便浑身冷汗，不作声了，那汗愈出，身子便渐渐地凉了。其时正是宝玉娶宝钗之时。大家想起黛玉素日的可怜，今日更加可怜，俱伤心痛哭。这时，"只听得远远一阵音乐之声，侧耳一听，却又没有了。探春、李纨走出院外再听时，惟有竹梢风动，月影移墙，好不凄凉冷淡。……"

自有《红楼梦》以来，各个时代的读者每读至此，无不为之动情，同洒一掬伤心之泪。曹雪芹用他那勾魂摄魄的神笔，为我们描绘出一轴封建末世人情世态的不朽长卷。它美吗？当然美。在这里，贾宝玉和林黛玉建立在共同信念之上、远远高出于政治联姻的真正爱情及其毁灭无疑具有很高的美学价值，使读者产生强烈的感情，但是，这种感情又不同于我们在欣赏自然景物、工艺制品和读《秋声赋》、看《天鹅湖》时得到的美感，它渗透着一种哀婉凄恻、令人痛惜感慨的成分，这就是悲剧使人所产生的特殊美感。

在现实生活中，我们常听到"悲剧"一词，我们也常常把一些不幸的、叫人痛苦的事情称作"悲剧"，如一对久恋的情人刚刚结婚，其中一个突然因车祸不幸死去；某工人因管理人员忽视生产安全而身体致残；某家庭因丈夫病逝或喜新弃旧而撇下孤儿寡妇，等等，这些虽然被称作"悲剧"，其实却不是可以归入美学范畴的悲剧，它们可以使我们动感情，但却没有审美价值。还有一些事情，如1912年4月10日，英国白星轮船公司新建的四万六千吨的巨型客轮"铁达尼"号，在海面与冰山相撞，一千五百多人葬身大海；巨轮沉没前，人们惊呼奔突，情景悲惨。为了镇定人心，船上的乐队坚持在甲板上奏乐，直至海浪没顶，表现了一种"泰山崩于前而色不变"的视死如归的精神，场面极为悲壮感人，传为"悲剧"。但是，这也不是严格意义上的悲剧，虽然乐队人员在死亡面前的镇定无畏使人动情，甚至会产生美感，然而不是悲剧美所引起的那种美感。唐朝的白居易写过一首名传后世、引起过不知多少人感情共鸣的《长恨歌》，讲的是唐朝的风流皇帝唐明皇和美人杨贵妃悲欢离合的爱情故事。在"马嵬"事件中，反叛的士兵逼着唐明皇亲手将他宠爱的杨贵妃"赐死"，"六军不发无奈何，宛转蛾眉马前死。花钿委地无人收，翠翘金雀玉搔头。君王掩面救不得，回看血泪相和流。……蜀江水碧蜀山青，圣主朝朝暮暮情。行宫见月伤心色，夜雨闻铃肠断声。天旋地转回龙驭，到此踌躇不能去。马嵬坡下泥土中，不见玉颜空死处。"一对有情人终于被弄得生离死别，以至"天长地久有时尽，此恨绵绵无绝期"！这该是"悲剧"了吧？诚然，这个事件是够悲凄的了，白居易把它写入诗篇，也自有其审美价值，但是，这仍然不是我们要说的悲剧。

那么，究竟什么才是悲剧？悲剧的美学价值、美学特征究竟是由什么决定的？悲剧所引起的是什么样的美感反应？对于这些问题的研究和探讨，真可以说是源远流长，从古希腊的哲学家亚里士多德就开始了，以后，法国悲剧的创始人、17世纪法国新古典主义戏剧代表作家之一的高乃依，18世纪的德国思想家、文艺理论家莱辛，再后一些的伟大作家歌德、席勒，唯心主义哲学大师黑格尔，俄国杰出的革命民主主义思想家车尔尼雪夫斯基，我国近代的美学思想家王国维、梁启超、蔡元培等都对悲剧做出了有益的探索和贡献。他们的理论尽管都有时代、阶级和个人的局限性，但他们都认为悲剧中的死亡、毁灭、失败不是偶然的，而是受必然性支配的。

真正对悲剧的本质和美学特征做出科学说明的是革命导师马克思、恩格斯。1859年，当时的德国革命家拉萨尔（后来成了机会主义者）将自己的剧本《济金根》送请马克思、恩格斯提意见。这个剧本取材于德国16世纪初以济金根和胡登为首的骑士反对大主教和封建诸侯的一次暴动。他们于1522年在兰都根组织了一个以六年为期的莱茵、士瓦本、法兰克尼亚贵族骑士同盟，以自卫为名组成一支军队，于9月向特利尔选帝侯宣战。他的队伍刚到城郊，增援部队即被截断，黑森伯爵和普法尔茨选帝侯等大诸侯迅速驰援特利尔，济金根被迫退守兰德施尔城堡。贵族骑士同盟的成员被大诸侯的行动所吓倒，不救济金根，结果济金根负伤死去，胡登流亡瑞士，不久亦死去，骑士暴动很快被诸侯镇压下去了。这次暴动虽然具有改良性质，但目的并不是为了推翻封建统治，而是企图恢复骑士阶层已经失去的权利，建立一个统一的贵族民主制的封建王朝。济金根和胡登是代表垂死阶级利益的，他们靠残酷剥削农民和掠夺城市过活，因此不可能联合反封建的主要革命力量农民和城市平民，所以必然要失败。可是拉萨尔在《济金根》一剧中却抹杀了济金根、胡登的阶级本质和失败的阶级根源，把他们美化为"伟大的革命领袖"，对这个历史事件做了歪曲的描写。拉萨尔试图通过这个剧本说明他的"革命悲剧"观，即"革命悲剧"就是"在构成革命的力量和狂热的思辨与表现上十分狡智的有限的理性之间，看起来似乎存在着某种不可解决的矛盾"①。马、恩坚决反对这种抽象的、超阶级超历史的悲剧冲突观，认为这是一种"幻想"。马克思指出：济金根和胡登之所以"必然要覆灭"，是因为他们在阶级属性上存在着悲剧性矛盾。他们是按骑士方式发动叛乱的，如果他们以另外的方式发动叛乱，就必须直接号召城市平民和农民起来反对骑士制度，然而这个矛盾他们是无法克服的，这才是济金根悲剧的历史必然性。恩格斯则指出，拉萨尔"忽视了济金根命运中的真正悲剧的因素"，这就是"历史的必然要求和这个要求的实际上不可能实现之间的悲剧性的冲突。"②悲剧的美学价值、美学特征就是建立在这种必然的悲剧性冲突的基础之上的。就是说，并不是任何的死亡、不幸、痛苦都是悲剧，悲惨的也不一定就是悲剧；死亡、不幸、痛苦只有和"悲剧性的冲突"——"历史的必然要求和这个要求的实际上

---

① 《马克思恩格斯论艺术》（一），第21页。
② 《马克思恩格斯选集》第4卷，第346页。

不可能实现之间"的矛盾相联系时，才能构成悲剧，才有美学价值；这种冲突要求人物——悲剧的体现者集中全部力量为某种有价值有意义的目的而斗争，虽然这种斗争必然充满了巨大的痛苦、不幸、失败乃至毁灭。人们从悲剧得到的美感不是像欣赏自然景色、工艺制品或看一幅画、听一首歌时得到的那种单纯感官上的快适和简单的感情上的愉悦，而是在悲剧"将人生的有价值的东西毁灭给人看"[①]时，通过流洒同情、悲伤和激情的泪水，所引起的对某种真、善、美的追求和热爱，对某种假、恶、丑的憎恶和痛恨，是从忧患和痛苦中产生的对未来、对前途的深刻信念。

用这个观点去看问题，就可以明白，《红楼梦》中贾宝玉、林黛玉的爱情毁灭之所以是悲剧，恰恰在于这种爱情所包含的个性解放、人格平等的内容，反映了当时尚处在萌芽阶段的资本主义争取自己权利的历史必然性要求；可是，这种要求在当时的历史条件下是不可能实现的，这样，宝黛爱情与贾母为首的封建卫道势力间的矛盾冲突就在所难免，冲突的结果是宝黛爱情的毁灭，一个含怨而死，一个厌世而出家。这个悲剧"将人生有价值的东西"——真正的爱情以及悲剧主人公在追求爱情的斗争中所体现出来的人性、才华、情谊等等"毁灭给人看"了，因此，它引起的不是廉价的快感，而是对美好事物的一往情深的赞颂。

正由于悲剧是由社会矛盾造成的，所以，悲剧、悲剧美只属于人类社会，在自然界中是不存在悲剧这种特殊形态的美的。

艺术中的悲剧是生活中的悲剧的反映。在人类的社会生活中，历来产生着、存在着悲剧的客观因素。艺术中的悲剧，是通过典型化的手段，将

---

① 鲁迅：《坟·再论雷峰塔的倒掉》。

生活中分散的悲剧性因素集中起来，让被掩盖着的显露出来，同时使在大跨度的时空区域内发生的事件浓缩到欣赏者可以直观的范围内，因此，艺术能提供"纯粹的"典型的悲剧形态。例如，封建社会虽然大量发生青年男女恋爱婚姻的悲剧，但是，只有像《孔雀东南飞》这样的艺术作品才使这类悲剧得到集中反映。在这首汉乐府民歌中，描写了善良、勤劳、能干、美丽的女子刘兰芝在婆婆的苛虐下被迫与丈夫焦仲卿分离的痛苦，她回到母家后，其兄又以家庭中统治者的地位强逼她改嫁太守。婚期前一天，仲卿和兰芝私下会见，约定"黄泉下相见"。就在太守家迎亲之夕，兰芝"举身赴清泉"，仲卿也"自挂东南枝"，从而提供了一个典型的封建家庭的悲剧。而屈原的遭际和辛亥革命前后发生的悲剧，也只有在郭沫若的话剧《屈原》和鲁迅的小说《药》中得到升华。《屈原》在一日之内概括了屈原战斗的一生，它写屈原为了坚持从祖国和人民利益提出的联齐抗秦的正确主张，与上官大夫、南后为代表的楚国统治集团的投降路线展开尖锐的斗争，最后以他的学生婵娟的壮烈牺牲和屈原的出走河北结束了这出政治悲剧。至于《药》，其悲剧色彩更浓：夏瑜和华小栓都是封建制度下的牺牲者，一个为革命直接死于封建统治者的屠刀，一个间接地死于封建制度造成的愚昧和迷信，而革命者夏瑜临刑所洒的热血，竟被当作华小栓治病的"药"！这个高度提炼了的巧妙情节以烘云托月的艺术力量揭示了革命者和尚未觉醒的群众之间的可悲隔阂，而这，正是辛亥革命成其为悲剧的重要原因。

这里，对于悲剧、悲剧美有重要意义的是悲剧人物的性格问题。什么样的性格才能充当悲剧性格呢？恩格斯在给拉萨尔的信中，谈到"悲剧性的冲突"时，指出："主要人物是一定的阶级和倾向的代表，因而也是他们时代的一定思想的代表,他们的动机不是从琐碎的个人欲望中,而正是从他们所处的历史潮流中得来的。"①

由于构成悲剧的冲突是"历史的必然要求和这个要求的实际上不可能实现之间"的矛盾,而"历史的必然要求"总是符合历史发展规律、历史潮流和争取社会进步的斗争联系在一起的,所以,这个矛盾实质上就是社会进步势力同没落反动势力之间的斗争。悲剧人物尽管可能有这样那样性格上的缺点,但他们作为社会进步势力的代表,不能不"从他们所处的历史潮流中"产生行动的动机,汲取斗争的力量和信念,因而他们性格中占主导地位的不能不是坚强、果敢、沉毅、善良、自我牺牲、热爱真理的方面。悲剧性的毁灭实际上就是与庄严、进步、美好、正义的事业失败紧密联系在一起的卓越人物的毁灭,是人的最珍贵的东西如精力、智慧、才能等等的毁灭,所以能使人产生巨大的悲痛、深刻的同情和崇高的敬意。不能设想,那种由自私、庸俗、胆怯、虚伪和可鄙、反常的东西占上风的渺小的、平凡的人物性格也能表现出悲剧来。鲁迅的《阿Q正传》就是一个突出的例子。阿Q在现实生活中是一个被侮辱被损害的失败者,但他偏偏不肯正视自己的处境,处处以"精神胜利法"来自慰自欺。当辛亥革命的浪潮波及未庄时,阿Q也产生了想改变自己卑贱地位的朦胧革命意识,决定"投降革命党"。尽管阿Q的投身革命不过是想跟别人一样拿点东西,带有原始的复仇情绪和浓厚的自发性,但投机革命的假洋鬼子也还是"不准",他十分惧怕阿Q那样的农民起来造反。于是,资产阶级和封建势力达成了妥协,出卖了阿Q,将他送上了刑场。这篇小说无疑具有强烈的悲剧色彩,人们

---

① 《马克思恩格斯选集》第4卷,第343—344页。

也常将阿Q当成悲剧性格，其实，阿Q并不是严格美学意义上的悲剧性格，虽然这个人物具有很高的美学价值。为什么他不足以"悲剧性格"称之呢？因为在阿Q的性格中，耽于幻想、自我欺骗、惊人的健忘、向更弱者泄恨的卑怯等等由精神胜利法派生出来的精神病态表现得十分突出，以致它成了有名的"阿Q性格"。这样的性格与其说是悲剧性格，还不如说是讽刺的性格，虽然在阿Q身上也有着浓厚的悲剧色彩。这种性格的毁灭固然引起人们的同情和思索，但却不能在欣赏者心上激起真正的悲剧性格的毁灭所能激起的巨大痛苦和崇仰之情。那么，在阿Q所参与的这场悲剧中，究竟谁是悲剧主角、悲剧性格呢？是没有在小说中出场的、通过阿Q的折光所反映的被压迫、被剥削的农民阶级，他们希望通过资产阶级革命改变自身痛苦状况的"历史必然要求"同由于这个革命的不彻底因而不能实现这个要求的矛盾，将他们推上了悲剧命运的道路。这是文学反映生活悲剧的一个比较特殊的例子。

总而言之，矛盾冲突的必然性是悲剧美的根本属性之一，是悲剧美的主要内容之一；这种必然性又决定了悲剧性格的基本特征，它成了悲剧美的另一属性和内容。符合这种必然性和性格特征的事件、人物才是悲剧和悲剧性格，才具有悲剧的美。由于悲剧的矛盾冲突是各式各样的（政治的、思想的、家庭的、爱情的等等），因而悲剧人物的性格具有了多种多样的形式和色彩：政治悲剧、家庭悲剧、爱情悲剧、事业悲剧，等等。

那么，在社会主义社会，在我们的现实生活中，还会不会产生悲剧，存不存在悲剧美呢？回答是肯定的。社会主义社会不是天上掉下来的"净土"，也不是与世隔绝的"仙境"，而是从旧社会的母体中脱胎出来的"新生儿"，因而必不可免地会带上旧社会的"胎记"，如封建等级、特权思想、官僚主义遗风以及生产力的落后所造成的经济上、生活上的某些不合理的规章制度等等；同时，社会主义是一个前所未有的新事物，无论从理论上还是从实践上对它的掌握都处在一个在探索、完善的过程中。由于这一切原因，就有可能导致在某些单位、某些事件、某些问题上对坚持真理、敢于与错误意见、错误做法、不正之风以及不法分子、坏人坏事做斗争的优秀人物的排斥、打击，和对某些有成就、有贡献的杰出人物的嫉视、压制。但是，他们的悲剧毕竟与过去时代的悲剧有质的不同：过去时代的悲剧主人公虽然代表着历史必然性的要求，但由于变这种要求为现实的历史条件尚未成熟和反动势力的强大，这种要求实际上是不可能实现的，因而悲剧主人公只能是"黑暗王国中的一线光明"；社会主义时代的悲剧主人公虽然在具体环境中相对弱小而那些落后、反动势力却相当强大，因而悲剧主人公不免失败或毁灭，但他所代表的却是在整体上、大范围内已经或正在变成现实的"历史必然性要求"。就悲剧主人公个人来讲也许是失败了，但他们所代表的、为之斗争的事业却胜利了。这里揭露的是"光明王国中的一线黑暗"。因而这种悲剧在激起我们巨大的痛苦和同情的同时，还使我们产生出力量、勇气和对前途的坚强信念。这种美感感受，是我们在观赏《天云山传奇》《元帅之死》《人到中年》等文艺作品时都能体验到的。

　　由以上分析可以看出，无论是旧时代的悲剧，还是社会主义时代的悲剧，它们都是建立在历史必然性的基础之上的；在悲剧冲突中，代表历史必然性要求的悲剧主人公集中地体现了生活美的本质和艺术家的审美理想，而他的对立面、导致他的不幸和毁灭的势力则违背、对抗着历史必然性的要求，体现着丑。这样，美和丑就与悲剧有机地交织在一起，在这个意义上可以说，所谓悲剧，就是在美与丑的斗争中美的毁灭。正是美的毁灭构成了悲剧美。又由于悲剧主人公性格中占主导地位的是坚强、勇敢、果断、刚毅、自我牺牲等艰苦斗争所要求于他的诸因素，因而悲剧性格的美又往往多具阳刚之美、崇高之美；所以这种美的毁灭使悲剧一般具有壮美、崇高的色彩。

"作为笑剧出现"的堂·吉诃德

一高一矮、一瘦一胖的两个传奇式人物出现在17世纪西班牙的土地上了，瘦高个子身披一副破烂不全的盔甲，手执长矛，骑着一匹名为"驽骍难得"的瘦马而愈显其瘦长；矮胖者则跨着一头蹇驴而益增其短胖——这就是西班牙大作家塞万提斯的杰作《堂·吉诃德》中的"骑士"堂·吉诃德和他忠心的仆人桑丘·潘沙。

所谓骑士，是在欧洲中古时期一些国家封建化过程中出现的封建主阶级中的最低一层，人数众多，在封建主的掠夺战争中逐渐形成为一种制度。从10世纪起，凡能置备马匹的贵族家臣、中小地主以及部分富裕的自由农民都成了骑士，他们曾在反对大封建主、支持王权的斗争中起过重要作用，其斗争具有进步意义，带有悲壮的色彩。以后，随着八次十字军东侵的失败，骑士制度也渐趋衰落。但是到了17世纪，西班牙王室却又召唤骑士制度的幽灵，用骑士的荣誉和骄傲鼓动贵族去建立世界霸权，在全国煽起了一股骑士热，出现了不少把幻想当现实的疯狂人物和可笑故事。塞万提斯的小说《堂·吉诃德》就集中反映了这种现实。

堂·吉诃德本是一个穷乡绅，他读骑士传奇入了迷，一心想当游侠骑士去"建功立业"，于是拼凑了一副盔甲，骑上一匹瘦马，而且仿照骑士的传统做法,物色了邻村一个养猪女郎为自己的意中人,给她取了个贵族名字,决心终身为她效劳。他第一次出游是单枪匹马,受伤而归。后来,他找了邻居桑丘·潘沙做侍从一同出去。他满脑子都是骑士传奇中的古怪念头,以为处处是妖魔鬼怪,都是他冒险的机会。于是把风车当巨人,把旅店当城堡,把理发师的铜盆当作魔法师的头盔,把羊群当军队,把苦役犯当作受迫害的骑士,把皮酒囊当作巨人头,不顾一切地挺矛杀去,结果闹出无数荒唐可笑的事情。他的这些行动不但害了别人,也使自己挨打受苦,搞得头破血流。但他执迷不悟,直到几乎丧命,才被人抬回家。临终时,他醒悟过来,立下遗嘱,不许他的唯一亲人侄女嫁给骑士,否则她就得不到他的遗产。这样,骑士在历史上的第二次登场、复活骑士制度的努力就成了一场喜剧。

马克思说过:"一切伟大的世界历史事变和人物都出现两次,第一次是作为悲剧出现,第二次是作为笑剧出现。"[①]这话包含了深刻的内容。当人们合乎"历史的必然"为创造新的生活而与落后势力进行顽强的斗争,虽然失败了,但这种英勇斗争的行为是悲壮的,它激励后人继续前进。走在历史前面的人是英雄,是正面人物,他们的斗争是悲剧性的。随着历史的发展,原来人们所追求的那些东西已经不再吸引人们去为它奋斗了,如果这时有人硬要逆历史潮流而动,模仿历史的悲剧去斗争,显然不会成为英雄,只能成为反面人物,他们的活动只能构成喜剧的因素。因此,构成喜剧、喜剧美的基础的,是违背历史必然性要求的主观意图和行动。像堂·吉诃德,他所生活的时代是封建中世纪的丧钟已经敲响,资本主义的曙光已

[①]《马克思恩格斯选集》第1卷,第603页。

经照亮欧洲的时代，但他却按照旧时代的游侠骑士的方式改造社会，这就同生活的进程产生了矛盾，所以他的命运是喜剧性的。

同悲剧一样，文学艺术中的喜剧也是生活中喜剧的反映。生活中的喜剧是多种多样的，从引起温和微笑的现象到遭受严厉讽刺的事件，都有着喜剧的色彩。小而言之，像生在科学日益进步的时代却要用计算机给自己"算命"；身为现代化大企业领导人却对自己的专业一无所知，反而要别人奉行他那一套早已过时的工作方式等等，都是。大而论之，有些反动政治集团的代表人物，本来他们的活动是倒退的行为，然而他们却把自己打扮成进步力量。19世纪法国有个拿破仑的侄子，叫作路易·波拿巴，是法国大资产阶级中最反动、最富有侵略性的阶层的代表人物，为了阻挠从18世纪末就已开始的法国资产阶级民主改造事业的完成，于1851年12月2日仿效他的伯父拿破仑举行政变，进而废除共和，改行帝制，这就是欧洲的反动堡垒之一——法兰西第二帝国。这里，拿破仑第一和拿破仑第三虽然都是通过政变建立帝国，但构成这种行动的矛盾性质是完全不同的，前者属于悲剧性质，后者则属于喜剧性质。在整个政变过程中，路易·波拿巴的狡诈伪善、装腔作势以及凶狠残忍都表现得淋漓尽致！在现实生活中，林彪、"四人帮"在社会主义的无产阶级专政的中国，他们却打着"最最最革命"的极"左"的旗号妄图篡党窃国，实行封建法西斯式的专制。主观妄想同生活进程的这种矛盾决定了他们一伙要把自己装扮成"时代英雄""天然领袖"等等，而把自己的反动阶级本质掩盖起来，这正是生活喜剧中奸诈刁恶的丑角，正是值得我们加以辛辣嘲笑和无情鞭挞的对象。

生活中的这些具有喜剧因素的事件，在艺术实践中加以创造性的再现，我们就有了"纯粹"形式的喜剧，我们从中可以更深刻地认识生活本身中的喜剧。

比如，林彪、"四人帮"的倒行逆施虽然是生活中的一种客观存在，但人们对它只会感到憎恶，而绝不会将其当作喜剧来"欣赏"的，因为这类现象的喜剧特征尚隐藏在事物的深处，没有被人发现。但是，当人们看了喜剧《枫叶红了的时候》之后，对这一类丑恶的社会现象就能从喜剧这个审美范畴加以评价了，就能认识到这一类现象的极端荒谬、可笑，认识到由于它与生活进程的不可调和的矛盾而具有的极端不合理性，从而对它们付以辛辣无情的嘲弄。又如喜剧影片《月亮湾的笑声》，描写了一个老实本分的普通农民、种果树的好把式、也是治家理财好手的江冒富，在"四人帮"横行的日子里，一夜之间竟由原来被人羡慕的"先进人物"变成了"资产阶级暴发户"，与四类分子划在一起，人人躲着他，连即将过门的儿媳妇也吹了。影片通过老冒富在十年动乱中的遭遇，真实而深刻地反映了那个时期农村生活的反常现象，以辛辣的讽刺谴责了"四人帮"的倒行逆施。当我们在含着悲愤和泪水的笑声中欣赏了银幕上的这幕喜剧之后，难道不会对那个时候在农村、工厂、学校、机关、部队，乃至我们自己生活中发生的类似喜剧有着更深切的感受吗？！

喜剧的传统是对"丑"的揭露和鞭挞，用鲁迅的话说，"将那无价值的撕破给人看"。喜剧中人物的滑稽言行，使观众在泪水笑声交融的感受中，寄托了人们惩恶扬善的意愿，也寄寓了人们对"美"的向往和追求。

美在静态与动态之中

在美的领域中，我们分清了美与丑，考察了阳刚之美和阴柔之美，又领略了悲剧美和喜剧美，可以说，对"美"这朵花的模样儿已多少有些了解了。但是，我们还要看到，由于美是附丽于客观事物之上的，而事物不是处在静止的状态，就是处在运动的状态，所以美也有静态与动态之分。

当事物静止时，它内部的矛盾运动、它的本质一般是难于表现出来的，正如从一张照片上或对人的一瞥中很难窥见一个人的内在品质一样。因此，生活中的静态美往往是同可以直观的形式美、外在美联系在一起的。一朵花，一棵树，一泓湖水，一座青山，一幢建筑物，一袭时装，一副漂亮的面孔，一个优美的姿势，都能以其静态的形式美引起我们的美感。正因为如此，当我们把生活中的这种静态美摄取下来，变为工艺品和绘画、雕塑时，它才能具有美的价值。吴昌硕、齐白石画的花，为人们所欣赏，因为在那静止的状态中表现了形式美，或者说，在那形式中体现了静态美。

当然，说静态美往往同直观的形式美相联系，并不是说它就绝对不能表现内在美。任何事物的本质总是要通过一定的现象反映出来的，工艺品、绘画、雕塑等通过静止的事物的外在形式（现象）揭示事物的本质、内容和内在美。古希腊哲学家苏格拉底和当时的雕塑家克莱陀有这么一段对话：

苏：我看你雕的各种形象都很美，赛跑者、摔跤者、练拳者、比武者，这些我都懂得，但是请问：你用什么办法使你的雕像最能吸引观众，使他们觉得神色就像是活的呢？（克莱陀踌躇未答）你是不是把活人的形象吸收到作品里去，才使得作品更逼真呢？

克：的确如此。

苏：你模仿活人身体的各部分俯仰屈伸紧张松散这些姿势，才使你所雕的形象更真实、更生动是不是？

克：当然。

苏：把人在各种活动中的情感也描绘出来，是否可以引起观众的快感呢？

克：照理说，应该可以。

苏：那么，你是否就应该把搏斗者的威胁的眼色和胜利者的兴高采烈的面容描绘出来？

克：当然应该这样办。

苏：所以一座雕像应该通过形式表现心理活动。①

这就是说，虽然雕塑、绘画上所表现的事物都是静止不动的，但由于它选取了事物最能反映其本质的一瞬间的状态，所以也能揭示事物的本质、规律和内在美。这里有两种情况：一是雕塑、绘画所表现的事物本身就是静止状态的，但在这静止的事物上体现了内在的本质和美。如法国雕塑家罗丹的《思想者》，表现的是一个有着力士般身形的人，一手支在屈起的膝上，用拳头顶住下巴颏，在低头沉思默想。但是从他深沉的面容上，从他隆起的、似乎在用力收缩的躯体和筋肉上，我们可以感觉到他聚精会神思索所引起的身体内部的高度紧张和凝聚着的力量，感受到人的精神上和肉体上的积极本质。又如我国现代画家吴作人的《齐白石像》，画上的国画大师齐白石端坐在一张铺有豹皮的宽大椅子上，整个身形是凝然不动的，

---

①《西方美学家论美和美感》，商务印书馆1980年版，第20-21页。

但从齐白石鹤发童颜、白须飘拂的面容上可以感受到他旺盛的活力，而他搁在椅子扶手的两手显得很有力，似乎要动起来，为万虫写照，为百鸟传神。二是事物本身正处于动态，但无论什么处于动态的事物，只要进入雕塑、画面，那动的一瞬就要永远被固定下来，从这个意义上讲它也是静态。《掷铁饼者》这件古希腊雕像表现的就是一位运动员正在掷铁饼的一瞬，弯曲的身躯和双腿，向后扬起的拿铁饼的右手，预示着铁饼马上要被掷飞出去，然而这只是在观赏者的联想、想象中展示出来罢了，事实上，这个雕像几千年来始终是保持着将铁饼掷出去的姿势，它却使人感到了运动员内在的力量。

不论是阳刚之美还是阴柔之美，都可以在静态中表现出来。这种静态美，一般表现为形式美。壮丽雄伟的山河，巍然高耸的建筑，昂首伫立的狮虎，披坚执锐的武士，以及深谷幽兰，杏花春雨，溶溶月夜，娴静少女，等等，都是以其形式美、外貌美给人以美感的。但是也要看到，形式美并非都是静止的，自然界的风云变幻，波涛汹涌，虎啸狮吼，鹿跃马腾，鹰飞鱼翔，虫鸣蝶舞，社会生活中的舞蹈、竞技动作等等，就是在动态中表现形式美的。所以，阳刚之美和阴柔之美也常在动态中表现出来。然而，动态美又并非都是形式美，它更多的是表现出内在美，或是在形式美中体现内在美。这是因为，事物总是作为过程展开的，过程就是运动，所以运动状态较之静止状态更能展现事物的内部矛盾和本质。

……手如柔荑，肤如凝脂，领如蝤蛴，齿如瓠犀，螓首蛾眉，巧笑倩兮，美目盼兮。

《诗经·卫风》中展现在我们眼前的这位古代美人，就是静态美和动态美的结合。前面五句用一系列古人心目中的美好事物去比喻美人的手、肌肤、脖子、牙齿、眉毛，当然是美的，但这种形式美尚不能使我们获得对她内心世界的感受；后两句写的是美人的顾盼言笑，是动态美，也是一种形式美（以动态出之的形式美），从这种形式美中透露出她内在活跃的性格和生机，这就闪耀着内在美的光泽了。

自古以来杰出的艺术家都很重视内在美，即精神美。文艺复兴时期的伟大艺术家达·芬奇在总结他的艺术实践的经验时曾说过："除非一个人物形象显示表示内心激情的动作，否则就不值一赞。""绘画里最重要的问题，就是每一个人物的动作都应当表现它的精神状态。"[①] 他所画的《蒙娜丽莎》，正是通过人物的表情、姿态刻画出这个新兴资产阶级少妇型美。画面上她的微笑表现在她的嘴角上，表现在她的目光中，也表现在她右手轻抚着左手的姿态中，这些动作的细节都显示了人物形象内在的美好品质。可见，形式美在动态中比在静态中更多彩多姿，更能显露对象的内在美。

不过，由于人类的社会生活是一个川流不息、常变常新的发展过程，而事物的内容、本质、规律只有在运动中才能展现出来；因此，就内容胜于形式的社会美而言，无论属阳刚还是属阴柔，也无论是人之美还是事之美，都不能不是动态性的。例如，我们说董存瑞这位革命战士是美的人，那么为什么美？美在哪儿？不就是因为他有为人民解放事业英勇奋斗而舍弃个人一切的高尚品格吗？但是这种品格（即内在美、心灵美）正是通过他的成长过程（特别是舍身炸碉堡的无畏行动）表现出来的。其他如悲剧、喜剧这些审美范畴在现实生活中也都不是静止的，而是作为运动着的过程出现的。因此，这些社会美都处于动态之中。而要将这种动态美表现在艺

---

① 《论绘画》，人民美术出版社1979年版，第169-170页。

术中，最胜任的当数小说、叙事诗、电影、戏剧了。它们具有绘画、雕塑这类只能对运动着的事物取其瞬间加以表现的艺术门类所不具备的长处，能追踪、反映事物运动的全过程，在对这过程的栩栩如生的描绘中揭示事物的本质和规律，从而展示出它自身所固有的美学价值、美学意义。

四、究人情之异通古今之变
——关于美和美感的民族性、阶级性、时代性

黑眼睛，蓝眼睛，孰美？

一个中国姑娘，将一头墨黑的头发染成金黄色，眼眶涂上蓝色，还贴上假睫毛，脸上再敷以"白粉"，总之，弄得"洋"味十足——你以为她在准备演外国戏剧吗？不是。化妆成这种"洋美人"的姑娘，虽然是极个别的，但却反映出一种可悲的崇洋心理。那么，经过如此一番"美容"的姑娘美吗？她自己以及和她具有同样审美趣味的人当然觉得美，但在绝大多数外国人和中国人看来却不但不以为美，反而觉得丑。有位外国朋友在回国后给我国有关方面来信说，他在"四人帮"被粉碎后的中国看到了许多令人振奋的东西，很受教育，唯独对这种要使自己变成"洋人"的做法感到困惑。在他们西方白种人看来，中国姑娘的美，正在于她们墨黑光滑的头发，幽深乌黑的眼睛，黄种人特有的可爱的肤色，为什么要放弃这种

天生丽质去仿效"洋人"呢？

这就告诉我们，美，尤其是社会生活美，是有民族性（包含种族性、地域性）的；民族性是美的基本属性之一，美的产生、创造和对美的欣赏、追求之中都必然体现着人种、民族、地域的特色，这种民族特色是不能随意改变或加以忽视的，否则，就往往会弄巧成拙，化美为丑。

美和审美欣赏中表现出来的民族性，是由参与美的创造的主体所属的人种、民族特点以及所处地域的自然、社会条件所决定的，亦即由处在一定自然和社会环境中的一定民族所进行的实践所造成的。

居住在我们这个地球上的人类可分为五个基本的种族，其中两个有大的亚种。这五个种族是：高加索人种；蒙古人种；高个子澳大利亚人种（澳大利亚土著居民）、矮个子澳大利亚人种（小黑人——安达曼群岛上的居民等）；高个子刚果人种（非洲黑人）、矮个子刚果人种（非洲俾格米人）；开普兹人（所谓布什曼族和霍屯督族）。这些不同的人种在肤色、体型、五官、毛发上个个不同，例如肤色就有沙黄色、红棕色、深棕色、浅棕色、棕黑色、乳白色、淡粉红色等；头发有棕红色、火红色、金黄色、淡黄色、亚麻色、黑色、蓝黑色，且分直立型、波浪型、卷曲型等；眼珠有蓝碧色、金黄色、蓝黑色、棕褐色等；鼻子有希腊鼻（直高型）、鹰钩鼻、悬胆鼻、狮子鼻（鼻梁短，鼻翼宽，鼻孔大而朝上）等；至于体型，也有高大、矮小、瘦长、粗短之分。而在每个人种中又有种种区别，如属于黄色人种的就有东亚人、南亚人、中亚人、北亚人、爱斯基摩人、印第安人等不同类型；以东亚人而论，头、鼻和身材均呈中等，肤色浅黄，面型略宽，而南亚人则面型宽，肤色深，嘴唇厚，鼻翼宽，身材矮，眼睛的色素也深。

我们知道，人是由类人猿进化而来的，但为什么在进化过程中会出现这许多不同的种族呢？这主要是由于人种的巨大的遗传变异性。为了寻找食物，争取生存，人类的远祖曾结群迁徙，当他们到达新的环境中时，一些人因为适应不了新的条件而死亡，生存下来的人则获得了有利于在新环境中生存的身体素质。在欧、亚、非大陆，越往南走，人的肤色越深，南欧人的肤色通常比北欧人深一些；在北非，肤色就更深了，往南，到赤道，肤色几达于棕黑色。在亚洲也是如此，北部肤色最浅，往南肤色变深，到印度南部，就几乎与赤道非洲人无区别了。这种肤色的变化是由黑色素的浓度深浅造成的，黑色素的多少又和阳光的强度有直接关系，而阳光强度是由北向南渐次加大的。鼻型的不同也是遗传变异、适应生存的结果，因为鼻子的作用是在空气进入肺以前让它温暖和滋润，空气越冷越干燥，就需要越多的表面积来使空气具备恰当的温度和湿度。所以生在干冷气候里的人，往往有一个比居住在湿热地区的人更钩的鼻子。白人的鼻子一般比黑人或东方人的鼻子长一些、高一些、钩一些。不过，种族内部也有很大的不同，如东非高地的非洲人鼻子就比湿热低地的非洲人的长。[①] 其他如体型、毛发、眼珠等的差异，成因也大抵类此。可见，人种的不同是人类适应自然环境的结果，是遗传变异历史过程的产物。

　　美是人的积极本质的对象化，而最能体现出人的积极本质的莫过于人自身，由于各个不同的人种和民族的形成都是顺乎自然规律（包括自然界的规律和人自身的生理规律），合乎生存、发展需要的，所以具有不同人种和民族特色的人体都是美的；而各个人种和民族对人体的好恶倾向和理想，又无不以从各自日常生活中所常见的体型、面形、肤色等等的经验为

---

① 见《环球》1981年第4期。

尺度，所以人自身的美和关于它的审美意识就不能不带上民族性。正如车尔尼雪夫斯基所说："要是谈到人体美，欧洲女人的美与黑种女人的美之间怎么可能有共通之处呢？这两种类型的人的美，其共通性是这样少，甚至就是俄罗斯型的美与意大利型的美之间也是很少共通性的！"[①] 我们甚至可以假定，人如果不是现在这个样子，而是另一种模样，那么，这另一种模样也会成为美的，不管这模样在现在我们心目中是多么的难看。

清代作家蒲松龄的《聊斋志异》中有一篇题为《罗刹海市》的小说，讲的是一个叫马骥的商人儿子，"美丰姿。少倜傥，喜歌舞。辄从梨园子弟，以锦帕缠头，美如好女，因复有'俊人'之号。"后来他跟随别人航海，被飓风刮到一个地方，在那儿——

……其人皆奇丑，见马至，以为妖，群哗而走。马初见其状，大惧，迨知国人之骇己也，遂反以此欺国人。遇饮食者则奔而往；人惊遁，则啜其余。久之入山村。其间形貌亦有似人者，然褴褛如丐。马息树下，村人不敢前，但遥望之。久之觉马非噬人者，始稍稍近就之。马笑与语，马问其相骇之故。答曰："尝闻祖父言：西去二万六千里，有中国，其人民形象率诡异。但耳食之，今始信。"问其何贫，曰："我国所重，不在文章，而在形貌。其美之极者，为上卿；次任民社；下焉者，亦邀贵人宠，故得鼎烹以养妻子。若我辈初生时，父母皆以为不祥，往往置弃之，其不忍遽弃者，皆为宗嗣耳。"……时值朝退，朝中有冠盖出，村人指曰："此相国也。"视之，双耳皆背生，鼻三孔，睫毛覆目如帘。又数骑出，曰："此大夫也。"此次各指其官职，率狰狞怪异。然位渐卑，丑亦渐杀。

[①]《车尔尼雪夫斯基论文学》第16页。

蒲松龄写这篇小说，旨在抨击清代"颠倒妍媸，变乱黑白，丑正直邪"的丑恶现实，是一篇有明确政治倾向的愤世嫉俗之作。如果我们不去考究它的微言大义，而只着眼于它的形象描写，那么，这可真是一个说明美和美感、审美观念的极好例子。你看，由于"罗刹海市"里的人生就那么一副模样，生在那么一个环境，必然在实践中形成他们独特的"美"（这在"中国"人看来是丑的）和美感、审美观念，所以当异国"美如好女"的"俊人"马骥一出现，他们就会不假思索地产生丑感，以致"街衢人望见之，噪奔跌蹶，如逢怪物"。后来马骥明白了这一点，于是"以煤涂面作张飞"，人们才"以为美"。而在包括马骥在内的"中国"人这儿，情形却恰恰相反。关于这个问题，法国18世纪的杰出哲学家、法国启蒙运动的创始人之一伏尔泰，说过一番很有趣的话：

如果你问一个雄癞蛤蟆：美是什么？它会回答说，美就是他的雌癞蛤蟆，两只大圆眼睛从小脑袋里突出来，颈项宽大而平滑，黄肚皮，褐色脊背。如果你问一位……的黑人，他就认为美是皮肤漆黑发油光，两眼凹进去很深，鼻子短而宽。如果你问魔鬼，他会告诉你美就是头顶两角，四只蹄爪，连一个尾巴（欧洲传说中的魔鬼的形象）。[①]

由于人类只有人种、民族、地域（包括国度）之别，而无高低贵贱之分，所以人的美也只有民族性的差别，而无优劣高下之分。就是说，白种人有白种人的美，黄种人有黄种人的美，黑种人有黑种人的美；中国人有中国人的美，外国人有外国人的美；每个人种、国度都可以喜爱、欣赏本民族、本国人所特有的美。然而绝无理由说别一种族、别一国家的人不美。我们

---

① 《西方美学家论美和美感》，商务印书馆1980年版，第124页。

也可以喜欢、欣赏外国白种人的碧眼金发，然而却切莫以自己没生一双蓝眼睛为憾！这里的每一种具备独特民族色彩的美都有其产生、存在的历史必然性和审美价值。

众所周知，人不仅有人种、民族之别，而且这不同人种、民族的人又是在不同的自然和社会环境中生活的，这不同的自然环境、社会状况必然会反过来影响着作为实践主体的人的精神面貌、性格气质、思想感情，使他对本民族所处地域和国度的自然风物、世态人情有特殊的感情和爱好，形成一定民族的审美心理、审美趣味和审美理想，并将这种审美意识体现在艺术创作之中。这样，不仅是人自身的美，而且所有在社会实践的历史过程中形成的生活美和反映它们的艺术、艺术美，就都程度不同地打上了一定民族的印记。

我们不妨将古希腊民族和古中华民族作一比较。

希腊民族属于白色人种，他们的国家位于欧洲的巴尔干半岛南部，是个岛国，三面临海，境内多山，河流短小，气候温和。"希腊境内没有一样巨大的东西；外界的事物绝对没有比例不称、压倒一切的体积。既没有巨妖式的喜马拉雅山、错综复杂与密密层层的草木、巨大的河流、像印度诗歌中描写的那样，也没有无穷的森林、无垠的平原、狰狞可怖的无边的大海，像北欧那样。眼睛在这儿能毫不费事地捕捉事物的外形，留下一个明确的形象。一切都大小适中，恰如其分，简单明了，容易为感官接受。……便是大海，在北方那么凶猛那么可怕，在这里却像湖泊一般，毫无苍茫寂寞之感；到处望得见海岸或者岛屿，没有阴森可怖的印象，……海水光艳照人，用荷马的说法是'鲜明灿烂，像酒的颜色，或者像紫罗兰的颜色'；岸上土红的岩石环绕着亮晶晶的海面，成为镂刻精工的边缘，有如图画的框子。"① 这儿空气纯净,"使事物的轮廓更加凸出。……这些轮廓绝不隐约、含糊,像经过晕染似的,而是十分清楚地映在背景之上,有如古瓶上画的人像。再加灿烂的阳光把明亮的部分和阴暗的部分推到极端,在刚性的线条之外加上体积的对比。"②——当时希腊正处于奴隶制阶段,"知识初开的原始心灵,全部的日常教育就是这样的风光","自然界在人的头脑中装满这一类的形象,使希腊人倾向于肯定和明确的观念。"③

在社会政治生活中,这时刚建立的城邦国家政权往往都掌握在民族贵族奴隶主阶级手中。这种城邦政权的出现当然是生产力发展和阶级斗争的结果,但它的形式却也与希腊的自然环境多少有些关系。古希腊地方极小,分割琐碎,国家的观念不像我们心中的国家那样抽象,无从把握;它是像希腊的自然景物一样可以为人的感官所接触的,和地理上的国家混在一起,像地形一样给人一个大小适中、界线确定的印象。总之,在古希腊人那里,无论是自然界还是社会生活中都没有巨大无边、渺渺茫茫的东西。

由于当时希腊正处于奴隶制阶段,各城邦的奴隶主贵族总是跃跃欲试,想靠攻打、掠夺别的城邦扩充领土、攫取财富,所以各城邦的居民不得不武装戒备。古希腊的繁荣主要靠海上的贸易,实际上就是从事海盗活动。因此,他们经常要在海上打仗。他们平时奉为座右铭的是这样的诗句:

我们要为这个地方,为我们的乡土英勇作战,——要为我们的子女而死,不吝惜我们的灵魂。……

这说明战争是残酷的,要战胜对手,就需要强健的战士。为了培养这

---

① 丹纳:《艺术哲学》第255-256页。
② ③同上,第256页。

样的人,古希腊实行斯巴达(当时以尚武出名的城邦)式的军事教育,青年人不分男女,一律过军事生活,编队,上操,睡在露天,大半时间都是裸体在练身场上角斗,跳跃,拳击,赛跑,掷铁饼,把赤裸的身躯练得又强健又柔韧,以便练出最结实、最灵巧、最有力的体魄。那些身手矫健的人物就成为人们崇拜的对象,生前可以带兵打仗,死后还被筑坛供奉。他们的竞技就是为了适应这种实用的目的,久而久之,就形成了这种审美观念:美是表现在最矫健、最匀称的人体上。

由于以上自然和社会诸方面因素的影响,造成了古希腊人特殊的精神气质和性格特征:一是"绝对没有对于他世界的茫茫然的恐惧,太多的幻想,不安的猜测"[①],精神开朗,性格活跃;二是感觉的精细,凡事力求明白,讨厌渺茫和抽象,排斥怪异和庞大,喜欢明确而固定的轮廓;三是对现实生活的爱好和重视,对于人自身力量的深刻体会。由这样的主体创造出来的美以及与之相适应的审美观念、美感,也就不能不具有独特的民族和地域特色,这在他们的创造物,特别是建筑和雕塑中有明显而集中的反映。

例如他们的神庙,大都建筑在卫城的高地上,不论在平地还是在附近的山岗上,都能望见它,它整个儿清清楚楚地凸现在明净的天幕上。希腊神庙大多属中等或小型的庙堂,它居高临下,正好适合人的感官,印象绝对明确,离开围墙一百步就能看到庙堂的主要线条如何配合,向什么方向发展,极其简单的线条使人一眼之间就能理解其全部意义,从神庙的特点中,可以看出古希腊建筑师所钟情、所欣赏的是规模有限而轮廓分明的形式美。

---

① 丹纳:《艺术哲学》第256页。

至于古希腊的雕塑，则以健美的人体为主要对象。所雕的不管是人还是神，自然一律是希腊人种，有着卷曲的须发，笔直高耸的希腊鼻，高大有力的身躯，而且大都裸体，以便最大限度地展现人体的美。但是这些人物都是有眼无珠（即眼眶内不雕出瞳仁）、有面无情（脸上没有表情），多半都很平静，或者只有一些细小的无关紧要的动作，然而身体的形状、比例、姿态乃至它的每一条肌肉却都雕塑得精细、准确、完美；色调则通常只有一种，不是青铜色就是云石色。静穆、素洁、简明的形式愈加显示出形体的纯粹和完善，使其在殿堂上、公共场所里放射出美的纯净光辉，《米洛的维纳斯》塑像，就是体现了这种古希腊美的典范。

现在，让我们把目光从古希腊的山光海影、断壁残雕上收回来，投向我国古代的中原大地吧！

中国和希腊不同：中国地处亚洲，中华民族的主体汉民族是属于蒙古人种的黄种人，早在新石器时代，我们的祖先——华夏、苗蛮和东夷三个部落集团就居住、活动在黄河中上游、长江中游和东方沿海一带，中华民族就是经过这三个集团的融合、繁衍逐渐发展而成的，这个过程的最后完成，大约是在秦汉之际。所以黄河流域、长江流域是中华民族的发祥地。这两个流域土地辽阔，有黄浪滔滔、气势磅礴的九曲黄河和惊涛裂岸、气象万千的万里长江；有硕大无朋、雄浑粗犷的黄土高原；有"吴楚东南坼，乾坤日夜浮"的大泽和洪湖；还有拔地拄天的五岳和极目难穷的沃野。这儿的气候多变，四季分明，苍茫的烟雨、轰鸣的雷电、强劲的风雪、炎炎的烈日，交替在这片大地上逞威，山川河谷、林木洲原在这多变的气候中极尽变化之态。

与这种苍茫、雄浑的自然景物相适应的是古代中国庞大的政治结构。

中国历来是中央集权的统一国家，分裂的局面是为时短暂的，从未出现过古希腊那种在狭小的地域内百邦并立的状况，即以周初大分封而论，武王、周公、成王先后也才建置七十一国，而且都臣属于周天子；后经兼并，到战国时只剩下七雄，在秦复归于一统。分封也罢，七雄也罢，大一统也罢，其共同点就是辖地广大，政权规模相应庞杂，有一套台阶式的官僚等级制度，统治者讲究的是兼文治武功，立不世之业；人民群众经常被驱使来进行大规模的战争，或是从事规模巨大的工程，如修筑长城等，动不动就转战数地，远戍千里，跋山涉水，披星戴月。这样的自然环境和政治生活，作用于我们祖先的感官，获得的是巨大、苍茫的印象，形成了我们民族的宏伟气魄。

同时，长江流域、黄河流域土地广大，物产丰饶，在自然美中包含人工美，加上气候多变，既有骄阳似火的时令，也有严寒逼人的季节，所以生活在这样的土地上和这样的气候中的中华民族习惯的是饮食有序、衣冠整齐的生活方式，并由此产生了相应的道德观念。到了战国末期儒家思想产生之后，更是讲究礼仪，从官场制度到衣食起居都有一整套规章，而当时高度发展的文明又促进了人们崇尚精神，重视衣饰，以裸露肌肤为耻，甚至到了战死前也要正衣冠的地步，像古希腊人那样在竞技、敬神时赤身露体简直是不可思议的事情。所以中国历来有"礼仪之邦"的美誉，并成为我们的一种民族传统。

这样，自然的、政治的、风俗的种种因素就不能不影响着我们民族的心理、性格，在漫长的历史过程中，一般中国人的美感、审美观念和美也就不能不打上了民族的印记。

我们也来看看建筑吧。从《诗经》等古代文献所反映的上古时代起，中国的建筑就已有了相当的规模,战国时发展到新的高峰,那种格局宏大的宫殿已经引起了当时人的赞美:"美哉室,其谁有此乎!"①"台乎美"②。到了秦修阿房宫,那规模就颇为惊人了。据《史记·秦始皇本纪》所载:始皇认为咸阳人多,而先王之宫廷狭小——

……乃营作朝宫渭南上林苑中。先作前殿阿房,东西五百步,南北五十丈,上可以坐万人,下可以建五丈旗。周驰为阁道,自殿下直抵南山,表南山之巅以为阙。……

这种建筑与古希腊那种单纯孤立,突出形体、线条,结构布局简洁明快的庙堂不同,它是以空间规模巨大、平面铺开、相互连接和配合的群体建筑为特征的。这种建筑多所转折,画栋雕梁,拱斗飞檐,升堂入室,富于变化,一眼不能穷其形势,充分体现出中华民族那种雄浑、博大而又深沉、含蓄的民族特色。

再看雕塑。古希腊的雕塑表现的是白色人种的形体之美自不待言,且一人即为一整体,它注重的是人体的比例,形体的和谐、匀称,表现了很有信心、很舒展的情绪。中国古代则不同,秦始皇陵发掘出来的兵马俑陶塑,是数以千计的武士和战马、战车组成的浩浩荡荡的方阵,其规模体制之宏大令人咋舌!它表现的不是裸体美,而是戎装武士的威严气度、凛然神态,众多塑像集结在一起所形成的磅礴气势;这些塑像虽然制作手法粗犷,细部或许没有古希腊雕塑那样精致,但体格魁梧,表情刚毅,洋溢着一种阳刚之美。中国古代有些塑像具有浓郁的生活情趣和地方色彩,它表现的精

---

① 《左传·昭公二十六年》。
② 《国语·晋语》。

微的细节被统一在大胆的几何形与强烈的节奏感中，其艺术的气概与魅力，令人惊心动魄。

在一定的民族、地域之内，美的欣赏和美的创造就都被赋予了某种共同的色彩，形成了审美的民族心理、民族习惯、民族风俗，并通过一代又一代人传留下去，巩固、发展起来。由于偏爱本民族的美而自觉不自觉地轻视、排斥别一民族的美。正如英国18世纪艺术家越诺尔兹所说："只是由于习俗，我们才偏爱欧洲人的肤色而不爱非洲人的肤色，同理非洲人也偏爱他们自己的肤色。我想没有人会怀疑，如果非洲画家画美女神，他一定把她画成黑颜色、厚嘴唇、平滑的鼻子、羊毛似的头发。他如果不这样画，我认为那反而是不自然；……我们固然常说欧洲人的模样和肤色胜过非洲人的；但是除掉看惯了之外，我们找不出任何理由。……就美来说，黑种民族和白种民族是不同种的。"[①] 当然这也不同于黄种和红种民族。有人形容："希腊建筑如同灿烂的阳光照耀的白昼，回教建筑如同星光闪耀的黄昏，哥特式建筑则像朝霞。"这是从建筑美来说，各民族都有自己的特色。中国的古代建筑美表现在将主要建筑物安排在一条笔直的中轴线上，左右建筑均衡对称，整体形成高低起伏变化，这样就使建筑呈现出雄伟、肃穆的气势。江南的园林建筑注重含蓄美，一方小天地，经过建筑艺术家精心设计，出现林石掩映、池水幽深的"纡余委曲"的美观情趣。中国古建筑艺术也反映了中华民族的聪明智慧，既有畅观而气魄大的风格，又有"使味之者无极"的含蓄美。各民族的美都是人类实践所创造的珍物，这里没有贵贱之分，都有其存在的理由；而且正是由于它们的存在，才使

---

① 《西方美学家论美和美感》，商务印书馆1980年版，第117页。

得美的王国异彩纷呈、争奇斗艳、美不胜收。

不过,尽管各民族的美可以而且应该并存共艳,不能扬甲抑乙、厚此薄彼,但是,却不能不分具体情况地将别一民族的美生搬硬套到这一民族中来,那是违背审美的民族心理、民族习惯和民族风俗的。其结果必然是弄巧成拙、化美为丑。像古希腊人欣赏健美的裸体美,这种审美趣味、审美观念,中经欧洲资产阶级文艺复兴时期加以发扬,几乎成了西方人的共同的审美习惯,所以在他们的民族和国度里,在生活中和艺术里出现和欣赏裸体美几乎是正常的、司空见惯的事。而且,衣服也要尽量体现出人体的线条、形体,甚至连哲学家黑格尔也不能不正视这种现象和人们的审美要求。在他的《美学》中就专门写了服装一节,针对当时已经很能表现人体的"自由的形式"的服装,不满意地指出:"它在大体上虽然按照身体各部分的有机构造来剪裁的,却把身体的感性美、生动的圆形和波浪式的曲线都遮盖住,而只使人看到一种用机械方式加过工的衣料。这就是近代服装毫无艺术性的地方。"他主张:"服装如果能把身体各部分以及姿势遮盖得尽量地少,那就是最好的艺术处理。"[①]在西方,服装式样基本上是接近黑格尔主张的,袒胸露臂是不算伤风败俗的。但是,这一切却不能机械地照搬到包括中国在内的东方国家来,因为这违背了民族传统,违背了群众中大多数人的审美习惯。

但是,一定民族的人对一定民族的美的欣赏和爱好也不是绝对的。随着社会的发展、进步和各国、各民族之间交往的频繁和扩大,具有不同民族特色的美也在互相交融、互相影响,久而久之,就使这一民族也能欣赏

[①]《美学》卷三,第160页、161页。

别一民族的美了。米洛斯的维纳斯,《叶赛尼娅》中的叶赛尼娅,《巴黎圣母院》中的艾丝美拉达、《流浪者》中的丽达,以及西欧哥特式的建筑、俄罗斯式的古堡、印度式的宫殿,还有包括希腊风光在内的世界各地的名山胜水、风物人情,我们不是都觉得美、都能欣赏吗?!有位在英国伦敦大学学习的香港学生记述了一件趣事:

今年(1982年)3月一个星期五的晚上,……伦敦大学教育学院的宿舍内放映了中国电影——上海越剧团演出的《红楼梦》,观众有来自二十一个国家和地区的几十个同学和老师。片上没有英文字幕,他们有的手上只有一纸简单的故事梗概和不完整的唱词和翻译。但是精巧的楼台、华美的景物、典丽别致的古装服饰,尤其是演员们优雅飘逸的举止、深入角色的真挚感情,使他们目不暇接,啧啧称道,忘掉了语言隔膜。……①

电影映完后,观众纷纷鼓掌,热情地说:"太美了,我真高兴看到这部电影。""演林黛玉的演员真美,简直是画中人。""宝玉真好,在洞房中他哭的那组动作多美。""简直是美的结合。"表现现代生活、反映中华民族传统美德的电影《喜盈门》在国外放映时情形也类此。相反,那些"数典忘祖"、丢掉本民族特色而一味模仿外国的文艺作品,如编造外国式的惊险情节,仿效外国式的打斗场面,甚至连人物动作和形象也洋里洋气的电影,不但外国人不屑一顾,就是国内观众也嗤之以鼻,因为这类拙劣的仿制品既不能使外国人得到美的享受,又违背了中国人的审美心理、审美习惯。

因此,为了创造中国式的社会主义时代的美和艺术,我们在美的创

---

① 见1982年6月20日《人民日报》文章:《在英国看电影<红楼梦>》。

造和欣赏中应该努力继承和发扬优秀的民族传统，创造出既有进步的思想内容，又有为人民大众喜闻乐见的民族形式、民族风格的美和艺术作品来。

当然，我们也要看到在带有民族特征的美和艺术中也有着糟粕，如病态美人以及宣扬剥削思想、封建迷信、诲淫诲盗的小说等等，我们应该予以批判、抛弃。因此，继承民族传统绝不是无选择无分析地"全盘继承"，也不是盲目搬用，"而是批判地接收它，以利于推进中国的新文化"[1]，以利于创造社会主义时代的美和艺术。

同样，在别的民族所创造的美和艺术中，也有精华与糟粕之分，我们对它既不应一概排斥以致失去发展、创造本民族美和艺术的有益借鉴，又不能照抄照搬、盲目仿效，以致破坏、取消本民族美和艺术的民族特色。正确的态度应该是有分析、有选择地吸收、借鉴外民族那些有利于创造、发展中华民族的美和艺术的文化精华。事实上，这种吸收和借鉴是自有民族交往以来就在进行的。随着时代的发展和实用的需要，外来的建筑形式已糅合进传统的建筑风格中去了。又如服装，现在年轻人爱穿的筒裤、短裙、高跟鞋等也是外来的样式。在艺术中这种情形也是多见的，不但话剧、芭蕾舞、油画、电影这些艺术种类是外来的；而且中国所固有的一些艺术样式也在外来的影响下起着变化，如小说，我国的传统是章回式的，有一套比较固定的结构程式，而现在的小说却完全不受这些限制，自由多了；中国传统的诗词对仗工整，韵律讲究，以文言成篇，"五四运动"后却一变为形式自由的白话诗。我国的国画向来重线描，求神似，不太注重明暗体积，

---

[1] 毛泽东：《论联合政府》。

但现在外来的素描已渗进了传统的国画表现手法之中，如此等等。事实表明，吸收这些外民族创造的艺术种类、艺术形式和表现技巧，丰富了我们的艺坛，增强了艺术反映生活的能力。

由此可见，"以中国人民的实际需要为基础，批判地吸收外国文化"①，对于创造和发展中华民族的艺术美，是十分重要的。

"乡下美人"与"都会美人"

美有民族性、地域性的特征，这是无疑问的了。那么，同一地域、同一民族的美是不是就都一致呢？不见得。即以"美人"而论，俄国19世纪杰出的美学家车尔尼雪夫斯基就指出，在俄罗斯民族中有"乡下美人"和"都会美人"之分。所谓"乡下美人"是什么样的呢？是——

……老百姓所说的样子："血乳交融，白里透红"，……长得结实健康，生气蓬勃，两颊充满红晕；……不会长脂肪，不会发胖；……手足就发育得很有力，……浓郁的头发，又长又浓的辫子——这些就是体质健康、结实的标记，……总之，根据俄国老百姓的见解来看，我们在美人身上所找到的一切特征，无不表现了身体健康以及健康的原因——从事不会弄得精疲力竭的劳动，生活在有节制的满足中。②

而所谓的"都会美人"即城市中的"美人"又是什么样呢？这又分几类，比如"上流社会的美女"是——

---

① 毛泽东：《论联合政府》。
② 《车尔尼雪夫斯基论文学》第24-25页。

……纤巧的手足，……小巧的耳朵……上流社会的青年……要求他的美人的眼睛富于表情，……闪耀着一种比较发达的、活跃的、明澈的智慧，……燃起感情之火，……闪现出追求热烈而无限的爱情的决心，……反映出性格刚毅不屈的力量。……苗条的腰……苗条到可以迷惑上流社会美的鉴赏家的程度。……①

至于"商人贩夫"中的"美人"则是另一副样子——

臃肿不堪，……发胖……她们的脸色由于无所事事而不健康，因此也就难看了；她们用白粉来涂抹脸孔，而牙齿却因而显得黑了；牙齿发黑，在那些崇拜尽态极妍、满涂厚粉的美人的眼睛里可不是缺点……②

你看，同是生活在俄国的俄罗斯民族，其体现在"美人"身上的美却有这种种差异，这是为什么呢？这是因为，在阶级社会中，任何国度的任何民族的内部都是划分为阶级、阶层的，由于人们在生产关系和社会生活中所处的地位不同，因而其生活状况和思想意识也不同，这样，当他们创造美和艺术时，就不能不依各自的阶级本能"如影随形"，使社会生活和文学艺术打上阶级的印记。

为什么老百姓所喜欢的"乡下美人"是结实健康、生气勃勃、不胖不瘦、白里透红、手足有力、头发浓密的呢？这是因为，"老百姓"——车尔尼雪夫斯基说的是当时俄国的农民——是直接从事物质生产的劳动者，劳动生产的实践不但需要而且可以造成劳动者结实健康的身体，只要"能够吃饱，住在坚固温暖的木屋里"就成，"活儿多些倒不要紧，但不要耗竭他的力量"——这实际上也就是当时俄国农奴制下农民们所理想的温饱

---

① 《车尔尼雪夫斯基论文学》第25-28页。
② 同上，第25-26页。

生活。农村姑娘如果在这样的生活条件下长大，就会由于生活温饱、经常劳动使身体得到了锻炼，又沐浴着新鲜的空气和阳光，因而长得白里透红，生气勃勃。在这样的姑娘身上，体现着劳动者的积极本质和生活的理想，"老百姓"看到她自然会觉得顺眼、可心，感到她发育得很好的身体和健康的肤色很美。

与此相反，"上流社会"的人特别是年轻人却"依靠自己的地位逃避了物质劳动"，他们的生活环境和文化教养、阶级本质使他们对特殊的精神生活产生了需要，寻求带刺激性的感官享受。而"一个人一旦完全缺乏为了维持真正健壮的身体所完全必要的体力劳动，这种内在生活结果就破坏了人体内生命力的平衡"，于是肌肉就会萎缩，手足就会变得纤细，神经系统则相应地发达，变得敏感、容易激动。在这样的生活条件下长大的姑娘，一般是体格纤弱，四肢小巧，肤色苍白，感觉精细，面部尤其是眼睛富于表情，这样的姑娘有着"上流社会"的风度和气质，她愈是具备上述特征，就愈是能体现出"上流社会"人们的生活理想和审美理想。至于商人家庭中的"美人"之所以肥胖臃肿，牙齿发黑，自然也是由其生活的那种环境造成的。

美，不管打着哪个阶级的印记，它一经产生出来，就成为一种可以引起相同阶级的人的美感的客观存在。某一民族中这一阶级的美与另一民族中相同阶级的美有共同之处。这是由于不同民族中同一阶级的阶级本质及其共同生活条件造成的，是不以人的主观意志为转移的客观规律。车尔尼雪夫斯基也看出了这一点，指出："现在我们只消再观察一下上流社会美人的美色特征；我们一跨进这个上层社会的环境，我们就从特殊的俄国式美感概念转移到全欧洲的美感概念去，因为社会上层分子的生活，在各个欧洲主要民族中几乎都一样。"①比如说腰吧，不论是在哪个阶级、阶层中，凡健康的、身材生得好的妇女，她的腰部总是相当苗条的，这是由女性的生理特征决定的，但是，乡下靠劳动为生的年轻姑娘的腰虽苗条却保持在发育正常的、能经受得住一定劳动强度的限度，柔韧有力；而上流社会美人的腰却可以细到"未盈一掬""腰细惊风"的程度。16世纪法国的凯瑟琳女王也特别提倡女人细腰，曾规定法国宫廷女侍官的标准腰围为33厘米，否则就有失美观。这种风气一直影响到后来的欧洲资产阶级"上流社会"。法国作家莫泊桑就写过一篇名为《人妖之母》的短篇小说，讲一个失身怀孕的少女为了隐瞒只好把腰勒得紧紧的，以致生下了奇形怪状的孩子，给马戏团买去展览，后来这位少女发现这是一个"生财之道"，于是有意束腰制造这种"人妖"出售牟利——莫泊桑用这个故事讽砭了那些只顾自己修饰打扮、追欢买笑而造成儿女终身残疾的"出众的、娇媚的和有名的"巴黎上层妇女；至于"那些可怜的小家伙儿"，"那都是流传到近日的保持细腰的结果"。虽然他们终身痛苦，但"在她是无甚关系的，因为她只要自己是美貌的和被人爱慕的。"而在中国，这种"细腰风"刮得更早，春秋时期的楚灵王就曾于公元前536年盖了座章华宫，周围长约40里，中间筑了座高台，名章华台，楚灵王从各地挑选了一批腰身很细的美人养在章华宫中，供他寻欢作乐。为了使美人们的腰细上加细，楚灵王命令她们勒紧腰身，减少饮食，甚至不给饭吃，以致使她们的腰细得如蜂腰一般。此风一开，连朝廷上的文臣武将也争相以腰细为美，甚至有为此饿死者，所以历来有"楚王好细腰，宫中多饿死"之说。又如手足吧，俄国上流社

---

① 《车尔尼雪夫斯基论文学》第26页。

会的美人必然"手足纤细",同样,中国古代的封建地主阶级也以此为美,且到了摧戕妇女生理健康的地步。相传南唐李后主令宫娥窅娘以帛绕脚,使纤小成新月状,以为美观,于是人皆慕效,以至相沿成习,开后世妇女缠足恶习的先风。

在以上的事例中,"上流社会"的剥削阶级为什么会以违背人的生理的"细腰""金莲"为美,其根源就在于一切剥削阶级都把女性当成玩物,因此在"细腰""金莲"等审美对象上面,积淀了剥削阶级的社会生活内容和功利观念。与此相反,各国劳动人民,则是健全发展的人体美的创造者和欣赏者,哪怕这种美和审美要求一度被窒息,甚至不得不接受统治阶级的美和审美标准,他们也还是要冲破罗网来显示自己的美的。历代的农民起义军,特别是明末李自成起义和清末的太平天国,都出现一批腰身柔韧、手足天然、生气勃勃、能盘马弯弓、冲锋陷阵的女兵女将,其形象至今犹给我们以美感,就是一个证明。

这里要特别提到的是,在阶级社会中,不但可以在"上层社会"剥削阶级那里产生出如"细腰""金莲"之类的畸形"美",而且严苛的政治压迫、经济剥削和激烈、残酷的阶级斗争,也会在劳动人民、被压迫阶级、被侵略民族那里产生出变异美、特殊美。

第一个例子,是新中国成立前的云南独龙族女孩,一到成年(一般年满十二三岁)均须纹面。即先在脸部描纹,然后手拿竹针和拍针棍沿纹路打刺,拭去血水,敷以锅烟拌和的"墨汁"。几天后,创口脱痂即愈,便成了永洗不掉的面纹。这种纹面相沿成习,是新中国成立前独龙族妇女一种独特的修饰美。刺面是自伤肌肤、违背生理的行为,怎么会成为"美"呢?原来距今二十多代以前,独龙先辈并无纹面习俗,到了近两三百年前藏族土司和傈僳族奴隶主势力伸入独龙地区后,不断对独龙人民横征暴敛和敲诈勒索,特别是藏族察瓦龙土司,每年都要强收名目繁多的贡物,甚至耳、鼻、头发都被列入征税之列。如缴纳不起贡物或贡物不足,妇女便要被强掳到藏族地区永为奴隶。许多独龙妇女为了免于被土司掳去受凌辱和蹂躏的命运,于是忍痛在自己脸上刻下"黥墨青纹",久而久之,这种政治行为就成了一种特殊的审美活动,在这种"美"上面,铭刻着阶级压迫、阶级斗争的深深烙印。

第二个例子,是非洲西部的尼日利亚人的"面记"。它起源于很久以前尼日利亚众多部族间的冲突,青年、小孩一旦被掠走就成为异族的奴隶。为了使自己的孩子万一被俘后有可能重新回到原来的村庄,很多家庭便为他们的孩子做上一个特殊的记号,即在婴儿生下之后,母亲便用小刀在他(她)脸上和身上刻下各种不同图案的小刀口。每个家庭都有自己的刀迹形式。刀口很快可以长好,但伤疤却永远留在脸上。这就是"面记"。一旦孩子被捕走,又侥幸获得自由,这"面记"便可把他们的出生地告知人们。虽然奴隶时代已告结束了,但许多尼日利亚人的脸上仍然带有这样的疤痕,它已成为一种传统的风俗,并作为一种美而受到当地人们的喜爱。

第三个例子,是在墨西哥的生活、艺术和政治斗争中,骷髅是人民喜闻乐见的具有某种审美意义的形象。许多工艺美术品和小孩儿的玩具都做成骷髅的样子,在著名的墨西哥壁画和版画里也时有骷髅形象出现。墨西哥人为什么会有这种奇特的美和审美趣味呢?那是因为自 1521 年以来,墨西哥人民深受殖民主义、封建军阀、教会、资产阶级的剥削压迫,战乱频繁,苦难深重,人们对正义、公道失去了信心。他们认为,只有死神才能公正地对待一切人,它无情地嘲讽邪恶和自私;骷髅代表死神,什么都可以讲出来，表达了人民的心愿，所以为人们所喜爱，并逐渐在民族斗争、阶级斗争的实践中成为美的形象。

当然，美和审美意识（美感，审美的趣味、观念和理想等）的阶级性不仅仅表现在人体上。在阶级社会中，由于阶级的分野和对立渗透到人类社会生活的各个领域，所以，许许多多事物和形象都染上了这样那样的阶级色彩。我们常说心灵美、人格美，但是，这种美体现在岳飞、文天祥身上同体现在谭嗣同、秋瑾身上是有阶级差异的，因为这种美虽然都闪烁着爱国主义的光芒，然而岳飞、文天祥的爱国主义包含着封建地主阶级忠君报国的内容；谭嗣同、秋瑾的爱国主义则贯串着资产阶级革命的思想。心灵美体现在护林老人（美国影片《冰山抢险队》中的人物）、典子（日本一位没有双臂、但靠顽强意志学会了看书、写字，具有独立生活能力的姑娘）同雷锋、张海迪身上就更不同了，因为两者虽然都是高尚的，但前者以资产阶级的人道主义、个人奋斗为基础，后者则以共产主义人生观为其核心，二者的审美价值和审美意义是有质的区别的。我们也常说坚贞不渝的爱情是美的，但是，梁山伯与祝英台的爱情、罗密欧与朱丽叶的爱情在审美意义上又怎能和周文雍与陈铁军的爱情相提并论！尽管这三对恋人的爱情都感人泪下，然而梁山伯与祝英台、罗密欧与朱丽叶的爱情是封建时代、资本主义时代统治阶级中的青年男女追求个人幸福、个性解放的爱情，为了这种爱情，他们不惜以身殉情，带有悲剧的性质；而陈铁军与周文雍则是无产阶级的先锋战士，他们为了中国的革命事业走到一起来了，在为共产主义而奋斗的实践中产生了坚贞的爱情，但是为了革命、为了党的事业，他们不仅牺牲了爱情，而且献出了年轻宝贵的生命，这就使他们的爱情由悲壮走向了美的极致——崇高，具有鲜明的无产阶级色彩。

从这个意义上可以说，不同的阶级有不同的美，各个阶级有各个阶级的美。当然，说美有阶级性是就社会生活美而言的（艺术、艺术美一般说来亦如此，下面再谈），至于自然美，则像自然科学一样，是不具阶级性的共同美（关于这个问题，下文亦将谈及）。所以，在说到美的阶级性时，一定要严格把握住它的特定范围，切不能到处乱套。

艺术、艺术美为什么具有阶级性呢？这是因为，艺术、艺术美作为作家、艺术家对现实生活和生活美的主观的、能动的反映，作为客观与主观的辩证合金，不可避免地要渗进作家艺术家的政治倾向、道德观念和审美意识，而这种政治倾向、道德观念和审美意识的性质又是以作家、艺术家世界观和政治立场的阶级属性以及运用什么样的创作方法为转移的。这有几种情况：

一是作品所反映的客观对象本身就是阶级社会中不同阶级的生活、对立、冲突、斗争，这当然有着鲜明的阶级色彩。曹雪芹笔下封建末世贵族大家庭的生活和纠纷，巴尔扎克《人间喜剧》中贵族社会的种种人情世态，高尔基作品里形形色色的小市民生活，就是如此。但是，文艺作品的阶级性并不是由它所反映的生活的阶级内容决定的，而是取决于作家、艺术家在作品中依据什么样的政治、道德、美学的观点去反映和评价生活，换言之，取决于作品中把生活中的什么东西当成美的，什么当成丑的。曹雪芹在《红楼梦》里写的虽然是封建贵族家庭的生活，但他的同情心并不在封建贵族这边，而是在封建贵族阶级的叛臣逆子和下层奴仆这边，因此，他在作品中暴露了贵族阶级的腐败和没落，而满怀深情地赞美了贾宝玉、林黛玉这种带有早期资产阶级追求个性解放、婚姻自由色彩的人物和纯洁、正直、有反抗精神的奴婢，就是说，他肯定了生活中那些有正面审美意义的人和事，而否定了生活中的丑恶现象。所以，《红楼梦》的阶级性就不能说是封建贵族阶级的，而应该说带有新兴的市民阶级的色彩。《人间喜剧》也是这样，巴尔扎克不是赞美贵族社会，而是"用编年史的方式几乎逐年地把上升的资产阶级在1816年至1848年这一时期对贵族社会日甚一日的冲击描写出来，……他描写了这个在他看来是模范社会的最后残余怎样在庸俗的、满身铜臭的暴发户的逼攻之下逐渐灭亡"，他的现实主义的创作方法使他"不得不违反自己的阶级同情和政治偏见；他看到了他心爱的贵族们灭亡的必然性，从而把他们描写成不配有更好命运的人；他在当时唯一能找到未来的真正的人的地方看到了这样的人"[①]，这样，《人间喜剧》在客观上就不是贵族社会的颂歌，而是它的"必然崩溃的一曲无尽的挽歌"[②]。至于高尔基作品中那些对小市民的描写，则是从无产阶级的政治、道德、美学观上予以评价的。而施耐庵的《水浒传》和俞万春的《荡寇志》，描写的同是北宋末年宋江领导的农民起义，但作者对它的政治评价和美学评价截然相反，前者是肯定、同情的，作为"绿林豪杰""英雄好汉"来描写，后者却是否定的、仇视的，作为"乱臣贼子"来诬蔑，非得赶尽杀绝不可。毫无疑问，前者的审美评价基本上符合事实，后者则正相反；前者体现出了进步的思想倾向，后者则深深打上了封建统治阶级仇视农民革命的反动印记。

在我们社会主义社会中，剥削阶级作为阶级是消灭了，但这并不意味着我们的文艺作品不要或是没有阶级性了，恰恰相反，我们的社会主义文艺要求作家、艺术家站在无产阶级和人民大众的立场，不论是表现现代题

[①][②]《马克思恩格斯论艺术》第1卷，第8页。

材还是历史题材，都要以无产阶级的世界观——马克思主义思想为指导，正确反映和评价生活中的美与丑，使作品为无产阶级和人民群众服务。而与此相反，如果作家、艺术家背离了无产阶级的立场和马克思主义的指导，用资产阶级世界观去观察生活、描写生活，那么就会歪曲社会主义社会的现实，颠倒、混淆生活中的美与丑，这样的文艺作品自然就打上了资产阶级的印记，那些表现社会主义条件下的所谓"异化"，鼓吹表现个人主义的"自我"，渲染色情、凶杀的作品就是如此。

总而言之，凡是描写社会生活的文艺作品没有不表现出作者的思想观点、政治倾向和美学评价的，因而都具有一定的阶级性。而那些真正反映社会生活中的美丑的作品，则都是和作者进步的阶级立场、政治倾向、美学观点分不开的，这样的作品是人类文化的精华，具有不同程度的认识价值、美学价值和教育意义。

二是作品所反映的客观对象本身是没有阶级性的，这主要是反映自然界的事物和自然美。但是，大自然之所以有美，归根到底，是长期社会历史的产物。当作家和艺术家要借大自然来抒发自己的思想感情时，这样的作品就不能不表现出一定的政治倾向和阶级色彩。秋风，有什么阶级性呢？没有。可是宋代欧阳修的《秋声赋》却把秋风写成了有声有色、有意有形的东西，借以抒发作者自己对于世事艰难、人生坎坷的感慨，难道这秋风、这《秋声赋》不曲折反映出因参加政治革新运动、直言敢谏而屡遭保守派诬陷贬斥的封建文人欧阳修特有的思想感情和政治倾向吗？而作为十八九世纪之交积极浪漫主义文学杰出代表的英国诗人雪莱，则又在《西风颂》一诗中把西风作为革命的象征来歌颂，西风虽然摧残了一切，但也播下了新的种子，诗人预言："如果冬天已经来临，春天还会遥远么？"难道这西风、这《西风颂》不是强烈地反映出雪莱所代表的激进的小资产阶级的革命情绪吗？又比如，兰花、鸟儿有什么阶级性呢？也没有。但是南宋末年的画家郑思肖在南宋亡后画的兰花都露着根，人问何故，答曰：土地已被敌人夺去了！这样的兰花图难道不寄托着他留恋南宋王朝的政治感情？清初的明末遗民朱耷（八大山人）爱画鸟，但他画的不是在春光花丛中欢鸣的鸟，而是些"枯柳孤鸟""枯木孤鸟""竹石孤鸟"，并且将鸟的眼睛画成方形，眼珠子点得又大又黑，往往顶在眼眶的正上角，这就显出一种"白眼向人"的孤高冷漠、目无下尘的神情。这样的鸟难道不正是表示作者对清统治者的傲视、蔑视吗？再比如，狮子、骏马有什么阶级性呢？也没有。但是在徐悲鸿笔下，腾跃的雄狮象征着我们祖国、我们中华民族的"新生命活跃起来"，奔驰的骏马寄寓着画家"铲尽崎岖大道平"的政治理想。难道这雄狮、骏马不是体现着画家热爱祖国、追求真理的进步政治倾向吗？类似的例子不胜枚举，凡是这样的艺术作品，都带着一定的阶级色彩。

当然也有些表现自然景物的作品，如齐白石的虾、鱼、花、鸟、虫，吴昌硕的花、石，黄宾虹的山水，袁晓岑的动物雕塑，以及那些歌吟自然美的诗词，作者着重的是艺术地再现自然的美，抒发自己的美感，并没有鲜明的阶级性或政治性；但是，作者选取这种自然物而不是那种自然物作为描写对象，强调的是自然物的这种特征而不是那种特征，则又无疑表现出一定的审美趣味。所以，即便没有明显的阶级的政治的倾向，只要是艺术作品，不表现出一定的思想感情是不可能的。

那么，形式美是否也有阶级性呢？这要做具体分析。除自然美以外，在阶级社会中，某些被人创造出来、被人赋予一定形式美的事物是打着主体的阶级属性的烙印的，例如北京的故宫，它当年就是按照封建正统观念设计的：从正阳门到景山，全部建筑依一条长达 3.5 公里的中轴线布局，十几个院落纵横穿插，几百所殿宇高低错落，再配以强烈的色调和繁华装饰，就渲染出封建帝王的无上权威。又如天坛，是皇帝祭天的场所，它占地 272 公顷，几乎是故宫的三倍半，但建筑只占总面积的二十分之一左右，其余满种青松翠柏；而这少量建筑，又大都布置在一条高出地面四米多的甬路两端，以一条轴线贯通，宛如天上宫阙俯临尘世，显示着天帝的崇高、神圣，体现出"天人感应"的主题思想。而在中世纪的欧洲，如教堂一类的建筑则完全是另一种风格，它结构庞大，围廊架空，穹窿高耸，重重叠叠的全是粗大无比的柱子，一层一层的钟楼递相耸入云霄，室内是巨大幽闭的空间，彩色玻璃挡住了明亮的阳光，使它变成血红色，变作紫石英和黄玉的色彩，成为一团珠光宝气的神秘的火焰，奇异的照明好像开向天国的窗户，使教堂内部罩着一片冰冷惨淡的阴影；它的室内外都有着繁复的装饰：门洞、外墙、窗子、座位、钟楼、墓室、祭坛、凸堂与小圣堂，都有小巧玲珑的柱子，重重叠叠的雕像，复杂的盘花，和树叶形的装饰。这种建筑以庞大的整体、高耸的尖塔和繁缛的装饰品给人以异乎寻常的感官刺激，令人目眩神迷，毛骨悚然，将人引向神秘的境界，人一旦进入它的内部，则像被扔进一个无力自拔的荒郊旷野，感到渺小、恐惧而不得不祈求上帝的保佑。这种建筑体现着当时封建教会的极端权力，同时又显示出市民力量的勃兴，中世纪欧洲黑暗大陆的阶级矛盾，通过直接和间接的方式，被这种建筑物折射出来。至于资产阶级文艺复兴时期的建筑，则一反中世纪那种孤傲出世、令人恐惧的风格，在其外观上、结构上、空间体积上都具有十足的人情味，反映出欧洲新兴资产阶级的人文主义思想和与此相适应的审美观念。

长城、天坛、著名教堂一类建筑之所以今天能给我们以美的享受，之所以能为不同阶级的人所共赏，那是因为这一类建筑美是通过其外在形式、形象表现出来的，这种形式虽然是当时劳动人民根据封建地主阶级的要求建造出来，但是这类建筑美，无不凝结着古代工匠的智慧、技巧、力量。通过形式直接表现出来的劳动者的本质力量人们可以凭直观感受到，观赏者面对这宏丽的建筑，不能不赞美古代工匠力量的伟大；随着时光的流逝，凝结着劳动者心血汗水的形式却愈来愈具有巨大而独立的意义，以致最终脱离开原来统治阶级所赋予它的思想意义，而仅仅以其普遍性的形式引起人们的审美趣味。尽管任何艺术作品都是形式和内容的有机结合，但艺术形式对内容来说有相对的独立性，人们在审美过程中可以单独鉴赏艺术形式，由此联系自己的生活实践做出自己的审美体验和审美评价。因此，艺术形式美，常常能给予不同阶级以共同的美感享受。

"各领风骚数百年"

辩证唯物主义告诉我们，世上一切事物都处在不停的运动变化之中。美和反映美的审美意识也是如此，也处在不断发展变化的生生不息的运动过程之中。因此，美和审美意识的民族性、阶级性等等都是历史性的范畴，在不同的历史条件下有不同的内容和形式，这就是美的又一属性——时代性。

美之所以有时代性，是由不同历史条件下创造美的不同实践决定的。人类的历史就是人类从事生产劳动、社会斗争和科学实验等社会实践的历史。随着社会实践的深入和扩大，人类自身在精神（感觉能力，认识能力，思维能力）和肉体两方面都得到了发展和提高；而客观世界也由于人类的实践活动而发生了变化，自然物不断被人所认识、所改造、所利用，社会制度、社会风尚不断被变革，于是，从江山面貌到世态人情，都处在日新月异的变化之中，真是"江山有代谢，人事成古今"！正由于在不同时代、不同历史条件下实践的主体和客体不同，因而在实践中产生的美和审美意识如审美观念、趣味等也不同，被赋予历史的、时代的特色。

具体说来，美和审美趣味、审美观念的这种时代性表现在什么地方呢？

第一，它们是不断由低级到高级、由简单到复杂发展着的。

在原始社会，社会生产力水平十分低下，人们的精神生活简单，物质生活艰苦，主体和客体都处于混沌初开的状态，实践活动也只限于"断竹，续竹，飞土，逐肉"的范围，因而那时产生的美也十分拙朴、原始，且直接与实用的功利目的相合为一。当时，一块打磨过的石头，一把磨制过的石斧，一只粗糙的石碗，或是抬重物时"杭育杭育"的喊声，斧柄上几条当作某种识别标记的线条，洞壁上涂画的动物的简单轮廓，就是美的、给人带来愉悦的审美对象。原始人在对这些美的客体的审美活动中形成了相应的审美观念，他们按照这种审美观念对周围的事物做出审美评价，并从事美的创造。但是，随着人类社会的进步，人和人生活的环境、所接触的事物都在实践活动中得到了改变和提高，精神文明和物质文明都发展到了新的水平上，于是原始社会中人们公认的美的事物，失去美的魅力了。我们只要到历史博物馆去走一遭，就可对美的这种发展做一番巡礼，看到原始时代那粗糙的石碗、石斧和器物上、壁画上简陋的线条、色彩、形象，是怎样发展为后来文明社会制作精美、晶莹闪光、雕花敷彩的铜碗、银碗、瓷碗、玻璃碗，百转千回、曲尽其妙的音乐和"仿佛凭着魔力产生出来"的绚丽辉煌的绘画的。可见，人类在长期的历史发展中不断创造了外在的物质文明世界，同时也不断丰富了我们的精神文明，包括人的审美经验、审美意识由低级向高级、由简单向复杂的水平发展。

第二，美和审美观念的时代性还表现在它们是不断产生又不断消失的，此一时美的或被认为是美的东西，彼一时就可能是不美的、丑的或被认为是不美的、丑的，反之亦然。

例如，在中国奴隶社会初期，我们的祖先刚刚由原始的混沌初开的世界迈进文明世界的大门，一切都处于新旧更替的状况，在美的领域中，既有行将萎谢凋落的野蛮时代的残花，也有刚健清新含苞初放的文明时代的新蕾。仅以《楚辞》而言，就表现出错综歧异的审美观念和"美"，一方面，旧时代的残余还在，拔掉牙齿、割开面颊、剪开耳朵被认为是美的（"靥辅奇牙""层颊奇耳"）；另方面，人们在劳动实践中创造的健康的美和与之相应的审美趣味、审美观念也得到了发展，"朱唇皓齿""容则秀雅""婷修滂浩"在当时也是美的或被认为是美的。其中人体的"婷修"（高大修长之意）具有和古希腊裸体美同样的意义。这在《诗经》《楚辞》的一些作品中多所记载。

到了盛唐时代，国力雄厚，生活相对富足，人的思想比较解放，这时人们的审美趣味、审美观念又有了变化，关于人体美一般以长相丰满、身体富态为美；在周昉等唐代画家笔下，仕女们一个个都是面如满月、体态丰腴、雍容华贵的。杨贵妃就是当时以体态丰腴出名的美人，就连流传下来的唐太宗李世民的画像也似乎比别的时代的帝王像要丰满些。宋明以后，国力渐衰，束缚人身心的理学开始壮大，于是审美趣味又为之一变，成为人体美的对象的是肩如刀削、腰如束帛的弱不禁风的女性了,在宋明"话本"小说和戏曲中,充满了对这一类美人的描写和赞美。

这种因审美趣味、审美观念的改变而导致审美对象的改变,以致使原来美的东西现在看起来却不美的情形,在外国、外民族那里也屡见于史。例如古希腊、罗马创造了健美的人体并欣赏这种裸体美,但是到了欧洲历史上被称为"黑暗中世纪"的封建贵族和教会统治的年代,人体——尤其是健美裸体——都被认为是对神的亵渎,是丑恶;人美不美不在躯体,而在面部,在面部的苍白、瘦削,充满期待的目光,深思熟虑的皱纹,于是人体被繁文缛节的衣服裹得严严实实,而头脸则被精心修饰保养起来。当时的统治者对人体美采取完全否定的态度。号称教会之父的奥古斯汀说过:"肉体的美、光的闪耀、歌曲的柔和的声调、花的芳香,是不会得到神的重视。"① 然而文艺复兴的浪潮一起,人的健全体态又成为美的对象。

不过在古代中国,人体美,主要的似乎还不在身段,而在面部的器官和对它的修饰,以及身上的服饰上。例如眉,这是人脸上构成美的一种天然因素,早在《诗经》中就用"螓首蛾眉"来形容女子的美貌。"蛾眉"就是生得又细又长的眉毛。然而到了战国时代,却开了画眉的风气。天然的眉毛变得不好看了,要把它剃掉,然后用一种叫"黛"的青绿色矿石颜料画上假眉,这样的眉才"美";为了使它更美,画法上就出现了许多式样,如浓而广、淡而细等等,唐玄宗就曾命画工作"十眉图",以作宫女修眉的范式。但在今天,倘若还有谁把眉毛剃掉,画上两道青绿色的假眉,则一定会像剃掉黑眉装上外国人的黄眉一样传为笑柄,不但不美,反而变丑

---

① 马克思·沃尔杜克:《中世纪艺术概论》。

了。又如发，古代汉族的成年男子是蓄长发的，盘在头上，剪短发被看作是蛮夷的风俗，中原士民只有犯了法才被剪去长发，称为"髡"，是古代特有的一种刑罚，那时长发美、短发丑是无疑的。明末清兵入关后，强迫汉人剃发留辫，这在当时不但是政治上（亡国的标志）、民族心理上（与"蛮夷"为奴）的奇耻大辱，在审美心理上也是无法忍受的浩劫，它在当时汉人心目中是丑恶的。但是随着时间的流逝，男人留长辫又成为正常的、美的了，反之则不美，以至于辛亥革命后剪辫子的人会遭到遗老遗少的讥笑。就是在今天，什么样的发型才叫美，也仍然在不断变化着。新中国建立初期，妇女以留长辫和垂耳短发为美，20世纪60年代以更短的运动员发型为美，近年来则又风行各式各样的烫发、披肩发和"马尾巴"式的发型了。

由此我们可以看出，美在现实中具有一定的客观基础和前提，但同时又有主观因素即审美趣味、审美观念在交互作用、彼此影响。当一种美在实践基础上产生出来后，它就作为一种社会存在影响着、培养着、规定着社会上人们的审美趣味。但是，审美趣味、审美观念作为意识形态，不是被动的、消极的，它反过来又能动地作用于美的创造，使创造出来的美体现出一定的审美趣味和观念。一部艺术史，正是反映了人们的审美观念总是不断要求最大限度地符合生活本身的客观趋势。

任何艺术都是集中地反映出一定时代美的风貌和社会审美意识的特征，从内容到形式都体现出美的时代精神，这几乎以数学的精确性清晰地表现出来。在我国漫长的历史岁月中，每一个时代都贡献出了自己的文学艺术作品；这些艺术珍品像河床里五彩斑斓的卵石一样顽强地留存下来，一层一层地堆积着，每一层、每一块都记录着一个时代的真、善、美和假、恶、丑，记录着一代人的思想、趣味和感情。龙与凤的形象的出现，难道不正是标志着中华民族的形成及其创造美、欣赏美的活动的开始？在龙与凤的形象上凝结着的难道不正是"太古初民"们的积极本质和审美意识？从在屈原诗中向美好境界自由飞翔的凤，到在封建帝王庙堂的梁柱上、飞檐上吞云吐雾、威严壮美的龙；从司马相如对卓文君弹奏的《凤求凰》中温情脉脉的凤凰，到《柳毅传书》中那裂锁穿云、击邪匡正的虬龙，这里不正是反映了人们审美理想的时代特征及其发展变化吗？辞章华美、气度雍容、风格典雅但又冗长沉重的"大赋"在汉代盛极一时，而到南北朝渐显衰微；律诗绝句崛起于唐代，几百年内成为文学体裁的主宰，而到宋代被称为"长短句"的词又横空出世，流韵所及，连市井妓女也能填能唱；接替宋词成为我国文学又一高峰的是元代的散曲、戏剧；到了明清，词曲又让位于更能反映现实生活的白话小说，艺术家运用这一文学形式深刻地反映了古老封建社会的衰落和新兴市民阶层的兴起，为后世留下了不朽的艺术画卷。在文学式样的这种历史性的递变中，我们看到的难道不正是植根于社会生活土壤之中的审美趣味、审美理想随着社会生活的变化而变化的图景吗？从李白、杜甫描写中唐帝王将相、丽姬贵妃骄奢淫逸，慨叹文人落魄、生民悲苦的诗篇，陆游、辛弃疾痛陈国事、抒发抗敌壮志的辞章，关汉卿揭露元朝黑暗现实的剧作，到曹雪芹通过《红楼梦》为封建末世唱出的挽歌，展现在我们面前的难道不正是不同时代的美与丑吗？清人赵翼的《论诗绝句》云：

> 李杜诗篇万口传，至今已觉不新鲜。
>
> 江山代有才人出，各领风骚数百年。

他在这首诗里说出的，就是美和审美趣味必然随着时代的发展变化而发展变化的道理。

既然美不是永恒的,而是随时代的发展而发展的,那么,随着每一时代的终结,总有一些美会被雨打风吹去,凋谢了,消失了;而随着每一个新的时代的开始,又总会播下新的美的种子,萌芽着,崛起着,成长着,从而在美的领域中呈现出我们上文所描述过的那一幅新陈代谢、生生不已的图画。那么,究竟是什么美在消失?取代它的又是什么?难道就没有可以超越一定的时代流传下来的美?要解答这个问题,不能就美谈美,而要从美得以产生的广阔社会历史背景上加以考察。

第一,社会分裂为阶级以后,人类社会的历史是在阶级斗争中发展的。在阶级社会,一种社会形态转变为另一种更高的社会形态,都是通过社会革命实现的。代表新的生产关系的新兴阶级取代腐朽没落的旧生产关系的代表反动阶级,或是先进的政治势力战胜了保守的政治势力,使社会制度、政治状况发生某种性质、某种程度的变革,或多或少解放了生产力,促进了经济的发展,从而使历史呈现出阶段性来,划出了不同的历史时代。于是,随着旧时代的结束、旧阶级的灭亡,那些体现着旧阶级的腐朽没落本质的审美趣味、审美观点必然被淘汰,从生活中消失。据《史记·殷本纪》记载,春秋时代的卫灵公在出访晋国途中曾听到一种他觉得很迷人的琴声,于是叫乐师把琴曲记了下来。到晋国后,他在晋平公招待他的宴会上命乐师演奏路上听到的那支琴曲,当弹到一半时,晋国一位叫师旷的乐师忽然阻止说:"这是亡国之音,请不要再弹下去!"晋平公不解,师旷告诉大家:"商朝末年,贵族们花天酒地,荒淫无度。纣王曾令乐师作'靡靡之乐',使美女们日夜歌舞做戏。刚才弹的这支曲子,正是当年使人们醉生梦死、招致亡国之祸的'靡靡之乐'。"这个故事反映了新兴地主阶级对垂死的奴隶主阶级没落艺术的自觉抵制,表明了旧时代的陈腐艺术同正在开始的新时代是多么格格不入,因而它的灭亡是必然的。在20世纪之初,资产阶级革命(辛亥革命)之际,反对妇女缠足的呼声来得那样强烈,经过进步人士和人民群众的艰苦斗争,终于使缠足这种封建统治阶级制造出来的怪诞美趋于消亡,究其根源,也在于缠足的怪诞美同资产阶级追求个性自由、人性解放的主张和要求相对立。

新兴阶级和人民群众通过社会实践创造着新时代的美和艺术,这种美和艺术必然是最能体现新兴阶级的积极本质和新时代风貌的。马克思说过,西欧封建中世纪临近终结的时候,新兴资产阶级不但在政治舞台上表现出"英雄行为、自我牺牲、恐怖、内战和民族战斗"(如法国资产阶级大革命及其影响下的欧洲反封建斗争和民族解放运动),产生了新时代的生活美、斗争美,而且从古希腊罗马的传统和艺术中,找到了"把自己的热情保持在伟大历史悲剧的高度上所必需的理想、艺术形式和幻想"[①]。更早一些时候,资产阶级的思想文化先驱还曾在"文艺复兴"的旗号下借用古希腊的艺术风尚(如崇尚健美的人体)、艺术形式(雕塑、史诗等)表达了新兴资产阶级的人文主义思想和审美理想,从而产生了一大批卓越的艺术大师和杰出的艺术作品。只有这样的审美理想、艺术作品才能体现出新兴资产阶级的积极本质力量和资本主义的崛起,从而取代封建中世纪的渗透着窒息人性的基督教精神的病态美。到了无产阶级登上历史舞台,她又会通过自己广阔的实践活动创造出无产阶级的斗争美、社会主义的生活美、共产主义的人情美和革命现实主义的艺术美。

第二,人类的历史又是物质生活资料和精神生活资料不断更新的历史。

---

① 《马克思恩格斯选集》第1卷,第604页。

当人们依据对客观世界的新的认识，运用新的技术手段向生产的新的深度和广度进军，创造出适应新时代人们新的需要的生活资料时，那些旧的生活资料就被抛弃了、废置了，于是，由旧的物质生活资料所体现的那部分生活美以及与此相适应的审美观念和趣味，也就随之从人们的生活中消失了，而让位于由新的物质生活资料所体现的美及与之相适应的审美意识。例如建筑，它既是一种物质生活资料，同时又是一种艺术形式，其发展变化直接同人类的物质生产水平和物质生活需要相联系。远古时代人们住茅草棚，并在此基础上追求美，随着生产力的发展，砖瓦木石等新的建筑材料和新的建筑技术出现了，于是，新的砖瓦木石结构的建筑物、新的建筑美就取代了旧的建筑美。（在旧社会劳动人民被迫在茅草棚里栖身，那是与审美无关的另一回事。）到了现代，建筑技术、建筑材料的每一次革新都会引起建筑物在质地、形式上的变革，新的建筑美不断地取代旧的建筑美。衣服也是如此，它自古至今令人眼花缭乱的变化既是物质生活资料不断更新的历史，又是服装美不断推陈出新的历史。当然，这类美的消失和产生虽然归根结底以物质生产和物质生活的水平为转移，一般来讲与政治无关；但在阶级斗争激烈、社会动荡的年代，政治的原因却往往起着重要作用。中国历史上经历了好几十个朝代，几乎每一代都有不同的社会流行的服装，不能说与政治上的改朝换代无关；更为明显的是，辛亥革命后，清代那一套服装样式马上就不时兴了；新中国的建立，则又使旧社会流行的长袍、马褂几乎立即绝迹，而代之以普遍的中山装、列宁装；现在改革开放，世界各国流行的西服也开始在我国流行，并根据我国国情创造出新的时装来。

  物质生活资料和精神生活资料的变更，也会导致艺术内容、艺术形式上的除旧布新。马克思早就说过,"任何神话都是用想象和借助想象以征服自然力,支配自然力,把自然力加以形象化;因而,随着这些自然力实际上被支配,神话也就消失了。在印刷所广场旁边,法玛(罗马和希腊神话中担任传闻职务的女神——笔者)还成什么?""在罗伯茨公司面前,武尔坎(古罗马的火神、铁匠手艺之神——笔者)又在哪里?在避雷针面前,丘比特(神话中的光明、雷、闪电之神——笔者)又在哪里?在动产信用公司面前,海尔梅斯(希腊神话中诸神的使者,同时也是富有和商业之神——笔者)又在哪里?"①马克思还说:"阿基里斯能够同火药和铅弹并存吗?或者,《伊利亚特》能够同活字盘甚至印刷机并存吗?随着印刷机的出现,歌谣、传说和诗神缪斯岂不是必然要绝迹,因而史诗的必要条件岂不是要消失吗?"②马克思这里说的,就是由于资本主义工业的发展,必然引起过去时代的某些艺术内容(如神的生活)和艺术形式(如神话、史诗)的消失。而电影这门新兴的艺术,则又是近现代科学技术新发展的产物。

这样看来,不仅在每一个新的时代到来后,会有旧时代的美在消失、新时代的美在产生;而且在一个大的时代之内,也会由于种种原因不断出现美的新旧更替,这种更替每一次都满足了人们在政治上、生活上和审美上的新的需要。所以车尔尼雪夫斯基说:"每一代的美都是而且也应该是为那一代而存在:它毫不破坏和谐,毫不违反那一代的美的要求;当美与那一代一同消逝的时候,再下一代就将会有它自己的美、新的美,谁也不会有所抱怨的。……今天能有多少美的享受,今天就给多少;明天是新的

---

①②《马克思恩格斯论艺术》第1卷,第149页。

一天，有新的要求，只有新的美才能满足它们。"①

当然，我们说每个时代的美随着这个时代的产生而产生、消失而消失，只是就美的时代性而言的，除时代性而外，美还有它的另一面，即美的延续性或继承性。

马克思指出："人们自己创造自己的历史，但是他们并不是随心所欲地创造，并不是在他们自己选定的条件下创造，而是在直接碰到的、既定的、从过去继承下来的条件下创造。"②这个论断同样适用于美的创造。当新时代的人们在旧时代的基地上"忙于改造自己和周围的事物并创造前所未闻的事物"③，从而赋予自己和社会生活以新的审美意义、创造出新的美时，就不能不受审美的民族心理、民族传统的制约，在内容和形式上就不能不继承、利用过去时代所创造出来的一切有价值的东西。

例如上文讲过的西欧文艺复兴时期，新兴资产阶级就是通过复兴（实质上就是继承、利用）古希腊艺术的方式创造资本主义新时代的生活美和艺术美的。在我们祖国，几千年的历史虽然划分出大大小小许多不同的时代、时期，每一时代、时期都有区别于别一时代、时期的具有特色的美；但是我们的历史从未中断过，即以美来说，从形式到内容都有很多有价值的、富于民族色彩的东西代代相传，连绵不绝，汇成了波涛不息的中华民族的美的长河，并形成了与之相适应的悠久的民族审美传统和审美心理。像属于心灵美范畴的爱国主义精神，从屈原以来，中经秦皇汉武、唐宗宋祖、李（白）杜（甫）辛（弃疾）陆（游）、于（谦）文（天祥）龚（自珍）

---

① 《西方美学家论美和美感》，商务印书馆1980年版，第246页。
②③《马克思恩格斯选集》第1卷，第603页。

林（则徐），直到洪秀全、孙中山，其间沧海桑田、改朝换代，但爱国主义精神却一脉相承，而且每一次继承都得到了发扬光大，到了社会主义时代，爱国主义精神更是被提到了崭新的高度，赋予了革命的内容，焕发出夺目的光彩，成为我们时代人民心灵美、行为美的重要审美因素。再如建筑，中国封建社会中历朝历代的宫殿式建筑，在形式上虽然都有一些变化，但其平面展开、规模巨大、相互连接和配合的群体建筑特征却朝朝代代沿袭着。今天我们当然不再建筑宫殿了，但是，不仅过去遗留下来的宫殿式建筑如北京故宫仍然能为人们所欣赏，保存着它永不凋谢的审美价值，而且就是在今天的新建筑物中，还借鉴了古代建筑的某些形式，如琉璃瓦的大屋顶，群体的结构，庭院，柱廊，等等。

美的这种历史延续性、继承性还表现在优秀艺术遗产和艺术传统中。这一方面是古代的文学、绘画、雕塑、音乐、舞蹈等艺术作品至今仍保留着迷人的美的魅力，令我们赏心悦目；另一方面这些艺术作品符合我们民族的审美习惯和审美传统，其形式、风格、规律，我们在创造社会主义新艺术的过程中可以批判地从中吸取宝贵营养。

以上说的是社会生活美和艺术美。那么自然美呢？虽然作为人们直接改造过的那部分，如被开垦的土地、绿化的荒野等等，由于它们能在一定程度上体现出一定时代人们的生产力水平，曲折地反映出那个时代的社会经济状况，因此多少有些时代色彩。但是，它们在整个自然界中所占比重不大，自然界更广大的事物，如日月星辰、风雨雷电、四时景致、山川河海、鸟兽虫鱼等等，虽然通过同人类的精神关系（认识与被认识）而成为人化的自然，成为自然美，但它们并没有被人类所实际改造，与人事无涉，人类历史两三千年内即可经历大小许多个时代，而上述自然物千万年来却几无变化，或变化甚微，因此，自然美从总体上看是谈不上什么时代性的。作为审美对象，秦时明月与今时明月有什么不同呢？显然没有（作为不同时代审美主体的人对它产生不同的美感则是另一回事）。难怪古人会产生"江山依旧，人事皆非""年年岁岁花相似，岁岁年年人不同"的兴叹。

千差万别与共同美

据说，17世纪的德国哲学家莱布尼茨有一次在宫廷中讲学，谈到"天地间没有两个彼此完全相同的东西""凡物莫不相异"。宫女们听说后都不相信，于是纷纷来到御花园，去寻找相同的树叶，结果事与愿违，因为即使是外形最相似的两片树叶，细细一看，二者的脉络、叶子边缘的齿形也不尽相同，事实证明了莱布尼茨是对的。他在这里说明了一个道理：任何大致相同的同一类事物都是由一个个具体的个体组成的，而每个具体的个体都有着区别于其他个体的特征，正是这种个体差异使洋洋大千世界呈现出千姿百态。美又何尝不是这样！虽然美在一定的民族、阶级、时代那里会染上一层民族的、阶级的、时代的色彩，从而形成美的民族性、阶级性和时代性，但是，这具有同一民族、阶级、时代色彩的美却是由无数具体的、个别的审美客体（审美对象）体现出来的；这些个别的审美客体尽管具有大致相同的民族性、阶级性和时代性，但是它们中的每一个都有别于其他任何一个；而作为审美主体，不但同一民族、同一阶级、同一时代的人会因为经历、教养、性别、年龄、职业、性格等等的不同而形成千差万别的审美倾向性，而且每个不同的具体审美对象，也会使人的美感产生变化。这就是美的个性和美感的个性差异。

事实正是如此。同是"上流社会"的美人,体轻如燕、飘然若飞的汉代赵飞燕的形态美,难道和细步凌波、能作所谓"掌中舞"的南唐窅娘的形态美是一样的吗?同是武夫壮士,"力拔山兮气盖世"的楚霸王项羽的威仪气势,难道和"声若巨雷,势如奔马"的猛将张飞的勇力雄风并无二致吗?同是中华民族崇尚的气节美,体现为文天祥的从容赴死,难道和鸦片战争中抗英英雄关天培的壮烈殉国是一样的吗?同是无产阶级革命时代的悲壮之美,难道人们对"八女投江"和"狼牙山五壮士"的事迹感受会毫无区别?还有,"天接云涛连晓雾,星河欲转千帆舞"和"天河夜转漂回星,银浦流云学水声",难道竟是同一意境?难道峨眉之秀与泰岱之雄竟会给人以相同感受?……总而言之,世上的各个具体事物,从"万物之灵"的人到社会生活现象、文学艺术作品,到自然界的山山水水,都或多或少存在着差异,甚至两朵玫瑰花也会各有各的风韵。所以,同是美丽的女性,却会有千般容貌、万种风姿,而其中的每一种在一千个欣赏者心中的感受甚至就会有一千种差异;所以,同一素材在不同艺术家笔下会有不同的结构和表现,而其中的每一种结构和表现在所有共鸣者心弦上都会因人而异地引起不同的反响;所以,美的民族色彩、阶级色彩、时代色彩每一次都是通过富于独特个性的具体感性形式呈现于人世间的。既然现实生活中的美如此千姿百态,各尽其妙,既然人的审美个性那样千差万别,极尽精微,因此艺术和艺术对生活美的反映就最忌重复,最不能公式化、模式化、定于一尊。人们总喜欢用花来形容美的女性,"人面桃花相映红""梨花一枝春带雨""花容月貌""闭月羞花"一类的描写往往为某些诗词小说所津津乐道,殊不知:第一个用花来形容女性的是天才，第二个是庸才，第三个则是蠢材了——歌德的这一名言显然包含着不容辩驳的客观真理。

但是话又说回来，宫女们找回的树叶虽然在细节上没有任何两片是一模一样的，然而只要是同一种树木，它那难以数计的树叶在基本结构、基本形状和基本色泽上却有共同之处，正是这种共同之处使众多的各不相同的树叶有了某种可以把它们归之于某一种树木的共性。美也是这样，尽管具体的审美对象有着互不重复、无比多样的个性，但是，它们在不同的范围和程度上也是具有不同的共性的，前面说过的阶级性、民族性和时代性就是如此。为什么说阶级性、民族性和时代性也是共性呢？这是因为，所谓共性，指的是至少两个以上个体所共有的某些相同之处。上文说过，我们中华民族所喜爱、所创造的是这种建筑美、雕塑美，它不同于古希腊民族所喜爱、所创造的那种建筑美、雕塑美，于是，这种建筑美、雕塑美就成了中华民族的共同美，而那种建筑美、雕塑美就成了古希腊民族的共同美。又如在过去的资产阶级革命时代，欧洲许多国家和民族曾在人文主义、人道主义和资产阶级"理性"的共同旗帜下创造了具有某种共同性的生活美、艺术美；而在社会主义时代，我们也正在马克思主义的旗帜下创造着具有社会主义时代精神的生活美（如五讲四美）和艺术美。

不但各个阶级、各个民族、各个时代有各阶级、各民族、各时代的共同美，而且有些美还可成为不同的阶级、不同的民族、不同的时代的共同美。

为什么有些美会具有可以在不同阶级那里引起美感的共性呢？这有几种情况：虽然各个阶级在审美上会有不同的嗜好，在实践中会创造出不同的审美对象，但是，由于各个不同阶级之间无论政治上、思想上怎样对立，毕竟是在一个共同的社会中生活的，从而会产生出某些共同的需要，如前面说到过的"美人"，"下层社会"的老百姓是不欣赏"上流社会"的病态美人的，但是，老百姓喜欢的壮健的美人却往往使"上流社会"的人们倾倒，因为"一种身体健康的生活本也是上层阶级的人的生活理想；因此，他们也承认脸色鲜艳、双颊红润是一种美"①。在这里，"脸色鲜艳、双颊红润"就是为不同阶级所共赏的壮健美人的共同特征，也就是共同美。所以，贾府的贵公子宝玉会为邂逅相逢的农村纺纱姑娘而动心，所以，那些童话、民间故事中的王子（或公主）对普通民女（或小伙子）一见钟情也并非毫无根据，等等。此其一；其二，历史上，当剥削阶级处于上升时期，进行反对、推翻腐朽没落的反动统治阶级的斗争时，他们的利益和被压迫阶级的利益会有某种一致性，因此，他们往往是以全民代表的身份出现的，他们在这种斗争中创造的美和艺术也就具备了为被压迫阶级所共赏的特征。例如作为新兴资产阶级哲学观念和政治主张化身的自由女神，在18世纪末的法国资产阶级大革命中，就成为参加推翻封建君主政体的各个阶级所共同喜爱的美的形象，她在唤起群众、激发他们的革命激情、鼓舞人们投入斗争上发挥了重大作用。画家德拉克洛瓦的油画《自由女神引导着人民》就是这种现象的艺术反映。其三，当一个国家、一个民族面临着异国、异族的侵略时，民族矛盾就上升为主要矛盾，而阶级矛盾下降为次要矛盾，共同的民族利益会使不同阶级的人们形成某些共同的审美趣味和审美感受。产生于我们中国抗日战争时期的《义勇军进行曲》（即现在的国歌）、《在松花江上》等歌曲，当时之所以不胫而走，成为除极少

---

① 《车尔尼雪夫斯基论文学》第27页。

数投降派、卖国贼之外的中华民族各阶级、各阶层人民的共同心声，就说明了这一点。其四，在阶级社会中，当统治阶级利用其在政治、经济、思想、文化领域中的统治地位，倡导、推行某种审美范本、审美趣味时，会在被统治阶级那里造成影响，从而形成共同的美感，将这种原本属于统治者的审美范本视为美的，上面说到的中国封建社会女子的"三寸金莲"就是例子。

一个民族，当然有自己民族独特的美和审美爱好。但是，由于种种原因也可能在不同民族那儿形成共同的美感。例如，书法本是我们中华民族特有的艺术，然而由于中国和日本在历史上、地理上的特殊关系，日本民族也很欣赏汉字的书法美，于是，书法艺术就成为中、日两大民族所共赏的共同美。又如上文说过的，历史上欧洲一些资本主义比较发达的国家和民族曾几乎同时投入了那场以人本主义、人道主义和"自由、平等、博爱"为旗帜的资产阶级革命运动，在这场大革命中产生的资产阶级人性美以及文学艺术在内容和形式方面所表现的美，形成了某些共同之点，而为这些国家和民族的人们所喜爱。

还有些美可以为不同历史时代的人们所爱好。如龙与凤的形象，松、梅、竹、菊"岁寒四友"的形象，几千年来一直为中华民族所喜爱、所欣赏，至今仍在人们的生活中和艺术中广为出现。汉代的思想家王充说："美色不同面，皆佳于目；悲音不共声，皆快于耳"[①]，指的也就是千差万别的个体美由于具有某种共性，而为具有某种共同审美爱好的人群所共赏的现象。正因为这种现象是客观存在的，所以毛泽东同志在与文学评论家何其

---

① 王充：《自纪篇》。

芳同志谈话时曾指出："各个阶级有各个阶级的美,各个阶级也有共同的美,'口之于味,有同嗜焉'。"①

有些共同美所具有的普遍审美意义不仅跨阶级、跨民族,而且跨时代,不但具有空间上的广延性,而且有时间上的延续性。这首先是自然美。一般来讲,自然美是不受阶级、民族和时代的限制的,也不存在什么阶级性、民族性和时代性。"北国风光,千里冰封,万里雪飘。望长城内外,惟余莽莽;大河上下,顿失滔滔。山舞银蛇,原驰蜡象,欲与天公试比高。须晴日,看红装素裹,分外妖娆。"这样壮丽的自然风光,谁能不叹赏,谁能不动心呢!所以,"江山如此多娇,引无数英雄竞折腰。"这些为之折腰的英雄人物中,既有身为汉族的秦皇汉武、唐宗宋祖,也有身为蒙古族的成吉思汗;既有无产阶级的革命领袖,也有广大革命人民;既有千百年前封建社会中的历史人物,也有今天社会主义时代的风流人物;而随着外国旅游者的到来,更有不同国家、不同人种和民族、不同阶级和阶层、不同职业和政治观点、不同性别和经历的各色人等为这一派壮丽风光所倾倒。这不就是一种跨阶级、跨民族、跨时代的共同美吗?!还有日月星辰、江河大海、山川林木、花鸟虫鱼,这些自然景物都是为世世代代不同阶级、不同民族、不同国家的人们所欣赏、所喜爱的,都是极具普遍性的共同美。

其次,有些形式美也具有这种跨阶级、跨民族、跨时代的性质。例如圆形、弧形、曲线、黄金分割率等等,从古希腊罗马时代开始,哲学家们就称颂它,认为这是世界上最美的图形、最美的线条、最美的比例,艺术

---

① 转引自《人民文学》1977年第9期。

家们研究它，为之神往，在自己的绘画、建筑、雕塑作品中运用它。在以后的世代中，世界上各个不同国家、不同民族、不同阶级和职业的人们莫不以这些形状、线条和比例为美，例如中国古代就常以"面如满月""脸若银盆"来形容英俊、俏丽的面形，而圆形、曲线、和谐最能体现出阴柔之美如女性形体美则是举世公认的。至于黄金分割率应用之广，就连舞台报幕员都总是站在黄金分割点（即以舞台前沿当作一直线，在该线上找到一点，将线段分成大部和小部，使全线：大部＝大部：小部，这个点就是黄金分割点）上，因为这是最能引起观众美感的位置。最使人惊奇的是，连主张禁欲主义的宗教也不能无视圆形的美的魅力。例如佛教主要针对女性而来的所谓"六欲"说中就有"形貌欲"（指身材、体态、曲线美之类），为了破掉"形貌欲"，禁绝男女之情，佛教的禁欲主义"九想"中又有所谓"虫啖想"（即尸体生蛆的想象）。然而佛教在摒弃人体的圆形、曲线美的同时，却又爱用一个"圆"字来表示圆满、圆通、圆融、圆遍的各种美感，如形容佛的伟大庄严，佛像和壁画就往往在佛头顶雕绘出圆轮光明，称为"圆光"；还认为"大乘是圆因，涅槃是圆果"，和尚死了叫"圆寂"，等等；而西方基督教中的耶稣等圣者、圣徒头上也有一个圆圆的光轮。这都表明圆形、弧形、曲线之类形式美具有几乎无远弗届的感染力。颜色、音乐这类形式美也是如此。人们之所以将赤、橙等色称为暖色，将绿、蓝等色称为冷色，就是因为前一类色普遍会引起温暖之感，而后一类色则产生冷寂之感，所以马克思说，对于色彩的感觉是最大众化的感觉。唯其如此，在日常生活和艺术中，色彩才能像语言一样起到传达、表现一定思想感情的媒介作用。至于声音，谁不愿听和谐悦耳的乐音？谁不厌恶嘈杂刺耳的噪音？现代生理学和心理学已经证明，噪音不仅使人烦躁，损害身体健康，就是对于一般植物的生长和动物的发育也是极为不利的。

为什么自然美和形式美能成为最广义、最普遍的共同美呢？这就是前面说过的，形式美已在人类漫长的实践过程中脱离了具体的事物，而具有了独立的、普遍的审美意义，而在这漫长的实践过程中，人类也形成了与此相应的大致相同的审美生理——心理机制；至于自然美，又恰恰是在真与善的统一中突出真的形式，所以自然美一般来说也就是形式美，它本身与各民族、各阶级、各时代的人们并无直接的利害关系。因此，自然美和某些形式美能为不同时代、不同民族和阶级的人所一致欣赏。

除此而外，有些社会生活美和艺术美也能成为广义的共同美。例如保家卫国、抗敌御土的正义战争之美，纯洁高尚、坚贞不渝的爱情之美，刚直不阿、坚持真理的人格之美，身处逆境、战取光明的奋斗之美，不论发生在哪个时代、哪个民族、哪个阶级，都能在其他时代的别的民族和进步阶级、进步政治势力的人们心中激起同情、崇仰之感。之所以会这样，是因为上述生活之美的产生总是合乎历史潮流，体现着人类的积极本质，因而上述生活美成为共同美。在这样的实践中产生并正确反映这种生活美的艺术也由此获得了普遍的审美意义，所以，那些优秀的文学艺术作品才得以历久而不衰，传遍全世界。另外还有一些艺术作品，虽然并没有明确地表现上述生活之美，但是，它们却以高妙的艺术形式、艺术技巧表现了人类自身发展过程中某些最美好的阶段，因而也能成为广义的共同美。像古希腊的雕塑和建筑，几乎全人类都惊叹它的美，不仅至今"仍然能够给我们以艺术享受，而且就某方面说还是一种规范和高不可及的范本"[1]。原

---

[1]《马克思恩格斯论艺术》第1卷，第149页、第150页。

因何在呢？马克思在谈到这个问题时把古希腊人比作正常的儿童，指出："一个成人不能再变成儿童，否则就变得稚气了。但是，儿童的天真不使成人感到愉快吗？他自己不该努力在一个更高的阶梯上把儿童的真实再现出来吗？每一个时代固有的性格不是纯真地活跃在儿童的天性中吗？为什么历史上的人类童年时代，在它发展得最完美的地方，不该作为永不复返的阶段而显示出永久的魅力呢？"[1]可见，古希腊艺术之所以具有普遍的、永不凋谢的美的魅力，就在于它用完美的艺术技巧表现了人类可爱的童年时代。

---

[1]《马克思恩格斯论艺术》第1卷，第149页、第150页。

五、审美的客观尺度在哪里？
——关于审美意识和审美理想

"美之为美在于善"

"江山如此多娇，引无数英雄竞折腰"！古往今来有多少人充满了激情去欣赏美、追求美。但是，我们也看到了，人们由于受阶级的、民族的、时代的条件的制约，对美的爱好和追求又是多么的不同！苏东坡、辛弃疾叹赏的是大江东去、西风塞马的雄奇苍劲景色，而柳永、李煜吟咏的是晓风残月、流水落花的旖旎清幽景色；晋人王献之爱竹，认为虚心有节的竹子可以寄寓人的胸襟风度；陶渊明爱菊，写出了"采菊东篱下，悠然见南山"的佳句；宋代文人画家爱梅、兰、竹、菊，常以此作"四君子"画；王羲之爱鹅，周敦颐爱莲，徐悲鸿爱马；楚王好细腰，而古希腊人尚裸体；资产阶级崇拜个人奋斗的英雄，无产阶级景仰为人民利益奋斗的战士；西方资本主义社会时兴爵士乐，摇摆舞，荒诞派、抽象派乃至野兽派艺术，我们社会主义国家则提倡现实主义艺术，如此等等。从中，可以看出人们在审美意识、审美趣味上的差异以及由此造成的美感差异。历史的和现实的审美经验表明，有不同审美意识和审美趣味的人，所追求、欣赏的美是有所不同的，而对同一审美客体的审美感受也不同，当审美客体与主体的审美意识、审美趣味相一致、相吻合时，他就觉得美，反之就觉得不美。因此，审美趣味，审美意识对于审美活动关系极大。

那么，为了正确地进行审美活动，需要有什么样的审美趣味，审美意识呢？一言以蔽之，需要那种能正确反映审美客体的审美趣味和审美意识，而审美趣味、审美意识能否正确地反映审美客体，又以这种趣味和意识是否符合美的客观尺度而定。

审美意识作为人们对客观存在的美的主观的反映，一般包括两方面的内容，一方面就是前面谈到的人们在审美活动中的特殊心理现象即审美感受，它以感觉、体验、联想、想象、情感等心理形式表现出来；另一方面就是审美观念、审美趣味、审美理想等等。作为客体的美，就其历史的发生和起源来看，是以合规律性（真）、合目的性（善）为前提的，或者说，在美之中包含着真与善的因素。审美意识既然是客观美的反映，就必然反映着美与真和善之间的关系。也就是说，审美意识是感性与理性的辩证统一关系。审美主体不仅要依靠感觉、情感、想象等与审美客体打交道，而且要通过审美活动中的认识作用（即逻辑思维）弄清楚审美对象的是非、善恶的本质，认识越深入，就越能获得审美的愉快。当原始人根据石料的性状、运用砸击技巧制成一把得心应手的石斧时，他就对这合于规律与目的的石斧的感性形式产生美感，同时获得了关于如何打制石斧、什么样的石斧才好使的知识；于是，审美意识（审美感受）就与原始人的思维活动发生了关系,他在以后的实践中就会用获得的关于石斧的认识来鉴别、衡量别的石斧了,符合这知识要求的形状的石斧在他看来就是美的,反之则不以为美。正是在人类世世代代通过实践创造美的漫长历史过程中,理性认识与审美意识形成了两种联系:一是人们不断将自己关于合规律性的美的形式(如形状、明暗、线条、色彩、声音、比例、节奏等)、美的事物的概念、知识等理性因素融进了对美的感受中去,形成了人类所特有的在知觉和快感的反映形式下对事物的社会本质的直接把握,即审美感觉。例如,对于太阳、月亮、天鹅、花木等自然景物,人们即便在观赏时"什么也没想",也是能凭瞬间的直觉而生美感的。这看起来似乎与理性认识无关,而实际上,在这美感中已渗透着对事物形式和性状的最一般的概括性认识,天上那圆形、红色、放光的是太阳;天鹅是珍禽、羽毛如此洁白……这一类起码的判断、概括已包含在美感之中。正因为美感与理性认识具有这样水乳交融的密切关系,所以,人们在审美中对形状相近的事物一般不会发生错觉,即使"溃烂之处,艳若桃花",人们也不会去欣赏的。

二是随着社会的进步和人类认识、改造世界的能力和范围的加深、扩大,愈来愈多样、复杂的审美意识也就同愈来愈广阔的科学意识发生了联系。像"九星联珠"之类的天文奇观倘出现在古代,是会引起迷信思想浓厚的古人震恐的,他们只会将其视为"上天示警"之兆而不会认为是美的;但在今天,人们认识到了这是一种于人类无害的合乎规律的自然现象,因此能将它作为一种自然美来欣赏。又如为什么整洁、绿化、安宁的环境才是美的环境呢?因为只有在这样的环境中,人的工作效率才可提高,工伤事故才可减少,工作的疲劳程度才能减轻,人的心理状态和精神面貌才可改善,可见,在关于环境的审美观念中,包含着关于人适于在什么样的环境中生活、工作的科学意识。而在种种与审美意识、审美观念有关的科学意识中，尤以关于社会生活的认识和理论起的作用重要。这是因为，即使是自然美，本质上都不是自然现象而是社会现象，社会美当然更是如此。作为美的反映的审美意识和对美的比较系统看法的审美观念，就必然以这种或那种形式反映出美的社会内容，必然要与这种或那种关于社会生活的认识、理论发生联系。即以关于人体美的审美观念而言，古希腊的德谟克利特说："身体的美，若不与聪明才智相结合，是某种动物性的东西。"[①]这也就是他关于人体的审美观念，而这种观念又同他对人与动物的根本区别的认识分不开。屈原的"独立不羁"的人格美思想，则是以他追求真理、坚持正义的人生观为基础的。而我们今天之所以将雷锋、张海迪这样具有共产主义思想的人视为心灵美的人，也是以对社会发展的客观规律和建设高度的社会主义物质文明、精神文明的认识为前提的。至于作家、艺术家在作品中为什么要这样或那样表现生活，塑造形象，为什么具有这种或那种审美意识，更是和他对生活的认识、理解、看法密切相关。同是北宋末年宋江领导的一次农民起义，在施耐庵的《水浒传》和俞万春的《荡寇志》中以截然不同的性格、命运和归宿表现出来，不正是反映出与不同的社会观、历史观相联系的两种相反的审美观念吗？！

至于审美意识和道德意识的关系，表现就更为明显了。还说石斧吧，石斧在原始人看来是美的，固然是由于它具有合规律的形式；然而，石斧合规律的形式为什么能博得原始人的喜爱呢？因为只有合规律的形式才适于原始人进行合规律的狩猎活动，这样的石斧对于原始人才是适用的、合

[①]《古希腊罗马哲学》，三联书店1957年版，第111页。

于狩猎目的的。所以，石斧之所以美，不仅在于它有合规律性的外在感性形式，而且还在于它有合目的性的内在功利内容。这样，"有用的就是美的"，原始的审美意识就与原始的功利意识（"善"）联系在一起了。在以后的文明社会中，审美意识虽然一般不再与实用的功利意识发生直接联系，但却与在实用功利意识基础上发展起来的道德意识发生了联系，而且，也如科学意识一样，经过漫长的实践过程，道德意识也渗进了人的审美感受之中，潜移默化地起着作用。当我们观赏太阳、天鹅等审美对象时，在"鲜红、明亮、发光的是太阳""这是天鹅"一类的判断、概括中，就已包含着对于太阳、天鹅同人的物质生活、精神生活的价值关系的认识了。正因为如此，所以同是圆形的、红色的太阳，当它东升和西坠时，会给人以不同的审美感受。

  道德意识不仅渗透进审美感受，而且也如科学意识一样同审美意识的其他形态如审美观念等发生了难分难解的关系。普列汉诺夫曾经举例说，非洲许多部落的妇女在手上和脚上戴着铁环，富人妇女戴的这种被人"称作为奴隶的锁链的东西"有时几乎有1普特[①]重。但是这些妇女不嫌其重而乐意戴它，因为戴上这种装饰品在她自己和别人看来都显得是美的。"可是为什么她显得是美的呢？这是由于观念的十分复杂的联想的缘故。对这种装饰品的热情正好在这样的一些部落那里发展着，……这些部落现在正经历着铁的世纪，换句话说，就是在他们那里铁是贵重的金属。贵重的东西显得是美的，因为同它一起联想起来的是富的观念。"[②]

[①] 普特是沙皇时期俄国的主要计量单位之一，1普特≈16.38千克。
[②] 普列汉诺夫：《论艺术》，三联书店1973年版，第11-12页。

不过，照普列汉诺夫的看法，这种由于同一定的实用功利观念相联系而引起的审美快感，还不是"真正的审美快感"，而只是"审美快感的代用品"。只有当客观的审美对象在人类的审美实践中逐渐摆脱与实用价值、实用功利目的的直接联系而与广阔的社会功利目的结合在一起后，"审美快感的代用品"才过渡到"真正的审美快感"。这时事物之所以引起人的美感，不再是由于联想起了某种实用的功利观念，而是由于事物本身的形式和内容的审美价值、审美意义。然而这绝不是说，审美意识从此再不与功利观念发生关系了；由于审美对象脱离了实用阶段而具有了广阔的社会功利性质，所以，审美意识也就相应地与实用功利观念分手而与伦理功利观念即道德意识发生了联系。"美之为美在于善"的格言，就说明了这一点。在我们的现实生活中，道德意识更是和审美意识有着千丝万缕的联系：为什么热爱党、热爱社会主义祖国、为四化大业努力奋斗的人和事是美的，而背离党的领导、丧失国格和人格、祸害四化建设的人和事是丑的？就因为前者符合共产主义道德，后者则正相反；为什么塑造了大公无私、立志改革、艰苦奋斗的社会主义新人形象的现实主义文艺作品是美的，而一味"表现自我"、津津于灵魂卑微、敌视社会、生活放荡的所谓现代派作品则不美甚至丑？也是因为前者有益于建设高度的社会主义物质文明和精神文明，而后者却有害于党和人民的事业。

当然，正如美与真和善既相联系但又不等于真和善一样，审美意识既和科学意识、道德意识相联系但又不同于科学意识和道德意识，这个区别就在于：科学意识是对事物客观规律的概念认识，道德意识是对人的行为准则的理性概括，而审美意识则不论是表现为审美感受还是审美趣味、审美观念、审美理想，都离不开对事物感性形式的掌握。

正因为审美意识和科学意识、道德意识有密切关系，并且这种关系是作为审美对象的美与真善之间关系的反映，所以，科学意识是否正确、道德意识是否先进，对能否正确地反映和评价审美客体，能否正确地欣赏文艺作品，都有很大影响。被人们誉为"当代保尔"的优秀青年张海迪，她的品格、她的事迹、她的为人都是美的，是一种平凡之中见崇高、闪耀着共产主义思想光辉的美。这种审美感受、审美评价当然不是靠单纯的直观所能产生、所能做出的，而是在用历史唯物主义观点和共产主义道德观对张海迪的事迹进行科学分析，认识到她的行动合乎规律（站在时代潮流前头）合乎目的（不断增长科学文化之才，以成就四化建设之功）之后，才能做到。一个不懂得社会发展的客观规律、不具备先进道德品质的人，是无法感受张海迪那种品格美的。对于文艺作品的欣赏也是如此，比如《红楼梦》一书，鲁迅就说过，"单是命意，就因读者的眼光而有种种：经学家看见《易》，道学家看见淫，才子看见缠绵，革命家看见排满，流言家看见宫闱秘事……"[①]这里的所谓"眼光"，既包括了对事物的认识、理解、看法（科学意识），也包括了论者自己的道德观念；由于"眼光"不同，因而对《红楼梦》的主题判断和审美评价也就大为异趣，当然也就不能将《红楼梦》的美正确地反映在审美意识之中。只有用马克思主义的历史观和道德观去考察作品所反映的时代、人物、事件，才能准确把握《红楼梦》的审美意义。

那么，该怎样判断审美意识是否正确地反映了审美对象呢？唯一的办法是拿实践去检验，符合审美客观尺度的就是正确的，反之就是不正确的。

---

① 鲁迅：《绛洞花主》小引。

不过，检验审美意识的正确与否，与鉴别对象的美丑妍媸，在层次上是有不同的。鉴别客观事物的审美价值，要看创造它时那实践过程的性质，以及这实践所要达到的目的，看看该事物包含了怎样的社会内容，是否合于真与善。既然审美意识（对客体的审美感受、审美评价、审美观念等）是第二性的，所以，要判断审美意识是否正确，就必须首先对它所反映的第一性的客观事物做出审美鉴别。可见，审美意识是否正确，同与它紧密相连的科学意识是否正确、道德意识是否先进息息相关。

这里要注意的是，审美意识，不管是审美感受还是审美观念，都是由于有着相应的客观存在着的审美对象而形成、产生的，因此，审美对象本身所带有的时代、民族、阶级的特色必然要在审美意识中反映出来，从而使审美感受和审美观念都打上了时代、民族、阶级的烙印，我们之所以说西方社会在公共场合搂搂抱抱的恋爱方式，那种袒胸露背的服装不合我们的审美习惯，其中就包含着审美心理、审美观念上民族的、阶级的、社会的差异和距离。但是，不论审美意识有着怎样的差异，判定它正确与否及其价值却不能以这种差异为依据，而只能根据它所反映的客观审美对象的性质及内容而定。一般来讲，凡是先进阶级、进步势力在实践中形成的审美意识，都能在一定程度上反映出审美对象的真实面貌；反之，则往往歪曲地反映审美对象，甚至颠倒妍媸、混淆美丑。

理想·趣味·风尚

人都在一定的社会环境中生活，他通过环境和教育不但能形成一定的审美感受能力，而且会获得一定的审美观念。审美理想就是由审美观念中产生出来的关于尽善尽美的生活和尽善尽美的人的观念的那种完整、具体的感性形象，它不同于以抽象的理论形态表现出来的其他理想，等等。但是，要形成关于生活和人的审美理想，首先就要有关于什么样的生活和人才是尽善尽美的观念，而这种观念又是建立在对社会和人生的理性认识以及由此形成的行为规范（道德意识）基础之上的；这种观念是关于社会和人生的理想，是由世界观决定的，正是在这种关于社会和人生的理想指导下，人们才有可能形成自己的审美理想。因此，审美理想是同人的世界观、同一定时代和阶级的社会理想紧密联系在一起的。这只要分析一下具体的事例就可明白。

例如晋代诗人陶渊明在他的《桃花源记》一文中描述了这样一个理想的社会图景："土地平旷，屋舍俨然，有良田美池桑竹之属。阡陌交通，鸡犬相闻。其中往来种作，男女衣着，悉如外人。黄发垂髫，并怡然自乐。"这些人住在这个与世隔绝的地方，当一个偶然闯进这桃花源的渔人同他们谈话时，才知道他们"不知有汉"，更不用说魏晋了。在这幅乌托邦式的图景中，就体现着陶渊明关于尽善尽美的社会和尽善尽美的人的审美理想。而这种审美理想同样是和陶渊明对社会的认识与道德观念紧密相连的，他憎恶当时人民在统治阶级无情压榨之下弄得家破人亡的血腥现实，通过桃花源里的乌托邦反映了当时农民渴求安定、丰足生活的意志和愿望。又如法国 19 世纪上半叶的积极浪漫主义女作家乔治·桑，曾明确说过，她要在自己的作品中力图"把人类描绘得如我所希望的那样，如我所认为应该的那样"，这"所希望的那样""认为应该的那样"的人类生活也就是乔治·桑所理想的生活，而她的这个社会理想又是受空想社会主义学说影响的，是建立在对资本主义社会制度及其道德规范批判的基础之上的，她的《木工小史》《安吉堡的磨工》《小法岱特》等一系列小说，描写了细工木匠、吉卜赛歌女、磨工、孤女、农夫、牧羊女等"下等人"的生活，歌颂了她理想的人（空想社会主义者——完美道德的化身）和理想的生活、理想的人与人的关系。这些作品集中体现了作家与空想社会主义世界观和社会理想紧密相连的审美理想。

审美理想作为审美意识中的理性因素，是渗透在审美感受之中的，从而使美感不单纯是人的感觉对审美对象的机械复写，而具有一定的倾向性，这就导致了"仁者乐山，智者乐水"的不同审美爱好和审美趣味。屈原之所以喜爱香草、美人，是由他追求高洁的人格和清明的政治的社会理想、审美理想所决定的。鲁迅之所以不喜欢柔媚的猫、驯服的狗，却推崇狮虎鹰隼，之所以对风花雪月并无敏感，却悦目于"耸立于风沙中的大建筑"，之所以不追求审美对象的"雅"和"精"，却神往于粗粝、奔放的力之美，就是因为鲁迅生当长夜如磐、人民涂炭的旧中国，具有同他的救国救民社会理想相一致的审美理想、审美趣味。而中国的封建统治者之好"细腰""金莲"，现代西方资产阶级之好爵士乐、贴面舞、抽象画，也是取决于他们的审美理想的。

审美理想不但渗透于审美感受之中，造成种种不同的审美趣味，而且主宰着一定时代、一定民族、一定阶级、一定社会的审美要求和审美风尚。正因为如此，我们从审美风尚的考察中往往可以判断出一个社会、一个阶级的面貌和命运。据史籍记载，中国历史上的南北朝时期政局空前动乱，南朝一直处在士族门阀的腐朽统治下，到梁代梁武帝时，为取得士族大地主的支持，对士族非常宽容和优待，许多士族只要求坐享富贵，政治上毫无作为，他们号称"江南冠带"，其实大都是醉生梦死、不学无术的废物，有的人甚至到了见马嘶跳竟误以为是虎、惊恐震慑的地步。这种政治、生活状况产生了士族地主阶级的审美理想及由此而来的审美风尚，他们极重外表的修饰，流行的服装样式是与他们的无所作为、优哉游哉的生活和精神状态相适应的宽衣大带大冠高底靴，平日还要用香料熏衣；又极好美容，每日忙于剃面涂粉抹胭脂。然而此辈已到了徒具形骸、不堪行步的末路，这种侈靡的风尚和堕落的趣味，预兆着此辈统治的衰亡。而北魏统治下的中原地区，在汉亡之后已经历了一个长达二百多年的社会分裂、民族斗争、改朝换代的动乱时期，面对着持续不断的动乱，北魏士族地主充满了无出路的苦闷和对失势及死亡的恐惧，于是从两汉经学中解脱出来，转而从老庄思想中寻找精神寄托和应付时变的理论，他们不再高谈功臣名将的武功，而执着于自己的门第、容颜仪止和超凡脱俗的带有玄学意味的"风骨"（风度、气质、才情），在他们看来，"飘如游云，矫若惊龙"的王羲之，"为人也，岩岩若孤松之独立；其醉也，傀俄若玉山之将崩"的嵇叔夜，才是最美的人，才最能体现出他们所标榜、所追求的那种逃避世俗的玄想和气质，由此形成了这一阶级关于人要"秀骨清相"的审美理想。正是在这一审美理想支配下，形成了当时谈玄纵酒、放浪形骸、追求清俊的审美风尚。总之，只要用马克思主义的观点和方法去观察、分析，我们就能从古今中外各个社会、阶级的审美时尚中找出其灵魂——审美理想。

但是，审美理想对审美风尚、审美趣味的支配作用，在文学艺术中表现得更为明显，这是因为，文学艺术最集中地体现出一定时代、一定民族和阶级的艺术家的审美意识。例如同是表现宗教题材的艺术作品，在欧洲黑暗中世纪的艺术家笔下，"人物都是丑的，或是不好看的，往往比例不称，不能存活，几乎老是瘦弱细小，为了向往来世而苦闷，一动不动地在那里期待……",浸透了这些艺术家所接受的禁欲主义思想和被宗教狂热所窒息着的人性;而到了资本主义文艺复兴时代的艺术作品中,"人物与题材的抵触非常刺目:殉道的圣徒好像是从古代的练身场中出来的,基督不是变作威风凛凛的丘比特,便是变作神态安定的阿波罗,圣母足以挑引世俗的爱情,天使同小爱神一般妩媚……"[①]充分体现出这些艺术家的人文主义思想以及由此派生出来的新的审美理想、审美趣味。而同是表现人体,在"秀骨清相"的审美理想影响下,甘肃天水市麦积山石窟中的北魏雕像就表现出偏好凝寂清俊的审美趣味,而在重官能感受、重人间现实、重血肉之躯的审美理想支配下,唐代的绘画、雕塑中的人物,无分男女老少,则都丰满肥硕,充满了生命活力,表现出另一种审美趣味。

这就可以看出,审美理想、审美趣味作为审美意识,也会因时代、民族、阶级的不同而不同。当审美理想与进步的世界观和社会理想联系在一起时,就能在不同程度上正确地反映生活中的美与丑,只有这样的审美理想才能造成健康的审美趣味和审美风尚,它以美感倾向性的形式潜移默化地引导着人们去发掘、创造、欣赏、爱护生活中真正美的事物和艺术,升华着人们的精神境界,纯洁着人的心灵,推动着、鼓舞着人们为更加美好的事物、美好的生活、美好的社会而同各种丑恶做斗争。这样,审美意识就由精神力量转化成了改造世界的巨大物质力量。像我国唐代那在李(白)杜(甫)文章、昭陵石刻、盛唐音乐、敦煌壁画上表现出来的雄浑阔大、激浊扬清的魄力和风格,无疑传达了雄才大略的唐代统治者和人民群众昂扬向上的审美趣味、审美理想,它既是盛唐高度发达的政治经济状况的产物,反过来又有

[①] 丹纳:《艺术哲学》第290-291页。

力地促进了唐代物质生产和精神生产的高度繁荣。欧洲文艺复兴时期那通过热烈的世俗生活图画、健康有力的人体造型集中体现出来的审美理想和趣味，同新兴资产阶级的人文主义思想和社会理想相一致，但又不同于理论宣传直接诉诸人的思维，而是以"润物细无声"的方式不知不觉地征服人心，造成了一代人新的爱好、新的情趣、新的要求、新的风尚，在反对封建教会统治、建立资本主义制度的进步斗争中发挥了难以估量的作用。

但是，如果审美理想与没落、反动阶级及政治势力的世界观和社会理想联结在一起时，那就很难正确地、如实地反映出生活中的美与丑，而往往会模糊、歪曲审美对象的本来面目，混淆以至颠倒美与丑；在这样的审美理想主宰下的审美趣味必然是低级的、颓废的，它不是引导人们去发现、创造、追求美，而是诱惑人们将剥削者的寄生生活、镇压人民革命的刽子手生涯、落后消极的社会现象、诲淫诲盗的文艺作品统统视为美的东西而加以赞赏，再不就是将肉麻当有趣、将崇高当滑稽、将流氓打手当英雄、将流里流气当潇洒，这样的审美趣味散播开来，就会像瘟疫一样污染人们的灵魂，毒化社会的风气，到头来瓦解社会的基础，祸国殃民。南朝梁代的败亡，当然有政治、经济、军事等方面的原因，而奢靡淫逸的审美风尚无疑也是起了极大腐蚀作用的。

那么，我们生活在社会主义新中国的青年，应该树立什么样的审美理想，培养什么样的审美趣味呢？我们生活的这个社会主义社会又该有怎样的审美风尚呢？

当我们去探求这个答案时，应当首先将目光投向社会主义的现实生活：在这里，我们看到大好河山的锦绣风光，看到千姿百态的自然景物，看到社会主义现代化的宏伟图景，看到党和人民的英雄业绩，看到共产义的光辉远景……这一切，必然会经由眼耳感官，在我们的大脑上留下印象，经过思维加工制作的功夫，形成对社会主义社会中美的事物的初步意识——你会说，这就是社会主义的审美意识了。是的，根据社会存在决定社会意识的原理，社会主义社会中客观存在着的美，是会为社会主义审美意识的产生提供物质前提的。

但是，如果我们仅仅停留在这一步，那还是很不够的，还不能回答应该有什么样的审美理想和审美趣味的问题。这是因为，我们知道，审美意识总是同一定的理性认识和道德意识联系在一起的，在生活和艺术中把什么看成美的、什么看成丑的，什么引起美感，什么引起反感，对那些复杂的社会现象、社会事件能否做出正确的审美评价，都反映出一个人对事物的认识和道德意识。在我们的社会主义社会中，美的事物、美的文艺作品固然是大量存在、大量涌现的，但是，许多以内容取胜的审美对象并不像自然美或以形式取胜的事物一样，人们凭直观就能判定其美丑的，而必须对其所蕴含的真或假、善或恶的内容做出考察之后才能判定其审美性质和美学价值。将什么看作真与善，什么看作假与恶，又是取决于审美者的立场、观点、看法和道德观念的；一个认为历史是由个人创造、推崇个人主义、热衷于"表现自我"的人，怎么可能认识和领略人民群众创造社会主义的生活美呢？而"道德败坏了，趣味必然堕落"（狄德罗语），不能设想，一个政治道德、生活道德败坏、品质恶劣的人，会具有什么高尚的审美趣味。而事实是，由于阶级斗争还在一定范围内存在，由于有着产生形而上学、唯心论的条件，由于有着种种旧思想、旧意识的残余，由于外来的资本主义的影响，在我们的社会上，除了有对世界的正确反映和进步的道德观念外，也还有对世界的歪曲反映和落后的道德观念，二者之间形成了尖锐的矛盾斗争。因此，如果我们仅仅停留在对生活的直观和感性认识上，那么，尽管由于接触社会主义的客观存在而会在审美意识中产生一定的积极因素，但在审美意识的整体上，却不能达到科学的高度；面对复杂的社会现象而不能做出正确的审美判断，甚至可能将那些包含着低级、陈旧乃至反动内容的东西，如腐朽的资产阶级生活方式、无聊的靡靡之音、西方色情文艺，如此等等，当成美的。由此可见，要具有正确的审美意识，就必须具有先进的理性认识和道德意识，一句话，必须具有先进的世界观和社会理想，这就是马克思主义世界观和共产主义理想。审美意识只有与这样的理性认识、道德意识和社会理想联系在一起，才能有正确的立场、观点和方法去认识、判断和评价审美现象，才能形成正确的、高尚的审美理想，使那种完整、具体的感性形象具有科学的内涵、道德的光辉。这就是为我们这个社会主义时代所需要的共产主义的审美理想。

那么，共产主义的审美理想从何而来呢？

一般来说，审美意识总是由于有了相应的审美存在而产生的。在生活中，那千姿百态、异彩纷呈的自然美以其无限多样的形式直接诉诸人们的视听感官，会锻炼着人们的美感能力，如巍巍的崇山峻岭，滔滔的长江大河，茫茫的广原大漠，盈盈的秋水纤芦，淡淡的杏花疏雨，萧疏的竹影梅姿，这些或壮丽，或崇高，或幽美的景物，或者使人心生崇仰，或者使人意气风发，或者使人志存高远，或者使人神清气爽，或者使人深远静穆，而那普遍渗透在社会生活的各方面、产生于人民群众广阔的社会实践中的社会美，如激烈的社会冲突，悲欢离合的人间纠葛，七情六欲的感情波澜，深邃的智慧，无私的心灵，坚贞的爱情，忠诚的友谊，忘我的劳动，艰巨的斗争，壮烈的献身，又会启迪着人们的思想，陶冶着人们的品格，影响着人们的心理。在这样的审美实践中，人们自然会形成一定的审美趣味，再加上通过社会和家庭的各种渠道所接受的道德观念、审美观念，自然而然地会产生出一定的审美理想，这些，并不需要经过特别的学习和培养。当然，在这种自发地形成一定审美理想的过程中，如果主体的认识能力比较强，道德高尚，文化素养又深厚，那他的审美理想也就会比较高级、比较正确；但是，要把这种自发形成的审美理想升华到共产主义审美理想的高度，那就非得经过特别的、自觉的学习和培养过程不可。这是因为，共产主义审美理想是与无产阶级先进的科学意识、道德意识和社会理想不可分割地联系在一起的，这就必须懂得马克思主义，而马克思主义是不可能自发产生的，必须靠自己顽强地学习。

不过，审美理想毕竟不同于科学的、道德的原理、规范，它必然要与事物的感性形象相连，就是说，它关于尽可能完美的人和事的那种理想必然是同有关的完整、具体的感性形象结合在一起的。作家、艺术家塑造典型的事例最能说明这一点，他们在深入生活、体验生活的实践中会碰到许多素材，经过马克思主义的分析之后，会正确地区分什么是真、善、美的，什么是假、恶、丑的，然后将这些分散的感性材料予以概括、集中，通过塑造具体的感性的形象，形成正面或反面的艺术典型。正面的艺术典型固然是以具体的感性形象来体现作家、艺术家的审美理想的，就是反面的艺术典型也是以具体的感性的形象从另一个方面来体现其审美理想的，正如别林斯基所说："任何一种否定，要成其为生动的富于诗意的，都必须是为了理想而作的……"[①] 亦即塑造反面典型是为了通过对它的否定而肯定

[①]《别林斯基选集》，1953年时代出版社版，第2卷，第399页。

那通过正面典型所体现的审美理想。反过来，读者、观众又可以从这些艺术典型中窥见作家、艺术家的审美理想，并且因为这种审美理想形象化了，而不知不觉地在动情之中受到了感染。因此，阅读、欣赏那些正确地反映了生活的真实，体现了高尚审美理想的艺术作品，同在马克思主义指导下参加实践一样，也是我们树立共产主义审美理想的一个重要方面。

这里还要指出的是，虽然共产主义的审美理想是一种崭新的、最先进的审美理想，但它并不是脱离人类文明大道的产物，恰恰相反，它在马克思主义的指导下，批判地继承了以往审美意识、审美理想中的一切有价值的东西，例如我们中华民族历来推崇的松柏之操、梅竹之节；屈原"上下求索"真理、为真理"虽九死其犹未悔"的人格美，岳飞"精忠报国"的爱国主义精神，谭嗣同、林觉民这些资产阶级革命先驱"宁为玉碎，不为瓦全"的义烈美，以及那些优秀的现实主义文艺作品的艺术美，等等，都是共产主义审美意识和审美理想所应吸取的养料，唯其如此，共产主义的审美理想才是人类一切先进审美理想的最高发展和集大成者。所以，批判地继承过去的文化遗产，对于培养共产主义审美理想也是不可缺少的。

后　记

美学，这是个很难的题目，也是个十分诱人的题目。

从纯理论的高度研究它，建造起完整、宏大的美学理论体系的殿堂，这对于发展推进这门古老而又年轻的科学，无疑是绝不可少的。然而在这耸立于学术领域的奥林帕斯山上的美学殿堂之外，无比广阔的社会生活随时随地在展示千变万化的审美现象，提出各式各样的美学问题，等着人们去认识，去解答。普及这方面的知识已经成了建设社会主义物质文明和精神文明的一项重要内容。因此，写出一些通俗的美学著作，对于美学科学的发展和普及同样是十分必要的。

这本小册子就是这样一种尝试。它不奢求完成系统阐述美学原理的任务，只想以"漫谈"的方式就人们常遇到而又感兴趣的一些问题作些介绍和阐发。作者才疏学浅，疏漏不当之处在所难免，切望专家和读者不吝指教。

在写作和修改过程中得到了中国青年出版社编辑同志热情帮助和多方指导，在此深表谢意。

作者
1984年10月于长春南湖

维纳斯启示录

(吉林文史出版社 1987年8月出版)

从地下发掘出来的美爱女神

——代引言

"我要这个阿芙洛狄特！"

在世界历史上，1820年4月8日也许是十分平常的一天。这一天，既没发生能给历史进程打下深刻烙印的政治事变，也没有叫大地为之颤抖的军事冲突；那些震烁古今、彪炳后世的伟大人物似乎不愿在这一天诞生，而那些让举世同欢的盛大节日也不在这一天……然而，这一天对于世界美术史，对于美学研究，乃至对于人类的审美精神生活来讲，却是值得纪念的，有特殊意义的一天。

这一天，爱琴海上风平浪静，基克拉迪群岛宛如一捧珍珠在深蓝色的海面上熠熠生辉，米洛岛就是这些珍珠中的一颗，它即将因这一天的发现而闻名遐迩，令人神往。当时，米洛岛上一个名叫约尔戈斯的掘宝迷正在四处游荡，希冀有新的发现。他终于在一座峭壁面前站住了，凭着丰富的经验和锐利的目光，他看出那覆盖着沙土、布满草木的峭壁后面隐藏着什么秘密。于是，约尔戈斯挥动镢头向峭壁掘进。先是凿出了一个小小的窟窿，接着迅速扩大，形成了一个洞口。当气喘咻咻、兴奋不已的约尔戈斯一步跨进去时，他惊讶地发现，洞里面竟然是个小小的广场，从地上残留的建筑物遗迹看，这里曾经有过一座庙堂。有古建筑物就必然有古器皿！约尔戈斯的镢头又挥舞开了，终于掘出了十几件古希腊时期的金银祭器。收获不小，且天色已暮，该回去了。但是，当他一眼瞥见刚才自己坐过的那个沙堆时，心中又生起觅到更大财宝的欲望：为什么不再试一试呢！沙堆没有费太大力气就被扒开了，呈现在他眼前的却不是金银珠宝的闪光，而是一尊横倒在沙土中的巨大石雕，那显然是个女人像，虽然断了双臂，且蚀迹斑斑，可那秀雅的面庞和丰腴匀称的躯体仍然闪耀着生命和美的光辉。

可惜，对于掘宝迷约尔戈斯，这种光辉却远不如金银珠宝的光辉有刺激性。"明天找几个人来抬吧！"他想，摇摇晃晃下山了。

几天之后，一艘法国军舰驶进了米洛岛浅浅的港湾。舰上的官兵们纷纷上岛寻开心去了。海军准尉乌蒂埃信步踱进了一家小小的酒吧，他一边悠然自得地品尝着岛上居民自酿的酸葡萄酒，一边观赏着包括约尔戈斯在内的岛民们正在兜售的古董。当他的目光移到立在墙角一尊断臂的石雕女像时，即刻凝住了：这不是古希腊神话中的爱与美之神——维纳斯吗？！出身于富商之家、对希腊文化颇有研究的海军准尉大喜过望、迫不及待招呼约尔戈斯："我要这个阿芙罗狄特！多少钱，你说吧！"[①]

[①] 关于维纳斯雕像被发现的具体过程和细节，目前说法甚多。有说是约尔戈斯掘宝时在山洞中发现的，也有说是农民伊奥鲁格斯和他儿子在田地上耕作时发现的，等等。本文权取一说。请参看晓萍《维纳斯是怎样来到巴黎的》（载《读者文摘》1982.7）；张浩《米罗维纳斯雕像的发现》（载《东西南北》1985.4）。

从大海泡沫里诞生的

从米洛岛的维纳斯雕像发掘之日起,上溯二千六七百年到三千年左右,即公元前八九世纪到十一世纪,是古希腊史上的"英雄时代",由希腊西北部多利亚人南徙引起的希腊各部落的广泛移徙已告结束,他们沿着各种路线,在小亚细亚 沿爱琴海岸的北部和附近诸岛在基克拉迪群岛和小亚细亚沿岸的中部,在南希腊,在南爱琴海各岛和小亚细亚的西南角,以及阿卡底亚山地等地,逐渐定居下来。

这时的希腊还处于原始氏族社会阶段,社会组织为父系氏族,合氏族为胞族,合胞族为部落,几个部落又结为部族。由于当时生产力的低下以及由此造成的人们认识能力的局限和知识的不足,他们还不能正确地认识和理解所有的自然现象。他们既要同大自然做斗争以生存和发展,又处在肆虐的大自然的威压之下,这样,他们就只能用想象和借助想象去解释自然现象,在想象中征服自然并从中获取智慧和力量。于是,一切自然现象都被形象化、人格化乃至神化了,在他们心目中,天与地、昼与夜、日与月、风与雨、雷与电、山与河,直到四时的变化、谷物的丰歉、人类的繁衍等等,几乎无一不是神的化身或者由神掌管,由此创造出了一系列的神和关于神的故事。此后,随着人对自然力的征服,又创造出了许多关于英雄的传说,这些英雄多是人和神相结合所生的半人半神式的"超人"。

在希腊神话中,神和人是"同形同性"的,神不过是人的典型的理想化和神化,是最美、最健全、最有智慧和力量并且长生不死的超人。那景色明丽的奥林帕斯山则是诸神的居留之所,同时也是神的大家族的栖息之地。诸神的首领、神之家庭的家长是大神宙斯，他手握雷电，维持着天地的秩序，是为众神之父；宙斯之后是赫拉女神，他的兄弟波赛东和哈德斯分别掌管海洋和冥间；宙斯与赫拉之子赫费斯托是火神和锻冶之神。宙斯还和其他女神生下不少赫赫有名的儿女，除了正义与文学艺术的保持者、太阳神阿波罗，月神和狩猎之神阿忒弥斯，商业和通讯之神赫尔美斯，战神阿瑞斯，智慧女神雅典娜外，美与爱女神阿芙罗狄特也是其中之一。

如果说雅典娜全副武装地由宙斯头脑中"长"出来这种诞生方式过于奇特和荒诞的话，那么爱与美之神阿芙罗狄特从大海中诞生的场景却是旖旎而壮观，使人心醉神夺。[①] 看吧！青沉沉的大海横卧在万里碧穹之下，轻柔地、但又是深沉地起伏着，波动着，在平静、安详之中充满了神秘的期待，一如孕育着新生命的母亲在呼吸；忽然，翡翠般的海面战栗了，碎裂了，强烈的冲动来自大海的最深处，雪波银浪层层涌起，震撼激射，"其始起也，洪淋淋焉，若白鹭之下翔。其少进也，浩浩瀯瀯，如素车白马帷盖之张。其波涌而云乱，扰扰焉如三军之腾装。其旁作而奔起也，飘飘焉如轻车之勒兵"[②]，而玉肤花貌、绝艳惊人的阿芙罗狄特就随着这尽情怒放的雪浪银花从大海里冉冉升起，风神在广宇中吹送着她，春神在陆地上迎接着她，她裸露的身体闪耀着童贞的光辉，她金色的长发在风中飘舞……的确，只有美神，才能诞生得如此这般富于诗意，那样撩逗人的情思吧？

果然，当她在三位时光女神和三位美惠女神的陪伴下来到奥林帕斯山

[①] "阿芙罗狄特"之名就是"从海水的泡沫里诞生"的意思。
[②] 枚乘：《七发》。

时，她那绝代容华立即疯魔了众神，连众神之神宙斯也忘了自己的尊严而拜倒在她的石榴裙下。在遭到拒绝之后，宙斯一怒之下把她嫁给了丑陋瘸腿的锻冶之神赫费斯托，但她却爱上了英俊的战神阿瑞斯，给他生儿育女。由此看来，阿芙罗狄特不仅禀稀世之容颜，而且敢于主宰自己的爱情，不愧为美与爱之神。

不过，最能说明阿芙罗狄特身份和她的地位、作用的，还是"金苹果之争"的故事。据说，古希腊阿耳戈的英雄喀琉斯与忒提斯结婚时，由于没有邀请掌管争执的女神厄里斯，她便蓄意挑起争端。厄里斯在席间扔下一只刻有"赠给最美的女子"的字样的金苹果。参加婚宴的天后赫拉、智慧女神雅典娜和爱与美之神阿芙罗狄特都自以为最美，为得金苹果争执不下。于是，众神之神宙斯决定让她们找特洛亚王子帕里斯公断。

"我是赫拉，是宙斯的姨妹和妻子。"三女神中最高大也最骄傲的那位对帕里斯说，"如果你同意给我这个金苹果，那你便可以统治大地上最富有的王国，即使你过去曾被人家从宫殿里掷出而现在也不过是一个牧人。"

"我是帕拉斯·雅典娜。"智慧女神说，她前额宽阔，面庞美丽而庄严，两眼蔚蓝得如青天一样。"假使你赞成我是胜利者，你将以人类中最智慧者和最刚毅者出名。"

现在轮到第三个，也是最年轻最优雅的女神说话了，"帕里斯，"她轻启朱唇，双目媚惑而迷人，就好像一种清明的光辉沐浴着她。"你一定不会为那些包含危险而又最不可靠的诺言所诱惑。我将赠给你一件东西，它除了快乐不会带给你别的。我将赠给你的是你的幸福所必需的：我要将世上最美丽的妇人给你作妻子。我是阿芙罗狄特，是爱情的女神呀！"

阿芙罗狄特的许诺，她的天姿国色，她的万斛风情，使年轻的帕里斯心旌摇摇，迷不知其所之，在他眼中，另外两位女神不觉黯然失色。于是，他将那刻有"赠给最美的女子"字样的金苹果递给了爱与美之神。后来，当帕里斯看中了世上最美的女人海伦时，阿芙罗狄特果然实践了她的诺言，协助他诱拐了海伦，使有情人终成眷属。贵为神女，却蛾眉不肯让人，为了夺得"美"的桂冠而降尊纡贵向凡人行"贿"；而面对着权力、财富乃至聪明才智的诱惑，人们却掉头不顾，宁愿向"美"低下高贵的头颅。由此不难看出，美在古希腊世界的重要地位，人们对它的厚爱，以及阿芙罗狄特的超群之美。

正因为阿芙罗狄特不仅艳冠群芳，而且将人世间最美好的东西之一——爱情带给人们，因此她在人们心中享有特殊的位置，受到特殊的喜爱。即使到了公元前二世纪中叶，罗马人在地中海一带取代希腊人的统治之后，阿芙罗狄特这个希腊人创造的女神仍然不可动摇地站立着，只不过为了亲切，罗马人用维纳斯这个一直沿用到今天的名字取代了阿芙罗狄特的希腊名了。

"断了手臂的俊女人"

当法国海军准尉乌蒂埃对约尔戈斯喊出"多少钱，你说吧！"时，他脑海里或许正浮现出爱与美之神在大海泡沫中、在奥林帕斯山丛林里的绰约风姿吧。而狡黠的约尔戈斯从准尉急迫、兴奋的神情中，却掂出"这个断了手臂的俊女人"是个能卖大价钱的玩意儿，于是不动声色地说出了价码:"两千银币。"

两千银币,这在当时的确是个不小的数目,对于约尔戈斯来说,这也许是他漫天要价而抛出的试探性气球,倘若对方不同意,他可能还会一点一点地往下削价吧?一个蚀迹斑斑而又四肢不全的雕像,即使再有价值,又能贵到哪里去呢?它毕竟不是金子打的嘛!……

但他哪里知道,这个"断了手臂的俊女人"虽然是块石头雕成,却是件连黄金都难以计价的无价之宝!是他的古代祖先对人类所做的伟大贡献……

自从古希腊人按照他们的审美理想创造了被罗马人称之为维纳斯的女神后,这位女神就成为神话和现实中全部女性美的代表者和体现者,成为古希腊和古罗马造型艺术用之不倦的模特、获得灵感的永不衰竭的源泉。早在公元前五世纪中叶,在当时人们使用、后由意大利人鲁多维奇发现而得名的一个石制宝座的背面,就雕有美与爱之神阿芙罗狄特从海中诞生的情景:爱神身着薄如蝉翼的纱衣升出海面,立即得到岸上两位山林水泽女神的搀扶,她们的衣纹随身体各部分的凹凸和动作而起伏、展开,充分而微妙地表现出女性的青春美和海水的滋润感。两千多年前古希腊艺术家在造型和技巧上达到如此高的水平,着实令人惊叹!这以后,以维纳斯为题材的雕塑层出不穷,一个比一个精美,极尽婀娜变化之态,形成了一股绵延至今的礼赞爱与美之神、寄托美与爱理想的历史潮流。这其中有公元前五世纪末叶、菲狄亚斯派[①]的杰出艺术家阿尔卡美奈斯的《园中的阿芙罗狄特》(保存下来的这一雕像系罗马时期的临摹品与复制品):阿芙罗狄

[①] 菲狄亚斯是古希腊最著名的雕塑家,活动于公元前五世纪,其艺术风格影响了几代人。

特娉婷玉立，右腿绷直，右胯拱起，左腿微屈，右袒的精致长袍上有紧裹着女神躯体而形成的自上而下流畅的褶襞，极尽温柔地塑造出年轻女性那令人叹赏的窈窕形体。到了希腊雕塑全盛时期晚期的公元前四世纪中叶，雕塑大师普拉克西特创作了《尼多斯的阿芙罗狄特》，它以对人体动态曲线美的着意描绘代表了这一时期雕塑的趋向。在此之前，女人身体的曲线总是通过薄薄的衣裙来表露的，整个雕塑的外轮廓线基本上由衣裙的复杂线条所构成。普拉克西特大胆地一反传统手法，塑造了崇拜人体美的古希腊雕塑史上第一个全裸的美爱女神像。雕像中的女神似乎刚刚脱去衣服，正准备走向她由以诞生的大海去沐浴。她全身的重量落在直立的右腿上，因而右肩向下倾斜，右腰深陷而右胯拱起，形成身体两侧极为优雅的外轮廓曲线；女神左手支撑着的花瓶上的花纹，以及放在花瓶上的衣服的厚重的褶襞，造成了强烈变幻的明暗，鲜明地烘托出女神光洁柔润、富于弹性的丰腴躯体。整个形象的柔媚多情，使古希腊供祭祀之用的雕像第一次摆脱了传统的崇高与庄严，而注入了浓郁的人情味。

罗马学者普里尼曾这样谈到《尼多斯的阿芙罗狄特》："……普拉克西特的作品维纳斯，不仅高出于普拉克西特全部作品之上，同时也高出于世界上的一切作品之上。许多人为了看一看这一座雕像而前往尼多斯。普拉克西特在同一个时期里，完成了两座维纳斯雕像出售，其中之一是穿衣服的，有权利进行抉择的柯斯居民们宁愿要这一个雕像。普拉克西特给两座雕像定了相同的价格，可是柯斯的居民们认为这一座雕像是严肃而朴素的；而尼多斯人则买下了他们所放弃的那一个。尼多斯人买下来的这一座雕像，她的声望要大得多了。后来，国王尼古米底要向尼多斯人购买这一座雕像，他答应为了这一座雕像可以豁免尼多斯人的国家列入尼多斯人负担之中的全部巨额债务。可是尼多斯人宁愿放弃其他一切,而不愿放弃这一座雕像。……"[①] 多么热爱艺术品的国王!多么热爱美的尼多斯人!多么美的《尼多斯的阿芙罗狄特》!

正由于这一雕塑的超凡的艺术魅力,在希腊化时期出现了它的许多复制品、临摹品和变体,其中有的复制品与变体甚至当普拉克西特还在世时就已制造出来。如《卡乌曼的阿芙罗狄特》、那不勒斯的《阿芙罗狄特》就是这些复制品中的佼佼者,前者生动地刻画出女神温柔庄重的面部和恬静深沉的目光,后者出色地塑造出女神左胯微拱、右腿稍屈而波折起伏的躯体,两者都体现出普拉克西特的风格特征。还有《赫沃辛的阿芙罗狄特》《贝壳中的阿芙罗狄特》等雕塑,也都以高超的技巧完美地表现了充满青春活力的女性人体美。

法国艺术理论家丹纳从对古代和近代艺术史的研究中看到,任何伟大的艺术家及其杰作都不是孤立的,而只是一个艺术家家族的杰出代表,有如百花盛开的园林中的一朵更美艳的花,一株茂盛的植物的"一根最高的枝条"。事实的确如此。普拉克西特和他的《尼多斯的阿芙罗狄特》,就是以他为代表的一大批艺术家及众多的美爱女神雕像所组成的百花园中的一朵最美艳的花。然而,有了从"鲁多维奇宝座"上阿芙罗狄特诞生浮雕到普拉克西特为代表的一批艺术家塑造美爱女神的数百年传统和经验,更伟大的作品似乎注定要产生,而它也终于产生了,这就是当年曾光照古希腊罗马、两千年后在米洛岛的山洞中被约尔戈斯挖掘出来,要价"两千银币"的"断了手臂的俊女人"雕像。

[①] 《希腊罗马美术》第146—147页。

雕像给人的第一印象是异乎寻常的优美、典雅、静穆，使行家们往往联想到处于希腊雕塑盛期的公元前五世纪雕塑家的作品，但是据雕像的台座至足部下方的铭文推测，它出自公元前一至二世纪希腊化时期雕塑家亚历山德罗之手[①]。雕像虽然双臂残缺，但无损于那鬼斧神工创造的姿态栩栩如生、解剖无懈可击的躯体之美；女神上半身裸露，腿上披有襞褶的漂亮衣裙，形成了上部灵动、下部沉重厚实的纪念碑格局；整个躯体取螺旋形的转侧和略向前倾之态，既庄重又富变化。女神直鼻，椭圆脸，下巴丰满，具有希腊妇女的典型特征，但是更美，表明古希腊人不但按自己的模样塑造了神，而且将人所能具备的美集中起来赋予了神，在这里，神、人的确同形同性，只不过神比人更高大完美而已。这座雕像作为圆雕，可供人们四面观赏，而不论从哪种角度看，尽管有时显得轻盈灵秀，有时显得庄严肃穆，但都秀雅绝伦。一种内在的智慧、自矜和崇高从女神安详深邃的眼神、稍露笑意的唇角和纯洁无瑕的躯体上流溢生辉，使整个雕像辐射着永恒的魅力。尽管与此同时或是此后希腊化时期的艺术中还出现过类似《昔勒尼的阿芙罗狄特》的优秀雕塑，但那个"断了手臂的俊女人"仍然居于阿芙罗狄特雕塑作品构成的艺术金字塔巅峰，为后世留下了这方面的不可企及的不朽范本。

……海军准尉乌蒂埃熟谙古希腊文化艺术掌故，虽然他还不能马上对眼前这尊雕像做出考古学上、文化史上和美学上的准确估价，但毫不怀疑它是一件价值连城的稀世之宝。所以，当约尔戈斯开出"两千银币"的高价时，他只是不动声色地打量了对手一眼，随即翻遍行装，将仅有的

[①] 关于《米洛的维纳斯》之制作年代亦有不同看法，以公元前一至二世纪说居多。

一百多银币倾囊付给约尔戈斯作为购买雕像的定金,然后转身跨出了小酒馆……

卢浮宫的"第一珍宝"

荷马时代创造出各色众神的古希腊人大概不会料到,那个从大海泡沫中诞生的阿芙罗狄特竟然会以其美貌和柔情掩过众神之神宙斯至高无上权威的光辉,令后世的芸芸众生为之折腰,并博得那些技夺造化之功的艺术家的钟情,让她以各种美妙姿态出现在人间;而使阿芙罗狄特以最美姿容垂于不朽的雕塑家亚历山德罗恐怕也没有想到,那凝聚着他心血的美爱女神雕像在沉埋地下两千年之后重见天日时,不仅双臂断失,而且会引起一场戏剧性的争执——

乌蒂埃离开小酒店后,没过几天,他所服役的军舰就离开米洛岛,驶往土耳其的君士坦丁堡。准尉一俟船靠岸便直趋法国驻土耳其大使馆求见大使利维埃尔侯爵。卓有艺术修养的侯爵可谓解人,他从准尉的叙述中看出了那尊素未谋面的古代雕塑非比寻常之物,当即毫不犹豫地决定由他自己出钱买下,并派员偕同乌蒂埃赶赴米洛岛去办理成交手续。

谁知风云突变。就在乌蒂埃离开米洛岛赴土耳其时,约尔戈斯用一个从地下掘出的"断了手臂的俊女人"卖大钱的消息已迅速传开。英国人得知此事,立即通过各种渠道探明底细。对这样一件无价宝,他们怎能放过?为了抢在法国人之前将雕像弄到手,英国人也派出军舰,昼夜兼程驶往米洛岛。

往昔默默无闻的米洛岛,一时间简直成了两大资本主义强国争相抢占的军事要塞。出乎意料的是，当英、法军舰先后驶抵米洛岛时，一位希腊传教士已乘虚而入，以三千银币的高价买下了雕像，准备以此厚礼去献媚于土耳其苏丹。为了搬运这尊高二米余的石像，他雇人用麻绳捆绑石像在地上拖了很远才弄到海边，致使美爱女神在度过了两千年不见天日的漫长岁月之后又遭劫难，雕像的肩部、背部和衣服褶襞都受到不同程度的损坏。此时，雕像已装到挂有土耳其国旗的船上，之所以还没驶走仅仅是因为风向关系而不能起航。至于那个约尔戈斯，在弄到一大笔钱之后早已逃之夭夭了。惊闻此信，英国人垂头丧气，法国人怨气冲天，当即截留住那艘土耳其船。经过各方紧锣密鼓的说项、磋商，讨价还价，法国终以八千银币的昂贵价格买下了这个"断了手臂的俊女人"。雕像由土耳其船上搬到了法国军舰上，于 1820 年 5 月离开米洛岛，驶往波涛汹涌的地中海。或许是因为阿芙罗狄特是从大海中诞生、爱在波涛中沐浴吧，浪高涛险的地中海似乎对这艘载有女神像的军舰格外照顾，尽管航程遥远，总算平安抵达巴黎，这已是 1821 年 2 月了。雕像作为海军的礼物在阿波罗厅奉献给了法王路易十八，路易十八又将它交卢佛尔美术馆作为"第一珍宝"收藏，并命名为"米洛的维纳斯"——从此，《米洛的维纳斯》的名字就传遍了全世界。百多年来，从政界显要、王公贵胄、社会名流到儒林雅士、平民百姓，从鸡皮鹤发的老人到红颜笑靥的情侣，从奥林帕斯山下金发碧眼的同胞到远隔重洋棕肤黑发的朋友，有多少不同信仰、不同身份、不同经历、不同种族和国度的人来这儿观赏过美爱女神的风采！而她呢，又通过印刷、影视、工艺等各种方式"化得身千亿"，带着美，带着爱，带着幸福和希望出现在五大洲的千家万户中……

朋友！你的案头是不是也有她的倩影呢？

维纳斯作为神,理当居住在天国里。然而,人们却从地底下发现了她。她的存在,证明了人类的存在和创造。美爱之神究其实不过是……

是什么呢?

我们将追踪着她的足迹,上天下地,溯古论今,探索此中的隐秘……

《米洛的维纳斯》艺术魅力探析

谁能想到,在地下沉睡了两千年之久的"米洛的维纳斯"一旦重见天日,收藏她的卢佛宫便成了从艺术大师到平民百姓的"朝圣之所",连德国大诗人海涅都为她的稀世之美而神魂颠倒,一如《西厢记》中莺莺的"秋波一转""疯魔了张解元"!

二百年来,观赏者沉醉于"米洛的维纳斯"的美所带来的精神享受之中,思考者则思索着这种美的表现、构成和性质……

一、秀美与崇高的统一

"一般性格"与瞬间态势

维纳斯在希腊神话中是美与爱之神。在她司掌"爱"与"美"的职能的过程中,有一系列的经历和遭遇,同时表现出她多方面的性格,除爱之外,她还有悲有喜,能憎能妒,时勇时娇。倘若用可使事件和心灵作为过程展开的文学形式(如小说、叙事诗等)来表现维纳斯,那么,在一系列矛盾冲突的事件中描写出维纳斯复杂的性格，不但不会模糊、淹没美爱女神的基本特征和本来面目，反而会使她的形象更加丰满和立体化。德国美学家莱辛早就看到了这一点，他指出，对于作家、诗人而言，"维纳斯固然代表爱，却还不只是爱，在爱这个性格以外，她还有自己的个性，因而她能爱慕也能怨恨。难怪她在诗人的作品里往往怒火大发，特别是点燃这怒火的正是受到损害的爱情。"[1] 莱辛还举了个例子：据希腊神话，爱琴海中最大的岛屿楞诺斯岛的妇女不敬祀女爱神，维纳斯就让她们遭了一次大瘟疫，以致她们的丈夫都和外来的女俘虏结了婚，后来她们为了报复把丈夫全都杀光。当"女爱神在要向凌辱她的楞诺斯岛人报仇时，披头散发，怒气冲天，身上披着黑袍，手里提着火炬，像狂风暴雨似的驾着乌云冲下来，……这一顷刻里……无法使人认出她是爱神。这一顷刻对于诗人却很合适，因为诗人有一种特权，可以把这位发怒的女爱神和另一位女爱神，即具有女爱神本色的女爱神，很紧密地结合在一起，使人在复仇女神的形象中仍然认得出女爱神。"[2]

这就像林黛玉一样。林黛玉固然代表着纯真的爱情，她的基本性格或莱辛所说的"一般的性格"是正直、孤高、自尊，多愁善感，人们一提起林黛玉，心目中就是这么个印象，这也是她的本来面目。但是在《红楼梦》中，这位江南佳丽却不只是正直、孤高、自尊，她还有嫉妒、猜忌、温柔、气恼、耍小性子，乃至刻薄等诸多性格侧面。但由于这些"个别的"性格都以"一般的性格"为前提，服从于、服务于她所代表的纯真的爱情，或是"一般

---

[1] 莱辛：《拉奥孔》，第34页。
[2] 莱辛：《拉奥孔》，第55页。

性格"在某种特殊场合的体现、折射、激化，或是出于追求、维护、证实这种纯真爱情的需要，所以她的"一般性格"被表现得光芒四射，更加突出、生动、摇曳生姿，也更加感人。

但是如果将维纳斯、林黛玉等活生生的人物作为雕塑、绘画的题材，情况就不同了。雕塑、绘画（系列雕塑、组画、连环画等除外）是一种通过人物的瞬间态势来展示其行为、心灵历程，从而表现其性格的视觉艺术。不过这种行为、心灵历程不是在现实的时空中，而是在观赏者的想象中"展示"出来的。这就规定了雕塑、绘画表现对象的特点：一是必须表现出人物的"一般性格"即性格的本质特征；二是必须选取人物最能使观众生发想象，因而最能"展示"人物"一般性格"的瞬间态势。

就维纳斯而言，莱辛指出：

> 对于雕塑家来说，女爱神维纳斯就只代表"爱"，所以他就必须使她具有全部贞静羞怯的美和娴雅动人的魔力，这就是所爱对象使我们心醉神迷的一些品质，也就是我们纳入"爱"这个抽象概念里去的一些品质。如果艺术家对这个理想有丝毫的改动，我们就认不出他所描绘的是"爱"的形象。结合到庄严而不是结合到羞怯的那种美就会使人认出不是女爱神维纳斯而是雷神后朱诺。威风凛凛的丈夫气多于娴雅风姿的那种动人的魔力所显出的就是一位米涅瓦（智慧神）而不是一位维纳斯。一位发怒的女神，一种由复仇愿望和忿恨情绪所驱遣的维纳斯，对于艺术家来说，就是一个真正的自相矛盾的名词，因为爱单就它本身来看，是既不发怒，也不图报复的。①

---

① 莱辛《拉奥孔》，第54页。

这里所说的"贞静羞怯的美和娴雅动人的魔力"就是作为爱神的维纳斯的"一般性格"。由于只有表现了人物的"一般性格"才能抓住人物性格的本质特征，确定人物的基本面貌，而雕塑、绘画又只能表现人物的瞬间态势，所以这瞬间态势只有在它能反映出人物的一般性格并能使人由此产生出强化这种品格的想象时才算是成功的。从古希腊以来以维纳斯为题材的雕塑、绘画可谓多矣，它们无不符合这个要求。

希腊雕塑全盛时期晚期的《尼多斯的阿芙罗狄特》表现的是维纳斯刚刚脱去衣服正迈向大海准备洗浴的瞬间；公元前五世纪末叶的《园中的阿芙罗狄特》、希腊化时期的《赫沃辛的阿芙罗狄特》、那不勒斯的《阿芙罗狄特像身》选取的是女神娇媚玉立的姿态；《贝壳中的阿芙罗狄特》中的女神正安静地跪立在朝向阳光张开贝壳的巨蚌之中；公元前三世纪中叶的《蹲着的阿芙罗狄特》则"抓拍"了女神安详地在海滨沐浴的一瞬。而在西欧文艺复兴时期的油画作品中，波提切利的《维纳斯的诞生》剪取的是女神从大海中诞生的亭亭倩影；乔尔乔内的《酣睡的维纳斯》摄入画面的是女神酣睡的娇憨之态……在这些艺术作品中，维纳斯不管处于什么瞬间态势，确实都体现出"全部贞静羞怯的美和娴雅动人的魔力"，这正是美爱女神的"一般性格"，它使人一眼就能认出这是维纳斯。而女爱神向凌辱她的楞诺斯岛人报仇的瞬间之所以"不是艺术家所应采用的那一顷刻"，就在于这一顷刻维纳斯表现出的不是她的"一般性格"，以至使人认不出她是爱神。当然，"在群像里，艺术家固然和诗人一样，也可以把女爱神或其他神描写得在具有一般的性格之外，还显得是一个实在的发出行动的人物，但是在这种情况之下，她的行动至少也不应违反她的性格，尽管行动不是直接从性格发生出来的。例如女爱神把她的神圣武器（指护身盾——笔者）授给她的儿子，这个行动可以由诗人来描绘，也可以由艺术家来描绘。这里没有什么东西妨碍艺术家去尽量写出女爱神所特有的那种娴雅与美丽，也许在他的作品里女爱神还会因此更易被人认识出来。"①

　　这个表现"一般性格"的原则对于雕塑、绘画是普遍适用的。像林黛玉这个人物，虽然小说、戏曲、影视剧可以通过她的一生或一生中的某个片断来表现出她性格的全部复杂性或性格的某个侧重面，但若是单独的绘画和雕塑，却大多摄取"黛玉葬花""黛玉焚稿"等瞬间态势，因为只有这些瞬间态势最能表现出她的"一般性格"。米开朗基罗的《大卫》雕像之所以取手持甩石机、怒目而视的态势，"太白醉酒"之所以成为中国画家的传统题材，其原因也在于此。

秀美："娴雅动人的魔力"

　　爱情，作为一种由异性引起的愉悦、爱慕、依恋之情，属于人主观的精神世界、心灵生活，是内在的东西，它如同品格、思想一样，其本身是无法观照的，只有外化为一定的感性形式才能被人们所感觉和认识。但美却必然是感性的客观的存在，必然取一定的具体形式；这种形式既可以独立存在，又可以表现内容。这样，当爱与美相结合，注定要由一个人兼于一身时，爱就成了她的内容，她的品格，而美则成为体现这种内容的形式，成为她的形体——这就是维纳斯女神和她的雕像。

　　那么，贞静羞怯和娴雅动人的爱应该表现为什么样的美呢？即是说，

---

① 莱辛：《拉奥孔》，第54页。

什么样美的感性形式才能恰到好处地体现出爱这种本质特性呢？

众所周知，形式与内容是辩证统一的，没有不体现内容的形式，也没有离开形式的内容。所以艺术创作在考虑内容时必须顾及它的表现形式，在着眼形式时又必须依据它所表现的内容。正是从形式与内容相统一的法则出发，古希腊艺术大师在创造一系列维纳斯的雕像时，不仅选取她最能表现其"一般性格"的瞬间态势，而且赋予这态势以与"贞静羞怯的美和娴雅动人的魔力"的爱的品质相一致的秀雅形式。就《米洛的维纳斯》来说，雕塑家之所以选取她浴罢整装的瞬间动态，是因为人（特别是青年女性）在沐浴之后肌肉放松而血液循环加快，从而一方面使身体松弛慵倦、袅娜多姿，另方面使肌肤妖艳滋润如芙蓉出水，成为体现美与爱的"一般品质"的最佳瞬间，同时，又符合维纳斯诞生于大海、与水与浴有密切关系的特定要求。当然，瞬间态势的选取并不等于这种态势具体表现形式的确定，但是却规定着、引导着、启示着这种表现形式的构思。所以，雕塑大师会赋予《米洛的维纳斯》以半裸、微倾、婀娜的体形和端庄、矜持、含蓄的表情。诚如罗丹所说："在任何民族中，没有比人体的美更能激起富有官感的柔情了；在他们塑造的形象上，飘荡着一种沉醉的神往。"[①]《米洛的维纳斯》给予人们的不正是这种感受吗！

如同所有的艺术品一样，《米洛的维纳斯》的具体形象构成亦有内形式（深层内结构）和外形式（表层表现式）之分。从内形式看，有两个主要因素决定着女神像外形的秀雅：

一是纵贯雕像的重心趋中自下宛转而上的 S 曲线，它像人体的脊柱一

[①]《罗丹艺术论》第32页。

样是内在的、看不见的,但又确确实实存在着;由于它的存在,使女神的躯体自上而下呈现出三个转折,即头至胸向左倾斜,胸至髋则向右倾斜,髋至足又向左倾斜,这种内结构用罗丹的话来说,使维纳斯的躯体在外形式上有如正在奏鸣的手风琴:左边压紧,右边放松;右边压紧,左边放松,处在相反相成、相互制约、多样统一的动人状态中。更妙的是,这条 S 曲线不是处于平面上,而是如弹簧一样在三维空间中回旋,所以从侧面看,女神从头至胸、从胸至臀、从臀至足也形成三个波折,摇曳生姿。依据这符合人体结构和运动生理的 S 曲线,艺术家再现了女性特有的外在生理特征:隆胸(胸围 121 厘米)、束腰(腰围 97 厘米)、宽臀(臀围 129 厘米),它对于 204 厘米高的女神像而言,即不失之纤弱,又不嫌乎臃肿,正合健美女性所要求的比例,由此形成了女神的外在曲线,它与内在的 S 曲线虚实相生,互相呼应,相得益彰,使女神的形体曲尽婀娜柔美之风致。

二是黄金分割法的应用。所谓黄金分割的提法,最早见之于古希腊数学家欧几里得的《几何原本》第二卷:"以点 H 按中末比截直线 AB,使成黄金分割,即 AB:AH=AH:HB。"在这个等式中,若设 AH 为 1,则 HB 必为 0.618……,而 AB 则必为 1.618……。这样,上述式子中的比例就是 1.618:1=1:0.618。世间万物中只要其比例合乎 1.618:1 或 1:0.618,就是"黄金分割",亦称"外中分割"或"中外比"。为什么这种比例会被冠之以"黄金"之誉呢?此乃由它的审美价值所决定的。

谈到事物的审美价值,必然要涉及客体和主体两方面的原因,凡是表现为合乎事物健康生长和发展的客观规律,且又适合人的生理、心理需要的形式,就是美的或具有审美价值的。例如上文所说的《米洛的维纳斯》的内在 S 曲线和外在曲线之所以美,首先在于它体现着健全发展的女性机体所特有的柔韧、轻盈和丰满，体现着女性生理机制的"内在固有的尺度"，只有这样的机体才符合人类两种生产的需要，这种合规律性与合目的性的形式在人类长期的审美实践中又使主体的审美心理机制产生了适应性，所以，它才具有美的魅力。同样，黄金分割之所以有审美价值，之所以被16世纪的威尼斯数学家帕乔里称为"神赐的比例"，被德国天文学家开普勒誉为"造物主赐予自然界传宗接代的美妙之意"，被许多人视为"天然合理"的最美好的形式比例，也离不开主客体两方面的原因。例如，人们已经发现，植物的叶片、花瓣、松果壳瓣等从小到大的序列即是以0.618比1的近似值排列的：1，2，3，5，8，13，21，34……；某些动物如海星的五角形状同黄金分割也有密切关系；人的发育完好的躯体其下肢与身高之比亦接近0.618与1之比。科学家甚至还发现，当气温与人的体温之比为0.618∶1（即气温23度，体温37度）时，人感到最舒适。[①] 这表明，黄金分割之所以能被提出来，首先在于它是一种客观存在，是同某些审美客体的"内在固有的尺度"（即该审美客体作为物种的生长机制、发展规律）密切相关的性状。可以断言，随着科学的发展和人类对大自然探索的深入，将会从更多的事物中发现黄金分割的表现。从主体而言，一方面，人自身的生理、心理结构可能就与黄金分割有关，例如科学研究已证明，当大脑呈现的"倍塔"脑电波，其低频率与高频率之比近似0.618∶1（8赫兹∶12.9赫兹）时，人的心身最惬意。这种内在"尺度"所产生的需要必然使得主体对外来的有关黄金分割的信息具有特殊的敏感和适应性。另方面，外界客观的以黄金分割形式存在的比例又不断作用于人的生理、心理机制，由

[①] 丁文复《黄金分割及其应用》《美育》1983年3月号。

此形成审美的心理适应性和愉悦感。这两者的结合使得人类特别是艺术家将黄金分割作为一种形式美广泛地应用于生活与艺术之中。

《米洛的维纳斯》就是古希腊艺术大师运用黄金分割法则,"按照美的规律来塑造"(马克思语)的典范。这尊雕像,从头顶到足部与从肚脐到足部之比正合于从肚脐到足部与从头顶到肚脐之比,即合于AB:AH=AH:HB的比例式(全高1.618:下身1=下身1:上身0.618)。因此,雕像不仅具有曲线美,而且具有比例美(见附图)。而曲线与比例正是构成阴柔之美即秀雅美的要素之一。英国18世纪在美的问题上持唯物主义态度的学者博克,在论述秀雅美的形式特征时指出了如下方面:"……第一,比较小;其次,光滑;第三,各部分见出变化;但是第四,这些部分不露棱角,彼此像熔成一片;第五,身材娇弱,不是突出地现出孔武有力的样子;第六,颜色鲜明,但不强烈刺眼;第七,如果有刺眼的颜色,也要配上其他颜色,使它在变化中得到冲淡。"[①]从《米洛的维纳斯》看,基本上都符合博克说的这些特征:第一,作为雕像,它通高204厘米,当然不能说是"小"的,但也没达到巨大的程度,更重要的是,它表现的是女性,而女性相对于男性而言其形体总是"比较小"的。博克说,"在多数民族语言里,说到爱的对象通常用指小词。……希腊文的指小词几乎全是用来表示恩爱和温情的"[②],"爱的对象总是小巧的。"[③]因此,仅从形体来看,这尊雕像符合用"小"体现"爱"的原则。第二,雕像制作极为精细,表面十分光滑,再现了女性肌肤的特征。第三,内在的S曲线与外在的弧形、圆形线使躯体各部分极富变化但又不露棱角,"彼此像

---

① ② ③转引自《西方美学家论美和美感》第122页,121页,122页。

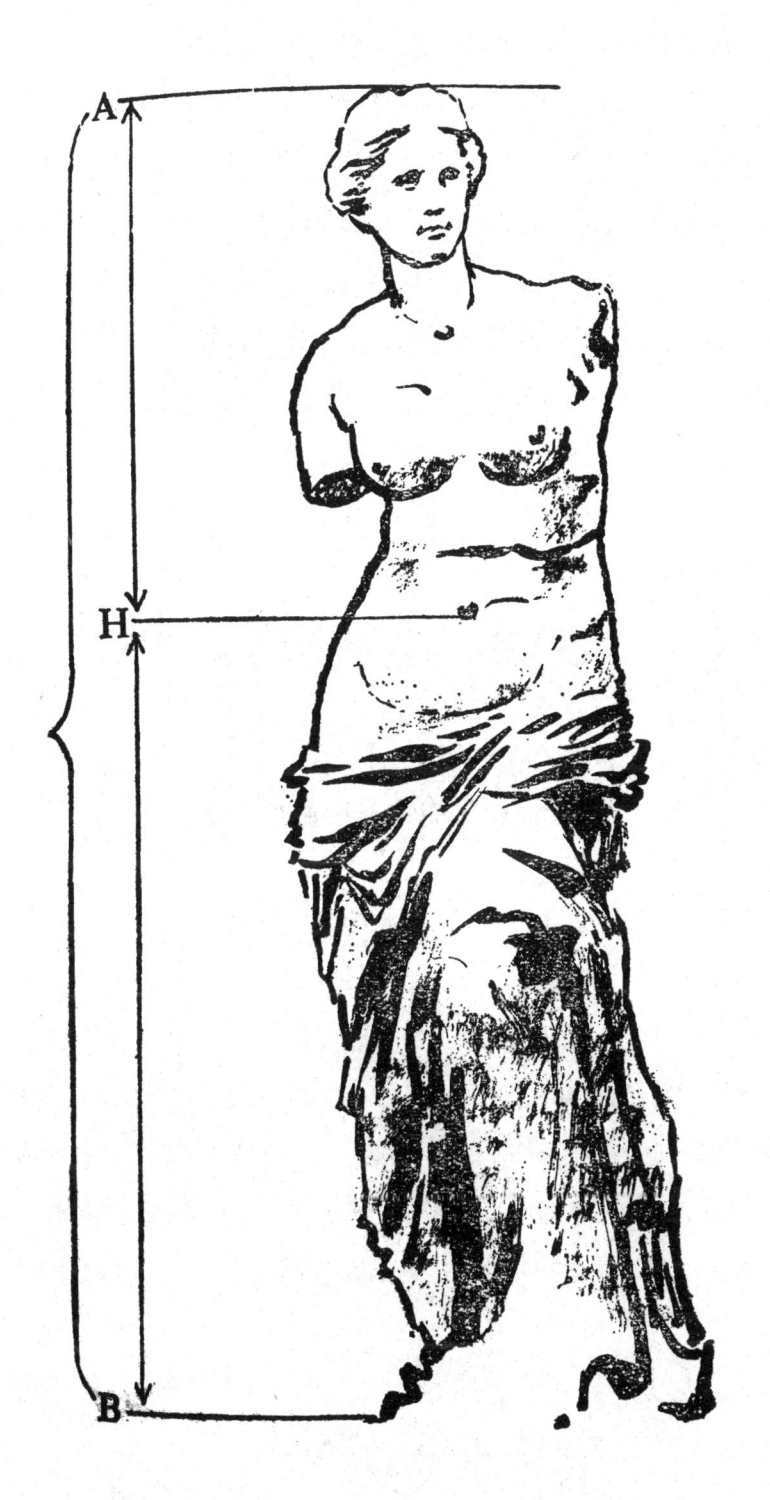

维纳斯启示录

熔成一片"。第五，博克所说的"身材娇弱"并非指"弱不禁风"的病态美，而是相对于男性"孔武有力"而言的女性的婀娜娇美，《米洛维纳斯》正是如此。第六，雕像系白色大理石质地，颜色单纯、明净、柔和，给人以宁静、纯洁、温柔之感，这对于表现维纳斯外在的美与内在的爱是非常适合的。至于雕像各部分所表现出来的对称和比例，则更是为众多美学家所强调的形式美要素。古希腊毕达哥拉斯学派的波里克勒特就将对事物各部分之间精确的比例对称的确定视为"法规"，十七十八世纪之交的英国美学家夏夫兹博里则断言"凡是美的都是和谐的和比例合度的"[①]。

婀娜娴雅的体态，玲珑圆浑的曲线，黄金分割的比例，以及光洁的表面，柔和的色彩，使得《米洛的维纳斯》以优美的形式恰到好处地体现出爱的"贞静羞怯的美和娴雅动人的魔力"。

崇高："她使我们伸直了腰"

然而，当人们久久地观赏着《米洛的维纳斯》时，往往会不期然地由那种恬静、温柔的审美感受逐渐转入一种庄严、激动乃至惊赞的情绪，喜悦为崇仰所取代，温情被激情所淹没，力量在凝聚，信念在萌生……俄国19世纪的作家乌斯宾斯基的短篇小说《她使我们伸直了腰》就描述了这种审美效应：佳普希金是一个穷乡僻壤的乡村教师，有一次，他于穷愁潦倒之中想起了维纳斯美丽动人的形象，顿时产生了欢欣愉悦的感情，他从这个形象中认识到人是有力量的，是能够得到幸福的，为了理想和幸福，必

---

① 转引自《西言美学家论美和美感》第94页。

须进行不屈的斗争。这种感受影响之深，以致使他改变了对人生的看法，使他挺起腰来，投身到生活的激流之中。

为什么一尊以美的形式表现爱的魅力的古代雕像能产生这样的审美效果呢？这原因，在于《米洛的维纳斯》与秀美同在的崇高性。

众所周知，美的最基本的，又相互区别着、对立着的形态是阴柔之美和阳刚之美。无论前者还是后者，都要通过一定的感性形式表现出来。阴柔美，亦即优美、柔美、秀美、典雅，其形式特征有如上引博克所指出的"小、光滑、逐渐变化、不露棱角、娇弱以及颜色鲜明而不强烈等"，人们通常所说的"美""形式美"以及"形式美规律"指的就是阴柔美及其表现形式的规律（如对称、比例、均衡、和谐、协调、统一等），它引起的是愉悦、欣喜、惬意、满意、怜爱、温情，所以为了表现爱神的"爱"，《米洛的维纳斯》等一系列以维纳斯为题材的艺术作品，在表现上都十分注重形式美，也就是说，采用了秀雅的形式。至于阳刚美，或曰壮美、雄伟、粗犷、豪放不羁、孔武有力、辽阔壮丽的美，虽然不能不以生动可感的具体形式表现出来，但它作为美的特殊形态，其存在形式、表现形式不仅不遵循一般形态美（阴柔美）的形式美规律，恰恰相反，它是对这种形式美规律的突破，从而形成如下一些特征：巨大，雄奇，粗糙，厚重，深广，等等。"骏马秋风冀北"的雄浑壮阔，金字塔的庞然巨大，波涛沃日的大海的深邃动荡，它们所引起的惊叹、敬畏、庄严之感，是迥异于"杏花春雨江南"的秀丽风光、玲珑剔透的九转金球、清可见石的山谷幽泉所产生的迷恋、赞美、欣悦之情。而当壮美的事物以其所对象化的人本质充分显示、肯定人品格的高尚、人力量的伟大时，壮美就升华为崇高，崇高乃壮美之极致。

这样看来，优美与壮美（特别是崇高）完全是两种不同的审美形态，要将二者统一在同一事物上，可谓难矣！博克就说过："总之，崇高和美这两种观念是根据两种很不同的基础的。很难想象，几乎不可能想象，如果把崇高和美调和在同一个对象上，双方的情感效果不至因而削弱。"①

然而，《米洛的维纳斯》却显示出"把崇高和美调和在同一个对象上"的高度技巧和智慧。这正是它的出类拔萃之处。

在古希腊神话中，维纳斯有人间女性的血肉之躯，但又具有神性，是女神。古希腊人心目中的神具有超人的智慧和力量，比常人想得更深，看得更远，实际上，是古希腊人将自己视为最可贵的品格在神身上对象化了。这种对象化在艺术家那里又表现得最为突出、集中，因为：一，相对于一般人来讲，艺术家对事物的感受更敏锐，更深刻，也更具概括力，当他塑造艺术形象时，能将现实生活中人们给他感受最深，最使他激动、为他所崇仰的那些精神品格概括、集中起来，赋予他所塑造的形象，使之成为艺术典型；二，艺术家本人的精神世界也较一般人丰富多彩，当他塑造艺术形象时，自觉不自觉地会将自己精神和肉体两方面的积极本质力量，如对生活的真知灼见，高尚的道德意识和审美理想，精湛纯熟的艺术技巧等等，通过一定的构思、形式和手段，物化为、沉淀在他所塑造的形象上。这样，艺术家所塑造的形象就是"受到精神渗透"的形象（黑格尔语）。而形象上所对象化了的人的积极本质、所"渗透"的精神因素如果是显示着人格的峻洁、力量的伟大、思想的高远、气度的庄严，那么，这个形象就具备了使人激动、敬畏、崇仰、震颤的艺术魅力，就具有了崇高的审美特质。也正因为人之伟大崇高非徒靠身躯的高大、体力的强劲，乃内在精神素质

---

① 转引自《西方美学家论美和美感》第122页。

使然，所以能成为崇高伟大的人物或艺术形象的人是无分男女老少的。

《米洛的维纳斯》作为一个秀雅端庄的女性形象，之所以崇高，首先在它"受到精神渗透"的面部表情。女神的头型呈卵圆，柔和的弧形线使一切棱角都因此融化在一种和谐的、各部分有逐渐过渡的联系的形状里。这本是一种秀雅的轮廓，但由于突破了"年轻女人的韶秀，额头要低些"的模式，适当增高了额头，从而表现出"经常从事思考这种精神活动的庄严"①，富于智慧感；这种"流露精神的额头是用轻微的逐渐不停的转变过渡到鼻子，并且和鼻子连成一气的，这就使面孔的上下部之间显出一种柔化的平衡，一种美妙的和谐，而鼻子由于和额头有这种联系，仿佛更多地属于额头，因而被提到精神体系，本身也获得了一种精神的表现和性格。"②椭圆的、丰满厚实的下巴则透出一种内在的坚毅、雍容和大度。至于女神的眼睛，虽然在古希腊雕塑中比雅典娜、朱诺和其他神的眼睛张得较窄，但通过舍弃瞳孔这个细节的圆弧形的眼球，避开了由于女神的目光集注到某一具体事物从而同外界现实纷扰直接纠缠的过实、"媚俗"之弊，赋予女神超尘脱俗、正沉浸在内心丰富精神活动时才有的庄严、深邃和宁静。这样，通过对女神面部的形式处理，雕塑家就把古希腊人心目中神所应当具备的崇高神性物化了（实质上是把现实生活中优秀的人们的积极本质对象化、"外化"为女神的艺术形象了）。

不过，精神的"渗透"并不止于面部。古希腊雕塑"所要达到的目的是外在形象的完整，它须把灵魂分布到这整体的各部分，通过这许多部分

---

① 黑格尔，《美学》第3卷（上），第145页。
② 同上，第143页。

把灵魂表现出来"[①]。就《米洛的维纳斯》而言，精神的因素的确"渗透"到它的全身各部分，这可从三个方面来看：

一、女神那螺旋形转侧、略向前俯的躯体既合乎女性的生理特征和运动规律，同时又被以一种抛弃无谓细枝末节的洗练、概括的块面结构表现得充满青春活力，使人从这端庄的姿势、健美的形体中体会出、感受到女神内在的美德、教养和她的自尊、自信、自矜的精神状态，从而使其躯体的感性形式成为精神的外在形式。

二、上文说过，人与自然物不同的是，人的伟大与否不在其躯体的大小，而在其精神的崇卑。但是如果精神高尚，那么高大魁伟的躯体（这本身也是人类生理上的超常表现，意味着健与力）是有助于表现其内在崇高性的，所以在生产力尚不发达、因而人的体力起重要作用的古代，神话中的神和英雄在肉体上几无例外地比常人高大、完美。而在作为视觉艺术的绘画和雕塑中，诸如形体之类的形式性因素对于表现人物的性格、精神更有其重要的意义。古希腊的雕塑大师当然深明此道。公元前4世纪莱西普斯的雕塑《赫尔克里斯》，以宽肩、隆胸、肌肉强健、脖颈粗壮、两腿修长的形象，有力地表现出了那位一生战斗、曾完成天神所给予的十二件艰险工作的英雄的剽悍强劲，给人以壮伟之感。可是，维纳斯作为女神，却给通过形体形式表现壮美提出了难题。《米洛的维纳斯》的作者的高超之处在于：他是在完全遵循了女性形式美的前提下来实现这一审美效果的。他在感官（眼睛）可以感觉到、但理智难以察觉（自觉意识）到的限度内适当加宽了女神的肩部，缩小了髋部，在柔和光洁的大块面结构中表现出

[①] 黑格尔《美学》第3卷（上）第146页。

肌肉的结实饱满，从而在婀娜秀美中显现出壮美。后世米开朗基罗所作的女裸雕像（如佛罗伦萨教堂的《晨》《夜》等）也是如此。更重要的是，雕塑家运用黄金分割法加长了女神的腿部（与上身之比为1∶0.618），"荷马早就已感到而且指出单凭扩大腿和脚的尺度，就可以产生一种崇高的仪容。"①《伯尔维多的阿波罗》雕像，就是由于采取了这种比例，使它"显出一种难以名状的超人的仪容，产生的效果更令人惊奇"②，形象更其雄伟。《米洛的维纳斯》也由此使人产生出一种仰视才能产生的崇高感。

三、《米洛的维纳斯》上部是裸体，有着光洁、圆柔的面和线，但其下部却用有着漂亮襞褶的披布裹了起来，纵横交错、遒劲有力的衣服线条所造成的粗犷同上部形成鲜明的对照，使下部显得沉重厚实，从而具有了一种纪念碑的性质，庄严，沉稳，肃穆。

综上所述，我们不难看到，《米洛的维纳斯》在被赋予一切女性的气质的基础上，为什么会具有某种特殊的威严，为什么这尊秀雅的女体像会使人产生崇高感。其实，这种"刚柔相济""柔中有刚"的审美现象不仅在艺术中，在文学中也多见，它成了艺术家们的一种美学追求，一种艺术手法。如《红楼梦》这部古典名著，洋洋百多万言写的是"闺阁情事"，绝无金戈铁马的壮烈场面；人物是普普通通的上流社会青年男女，绝无慷慨悲歌的英雄；风格旖旎纤秀，绝不是"大江东去"的格调。然而，它那潜藏在平凡生活中的激烈矛盾冲突，心灵世界中那巨大深广的思想矛盾、感情纠葛，人物那崇高、执着的追求，却产生了震撼五内的艺术效果。美

---

① 莱辛：《拉奥孔》第129页。
② 同上，第128页。

学上这种刚与柔的矛盾统一本身也给要求多样化的读者审美心理以特殊的满足。正因为《米洛的维纳斯》那看似宁静的形象中洋溢着青春的活力，潜流着深邃的思想，闪耀着道德的光华，在优美中显示着崇高，所以，许多观赏过它的人都会产生如俄国画家克拉姆斯科依那样的感受：这座塑像留给我的印象是如此深刻、宁静，它是如此平静地照亮了我生命中令人疲惫不堪、郁郁寡欢的章页。每当她的形象在我面前升起时，我就怀着一颗年轻的心，重又相信人类命运的起点。①

二、瞬间与无限的统一

瞬间：想象与普遍规律

《米洛的维纳斯》以辉煌的技巧展现了美爱女神"华清池里洗凝脂"之后的美妙瞬间：当金色的太阳刚刚从大海中升起的时分，一位端庄美丽的青年女子正在雪浪层层的沙滩上理妆，她左手抚摸着脑后海水未干的秀发，右手轻按着刚刚裹住下身的宽松的披布，从面部表情到整个姿势都显示着浴后的恬静、舒适、放松和超然物外的旷达，那"体态的婀娜仿佛花茎，乳房和面容的微笑，发丝的辉煌，宛如花萼的吐放；有时像柔软的常春藤，劲健的摇摆的小树……"②这瞬间的姿态是如此美妙，如此辐射着销魂的艺术魅力，难怪大文豪雨果要忍不住地热情歌赞：

---

① 转引自《文学言论》1981 年第 5 期，钱中文：《论文艺作品中感情与思想的关系》。
② 转引自《罗丹艺术论》第 63 页。

女人的肌肉，理想的泥土，奇迹呀，

崇高的精神渗入那

不能用言语形容的天神塑造的泥土中，

这些泥土，心灵在包裹的布里闪耀，

这些泥土，留着神圣的雕塑家的手印，

招来吻与感情的这些庄严的泥土。

…………①

诗人用诗自由地抒发了他的审美感受，离去了，留给美学思考的则是这样的课题：艺术家在《米洛的维纳斯》中表现的只是人物的瞬间态势，哪怕再美，也只是瞬间的表现，可这一瞬间的审美价值为什么千百年来不贬值，世世代代的人们都会为这不朽的一瞬而倾倒？

原因在于，这一瞬间包容着无限，表现了永恒。我们可以从下面三个方面来加以考察。

一、瞬间态势在观众想象中可以前（过去）后（未来）无限延伸。

前面说过，与文学、戏剧、影视等可以让人物、事件在空间和时间中自由发展和延续的艺术门类不同，雕塑、绘画这种视觉艺术只能通过类似电影"定格"的人物瞬间来展示其行为与性格的生发历程。这就决定了雕塑、绘画必须选取人物最能使观众发挥想象，因而最能"展示"人物"一般性格"（即性格基调、性格本质特征）的瞬间态势来加以表现。

什么样的瞬间动态最能激发人的想象力呢？莱辛认为，最不利于想象的是行为发展过程的顶点，"到了顶点就到了止境，眼睛就不能朝更远的

---

① 转引自《文学言论》1981年第5期，钱中文：《论文艺作品中感情与思想的关系》。

地方去看，想象就被捆住了翅膀，因为想象跳不出感官印象，就只能在这个印象下面设想一些较软弱的形象，对于这些形象，表情已达到了看得见的极限，这就给想象划了界限，使它不能向上超越一步。所以拉奥孔在叹息时，想象就听得见他哀号；但是当他哀号时，想象就不能往上面升一步，也不能往下面降一步；如果上升或下降，所看到的拉奥孔就会处在一种比较平凡的因而是比较乏味的状态了。想象就只会听到他在呻吟，或是看到他已经死去了。"[①] 莱辛由此得出结论说，最能调动人想象力的应是"最富于孕育性的那一顷刻"[②]，即行为动作过程中发展顶点前的瞬间，这一瞬间既包含过去，也暗示未来，因此能为想象的发挥开拓最广阔的天地。

审美观照不是对审美对象的被动的、机械的摹写和反映，而是一个伴随着联想和想象的玩味、吟赏、动情的过程。审美对象愈是能激发想象，审美中想象愈是活跃，审美主体从对象上发现的、"看"到的东西就愈多，感受也就愈丰富、愈满足；那种暴露无遗、一览无余的事物是不利于想象展开翅膀的。而事物作为矛盾酝酿、发展、激化的过程，表现为由量变到质变的渐进过程的中断。在这个过程中，当矛盾处于酝酿阶段时尚不能完全预示着它的发展方向和结果；当矛盾完全激化，处于冲突的顶点时，由于渐进过程的中断，不但掐断了它发展的轨迹，而且将一切赤裸裸地暴露出来，了无余味；只有在矛盾成熟、激化，渐进过程中断前的时刻，事物才既包含着矛盾发生的胚胎，又孕育着它的后果，昭示着其来龙去脉，并通过一系列外部特征表现出来；这种种迹象就能"活化"人们记忆中与此有关的经验、表象和感受，生发出联想和想象，从而在头脑中再现事物的

[①] [②] 莱辛：《拉奥孔》第19页，第83页。

全过程。所以,"顶点"前的瞬间是更含蓄、更有意味的瞬间。文学作品当然可以描绘包括这个瞬间在内的全过程,但它作为语言艺术,不是如雕塑、绘画那样处于静力学的状态,而是处于动力学的状态;不是以实在的形象诉诸人的视觉,而是以语言及它的书面符号文字所包含的意义直接唤起表象和想象的方式作用于主体的再创造,所以文学虽然描写了事物的全过程,展示了它的"顶点",想象、联想依然有翱翔的自由。但即便是如此,文学作品中对人物、事件的描绘也不能不留有余地,不能不讲究含蓄;将一切都抖落出来,窒息读者的想象,是美的创造和审美欣赏的大忌。

莱辛提到的公元前3世纪左右希腊名画家提牟玛琼斯所作美狄亚杀亲生女儿的画很有代表性。画家没有选择美狄亚杀女的那一顷刻,而是选取杀害前不久,她还在母爱与妒忌相冲突的时候。"我们可以预见到这冲突的结果。我们预先战栗起来,想到不久就会只看到美狄亚的狠毒的一面,我们就可以想象到很远,比起画家如果选取杀女儿那一个恐怖的顷刻时所能显示出来的一切要远得多。"①莱辛据此认为,"两种激情的斗争最好是没有结局"②。当然,对"顶点"及此前的瞬间也不能作机械的理解。所谓"顶点",作为矛盾冲突的尖端,既可出现在行为过程中,也可出现在感情过程中,还可出现于二者综合的状态中。俄国画家列宾的名画《伊凡杀子》,画面上是暴怒的伊凡雷帝用权杖击毙亲生儿子后的情景:儿子由于被击中了头部,倒在地上奄奄一息,伊凡蹲在地上扶起他的上身,一手死死掩住儿子血流如注的创口。按行为过程看,从感情历程看,"顶点"即杀子的狂风暴雨已经过去,但是这幅画仍然具有震撼心灵的力量,使人

---

① ②莱辛:《拉奥孔》第20页。

想得很多很多。为什么呢？因为画家在这里要揭示的不是伊凡杀子的狂暴行为和心理失控状态，而是悲剧发生后人物复杂的思想感情，即伊凡雷帝由杀子时的丧失理智突然转到恐惧、绝望和茫然无措，接着而来的是追悔莫及引起的极度痛苦和歇斯底里发作，这种痛苦的发作正是杀子后心灵历程的顶点，而《伊凡杀子》表现的则是顶点前的瞬间：伊凡雷帝苍白的脸上那极度瞪大的眼睛充满了悔恨、绝望、恐惧和悲痛，那黏稠的鲜血从指缝中流出的死死捂住儿子创口的手，那佝偻着的似乎在战栗的身子，那掉在地上仿佛还在滚动的权杖，那环绕着他们的用深色调子渲染出沉闷窒息的气氛，都使人想象到这一瞬前发生的可怕场面，预感到垂死的儿子的头即将从伊凡手中滑落下去，而心灵在哀号、悲鸣的伊凡则将疯狂……可见，列宾所选取的也是"最富于孕育性的那一顷刻"。

现在可以来看看《米洛的维纳斯》了。雕像展示了女神浴罢整妆的瞬间，那娴雅、舒展、恬静的姿态和表情，使人联想到这从大海浪花中诞生的美神沐浴嬉戏于银涛碧波中的情景，有中国古典文学知识的人还会联想起"清水出芙蓉，天然去雕饰"的境界和"翩若惊鸿，婉若游龙。……仿佛兮若轻云之蔽月，飘摇兮若流风之回雪"的洛水之神，真有"远而望之，皎若太阳升朝霞。迫而察之，灼若芙蕖出渌波"的美好感受。人们还会想象着浴罢整妆后的维纳斯或是去众神之山，或是将爱情播向人间，或是……这种想象在每一个观赏者心中都不会完全相同，只要有人类在，各个时代各式各样的人都会由维纳斯的形象触发自己有关的经验、知识、理想和追求，从而生发出无限丰富的想象和联想。所以，有限的瞬间在审美想象中就成为无限的了。

二、瞬间态势概括集中了爱情的"一般性格"和女性美的特征，体现了这种爱与美的普遍规律。

规律性，是整个宇宙得以和谐有序运行的轨道。从自然界到人类社会，从经济领域到思想政治领域，从物质生产到精神生产，无不遵循着一定的客观规律。不管社会生活呈现出怎样复杂多变的形态，多么扑朔迷离的现象，总有某种规律作用于其中。文学家、艺术家不论自不自觉，也不论他要表现什么样的主观意图，只要他对生活的反映是严肃认真的，那么，他的作品就会在一定程度上揭示出某种客观规律。如《红楼梦》的作者曹雪芹，作为封建社会的作家，当然对规律性不可能有清醒的认识，他写这部历史小说主观上也没有要揭示某种社会规律的明确意图，但是，由于他写的是自己"半世亲见亲闻"的生活，又采取了"其间离合悲欢，兴衰际遇，俱是按迹循踪，不敢稍加穿凿，至失其真"的严肃态度，所以，他通过概括、集中的典型化方法创作出来的《红楼梦》，在相当深刻的程度上揭示了封建末世旧制度无可挽回地崩溃腐败、新制度的萌芽不可压制地萌生崛起的社会发展规律和其他规律。在文艺作品中，如果规律性是通过活生生的真实可感、高度典型化了的艺术形象体现出来的，那么，规律的深刻程度、普遍程度就成为构成作品艺术魅力和生命力的一个重要因素；规律揭示得愈是深刻，愈是具有普遍意义，作品就愈是得以流传久远、为最广大的人们所喜爱。《红楼梦》以及古希腊的《荷马史诗》、欧洲批判现实主义作家的《人间喜剧》《悲惨世界》《复活》等一大批作品，之所以在世世代代的读者中历千百年而不衰，成为人类文化的瑰宝，它们对于加深、发展人们认识能力所起的作用不能不说是原因之一。

其次，作家、艺术家进行创作，不但其作品的内容必然遵循和反映一定的客观规律，而且体现内容、构成作品的形式也不能不遵循一定的形式美规律。这是因为，内容决定形式，为了恰到好处地体现出特定的内容，形式就不能是随心所欲的，任意的，而必须有所选择，一定的内容决定了一定的形式。这里的"内容"又含两层意思，一是对整个作品而言，即作品的题材，所表现的矛盾、事件、主题思想等等，这些决定了整个作品的结构、表现手法、风格及物质材料的运用。《红楼梦》是要通过日常生活中的"闺阁情事"写出一个号称"钟鸣鼎食之家，诗礼簪缨之族"的封建贵族大家庭的衰败，要写出一个爱情的悲剧，所以它在结构上、情节安排上不能多头并进、大起大落、过于跳跃，叙述上也不能作"关东大汉"语，而必须考虑其渐进性、连续性、集中性和细腻性，在美学基调上要柔中有刚，这就决定了以宝、黛爱情为主要线索和中心故事来安置情节，逐步将矛盾推向高潮的结构，形成了平实中见奇丽、温柔处闻悲调的风格。托尔斯泰的《安娜·卡列尼娜》则不同，由于作者要通过两种不同的爱情的对比写出"上流社会"的两种不同人情世态，寄寓他的批判、同情、控诉和倾向、希望，作品采取了以安娜、渥伦斯基爱情与列文、吉提爱情同步发展的双头并进又互有交叉的复线式结构。而在绘画、雕塑等艺术中，不仅会因内容不同而有不同的结构、手法、风格，而且在物质材料（如油彩、水墨、线条、金属、石料、石膏、泥土等）的运用上也会有更多的差异。二是对作品中的人物（艺术形象）而言，即人物的经历、作为、思想、性格、品德、感情、气质等，这些决定着人物的外在形象（心理、行为方式，音容笑貌，以及与此相应的塑造它的物质材料、方式方法等）。《红楼梦》这样概括过宝玉、黛玉和宝钗在小说中的形象：

　　面如傅粉，唇若施脂；转盼多情，语言若笑；天然一段风韵，全在眉梢；平生万种情思，悉堆眼角（宝玉）。

两弯似蹙非蹙罥烟眉,一双似喜非喜含情目。态生两靥之愁,娇袭一身之病。泪光点点,娇喘微微。娴静时如姣花照水,行动如弱柳扶风。心较比干多一窍,病如西子胜三分(黛玉)。

品格端方,容貌美丽;行为豁达,随分从时;衣着不见奢华,惟觉淡雅;罕言寡语,人谓装愚;安分随时,自云"守拙"(宝钗)。

熟悉《红楼梦》人物的读者不难看出,上述外在形貌的塑造及渗透于其中的作者主观态度同人物的内在灵魂、所作所为(宝玉温柔多情,专在女儿队伍里厮混,心地坦诚,追求爱情自主;黛玉多愁善感,好使小性儿,寄人篱下又孤高自许,对纯真爱情的追求至于苛刻,在"风刀霜剑"的封建礼教重压下挣扎、反抗,最后以身殉情;宝钗工于心计,城府甚深,巧妙地不露声色地周旋于复杂的人际关系之中,悄悄地逼近预定的目标)是高度吻合的。作家真正做到了"随类赋形"。

内容决定形式,但是形式也不是被动的,当形式与内容脱节时,不但不能体现内容,而且会窒息、束缚、损伤内容;当形式与内容一致时,则能使内容"如虎添翼""如鱼得水",得到尽可能充分的展示。文学艺术史上那些不朽的艺术形象所蕴含着的丰富思想,从来是随着(或借助)其形式的外壳走进亿万人心中去的。没有形式的内容不堪设想,背离内容的形式不堪入目(如果将钗、黛的外在形貌互换,那会产生什么效果?),内容与形式一致相得益彰。在形式与内容的这种辩证关系中正表现出形式自身的规律性:为什么只有这种形式才能体现这种内容,那种形式才能体现那种内容?是什么支配着内容与形式的辩证运动的? 这些问题,艺术家在创作时不能不加以考虑,实际上,它如法则一般支配着艺术家的创作。

《米洛的维纳斯》作为雕塑,同文学作品既有共同之处,也有其特殊之点。这尊雕像表现的只是单个的人物，她那瞬间态势一经"物化"就永远固定不变了，尽管欣赏者可以用自己的主观想象使这瞬间变成无限，但那不能对作品本身有丝毫改变。因此，它不能像文学作品那样通过人的活动和人与人之间的关系变化揭示某种只有在动力系统（小说中的故事、情节就是一种动力系统）中才展现出来的社会规律、思维规律（如《红楼梦》中旧社会衰亡、新制度萌生的规律，进步力量同反动保守势力之间斗争的规律，等等）。但这并不是说这一类雕塑、绘画作品不能反映规律了。

上文说过，从自然界到人类社会，到人类的精神领域，到处都有规律在起着作用。人类的爱情生活也是如此。爱情虽然以人的生理机制为物质基础，但其本质上是一种精神现象，有理性渗透于其中，并受理性的制约和导引。不管每个具体的人的爱情要经历怎样的行程，怎样的千变万化，但却离不开共同的基本的规律，换言之，有其共同的本质，这就是前面引用过的莱辛所说的"贞静羞怯的美和娴雅动人的魔力"，这"贞静羞怯""娴雅动人"首先是人内在的精神感情状态，特别是女性的心理状态，是性意识基础上求偶欲望、依恋心理、贞操观念、审美情感等多种因素综合起作用的结果。正因为有这种内在的心理状态，它不能不通过外在的面部表情、身体姿态和动作表现出来，如葛赛尔所说，一个人"头额的倾斜，眉毛的微皱，眼光的一闪，都能启示他内心的秘密"[①]，从而显现出"贞静羞怯的美和娴雅动人的魔力"，这是男女双方特别是女性在爱情中所普遍要经历的阶段或共有的心理状态及其表现形式，是"爱"的"一般性格"，也是"爱"之最动人处。所以，这也是一种规律。由于这种规律不像某些社

[①]《罗丹艺术论》第27页。

会规律那样要通过复杂的动力系统才得以展现，而可以通过单个的人的表情、神态表现出来，这就给雕塑之类以表现"瞬间态势"为能事的艺术提供了机会。《米洛的维纳斯》就是一尊体现着爱情的"贞静羞怯的美和娴雅动人的魔力"，因而对爱的规律具有极大概括力的雕像。只要有人类在，有爱情在，爱的规律及其造成的美的灵魂就存在，它的魅力就不会消失，所以，直到今天，人们还在反复欣赏《米洛的维纳斯》雕像，永无尽止地从中获取爱与美的启示和感受。

但是，《米洛的维纳斯》之所以在"瞬间"中包含着"无限"，还不仅仅在于它像文学作品那样揭示了某种普遍性的规律；它作为特别注重感性形式、被罗丹称之为"塑造的科学"的造型艺术的杰作，其形式本身就概括、集中了女性形体美的特征，表现了女性美和形式美的普遍规律。这就是本文第一章分析过的，女神是以古希腊最美的女性为模特而创造出来的，是女性形体美的典型。这种秀雅的形体既符合女性美的规律，又遵循了形式美（S曲线、弧线、黄金分割法的运用）的规律。尽管各个人种、各个民族、各个时代的人们在身体外形上有不同的特征、对女性外形美的审美观念也有种种差异，但《米洛的维纳斯》所体现着的隆胸、束腰、宽臀和轻盈、袅娜、丰满，却是所有人种、所有民族、所有时代健美女性所共有的，是合目的性（适应"种的生产"）与合规律性（顺乎生理机制的健康发育）的形式。正因为如此，所以《米洛的维纳斯》受到了我们这个星球上不同肤色、不同国度、不同时代人们的喜爱，并将被滚滚不息的历史波涛带向遥远以至无穷的未来……

"女妖"、人性与"童年时代"

上面，我们从审美客体与审美主体关系的角度，亦即从艺术品"最富于孕育性"的瞬间态势在主体想象中的无限延伸，和艺术品体现着一定规律的内容及形式给予观赏者的审美认识、审美享受的角度，论述了《米洛的维纳斯》何以具有永不凋谢的艺术魅力。现在，需要进一步探索一下这种艺术魅力之不凋谢的更深层的社会历史原因。

一、从社会与作品普遍性的关系来看。

普列汉诺夫在《论艺术（没有地址的信）》中写了如下一段话：

屠格涅夫极不喜欢那些宣扬功利主义艺术观的人，他有一次曾经说："弥罗岛的维纳斯比一七八九年的原则更不容怀疑……。基督教徒有他们自己的关于女人外形的理想，这种理想从拜占庭的圣像身上就可以看到。大家知道，这些圣像的崇拜者对弥罗岛的或其他所有的维纳斯都表示极大的"怀疑"。他们把所有的维纳斯都叫作女妖，只要有可能就到处加以消灭。到了后来，这些古代的女妖重又为白种人所喜爱。而为这一时期做好准备的是在欧洲市民阶层中间发生的解放运动，换句话说，正是最鲜明地表现在一七八九年原则中的那个运动。因此，同屠格涅夫相反，我们可以说，欧洲人愈是具备宣布一七八九年的原则的条件，弥罗岛的维纳斯在欧洲就变得愈是"不容怀疑"了。这不是什么奇谈怪论，而是赤裸裸的历史事实。文艺复兴时代艺术史的全部意义——从美的概念方面看来——就在于基督教和修道院对人的外形的理想逐渐让位给在城市解放运动的条件下产生的世俗的理想，而对古代女妖（指维纳斯雕像——笔者）的回忆，促进了这种世俗的理想的形成。

这里所谓的"一七八九的原则"系指 1789 年在法国资产阶级革命中诞生的《人权宣言》。屠格涅夫关于《米洛的维纳斯》比 1789 年的《人权宣言》更不容怀疑的话，是在他的一篇题为《够了》的中篇小说中说的。写这篇小说时，屠格涅夫正处于思想危机之中，小说带有悲观和唯美主义倾向。在当时的他看来，条文枯燥的《人权宣言》不过是暂时的政治风云的表证，而《米洛的维纳斯》却具有长久的审美价值，所以"不容怀疑"。

屠格涅夫的看法有其道理，但又存在着片面性、表面性，因为他只看到了《米洛的维纳斯》的美，却没有看到资产阶级革命及《人权宣言》同这"美"的价值的关系，没有探究这"美"的价值的社会原因。而普列汉诺夫对此做了很好的分析。《米洛的维纳斯》的"瞬间态势"，及其构成形式，和它们所体现着、包蕴着的内容，给了多少人多么丰富的想象、多么美好的感受啊！可是，欧洲封建中世纪的基督教徒不仅没有这种想象和美感，反而将所有的维纳斯都视为"女妖"，要统统加以消灭。为什么会出现这种现象？人们对同一客体的审美评价、审美感受为什么会如此不同、如此对立？原因在于：古希腊神话中的维纳斯虽然是神，但却有着人的血肉之躯及七情六欲，她所执掌的"美"与"爱"更是为人间凡夫俗子所喜爱和追求、为人生所不可或缺的东西；以高度的形式美体现着爱与美的规律的《米洛的维纳斯》更是闪耀着人性的光辉，只有执着人生、追求美与爱情、同现实生活中的物质生产与"种的生产"有着密切关系的人，亦即保持着"人性"的人，才能从雕像的瞬间态势中生发出丰富的联想，才能从它所表现的爱、女性美和形式美中获取深刻的、不竭的美感和启示。那些"人性"被窒息亦即人的需要、人的思想被束缚、被压抑、被扼杀的人，当然是领略不了维纳斯的美的。而欧洲中世纪的基督教徒正是"人性"被窒息的人，他们崇仰虚无的上帝，寄希望于缥缈的来世，提倡禁欲苦行，摒弃现实生活中物质和精神的享受（包括爱与美）。这种对人生的态度反映在审美上，就形成畸形的审美观，例如在他们看来，人美不美不在身体，号称教会之父的奥古斯汀曾说过，"肉体的美……是不会得到神的重视的"①；美在精神，即对上帝的虔敬，"出世"的超然，摒绝七情六欲的麻木，等等。身躯瘦削、枯槁，面容苍白、憔悴，眼神不是空洞、茫然，就是祈求、期待——这正是基督教徒"自己的关于女人外形的理想"，普列汉诺夫说的"拜占庭的圣像"就是这种模样。用基督教徒这种关于女人外形的理想模式去衡量，《米洛的维纳斯》一类充满青春活力、闪烁人性光辉的形象自然是伤风败俗、坏人心术、不能容忍的"女妖"了，岂能不"灭此朝食"？！如果基督教征服每一个人并且世代遗传下去，那么，维纳斯纵有疯魔奥林帕斯山上众神的魔力，她的美在人世间也是一句空话，而《米洛的维纳斯》也早就砸成碎片，一文不值了。可见，《米洛的维纳斯》之所以有巨大的美的魅力，这种魅力之所以永不凋谢，是以能领略它的美，能从维纳斯那"瞬间态势"中生发出无穷想象，从她所表现出来的爱与美中获得美的感受的人为前提的，而这种"人性"健全的人的存在又端赖社会所提供的环境和条件。

好在热爱生活、追求爱与美是人类生存和发展所必须具备的积极本质，倘若这种"人性"受到束缚，物质生产和"种的生产"就会受到破坏，人

---

① 转引自马克思·沃尔杜克《中世纪艺术概论》。

类社会就会陷入危机,这时社会革命就会不期而至。1789年法国资产阶级革命的矛头直指束缚生产力发展的封建专制制度,它通过的《人权宣言》充分体现了18世纪资产阶级启蒙学者反对神性、提倡理性的思想,宣言在提出一系列政治、经济主张的同时,响亮地宣布了自由、平等,博爱的原则,表达了解放人性的强烈要求。这里要指出的是,资产阶级革命归根结底是要争得资产阶级的政治经济权益,它提倡的"人性"实质上是资产阶级的阶级性,但是在当时的历史条件下,这一切却采取了"人类普遍利益"的形式,就是说,资产阶级是以全社会和整个人类的代表的姿态提出这些原则的。而产生于古希腊的《米洛的维纳斯》的健美人体、优美形式所体现的温馨有情和青春活力,作为人类积极本质的对象化,的确具有最普遍的意义。这样,资产阶级社会就从《米洛的维纳斯》上发现了"人性"和自己关于女人外形的理想,能从所有的维纳斯那里感受到人性的诗意美。反过来,以《米洛的维纳斯》为代表的古希腊艺术又为资产提供了范本和诗情,他们在"文艺复兴"的旗帜下创造出了闪耀着资产阶级人道主义光辉的崭新文化。

所以,人们愈是得以自由地全面发展,人类的积极本质愈是得以不受扭曲,生活、爱情、美以及对它们的追求愈是合乎规律和目的,那么,《米洛的维纳斯》就愈是具有艺术魅力。这就不难理解,为什么直到我们社会主义的今天,维纳斯和关于她的神话、艺术仍然受到、并将继续受到人们的喜爱。

二、从历史与作品特殊性的关系来看。

《米洛的维纳斯》之所以到今天"仍然能够给我们以艺术享受,而且就某方面说还是一种规范和高不可及的范本"①,除了它的普遍性外,还有一个重要原因。

马克思说:

一个成人不能再变成儿童,否则就变得稚气了。但是,儿童的天真不使人感到愉快吗?他自己不该努力在一个更高的阶梯上把儿童的真实再现出来吗?每一个时代的固有的性格不是纯真地活跃在儿童的天性中吗?为什么历史上的人类童年时代,在它发展得最完美的地方,不该作为永不复返的阶段而显示出永久的魅力呢?有粗野的儿童,有早熟的儿童。古代民族中有许多是属于这一类的。希腊人是正常的儿童。他们的艺术对我们所产生的魅力,同这种艺术在其中生长的那个不发达的社会阶段并不矛盾。这种艺术倒是这个社会阶段的结果,并且是同这种艺术在其中产生而且只能在其中产生的那些未成熟的社会条件永远不能复返这一点分不开的。②

这段论述说明了什么呢?说明了:第一,《米洛的维纳斯》作为古希腊民族的天才创造,属于一个特殊的历史阶段——人类的童年时代。尽管它精雅绝伦,就对人体的了解、表现和形式美规律的掌握、运用来说,对于现代人"还是一种规范和高不可及的范本",但它的确打着人类童年时代的印记。这首先是它呈现出来的感性形式:直鼻、厚颏、椭圆的面庞,波浪形的后脑带髻的发式,裸露着的大半个身躯,表现着古希腊民族的人种特征,衣饰习惯,社会风俗,以及艺术手法,健美观念,等等。其次是它表现的神话素材,所体现的"高贵的单纯,静穆的伟大"的艺术理想,

---

① 马克思:《〈政治经济学批判〉导言》,《马克思恩格斯全集》第46卷(上)第49页。
② 同上,第49页。

所流露的觉醒了人性和对人世的纯情的微笑，这一切上面都积淀着古希腊人发展得非常完美的童心因素。第二，产生以《米洛的维纳斯》为代表的古希腊艺术的时代，连同这个时代人类那童年阶段的天真无邪，都一去不复返了，遗留下来的古希腊艺术品犹如昔日的照片和日记，由于它显示出来的人类童年的聪慧和天真而使人发思古之幽情。《米洛的维纳斯》和其他古代艺术品之所以使人倾倒，使人迷恋，使人遐想，都同它们那种只属于特定历史时代的特殊性分不开。人们从《米洛的维纳斯》所产生的想象、联想、沉思中难道没有点染着瑰丽的神话色彩，弥漫着古老的历史烟云吗？那关于爱的感受，那对于女性美的沉醉，其中难道没有渗透着思古之幽情吗？回答当然是肯定的。

不仅是《米洛的维纳斯》，也不仅是古希腊的艺术，实际上，凡是人类发展史上某个特定时代产生的文学艺术杰作，如马克思所说，无不是那个时代"人的本质力量的打开了的书本，是感性地摆在我们面前的、人的心理学"[①]。从埃及的金字塔、狮身人面像上，从古希腊的史诗、建筑物和雕塑上，从殷周古色古香的青铜器上，从被发掘出来的庞贝城、被发现的吴哥窟、被遗忘的玛雅人遗物和所有光辉灿烂的古代文学艺术品上，后世一代又一代的人们能探视到人类心灵历程的多少奥秘，而伴随着它们的由特殊时代历史感造成的神秘氛围，又给它们增添了多少魅力！它们作为永不复返的历史阶段社会生活的反映和人类智慧与才力的结晶，将永远是人类文化的瑰宝。

普遍性与特殊性的统一，这是《米洛的维纳斯》能以"瞬间态势"穿

[①] 马克思：《1844年经济学—哲学手稿》第80页。

透时空的壁障延续无穷的社会历史原因。

三、主观与客观的统一

创造——生活的规范性与艺术家的创造性

毫无疑问，就像文学艺术史上那些伟大作品中的光辉艺术形象，如《木兰诗》中的木兰、《伊利亚特》中的阿契里斯和赫克托耳、《奥赛罗》中的奥赛罗、《唐·璜》中的唐·璜、《红楼梦》中的宝、黛、钗、《悲惨世界》中的冉·阿让、《哈姆雷特》中的王子、《浮士德》中的浮士德、《安娜·卡列尼娜》中的安娜等等人物一样，《米洛的维纳斯》中的维纳斯也是一个艺术典型。就是说，这个形象是个性与共性的统一，是在那具有女神个性的瞬间态势（包括姿态和神情：浴罢理妆，亭亭玉立，雍容端庄，含情脉脉）中体现着女性爱与美的共同规律。而整个女神的形象，又是秀美与崇高的统一。现在要探讨的是，这样一尊共性寓于个性、崇高寓于秀美的雕像，是怎样来到人世间的呢？——是在主体（艺术家）与客体（生活原型）交互作用的动态过程中诞生的。

下面拟从主客体双方来考察一下。

一、在主客体关系中，客体具有规范性，或者说是强制性、决定性。

人的思维是由高度发达的物质构成的大脑及其机制的产物，但作为思维内容的则是客观事物在大脑中的反映（尽管这种反映有正确与谬误、直接与间接、准确与不准确之分）。正如镜子之所以能映像是由于镜子本身的功能，但映出来的却是镜子之外客观事物的"象"。正是在这个意义上说,凡是与人发生关系的客观事物(客体)对于人(主体)的认识、感觉、思维具体规范性、强制性乃至决定性,就是说,不论人的思维怎么奇特,想象如何怪诞,归根结底是现实生活中客体的投影、折射、它总要反映出客体的某些方面、某些特征、某些规律,换言之,正是客体的这些方面、特征、规律决定了、规范了、支配了主体的思维和想象,甚至连幻觉、做梦也是如此。一个不能感受客观世界或与外界隔绝的人是谈不上思维和想象的。《西游记》中的孙悟空、猪八戒、沙和尚及各路妖魔不就是人与物(飞禽走兽、草木虫鱼)的性状相融合的产物吗?庄严神圣的天宫也不过是人间帝王府的投影。《荷马史诗》中的众神更是与凡人"同形同性"。古希腊雕塑中形状怪异的"山陀儿"其实就是人(上半身)与马(下半身)的混合物。而现代抽象派绘画、雕塑中那些为人莫名其妙的线条、色彩、形体,虽然是主体(艺术家)主观情绪的宣泄,但也都可在客观现实生活中找到依据。既然看似远离现实的浪漫主义、抽象主义艺术都不能不受客体的制约和规范,那么忠实反映生活的现实主义艺术就更是如此了。人的思维在其内容上不能不受客观世界、客体的规范,这乃是思维的特点之一,即它的受动性。

就《米洛的维纳斯》来说,虽然取材于浪漫主义的神话人物,但它的艺术表现手法却是高度现实主义的。客观世界、客体对主体(艺术家)的规范性、强制性、决定性表现在以下几个方面:一是艺术家不能不遵循女性的生理机制、生理规律和生理特征来塑造;二是不能不受希腊民族、希腊人种的风俗、特征的制约来塑造,如女神面部典型的白种人特征,裸体的古希腊风尚等等;三是不能不按照女性美、形式美的规律来概括、集中,以实现典型化;四是不能不表现出"爱"的"一般品格"即爱的普遍规律。

二、在主客体关系中，主体又具有能动性，或者说是创造性。

人的大脑虽说如镜子一样具有反映客观事物的机能，但却不像镜子那样做机械的、刻板的反映；人的思维既具有不能不反映现实、受现实规范的受动性，又具有自觉运用规范以取得自由的能动性。这种能动性在艺术创造中表现为主观投射作用，它大体有以下几种：

（一）意向投射。

艺术家在进入创作过程时，是处于一种既定的、因而是有准备的精神状态的，因为在此之前他已经通过社会的、个人的、教育的、环境的等多种渠道形成了一定的认识能力、道德观念、审美趣味和政治观点，形成了一定的世界观和人生观，这些，作为既有的精神品格，必然要带到创作活动中来，并成为创作的先决条件，这就是所谓的心理定式，它使得艺术家事先就有了特定的是非、善恶、美丑尺度，即有了一定的创作意向。虽然客观事物、客体决定了艺术家思维的内容，但艺术家从他的是非、善恶、美丑尺度出发，从他的创作意向出发，对反映什么样的客观事物却有着很大的选择性。

例如，整个封建社会腐败、压抑的政治气氛，封建大家庭的逐渐崩溃和它内部的钩心斗角、尔虞我诈，官场的黑暗、小民的疾苦等等，一方面规范了曹雪芹的创作，决定了他在作品中反映的只能是这个范围内的生活，决定了他思维的客观内容，他不可能去写"逼上梁山"一类的农民起义生活，但另一方面，曹雪芹早期在封建大家庭中锦衣玉食，晚期家境凋零，"举家常食粥"的生活经历，他目见耳闻的封建末世的怪现状，正在萌动的社会变革给他的影响，以及他从小接受的教育和熏陶，这一切所造成的创作意向，使得作家在考虑生活、客体给予他的素材时，在客观所规范的创作领域内活动时，带有明显的倾向性、选择性，表现为作家将矛盾冲突集中在大观园内，将宝、黛、钗的爱情纠葛作为矛盾主线，将宝、黛作为正面人物，等等。如果换一个作家，其客观条件与曹雪芹相似而主观因素即心理定式不同，那么，他写的虽然超不出那个生活范围，但一定是另一番景象了。而不管怎么个写法，任何作品，之所以是这个样子而不是那个样子，都是作家对生活选择的结果，都是作家创作意向投射的结果。

雕塑、绘画也是如此。古希腊艺术家为什么要创造《米洛的维纳斯》？因为从客观的物质条件而言，古希腊盛行城邦间的斗争和竞技活动，有袒露身体的习俗，崇尚健美的人体；从客观的精神条件而言，希腊的神话又是希腊艺术的土壤。这些决定了艺术家的取材和作品的题材范围、时代风貌和民族特色。而艺术家的主观因素即心理定式导致的创作意向，又决定了他在客观规范基础上的自由选择，这就是他为什么要选择维纳斯而不选择其他的神，为什么《米洛的维纳斯》不同于其他维纳斯雕像的原因。

（二）理想投射。

理想属于精神因素，是关于事物完美或未来事物的想象或希望，包括社会理想、政治理想、审美理想等，这些理想又往往互相交叉、彼此渗透，并一起作为构成艺术家进入创作过程的心理定式的重要因素，必然投射在艺术作品中和艺术形象上。事实上，任何作家、艺术家都会在其作品中或多或少表现出他关于事物"应该如此"的理想。《三国演义》通过刘备蜀汉集团上下左右的人际关系的形象描写，体现了作家关于君正臣忠、君臣亲密无间的封建政治理想；《水浒传》描写的水泊梁山英雄好汉的生活，表现了作家"八方共域，异姓一家。……千里面朝夕相见，一寸心死生可同。相貌语言，南北东西虽各别；心情肝胆，忠诚信义并无差。其人则有帝子神孙，富豪将吏，并三教九流，乃至猎户渔人，屠儿剑子，都一般儿哥弟称呼，不分贵贱"的社会理想；《红楼梦》则通过大观园生活折射出的世态人情，寄寓了作家关于婚恋自由、个性解放的生活理想。但是，政治、社会理想也罢，生活理想也罢，它们在文学艺术作品中只有化为生动具体的形象，才能为读者、观赏者所感知。因此，作家、艺术家就不能不考虑用什么样的形式、形象表现其理想才能获得最佳效果，而这种对形式、形象的考虑中就渗透着作家、艺术家的审美观念、审美理想。这从《三国演义》中对蜀国君臣关系的和谐处理，对刘、关、张、诸葛亮等人物仪表堂堂的外形描写和对其高风亮节的讴歌中，从《水浒传》对水泊梁山英雄一视同仁、情同手足、除暴安良、济困扶危的描绘中，从《红楼梦》对宝、黛"稀世之姿"的外形塑造和对他们富于人性的爱情描写中，都可以看出来。而古希腊的《荷马史诗》中，那些体力超凡、形貌高大俊美的神和英雄身上则投射着古希腊民族关于人的审美理想。但这种审美理想本身就是在古希腊的社会生活（竞技）和政治生活（城邦间的斗争）实践中产生出来的，其中也渗透着古希腊人的社会、政治理想。

　　《米洛的维纳斯》等一系列维纳斯雕像和表现其他神与英雄的艺术作品，同《荷马史诗》中的神与英雄一样，主要是体现着古希腊人关于人的审美理想。以《米洛的维纳斯》而言，艺术家固然受着客观、客体的制约和规范，他不能不以现实生活中的女性为模特，不能不遵循女性美的规律，表现女性美的生理特征，但是，他为了使其审美理想得到物化，为了赋予女性以神的那种庄严、圣洁、崇高的美，他运用了高度艺术的"变形"手法，如上文所说，现实生活中的女性按其生理定性来看一般（当然存在着例外）是肩窄臀宽，躯干呈"△"形，但艺术家却适当地增宽了女神的肩，缩小了臀，使"△"形发生了微妙的变化；现实生活中人的躯干与腿部的比例很难完全符合黄金分割比，但艺术家却使女神做到了这一点，至于女神的五官轮廓、面部表情、全身肌肉的塑造，无一不倾注了艺术家的审美理想，可以说，这尊雕像是艺术家用自己的审美模式重新为生活素材造型的产物。

这里要说明的是，既然理想是关于事物完美或事物未来前景、面貌的想象或希望，那么，在理想中显现和追求的事物就不完全是现实生活中的样子或是在现实生活中尚不存在、还不普遍的，但又是现实生活中已经萌芽或粗具雏形、尚属稀少的事物（倘若生活中根本就不存在的东西，是无法向人的大脑传递信息并引起想象活动的）。作家、艺术家依据自己是非、善恶、美丑的尺度选取生活中虽小虽少但照他看来有发展前途并且"应该如此"的事物，加以概括集中，加以弘扬完善，使之符合自己的愿望和理想，这就是艺术上的浪漫主义，用古希腊哲学家亚里士多德的说法，就是"按照人应有的样子来描写"，而不是如现实主义那样"按照人本身的样子来描写"。可见，理想的表现是同浪漫主义密切相联系的。由于艺术作品或多或少都要表现出艺术家一定的理想，同时又反映着现实，所以往往依据作品侧重于理想还是现实来区分作品属于浪漫主义还是现实主义。也正因为艺术作品既是现实的反映又有理想的成分在内，所以许多作品往往是现实、浪漫的成分兼而有之。《三国演义》《水浒传》《红楼梦》基本上都是现实主义作品，但不难嗅到浪漫主义气息。《荷马史诗》是浪漫主义史诗，但有着巨大的现实内容。《米洛的维纳斯》是现实主义的杰作，但无疑闪耀着浪漫主义的光华，正是这种光华给她带来了动人心弦的艺术魅力。

（三）感情投射。

人的审美活动是一种伴随着丰富感情的心理活动，当人对事物做出包含着是非善恶认识的审美判断时，总有相应的情感与之俱来。艺术创作是一种高级的审美创造、审美活动，其情感活动也就更加强烈，它必然要随着艺术家的意向、理想一起，投射到艺术作品和艺术形象中去。《三国演义》中，在刘、关、张及诸葛亮等正面人物、理想人物身上，倾注了罗贯中由其以刘汉王朝为正统的观念和封建政治理想派生的同情、赞美、叹惜；《水浒传》中，施耐庵在梁山英雄形象中寄寓了歌赞、钦仰之情；《红楼梦》中，曹雪芹为宝、黛的悲剧性命运一洒同情、悲叹之泪。《荷马史诗》则洋溢着对人的伟大、人的有力的赞美之情。

那么，《米洛的维纳斯》呢？"在任何民族中，没有比人体的美更能激起富有官感的柔情了；在他们塑造的形象上，飘荡着一种沉醉的神往。"[①]用罗丹这句话来说明《米洛的维纳斯》真是再恰切不过了。在女神的形体上，在女神的表情上，在女神的肌肤上，处处都可感受到青春的活力、生命的温暖、女性的魅力，感受到艺术家倾注其中的惊叹、赞美和神往。

以上说的是直接投射，即艺术家的意向、理想、感情与他所创造的人物性质相吻合，因此可以直接加以投射。那么，作品中那些与作家、艺术家意向、感情、理想相悖、相反的人物，是否也有作家、艺术家的主观投影呢？回答是肯定的。不过不是直接的，而是间接的，就是说，作家、艺术家是将与自己的意向、感情、理想相反的对笔下人物的主观评价（如憎恶、痛恨、嘲讽、鄙弃、鞭挞等）投射在人物上，从而通过对某种人物的批评、否定来实现对自己意向、理想、感情的肯定。如《三国演义》中的曹操、董卓，《水浒传》中的高俅，就体现了作者否定性的审美评价。雕塑中也

[①]《罗丹艺术论》第32页。

不乏这样的事例，如公元前3世纪前半叶古罗马时代的雕塑《卡拉卡拉》，是古罗马皇帝、著名暴君安托尼努斯胸像，该像头部急剧地扭向左方，卷曲的短发和络腮胡环绕着的是一张凶恶、紧张而又冷酷无情的面孔，紧皱的眉头，空虚不安的眼神和扭转的头部流露着世纪末的空虚、紧张和恐惧。雕塑家的这种特定造型无疑注入了否定性的审美评价。

总而言之，在艺术创造过程中，一方面是客观、客体制约、规范着艺术家思维的反映内容，另一方面艺术家又依据自己的主观尺度对所反映的客观内容进行选择、加工、变形的制作，这两方面又互相渗透，因此，艺术作品是在主客观交互作用的动态过程中产生的，是主观与客观的辩证合金。但是，在这主客观交互作用的过程中，客观、客体只有经过艺术家（主体）的大脑（主观），成为思维的内容并被审美意识加工改造过之后，才可能借助物质材料表现为艺术品，从这个意义上说，艺术作品又是艺术家审美意识的物化形式。

欣赏——观众的审美能力与艺术品的审美属性

艺术作品一经产生，就结束了艺术创造的过程、脱离艺术家的主观，作为一种独立的客观事实而存在了。不管人们发没发现到、意没意识到，它都存在着，不以人的意志为转移地存在着，正如《米洛的维纳斯》虽然沉埋地下几千年而不为世人所知，但依然存在一样。不过，艺术作品倘若要保持其艺术品的性质，要发挥其审美效应，那就必须以客体（审美对象）的身份与主体（欣赏艺术的人）发生关系，从而纳入新的主客体交互作用的审美动力系统中来，就像《米洛的维纳斯》被从地下发掘出来并置于观赏者川流不息的卢佛宫展览大厅里一样。这也可以从两个方面来加以考察：

一、在主客体交互作用的审美动力系统中，艺术品之所以能产生审美效应，关键在于有具备审美能力、能欣赏艺术的人。

马克思是这样谈到人的审美感受力的："即从主体方面来看：只有音乐才能激起人的音乐感；对于不辨音律的耳朵说来，最美的音乐也毫无意义，音乐对它说来不是对象，……因为对我说来任何一个对象的意义（它只是对那个与它相适应的感觉说来有意义）都以我的感觉所能感知的程度为限。"① 马克思这里以音乐为例，实则所有的艺术都是如此，如果离开了人的欣赏，或是没有能欣赏它的人，那它的艺术魅力就无从谈起，正如任何产品不投入市场就不成其为商品一样。正"因为对我说来任何一个对象的意义……都以我的感觉所能感知的程度为限"，所以在审美动力系统中，"我的感觉"即主体人的审美能力、审美感受力就起着至为重要的作用。《米洛的维纳斯》沉埋地下时固然谈不上审美欣赏（因为没有人能感知它），不具备美的意义，就是当它重见天日之后，倘若世人都没有"感受形式美的眼睛"②，那它同样谈不上美的意义，不能成为审美对象。因为不论处在哪一种情况下，都缺少审美主体这个能动的活跃的因素，建立不起来审美的动力系统，审美效应也就无从存在。所以，在能感受、欣赏美的人类产生之前，尽管地球上存在着青山绿水、鸟兽虫鱼，却无所谓美；所以，历史上往往一件杰出的艺术作品问世，却得不到应有的评价，甚至没有人能够欣赏，以致有伯牙摔琴之叹！还是马克思说得好：

---

① ② 马克思《1844年经济学—哲学手稿》第79页。

如果你想得到艺术的享受，你本身就必须是一个有艺术修养的人。①

反过来说，人只有具备艺术修养，具备感受形式美、音律美等等的审美生理—心理机制，才能同艺术品建立起审美动力系统，产生审美效应。

人类的审美生理—心理机制、审美能力与艺术欣赏能力并不是与生俱来的，而是形成于人类生产实践的漫长历史过程中（此问题在《美神·人脑·尺度》等文中已有论析，这里从略）。"五官感觉的形成是以往全部世界史的产物。"②但是，人类群体这种审美的生理—心理机制一旦形成，就可通过遗传积淀使人类个体获得审美的潜在可能性，而后天的审美实践则使这种潜能得以变成现实的审美能力。在美和艺术（审美客体、审美对象）已经存在的前提下，审美动力系统的效应如何，取决于审美主体审美能力的强弱、艺术修养的高低。事实上，作为人类个体的每个具体的人，由于种种先天和后天的原因，其审美感知力（包括感官的灵钝，想象力的强弱等）和艺术修养是参差不齐因而分为不同层次的，这样，同一审美对象就会由于同不同审美层次的主体建立审美动力系统而具有不同的审美效应。当约尔戈斯将《米洛的维纳斯》从地下发掘出来时，就作为第一个审美主体同这件艺术品构成了审美动力系统。然而，约尔戈斯除了感知到这是个"俊女人"外，再没有别的高层审美反映了。这说明这个靠挖掘古物以牟利的老手是低层次上的审美者。而法国海军准尉乌蒂埃一眼就认出这是维纳斯雕像，知道其艺术价值，表明他在审美层次的阶梯上远远高于约尔戈斯。至于画家克拉姆斯科依、作家屠格涅夫、诗人海涅以及乌斯宾斯基小说《她

---

① 马克思《1844年经济学—哲学手稿》，第108—109页。
② 同上，第79页。

使我们伸直了腰》中的教师佳普希金，则无疑属于更高的审美层次。而《米洛的维纳斯》则随着这由低到高审美层次的不同观赏者而产生越来越强烈、越来越丰富的审美效应。前面提到的俞伯牙之所以摔琴，也是由于他弹奏出的"高山流水"的曲调只有钟子期这样属于很高审美层次的人才能领略，钟子期一死，俞伯牙的艺术就失去了知音，产生不了应有的审美效应了，所以才会有摔琴之举。这种审美层次上的差别是审美主体美感差异的表现之一。

　　美感差异还有另一种表现。由于人们生活的时代、社会不同，所属人种、民族和阶级的不同，人生经历和所受教育的不同，其政治观念、道德观念、艺术观念以及渗透着这些观念的审美观念、审美趣味也会不同，这样，当他们面对同一艺术品时，不仅在美感的程度上会有高低强弱之分，而且会因对艺术品的审美认识、审美判断不同而使美感在内容、性质上也呈现出歧异。《红楼梦》是为中国广大读者所熟悉的文学名著，即是说，它作为艺术品曾同各式各样的审美主体处于不同的审美动力系统之中，那么它的审美效应如何呢？鲁迅曾指出一个很有讽刺意味的事实："《红楼梦》……单是命意，就因读者的眼光而有种种：经学家看见《易》，道学家看见淫，才子看见缠绵，革命家看见排满，流言家看见宫闱秘事……"[①] 既然单是命意就因人而异出现这种种理解，那么对形象等的感受就更五花八门了。难怪国外有这样的说法：有一千个读者就有一千个哈姆雷特。就是说，在阅读、欣赏《哈姆雷特》时，每个读者都会从自己的由政治观念、道德观念、审美观念以及人生经验等等因素综合成的心理定式出发，理解他，感知他，

---

① 《鲁迅全集》第7卷第419页。

并据此在想象中对哈姆雷特的形象进行再创造。而这重新创造出来的哈姆雷特形象是言人人殊、互不重复的。对《米洛的维纳斯》的观赏也不例外。既有将她视为单纯的"俊女人"并等同于能卖钱的商品的小生产者，也有由她而改变了对人生消极看法的乡村教师；既有将她视为"女妖"的中世纪基督教徒，也有从她的形象中体察到某种普遍原则的作家；既有为她的美而目荡神迷的诗人，也有为此而在身上"引起肉欲"的俗子……这个事实证明：有一千个观赏者就会有一千个"米洛的维纳斯"。可以说，在这件艺术品同一千位观赏者建立起来的一千个审美动力系统中，会产生一千种互有差异的审美效应。

由此可见，在同一审美对象和众多审美主体建立起的审美动力系统中，审美对象是一个不变的常量（常数），而审美主体则是变动着的变量（参数），它的状况如何决定着常量审美效应的程度和内容——这是作为审美主体的人的主观能动性的重要表现。

二、在主客体交互作用的审美动力系统中，观赏者之所以能获得审美享受，其先决条件是审美客体和艺术作品的存在。

马克思一方面指出了审美主体的感官和思维在审美活动中的能动性、创造性，但另一方面又强调了它对审美客体的依赖性、受动性：

……不仅是五官感觉，而且所谓的精神感觉、实践感觉（意志、爱等等）——总之，人的感觉、感觉的人类性——都只是由于相应的对象的存在，由于存在着人化了的自然界，才产生出来的。[①]

马克思这里说的是人类群体美感能力历史性形成的原因；作为人类个

---

① 马克思：《1844年经济学—哲学手稿》第79页。

体，其美感也必须由相应的审美对象而产生。这是审美问题上的唯物主义。尽管由于审美主体方面的种种原因而会导致"有一千个观赏者就会有一千个维纳斯"的审美效应差异，但从中也可看出，这"一千个"不是雅典娜，不是朱诺，更不是宙斯、阿波罗，而都是维纳斯！虽然审美效应千差万别，决定审美效应基本轮廓和基本内容的却还是审美客体，这就是审美对象的制约性、规范性。所以，经学家、道学家、才子、革命家、流言家虽然从《红楼梦》中分别看到了《易》、淫、缠绵、排满、宫闱秘事，但却绝对看不到农民暴动、军阀战争、神魔斗法，因为前者毕竟在小说中有所反映（当然是被读小说的人歪曲了的），而后者却在小说中找不到。

正因为具有审美能力的人的美感是由相应的审美对象引起的，所以审美对象如艺术品自身的审美性质、审美价值如何，对于审美效应的发挥具有决定性的意义。

（一）审美对象特别是艺术作品，是具有一定审美属性亦即属于一定审美形态、审美范畴的。如阴柔美、阳刚美、崇高、滑稽、悲剧、喜剧等；自然界的事物一般只有阴柔与阳刚之分，崇高、滑稽、悲剧、喜剧则属于社会生活和文学艺术；细分起来，阴柔美还有柔美、优美、秀美、幽美之别，阳刚美则有雄浑、壮丽、伟岸、粗犷之分。在各种审美动力系统中，人们之所以会产生愉悦、振奋、惊叹、崇仰、悲痛、同情、钦慕等种种不同的情绪，归根结底是由审美对象的审美属性决定的。"杏花春雨江南"的旖旎美景，"杨柳岸，晓风残月"的艺术境界会如幽香沁入心脾，令人目悦神迷、流连玩味，却不会使人神旺气雄；"骏马秋风冀北"的雄浑气象，"大江东去，浪淘尽，千古风流人物"的淋漓豪唱会如黄钟大吕震响，令人意气纵横、心襟开阔，却不会使人缠绵悱恻。由《红楼梦》《罗密欧与朱丽叶》而生的悲愤痛惜之情，绝不同于由《儒林外史》《钦差大臣》而生的滑稽可笑之感；同样，雕塑《赫尔克里斯》所塑造的魁伟有力的巨人形象给人的感受，也不会同于《米洛的维纳斯》所引发的美感。如前所说，人们之所以能从女神形象上获得由悦目赏心到钦慕崇仰的感情体验，是因为女神形象本身在秀雅中体现着庄严高贵，是因为它具有了能引起这种审美感情的美学属性。不论各时代各民族的观赏者产生的想象、感受怎样丰富，怎样千差万别，都是由雕像的基本审美属性生发出来，并且离不开、超越不了它所属审美范畴的规范。

因此，审美对象的审美属性指引着美感的性质，制约着想象的范围，决定着审美的效应。对于从事文学艺术创造的人来说，当他创作某件作品时，不能不顾及、预料到它所可能产生的审美效应；如果他要发挥某种预期的效应，就不能不考虑其作品的审美属性。

（二）审美对象特别是艺术作品，在审美价值上又是分层次的，有高雅与通俗、精美与粗糙、高级与低级、有益与无益之分。古希腊哲学家早就看到了这一点，赫拉克利特就说过："最美丽的猴子与人类比起来也是丑陋的……最智慧的人和神比起来，无论在智慧、美丽和其他方面，都像一只猴子。"[①] 他这是从不美、美、最美这种程度等级上来划分层次的。战国宋玉《对楚王问》中载："客有歌于郢中者，其始曰《下里》《巴人》，国中属而和者数千人；其为《阳阿》《薤露》，国中属而和者数百人；其为《阳春》《白雪》，国中属而和者，不过数十人。引商刻羽，杂以流徵，国中属而和者，不过数人而已。是其曲弥高，其和弥寡。"这里的《下里》《巴

[①]《古希腊罗马哲学》，三联书店1957年版，第27页。

人》与《阳春》《白雪》等歌曲则是按其高雅、深奥和通俗易懂来分层次的。至于《红楼梦》的前八十回与后四十回以及它的各种续作，却有精美与粗糙、高级与低级之别了。

《米洛的维纳斯》在审美价值表上是居于最高层次的艺术杰作，是属于高级、高雅、精美的等级的。自然美也罢，社会美也罢，艺术美也罢，不论其属于何种审美形态，都是有层次可分的；审美对象的审美价值层次越高，它包含的美的信息就越多，越深刻，相应的对审美主体的审美能力、艺术修养的要求就越高。只有当审美对象的审美价值层次同审美主体审美能力层次处于同一水平时，审美动力系统才能产生最佳审美效应。约尔戈斯的审美能力显然大大低于《米洛的维纳斯》的审美价值，所以二者不能"共振共鸣"，审美效应差不多等于零。而屠格涅夫、克拉姆斯科依等却是高层次的观赏者，因而使《米洛的维纳斯》发挥了最大的审美效应，以至后人还能从他们的感受中得到启迪。

这里要注意两点：一是既然越是高级的艺术作品越需要观赏者具有高度的审美鉴赏力，只有具备高度艺术修养的人才能充分领略高级艺术作品的美，那么，为了使人类几千年来创造的无数艺术瑰宝能充分发挥其审美效应，给人以教育、启示和熏陶，在社会主义精神文明建设中起到应起的作用，我们就应当不断努力培养、提高自己的鉴赏水平和艺术修养。二是既然审美是一个由对象和主体构成的动态过程，所以，不仅主体会作用（观赏）于对象，而且对象会反作用于主体，如马克思所说："艺术对象创造出懂得艺术和具有审美能力的大众，……生产不仅为主体生产对象，而且也为对象生产主体。"[1]

---

[1]《马克思恩格斯全集》第46卷（上）第29页。

那么，为了提高人们的审美水平和精神境界，培养和造就一大批优秀的文艺工作者，建设高度的社会主义精神文明，我们就不但要善于充分利用人类已创造出来的包括《米洛的维纳斯》在内的文化艺术珍品，而且要敢于创造出无愧于伟大时代的艺术杰作，为人民提供更多更好的精神食粮。

维纳斯断臂之谜的美学思考

一、从历史—社会学看，维纳斯失去的双臂可能是什么样子

维纳斯断臂复原的几种方案

《米洛的维纳斯》在沉埋地下两千年之后被发掘出来，对于世界艺术史、美学史来说都是一大幸事，然而这尊精美绝伦的雕像一出土就失去了双臂，却又是一大憾事！

手和臂，是人体不可缺少的有机组成部分，是人、猿相区别的重要标志，是结构极其微妙、技能高度发达的实践器官，正是"随着手的发展，随着劳动而开始的人对自然的统治，在每一个新的进展中扩大了人的眼界"[①]，促进了脑的发展和完善，使人真正成为"造物主"——人世间的什么奇迹不是人经过自己的双手创造出来的啊！在这样的过程中，手不仅履行人的

[①]《马克思恩格斯选集》第3卷第510页。

意志，实现人的目的，而且传递人的思想，表达人的感情，显示人的性格，有时，手和臂的一种不经意的姿势，一个细微的动作，甚至能表达出语言或面部所表达不了的感情，泄露出心灵的秘密。常言说："眼睛是心灵的窗户"，手不也是吗？

可是大名鼎鼎的《米洛的维纳斯》竟然没有臂和手！这位爱与美的女神在古希腊罗马神话中是令诸神心旌摇摇的绝色佳人，毫无疑问，她的美是离不开手和臂这个重要因素的。从雕像看，那头部、躯体雕塑得无懈可击、秀雅绝伦，那双臂原来也该是美妙无比的，然而它却连根断失，不能不说是严重损伤了雕像整体美的"美中不足"，这从要求整体感、"完形"美的审美心理而言是难以忍受的。于是，《米洛的维纳斯》出土以来，其手臂原来究竟是什么样子竟成了一桩聚讼纷纭的公案，一个难解的文化之谜。

学者、专家和艺术爱好者提出了维纳斯雕像断臂复原的种种设想、方案：

德国考古学家阿道尔夫·富尔托温古拉认为，维纳斯应是左手拿苹果，手臂搭在木台上，右手紧贴腰布的。

英国雕塑家拜尔设想，维纳斯的双手应是握着胜利花环。

波兰解剖家哈塞尔说，维纳斯正要入浴但又怕裸体为人所窥，所以右手是在抓着下滑的腰布（雕像左侧腰布衣纹上似有手指痕迹），而左手正抚着发束。

德国雕塑家茨尔·斯特拉塞提出，维纳斯不是单个一人，而是站在她的情人、战神阿瑞斯身旁，右手握着阿瑞斯的右腕，左手轻轻搁在阿瑞斯左肩上。

瑞士人盖伊凯儿·撒罗蒙则认为，维纳斯左手拿着苹果，手臂搁在台座上，右手则托着一只鸽子。

此外还有许多大同小异的说法，如双手抚发或双手挽裙，右手挽裙而左手举过头顶握着金苹果，手扶战神的盾牌当镜子照，等等。

这些煞费苦心提出的设想、方案不少被制成了复原模型，奇怪的是居然没有一个得到人们的首肯，总觉得不够自然、贴切、协调、因而也就看不顺眼。所以，虽然做出了种种尝试，人们"还是无法肯定'米洛的维纳斯'究竟在做什么"[①]，只好让她仍旧断臂而立。

无独有偶，另一尊古希腊雕像《拉奥孔》于1506年在已成为葡萄园的提吐斯浴室废墟下被发掘出来时，拉奥孔的右臂、他两个儿子的右手和右臂以及部分蛇体亦均失去。当时的教皇曾请著名雕塑大师米开朗基罗为之修复，遭到谢绝。后来雕塑家蒙多沙里修加了拉奥孔的右臂（作握蛇高举状），奥古斯杜·柯那契尼又补了二子的手和臂。按说这下可使人们"大饱眼福"了，可是同样没有被通过，艺术界和欣赏界认为这种修补破坏了群像的整体构思和丰富的节奏感，纯系"狗尾续貂"。幸亏在雕像出土四个半世纪时，有人又找到了拉奥孔的一段断臂，于是在1960年将蒙多沙里拼合的群像拆开重新组合，去掉了后添加的部分，装上新发现的右臂，使雕像基本上恢复原作面貌，这样一来才众喙俱息。

对于神话中的维纳斯来说，双臂姿态的合理构思

为什么修补、复原这些艺术名作如此之难？其中奥秘何在？这里既要

[①] 丹纳：《艺术哲学》第296页。

考虑到这些艺术作品所表现的人物按其性格逻辑会做出什么样的动作,又要考虑到艺术家根据自己社会的、审美的观念和理想会赋予人物什么样的姿态,这两者都不会是随意的、偶然的、无目的的,而必然是合乎一定的目的和规律的。这里所谓的合规律性包含着三个不同的层次。

第一个层次是合乎主观目的的规律。从"人猿相揖别"开始,人为了生存、发展,就必须进行物质和精神两方面的活动,这种旨在满足人物质和精神需要的活动所要取得的结果就是人要达到的目的。而"人离开动物愈远,他们对自然界的作用就愈带有经过思考的、有计划的、向着一定的和事先知道的目标前进的特征"①。这种目的性以一种内在必然性支配着人的活动,换言之,人的活动不能不服从于、服务于这种目的,无目的活动是不存在的。大如一场战争、一次社会冲突,小如一个人的奔走、交际、奋斗,乃至某种举动,都带有一定的目的性(尽管有时主观上意识不到)。所以,人的目的"是作为规律决定着他的活动方式和方法的,他必须使他的意志服从这个目的"②。但是,当人进行种种活动去满足自己的需要,实现自己的目的时,他不能不受客观规律的制约,他只能顺应客观规律,否则他的活动就会招致失败,就达不到预期的目的,因此,"外部世界、自然界的规律乃是人的有目的活动的基础"③。这就是合规律性的第二个层次,即合乎客观规律。我们不妨先从这两个层次来考察一下"米洛的维纳斯"。

维纳斯是古希腊人创造的神。在古希腊神话中,神和人是"同形同性"

---

① 《马克思恩格斯选集》第3卷第516页。
② 《资本论》第1卷上册第202页。
③ 《列宁全集》第38卷第200页。

的，只不过神比人更高大、更有力、更美，"除了大小，神与人几乎没有分别"①。神不但"有父母，有子女，有家谱，有历史，有衣服，有宫殿，有一个和我们差不多的身体，有痛苦，会受伤"②，而且具有人的七情六欲。这样的神，我们完全可以把他（她）当成人来看待，事实上，他们也的确是古希腊人按照自己的面貌和审美理想创造出来的艺术形象。例如米洛的维纳斯，其直鼻、椭圆脸、窄额和丰满的下巴就典型地刻画出古希腊妇女的生理特征，而她安详、沉静的眼神、微露笑意的嘴角和矜持的神态，则又体现着内在的智慧和美德，以及由此产生的女性的自尊和自信。正因为如此，神必不可免地会具有古希腊人的一切自然的和社会的特性，和古希腊人一样地在其行动、行为上合乎上述两个层次的规律。由于自然的和社会的种种因素的作用，古希腊人在衣着上是十分简单的，据丹纳说，那时的男人只需要一件没有袖子的背心，"妇女只要一件没有袖子的长到脚背的单衫，……此外身上再裹一大块方形的布，……所有这些衣服一举手就可脱掉，绝对不裹紧在身上，但是能刻画出大概的轮廓"③。所以，米洛维纳斯腰际以下那块布很可能就是这种"一举手就可脱掉"的衣服。维纳斯诞生于大海之中，同水的密切关系可说是与生俱来的，那么，把大半个身子裸露的维纳斯雕像理解为是雕塑家表现女神正待沐浴的时刻，是有道理的。

不过，"全身赤露是希腊人特有的习惯。"（普利纳）④他们崇尚健

---

① 丹纳:《艺术哲学》第259页。
② 同上，第296页。
③ 同上，第277页。
④ 丹纳:《艺术哲学》第277页、第267页、第304页、第277页。

美的肉体，"他们只想……给神看最美的裸体"，"认为娱乐神明最好的场面莫如展览娇艳俊美的肉体，表现健康和力量的姿势都发展到家的肉体"，所以，"在练身场上，在跑道上，在好些庄严的舞蹈中，他们干脆脱掉衣服。"因此，波兰的哈塞尔关于维纳斯由于害羞不愿裸体沐浴、因而右手抓住正在下滑的腰布的说法，显然缺乏充足的依据，她的行动举止不符合她性格所应遵循的上述两个层次的规律：一个崇尚健美肉体、不怕在大庭广众之间赤露身体的民族的美神，怎么可能会为裸体沐浴而害羞，而宁愿裹着那累赘的腰布呢？更何况从雕像的面部根本看不出有什么羞赧之色。当然，后世有的以维纳斯为题材的艺术作品，如意大利文艺复兴时期画家波提切利的油画《维纳斯的诞生》上的女神，脸上的表情似乎不堪人们的注视，轻轻用手按着飘拂的长发掩住下身，表现出一种本能的含羞心理。这是由于画家既受到人文主义思想的影响，但内心仍在潜流着基督教精神的缘故。这是这一时期维纳斯与古希腊艺术上维纳斯的一个不同之点。不过，维塞尔关于维纳斯左手抚发、右手抓住腰布这种姿势虽不是出于害羞，但却是可能的。雕塑家之所以要赋予她这种姿态，原因只能从她所处的时代中去寻找。

古希腊人崇尚健美的肉体，但在其艺术表现史上的不同时期有不同的特点。在希腊艺术的过渡时期和希腊雕塑的全盛时期，女人体多为着衣和半裸，其曲线美一般是通过薄薄的、随人体动作舒卷的衣裙纹线显露出来。例如为意大利人鲁多维奇所发现、为当时人所使用的一个石制宝座上，背面雕有阿芙罗狄特（维纳斯的希腊名字）从海中诞生的情景，左右有二女神在搀扶着她。这三个女神皆系全身着衣，但维纳斯由于刚从水中出来，衣服湿漉漉地紧贴在身上，几与裸体无异，二女神用一块披布遮住了她的下半身,而透过薄如蝉翼的衣服,二女神秀美的形体亦表露得十分清晰。产生于希腊雕塑全盛时期早期的埃列克底邕柱女像,杰出雕塑家菲狄亚斯所作雅典娜神像,巴底农雅典娜神庙东边额墙上的命运三女神雕像,等等,其人体美也都是通过衣纹、衣料的起伏圆凸表现出来的。但是到了希腊雕塑全盛时期的晚期,著名雕塑家普拉克西特却创作了第一个全裸的维纳斯雕像,即《尼多斯的阿芙罗狄特》,像中的爱与美女神左手搁在放着刚刚脱掉的衣服的花瓶上(这花瓶是作者为支撑雕像所安排的自然支柱),右臂自然向前摆动,整个神态意味着女神正要走向大海,沐浴于浪花之中。这尊女神像形体、线条极其优美,肌理细致入微,充满青春的活力,在当时和以后产生了很大的影响。但几乎与此同时,着衣的女像仍然有,如赫格索斯墓碑上表现女墓主生前活动的浮雕,萨莫色雷斯的胜利女神雕像等。
《米洛的维纳斯》的产生较之以上诸像晚二到四个世纪,属于希腊化时期的作品。它的作者显然既受了着衣女雕的影响,又受了裸体女雕的影响,但他之所以要将维纳斯塑造成半裸半裹,却既不是形式上的折中,也不是认为让维纳斯全裸就"有伤风化",而是出于审美创造上的考虑:维纳斯现在的姿态是全身重量落在直立的右腿上,因而右肩向下倾斜,右腰身深陷而右胯拱起,左腿则向前弯曲,使身体两侧形成两条起伏不同而又和谐一致的曲线。但是这种姿态不仅与《尼多斯的阿芙罗狄特》相似,而且是为许多古代雕塑家所爱用的最能体现女性人体美的标准姿态或经典范式。《米洛的维纳斯》的作者虽然也遵循了这条古典造型法则,但他作为一位天才的富于独创性的艺术大师,却又并没有被这种法则所束缚,没有蹈袭前人,而是在遵循法则的前提下有所创新。这个维纳斯除了神情气质迥异于以往的爱与美之神外,那褪在胯骨以下的披布也是形式上的一个大胆构思：它不但遮蔽了女神的双腿，尽量减少或避免了与前人动态构思的相似成分，造成了含蓄，留下了想象的余地，而且密集的、波折起伏、变化多端的衣纹，一是造成一种动感，与女神上半身的恬静形成对照，达到动静结合、动静统一；二是衣纹的错综复杂、衣料的粗糙质地同女神躯体线条的简洁、皮肤的光滑、体表的舒展形成对比，达到繁简结合、繁简统一，从而有力地突出了女神精神与肉体相统一的美，使雕像在整体上更富于变化、更见光彩——这正是古希腊人审美观的体现。

然而正如上文所说，维纳斯不会因赤身裸体地去沐浴而害羞，雕塑家也不是因为出于这种考虑才给她加上披布的，那么，把维纳斯的双臂姿态设想为右手抓披布、左手抚发束，就不好解释为她正要入水洗浴，而是浴罢出水之后，她那恬静而略带快意的神情，舒展放松的体态，颇有点"华清池里洗凝脂"后的娇慵味道，左手抚发束，是整理、检查浴后的发型，右手不是抓住披布擦拭湿淋淋的身子，就是正待提起衣裙穿上。显然，只有这种解释才是比较合理的，亦即合乎主观目的（洗涤身心）的行为（沐浴）、动作（抚发、挽衣）是以合乎客观规律（生于大海的女神爱沐浴，洗后必得整装理容）为前提的；而女神行为、动作的合规律性、合目的性，又是艺术家合乎主观目的（表现女神的美）的行为（艺术创造）的前提。

由于在古希腊神话的"金苹果"一案中，特洛伊国王的次子帕里斯将争吵女神刻有"送给最美丽的女子"字样的金苹果判给了维纳斯，从而引起了天后赫拉、智慧女神雅典娜的忌恨，而维纳斯又因为获得了金苹果，许诺以世上最美的女人给帕里斯为妻。后来帕里斯果然得以将全希腊最美的女人海伦拐走，导致希腊人攻打特洛伊，从此爆发了前后达十年之久的特洛伊战争。这场战争将许多神和半人半神的英雄卷了进去。维纳斯自然是站在特洛伊人一边，战神阿瑞斯亦如此，在战争中，他们两人均被敌人的长枪刺伤。所以，德国考古学家认为维纳斯左手抬起握着金苹果，右手贴着腰布；瑞士人认为女神右手托鸽（象征和平——是否带有对由自己引起的那场使她和阿瑞斯受伤、死伤许多人的特洛伊战争的追悔呢？）、左手持金苹果；德国雕塑家认为女神右手握着情人阿瑞斯的右臂、左手轻轻搁在阿瑞斯的左肩上，这种种说法和设想，从维纳斯活动的神话背景上来看有其合理性。至于维纳斯自己，虽然具有美爱女神应有的美貌与柔情，但她既然与人"同形同性"，所以她性格中也有"金刚怒目"的一面。她不仅在特洛伊战争中独自穿过阵地，被敌人的枪尖刺破手上的皮肤，而且当爱琴海中楞诺斯岛上的妇女敢于不祭祀她、凌辱她时，她会"披头散发，怒气冲天，身上披着黑袍，手里提着火炬，像狂风暴雨似的驾着乌云"向楞诺斯岛"冲下来"，向那些敢于凌辱她的妇女报仇[①]，并取得了胜利。从这个故事来看，英国雕塑家关于女神两手拿着胜利花环的设想，也是有一定道理的。

对于雕塑中的维纳斯来说，双臂姿态的合理构思

但是，对于神话中的维纳斯是合理的动作构想，对于雕塑艺术中的维纳斯就未见得都合适了。莱辛、丹纳和其他一些近代的哲学家、艺术史家都指出过，古希腊的艺术家十分注重形式美，把"高贵的单纯、静穆的伟大"

---

① 莱辛：《拉奥孔》第55页、14页。

当成艺术理想,甚至把形式美当成"造型艺术的最高法律"[①]。而人的肉体美正是最主要的形式美。据说希腊人说过这样的话:"我们所以用人的形象来代表神,因为世界上没有比人更美的形式。"[②] 作为美与爱之神的维纳斯当然具有最美的形体了。问题在于:如上文所说,维纳斯性格中不仅有温柔娴雅、脉脉多情的因素,还有"金刚怒目"的时候,当她在特洛伊战争的战场上奔驰,被枪刺伤而尖声叫喊时,当她"披头散发,怒气冲天"地向楞诺斯岛上的妇女复仇时,"形状非常凶恶可怕,令人一眼乍见时还会以为她是复仇女神而不是女爱神。"[③] 文学描述这种感情和表现是不成问题的,因为第一,文学不是视觉艺术,而是语言艺术,当诗人用

> 于是她就显得失去了和善的容颜,
> 不再用纯金缠发,让发在胸膛上飘荡,
> 在盛怒之下她变成凶恶疯狂,
> 双腮冒火,提着熊熊的松枝火炬,
> 披着黑袍……

的语言来形容复仇的维纳斯时,其语言文字的意义在读者想象中唤起的只是关于人物的不太确定的、间接的视觉和听觉形象,绝不会如这样的现实形象出现在眼前时那样刺激我们的感官,引起反感;第二,文学的特性使它能在时间和空间中将人或事物作为完整的过程多侧面、多层次地予以展开,这样,就"可以把这位发怒的女爱神与另一位女爱神,即具有女爱神

[①]《拉奥孔》第 55 页、14 页。
[②] 转引自《艺术哲学》第 328 页。
[③]《拉奥孔》第 53 页。

本色的女爱神，很紧密地结合在一起"①，呈现出她的全貌，在想象的整体形象中去平衡、削弱乃至抵消诸如上述诗句所引起的消极感。然而作为视觉艺术的雕塑就不同了，它只能通过对人物动态某瞬的"定格"来表现人物的性格，如果将"格"定在维纳斯"披头散发，怒气冲天"的复杂时刻，那就真叫人认不出她是女爱神了；而且，处于这样时刻的维纳斯，必然是从面部到身躯，所有的肌肉都绷紧着、扭曲着，动态激烈、夸张，这是不符合古希腊人的造型美原则，特别是不符合关于美神维纳斯的传统观念的。事实上，无论是《鲁多维奇宝座浮雕》上的维纳斯诞生雕像、《尼多斯的阿芙罗狄特》，还是《许拉古扎的阿芙罗狄特》《库尼得斯的阿芙罗狄特》，维纳斯的形象都是恬静、温柔、富于女性形体美的。难怪18世纪英国牛津大学的诗学教授斯彭司从古代艺术作品中到处寻找，竟然找不到一位处于盛怒之中的女爱神了。

应该承认，莱辛下面这段论述是很有见地的：

对于雕塑家来说，女爱神维纳斯就只代表"爱"，所以他就须使她具有全部贞静羞怯的美和娴雅动人的魔力，这就是所爱对象使我们心醉神迷的一些品质，也就是我们纳入"爱"这个抽象概念里去的一些品质。如果艺术家对这个理想有丝毫的改动，我们就认不出他所描绘的是"爱"的形象。结合到庄严而不是结合到羞怯的那种美就会使人认出不是女爱神维纳斯而是雷神后朱诺。威风凛凛的丈夫气多于娴雅风姿的那种动人的魔力所显出的就是一位米涅瓦（智慧神）而不是一位维纳斯。一位发怒的女神，一种由复仇愿望和忿恨情绪所驱遣的维纳斯，对于艺术家来说，就是一个真正

---

①《拉奥孔》第55页。

的自相矛盾的名词，因为爱单就它本身来看，是既不发怒，也不图回报的。①

而断臂的"米洛的维纳斯"雕像正符合莱辛所说的"爱"的内涵。她端庄娴静、丰盈健美的体态，温柔含蓄、矜持谦和的神情，显示着爱情所应有的青春、教养、自信的品质和荡人心魄的魅力，使她真正成了"爱"的化身。而这种爱的内在美又是通过无懈可击的外在形式美来体现的，从而达到了爱与美的高度统一，无愧于爱与美女神的美誉。从雕像的这种内涵看，将她的双臂设想成拿着胜利的花环，就显得不协调了。拿着胜利花环不管是在进行表演还是庆贺复仇的胜利，都应该是一种激情、兴奋的神态，而雕像并非如此；另外，握着胜利花环这一姿态的意义也与雕像的内涵相悖离。基于同样的理由，认为维纳斯站在阿瑞斯身旁，右手握阿瑞斯右腕，左手搁在阿瑞斯左肩上的看法，也是站不住的。维纳斯之为爱神，并非由于爱上了战神阿瑞斯，雕塑家在将她作为爱神来塑造时，有什么必要拉出个战神来呢？！即使不考虑这一点，单从雕塑的整体结构而言，现在的维纳斯不论从哪个角度看都自成体系，都是完整的，如果加上阿瑞斯，就形成双峰并峙的局面，破坏雕像的整体感。蒙多沙里给拉奥孔补修上的右臂，不就是由于向上高耸形成了不必要的顶点，破坏了群像的整体构思和节奏感，因而成了狗尾续貂的拙笔，终于还是被拿掉吗！更何况产生《米洛的维纳斯》的"希腊化"时期，随着政治、经济状况变化引起的哲学、美学的变化，人们的兴趣已由至高无上的宙斯、威严的雅典娜和神的英雄业绩上，转移到更有人情味、更适于观赏的神如维纳斯、牧神潘恩及其美与欢乐上来了，又怎么会把维纳斯与那场对于她来说并非胜利的战争硬扯

---

① 《拉奥孔》第54页。

在一起呢？由此看来，把维纳斯设想成是手握金苹果或许有说服力，因为金苹果是与"最美的女神"联系在一起的，即使撇开这个典故，苹果本身也有"爱情的果实"的寓意，并且甜美、玲珑，爱与美之神拿着它，无论对她本人还是对雕塑家来讲，总比干别的更合乎目的规律和客观规律，因而叫人看着惬意些吧！

二、从审美—心理学看，维纳斯双臂复原之不可能和不必要

艺术创作中艺术家的"常量"与"变量"

我们从历史、社会、民族、艺术风尚、人物性格的角度，探讨了关于《米洛的维纳斯》断臂复原的种种方案的合目的性和合规律性，对哪些设想是可能的，哪些设想是不可能的做出了推断。但是，这还只做了事情的一半。不管从理论上讲维纳斯双臂可能的姿态有多少，一旦结合到《米洛的维纳斯》的具体躯体，这种种可能性中就只有一种才是能够变为现实的，而要使它变为现实，又必须严格遵循人的形态学和运动生理学的规律，即我们所要探讨的合规律性的第三个层次。

人是一个结构极其复杂，各部分、各器官、各系统既分工又协作，配合高度谐调、高度精确、环环相扣、层层相因的整体，当人体的某一部分在神经冲动传来的大脑指令下有所动作时，其他的有关部分、有关器官和有关系统均会有所反应。俗谓"心之使臂，臂之使手，手之使指"就道出了人体各环节的有机联系和连锁反应，反过来，指动必手动，手动必臂动，

臂动必心动。体现在外形上，手指是否持拳或握物，手心冲什么方向，大、小臂在三维空间中处什么位置，其角度如何，关节处呈圆弧还是折线，在躯干部特别是胸、背部必然会有相应的反映。根据严格的人体解剖和运动生理规律，我们是可以从一个人这部分肌肉、骨骼的一定状态，推断出与此相关的另一部分的确定（是唯一的而不是随意的）姿势的。据宋代郭若虚《图画见闻志》载：唐代画圣吴道子有一幅《钟馗掐鬼图》流传到五代，蜀主认为画中的钟馗"以右手抉其鬼目"不如"用拇指掐其目"来得有力，因命当时的著名画家黄筌改画之。黄筌研究了好几天也下不了笔，只好把原画奉还蜀主，说明了不能改的原因："吴道子所画钟馗，一身之力气色眼貌俱在第二指，不在拇指，以故不敢辄改也。"这也就是戏剧家欧阳予倩谈到演员表演技巧时所说的："……眼睛所到的地方全身的每一个细胞都要跟着。"这些都说明了人的整体性和各部分间的谐调性。

《米洛的维纳斯》即使用现代科学的眼光严加审剔，在解剖学上也是无懈可击的，其身体各部分解剖之准确，比例之匀称，动势之协调，显示了古代雕塑大师技艺的精妙绝伦，令人叹为观止。因此，根据对雕像身体特别是胸、背部骨骼和肌肉（如胸部的胸骨舌骨肌、锁乳肌、斜方肌、三角肌、胸大肌、肱二头肌、前锯肌、腹直肌、背部的斜方肌、三角肌、冈下肌、菱形肌、大圆肌、背阔肌、腹外斜肌等）特定状态的考察、分析、研究，是可以复原出女神此时所应该有的、也是雕塑家只能如此赋予她的那在三维空间中处于唯一位置、呈唯一姿态的手臂的。《拉奥孔》群雕中拉奥孔右臂照作者原意该取何姿态，也当作如是观。

然而可惜，尽管我们可以通过分析，在合规律性的三个层次上确证《米洛的维纳斯》的双臂姿态，但要真正动手去"复原"而不走样，却几乎是不可能的；即使退一步说，假定百分之百地做到与原样毫无二致，其整体审美效果也未见得会比断臂为佳。之所以如此，有作者与欣赏者、造美与审美两方面的原因。

艺术创作是艺术家以全部身心投入的、需要高度自主自由的创造性活动。艺术家在进入某件作品的创作过程时，他所带进来的政治观念、伦理观念、审美观念、民族心理和文化素养、艺术技巧等都是他原先所固有的，在质（性质）和量（水平）上都是确定的，是一个常量（常数），这些决定着艺术家创作的题材、风格、整体构思、表现手法，就是说，它规定着艺术家"写什么"和"怎么写"。例如创作《米洛的维纳斯》的雕塑家就只能以希腊神话为土壤和题材，既不可能搞出类似罗丹《沉思者》的作品，也不会把维纳斯表现为十八九世纪古典主义雕塑《巴奥玲娜·波拿巴脱》（雕塑中以拿破仑的妹妹当作维纳斯，半裸，侧卧，手持苹果，是维纳斯的当代化处理）的样子。《米洛的维纳斯》从题材的选择和处理、作品的整体构思到人物的形象、表现手法，无不是上述"常量"规范的结果，无不显现着时代、社会、历史通过作者打下的印记。但是，艺术家具有某种"常量"是一回事，这些"常量"在创作中能不能充分发挥、怎样发挥又是一回事，因为"常量"还要受艺术家进行创作时的临场状态的影响，而影响临场状态的因素既来自外界，也来自本身；但是艺术家进入创作时会碰到什么样的内外因素的影响，这些因素会发生什么变化，那是难以预测、难以控制的，处于一种不确定的随机状态，所以是一种变量（参数）。如果来自主客观的因素是肯定的（如生活、创作的良好环境，工作、事业上的顺利进展，使人振奋、愉悦、满意的外部信息以及身体舒适、精神饱满、思想自由等），那么艺术家的自主性就强，临场状态就好，就能依据客观条件和自己的需要、目的、设计最大限度地发挥自己的聪明才智、技术水平和创造性,这时艺术家的灵感、想象特别活跃,往往能创作出自己的最佳作品。反之,如果艺术家进入创作后来自主客观的是否定性因素(如外界出现干扰、压力、强制,自己身体不适,精神苦闷、忧郁,思想消极、颓唐),那么,他的自主性就会受到压抑,束缚着各种"常量"使其不能正常发挥,在这种临场状态下当然难以出佳作。总之,"常量"规定着艺术家"写什么"和"怎么写"。而"变量"则制约着"写"的状态和水平;二者结合起来才最终决定了艺术作品的整体面貌。所以,不少水平很高的艺术家有时也会创作出粗劣的作品,有的艺术家想重复自己的得意之作而不可能。恰如鲁迅所说:"写小说是不能够休息的,过了一夜,那个创造人的脾气也许会两样,写出来就不像预料的一样,甚至会相反。"从《米洛的维纳斯》来看,显然是艺术家处于最佳"变量"时刻、"常量"处于巅峰状态时的作品。

明乎此,就不难理解为什么后人复原《米洛的维纳斯》的双臂几乎是不可能的了:首先,从"常量"而言,后世的艺术家即使在文化素养、艺术水平、创作风格乃至哲学观念、审美趣味上与原作者完全一致,他作为处于另一时代另一社会条件下的人,其内心体验、思想感情等也很难与原作者如出一辙;其次,就假定复原者在"常量"的各方面都与原作者完全相似,他在复原维纳斯手臂时的"变量"要与原作者塑造维纳斯手臂时"变量"相同,其概率简直等于零;第三,又假定"常量"与"变量"都相同,原作者和复原者仍然是在两种不同的情况下去塑造美神的手臂的:原作者自主自由地做出了雕像的整体构思,雕像的任何一部分都服从于、服务于这个整体构思,他是从对雕像的整体把握上去塑造女神的手臂的,充分表现出他自主自由的创造精神。而复原者却必须将自己的思想纳入原作者构思的轨道,他不是自主自由地说自己想要说的话,而是在揣摸人家的心思,说人家所要说的话;他没有从自己的全部才智和需要出发做出整体构思,而是以别人的整体构思为前提,为框子,为出发点。在这种情况下复原出的手臂即使符合原作者的构思,恐怕也难以有原作的神韵,当然更谈不上什么独创性了。他可能做得比原作更好,也可能不如原作,无论是哪种情况,复原出的手都很难与原作天衣无缝地吻合成一个整体。虽然手对于人的整体构成、人的整体美是那样重要,但"倾国宜通体,谁来独赏眉",人们在观照美人时是将手和整个的美人联系在一起来抱住赏的,这手只要与整体稍有不谐和处,就会影响整体美。据说罗丹的巴尔扎克像雕成后,他的一位学生赞叹雕像的双手"奇妙完美",罗丹于是突然操起斧子砍去了这双手,因为"手太突出了!它们已有了自己的生命,不属于这个雕像的整体了"。可见艺术品整体性的重要。局部、细节不论是高于还是低于整体水平,都是为整体美所不容的。米开朗基罗就很了然个中之理。论艺术水平,他恐怕不在古希腊雕塑大师之下,但是谦逊地谢绝了教皇让他修补拉奥孔右臂的要求,因为从严格的造美意义上来说,这是一件连艺术巨匠也难以胜任的工作。所以古往今来,文学艺术作品的修补、续作少有成功的。

当然,说真正的艺术作品难以修补、续作,并不是否认艺术上两人或多人合作的可能及价值。艺术上的合作是社会、艺术观点、艺术风格、艺术水平类似或接近的艺术家,基于同样的感受、冲动和愿望,一道进行作品的整体构思,一道进入创作过程。在创作中,他们的"常量"和"变量"基本相同,更重要的是,他们的各种主客观因素都已难分彼此地融化在同一作品中了,因此一般不存在捍格情形。这是不同于由乙对甲的作品作修补工作的。

维纳斯怎样由完整到残缺、再到新的完整

现在我们再从审美的角度来做些考察。

要求完整性，这是人类共同的审美心理；它不是人纯主观的爱好，而是客观事物、审美对象现实属性在人头脑中的反映经历史的积淀所造成的。古希腊神话中的维纳斯作为与人"同形同性"的爱与美之神是完整的，以她为蓝本的《米洛的维纳斯》作为古希腊人审美观念、审美心理的物化形式也是完整的。可以断言，如果这尊女神像在它问世的当时有任何缺损，都是有伤于它的整体美的，对于将形式美当成"造型艺术的最高法律"的古希腊观众来说都是不可容忍的。然而它在沉埋了两千年之后重新问世时，却齐根失去了双臂，这就使雕像由完整走向了残缺，像圆明园的残迹、罗马斗兽场的遗址、《红楼梦》仅剩的前八十回一样，将遗憾留在了观赏者的审美心理上。这里要说明的是，对于比生活更高、更典型、也更理想的艺术而言，所谓完整主要是指构思、内容、结构的整体性，而不仅仅是指被描绘事物自身的"完态"。这又有两种情况：一是事物自身就不完整，如因战争和其他事故失去五官或肢体某一部分者，或先天就有生理缺陷的人，艺术作品表现他们，当然不能违背事实真相，为了所谓的"完整"虚假地添补上所缺部分，但这并不妨碍作者有完整的艺术构思，也不影响作品的整体性和艺术感染力。作家张贤亮在《从库图佐夫的独眼和纳尔逊的断臂谈起——〈灵与肉〉之外的话》[①]一文中说：

> 小时候，翻着世界名将肖像画册，我觉得独眼的库图佐夫和一只胳膊

[①]《小说选刊》1981年第4期。

的纳尔逊，比恺撒和安东尼更有震慑人心的力量。当时并不知道他们是何许人也，属于什么阶级成分，而画面上给人的却是一种雄健的、严峻的、深沉的美感。这种美感，和欣赏《蒙娜丽莎》与《雷卡米埃夫人》时获得的美感在质上有微妙的区别，而程度上却是同样的。独眼与断臂这样的伤痕，非但没有损害他们的形象，反而给他们增添了特别吸引人的风采……

外形有缺陷的库图佐夫、纳尔逊进入艺术作品，竟然可以和美人蒙娜丽莎比美，这显然要归功于那恰到好处地表现出人物"雄健的、严峻的、深沉的"性格的完美艺术构思，及精湛的艺术技巧。二是为了突出地、集中地表现事物最具特征、最能反映其本质的部分，可以有意识地舍弃、删削其他部分，而这突出什么、舍弃什么本身就是整体构思的需要，是完美地表现内容的需要，甚至是构图形式上的需要。《蒙娜丽莎》就只表现了人物的上半身和双手，而更多的绘画和雕塑干脆只表现人物的头部，有的胸像如米开朗基罗的《勃鲁特斯》（古罗马执政官），按审美"常规"至少该把双臂表现出来，可是米开朗基罗却硬是将人物的双臂"连根切去"。然而谁又能说这些艺术品不完整呢？倘若有谁去给添上双臂，反而是多余的、有损作品完整性的。这里，所描绘对象的外形完整与否服从于、服务于作品主题、构思、内容、形式的完整性。这种情况在其他样式的艺术作品中也比比皆是：专门描写"少女的眼睛"的诗有什么必要去描写少女的手呢？以"闺阁情事"为题材的小说干吗非得去写主人公的"出将入相"呢？……

但是《米洛的维纳斯》却不属于以上两种情形，一、女神本身是完美无缺的；二、艺术家的整体构思就是表现出这种完美无缺；三、无论是作品的形式还是作品表现的对象也是完美无缺的。所以任何人为的损坏都有伤它的整体美，何况折断了双臂！

然而，女神的双臂不是在当时失去的，而是在与世隔绝两千年之后失去的；她面临着的已不是创造她的古希腊人，而是既没有见过、也不知道她原来的双臂是什么模样的后世观众，这样一来，就使断臂造成的残缺在审美上有了根本性的改变。

首先，对于后世而言，有着两千年历史的《米洛的维纳斯》不仅是一件具有"永久的魅力"（马克思语）的艺术作品，而且是一件属于历史上一个"永不复返的阶段"（马克思语）的文物，作为历史文物，作为以往世代人类精神文明、物质文明的遗迹，在其所经历的岁月长河中，或是由于战争、动乱等社会原因，或是由于地震、火山喷发、风雨侵蚀等自然原因，会不同程度地被打上历史的印记。如几千年的日晒雨淋风吹沙打使埃及金字塔失去了近十米高的尖顶，给狮身人面像造成了严重的蚀损；社会变迁、战争浩劫使得巨大的古罗马斗兽场和美轮美奂的圆明园只剩下了残墙断柱；土掩尖封、气蒸虫蛀给商周青铜器和古代书画留下了斑斑锈蚀，等等。拉奥孔、维纳斯的断臂亦是如此。这些缺损锈蚀本身是艺术品作为文物存在的历史形式，是它所包含的文物价值的存在形式，在这种形式中沉积着巨大的历史内容。张贤亮在上引关于库图佐夫和纳尔逊的缺陷的文中说，看到他们的生理伤痕，"使人不由得联想到他们的痛苦和他们的斗争，敬仰之情油然而生。这里，缺陷构成了美。"为什么？因为独眼、断臂作为与人物独特经历有密切联系的伤痕，恰到好处地体现出人物由于这种独特经历造成的粗犷、冷峻、深沉刚毅的精神气质和性格特征。马克思说："如果形式不是内容的形式，那么它就没有任何价值了。"[①] 罗丹说：

[①]《马克思恩格斯全集》第1卷，第179页。

"美,就是性格和表现。"①一位思想巨匠,一位艺术大师,用不同的语言表述了同一思想:形式要表现内容才有美的价值,才是美的形式,对于人来讲,就是外形要反映性格。库图佐夫和纳尔逊的有缺陷的面容和体形(形式)体现了"他们的痛苦和他们的斗争"(内容),所以"缺陷构成了美"。维纳斯的断臂以及埃及金字塔、狮身人面像、罗马斗兽场、圆明园的残柱、商周青铜器等等的缺损锈蚀也是这样。不同的是,《米洛的维纳斯》《拉奥孔》中的断臂不是它们所表现的人物在其经历中造成的,而是作为完整的艺术品在人世沧桑中造成的,因此这种缺陷表现的不是人物自身的性格和经历,而是艺术品的经历及这种经历所凝冻的历史内容,它们和金字塔、青铜器一样,是表现另一种内容的另一种形式,所以这种缺陷同样构成了美。由于这种残缺美的存在,使艺术品不仅具有它自身原有的美的性质(如《米洛的维纳斯》是秀美,金字塔是崇高美),而且给它们染上了古朴美的古香古色。

有的论者谈及维纳斯的残缺美时,引用了狄德罗的话:"一个画家在画布上画了一个头像,各部分都画得有力、雄健而又匀称,这幅画可以说是最完美最罕见的一个整体。……但是,画家若是在这个头像的前额上添一颗痣,太阳穴上添一道疤,嘴唇上添一条隐约可见的伤痕,这幅理想化的头像,就会立即变成一幅肖像画。"②又引用脂砚斋关于《红楼梦》人物的评点:"可笑近之野史中,满纸羞花闭月,莺啼燕语,殊不知真正美人方有一陋处,如太真之肥,飞燕之瘦。……今以咬舌二字加之湘云,……

---

①《罗丹艺术论》第62页。
②《狄德罗美学论文选》第348页。

不独不见其陋，且更觉轻俏娇媚，俨然一娇憨湘云立于书上……。"以此说明不要"一味地把描绘对象理想化、绝对化"，如有人脸上有小毛病不应当回避。正是这些小毛病（残缺）造成了艺术形象的真实感和"残缺美"[①]。这一般来讲是对的。但论者将维纳斯的断臂也算在他所说的"真正美人方有一陋处"所造成的"残缺美"范畴之中，这就不妥了。因为如上文所说，维纳斯的断臂不是女神本身的缺陷，而是艺术品的损坏所致，怎么是"美人之陋"呢？若论者之说能够成立，岂不是所有那些高度完美的艺术品，包括《大卫》《哀悼基督》《青铜时代》《思想者》《蒙娜丽莎》《西斯廷圣母》《英雄交响曲》乃至《人间悲剧》《红楼梦》等等杰作，都得给其所塑造的人物及作品本身造成某种残缺才显得出"异趣"美来吗？这显然是荒谬的。何况，所谓"太真之肥，飞燕之瘦"等严格地讲也不是什么"陋处"（即论者所谓的"残缺"），而是美的不同表现形态，是人物美的外在特征，这样来看，即便是女性美典型的维纳斯也是有类"太真之肥"的，就是说，她的美也是有个性特征的。不过，如果硬要在女神脸部加点什么"瑕疵"，那可就真如上引狄德罗那段话后面所说："眼角或是鼻子旁边加上一个小小的斑点，这张女人的脸就不再是维纳斯而是我的某个邻居的画像了。"[②]

话归正题。虽然维纳斯的断臂、金字塔的残顶、圆明园的断柱能构成残缺美，但并非任何残缺都能成为美的，如果维纳斯的双臂在当时就被损坏就无论如何不能说是美。在这里，残缺本身体没体现出历史的内容，是

[①]《"残缺美"的异趣》，载《艺术世界》，1985年第二期版。
[②]《狄德罗美学论文选》第348页。

能否成为美的关键。

正由于《米洛的维纳斯》一被发掘出来就是断臂的,这种断臂构成的残缺美又给体态秀美的维纳斯蒙上了一层古色古香的光辉,以致这断臂非维纳斯莫属了。于是,断臂的维纳斯的自身美连同断臂形成的残缺美一起,作用于观众的感官和大脑,不是作用一次,而是反复作用多次,不是对一批观众,而是对一批又一批观众,并且通过各种信息渠道(书报、影视、言谈等)把由这两种美融成的维纳斯之美传遍全世界。这样,有关断臂维纳斯的知识、观念、感受以及由此培养起来的审美趣味等等就渗入观众、读者的意识之中,形成一种观赏维纳斯时有准备、有倾向的心理状态——审美心理定式,这种心理定式使维纳斯在广大公众心目中就该是断臂的;如果重新给她修复双臂,在公众感受中就取消了她的残缺美,而取消了残缺美就无异于破坏了由秀美和残缺美构成的维纳斯的整体美。因而修复断臂反而成了多余之举,成了"画蛇添足"。于是,在审美进程中,维纳斯就由整体的残缺转化成残缺美,而一旦残缺成为美就不但弥补了原来损伤整体美的残缺,而且和有残缺的整体一起融成了一种新的整体美。从这个完整——残缺——新的完整的审美过程中,可以清楚地看到审美主体与审美对象之间的交互作用,看到审美主体对审美对象的再创造。

断臂,为想象插上了彩翼

其次,维纳斯的断臂为想象的自由驰骋开拓了新的天地。想象是人类的伟大天赋功能,是高级思维的特性;作为由一事物想到另一事物的心理过程，想象能克服概念上、空间上、时间上以及现实与理想、现实与可能之间的差距，沟通万象，连接百代。在审美过程中，无论是面对生活现象还是文艺作品，总是或多或少地伴随着想象的心理活动。但是，审美想象活不活跃、自不自由，除了有审美主体想象能力强不强的主观因素外，审美对象能否提供充分的想象天地是一个重要的客观因素。愈是意蕴深刻、表现含蓄的事物（包括艺术作品），就愈是能使想象展开飞腾的翅膀。像小说、叙事诗之类，尽管具有将性格、事物、事件如实地作为过程展开的功能，使人如身历其境，但作为有想象力的读者，仍然不满足于完全被作者牵着鼻子跑，让作者把一切都详尽无遗地告诉自己，他们总是希望作品能给人留下更多的值得咀嚼、回味、能举一反三、生发联想的东西，总是希望自己也积极主动地加入到作者的创造性想象中去。只有相信读者，调动各种艺术手段，使作品的意蕴、作者的倾向、人物的命运、事件的结局更含蓄些、更隐蔽些、更深刻些、更有启示性一些，才能将想象留给读者，让读者对形象进行充分的再创造，从而丰富作品的内涵。绘画、雕塑不具备叙事性文学的功能，它只能通过人物动态的瞬间定型来展示性格、事态的发展，而要做到这一点，离开了观赏者的想象是根本不可能的。所以在绘画、雕塑中人物动态定型的那一瞬间必须是最能激发人的想象的瞬间。著名数学家 D·希尔伯特说过一段耐人寻味的话："你们是否知道，为什么在我们这一代爱因斯坦说出了关于空间和时间的最有卓识、最深刻的东西？因为一切有关空间和时间的哲学和数学他都没有学习过。"[①] 希尔伯特说的是自然科学，但对于美和艺术的欣赏同样适用。断臂的维纳斯之所

---

① 转引自《心理学纲要》，文化教育出版社1980年版，第293页。

以能给人以丰富的联想，就在于谁也没有见过、谁也不知道她的双臂原来是什么模样，尽管维纳斯原来的双臂只可能有一种姿态，尽管如前所说，我们可以通过对合规律三个层次的分析重新确定这种唯一姿态，但在观赏者的想象中，维纳斯那齐根折断的双臂姿态却有无限多样的可能，这样，断臂就成为莱辛所说的"最富于孕育性的顷刻"了。如果将断臂修复，不仅会破坏《米洛的维纳斯》独特的古色古香的美，而且会大大限制观众在"维纳斯是断臂的"心理定式基础上的想象，因而是不能接受的。事实上，也正因为人们终于没有复原断臂，所以才有本文开头所列举的关于断臂的种种设想、方案。

有一种观点认为："假如修复了维纳斯女神的双臂，于是她的'全'也就使美与美引起的欣赏的情绪达到顶点。'而在一种激情的过程里，最不能显出这种好处的莫过于它的顶点。到了顶点，就到了止境，眼睛就不能朝更远的地方去看，想象就被捆住了翅膀。'（莱辛语）这样，不但激情高潮后的过程可能会降低作品的吸引力，而且更重要的是这种'全'减弱或取消了能充分发展的美——艺术想象力的作用，因而不能不降低了作品的魅力。因此，这种'全'的美，实际上也就包含着美的不全的因素，从而降低了艺术作品的价值。"[①] 应该说，莱辛的话本身是对的；上引这段文章的观点看起来也似乎没错。然而实际上却是值得商榷的：原因有二：第一，前提错了。现在断臂的维纳斯在艺术上是不是完整的？"全"还是不"全"？我们已经分析了《米洛的维纳斯》是怎样由整体的残缺转化成残缺美，残缺美又和有残缺的整体在审美过程中融成为新的整体美，因而由

[①]《含苞花与盛开的花》，载《美育》，1981年第2期版。

不完整（不全）走向了新的完整（全）。在这种情况下为求"形"的表面完整而修复断臂，反而会破坏艺术上的完整。但上引观点却由于没有看到在审美中主客体的交互作用是怎样使女神像由"形"不全走向艺术上完整的辩证过程，眼睛只盯在断臂上，因而把"全"当成了"不全"，以致认为修复断臂会使女神像由不全到全。第二，前提不同，结论自然有异。既然上引观点认为只有"形"上的不全才能引起充分的想象，否则就会"减弱或取消了能充分发展的美——艺术想象力的作用，因而不能不降低了作品的魅力"，那么照此逻辑，为充分发挥观赏者的想象，增加作品的魅力，就必须给完整的艺术品造成残缺以达到"形"上的不全；同样照此逻辑，只有形体、形象、形式上造成了残缺破损的艺术品才是能充分发挥想象力的有魅力的作品——这样的结论显然是不合情理甚至是荒谬的。相反，我们认为，并非任何艺术作品的任何残缺都能引起人的想象、具备艺术魅力的，如《米洛的维纳斯》的残缺就只有经过了前面所说的历史过程和审美历程而成为整体艺术美的有机组成部分之后，这件作品才能给观众开拓新的想象天地，具备独特的艺术魅力。如果维纳斯像在制成时即被无端折断双臂，那么，这种残缺不仅不能转化成美，而且会破坏雕像的形式完整和整体美，只能取消人的"完形"审美要求，在这种情形下又怎能自由充分地发挥艺术想象呢？！此外，残缺本身在程度和范围上也得有个限度，至少不能伤及艺术品的全局或整体，如果维纳斯像只剩下了肢体的某些部分，那它显然也可成为历史文物，但却无法成为残缺美，更谈不上整体美了。

我们有足够的把握断言，《米洛的维纳斯》在断臂之前一定是十分完美的，其双臂不仅本身是完美的，而且与整个身躯配合在一起也是完美的。莱辛在上引观点中援以为据的那段话之前说过："最能产生效果的只能是可以让想象自由活动的那一顷刻了。"① 在那段话之后又立即以拉奥孔雕像为例，说明由于没把痛苦哀号的拉奥孔的嘴雕成"张开大口"的"一个大窟窿"，亦即避免了"描绘激情顶点的顷刻"，所以能给观众以想象的余地。② 莱辛还举出公元前3世纪左右的希腊著名画家提牟玛琼斯，说"他画美狄亚，并不选择她杀亲生女儿那一顷刻，而是选杀害前不久，她还在母爱与妒忌相冲突的时候。我们可以预见到这冲突的结果。我们预先战栗起来，想到不久就会只看到美狄亚的狠毒的一面，我们就可以想象得很远，比起画家如果选取杀女儿那一恐怖的顷刻时所能显示出来的一切要远得多。"莱辛由此得出结论说，提牟玛琼斯"显然很懂得选取哪一点才可使观众不是看到而是想象到顶点"③。既然这样，稍后于提牟玛琼斯，与《拉奥孔》产生差不多同时的《米洛的维纳斯》的作者，难道会不懂得雕塑要选取哪一点才可使观众不是看到而是想象到顶点吗？他的维纳斯尽管有着双臂因而是完整（"全"）的，其整个动态也一定恰到好处，双臂的姿势必然"是可以让想象自由活动"即"最能产生效果"的那一顷刻了。这种完整（"全"）又怎么会如某些论者所说的，"使美与美引起的欣赏的情绪达到顶点"呢？所谓"减弱或取消了能充分发展的美——艺术想象力的作用，因而不能不降低了作品的魅力"又从何谈起？！

---

① 《拉奥孔》第18页。
② 同上，第19页。
③ 《拉奥孔》第20页。

※　※

从以上对《米洛的维纳斯》的断臂的分析、论述中，至少可以得出两点认识：

一、每件艺术作品、每个艺术形象，都是一个多层次结构的整体，我们对它的分析、评价都要结合它自身的具体内容、所属艺术部类的特点及历史经历，从合规律的三个层次上来逐一考察，切忌从一般的原则出发，脱离具体实际做主观臆断。

二、对艺术品、艺术形象的残缺亦应做具体分析；某些艺术品的残缺、破损、陈旧是不可以修补复原、刮垢磨光、整旧如新的，否则，不但会取消它特有、独具的美学色彩、艺术魅力，而且会损伤其文物价值。

啊，米洛的维纳斯，你失去双臂诚然是一大憾事，但是，双臂的失去却使你在世界范围内获得了更大的声誉，引起了更多人的关注和思考，则又未尝不是一件因祸得福的幸事！

美与爱合流溯源

"只有驱遣人以高尚的方式相爱的那种爱神才是美,才值得颂扬。"——柏拉图如是说。那么,历史上,爱是怎样与美相结合的呢?

一、"两种生产"与生殖崇拜

爱与美同在。不仅美所引起的愉悦、崇仰之感所必然导向的喜爱之情中,就包含着爱情,而且爱情作为一种合乎人类生存、发展规律,有着丰富道德内容的社会现象,其本身就具有极大的审美价值,本身就是美的。即是说,美是爱的媒介,爱又是美的载体,两者二而一,一而二,密不可分。然而,爱与美在历史上并不是同步的,二者的结合更是经历了一个艰难而曲折的历史过程。

有了人类,就有了人类历史。马克思、恩格斯指出:"人们为了能够'创造历史',必须能够生活。但是为了生活,首先就需要衣、食、住以及其他东西。因此第一个历史活动就是生产满足这些需要的资料,即生产物质生活本身。"①他们还指出,"一开始就纳入历史发展过程的"另一种生产是人类自身的生产,"每日都在重新生产自己生命的人们开始生产另外一些人,即增殖。这就是夫妻之间的关系,父母和子女之间的关系,也就是家庭。"②这样,伴随着人类的出现特别是人类社会实践的开始,就开始了两种生产的历程:

一是物质生产的历程,亦即美的产生、发展史。最新的考古发现表明,人类在地球上的存在至少有三百万年的历史③了。但是,人类社会实践开始的真正标志则是一百七十万年前旧石器时代中国元谋人的用火:在元谋人生活过的地方发现了炭屑和灰烬,还有经火烧过的颜色发黑的动物化石。这是人类控制和利用自然力的最早尝试,它连同以后石器的磨制、动物的猎捕和驯养等等,都是人类征服自然的实践的胜利,是物质生产过程的开端。在这种物质生产的实践中,最初的美和审美意识渐渐地产生了,这就是马克思所说的,人通过合规律的活动,"通过对对象世界的改造",使自己的积极本质在认识对象和实践对象上物化,从而使这些对象成为人的本质力量的确证和感性显现,使人得以"在他所创造的世界中直观自身"④,由此产生审美愉悦。可以说,那闪动的火焰,那形状规整的石器,那作为衣食之源的野兽,就是人类积极本质的最初载体和审美愉悦最早对象。

但是,如果要探求美是怎样与爱相结合的,那就必须将与物质生产同步的人类自身"种的生产"(即生命的繁衍)的历程,亦即"爱"的起源、发展史联系起来加以考察。

---

①②《马克思恩格斯选集》第1卷第32页、第33页。
③ 1974年11月,美国和法国考古学家在埃塞俄比亚阿法低地发现了一具距今约三百万年的人类化石骨骼。
④ 马克思:《1844年经济学—哲学手稿》第51页。

自有人类便有了人类生命的繁衍。从元谋人开始用火和使用石器的旧石器时代，中经发明制陶术的中石器时代，到出现农牧业的新石器时代，人类由动物式的"杂交"阶段进到了群婚阶段，人类自身的繁衍先后采取了血缘家庭、普那路亚家庭和对偶家庭的形式。血缘家庭排除了人类早期"杂交"阶段"父母和子女之间相互的性交关系"，到了普那路亚家庭，进一步"对于姊妹和兄弟也排除了这种关系"①，这样，由同一个女祖先传下来的女后代不再与这个祖先的男后代发生性关系，而只能与另一女祖先传下来的男后代发生性关系了。自从这种两性关系确立以来，那种由同一女祖先后代组成的集团便转化为"只从母亲方面确认世系"和"继承关系"②的母系氏族，"只知有母，不知有父"正是这种女系血缘亲属集团的特征。但是，两性关系的这种进步，这种母系氏族的出现，绝不是原始人追求个人性爱的结果，而是自然选择的结果，即人类自身的生产适应适者生存、不适者淘汰这一自然法则的结果。用摩尔根的话来说就是：

没有血缘亲属关系的氏族之间的婚姻，创造出在体质上和智力上都更强健的人种，两个正在进步的部落混合在一起了，新生一代的颅骨和脑髓便自然地扩大到综合了两个部落的才能的程度。③

正是由于自然选择法则有益于人类生命生产质量的提高，于是，它进一步缩小着两性发生性关系的范围，使群婚越来越不可能，最终被对偶家庭所取代。"在这一阶段上，一个男子和一个女子共同生活；……然而，婚姻关系是很容易由任何一方撕破的，而子女像以前一样仍然只属于母

---

①②《马克思恩格斯选集》第4卷第33页、37页。
③马克思：《摩尔根〈古代社会〉一书摘要》第34页。

亲。"① 由此可见，"个体婚制的发生同现代意义上的个人性爱是多么没有关系了。"② 它同样是自然选择的产物。

显然，不管自然选择怎样推动了人类两性关系的进步，也不管是在血缘家庭、普那路亚家庭还是在对偶家庭阶段，促使男女结合、发生被恩格斯称之为"最亲密关系"的因素，都不是千百年来为文学艺术所反复咏叹、深情描绘、被冠之"永恒的主题"的爱情，而是"单纯的性欲"③，是原始的、动物式的性要求、性冲动。因此，从人类开始用火、磨制石器，迈出物质生产第一步以来的漫长历史过程中，虽然美的花朵在实践的土壤中到处孕蕾、绽放，但是美的领域中却没有爱的位置；虽然艺术殿堂的大门已经开启，但是登堂入室的却没有爱情以及与爱如影随形的那种人之美。早如旧石器时代晚期山顶洞人"用赤铁矿染过"的"钻孔的小砾石、钻孔的石珠，穿孔的狐或獾或鹿的犬齿、刻沟的骨管、穿孔的海蚶壳和钻孔的青鱼眼上骨等"装饰品④，及打磨光滑、均匀、规整的石器，晚如文明时代来临前远古神话传说中"人面蛇身"的诸神，给人们透露的只是和巫术礼仪观念混杂在一起的原始审美及自然崇拜（图腾）的信息，却找不到爱的踪迹。而不论是中国原始时代的陶器图案上还是欧洲的原始洞穴壁画中，占支配地位的是动物或其他自然物的形象、形式，却绝少人的表现。如法国有名的拉斯科克斯洞穴壁画，动物的形象触目皆是，却没有人的形象，只有一些似人非人、似兽非兽的东西。它究竟是什么？专家学者们有不同看法。有的认为这是戴着兽形面具的人的形象，当时的艺术家"几乎总是把自己的面貌隐藏在动物假面具的后面。他完成了作为一个画家明确的艺术趣味，

---

①②③《马克思恩格斯选集》第4卷第42页、第42页、第73页。
④ 贾兰坡:《"北京人"的故居》第41页。

但却不屑于去描绘自己的面貌。即使他承认他描绘了人的形状,他同时也就把这种形状隐藏起来。就仿佛在为自己的面貌害羞似的……"(艾伯特·斯基瓦)① 但是,不论是人要将自己的面目隐藏在动物的假面后面,还是干脆不让自己出现在动物之中,都使我们感觉到,已经意识到自己脱离了动物界的原始人一方面耻于与动物为伍,希望超升自己于动物之上,但另一方面却又还没意识到这种对动物界的脱离于人本身是一种美,甚至不愿去表现这一点,真"仿佛在为自己的面貌害羞似的"。在这种历史条件下,不仅集爱与美于一身的女神不可能产生,就是单纯的爱神或美神也不可能出现。

在已被发现的旧石器时代的文化遗迹中,有法国格里马底洞的圆雕裸女、洛塞尔洞手持角杯的少女以及奥地利维林夫多山洞的裸女雕像,这些雕像后人一律以"维纳斯"名之,如"格里马底维纳斯""洛塞尔维纳斯""维林多夫维纳斯"。这就给人一种错觉,似乎这些原始雕像同后来古希腊神话中的维纳斯一样,都是当时不同地域原始人崇拜的爱与美女神,似乎爱与美从原始人以来就是结合在一起的。事实上完全不是这样。上述被冠以"维纳斯"芳名的裸女雕像在外形上与现实的人根本不同,无一例外地具有与生殖密切相关的生理特征:突阴大乳隆腹丰臀,至于那些与繁衍后代无直接关系的头部、手足则被大大简化以致融合到躯干上了。无独有偶,在我国青海乐都县柳湾三坪台原始社会文化遗址也出土一件人像彩陶壶,壶上那"奭"(母)形裸体人像,有四个乳房(多乳则繁庶),会阴部则男女合体,这大概要算是中国的"维纳斯"了。另据最新考古消息,在辽

---

① 朱狄:《艺术的起源》第 47 页、第 51 页。

宁西部山区发现了距今大约五千年的文化遗址,其中东山嘴祭坛出土的两件陶制无头裸体女像,作典型的孕妇状。有的专家认为这可能是母系氏族社会的象征物——当时人们所崇拜的"生育神"。那么之所以作孕妇状,也就是为了突出生殖功能。这些雕像所突出的生理特征鲜明地反映出"只知有母,不知有父"的母系氏族社会对女性的崇拜和对生殖的崇拜。由此可得出什么结论呢?一、既然这些裸女雕像是"只知有母"、只知生殖的社会现实的反映,所以它们不是"爱"的表示,不是"爱"的产物,所谓"生殖即爱"中的"爱"不过是生殖的同义语,而非超乎纯生殖之上、必得以男女双方的"互爱"为前提的爱情。正如有的外国研究者所说:"当代在对最早艺术的研究中几乎没有发现有性爱的倾向。我们曾经相信过是爱情导致了最早的艺术家去刻画了岩壁上少女的朦胧轮廓,这种幻梦消失了。最早的雕塑是女性的雕像是确实的,但这些事实并不就能清楚地意味着它就是起源于性爱。也许这些雕像只是一些偶像,之所以以女性为对象可能由于其他的原因。"[①]这种爱情之外的"其他的原因"就是上文所说的对母亲和生殖的崇拜。二、这些女雕强调、突出的是人纯生殖的动物性特征,而不是人自身通过社会实践实现"人化"后的体貌特点(如有表情的面部、高度发达的灵巧的手和修长直立的下肢等),表明当时的原始人关于"人"的审美意识是十分朦胧的、没有形成的。他们创造这些雕像既不是为了爱,也不是为了美,而是为了实用的功利目的:生命的增殖、氏族的繁庶。因此,在母系氏族社会既不存在爱神,也不存在美神,如果当时有"神"的话,也只能是生殖之神。考诸古希腊爱与美女神维纳斯的身世,就是由巴比伦

[①] 马克斯·德索:《美学与艺术理论》,转引自朱狄《艺术的起源》第205页。

最高女神伊丝塔之前身——闪米特族崇拜的生殖、婚姻女神沙班尼特衍化而成。

二、殊途同归，美爱合流

然而在对偶家庭阶段，由于"在成对配偶制中，群已经减缩到它的最后单位，仅由两个原子组成的分子，即一男一女"，所以，"自然选择已经通过日益缩小婚姻关系的范围而完成了自己的使命"，"如果没有新的、社会的动力发生作用，那么，从成对配偶制中就没有任何根据产生新的家庭形式了"①，当然也没有任何根据产生美与爱之神。但是，"新的、社会的动力"依据历史发展的必然性出现了，开始发挥它的作用了，这就是：随着以制陶术为标志的中石器时代向出现农牧业、晚期开始冶炼铁矿的新石器时代的发展，原始社会的生产力得到了前所未有的提高，原先仅够氏族成员糊口生存的物质生活资料现在有了剩余。这些新的财富最初是归氏族所有的，后来由于种种历史的和现实的原因，财产转归各个家庭所有了。这时的家庭由于对偶婚制而在生母之外增加了生父这个新的因素，而子女的生父（生母的丈夫）又因在家庭内部分工中负责获得食物和为此所必需的劳动工具，所以也就约定俗成地取得了食物（如家畜）和劳动工具（包括活的工具奴隶——部族战争中获得的俘虏）的所有权。但是，根据只从女方确认世系和继承关系的习惯，丈夫不论是离婚还是死亡，其财产都不能归他所属的氏族亲属所有，而只能留在女方所属氏族以内。这样，

---

① 《马克思恩格斯选集》第4卷第48页。

随着财富的增加所导致的男子在家庭、在生产中所居地位的加强，人类历史上最早、最激进然而又是不流血的革命便因时顺势地悄悄发生了，这就是废除按女性计算世系的办法和母系的继承权，而确立按男性计算世系的办法和父系的继承权。这样，建立在男子的统治之上的家长制家庭作为向更高家庭形态过渡的中间环节，和父系氏族社会一同产生了。这种家庭形式使财富和奴隶更迅速地聚集到家长手中，确立亲生的财产继承人也就更迫切了，于是婚姻关系较之对偶婚牢固得多的一夫一妻制家庭就取代了对偶家庭。一夫一妻制家庭的起源表明："它绝不是个人性爱的结果，它同个人性爱绝对没有任何共同之处，因为婚姻和以前一样仍然是权衡利害的婚姻。"[1] 随着一夫一妻制家庭的确立，以原始公有制为基础的氏族社会崩溃了，取而代之的是以私有制为基础的奴隶制社会——文明时代的第一个社会形态。

在由对偶家庭向一夫一妻制家庭过渡的漫长历史过程中，由于生产力的发展，一方面使人的社会实践范围愈来愈扩大，接触到的认识对象和实践对象愈来愈多，另方面人的本质力量不断地发展和丰富起来，这样，在实践中，愈来愈多的客观事物因对象化了人的愈来愈丰富的本质力量，而放射出美的光辉。也正是在这种创造美的实践中，原始人就像哥伦布发现新大陆一样，惊喜地发现了自己作为自然主宰者的美，于是，人对自身的审美意识萌生了。不过，受着历史条件的制约，这种审美意识开始似乎主要是针对女性的，并且带着时代的特征。证诸中国的《诗经》，就有所体现，如其中的《唐风·椒聊》篇有这样的句子：

---

[1]《马克思恩格斯选集》第4卷第60页。

> 椒聊之实，蕃衍盈升。彼其之子，硕大无朋。椒聊且，远条且。
>
> 椒聊之实，蕃衍盈掬。彼其之子，硕大且笃。椒聊且，远条且。

综观全诗，它颂扬的大概就是母系氏族社会所认为的（或受了这种审美意识影响的后人所认为的）美女：椒多实善蕃衍，不正是身体健壮、既能耕作又能多产子的妇女的象征吗？这样的女性就是美的。又如《楚辞》，其中的"美人"多为女性、女神，即便作者提到楚王或自己，也多以女"美人"作比。其原因在楚地处南方，社会发展较中原地区为晚，母系氏族社会的习俗保留较多，它不能不影响到诗人的审美观念及艺术手法。不过随着男子在生产和家庭中地位的加强，"美人"就不仅有女性，而且有男性，甚至愈到后来男性的那种刚健勇悍的美就愈是在艺术中占支配地位。从《山海经》《淮南子》《尚书》《吕氏春秋》等古籍中保留下来的远古神话传说来看，虽也有女娲、精卫这些女性，但大多是黄帝、羿、禹这样的男性英雄，并且赋予他们以剽悍勇武的外表、超乎自然的神力和声威赫赫的业绩，在这些形象上，已基本摆脱了对纯生理特征的膜拜式夸张，而突出、强调了人类那已经社会化了的征服自然的本质力量。这正是父系氏族社会现实的反映，也是当时人们关于男性的审美观念的体现。同样，在以父系氏族为基础的部落社会向奴隶制社会过渡时期形成的古希腊神话中，神不但有一个由自然属性为主向以社会属性为主转化的演变过程，而且这个以宙斯等男性神为主的神的家族先是反映着氏族社会的等级关系，后又成为奴隶主阶级的象征。这些神的形象鲜明地表达出远古希腊人关于自身的审美观念。

但是，尽管关于人自身的审美意识已经形成，美与爱的结合却仍有待时日。因为，虽然从形式上看，一夫一妻制似乎是男女相爱（以平等、互爱为基础）的表现和结果，然而从它的起源来看，从实质上看，如前文所说，"它绝不是个人性爱的结果"；这种个体婚制所赖以产生的历史的、经济的前提和基础，如丈夫的统治权以及年轻美貌的女奴隶的存在等，使它从一开始就具有了"只是对妇女而不是对男子的一夫一妻制"[①]的特殊性质。恩格斯曾指出，古希腊神话和英雄传说提供了这方面的大量例证。在荷马史诗中，被俘虏的年轻妇女都成了胜利者的肉欲的牺牲品；军事首领们按照他们的军阶依次选择其中的最美丽者；它每提到一个重要的英雄，都要讲到同他共享帐篷和枕席的被俘的姑娘，这些姑娘也被带回胜利者的故乡和家里去同居；而丈夫对于正式的妻子，则要她容忍这一切，要她自己严格保持贞操和忠诚。这种没有爱情的家庭必然导致夫妻双方各同异性发生婚外的性关系。例如神话中的阿利斯和阿弗罗狄特（维纳斯的希腊名）的私情被撞见时，阿波罗打趣赫美斯，问他是否愿意处在阿利斯的地位，不料赫美斯回答说："噢，伟大的弓箭手阿波罗，那真是谢天谢地，求之不得呢；但愿我被搂抱得更紧，但愿所有的男女神明都看见，但愿我能够在金发的阿弗罗狄特身边。"[②]这些都表明，爱情作为人的一种包含着丰富社会内容的本质力量，在当时的历史条件下尚未形成，即是说，人的本质力量中还没有爱情这种因素。因此，这时人的美虽已产生，却没有与爱相结合，至多只是充当了肉欲（"单纯的性欲"）的媒介，甚至连神话中的爱与美女神也未能幸免。

可见，一夫一妻的个体婚制在历史上绝不是作为男女之间的和好而出

[①]《马克思恩格斯选集》第4卷第58页。
[②] 丹纳：《艺术哲学》第259—260页。

现的，更不是作为这种和好的最高形式——由美而导致的男女间的互爱而出现的。然而有趣的是，原先与爱情无关的家长制家庭向一夫一妻制家庭的发展，却最终导致了爱情的产生。

恩格斯指出："在历史上出现的最初的阶级对立，是同个体婚制下的夫妻间的对抗的发展同时发生的，而最初的阶级压迫是同男性对女性的奴役同时发生的。"[①]阶级的产生使社会上的人群分为两大基本阵营：一是占有大量社会财富的奴隶主、封建主和资本家，财富的占有决定了他们要实行名义上的一夫一妻制（妻妾制和娼妓制不过是这种"一夫一妻"制的必要补充），因为"一夫一妻制和男子的统治原是为了保存和继承财产而建立的"；[②]不仅如此，为了扩大财富、维护既得利益，他们还实行出于政治和经济考虑的联姻。这样的婚姻和家庭当然与爱情无关。二是被剥夺了财富的奴隶、农民和无产者，由于没有财产，也就没有建立男子统治的任何刺激，所谓继承权也就不具有在有产阶级那里的意义。这样，被压迫阶级虽然实行的也是一夫一妻制，但却不是统治阶级以经济、政治利益为转移的一夫一妻制，而是"以所爱者的互爱为前提的"[③]的一夫一妻制。正是在这些创造了财富又被剥夺了财富的阶级的社会实践中，"现代意义上的性爱"即爱情，作为人的本质力量产生了、发展了，它综合着这些阶级的社会理想、道德观念和生活要求，当这种理想、观念、要求由异性的思想品格、所作所为、言谈举止、仪表体貌所体现时，人的这种本质力量就在对象（他或她）上对象化了，他（或她）的形貌、品格就会使人产生愉悦、喜爱、钦慕之情。这样，爱与美在经历了漫长的孕育、分离之后第

[①][②][③]《马克思恩格斯选集》第4卷第61页、第67页、第73页。

一次结合为一体了。与此同时，在社会上层阶级那儿，也有一部分成员，或是由于客观原因被排挤在权力与财产的分配、继承之外，或是由于自身的品格、思想而超出于权力与财产的私利之上，或是阶级矛盾、社会斗争使其走向人民而转化成本阶级的对立面，这些人也会在自己的实践中由于在异性身上发现自己所珍爱的东西，而产生爱慕之情，从而使爱与美结合起来。我们现在虽然不能知道爱与美开始结合的确切年代，但产生于两千五百年前的《诗经》中的《关雎》：

关关雎鸠，在河之洲。

窈窕淑女，君子好逑。

…………

大约是中国将二者明确结合在一起的最早文艺作品。而由闪米特族崇拜的生殖、婚姻女神演变成的古希腊维纳斯女神，则恐怕是爱与美相结合在西方艺术史上的最早表现。至于不论在任何国度和民族，爱与美女神之所以是女性，一方面是远古母系氏族社会女性崇拜（实质是生殖崇拜）之历史渊源所致，另方面则如莱辛所说，"贞静羞怯的美和娴雅动人的魔力，这就是所爱对象使我们心醉神迷的一些品质，也就是我们纳入'爱'这个抽象概念里去的一些品质"[①]，而女性自身性格与形体上的特征恰恰最能体现出这些品质。

总结上述历史过程，可以看到：

人类的物质生产不是为了美才进行的，但却产生了美；先有物质生产，后有美；

[①] 莱辛：《拉奥孔》第54页。

人类的生命生产不是为了爱才进行的,但却产生了爱;先有婚姻、家庭,后有爱。

爱与美二水合流,恋爱成为一种审美活动,对于人类的发展是一个重大的进步,它使童年的人类得以摆脱原始的动物性残余,大大丰富了自身的社会性的本质力量,使爱情跨越粗陋的"单纯的性欲"和狭隘的分工与私利的藩篱,成为促使人们提高、完善自身,不断成熟起来的一种强大动力。这样一来,不仅萌生爱情、实现爱情的恋爱过程成为审美过程和造美过程,而且爱情、恋爱本身也由于符合社会发展的规律,有益于人类自身的进步,因而具有极大的审美价值,成为美的对象,它所具有的那种特殊撼动人心的魅力,使世世代代的人们为之倾倒,以致如恩格斯所说,爱情成了文学艺术围绕旋转的轴心和"永恒的主题",而维纳斯也就理所当然地成了最受人喜爱的女神。

爱情审美纵横谈

当"跨出波涛使凡人和神明都为之神摇魄荡"[①]的维纳斯,在三位时光女神和三位美惠女神的陪伴下来到奥林帕斯山,引得众神纷纷追求她时,就意味着那贯串着审美心理活动的恋爱过程开始了。

恋爱中的审美,或爱情中的美学,是十分复杂微妙的,是古希腊神话中为维纳斯所掌管、而为人类所独有的高级精神生活。但是,杰出的英国生物学家达尔文却不这样认为,他曾依据他观察到的某些现象试图证明动物不仅能"恋爱",而且在这"恋爱"中还有"审美":"如果我们记得某些鸟类的雄鸟在雌鸟面前有意地展示自己的羽毛,炫耀鲜艳的色彩,……那么,当然我们就不会怀疑雌鸟是欣赏雄鸟的美丽了。……关于鸟类的啼声,也可以这样说。交尾期间雄鸟的优美的歌声,无疑是雌鸟所喜欢的。假如雌鸟不能够赏识雄鸟的鲜艳的色彩、美丽以及悦耳的声音,那么雄鸟使用这些特性来诱惑雌鸟的一切努力和劳碌就会消失,而这显然是不可设

[①] 丹纳:《艺术哲学》第323页。

想的。"① 照这样说来，不但人类有一个维纳斯，动物也会有一个爱与美之神了！然而，我们从下面的论证中将看到，这是根本不可能的。

只有人类，才享有爱情审美的特权。

"人是多么了不起的一件作品！"

人既是审美主体，又是审美客体。即是说，在人类社会中，任何有人群的地方，每个人既观赏别人，也被别人所观赏。不过，这种相互观赏在男女之恋中，在爱情生活中表现得最为突出，最为敏感，也最富于诗意。

"哪个青年男子不善钟情？哪个妙龄少女不善怀春？"（歌德）那种以男女异性间相互吸引、相互悦慕为前提的爱情是人世间最美妙的感情；爱情的光晕曾使多少人为之神驰！爱情的琼浆曾令多少人沉醉！诗人可以为爱情唱出热烈的赞歌，科学却必须对爱情做出冷静的分析。那么，什么是爱情的动因？什么是爱情的酵母？毫无疑问，具有繁衍后代生理本能的男女异性的存在是爱情产生的物质基础，然而，人类的爱情作为高度社会化了的、有着深刻社会内容的高级感情，却绝非单纯的动物式的性欲冲动的结果，导致真正爱情产生的有一系列高度社会化了的因素，如漂亮的容貌、匀称的体态、优雅的风度、融洽的旨趣、高尚的品格、广博的学识、亲密的交往，等等，归纳起来，无非是外在的美与内在的善。由于男女间的接触、交往、了解通常是从对对方外在感情形象的观照、感知开始的，而外在的美丑能使人在不假思索之中产生愉悦之情或厌恶之感，所以，对

---

① 转引自普列汉诺夫：《论艺术》第8页—9页。

男女外在感性形象的观照往往就成为爱情萌生与否的最直接、最切近的因素，成为爱情审美的第一个层次。但是，要了解男女不同的形象之美，首先就得了解作为"万物之灵"的人之美。

人类是在数百万年的进化过程中逐渐磨去猿的痕迹，形成"万物之灵长"的外貌特征的：为了适应从树上转到地上生活的需要，为了挖掘植物的根茎、猎捕禽兽以充饥，猿的前肢不得不离开地面，用充当工具或制造工具或使用工具的新的功能取代了支撑身体及行走的原始功能，从而变成了人的手；由于手从四肢中分化出来，猿开始直立行走，后肢于是转化为人的下肢；随着手的发展和直立行走，随着劳动而开始的人对自然的统治，不仅扩大了人的眼界，而且促使人们更紧密地互相结合、彼此沟通，并由此促成了语言的产生；在劳动和语言的影响下，猿脑逐渐变成了人脑，愈来愈清楚的意识以及抽象能力和推理能力发展了；与此同时，原始的、非人的眼、耳等感官变成了人的感官，遍体长毛的肌肤进化成光洁的人的肌肤——由于这一切的进化和变化，人自身的"自然"才得以"人化"，才有了人的一切体貌特征以及与此相适应的生理机制。

这里要看到的是，由猿向人进化的过程，同时也就是由猿的群体生活向人类社会转化的过程，"随着完全形成的人的出现而产生了新的因素——社会"①。所以，人的体貌特征的形成不仅是自然进化的结果，而且是社会需要（制造、使用工具，认识事物，交流、表达思想感情等）的产物，人的充满智慧的眼睛，表情复杂微妙的面容，高度完善、结构精密的肌体，无不打着社会的烙印，体现着社会的内容，从而远远超出于动物界之上。

---

① 《马克思恩格斯选集》第3卷第512页。

恩格斯指出："根据唯物主义观点，历史中的决定性因素，归根结底是直接生活的生产和再生产。但是，生产本身又有两种。一方面是生活资料即食物、衣服、住房以及为此所必需的工具的生产；另一方面是人类自身的生产，即种的繁衍。"恩格斯还告诉人们："一定历史时代和一定地区内的人们生活于其下的社会制度，受着两种生产的制约：一方面受劳动的发展阶段的制约，另一方面受家庭的发展阶段的制约。"① 这就是说，在人类和人类社会形成、发展的过程中，始终伴随着两种生产：物质生活资料的生产和人类自身生命的生产（即"种的生产"）。也就是说，生儿育女、传宗接代不仅是一种"生产"，而且和物质生产一道，成为历史中的决定性因素，可见其重要了。不过，这两种生产对于美来说作用不尽相同，它们分别造成了人之美与男女之美。

先说人之美。当人们作为能动的主体，循着一定的客观规律去打磨石刀石斧，成功地猎捕野兽，或进一步冶炼铜铁，制造各种工具，开垦土地，收获粮食，建起房屋时，他会从野兽、田园、庄稼、工具、房屋这些劳动成果上感受到自己作为自然征服者的智慧和力量。为什么呢？因为动物是创造不了任何东西的，人却能通过能动的创造，将自己成其为人的那种区别于、超越于动物的社会本质（精神上的聪明才智、勇气毅力，肉体上的控制自如、灵巧有力等等）表现出来，证明出来。这样，上述被猎获的野兽、开垦的田野、收割的庄稼、制造的工具、建筑的房屋，就不但以其具体而生动的感性形象唤起人们由于自己的人格、自我价值得到肯定而产生的愉悦之情，使它们在人们心目中显得好看、显得美，而且使在物质生产

---

① 《马克思恩格斯选集》第4卷第2页。

过程中最能体现出人的积极本质（即头脑聪敏、身手矫健）的猎手、农人、匠师等受到人们的注意，得到人们的尊崇，他们这时不是作为主体，而是作为客体，同样以其生动具体的感性形象引起人们对自身的肯定和赞赏，他们的表情，他们的体形，他们的姿态，都使人觉得赏心悦目。

人是多么了不起的一件作品！理智是多么高贵！力量是多么无穷！行动多么像天使！洞察多么像天神！宇宙的精华！万物的灵长！

这段对人类自身美的热烈颂词，虽然出自十六、十七世纪之交英国伟大作家莎士比亚笔下的人文主义者哈姆雷特之口，然而，那种由于发现了、看见了人的美而引起的惊喜之感，却与太古先民们对自身美的发现而产生的愉悦之情多么相似啊！

"刚强的一半"与"美好的一半"

但是，人类自身的美除了有若干基本的、共同的标准（如端正的五官，匀称的躯干和四肢，光洁、富于弹性的肌肤等）外，还会因种种原因而产生差异，这些差异中最普遍、也是最大的就是由于性别不同而形成的男子和女子在外形上的差异；这种差异的客观存在导致了人们对男女外在美的不同审美观众、审美要求以及与此相适应的审美心理。

马克思曾把人类分成两半，将男性称之为"刚强的一半"，而将女性称之为"美好的一半"。那么，男性的"刚强"、女性的"美好"这不同的审美特征是由什么决定的呢？是由男女两性的不同生理机制、在人类"种的生产"中的不同分工，以及由此带来的不同社会义务、社会要求和社会作用决定的。

在大自然中，生物要延续自己种类的生命，必得通过雌雄两性的结合。人类也不例外。但是，人类两性结合产生的新生命必须经过在女性体内孕育并娩出，以及哺乳、抚养这么一个要耗费大量心血的过程。适应两性在"种的生产"中的这种自然分工的生理需要，人类漫长的进化过程造成了男女骨骼、肌肉、脂肪三者在质和量及其分布上的差异：由于女子的骨密质较薄，所以男子的骨骼较女子重百分之二十；男子四肢骨较长，一般下肢骨长于躯干，而女子四肢骨较短，一般下肢骨等长或略长于躯干；男子骨盆长而窄，女子骨盆宽而短；男子肌肉发达，全身的骨骼肌就占体重的百分之四十二，而女子仅占百分之三十六；女子体内的脂肪则比男子丰富，占体重的百分之二十八，男子只占百分之十八，且女子脂肪多分布在肩、胸、腰、臀和大腿处。这些生理上的特征又是和男女两性在"种的生产"中的自然分工相适应的。由此导致了男女在外形上"第二性征"的差别：一般而论，男子身材高大结实，肩部宽厚，上肢结实有力，髋部较窄，下肢较长，整个体形呈倒三角形，而且肌肉发达，线条粗放，行动起来速度快，幅度大，有棱角，不平和。女子则肩较窄，髋部宽且丰满，下肢较短，整个体形呈正三角式，富于曲线，线条柔和，这种体形导致女子行走时腰肢的轻微扭动。至于头部，由于女子头骨较为纤细，颌骨、鼻骨和前额骨都不如男子突出，所以女子的面部较男子精细柔和。生理机制和体形上的这种种差别使男子在体力上、速度上、耐力上都优于女子，从而在物质生产和社会活动中处于强有力的地位，而女子则对人类生命的延续起着更大的作用。所以，在原始社会，当不分男女地进行渔猎活动的最初阶段过去之后，艰险的狩猎任务就主要由男子承担了，女子则转而从事农业、畜牧；而一旦农业、畜牧业成为部族的主要生活来源，男子又成为这个生产领域中的主要劳动力了。劳动强度的增大,体力输出的增多,必然带来生产力的发展,生活资料也开始有了剩余,原来在母系氏族社会不为子女所知的男子为了取得对剩余财富的所有权和继承权,使得按男性计算世系的办法应运而生。所以,母权制的倾覆和父权制的产生,除了种种复杂、深刻的历史、社会原因外,男女生理机制的差别不能不是一个因素——虽然不是决定性的因素,在此后的社会发展进程中,男女两性在社会上扮演的角色和社会分工不论怎样变化,也不论在某些局部会出现什么奇特情况,倘若就整体而言,都不能越过或无视男女生理差别这个大限,男子理所当然地要更多地担负起抗危负重、披坚执锐的社会责任,不这样,社会的有序状态就会发生紊乱,就会给人类自身造成灾难性后果。这是一条不以人的道德观念为转移的铁则,因而也是人类社会的一种自控制、自调节机能。它使得不论是男是女,都能保持其合乎生理规律的外在性别特征即第二性征,并以此为物质基础发展着各自的形体美。那首有名的台湾民歌唱得好:

阿里山的姑娘美如水,

阿里山的少年壮如山。

……

昂然如山岳之耸立,袅娜如流水之柔婉,这的确是男女两性天赋的外形审美特征,即人们常说的阳刚美与阴柔美,亦即马克思说的"刚强"(壮美)与美好(优美)。当然,这种区分是一种整体上的、概括了基本特征的区分,实际上,这种性别的外在差异在每一个具体的男人和女人身上都表现为千差万别的具体形态,就是说,男女两性外在美的个体形式是无限丰富多样的。

总之,如果说人类区别于动物的美是在物质生产中形成的,那么,人类的男女之美则是在"种的生产"中二水分流的。

男女之美的社会尺度

前面说过,在人类社会中,人们是互相观照的,因此,他(她)既是审美客体,又是审美主体。马克思说:"只是由于属人的本质的客观地展开的丰富性,主体的、属人的感性的丰富性,即感受音乐的耳朵、感受形式美的眼睛,简言之,那些能感受人的快乐和确证自己是属人的本质力量的感觉,才或者发展起来,或者产生出来。因为不仅是五官感觉,而且所谓的精神感觉、实践感觉(意志、爱等等)——总之,人的感觉、感觉的人类性都只是由于相应的对象的存在,由于存在着人化了的自然界,才产生出来的。五官感觉的形成是以往全部世界史的产物。"① 马克思在这里运用客观存在决定主观意识的原理,阐明了人的审美心理、审美感觉的丰富性是由于客观存在的美的丰富性才形成和发展起来的。这样,作为审美客体而客观存在着的男女两性不同特征的外形美,就必然使作为审美主体的人对男女两性相应地形成了不同的审美观念、审美要求和审美敏感。而这种审美观念、要求和敏感的形成也是同男女两性在"种的生产"中的不同分工以及由此带来的不同社会义务、社会观念千丝万缕地联系在一起的。

对所谓的男性美,尽管在各个时代、各个社会、各个阶级乃至各个民族那里,评价和标准会有种种差异,但力度和刚度却是几无例外的共同审美要求;而这种力与刚首先就体现在男子呈倒三角形的躯干、强健的肌肉、有力的四肢、高大的身材、刚毅的面容上。例如古希腊人就特别"看重呼吸宽畅的胸部,灵活而强壮的脖子,在脊骨四周或是凹陷或是隆起的肌肉,

---

① 马克思:《1844年经济学—哲学手稿》第79页。

投掷铁饼的胳膊,使全身向前冲刺或跳跃的脚和腿"[1]。著名的古希腊雕塑《掷铁饼者》《荷矛者》《赫尔克里斯》《波尔格塞的战士》《拉奥孔》以及意大利文艺复兴时期的《大卫》《摩西》《布鲁特斯》等,就是这种对男性外形审美意识的物化形式。

文学家也喜欢赋予他笔下的英雄好汉以堂堂男子汉的仪表,如《斯巴达克思》作者笔下的庞培:"身材非常高大,体格和赫克里斯一般结实魁梧;浓密的黑发罩住了他的大头,……他那粗犷的、线条分明的脸和强壮有力的身体,使人感到一种刚毅的美。"再看女作家乔治·桑笔下的理想人物安吉堡磨工:"他的身体很健壮,发育得很均匀,真是仪表堂堂,落落大方,有一张引人注意的面孔。……棕黄色的皮肤上,便显露出了一种十分美丽的光彩。他的端正的五官和他魁梧的身材正相对称。他的眼睛又深又亮。他的牙齿雪白放光,他的栗色的头发长长的、鬈鬈的,弯曲地披在肩头上,像一个身体强壮的人所特有的丰盛的头发一样,衬托出一个宽大而丰满的额头,表现出他的敏感、聪明、富于诗意的理想。"一个男作家,一个女作家,笔下两个美男子都具有基本相似的外形特征,可见对于男性的审美要求,不论在男子还是女子都是共同的。而在中国人看来,男性要美,在外形上同样离不开与其生理特征紧密相关的要素,如高大雄健、孔武有力等等。中国古典小说中,特别是那些以英雄豪杰的文治武功为题材的作品如《三国演义》《水浒传》中,充满了"虎背熊腰,力能扛鼎""声若巨雷,势如奔马"之类的描写。所谓"伟丈夫"原来是为人们所推崇的男子汉形象。

对于女性的审美观念、审美要求,虽然也会因时间因地因人而有许多

---

[1] 丹纳:《艺术哲学》第294页。

不同,但将胸、臀丰满,体态婀娜,富于曲线,肌肤圆润等视为美则是基本一致的。《米洛的维纳斯》雕像的蓝本尽管是古希腊的白种人,但女神形象所体现的美却对五大洲不分民族、人种、国度、性别、年龄的各色人等产生了强烈的辐射效应,这表明了女性的美及对女性的审美观念有着某些基本的共同点,而这种共同点又是建立在女性共同的生理特征基础之上的。所以古今中外的艺术家、文学家为了塑造出凭直观就能给人以美感的女性形象,其刀凿、笔墨、色彩总少不了用在对女性外形美的描绘上。崇尚人体美的古希腊罗马雕塑,如各式各样的维纳斯就不说了,就看看从欧洲文艺复兴时期直到现代的油画,如波提切利的《维纳斯的诞生》、乔尔乔内的《酣睡的维纳斯》、提香的《丹纳依》、委拉斯凯兹的《镜前的维纳斯》、安格尔《泉》、库尔贝的《女人和鹦鹉》、雷诺阿的许多以女性为题材的油画,塑造了多少富于女性美的形象!

再看看文学作品中的描写吧:"她的下巴也和面颊一样丰满,可是没有臃肿之处,构造非常结实;……在美丽紧实的皮肤下面,流着纯洁的血液。她的腰身略微粗了一点,……胸脯广阔丰隆。西尔薇有训练的眼光透过对方的衣服,估量对方的身体,尤其是那两只肩膀,它们的丰满和谐跟金黄浑圆的脖子配在一起,形成她全身最完美的部分。""……这天穿了一件淡青色的薄纱洋服,……她那十六岁少女时代正当发育的体格显得异常圆匀,一对小馒头式的乳房隐伏在白色印度绸的衬裙内,却有小半部分露出在衬裙上端,将寸半阔的网状花边挺起,好像绷得紧紧似的。"这里,前者是法国作家罗曼·罗兰《欣悦的灵魂》中的少女安乃德,后者是中国作家茅盾《子夜》中的少女林佩珊。时代不同,种族不同,国度不同,可是透过作家对这两个人物的描写,不也可以看出人们在女性审美观上的共同之处吗？

必须指出的是，由于男女两性的外形美及与此相适应的审美观念、审美要求，是伴随着物质生活资料的生产，在"种的生产"过程中以男女生理机能的分化、分工的完善为基础形成的，所以，这种美是真、善、美的统一。歌德在回答"事物生长到了一定时期，就会完全现出它所特有的性格"的问题时，有一段很好的说明，他说，他要补充一句："要达到这种性格的完全发展，还需要一种事物的各部分肢体构造都符合它的自然定性，也就是说，符合它的目的。"他举例说明：

> 例如达到结婚年龄的姑娘，她的自然定性是孕育孩子和给孩子哺乳，如果骨盆不够宽大，胸脯不够丰满，她就不会显得美。但是骨盆太宽大，胸脯太丰满，也还是不美，因为超过了符合目的的要求。①

歌德这里说的"自然定性"或"目的"，其实指的是"善"。就女性而言，孕育、哺育孩子虽然是一定生理机制发生作用的结果，但却不仅仅是自然的生理行为，而且是一种社会行为，它直接关系到后代的成长，人类的繁衍，社会的延续，所以孕育、哺育孩子这种客观现实，不论对于女性、家庭还是社会，都是合符其目的和需要的，因而被人们评价为好的、善的。但是，女性之所以能孕育、哺育孩子，毕竟有赖于与生育机能相适应的生理机制和生理结构，有赖于"事物的各部分肢体构造都符合它的自然定性"，有赖于能让孩子顺利娩出的宽大骨盆和给孩子以足够乳汁的胸脯，等等，而这些，又都是符合女性生理规律的。所以，在这里"善"又与"真"即事物的客观规律紧密相连。当女性的"真"与"善"以宽大的骨盆、丰满的

---

① 爱克曼辑录：《歌德谈话录》，第134页。

胸脯这些生动的感性形式表现出来时，就真如艺术大师罗丹所称道的那样：

"……上身细，臀部宽，像一个轮廓精美的瓶，蕴藏着未来的生命的壶。"① 必然以其健美的光辉照亮人的眼睛，成为审美观照的对象。

同样，男性那符合"自然定性"的体形，也是真、善、美的统一。

"若不是感官首先被吸引……"

综上所述，人类超脱于动物之上的独特的形体美，那各呈特色的男女外形美，是由猿到人几百万年漫长进化的成果，是人高度社会化的产物，是合规律与合目的相统一的形式。人对自身美的欣赏，是人对自己作为自然主宰的地位和力量的肯定，是对自身价值的肯定，是人的高级精神生活的需要，是人类文明的标志之一。

现在我们可以转而考察恋爱中的外形审美了。

爱情只存在于男女两性之间。恋爱中的审美不仅与被审美的客体（恋爱对象）的性别有关，而且与审美的主体（恋爱者）的性别有关，而人的性别又是生理能力和社会力量共同作用的产物。现代生理学—心理学研究表明，人发育到青春期，由于性机能的成熟，引起生理上和心理上的一些变化，必然产生出性意识，它包括两个方面：一是对自身性属性和相应的性机能、性特征的自我意识。当人进行"性"的自我意识时，不能不在观念上产生自我分化，把统一的"自我"分解为主体的"我"和客体的"我"，两者之间保持着一定的距离，从而可以使作为主体的"我"能以"一定的

---

① 《罗丹艺术论》第62页。

标准"作为参照尺度来衡量客体的"我"。在这里,客体的"我"实际上就是现实存在的人在自己头脑中的反映,而所谓主观上的"我"则是在头脑中对自我反映进行鉴定、评价、思考的人。两者相统一的过程就是大家都在进行、都很熟悉的"内省"过程。那么,当人对自己的性属性进行自我意识时,他(她)作为参照尺度的"一定的标准"又是什么呢?是同性人共有的外形、姿态、仪表和与此相关的社会审美观念。不论小伙子还是姑娘,都会自觉或不自觉地用这种外形和有关的审美观念来衡量、检查、对照自己,如果没有达到这个标准(如小伙子肩膀不够宽,力气不够大,动作不够"帅",姑娘胸脯不够丰满,身材不够苗条,等等),他(她)就会感到遗憾,要通过一系列努力(如锻炼、美容、模仿等等)来达标;如果符合这个标准,那就会由此产生满意、自尊,并努力保持之。这就是"男子化"和"女子化"的过程,这个过程的成功必然导致作为主体的"我"和作为客体的"我"的统一、和谐。

二是对异性的兴趣,表现为对异性的注意、敏感和喜悦。在"男子化"和"女子化"的过程中,随着性机能、性意识的成熟和完善,不但各自外表第二性征臻于完美,而且这些具有异性特征的外形必然会对体内产生了求偶素(生理上的自然因素)、脑里产生了求偶欲(心理上的社会因素)的异性具备了吸引力,如乔治·桑塔耶纳所说:"性赋予人一种无声而有力的本能,驱使他的身心不断地向往异性;性使得选择和追求伴侣成为他生活中最可爱的事情之一。"[①]

但是,人的性意识、性心理同动物的性本能虽有共同的生理基础,但

[①] 乔治·桑塔耶纳:《美感》第40页。

却有本质的区别。动物的性本能纯粹是生物式的繁衍后代的机能,人的性意识、性心理却是在社会因素制约下、影响下形成的,它能把基于性本能之上的性爱升华为情爱。而由性爱到情爱,这中间有一系列社会化的中介环节。对于动物来讲,"性器官的分化还是不够的:性官能和外在感觉之间必须建立联系,以便动物可以认识和追求相当的配偶。"① 事实证明了这一点:在自然界,包括孔雀、鸳鸯在内的禽类和狮子在内的走兽等许多生物,雌雄就各具不同的羽毛、颜色、形状乃至声音、气味也各异,这使得异性之间能依靠视觉、嗅觉来彼此识别、互相吸引。但对于人来讲,"若不是感官首先被吸引,性的吸引力就不能起作用。本能中预定应该追求的那个对象,也必须能迷惑眼睛和愉悦耳朵。两性为了这缘故就发展了第二性征;性的感情也就同时扩张到各种第二对象上。颜色、仪态、容貌就变成了对性欲的刺激和两性选择的向导,在它们能完成那任务之前,便取得了某种内在的魅力"②。这里所说的感官主要是指人的通过遗传和审美经验而具有审美能力、并且由于性的作用而对异性外在特征特别敏感的眼睛和耳朵;这里说的"颜色、仪表、容貌"指的就是各具特色的男女两性外在的感性形式,"是美的一些最显著的因素"。对这些美的因素的欣赏正是使性爱升华为情爱的极为重要的社会化中间环节之一。

为什么外形审美是使基于性本能的性爱升华为精神上的情爱的中介呢?大致有以下几个方面的原因:

一、20世纪50年代初期,国外有个叫马斯洛的心理学家提出了有名

---

① 同上,第39页。
② 乔治·桑塔耶纳:《美感》第40页。

的"需要层次"理论,按照这个理论,人的需要可以排列为由低级到高级的七个层次:①生理的需要;②安全的需要;③相属关系和爱的需要;④自尊的需要;⑤认知的需要;⑥美的需要;⑦自我实现的需要。这种层次说虽然在个别点上需要商榷,但它基本上是合理的,勾画出了人类从低级的生理、自然需要到高级的精神、社会需要的轨迹。需要的层次越高,与实用的功利目的联系就越少,与人类的肉体存在的关系就越是间接,因而越是与人的精神生活有关。证之人类发展史,的确是在物质生产(生存)和"种的生产"(繁衍)过程中,在认识自然、改造自然的基础上,美和审美(包括人自身的两性之美和对这种美的欣赏)才逐渐产生和发展起来的。审美需要的产生表明人类的精神生活发展到了一个新的高级的层次——人之审美不指向任何与肉体生理需要和外界功利需要有关的目的,而纯粹是为了心情愉悦和精神享受。就个体而言也是如此。如果一个人进入了审美境界,那么他的烦恼、他的欲念就会因为被这种高级的精神活动所抑制(扬弃)而淡化。因此,男女两性的外形美在恋爱中起着两种相反相成的作用:首先,是异性的外形美给人以愉悦之感,由此生爱慕之情,"在任何民族中,没有比人体的美更能激起富有官感的柔情了"[①],而在这由"富有官感的柔情"导致的两性关系中,即便达到或处于最亲密的程度、时候(即最具自然性质的关系),对方的美也仍然在他(她)肉体满足的基础上给他(她)以精神上的愉悦,从而提升和净化其生理上的性爱,使情爱的因素渗透其中,从而得以保持爱情的活力。

二、对于人类来讲,世上任何事物都有一个存在价值的问题。人自身

---

① 《罗丹艺术论》第32页。

也不例外。人的价值可以从两个角度来考察：

从主观而言，人对自己价值的审视和判断，是以自己的实现程度为依据的，例如人需要吃得饱、穿得好，如果这种需要得到了满足，他作为人的最起码的价值就得到了肯定，我们说旧社会不把人当人看待，否定了人的价值，其中一点就是指剥夺了人的生存需要，当然，衣食之类的需要只是人的需要的低级层次，人还有其他种种精神方面的高级需要，如前举马斯洛"需要层次"说中的爱情需要、审美需要、创造需要等等，这些需要越是得到实现，人生就越充实，其价值就越高。而爱情、审美、创造等需要作为人内在的本质力量，其实现却必须通过外在的客观对象，例如要实现爱的需要，必得爱上一个异性并为对方所爱才行。正是这种内在需要通过外在对象实现的必然性，使黑格尔做出了这样的论断："人有一种冲动，要在直接呈现于他面前的外在事物之中实现他自己，而且就在这实践过程中认识他自己。……在这些外在事物上面刻下他自己内心生活的烙印，而且发现他自己的性格在这些外在事物中复现了。"①美国心理学家克雷奇也说，人的需要的"自我实现"是"表示人类把自我中潜在的东西变成现实的基本倾向，也就是把个人的潜力做最大的实现。"②可见，人之所以要"实现自我"，就在于只有这样才能通过外在的客观事物来满足自己的需要，从而确证自己的本质力量，体现自己生命的价值。审美既是人的一种"内心生活"的需要，又是人的一种"潜力"。因此，人"无论在什么地方，总是希望把'美'带到他的生活中去"③，特别是带到爱情生活中去。

---

① 《西方美学家论美和美感》第 203 页。
② 《心理学纲要》（下）第 388 页。
③ 高尔基语，转引自《名人名言录》第 228 页。

在恋爱中，对方那充满生命活力、闪耀青春光泽的富于异性美的外形所引起的美感，会使人获得审美需要得到实现、审美潜力得到发挥的满足，他（她）会从对方的形体美上面感受、发现自己爱美的性格，对方的外形美成了他（她）积极本质力量的确证，成了他（她）存在价值的体现，由此而导致恋爱者的自豪、自信和自尊。

从客观而言，社会对人的价值的判断是以他（她）对于他人、对于社会的"有用性"或"效用"为依据的，一个人如果行尸走肉般地活着，对于任何人都没益处，那他（她）的价值就等于零；他愈是为他人谋福利、为社会做贡献，其价值就愈大。由于人都是在群体中、社会中生活的，所以其价值既要从主观方面考察，也要从社会方面考察，只有将二者统一起来，其价值才是公允的、合理的。例如艺术家，他固然有发挥艺术才能、把这种才能加以实现、创作出作品的需要，从而体现出他作为艺术家的价值，但这种价值只有在他的作品为大众所欣赏、给社会创造了艺术美时才能得到社会的肯定。而真正的艺术家必然会将二者统一起来。恋爱中的审美也是这样。如果恋爱者是真正懂得美、爱美的人，那么，既然对方的外表美引起了他（她）的美感，使其潜在的对异性的审美能力得到了发挥，从这种外形美引起了他（她）的美感，使其潜在的对异性的审美能力得到了发挥，从这种外形美上感受到了自己的本质力量和生命的欢乐、生命的价值，他就一定会珍爱它和它所依附的恋人，将他（她）作为自己的第二"自我"，作为自己欢乐的源泉、价值的体现加以爱护和尊重，他不但不会亵渎、损害这种美，而且会为保持、促进它的发展而做出积极的努力。这样，他（她）对其恋爱的对象就是有益的，不仅是获取者（欣赏对方的美，获得美的享受），而且是奉献者（爱护对方的美）、创造者（发展对方的美），他（她）的价值就会为对方所肯定，社会对他（她）的评价也就会是美的、善的。德谟克利特说得对："追求美而不亵渎美，这种爱是正常的。"①

三、在男女分化的漫长历史过程中，形成了关于男性美和女性美的观念，它作为一种社会审美尺度，从小就影响着人们关于两性的审美观念和审美趣味，并且日久成自然地规定了人们的审美心理：在外表上（乃至性格、气质上——这点下文再谈）男女双双都有意无意地保持、发展那种属于自己性别而区别于异性的美，这就是普列汉诺夫在《论艺术》一书中提到过的心理上的"对立的原理"。在恋爱中，人们不仅追求、欣赏对方的异性美，以获得这种美和珍爱这种美为人生幸事，引以自豪，而且在"对立的原理"作用下特别注重自身区别于异性的美。不仅如此，在恋人们用以衡量双方审美价值的心理尺度上，异性的审美度越高，他（她）对自身的审美要求就越高，二者是成正比的。人到了青春期，尤其在恋爱、婚姻中，格外注意在异性面前的仪表、举止、谈吐，打扮，小有不足便感到苦恼，拼命弥补，就是这种心理作用的结果。当然，这种心理作用不独存在于恋人中，它对于社会上所有的人都是适用的，所以人们都愿意在异性看来是具有区别于他（她）的美的。但是，恋人们却表现得最为突出、敏感，这乃是性意识渗透于这种心理的缘故，所以，当青年们、恋人们为了异性而对自身的美高度敏感、着意维护时，就包含着要以自身的美引起异性的注意和好感，获取异性爱情的意向。所谓"女为悦己者容"，可以说是对这种生活现象的概括。

净化情欲，珍爱对方，提高自己，这就是在性爱向情爱升华过程中外形审美的作用。

---

① 转引自《古希腊罗马哲学》第109页。

美丽比介绍信更有推荐力

　　正因为人的外形美所引起的审美愉悦是导致男女爱慕之心的一个重要因素,是恋人们所不可缺少的一种精神需要,这样,在还不了解对方其他方面情况特别是对方心灵的情形下,那一眼就可把握的异性的外在形象是使两颗心接近的最好媒介,正如亚里士多德所说:"美丽比一封介绍信更有推荐力。"外表美和对它的欣赏在爱情中的位置是毋庸置疑、不能忽视的。因此,美与爱同行。维纳斯既然是爱神,那么合乎逻辑地也必然是美神;因此,一见倾心、一见钟情也就是一种常见的生活现象了,古今中外的文学作品关于这方面的描写真是举不胜举。

　　〔元和令〕颠不刺的见了万千,似这般可喜娘的宠儿罕曾见。只教人眼花撩乱口难言,魂灵儿飞在半天。他那里尽人调戏軃着香肩,只将花笑捻。

　　…………

　　〔幺篇〕恰便似呖呖莺声花外啭,行一步可人怜。解舞腰肢娇又软,千般袅娜,万般旖旎,似垂柳晚风前。

　　…………

　　〔后庭花〕……刚刚的打个照面,风魔了张解元。似神仙归洞天,空余下杨柳烟,只闻得鸟雀喧。

　　…………

　　〔赚煞〕饿眼望将穿,馋口涎空咽,空着我透骨髓相思病染,怎当他临去秋波那一转!休道是小生,便是铁石人也意惹情牵。……

　　这是《西厢记》中的书生张珙在寺院里初遇贵族少女莺莺时的心理活动。正是莺莺的花容月貌、"解舞腰肢""呖呖莺声"这些因素构成的具有异性特征的外表美，使得生活在"男女授受不亲"的封建社会中的青年人张珙眼花缭乱，意惹情牵，深深地爱上了她。再看：

"我的天哪，她是多么漂亮！世界上竟有如此漂亮的女子！"他一边想，一边差不多以失惊的眼睛瞧着她。"这白皙的皮肤，这像深渊一样暗黑、同时却有什么东西在发光的眼睛，这一定是灵魂在发光吧！她的微笑可以像书本一样读出意义来；笑起来，这副牙齿和整个头颅……它多么优美地给安在肩膀上啊，宛如一朵花似的招展，吐露芬芳……"

"是的，我正从她那里得到一种东西，"他想，"有什么东西从她那里转移到我的心里。这里，我的心在开始沸腾和鼓动……现在我感觉到有一种好像从未有过的多余的东西……我的天哪，瞧着她是多么幸福！甚至呼吸都困难了。"

这些思想在他头脑里像旋风似的飞驰，他尽是愉快地忘形地注视着她……

……在区桃的眼睛里，也没有马路，也没有灯光，也没有人群，只有周炳那张宽大强壮的脸，那对喷射出光辉和热力的圆眼睛，那只自信而粗野的高鼻子，这几样东西配合得又俊、又美、又匀称、又得人爱，又都坚硬得和石头造成的一般。

这两段描写，一是出自俄国作家冈察洛夫的《奥勃洛摩夫》，一是出自中国作家欧阳山的《三家巷》。前者披露了女性美在男子心上产生的审美感受，他欣赏她的皮肤、眼睛、微笑、牙齿、头颅，她的整个容貌，这些使他感到愉快。在眼、耳直观她的外形美的同时，他的理智和想象也展开了翅膀，使他看到了吐露芬芳的鲜花，看到了闪光的灵魂，由此强化了由直观产生的审美愉悦,甚至觉得"有什么东西从她那里转移到我的心里"——爱情萌芽了,他感到了巨大的幸福!很明显,这里的"我"是一个有着审美修养的男子,对异性美的叹赏使他越过本能的赤裸裸的性爱,迈向了情爱的大门。后者则展示了男性的外在美在女性心上引起的审美感受,这种富于刚度和力度的美,使她产生了混合着的快乐、信赖和幸福的深沉恋情,使她进入了他的精神世界,以致周围的一切似乎都不存在了。

既然人体的美在人类的爱情生活中占有如此重要的地位,既然"体态的美丽"①促成了异性间的性爱,既然恋爱者追求异性的外表美是人之常情,那就不难理解,在古希腊人创造的神话中,为什么维纳斯被宙斯嫁给既丑又瘸的匠神之后却不爱他,而爱上英俊魁梧的战神阿瑞斯了。

"百年长恨"是怎样造成的?

人们欣赏、赞美异性的外形美,爱慕、追求美的异性,一旦获得她(他),他(她)会觉得自己是天底下最幸福的人。古往今来,民间歌手、桂冠诗人唱出了、写下了多少赞颂这种幸福的歌与诗啊!

但是,稍一细加观察,就会发现,在获得这种幸福的恋人中,很快就产生了分化:有的情深爱笃,天长地久;有的却遭离弃,独饮苦酒。《警世通言》中有一篇名为《王娇鸾百年长恨》的小说,说的是一位武官家庭的少女王娇鸾,偶遇一美少年周廷章,"虽则一时惭愧,却也挑动个'情'字。口中不语,心下踌躇道:'好个俊俏郎君!若嫁得此人,也不枉聪明

---

① 《马克思恩格斯选集》第4卷第72页。

一世。'"而那周廷章对王娇鸾更是一见钟情，经过一番曲折，两人终于如愿以偿，他们"枕前发尽千般愿"："女若负男，疾雷震死；男若负女，乱箭亡身。"后来周廷章回乡探父，其父要他娶同里魏女为妻。他"初时有不愿之意，后访得魏女美色无双，且魏同知（魏女之父）十万之富，妆奁甚丰。慕财贪色，遂忘前盟。过了半年，魏氏过门，夫妻恩爱，如鱼似水，竟不知王娇鸾为何人矣。"可叹的是，王娇鸾还在痴心等他，频频去信，后来得知真情形，悲愤交加，乃制绝命诗及《长恨歌》，其中有句云："当时只道春回准，今日方知色是空！"二十一岁即自缢身亡，以年轻的生命对负心人做了血泪的控诉！

在这个故事中，纯洁的少女王娇鸾是美的追求者，是真正爱情的追求者。对异性外表美的欣赏作为一种高级的精神需要，使她趋向周廷章，但又使她超越作为生理需要的性爱，向情爱升华，所以当周廷章乘无人之时偷偷来到王娇鸾的闺房，一时欲火难禁，"便欲搂抱"时，王娇鸾却将他挡开，说："妾本贞姬，君非荡子。只因有才有貌，所以相爱相怜。妾既私君，终当守君之节；君若弃妾，岂不负妾之诚。必矢神明，誓同白首，若还苟合，有死不从。"可见，她追求的不是一时的肉欲，而是相亲相敬白头偕老的爱情。既然如此，那王娇鸾为什么又没有能获得她所期望的爱情呢？

这是因为，虽然异性的外形美对于恋爱中的人具有强烈的吸引力，如法国作家高乃依所说，"一种莫名的爱娇，把我摄向着你"，成为男女相恋的媒介和先导，但是对于追求真正爱情的人来讲，他（她）要获得的绝不仅仅是对方的外表美（虽然这种美给人以愉悦、欢乐和甜蜜之感），而是有着这美的外表的整个人，是美的外表下的那颗心，是双方从肉体到精神的和谐与结合。这里的问题在于，人的外表与内心并不总是统一的。为什么呢？因为虽然经过自然进化和社会环境交互作用，形成了人类那区别于、高出于任何动物的形体美，以致"最美丽的猴子与人类比起来也是丑陋的"[1]，但作为个人，其形体却会由于遗传和外界影响（如疾病、营养、伤残）而有美的程度之别和美丑之分，而人的本质、人的内心世界即人的心灵却是由社会决定的，两者之间并无必然的内在的联系，所以有的人表里一致，或是外形美内心也美，或是外形丑内心也丑；有的人则表里不一致，或是外美内丑，或是外丑内美。像《王娇鸾百年长恨》中的周廷章就是外美内丑的人。

那么，从审美角度看，王娇鸾是在什么地方失足的呢？"百年长恨"的悲剧又是怎样造成的？不妨分析一下：在这个恋爱悲剧中，男女双方都在欣赏、追求对方的美，可是王娇鸾对异性的审美只停留在外表上，以为外表美这个人也就美，而没有将审美过程由表及里地层层推向深入，就是说没有从更深的审美层次上把握对方的心灵，这就难免上当受骗了。由此也可以看出，虽然外形审美在恋爱中、对于爱情而言有着重要意义，毕竟有很大的局限性，如果将对方的外形美看得高于一切、等于一切，把由这种美引起的愉悦、爱慕当作爱情本身，很可能"一失足成千古恨"。至于周廷章，他对异性的审美虽然也是只留在外表上，但与王娇鸾不同，他不是犯了将外美等同于内美的错误，而是根本无视内心的美。从而造下了玩弄、亵渎美（包括外美和内美）的罪过。王娇鸾由外形审美而动情，目标是获得对方的心灵，但由于将外形等同于内心因而犯了认识（理智）上的错误，周廷章由外形审美而动情，目的却是占有对方的肉体，由于他将渔

---

[1]《西方美学家论美和美感》第16页。

色与肉欲联系起来，因而背弃了爱情，犯了道德（品质）上的错误。

　　这就表明，在恋爱中，要使审美牢牢指向爱情，审美就必须与认识与道德携手并行。也就是说，虽然恋爱中的外形审美能使人超脱动物的性本能，给人以精神上的享受，从而成为由性爱升华为情爱的中介之一，但由于人的外形美丑只是一种表象，与人的内心并不重合为一，而对人的外形的审美又只是一种审美直观，因此带有很大的表面性、局限性，对于外美内丑或外丑内美的观照对象，单纯的外形审美是难以对之做出正确的整体审美判断、审美评价的；而具备这种外形审美能力的人也不一定是品德高尚的人。为了使性爱彻底变为情爱，恋爱者自己不仅应具备起码的道德水平，而且对异性的审美一定要由外形的层次上升到内心的层次，诚如黑格尔所说："爱情要达到完满境界，就必须联系到全部意识，联系到全部见解和旨趣的高贵性。"①这样，从恋爱者而言，他（她）才能将审"美"与认"真"（透过现象看本质，明辨是非）知"善"（判断善恶好坏优劣）结合起来形成一个统一的尺度，不但以此要求自己，而且以此衡量对方，摆正外形与内质的关系，从而使爱情与审美沿着正确的方向顺利发展。

再没有比心灵更美、更好的东西了

　　如果说外形审美是渗入性爱中的最初的社会性因素之一，是性爱升华为情爱的一种中介，那么，由对方内在的纯洁、无私、勇毅、坦诚、大度等高尚品格和聪敏、博学、多才所引起的钦佩、仰慕、信赖、融洽、愉悦、

---

①《美学》第1卷第267页。

倾倒、依恋则是更深审美层次上生发的感情，也就是爱情。

上文说过，马克思曾将人类分为男性和女性的两半，这两半的性别特征首先以其外在形体感性地呈现出来。从人类整体来看，男女两性的外在形体不是徒具形式的空壳，而是有着相应的内容的。而这内容与形式又同是在物质生产和"种的生产"过程中形成的。一方面，在物质生产即人类认识自然、改造自然的实践中，随着人那能顺乎客观规律、合乎主观目的进行创造性劳动，从而使自己的积极本质力量物化为生产成果的形体成为美的形式，这种形式所包含的内容，即人体所蕴含、所体现、所发挥的能进行创造性劳动的积极本质力量，如对劳动的热爱，对创造自由的追求，以及勇气、毅力、智慧、才能等等，也就受到尊崇、赞美、肯定，被评价为善的——这属于道德的范畴，它一旦通过人勤勤恳恳、奋不顾身、坚韧不拔、勇往直前、机敏灵活、排难解忧的行动体现出来，那就是美的——此之谓"心灵美"，与此相反的当然就是"心灵丑"或心灵不美了。由于这种积极本质力量是为进行合规律、合目的的实践所必须的，事实上，不论男女，只要投身于实践，就必然会不同程度地培养起这些本质力量，因此它也就成了对所有社会成员心灵的审美要求、审美尺度。随着社会的发展，社会实践范围从生产向政治、军事、思想文化活动领域的扩大，为维持人类生存和社会秩序的新的需要的产生，人的本质力量得到了不断的丰富、开拓、提高和发展，导致一系列思想观念、道德规范和审美范畴的形成。由于人类社会的生产、政治、思想文化、社会生活等领域中的基本规律、基本需要具有共同性，所以勤劳、勇敢、诚实、无私、纯洁、善良、聪慧、刻苦、守信等等，都是具有正面价值的、构成人的积极本质的元素，是内美的闪光成分。

另一方面，在不分男女的全体社会成员形成这种关于心灵美的审美意识的同时，随着男女两性由于不同的生理机制、在"种的生产"中的不同分工以及由此带来的不同社会义务、社会要求，也相应地形成了男女两性在心理、性格、行为方式上的区别及人们的道德要求、审美要求上的差异。在男性，不仅外形与其生理机制相一致，宽厚有力、高大健壮被认为有男子汉气，而且心理上也由于遗传和社会的影响，形成了豪放、开朗、刚强、沉毅等特色，人们也将此视为男子的可贵品格。在女性，则不仅体态婀娜是其外形美的特色，而且与此相一致，性格上的温柔、细腻、含蓄、贞静是其心灵美的特点。

当然，这种区分只是大体上的，或者说，是一种理论上的"标准"。在现实生活中的具体人身上，如同其外在形体总是不那么"标准"而千差万别一样，其精神世界，其气质性格、其思想感情的具体表现形态也是复杂多样、参差不齐的，不论是男性还是女性，他（她）实际上具备的品格与上述"标准形态"相比都可能会有这样那样的距离，而且在不同人身上和不同场合中，凸现出来的往往是不同的品格，甚至有的男子具有女性所特有的温柔、细腻、含蓄、沉静，而有的女子又具有男性所特有的豪爽、奔放、刚毅，古人早就看到了人性格中这种"刚柔相济"的状态，所以才有兵书上"动如脱兔，静如处子"的说法。如秦末奇士张良，平时"沉静如好女"，但为报国恨家仇，却能干出和武士用铁锥狙击秦始皇的暴烈之举，在秦末群雄逐鹿的战场上更是际会风云，得遂英雄之志。而《木兰辞》中的女英雄木兰本为闺阁弱女子，但为时势所迫，代父从军，在"万里赴戎机，关山度若飞。朔气传金柝，寒光照铁衣。将军百战死，壮士十年归"的军旅生活中，原先的满腹柔情化作一腔豪气。再看一个现代的例子：在女作家茹志鹃的小说《百合花》中，有一位十八岁的小通讯员，稚气，腼腆，当"我"（女作家）挨他坐下时，他"立即张皇起来，好像他身边埋下了一颗定时炸弹，局促不安，掉过脸去不好，不掉过去又不行，想站起来又不好意思。"当问他"你还没娶媳妇儿吧"时，他无言以对，"竟飞红了脸，更加忸怩起来，两只手不停地数摸着腰皮带上的扣眼。半晌他才低下了头，憨憨地笑了一下，摇了摇头。"就是这么一位大姑娘似的小伙子，一转身投入战斗却如出山猛虎，充满了同敌人血战到底的英雄气概，最后光荣牺牲。可见，不论是男是女，作为具体的个人，其性格、气质都不能套以僵化的模式。不过，无论如何，从整体上看，男女各具性格特色总是客观事实，社会上对他（她）们的审美要求也各有相应尺度；而且，所谓的"刚柔相济"在不同性别的人身上有不同的侧重点。对于男性，他的温柔、沉静、腼腆等等离不开刚强、爽朗、雄豪的性格基调，是刚中有柔；对于女性，她的刚毅、奔放、豪强等等也无不染上温馨、含蓄、沉静乃至羞怯的性格特色，是柔中有刚。倘若有人在性格、气质上离开了自己的基本性别属性而被异性的性格、气质所同化，男子一味柔，女子一味刚，那就是阴差阳错，因为它违背了人类分为男女这个基本的前提以及由此决定的生理和心理规律，有悖于"自然定性"和社会要求，导致男性"雌化"或女性"雄化"的不正常现象，这同两性在生理上、肉体上、外形上的相互转化一样，都是为具有正常审美心理、审美观念的人，特别是恋爱中的人所反感和厌弃的。

这样看来，人的精神世界即好心灵的美包括两个层次：一为一般的即男女两性所共有的积极本质力量或品格，如忠实、坦白、纯洁、勤劳、勇敢、进步的政治观点、人生观念、社会理想和聪明才智等等；一为特殊的即分别为男女两性所具有的积极本质力量或品格，如男性的刚毅、豪放、开朗、女性的温柔、含蓄、沉静，等等。人的心灵与肉体、外形比较起来是更内在的、本质的东西，是人同动物最根本的区别，是人的内在价值和外在价值的决定性因素，它比人的肉体的进化包含着、积淀着更为丰富的社会内容，也更稳定。肉体的美、外形的美不仅会随岁月而凋零，而且会因种种意外而受损，心灵的美、内在的美却能永葆青春，甚至在肉体消失后还能发出光辉，历史上那些品德高尚、博学多才、为祖国、为人民、为进步理想和事业而献身的仁人志士、学者才人之彪炳青史，不就是如此吗？所以德谟克利特说："身体的美，若不与聪明才智相结合，是某种动物性的东西。"[①]海涅也说："在一切创造物中间没有比人的心灵更美、更好的东西。"[②]

我的生命就是你的

正因为人的心灵美包含着两个层次，所以心灵审美也包含着两个既相区别又相联系的方面，它对于爱情的作用表现在：相同的品格，使男女之间得以互相沟通；特殊的品格，使男女之间得以彼此吸引。

如果男女双方都具有踏实、善良、勤劳、热爱祖国和人民这一类普遍的品格，那么，他（她）就能从对方身上确证自己的人格、信念、价值，看到自己积极本质力量的外化，从而达到彼此心灵的相通，产生知己感、认同感、信赖感。充实感和愉悦感（这种种感觉不限于男女异性间，也可发生在同性间，所以仅凭这一点还不一定能发展为爱情），而对方那体现

[①] 转引自《古希腊罗马哲学》第 111 页。
[②] 海涅：《波罗的海》第 132 页。

异性性格特质的"第三性征"即精神性征,却一方面加强了自身"男子化"或"女子化"的自我性意识,促使自身在精神世界上的完善,如马卡连柯所说:"爱情应当使人的力量的感觉更丰富起来,并且爱情的确正在使人丰富起来。"① 另一方面又强化了由对方普遍性格(精神上的)和"第二性征"(肉体上、外形上的)引起的愉悦,这种愉悦与性意识相结合,使得男女之间产生互吸力,他们之间的依恋关系一旦"在精神化的自然关系的基础上"② 建立起来,对方就成了实现自己自我价值、生命价值的对象,成了获得幸福和满足这种自我实现的需要,"如果不能结合和彼此分离,对双方来说即使不是一个最大的不幸,也是一个大不幸"③,因为他(她)感受到了"自我"不能实现即自我虚幻的失望和痛苦。用黑格尔的话来说,就是:"在爱情里最高的原则是主体把自己抛舍给另一个性别不同的个体,把自己的独立的意识和个别孤立的自为存在放弃掉,感到自己只有在对方的意识里才能获得对自己的认识。"④ "爱情的主体不是为自己而存在和生活,不是为自己而操心,而是在另一个人身上找到自己存在的根源,同时也只有在这另一个人身上才能完全享受他自己";"爱情的内容只有恋爱者的自我,由另一个人(恋爱对象)的自我反映出来,恋爱者从这反映中又感到自己的自我。"因此,人们把恋爱中的对方称之为"对象",把谈恋爱说成是"处对象",似为俗言,但在哲学上、美学上却是非常恰切的。

……我突然闯了进去,我奔过去跪倒在玛格丽特脚下,她这样爱我,

---

① 马卡连柯:《论共产主义教育》第 101 面。
② 黑格尔:《美学》第 2 卷第 326 页。
③ 《马克思恩格斯选集》第 4 卷第 73 页。
④ 黑格尔:《美学》第 2 卷第 326—327 页,第 332 页。

使我喜欢得直流眼泪，泪水盖满了她的双手。

"我的生命就是你的，玛格丽特，你不用再需要那个人，我不是在这儿吗？我会遗弃你吗？我能报答得了你给我的幸福吗？不再有束缚了，我的玛格丽特，我们彼此相爱，其他的和我们又有什么关系呢？"

"啊！是的，我爱你，阿尔芒！"她伸出两条胳臂搂住我的脖子，喃喃地说……

"听我说，密尔查，"高卢小伙子叫道，他在狂热的爱情的冲击下已经失去了自持力。"听我说。叫我的灵魂处在这样悲惨的情况和绝望和痛苦中，我对你起誓，我是再也不能活下去了。我常常看见你那美丽的脸，时刻欣赏着你那照亮和抚爱着我的灵魂的目光，我每一分钟都看到你那亲切而又温柔的微笑；但是，当我知道我可能获得这一切、获得这善与美的全部宝藏时，你却强迫丝毫也不知道原因的我放弃这一切——这绝对不是我的力量所能办到的。如果你不对我吐露你的秘密，如果你不让我知道其中的原因，我就宁可死掉。因为我再也不能忍受这样的痛苦和折磨了。……如果我不是立刻在你眼前倒毙，就让雷神塔伦发出他所有的电火把我殛死好了！"

这两段关于爱情的描写，一出自小仲马的《茶花女》，一出自拉·乔万尼奥里的《斯巴达克思》。《茶花女》中的富家子弟阿尔芒，不顾社会地位的悬殊和资产阶级的偏见，和沦落烟尘的"茶花女"玛格丽特热恋着——因为他从"茶花女"身上看到了他所宝贵、所珍爱的东西，她成了他积极本质的对象化，成了他实现自我的需要，"我的生命就是你的"这句发自内心的情话的确体现出"主体把自己抛舍给另一个性别不同的个体"的"爱情里最高的原则"。《斯巴达克思》里的"高卢小伙子"即奴隶起义领导人之一的阿尔托利克斯，他狂热地爱着斯巴达克思的妹妹密尔查，但密尔查因有在当女奴时曾被迫失身的隐痛而拒绝了阿尔托利克斯的爱情，这使得高卢小伙子感到了"最大的不幸"，悲痛欲绝，"我是再也不能活下去了"，这心灵的哀鸣则表明，"爱情的主体不是为自己而存在和生活，……而是在另一个人身上找到自己存在的根源，……享受他自己"，当这另一个人不能和爱情的主体相结合时，主体就往往感到失去自我存在的意义了。

这里要指出的是，正常的恋爱总是发生在男女两性之间的，因此，不论双方中的哪一方外形上如何平常，第二性征怎样不明显，甚至有缺陷或丑陋，但由其生理机制决定的性别这个爱情产生的最基本的前提仍是客观存在着的。所以，只要他（她）的基本品格和特殊品格（第三性征即精神性征）能充分展示其积极本质的丰富性，而对方又是具有或珍爱这种积极本质的人，那么，同样能使对方产生认同感和愉悦感，这种愉悦感与对方的性意识相结合，就使得他（她）放射出魅力，从而使对方被吸引住，并萌生出爱情。例如英国18世纪女诗人伊丽莎白·巴蕾特，八岁能诗，十三岁即印行了咏希腊马拉松战役的四卷史诗，不幸在十五岁时由于骑马摔断椎骨，从此卧床不起。但她并没因此自弃、消沉，而是力疾握管写出了《孩子们的哭声》，控诉了资本家对童工的残酷剥削，引起了强烈的社会反响。当时的青年诗人白朗宁十分钦佩女诗人的品格才华，两人开始了书信来往。四年后，三十三岁的白朗宁向三十九岁的巴蕾特表白了热烈的爱情。但巴蕾特自知非天生丽质，且又身有残疾，便拒绝了白朗宁的求爱。然而，白朗宁却不是将恋爱审美只停留在对方外形上的庸夫俗子，他高贵心灵的理智之光始终照视着她的优美心灵，对方外在的残疾在这种光辉面前退居到次要的乃至无足轻重的地位。在他坚贞的爱情力量鼓舞下，巴蕾特的病竟一天天好起来，第二年春天竟奇迹般地离开了缠绵二十余年的病榻，重新回到大自然之中。当白朗宁第三次向她求婚时，她终于满怀喜悦地接受了他的爱情，有情人终成眷属，共同幸福地生活了十五年，在文学史上留下了一段动人的爱情佳话。柏拉图说得好：

"……凡俗的情人，爱肉体过于爱心灵的。他所爱的东西不是始终不变的，所以他的爱情也不能始终不变。一旦肉体的颜色衰谢了，他就高飞远走，毁弃从前的一切的信誓。但是钟爱于优美心灵的情人却不然，他的爱情是始终不变的，因为他所爱的东西也是始终不变的。"（柏拉图：《文艺对话集》第214页，231页。）所以，"为着品德而去眷恋一个情人，总是一件很美的事。"

真是"千里姻缘一线牵"吗？

在恋爱中，当主体（恋爱者）对客体（恋爱对象）的外形进行审美观照时，他（她）处于一种不假思索的直观状态，一眼就能判断客体美不美、美到什么程度、属于什么形态的美，并由此产生直觉性的审美感受。之所以能如此，乃是因为人类的随社会发展而不断进化的漫长社会实践过程中，不仅改变了身外的自然，而且"同时改变他自身的自然"（马克思语），形成了作为社会人所特有的通过眼、耳对审美对象的观照而产生相应审美情感的生理—心理机制，从而获得了为动物所不具备的直观审美能力。但是，如果要对审美对象的内容、本质、心灵作出审美判断和审美评价，那么直观的审美能力就远远不够了，因为内容、本质和心灵作为内在的、隐蔽的、深层的东西是无法直观的,只能通过对形式、现象和人的所作所为的观察、分析才能认识到,就是说,要将感性的审美直观上升到理性的审美理解,这就离不开逻辑思维了。像上文举的《王娇鸾百年长恨》中王娇鸾对周廷章的审美就是这样,她之所以被"挑动个'情'字",就是因为周廷章的外表美直接作用于她的审美感官(眼、耳这"视听之区")的结果,这里无须自觉的思维活动。这时的她对周廷章骨子里究竟如何也一无所知。只有在她同周相处一段、特别是被他抛弃之后,她才由表及里,将审美的感性认识提高到理性认识,看透周廷章美的外表下的丑恶灵魂,痛悟到"当初宠妾非如今,我今怨汝如海深。自知妾意皆仁意,谁想君心似兽心!"可叹的是,她这种深层审美认识得来太迟,为此她付出了生命的代价!相反,白朗宁却从一开始就使自己的恋爱审美具有理性的高度,因而获得了一颗美好的心灵。可见,恋爱中的心灵审美是比外形审美更高级、也更重要的层次,它直接与情爱联系在一起。当然,心灵审美所获得的美感和由外形审美产生的美感在量上、质上都是有所区别的,前者是在一个贯串着审美、理解、分析、玩味的错综反复的多层次过程中产生,它所引起的愉悦、爱慕之情虽然来得比较缓慢,但却更深沉、更执着,也更顽强、更热烈。白朗宁对巴蕾特的爱情就表明了这一点。"这种爱情里确实有一种高尚的品质,因为它不只停留在性欲上,而是显出一种本身丰富的高尚优美的心灵,要求以生动活泼、勇敢和牺牲的精神和另一个人达到统一。"[①]

这里值得注意的是,世界上的男人女人万万千,具有优美外表和高尚心灵的男子和女子也到处都有,可为什么事实上适合他(她)的女子(或

[①] 黑格尔:《美学》第2卷第332页。

男子）只是少数几个而最后归结为特定的那一个呢？难道真如俗话所说，是月下老红绳系足，"千里姻缘一线牵"吗？当然不是，这里除了有恋人们活动的范围、接触的人的多寡、社会的干预及机遇等客观因素的制约外，还有一个重要的主观因素在起作用，这就是所谓的审美心理定式（或曰审美心理模式）。

一个生活在社会中的人不可能是一个孤立的存在，恰如一个坐标点，必然要发生纵向和横向的两种联系。纵向联系为时间联系，历史文化传统、个人实践经验，作为时间流中的冲积物，会在他（她）的心理上积淀下来；横向联系为空间联系，人的大脑有如一个信息接收器，人接触的一切社会关系，所涉足的各个活动领域，都会在这个接收器上留下印记。而在这所有的积淀和印记中，就包含着民族的审美心理、社会的审美观念、个人的审美经验，它们融合在一起，规定了人的有一定倾向性的审美经验，它们融合在一起，规定了人的有一定倾向性的审美趣味和审美理想，并据此形成对人（包括恋爱对象）对事的种种审美心理模式。由于这种模式是依据既定的审美尺度确立的，所以它使人在恋爱审美时处于一种有准备、有标准、有要求的心理状态，此之谓审美心理定式。又由于每个人所在的环境不尽相同，他（她）通过纵向与横向联系获得的信息也难免有异，因此他（她）的审美心理模式也因依据的审美尺度的不同而具有种种差异性，于是，人们在恋爱中就各有各的心理定式。这就不难理解，在彼此能够接触来往、具备恋爱条件和可能的众多男男女女中，为什么只有这一个男子和那一个女子才彼此最适应、最般配，最终成为一对。

一般来说，那种外形与内心都彼此契合对方的审美心理模式、其审美心理定式彼此同构同态的男女之间，爱情最容易萌生和发展，也最和谐、执着、牢固。在这种爱情中，审美与情爱互相促进：对美的叹赏刺激爱的增长，爱的增长又增添所爱者美的光辉和爱者美的想象。只有这样的恋人才能获得最充实、最丰富的精神享受。我们来看看《红楼梦》中的贾宝玉。贾宝玉生活的大观园内有许多年轻女子，按其可能性而言，贾宝玉和她们中的任何一个都可由审美而建立起爱情关系（当时的封建礼教能否容许是另一回事），尤其是薛宝钗，不仅宝玉一开始就对她有好感，而且"门当户对"，得到封建家长如贾母、王夫人的垂青。但是，真正的爱情却发生在宝玉和林黛玉之间。为什么？因为只有他俩外形与内心都彼此契合对方的审美心理模式。当宝、黛初次见面时——

黛玉一见便大吃一惊，心中想道："好生奇怪，倒像在哪里见过的，何等眼熟！……"

…………

宝玉看罢，笑道："这个妹妹我曾见过的。"贾母笑道："又胡说了！你何曾见过？"宝玉笑道："虽没见过，却看着面善，心里倒像是远别重逢的一般。"贾母笑道："好！好！这么更相和睦了。"

这种描写，人们曾以为是作者于中寓宝、黛"前世缘分"之意，其实却是作家对一种生活现象的忠实反映。宝、黛二人之所以乍一见面就彼此觉得"眼熟""面善"，"像在哪里见过面"，乃是因为，从客观上讲，他们在封建贵族家庭的安乐窝中长大，仪表、举止、气质都符合"上流社会"才子佳人的标准和要求；从主观上讲，他们生活在那样的环境之中，历史传统、个人经历和社会影响又使他们耳濡目染，在潜移默化之中接受了关于这种才子佳人的审美模式。这样，就像模型嵌入模具里，宝、黛两人的客观形象同双方关于异性美的心理模式完全吻合在一起，所以他们不但不觉得对方陌生，而且会由对对方外形美的赞赏导致隐秘的喜悦之情，这种喜悦同性意向结合就有可能发展为爱情。当然，大观园中符合贾宝玉审美模式的妙龄少女非止黛玉一人，以宝钗而论，"生得肌骨莹润，举止娴雅"，"品格端方，容貌美丽"，俨然大家闺秀，"人人都说黛玉不及"。有一次宝玉看见宝钗"雪白的胳膊，不觉动了羡慕之心，暗暗想道：'这个膀子，若长在林姑娘身上，或者还得摸一摸；偏长在他身上，正是恨我没福，……再看看宝钗形容，只见脸若银盆，眼同水杏；唇不点而含丹，眉不画而横翠；比黛玉另具一种妩媚风流，不觉又呆了。"于此可见宝玉对宝钗的形容美是十分叹赏的。至于宝钗，也早看中了宝玉，一心想当"宝二奶奶"。

但是，当宝玉的恋爱审美由对方外形的层次深入到内心的层次时，他对钗、黛二人的审美感受就不一样了。贾宝玉是个具有资本主义思想萌芽的人物，他追求个性自由，男女平等，极端憎恶封建社会的"经济学问""立身扬名"那一套，这些无疑是构成他关于人的心灵的审美模式的哲学、政治前提，在恋爱中他就是处于这种有准备的审美心理定式的。《红楼梦》三十二回有一段对话：

……湘云笑道："……你就不愿读书去考举人进士的，也该常常的会会这些为官作宰的人们，谈谈讲讲些仕途经济的学问，也好将来应酬世务，日后也有个朋友……"

宝玉听了道："姑娘请别的姊妹屋里坐坐，我这里仔细污了你知经济学问的！"袭人道："云姑娘快别说这话。上回也是宝姑娘也说过一回，他也不管人脸上过的过不去，他就咳了一声，拿起脚来走了。这里宝姑娘的话也没说完，见他走了，登时羞的脸通红……幸而是宝姑娘，那要是林姑娘，不知又闹到怎么样，哭的什么样呢。……谁知这一个（指宝玉——

笔者），反倒问他（指宝钗——笔者）生分了。……"宝玉道："林姑娘从来没说过这些混账话！"

三十六回还有一段描写：

那宝玉本来就懒与士大夫诸男人接谈，又最厌峨冠礼服，贺吊往还等事。……却每每甘心为诸丫环充役……。或如宝钗辈有时见机导劝，反生起气来，只说好好的一个清净洁白女儿，也学的沽名钓誉，入了国贼禄鬼之流，……独有黛玉，自幼不曾劝他去立身扬名等语，所以深敬黛玉。

很明显，宝玉是亲黛远钗的，原因无他，在于黛玉从外表到内质都契合宝玉的审美心理模式，宝钗却只是外形上契合，心灵上则背离了宝玉的审美标准和要求，这自然要引起他的反感，宝钗外在的美也就失去其魅力了。由此也可看出心灵美重于外表美，在恋爱中心灵美所引起的审美感受对于爱情的意义远远超过了外表美所引起的感官愉悦。

但是，像宝、黛这样从外形到内心都彼此吻合对方审美模式的毕竟只是恋爱当事人中的一部分，甚至是一小部分，在更多的情况下则往往存在着一些矛盾，不是外形不合对方要求，就是对方的思想、性格、气质与自己格格不入。我们明白了外美与内美的关系及对于人的意义，懂得了两个层次审美的关系及其意义，就不难处理这些矛盾了。这里要特别一提的是，现在有些青年人不仅将外美看得重于内美，而且对外美有一种不现实的审美模式，如"运动员的体魄，演员的容貌，诗人的才华，外交官的风度，服务员的殷勤"，甚至要求对方身高务必1.75米以上，少一厘米都不行。这种高不可及的审美要求只能使自己架空起来，贻误青春和终身。对于这些青年来讲，重要的是依据客观现实及时调整自己的审美心理模式了。

情人眼里出西施

在恋爱中，如果男女双方都彼此存合对方的审美心理模式，都在"对象"上确证了自己的积极本质，使对方成了"实现自我"的需要，那么主体就会处于一种愉悦、动情的心理状态。在这种心理状态下，主体不但会对审美对象做出情感反应和情感体验，而且这情感还会散发开来，使对象在主体脑中的映象笼罩在主体愉悦的情绪色彩之中，使得"每一个男子或女子都觉得他或她所爱的那个对象是世界上最美、最高尚，找不到第二个的人，尽管在旁人看来只是很平凡的。但是既然一切人或是多数人都显出这种排他性，每个人所爱的并不是真正的唯一的女爱神，而是每个人把他所心爱的女子看成女爱神或是比女爱神还强，我们从此就可以得出结论：可以看成女爱神的人多得很；事实上每个人也都知道世上有无数的漂亮的或是品格高尚的姑娘，她们全体（或是其中大多数）也都找到了她们的情郎、求婚者和丈夫，在他们的眼中，她们都是美丽的，善良的，可爱的……等等，所以偏爱某一个人而且只爱这一个人的现象纯粹是主体心情和个人特殊情况方面的私事，恋爱者只肯在这一个人身上发现自己的生命和最高意识，……"① 此之谓"移情"。

……在他（骆驼祥子）的眼里，她（小福子）是个最美的女子，美在骨头里，就是她满身长了疮，把皮肉都烂掉，在他心中她依然很美。

"我听说，你打死了一只熊？"吉提说，努力想用叉子去叉住一只要

---

① 黑格尔：《美学》第 2 卷第 333 页。

滑落下去的执拗的香菇而终于徒劳，倒使那露出她的雪白手臂的袖子的花边颤动着。"你们那里有熊吗？"她加上说，掉转她那迷人的小小的头向着他，微笑了。

在她所说的话里分明没有什么特异的地方，但是对于他（列文），她说这话的时候，她的每个声音，嘴唇、眼色和手的每个动作都有着何等不可言喻的意义啊！这里有求饶，有对他的信任，也有怜爱——温柔的、羞怯的怜爱，许诺、希望和对于他的爱情，那他所不能不相信、而且使他幸福得窒息了的爱情。

在以上例子中，小福子也许算不上美，但由于她跟祥子相濡以沫，以心换心，所以在祥子"眼"里，"她是个最美的女子"，是他的"女爱神"。吉提是美的，但是在列文经过一番曲折经历认识到了她的美丽灵魂之后，他在想象中对她那"分明没有什么特异的地方"的表情和言语赋予了"不可言喻的意义"和美的光彩。乔治·桑塔耶纳指出："如果幻想为某个人的形象所盘踞，而她的品质也有力量促成这种变革，那么一切价值都集中在这一形象上了。这个对象就显得十全十美，而我们就是所谓堕入情网。"[①]人们平素所说的"情人眼里出西施"当即指此。

然而恋爱中幻想或想象的作用还不止于此。"想象围绕着爱情的关系创造出一整个世界，把一切其他事物，一切属于现实生活的旨趣、环境和目的都提升为这种情感的装饰，把一切都拉入爱情这个领域里，使一切都由于与爱情的关系而获得价值。"[②]实际上，这也是一种移情现象，只不

[①] 乔治·桑塔耶纳：《美感》第41页。
[②] 黑格尔：《美学》第2卷第327页。

过不限于对象本身，而扩展到、弥散到情人们所生活的整个环境里，使环绕着他们、为他们所感受到的一切事物都蒙上了诗意的光辉。许多作家在他们的作品中细腻地描写出了恋爱中的这种审美心理现象：

这一对人，好像不是伫立在严寒的雪夜里，而是置身在火树银花的环抱之中。真的，那凛冽的西北风，他们明明觉得是和煦的春风；而那随风飘舞的雪片，都是新鲜的花瓣儿。（冯德英：《苦菜花》）

……她笑了，伸开双臂热烈迎接；沉湎于自己的强烈的爱情，就像一个纵马疾驰的骑手，骑着一匹骏马往前奔驰，忘记了世上的一切。呼吸屏住了，景物向后退去，凉风飕飕地扑面吹来；心胸充满了醉意……又像是个驾着小舟随波荡漾的人：阳光照得他身上暖洋洋的，葱郁的两岸呈现在他的眼前，起伏的波浪拍打着船舷，水声潺潺，波澜漾漾……于是这个人就觉得神驰天外了。……思虑给风儿刮走了，眼睛闭拢来，诱惑是不可抗拒的……她不去抵制它，反而陶醉在这里面……她一生中最富诗意的时刻终于来到了……（冈察洛夫：《平凡的故事》）

而在托尔斯泰的《安娜·卡列尼娜》中，当列文终于获得了吉提的爱情后，他整个身心沉浸在巨大的幸福之中，以致觉得所有的人都是那么可爱：他"从这个秘书的脸上看出了他是怎样一个可爱的、善良而出色的人"；那些争吵着的议员们"都是十分可爱、可敬的人"；"女人们也是格外可爱"；连那个他从前没有注意过的茶永康，"现在竟觉得他是一个非常聪明优美，特别是好心肠的人"。"整整的那一夜和一早晨，列文完全无意识地度过去，感到好像完全超脱在物质生活的条件之外了……而且简直感到超脱于形骸之外了"。当他来到街上时——

他那时候所看到的东西，他以后是再也不会看见的了。上学校去的小孩们，从房顶上飞到人行道上的蓝色的鸽子，被一只见不到的手所陈列出来的盖满了粉末的面包，特别打动了他。这些面包、这些鸽子、这两个小孩都不是尘世的东西。这一切都是同时发生的：一个小孩向鸽子跑去，带着微笑瞥望着列文；鸽子拍击着羽翼在太阳光下，在空中战栗的雪粉中间闪烁着飞过去了；……这一切合在一起是这样分外美好，列文笑了，竟至欢喜得要哭出来。

从以上这几段描写中，可以大致看出恋爱中审美移情的几个特点：一是周围环境中不美的、丑的、阴暗的、冷漠的客观事物在想象中被改造成美的事物，如"严寒的雪夜"成了"火树银花"，"凛冽的西北风"成了"和煦的春风"，"雪片"成了"花瓣"；二是实际生活中不存在的事物在想象中被创造出来，并使自己身入化境，如《平凡的故事》中"她"所感觉到的那样；三是现实生活中平凡、平庸的事物在想象中被赋予了美的光彩，如列文心目听那些显得"可爱可敬""聪明优美"的人和"分外美好"的事，等等。当然，这种想象是不自觉的，被感情的浪潮推动着、摇荡着、牵引着的，而且感情本身就渗进了想象。处于爱情审美中的人这时则往往变得大度、宽容、"忘我"乃至"脆弱"（多情善感）了。

总之，当维纳斯将爱带给人们时，从来不忘同时用美去装饰他们，她使美引起爱，使爱显出美……

爱情的温柔的灵魂美

马克思指出："男女之间的关系是人与人之间的直接的、自然的、必然的关系。……这种关系以一种感性的形式、一种显而易见的事实，表明属人的本质在何种程度上对人来说成了自然界，或者，自然界在何种程度上成了人的属人的本质。因而，根据这种关系就可以判断出人的整个文明程度。根据这种关系的性质就可以看出，人在何种程度上对自己来说成为类的存在物，对自己来说成为人并且把自己理解为人。"①

这段论述可以说是我们关于男女之爱与恋爱审美关系的总结。恋爱中的外形审美虽然也在一定程度上表明了人的两性关系与动物性本能的区别，表明性爱向情爱的升华，但只有将审美的层次由外表推向内心，由审美感觉上升到审美认识，才足以"判断出人的整个文明程度"，才可以看出人的社会化程度。人越是有教养，讲文明，他就越是追求高级的精神生活，越是向审美的高层次发展，在恋爱中离单纯的动物式的肉欲越远。所以，在古希腊雕塑中把美爱女神维纳斯"雕成裸体是有正当理由的：因为她所要表现的主要是由精神加以节制和提高的感性美及其胜利，一般是秀雅、温柔和爱的魔力。"②正因为如此，如果裸体的"女神在你身上引起肉欲，那你就不配欣赏美。"③

那么，作为爱情本身，她的美属于什么形态呢？众所周知，美有柔美、壮美、崇高、悲剧、喜剧等形态，不同形态的美唤起的美感是不同的。上文也说过，无论从形体还是从内质来看，男性是阳刚壮美，女性是阴柔秀美的。一般人对他与她的审美感受自然会有差异。但是对于具有性意识的恋人们而言则又当别论了。在恋爱中，女性那婀娜秀美的容颜体态和温柔贞静的性格气质不仅给男性以柔美的感觉，而且激起要加以呵护、爱抚、

---

① 马克思：《1844年经济学—哲学手稿》第72页。
② 黑格尔：《美学》第3卷（上）第180页。
③ 库申：《论美》，转引自《古典文艺理论译丛》第8期第64页。

怜爱的柔情;男性那刚强壮实的形体态势和沉雄奔放的性格风度则给女性以稳健有力的感觉,唤起她信赖、依恋的柔情,这里,虽然从表现形式上看一个是要给予(给予爱护),一个是要索取(寻求依靠),但本质上都是要为对方而献身的富于官感的柔情,与之相伴随的是羞怯、腼腆这些细腻而微妙的情绪,沉浸在爱情的双方都变得轻怜痛惜,唯恐损伤了对方,唯愿为对方做出贡献,此即黑格尔说的"爱情的温柔的灵魂美"[①]。当然,真正的爱情会提高人的境界,净化人的心灵,给人以力量,驱使人去从事种种激烈的、雄伟的,甚至悲壮的事业,但它本身却始终是柔美的,儿女情与英雄气显然分属两种美学形态,所以即使是"力拔山兮气盖世"的西楚霸王项羽,当他与虞姬诀别时也是英雄气短,儿女情长,缠绵缱绻,依依难舍。莱辛说得对,由于雕塑只能在瞬间动态中表现人最本质、最具特色的东西,所以"对于雕塑家来说,女爱神维纳斯就只代表'爱'这个抽象概念里的一些品质。如果艺术家对这个理想有丝毫的改动,我们就认不出他所描绘的是'爱'的形象。"[②]事实上,在古希腊包括《米洛的维纳斯》在内的维纳斯雕像上,为了体现其"秀雅、温柔和爱的魔力","她的眼睛即使在应显得严肃崇高的时候,也比雅典娜和天后的眼睛小,这不是指较短,而是指眼孔张得较窄,由于下眼皮略微向上扬起,这就使得爱的思慕心情表现得极美。"

[①] 黑格尔:《美学》第2卷第331页。
[②] 莱辛:《拉奥孔》第54页。

美神·人脑·尺度

"身中福中不知福",如果将这里的"福"换成"美",也是十分恰切的。的确,世上很难有什么东西比我们生活中随处皆是、须臾不可稍离的"美"更叫人费解的了。两千多年来,"美是什么"竟如梦魇般纠缠着哲人们的头脑,聚讼几无已时。有时将美归之于神赐——神话中那从大海泡沫中诞生的维纳斯就是古希腊人崇拜的爱与美之神。有的则将之当作人和动物可共享的自然之物——"下等动物像人一样是能够体验审美的快感的",动物"明显地证明它们是有着美的概念的"[①]。

马克思主义和现代科学证明:美不是神的恩赐,也不是连禽兽都可"分我一杯羹"的东西。美只能是为人所创造并为人所享受的专利品。与其从神那儿求得启示,从动物的感受中获取灵感,不如从人脑这里探取奥秘。

人,才是真正的美神。

[①] 转引自普列汉诺夫《论艺术》第8页、第9页。

一、人脑：主客体信息交换动力系统的枢纽

人之所以是"美神"，根本原因在于，只有人才握有造美与审美的尺度。

关于"尺度"这一概念，早在古希腊时期就已开始使用了。智者学派的著名代表、奴隶民主派思想家普罗塔哥拉就曾经提出一个著名的尺度理论："人是万物的尺度。"认为人是从自身出发来衡量一切的。另一位著名哲学家苏格拉底则提出"思维的人是万物的尺度"。如果撇开这些命题本意中的唯心因素，那么，这两个将人当作事物尺度的命题的确存在着如列宁所指出的"微妙的差别"[①]，"差别"就在后者强调了"思维"，前者却没有，而有没有思维正是人与动物的根本区别；没有思维不称其为"人"，因而也就谈不上什么"尺度"，"尺度"直接同有意识、能思维的"万物之灵长"——人紧相联系着。

意识是地球上最美的花朵（恩格斯语），它是同作为能接收外界信息的主体——人的生成一起绽放的。现代的科学研究揭示了，在生命进化的最初阶段，生命体只能消极、被动地接受外界的自然选择，适应自然环境的生存，否则被淘汰，地球上多少种生物逐渐消失就是证明。后来，部分生命体内产生了能初步分辨、处理各种不同外界刺激、并使生命机体对这种刺激采取协调的反应方式（即行为方式）的神经系统和脑，这样，就由完全被动地听凭自然来选择进到了能在一定程度主动地选择适于自己生存的环境、对外界袭击采取躲避、防卫，等等，这就是行为选择，它对生物

---

① 列宁：《哲学笔记》第305页。

种系的进化具有重大意义。最显著的例证就是：约二千万年前，由于地球气候的变化，大片大片的森林消失了，一支古代类人猿（古猿）被迫从树上下到地面，为了适应地面生活的需要，古猿的前肢不得不担负起采摘果实、挖掘根茎、捕捉动物等获取食物的活动，前肢就逐渐完全离开了地面，成为与后肢根本不同的上肢。古猿的这种变化使它具备了从事劳动的前提，于是，劳动选择了猿。在劳动的漫长历史过程中，伴随着语言的产生，"脑髓和为它服务的感官、愈来愈清楚的意识以及抽象能力和推理能力"[①]得到了长足的发展，在分辨、处理自然信息的动物式的第一信号系统基础上，形成了能分辨、处理社会文化信息（以语言、符号、图像、数的形式表达的外界刺激）的第二信号系统，这样，"人猿相揖别"的伟大历史性分化始告完成。难怪巴甫洛夫说："正是词才使我们成为人。"

但是，不能说动物一点意识也没有。恩格斯在19世纪就根据当时自然科学的成就指出："动物是具有从事有计划的、经过思考的行动的能力的。……而在哺乳动物那时则已经达到了相当高的阶段。"[②]20世纪初，巴甫洛夫用实验证明，动物见到食物时所引起的条件反射式的唾液分泌现象，是大脑最一般的活动方式，既是一种常见的生理现象，又是一种心理学家称之为联想的心理现象。这实际上也是动物通过脑和神经对自然力的刺激（自然信息）做出反应的第一信号系统活动。当代科学家进一步发现，老鼠为了获取食物，能灵巧地穿越曲折复杂的路径，准确地拐弯抹角，但却几乎从不再回到它们已经把食物吃掉了的地方去，这表明它们是在头脑

[①]《马克思恩格斯选集》第1卷第512页。
[②]《马克思恩格斯选集》第3卷第516—517页。

里绘制了一幅"迷宫图",因而能记住不该忘记的东西。美国一科学家还通过运用一种新的"教学"法教鹦鹉说话,证实一些鸟类已具有最初步的分类概念。如星鸟就能分类地编制某种信息,以便准确地寻找它们数月前储藏粮食洞穴的地点,这要比记忆一个又长又乱的单子的方法有效得多。至于牛、马等家畜能学会耕地、驾车,猴子、猩猩、海豚等动物能学会更复杂的动作和技能,则是人所共知的。这些都表明,动物,尤其是高级动物,已具有记(储存、整理信息)、忆(经使储存的信息重新活跃起来)的能力,而这正是高级思维的基础。

不过,由于动物的脑没有高度发达的大脑皮层,没有形成第二信号系统,因此它只能分辨、处理直接作用于它自身、并为其感官所感觉到的自然信息,对外界物理的、化学的、生物的刺激做出反应,而不能运用只有依凭第二信号系统才能掌握的复杂概念进行推理,不能接收和处理人类社会所特有的同语言与数的观念紧密相关的文化信息。所以,动物的意识毕竟只是高级思维的基础,是由第一信号系统活动产生的低级意识。再高级的动物也只能利用自然界现成的东西,或是以其自身的存在来使自然界改变,"没有一只猿手制造过一把哪怕是最粗笨的石刀"[①]。相对于人的高级意识而言,动物的生命活动可以说是无意识的,"动物是和它的生命活动直接同一的"[②],它本身就是自然界,因而不能作为具有意志和意识的主体去能动地认识和改造客观世界。

人则不然。"有意识的生命活动直接把人跟动物的生命活动区别开

[①]《马克思恩格斯选集》第3卷第512页。
[②] 马克思:《1844年经济学—哲学手稿》第50页。

来。"① 人的意识是高度发展、高度完善并高度组织起来的特殊物质——大脑的功能；而人的大脑是在劳动实践中，在将自然信息加工为文化信息，并接受这种信息反复刺激的漫长过程中，伴随着第二信号系统的形成而形成的。人的大脑皮层有六层，厚约三厘米，上面有许多凹凸的沟回，摊开来有一张报纸那么大。据估计，人脑大约有几百亿个神经元，相当于一台 10^{14} 或一百万亿个开关的计算机，可容纳多达 10^{15} 毕特（英文 bit 的音译，信息量的单位）的信息总量。有了这样的大脑，人就作为能动作用于客体的主体开始了认识世界、改造世界的历史实践活动，这首先是马克思所说的"人以自身的活动来引起调整和控制人和自然之间的物质变换的过程"② 的生产劳动。这种物质变换过程同时就是信息交换过程，"信息是我们适应外部世界，并且使这种适应为外部世界所感到的过程中，同外部世界进行交换的内容的名称"。接受信息和使用的过程，也就是我们在这个环境中有效地生活的过程。"③ 由于主客体之间人和自然界之间的信息交换之得以实现是因为有了人的大脑这个信息接收和输出机构，所以，"在这里的确客观上是三项：（1）自然界；（2）人的认识＝大脑（就是那同一自然界的最高产物）；（3）自然界在人的认识中的反映形式……"④。正是这三项构成了主客体之间信息交换的动力系统，而脑则是这个系统发挥作用的枢纽。

那么，这个系统，特别是其中的脑，对于人成为"万物的尺度"乃至造美、

---

① 马克思：《1844年经济学—哲学手稿》第50页。
② 《马克思恩格斯全集》第23卷第201页。
③ 《维纳著作选》第4卷第197页。
④ 《列宁全集》第38卷第194页。

审美的尺度究竟有什么意义？它是怎样使人成为这种尺度、人又是如何运用这种尺度的呢？

二、信息：从自然信息到美的信息

人生活在这个世界，从湖光云影、花色禽声，到人情世态、社会风云，都以具体的、感性的形式存在着。人在自己的生活中，特别是在社会实践中，必然会通过眼、耳、鼻、口、身等感官同外界事物发生接触，而外界的事物也必然通过人的感官反映到人的头脑中来。于是，主体的感官和大脑就联系着主体与客体，形成信息交换的动力系统。这无论是在原始社会还是文明社会都是相同的。

恩格斯说："我们的不同感官可以给我们提供在质上绝对不同的印象。"[①]

这是因为，不但不同的客观事物具有不同的属性，而且同一事物的不同方面也有不同的属性；不同的属性具有不同的信息，不同的信息又以不同的物质形式通过不同的渠道和方式向主体的不同感官发射。当野牛、猛犸出现在原始人视野中时，它们的皮毛、牙角、形体等就以光波的形式向原始人的眼睛发射关于"颜色"和"形态"的信息；它们的叫声、奔跑声则以声波的形式向人的耳朵传达"声音"的信息，它们身上的气味又以气味分子的形式向人的嗅觉器官发射化学信息，如此等等。后来文明社会中的事物（特别是人的社会活动、社会事件）虽然比野牛这类单纯的自然事

[①] 恩格斯：《自然辩证法》第211页。

物复杂得多，但同样要以向人的感官进行信息发射的方式才能为人所感知。"因此，我们靠着视觉、听觉、嗅觉、味觉和触觉而体验到的属性是绝对不同的。"而人的五官作为生物感受器之所以能接收不同的信息，根本原因在于，它们在人的形成的漫长历史过程中，由于接收相对应信息，被相对应信息不断刺激而得到了进化，其细胞组织和分工越来越灵敏，越来越专业化。

但是，信息的发射和接收，还仅仅是外部事物和主体建立联系的第一步，第二步也是沟通主客体信息交换的关键一步，是将感官获得的各种信息转移成生物电流的脉冲信号，经过神经内传递刺激脑细胞里的大分子，使其发生结构变化，从而使事物不同属性的信息以"痕迹"的形式在大分子中"编码"储存，并彼此补充、相互矫正、"复合"成有关事物的整体映象。这就是感觉，感觉是意识的初级形式，其他一切复杂的意识现象都是在感觉的基础上产生的。由于动物只具有对自然信息发生反应的皮质机能系统（第一信号系统），所以只能将对感官的直接刺激在大脑皮层上留下来的痕迹转变成引起行为选择的信号（第一信号），如动物由食物引起的觅食行为，以及基于这种条件反射而根据某种信号"学会"某种动作、技巧（像马、狗、皮、熊猫的"杂技表演"）等等。而人却具有伴随着信息刺激而发生、形成的高级皮质机能系统（第二信号系统），所以能将自然信息转变为具有抽象意义的词语（文化信息）信号。例如野牛、猛犸（当然原始人很可能是用另一种名称）这些词语并不代表某一只具体的猛犸、野牛，而是猛犸、野牛这些种系动物的概括化，因而是更广泛而深刻的抽象信号，是对自然信息（第一信号）的加工（即文化信息），亦即第一信号的信号。正因为人在进行第一信号系统活动的同时伴有第二信号系统的活动，由外界具体对象的信息"复合"成的映象在大脑皮层内产生的兴奋中心,能与代表这种对象的词语概念所产生的兴奋中心相结合,所以词语、概念(文化信息)不但能代替它所代表的那些外界对象的信息(自然信息)刺激,能引起这些信息所能引起的动作和反应,而且还能"带着形象走",成为第二信号。在这样的基础上,大脑才能凭借词语、概念对大脑接收的信息有效地进行储存、选择、控制、计算、逻辑加工等处理,从而认识客观事物的性状、时序、方位、因果联系乃至更深层的规律,将认识由感觉、感性阶段推进到理性阶段。原始时代人们掌握野牛、猛犸等动物的生长活动规律,文明时代人们掌握声光化电规律、社会发展规律、经济规律、艺术创作规律,虽然在对世界认识的深度和广度上呈现着差距,但其成因及本质却是共同的。这就是列宁说的客观世界以"概念、规律、范畴等等"的形式"在人的认识中的反映"[①],亦即马克思说的理论的(科学的)掌握世界的方式:"整体,当它在头脑中作为思想整体而出现时,是思维着的头脑的产物,这个头脑用它所专有的方式掌握世界"。[②] 用这种方式反映客观事物,就达到了对"真"(本质、规律)的掌握。这时,人是作为认识主体与作为认识客体的客观事物对立统一着的。

但是人对客观事物绝不会停留在认识阶段,认识世界是为了能动地改造世界,实现自己的主观目的、满足个体群体和社会的需要时,他就是在作为控制机构,向被控制、被改造、被利用的客观事物输出一种信息(对事物的作用力),而客观事物所发生的变化则反映着人的这种作用力的性

[①]《列宁全集》第38卷第194页。
[②]《马克思恩格斯全集》第46卷(上)第39页。

质、方式及实现程度，因而成为人所输出的信息的携带者（载体）。这时，人和客观事物已分别由认识主体、认识客体转化为实践主体、实践客体（实践对象）了，人已经不是在头脑中反映世界，而是在实际上控制世界，这种控制由于其明显的社会功利性而具有了道德伦理的内容，即所谓"善"。但是，不管人作用于客观事物的力的形式怎么多样，归根结底不外乎是人在精神和肉体两方面本质力量（智慧、意志、技巧、灵敏、毅力、勇气、体力……一句话，人的自觉自由的创造性力量）的支出，因此，不管人的作用力的性质、方式以及客观事物在这种作用力下其具体形态、结构、运动形式的改变、变化是如何多样，归根结底，这种改变、变化所携带的也只能是反映人的本质力量的信息。人的本质力量向物的这种转移，用马克思的话说，就是人的本质力量的对象化成物化。例如原始猎手猎捕野兽，可以是单个人的搏击，也可以是众多人的围猎；可以是埋伏狙击，也可以是驱使其坠下悬崖或落入陷阱；使用的武器可以是长矛短刀，也可以是弓弩箭石。从而从作用力的性质和方式呈现出多样性。但是这一切都离不开人的本质力量的支出和发挥；只有人开动脑筋、运用智谋，才能根据野兽活动的规律及其活动的环境制定切合实际的猎捕方案，采取灵活适当的行动方式，在具体行动时又必须熟练、灵巧、有力地使用各种武器，并且要胆大心细、反应机敏、纵跳自如，这样才能有效地制服、猎获野兽。至于在狩猎中使用的长矛短刀、弓弩箭石，同样凝聚着人的智力和体力，整个狩猎的实践过程也是如此。总之，越是灵巧、凶猛、有力的野兽就越是需要人发挥机智、勇敢、强健的本质力量，而人越是机智、勇敢、强健，越是能完满地达到自己的目的、满足自己的需要。换言之，物的灵巧、有力只能靠人的灵巧、有力来征服，精巧、强大、崇高的事物只能靠灵巧、有力、高尚的人来创造。这是一条法则。"譬如，野蛮人在使用虎的皮、爪和牙齿或是野牛的皮和角来装饰自己的时候，他是在暗示自己的灵巧和有力，因为谁战胜了灵巧的东西，谁自己就是灵巧的人，谁战胜了力大的东西，谁自己就是有力的人。"[1] 文明时代如古希腊人则特别强调人的肉体的价值，"他们看重呼吸宽畅的胸部，灵活而强壮的脖子，在脊骨四周或是凹陷或是隆起的肌肉，投掷铁饼的胳膊，使全身向前冲刺或跳跃的脚和腿。"[2] 之所以如此，是因为只有这样强健有力的身体，才能在保卫城邦的战斗中"为我们的乡土英勇作战，……用长枪或利剑，……刺穿敌人的身子，把他杀死"[3]，才能在竞技中战胜骁勇的对手，而那激烈的战争过程、敌人尸横遍野的战争场景和战胜对手的竞技活动，则反映着这些战争、运动员的英勇、顽强、灵巧、有力，成为这种本质力量的确证。战争或竞技愈是激烈艰巨，要战胜的对手愈是强悍，目的和需要愈是实现得完满，就愈是需要人付出最积极的本质力量。人的其他一切实践活动亦莫不如此。因此，一般说来，客体改变、变化与主体意图的吻合程度，同主体本质力量在客体上实现（对象化）的程序是一致的。这样，在主体作用下改变、变化着的客体就成为主体输出的本质力量的信息载体。

这种载体作为客观存在，又会和主体进行信息交流。不过它们现在已不是如其发生改变、变化之前那样向主体发射自身的属性信息，而是通过自身的改变、变化将主体向它输出的信息（作用力，亦即本质力量）反馈给主体，这同样是一个外部信息通过主体的生物感受器——感官转换成生

---

[1] 普列汉诺夫：《论艺术》第10页。
[2] 丹纳：《艺术哲学》第294页。
[3] 同上，第304—305页。

物电流的脉冲信号，经过神经内传递刺激脑细胞中的大分子，"编码"储存，"复合"成像，并依靠第二信号系统将其转换成词语概念，进行理论思维的过程。主体即据此判断自己目的、需要实现、满足的程度。与单纯的信息发射不同的是，信息反馈在使人产生感觉和思维的同时，还伴随着明显的情感活动。这是因为，不管对象实没实现主体的目的、满没满足主体的需要，它都与主体处在一种需求关系之中，对这种关系性质的判断会在大脑皮层中产生神经兴奋，并把兴奋传到皮层下中枢引起其活动，从而发出神经冲动信号，使内脏器官和腺体等活动发生变化，通过躯体神经引起骨骼肌的相应活动，而内脏、腺体和骨骼肌等效应器的活动变化又发出传入神经冲动信号，从皮层下中枢反馈（与外界信息反馈不同的神经内反馈）到大脑皮层，并与皮层中正在进行的思维活动相结合，由此产生复杂的情绪。如果客体反馈的是主体的目的实现、需要满足，因而本质力量对象化的信息，那就是正反馈，会引起主体的积极态度，使人产生肯定的情感（愉快、喜悦、欢乐、满意等），反之则是负反馈，会引起主体的消极态度，产生否定的情感（如失望、嫌恶、憎恨、愤怒、抑郁等）。这样，人的目的、需要、本质力量就成为一种内在的、只属于人的态度、情感的尺度。可见，信息反馈所引起的是主体的情绪活动，而不是认识活动；情绪反映的已不是事物的本身的属性，而是主体对它的态度；这种态度正是主体用内在尺度衡量事物的结果。

　　在实践基础上，由主体接收外界客体的信息（信息输入），并根据对这些信息的分辨、选择、控制、计算、逻辑加工等处理（思维）形成的对客观规律的理性认识，能动地作用于客体（信息输出），到客体向主体反馈信息，引起情绪活动，主体即完成了一个认识——动情过程。这种过程经无数人、无数代的循环往复，主体和客体这两方面就发生了历史性的变化：

一方面，从主体而言，根据巴甫洛夫的大脑皮质动力定型理论，在每一个认识——动情过程中，当客体反馈的信息是转换成生物电流刺激大脑，引起皮层和皮层下中枢神经过程协同活动，从而使人产生一定的情绪时，这种情绪就与该客体信息复合成的整体映象（表象）一道，在大脑皮层中建立起暂时的神经联系。这时由客体引起并与客体表象以及代表该客体的词语、概念联系着的感情还只是一种思维性情感，因为它是由对该客体能否满足人的需要、是否对象化了的人本质的思维、判断所引起的，用普列汉诺夫的话来说，这时的感情还只是"审美快感的代用品"。但是认识——动情的过程经过多次重复后，客体的形象（形体、色彩、线条、声音等等）及与此相应的词语、概念同人的情感在大脑皮层中建立起的暂时神经联系就得到强化，并日益巩固起来，以后只要该客体的形象或对它的形象描绘（在文学艺术中）出现，就会形成条件反射的自动化，直接引起相应的感情，并保持它们之间的精确定型关系，而不需要经过思维、判断的中介，这就是直觉性情感。如果这种直觉性情感是由正反馈引起的思维性情感转化而来，就是美感，倘若由负反馈引起的思维性情感转化而来，则为丑感（不论是美感还是丑感，它所反映的不但不是事物本身的属性，也不是主体对它的态度，而是事物的感性形式和具体形象。）——这就是巴甫洛夫所揭示的大脑皮层的神经动力定型。

由于人的社会实践从横向来讲涉及十分复杂的方面和极为广阔的领域，从纵向来讲又不断经历着活动内容的更新和水平的提高，从原始时代的狩猎、农牧业到文明时代的工业、科学，从简单、原始的部族斗争到近现代复杂的社会政治活动，无一不是人的实践，无不可以成为人的实践——认识对象，为人所认识或打上人的意志的印记。即以自然界而论，"人离开动物愈远，他们对自然界的作用就愈带有经过思考的、有计划的、向着一定的和事先知道的目标前进的特征，动物在消灭某一地方的植物时，并不明白它们是在干什么。人消灭植物，是为了在这块腾出来的土地上播种五谷，或者种植树木和葡萄，……他们把有用的植物和家畜从一个国家带到另一个国家，这样把全世界的动植物都改变了。不仅如此，植物和动物经过人工培养以后，在人手下改变了它们的模样，甚至再也不能认出它们本来的面目了。"[1]虽然人和动物一样，都依赖无机自然界来生活，但"人较之动物越是万能，那么，人赖以生活的那个无机自然界的范围也就越广阔。……植物、动物、石头、空气、光等等……从实践方面来说，这些东西也是人的生活和人的活动的一部分。"[2]即使是日月星辰，虽然人在一定的历史时期内实际上还不可能直接作用于它，但它的信息却可以为人所接收，为人所认识和利用。因此，使人的本质对象化并通过信息反馈使人动情的事物是极其多样的，不仅世态人情、自然风物是如此，而且"那些离开人最远的"自然物，如日月星辰，因为"是人的对象"，"是人的本质的显示"，所以"都向人呼喊：认识你自己。……动物只为生命所必需的光线所激动。"[3]在无限循环往复的认识——动情过程中，能使人产生美感或丑感的事物的形式愈来愈丰富多样，它们不但不断刺激人的大脑，引起脑细胞中大分子的结构变形，在大脑皮质上留下"痕迹"，使通过动力

---

[1]《马克思恩格斯选集》第3卷第516页。
[2] 马克思：《1844年经济学—哲学手稿》第49页。
[3]《西方美学家论美和美感》第210页。

定型建立起联系的表象、词语与感情愈来愈多样化，它们之间的联系愈来愈巩固，逐渐形成特殊的生理—心理机制。而综合着、渗透着政治、道德、历史、社会、美学等理性因素，具有一定倾向性的审美趣味、审美理想、审美观念正是在这样的基础上形成的。它一旦形成，又反过来制约着、参与着审美生理—心理机制的活动，形成一定的审美心理定势。而在这全部因素影响之下，作为这种审美机制的生理—心理依据的大脑神经动力定型，就具有自控制、自调节的功能，赋予人以对外界的随机适应能力，不管外界的审美对象怎样变化，发出什么样的信息刺激，人都能做出相应而协调的感情反应。因此，大脑神经动力定型即是人的审美机制的生理—心理基础，又是审美对象、大脑、审美反应这三项构成的审美动力系统的变应器。同时也是审美尺度的调节器。

另一方面，也正因为在无限循环往复的认识—动情过程中，客体的表象以及与此表象相适应的语言文字同人的情感在大脑中建立起巩固的神经联系，形成了直觉性情感，所以，具有这类表象的客体和对它的文字描写就成为能引起人审美感情的事物，这种事物乃是审美感情的对象，即审美客体。它们不仅向主体发射自然信息（物理的、化学的、生物的）和社会信息（政治的、伦理的等），而且发射美的信息。所以原始人不仅要以自己的灵巧和力量去制服鹿的灵敏，野牛、猛虎的力量，而且欣赏灵敏的鹿、雄健有力的野牛和猛虎；不仅自觉能动地制定狩猎方案、积极投入狩猎活动，而且能从这种活动中产生创造性劳动的喜悦。所以古希腊人不仅把保卫国家、竞技活动当作光荣、神圣的事业，全力以赴，而且为这种事业而自豪，而激动，要将它反映到荷马史诗之中；不仅将强健有力的肉体当成战胜敌人、征服对手的根本，而且特别看重和欣赏这种肉体，"对于受过锻炼的肉体的完美，感觉特别深刻"①，甚至不怕在大庭广众之中和神的祭坛之前展览这种人体美。原始人和古希腊人对动物美和人体美的欣赏还表现在他们的艺术作品之中，法国拉斯科洞中那尺幅巨大、线条粗犷、轮廓准确、飞动奔走的野牛图，古希腊雕塑中的掷铁饼者和维纳斯形象，倾注了当时艺术家多么深厚的赞美之情啊！

在欣赏美的事物的同时，由于人对物的样式、形式、形象（而不是物本身）以及代表它们的符号具备了以审美生理—心理机制为基础的直觉性情感反应，只要有这种物象或代表它的词语出现就会产生一定的审美情感（如"望梅止渴"），所以一定的形式（包括语言文字）可以不依赖于它所依附的事物而发挥审美效用，于是，形式就脱离开具体的事物，"具有巨大而独立的意义了"②。这种意义在于：形式、形象依附于具体的事物也罢（如野牛、野牛的血），独立于具体的事物也罢（如野牛式的形状、红色），表现为抽象的符号也罢（如对野牛、血的描绘），它们发射的已不再是反映具体事物纯自然属性的信息，而是经过人脑加工、处理过的自然信息即文化信息。即是说，这些形式、形象所显示的美，已不是物自身所固有的属性——如洛克所说的不依赖于主体的第一物性，而是所谓的"第二物性"，这第二物性"并不是对象所具有的东西，而是能借其第一性质在我们心中产生各种感觉的那些能力"③。此其一；其二，由于这些形式具有脱离物而独立的特性，成为审美的普遍形式。于是，在许多场合下，事物的因果关系就颠倒过来，不是形式因物同人的关系、因对象化了人的积极本质而美，而是物因具有了某些

---

① 丹纳：《艺术哲学》第320页。
② 普列汉诺夫：《论艺术》第118页。
③ 洛克：《人类理解论》第101页。

普遍性的审美形式而美（例如某些于人有害的动植物或于人无直接利害关系的自然物，由于生就鲜艳的色彩、优雅的形象而令人叹赏）。而人的大脑不仅能储存由信息复合而成的事物的表象，并且在一定刺激（例如词语、文字的出现）下还能使这些表象重新活跃起来，在已有知识经验的基础上构成新事物的形象，这就为人发挥想象力，灵活运用、重新组合这些形式，创造新的审美客体、审美对象（包括艺术品）提供了巨大的可能性。所以原始猎手能撇开某只具体的野鹿、野牛、猛虎，单取其角、牙、爪、皮来装饰自己，如我国生活在西藏东南部喜马拉雅山南麓的珞巴族人，在打到猛虎后，老人们要向猎手祝福，给他戴上用虎皮制作的帽子，再插上虎须，这不只是光荣和勇猛的标记，而且是美的标志。这里的牙、爪、角、皮已不是某只具体动物的牙、爪、角、皮，而是有某种抽象概括意义的美的饰物，美的符号。而古希腊人则不仅能通过想象、抽取、综合人体美的各种形式性因素，创造出"掷铁饼者""米洛的维纳斯"这样男性美、女性美的典型，而且还能将人体美的某些形式因素移用到建筑上去：如"多里克式"廊柱，柱身中间微凸，似乎为了承受重压而隆起的肌肉，柱头是个大出一圈的圆顶，犹如在压力下自然鼓起的肉体，于是坚硬的石柱就有了生命，具有"男性美"的力度、刚度；"爱奥尼亚式"石柱却柱身细长、精致，柱头有类旋涡或藤蔓的装饰，更显出石柱的轻灵、柔和，富于"女性美"。至于中国的龙，则更是古代劳动人民用从各种具体动物身上"抽象"出来的形式性因素，按照自己的需要，充分发挥想象力，重新组合成的高度概括的艺术形象：它以蛇身为主，"接受了兽类的四脚，马的毛，鬣的尾，鹿的脚，狗的爪，鱼的鳞和须。"① 不仅如此，

---

① 闻一多：《伏羲考》，转引自李泽厚《美的历程》第8页。

人还能在按照客观规律、合乎主观目的的社会实践基础上，发挥再创造的想象力，运用比具体事物形式更抽象、更概括，也更带普遍性的形式因素（如线条、色彩、声音、语言、文字等），将实践中的事件、过程、图景具体地、生动地、感性地再现出来，达到马克思所说的"对世界的艺术的"[①]掌握。这时，列宁所说的客观世界在人脑中的反映形式就不是"概念、规律、范畴等等"了，而是真实可感的形象。这就是艺术和艺术创造。从原始人在洞穴壁上画的野牛到古希腊人塑造的"米洛的维纳斯"雕像和荷马史诗，从对单个的具体事物的艺术再现到对复杂的群体、社会事件的形象表现，都是如此。如果客观世界中不存在着可以从具体事物上分离、抽象出来，具有概括性和普遍意义的形式美因素，如果人脑不具备分辨、处理这种文化信息的能力（记、忆、思、想象），那么，艺术的创造将是不可能的。

三、尺度：精确性与模糊性的统一

我们探讨了美的尺度的历史性成因，由此将就它由神的手中转移到人的手中；它失去了虚幻的神秘的光彩，却恢复了实在的现实的感觉。

但是，由于美的尺度是在实践—认识—动情的漫长实践过程中形成的，这个过程因经济的、政治的、思想文化的、历史的及自然的种种因素的交互作用，具有由变量及参数众多所必然造成的复杂性，而"当一个系统复杂性增大时，我们使它精确化的能力将减少。在达到一定阈值（即限度）

[①]《马克思恩格斯全集》第46卷（上）第39页。

之上时，复杂性和精确性将相互排斥"①，所以美的尺度绝不像一把真正的尺子那样长短明确和有定量化的精确刻度，而具有相当模糊的性质。用它去衡量美，的确可以明确区分出什么是柔美，什么是壮美，什么是崇高，什么是丑。但恐怕谁也无法使这种衡量定量化。以人自身而论，"例如达到结婚年龄的姑娘，……如果骨盆不够宽大，胸脯不够丰满，她就不会显得美。但是骨盆太宽大，胸脯太丰满，也还是不美，因为超过了符合目的的要求。"②然而究竟多大才"显得美"，在"太宽大""太丰满"和"不够宽大""不够丰满"在量上究竟是多少，要去掉多少，增加多少才可以达到"增之一分则太长，减之一分则太短"的妙境，这些，难道可以从美的尺度上找出数学的答案吗？再如这种形态的美同那种形态的美的界限在哪里，美从一种形态向另一种形态转化、过渡，或美丑互变，究竟在量上、质上会发生什么变化，也很难对它做出精确的定量化处理。但是，审美经验已无数次证明，有了这个内在的美的尺度，人的确可以不用测量、不用计算，甚至不用思索，凭直观就可以判断人或物比例合不合度、匀不匀称、美不美，属于哪种形态的美，并产生相应的美感，就能对复杂的自然现象和社会现象做出达到一定精确度的审美评价。

人内在的审美尺度之所以有此神效，还得归功于人的大脑处理模糊信息的特殊功能；美的尺度的模糊性正是同美和美的信息的模糊性相适应的。

前文说过，在实践—认识—动情的实践中，人的目的、需要尽管在具体表现形式上千差万别，却可以通过本质力量输出的共同方式在千姿万态

---

① 贺仲雄：《模糊数学及其应用》5页。
② 《歌德谈话录》第134页。

的不同对象上实现,从而达到主体与客体之间的信息交换,产生美。从这一点来说,美是有着质的规定性的。但是,也正由于人的目的、需要及实现这目的、满足这需要的对象千差万别,所以表现美的事物(亦即美的表现)也千姿万态、千变万化,如柔美既可表现为"回头一笑百媚生""侍儿扶起娇无力"的女性,也可表现为"细雨鱼儿出,微风燕子斜"的意境,又可表现为"江动月移石,溪虚云傍花"的幽景,还可表现为"记得绿罗裙,处处怜芳草"的柔情,等等。女性、意境、幽景、柔情,这些事物之间天差地别,然而又都是美。另外,美与非美、美与丑之间的界限、它们各自的边缘都是模糊的,相互之间有许多中介状态。如西施是美女,无盐是丑女,那么,西施的美要降到什么程度才转成无盐的丑?很难说清,反之亦然。所以美的外延是难以确定的,其界限是模糊的,从而呈现出发散性、弥漫性。同时,由于人的目的、需要及实现它的本质力量不但是无限多样,而且其本身就是非定量化的,它既可以通过制成一双精致的筷子表现出来,也可以通过移山填海的宏伟工程表现出来,所以物化它的对象在量值上也就具有很大的伸缩性、不确定性。大如"气蒸云梦泽,波撼岳阳城"的八百里洞庭湖是壮美的,小如"八月涛声吼地来,头高数丈触山回"的钱塘江潮也是壮美的;数目众多的秦始皇陵武士俑列成的方阵是雄伟的,单人独立的大卫雕像也是雄伟的;几十年如一日献身于祖国和人民的生命是崇高的,一次舍己救人的壮烈行动也是崇高的。美在具体事物上表现出来的量的这种变化、差异是无法界定和计算的,它不是不变的"常数",而是经常处于变动中的"参数"。从这些方面看,美又是非定量化、非程序化和弥漫性的模糊现象,它发射的是与能定量化的精确性信息相反的模糊信息。

而人脑之所以分辨、处理美的模糊信息,并根据此对审美对象做出有一定精确性的审美判断和评价，区分和欣赏各种形态、各种表现的美，关键仍在于它的大脑皮质动力定型和"运用模糊概念的能力"（维纳）。如前文所说，美感是一种直觉性情感，由于这种情感的产生跨越了对事物性（规律、本质）、状（结构、尺寸、比例等）及其功用（与人的关系）的理性认识、科学分析的环节，而由事物的形式、形象直接刺激所引起，因此美感反映的不是事物本身的性状，也不是人对它的态度，而是它的感性形式、具体形象。这就使得美感本身具有模糊的性质，这种模糊性与美和美的信息的模糊性是相适应的。例如人的身体是一个结构极为精密、性能十分复杂的系统，这种内部结构和机能决定着人体各部分的动作、态势及外部表现形式。人体各部分的结构、尺寸、比例、角度都有着精确的数学关系，这种数学关系通过仪器是完全可以测量、计算出来的。但是，这种数学关系要取什么值才够得上美，那是因人而异，因而也是无法确定的，最多只能概括出几条大杠杠，如个头在一米七以上，头与身比例为一比七等等。事实上，这种杠杠仍然可以上下左右浮动，因而相对于精确性而言还是十分模糊的，而且，即使统计了许多美的人体各部分的数据，制成极其精确的人体尺寸、比例表，按照它搞出来的也只能是"千人一面"的模型，依然谈不上美。艺术家要塑造人体当然首先得了解人体，就像要描写人的性格首先得了解人的性格那样。但是这种了解与生理学家的科学研究还是有区别的，前者是大概的，因而带模糊性，后者却是精确的，这只要看看画家的人体结构图和医用人体解剖图就可一目了然。艺术家之为用艺术方式掌握世界的人，就在于他着手创作时不用测量、计算、撇开一系列数字、数据，运用那带模糊性的审美尺度，凭肉眼的观察，就能做出什么样的人体才美的判断，并发挥想象力，调动大脑信息库中储存的美的形式性因素，创造出维纳斯、大卫等千姿百态、互不雷同的人体绘画或人体雕塑。这种人体如果真正在外形上是美的，那就必须是合乎人体解剖和人体运动规律，达到局部和整体的统一与和谐。而这整体的完整状态及各部分的表现都有其精确的生理、数学（尺寸、比例）、几何（角度、体积、形状）依据，因而是定量化的。但是，人们在欣赏这些人体艺术如维纳斯雕像时，却绝不会去做生理上、数学上、几何上的定量分析的。因为那是科学而不是欣赏者的事，如果要那样做，势必得动用各种器具对雕像进行一系列的测量、计算、与真人比较，这显然是十分烦琐而乏味的工作。它不仅会使人兴味索然，使审美成为不可能，而且在事实上是不必要的。因为审美之为审美，之所以给人以愉悦的精神享受，就在于欣赏者对客体美那种"知其然不知其所以然"的心理状态；他不用测量、计算，就能根据内在的审美尺度对所接收的美的模糊信息做出审美上的准确判断和评价。哪怕复原后的维纳斯手臂与那唯一的"相应的位置"只有稍许的差距，由于它与整体处于捍格状态，人也能通过对它整体的"观照"而感觉出来。这就是断臂复原之所以失败的原因。

　　当然，审美的这种区别于科学认识的特性、规律并不意味着排斥逻辑和理性的作用。恰恰相反，不仅直觉性和审美情感无论就其历史生成还是就其在人类个体上的发生而言，都是以思维性情感为其历史前提或由思维性情感转化而来，所以美感看似纯感性的，实则其深层积淀着理性的内容；而且，在大脑中与这种直觉性审美情感建立起神经联系的，除了引起这种情感的审美对象的表象外，还有代表这审美对象的词语符号以及词语组成的关于对象的概念。但是与美的模糊性相适应，这种概念也是模糊的。如"骏马""美女""秀水清山"等，在形和量上究竟如何，都很难绘出一个精确的数值：一匹身上一丈的短鬃白马是美的，身上九尺八寸的长鬣棕马呢？也是美的；维纳斯是美的，雅典娜也是美的；这样的山是清的、水是秀的，但是难道这山上多几棵树少几棵树、这水流湍急一些或平缓一些就不美吗？很难说。而且，"骏马"与"驽马""美女"与"丑女""秀水清山"与"穷山恶水"之间的界限也难以确定。不仅美是这样，在社会生活的其他领域中同样存在大量模糊现象和与之相应的模糊概念。而人脑却能够运用这种模糊概念进行判断、推理、思维，从而能够处理不精确的、非定量的模糊信息，这就使人得以认识、理解、欣赏比"骏马""美女""秀水清山"更为复杂多变的社会审美现象和反映它的文学艺术作品，准确把握其审美价值和审美意义。

这一切说明了什么呢？说明了人脑千百倍地高出于动物的脑，二者有着本质的区别。所以动物既不能创造美，也不能欣赏美。人们议论着维纳斯的断臂原来应是什么姿势，拿着什么东西。如果从美学而言，最适合她拿的应该是美的尺度。

席勒说："啊，人类，只有你才有艺术！"

我们也可以说：啊，人类，只有你才有美！只有你才有维纳斯！

社会科学战线1984.4

中国人民大学《美学》月刊1988.2转载

美的花朵是怎样绽放的?

美的本质问题是美学上的哲学基础问题,也是美学界争论已久的"老大难"问题,至今没有取得一致的看法。鉴于这个问题的解决对于审美教育和文艺创作都有着重要意义,故笔者不揣浅陋,也来陈述一孔之见。

一、美存在于人和物的关系中

美是一种十分复杂的社会现象。把人的主观意识加以夸大,断言"美是观念",这显然是唯心的、错误的。美怎么可以脱离一定的客体呢?比如白天鹅是美的,但是如果没有羽毛洁白、体态轻盈的白天鹅客体,也就没有白天鹅的美,此时"观念"无论怎样发挥作用,也是无法凭空造出这种美来的。那么,"美是客观的"吗?的确,就美不能脱离一定的物质客观来讲,可以这样说,但是,如果将这"客观"等同于物质,也将美说成是不依赖于作为审美主体的人而独立存在的物自身的属性,那就值得商榷了。

在唯物主义看来，世界上只有物质及其属性才是不依赖于人的主观、意识而独立存在的。就是说，不管世界上有没有人类，也不管人们是否意识到，物质及其属性总是存在于人的主观意识之外，不以人的主观意志为转移的。例如，铜铁坚硬的属性对于古代人和现代人、对于无产者和资产者都是一样的，在人类出现以前和人类出现以后也都是一样的。但是美却不同了：

第一，美只能存在于人类社会之中。众所周知，在人类社会出现之前，在有意识的人类从动物界分离出来之前，包括日月山林、江河湖海、鸟兽虫鱼在内的自然界早就已经存在了，但那时无所谓美；在地球之外的茫茫太空中，还存在着物质形态的宇宙万物，但只要它没有同人类社会的实践发生关系，没进入人的视野，也无所谓美；可以设想，人类社会如果有朝一日不存在了，那么，虽然物质世界依然客观地存在下去，但也谈不上美了。美只能是人类社会的产物，它的存在必须依赖于社会的人。有了人类，有了人类社会，与人类社会有关的一切，从自然界到社会生活，就都有一个美的问题存在了。

第二，美是因时因地而变化，不断产生又不断地消失的。古人以峨冠博带、宽袍大袖为美，今人却以短衣长裤、紧腰窄袖为美；上流社会以金莲三寸、细腰一掬的病态美人为美，劳动人民则以身腰柔韧、平足天然的健康女性为美；白人以金发碧眼为美，黄种人则以墨发黑眼为美，等等。美所依附的客体（如衣饰、风度、肤色等等）按其自然属性（如颜色、质地、花纹、形体）对于任何时代的任何人在客观上都是一样的，但是，它们所体现的美却在变化着，因人因时因地而异。

以上事实说明了美是和人类、人类社会共存的，它不等于物质，附丽于物质，不是精神又离不开精神，只能存在于具有精神意识的人与作为物质存在的客观事物的关系之中。这种关系如果通过某一事物的感性形象显示出来，这一事物就是美的，对于与它发生这种关系的主体来说就是美的客体，也只有在这个意义上才能说它是"客观的"。

美有别于物质和精神的这种复杂性，美不能离开主体而独立存在的这一特点，仅用哲学上关于存在的学说即本体论是解释不了的。因为本体论回答的是世界本原的问题，辩证唯物论认为世界本原是物质的，物质第一性，精神第二性，精神来源于物质，物质不依赖于精神而独立存在；在谁是第一性、谁是第二性这一范围内，物质和精神的对立、排斥具有绝对的意义。而美，作为一种只能存在于人与物的关系之中，既有别于物质又依赖于物质，不是精神又离不开精神的社会现象，已经越出了本体论所能回答的问题的范围，只能用关于主客体关系的学说即实践论、认识论才能解释。断言"美是客观的"，是不依赖于人的主观而存在的观点，由以持论的正是本体论，这种观点把主体与客体的关系等同于、混同于精神与物质的关系，必然将美的客体与美混为一谈，看上去似乎是坚持了唯物论，实际上陷入了机械唯物论，因而它无法科学地揭示美的起源、美的本质。历史上，有些美学家已注意到了美对主客体双方的依赖关系，提出一些启人思索的见解，如法国16世纪杰出的哲学家、物理学家笛卡儿就认为，"所谓美和愉快所指的都不过是我们判断和对象之间的一种关系"①。至于这种"关系"究竟是怎样一回事，他却不能做出正确的回答。在国内，也有"美是主客观的统一"的说法，例如朱光潜先生就持此说，并把这种"统一"解释为"客观方面某些事物、性质和形状适合主观方面意识形态"。我们

---

① 《西方美学家论美和美感》第79页。

认为，美虽然涉及主客体双方面，但不是简单地以一者去"适合"另一者的结果。那么，打开美的秘密的钥匙何在呢？

二、打开美的秘密的钥匙

主体和客体的关系问题是认识论的基本问题，它与本体论中精神与物质、思维与存在的关系的问题有着密切的联系，因为只有在承认世界的本原是物质的基础上才能正确地解释主体的认识来源；但二者又有明显的区别，因为主体并不等于思维、精神，不是抽象的精神实体，而是活生生的、在一定历史条件下能动地从事感性物质活动——实践活动的人。在马克思以前，包括费尔巴哈在内的机械唯物主义者不满意唯心主义的抽象思维，而诉诸感性的直观，"但是他把感性不是看作实践的、人类感性的活动"[①]，对现实事物"只是从客体的或直观的形式去理解，而不是把它们当作人的感性活动，当作实践去理解，不是从主观方面去理解。他没有把人的活动本身理解为客观的活动"[②]，因而不能正确解释主体与客体的关系。结果，作为主体的感性活动、实践活动、能动的方面却让唯心主义抽象地发展了，离开了实践讲能动性，把能动性归结为抽象的精神活动。这种看法不能不影响到美学。例如，把主体理解为绝对观念或绝对自我意识的黑格尔就认为，"美就是理念的感性显现"[③]，即"概念和体现概念的实在二者的直

[①] 《关于费尔巴哈的提纲》，《马克思恩格斯选集》第1卷第17页。
[②] 《马克思恩格斯选集》第1卷，第16页。
[③] 黑格尔：《美学》第1卷第142页，第149页。

接的统一"①，把美说成了纯主观的东西。

以辩证唯物主义和历史唯物主义哲学为基础的马克思主义美学则不同，它认为只有人的实践才是使精神与物质、思维与存在发生交互作用的桥梁，因而它是从实践的角度、从精神的能动性的角度去理解美的，就是说，它是从作为实践和认识的主体的人同作为客体的客观事物的关系上去理解美的。

马克思指出，"囿于粗陋的实际需要的感觉只具有有限的意义。对于一个饥肠辘辘的人说来并不存在着食物的属人形式，而只存在着它作为食物的抽象的存在；……忧心忡忡的穷人甚至对最美丽的景色都无动于衷；贩卖矿物的商人只看到矿物的商业价值，而看不到矿物的美和特性；他没有矿物学的感觉。因此，一方面为了使人感觉变成人的感觉，而另一方面为了创造与人的本质和自然本质的全部丰富性相适应的人的感觉，无论从理论方面来说还是从实践方面来说，人的本质的对象化都是必要的。"②这段话对于理解美的起源和本质十分重要。

人的美感不同于人的实际需要（如饮食男女等自然本能的需要）的生理快感，它是人感知对象中人的本质的丰富性而得到的一种精神享受（心理快感）；人如果不摆脱那种"囿于粗陋的实际需要的感觉"是产生不了美感的。但是，人的美感的形成，又离不开两个先决条件：一是要有人的积极本质的对象化（即客观化），所谓"人的本质的对象化"，笔者理解，是指人认识、利用事物的客观规律能动地进行实践，从而使自己的思想、

---

① 黑格尔：《美学》第 1 卷第 142 页，第 149 页。
② 马克思：《1844 年经济学—哲学手稿》第 79 页。

愿望、智慧、意志、感情等本质力量在实践的结果上体现出来；这个实践结果既指人实际接触过、改造过的事物，也包括列宁所说的如天文观察到的事实等。而人的本质无非是一切社会关系的总和，这样的人只能是社会的人，即有社会意识的人。二是要有从对象感受本质的能力，而这种能力只属于具有思维认识能力的人（即主体）；离开了人的认识和思维，对象只能成为动物的对象，它所蕴含的本质无从抽象出来。这样，在物质已经客观存在的前提下，美感产生的先决条件就可归结为一点，就是得有具有思维认识能力的人。只有出现了这样的人，世界上才产生了精神与物质的对立，才谈得上主体与客体的关系；也只有这样的人，才能能动地进行实践，使物质变精神，精神变物质，从而在精神与物质之间架起一道彼此沟通、相互依存、相互转化的桥梁，使美得以在人与物、主体与客体的关系中产生。因此，在实践的基础上，分析作为主体的人的头脑中的思维过程对于形成人与物的关系的作用，是理解美的起源和本质的一把钥匙。

三、美的花朵是这样绽放的

现在，我们就来看看这种作用对于美的起源的意义。

原始人在进入人类社会之前，他们猎获动物是为了食用。正如《吴越春秋》上那首古歌谣所说，"断竹、续竹、飞土、逐肉"。动物其他不能吃的部分——就只能抛弃，正如猛兽在血食之后将这些东西抛弃一样。但在进入人类社会之后，由于人具有一定程度的抽象思维能力和较高的劳动技能，他就能在狩猎活动中使自己顺应和利用动物的生活规律，进行有效的组织，掌握有利的时候和地形，采用得心应手的狩猎工具，从而提高了劳动效率，扩大了生活资料的来源。在这种劳动中，原始人使自己的肉体和精神两方面的积极本质（如构思、愿望等主观意图、勇气、力量、灵巧以及人们间的彼此配合的关系等）在实际上被改变了的对象（例如野兽）中"物化"了，这个对象成了他的意志、勇武、力量和生活充裕的证明或标志。于是，对象的皮毛、牙爪就由无用变为有用，他开始用这些东西来装饰自己，以显示自己的力量或灵巧并从中得到一种愉悦的精神享受——这就是快感。但这时的快感还不能说是审美快感即美感，因为美感是人从对象体验到的心理的而不是生理的快乐，精神的而不是物质的满足，而这时的快感却是由人对客观事物的使用价值（即对于人的用处）的认识（即功利观念）引起的，而不是因为客观事物本身的样子（如动物矫健有力的身体、皮毛的花纹色彩、爪牙的形状硬度等）引起的，因而还不是美感，也就是说，此时客观事物还只是认识的客体，本身还没有成为美的事物（美的客体），还无所谓美。

但是，这种由事物的使用价值而产生功利观念、功利观念又导致快感的过程反复多次之后，人们就会忘掉、撇开事物的纯功利考虑的思维中介，而使快感同事物本身的样子直接联系起来。一旦"当狩猎的胜利品开始以它的样子引起愉快的感觉，而不管是否有意识地想到它所装饰的那个猎人的力量或灵巧的时候，它就成为审美快感的对象，于是它的颜色和形式也就具有巨大而独立的意义了。"[①] 反过来讲，"由物体的色彩和一定组合或物体的样式所引起的感觉，甚至在原始民族那里也是同十分复杂的观念

[①] 普列汉诺夫：《论艺术》第118页。

一起联系起来的；至少这些样式和组合有很多仅仅是由于这种联想才对于他们显得是美的。"①

　　这里，从本体论来看，具有一定样式和色彩组合的物体，在对于人"显得是美的"之前早就有了，它是不依赖于作为欣赏者的人的主观意识和感受而独立存在的物质；但是从认识论上来看，那么，客观事物之作为美的客体，只是相对于审美主体而出现、而存在的；没有审美主体，也就不是美的客体，从这个意义上说，审美客体离开审美主体就不存在。因此，美感与美、审美主体与美的客体几乎是同时产生的。美的产生离不开一定的物质条件，也离不开人的认识思维活动，美只能是在实践的基础上，主客体交互作用之中精神与物质、思维与存在辩证同一，从而使主客观达于统一的结果。这种辩证同一是一个过程，即从物质到精神，又由精神到物质的过程，这个过程可以按发生的顺序先后表述如下：

　　（1）首先，在实际中，作为认识客体的客观事物（物质客体）的具体特性，如颜色、形体、冷热、轻重、软硬、香臭、音响等等，作用于作为认识主体的人的感觉器官，产生感觉和知觉，在头脑中形成事物的表象，这是由直观产生的认识的感性阶段，解决的是事物的现象问题。

　　（2）客观事物的具体特性多次用于人的感官，头脑中的表象材料就会积少成多，使得人能通过对它们的分析综合产生一个飞跃，形成概念；人用概念进行判断和推理，从而获得对事物本质、规律及由此产生的属性的认识，这样，认识就由感性阶段上升到理性阶段，从生动的直观上升到了抽象的思维。

---

①普列汉诺夫：《论艺术》第13页。

（3）如果事物的属性符合人的主观需要，能体现出人的积极本质（主观愿望、意志、力量、智慧等），那它就是功利性的事物，人对此就加以肯定；并产生积极、满足、愉悦的情感。反之，就是非功利性或有害的事物，就加以否定，产生消极、不满、抵触的情感。情感是人对认识客体属性的态度，表现为体验，体验是主体根据自己的主观需要加给客观的或好或坏的社会评价。这好、坏不是客体自身的属性，所以情感不是纯客观的东西，而具有主观性。

（4）人由直观经由理性认识达于快感的认识过程反复多次之后，就会撇开理性的中介，而使快感与表象直接联系起来，这时，表象就离开某一特定的具体事物而独立存在，成为引起这种快感的普遍因素。

以上，是物质到精神的转化过程，即有类马克思所说的"完整的表象蒸发为抽象的规定；……抽象的规定在思维行程中导致具体和再现"[①]的过程。

（5）事物的表象一旦成为引起快感的普遍因素，快感就成为美感，而原来的认识客体就成了美的客体。审美快感在一定的理性基础上形成之后，又具有相对的独立性和固定性，成为一种衡量事物的"内在固有的尺度"[②]凡是符合这种尺度的事物就是美的。

这个过程就是由精神到物质的转化过程，即创造美的过程。当然，这里的转化和创造，既不是客观唯心主义者黑格尔的绝对观念"外化"为自然——"美就是理念的感性显现"[③]，也不是主观唯心主义者柏拉图、休

---

① 《马克思恩格斯全集》第12卷第751页。
② 马克思：《1844年经济学—哲学手稿》第51页。
③ 《西方美学家论美和美感》第191页。

谟所谓人所创造的美来源于心灵的聪慧和善良——"只存在于观赏者的心里"[1],而是指人们由对事物的理性认识而发生的快感一旦成为美感,人就成了审美主体,事物也就相应地成了美的客体,从而创造了美。

由物质到精神,又由精神到物质的产生美感创造美的过程,证明了马克思关于"生产不仅为主体生产对象,而且也为对象生产主体"[2]的科学论断。

四、人类的犁在不断播种着美

从实践论的角度看,美历史性地起源于精神与物质辩证同一的实践过程;这个过程永远不会停止在某一点上,随着人类实践领域的不断扩大,被认识的客观事物不断增多,认识客体就不断变成美的客体,美的领域也就由自然界扩大到人类社会和艺术了。而在这不断扩大的美的领域中,没有哪一种美不是在实践的基础上,主客体交互作用中精神—物质的同一。

这又有以下两种情形:

一种是在以往人类实践的漫长历史进程中,固定下来的、凭直观可以感受到的美,即客体化的美。美为什么能固定下来并客体化呢?这也是从主客体双方的关系中去寻找原因。一方面,人在改造世界的实践中,不断地认识、发现、掌握事物的发展规律,不断地将必然变为自由,在生产中,使自己的愿望、设想、要求、激情、力量、智慧在产品上体现出来,即使

---

[1]《西方美学家论美和美感》第102页。
[2]《马克思恩格斯选集》第2卷第95页。

自己的主观意志和意识在客体上对象化，使自然"人化"（马克思语），于是，美便作为一种客观存在了。这样，一个客体化的对象世界便在人的面前展开了。另一方面，从主体来讲，恩格斯指出，从猿变人的关系是"手变得自由了，能够不断地获得新的技巧，而这样获得的较大的灵活性便遗传下来，一代一代地增加着"[1]，使人的手"天生"地比动物中最灵巧的猿手要灵巧千百倍。现代生理—心理学进一步证明，不仅手的灵活性可以借遗传获得保存和发展，而且人的感觉能力也可以通过遗传保留、"沉积"下来，使社会经验（包括审美经验）和外部信息（包括美的客体的感性形象）在人脑结构中留下生理痕迹，作为表象和概念"储藏"起来，一旦外界的客体（对象）将人脑中某种储藏的原型（即形象和概念在人脑结构中留下的"痕迹"）唤醒，人就可以本能地获得审美感受。这就是人不同于动物的特有的直观审美感知能力。

例如狐狸、牛和人都可以对红色发生本能的反应，但狐狸、牛的本能是自然的生理本能，而人的本能却是社会的人的本能，他能由红色产生热烈、明亮的快感。虎豹豺狼根据一定的气味、形状、音响感知獐鹿的存在，但这种存在对于虎豹豺狼只是"作为食物的抽象的存在"[2]，而人却能从对獐鹿的感觉中直接产生美感，获得精神上的享受。又如科学证明，某些植物和动物也能"感知"优美的音乐，但那只是一种化学的或生理的现象。而人却能欣赏音乐。正如马克思所说："人的感觉、感觉的人类性——都只是由于相应的对象存在，由于存在着人化了的自然界，才产生出来的"[3]。

---

[1]《马克思恩格斯选集》第3卷第509页。
[2][3] 马克思：《1844年经济学—哲学手稿》第79页。

这时的感觉、知觉、直感不仅能感知事物的具体特性,而且能由这些特性直接产生快感,成了人所特有的"能够从事人的享受和把自己作为人的本质力量来肯定的各种感觉",如"感受音乐的耳朵、感受形式美的眼睛"[①],等等,这就是审美感知力。"因此,人不仅在思维中,而且以全部感觉在对象世界中肯定自己。"[②]

人有了这种直观的审美感知能力,就无须经过思考,凭直觉就能从事美的欣赏,而历史地造成这种能力并隐伏在这种能力后面的观念一般是意识不到的。

另一种是须借助思维才能感受的美,即正在创造着的美。由于美是人与物的交互作用中精神与物质同一的结果,美的客体首先是认识的客体,而世界的范围无限大,新事物层出不穷,要使这些事物进入美的领域,成为美的客体,光靠发源于既有认识的美感力是不够的,而首先要使新事物进入人的认识领域,使之成为新的认识客体,在人与物之间建立起新的功利关系,以便汲取新的观念,完善和发展既有的审美感知力,创造新的美。

例如,从传统的审美感知力来看,只有那种皮肤光洁、肌肉饱满、气色红润的面孔才是美的,因为这种面孔表明了生活优裕、精神愉快以及运动所带来的健康和生命活力,体现了人健全发展的愿望;而粗黑的面孔则往往是贫穷、饥饿、不卫生所造成的不健康形象,是违背人的本性的,因而很难说是美的。但是马克思却说:"我们从那些由于劳动而变得粗黑的脸上看到全部人类的美"[③],这又是为什么? 这是因为到了帝国主义和无

[①][②] 马克思:《1844年经济学—哲学手稿》第79页。
[③] 转引自1957年第3期《学习译丛》第48页。

产阶级革命的时代,无产者作为独立的政治力量登上了历史舞台,成为人类新的认识对象。马克思主义者通过对它的科学分析,认识到了劳动使猿变成了人,劳动改变了世界,在劳动者身上体现了人类勤劳、勇敢、智慧、追求自由、渴望解放,并为此战斗的积极本质,从而引起了自豪、钦敬、同情的感受,于是,劳动者粗黑的脸就成为一种新的美,相对于欣赏这种粗黑的脸的主体来说,一个新的审美客体就产生了。再如,一个人的心灵美不美,科学家的创造美不美,凭直观都无法确定,而必须借助于思维的中介。所以英国的弗兰西斯·培根说:"最高的美是画家所无法表现的,因为它是难于直观的。"艺术家要反映这种难以直观的美,只有在认识其本质、理解了它之后才可能。"……他向着目标,不屈不挠;继续前进,继续攀登。……他只知攀登,在千仞深渊之上;他只管攀登,在无限风光之间。一张又一张运算的稿纸,像漫天大雪似的飞舞,铺满了大地。数字、符号、引理、公式、逻辑、推理,积在楼板上,有三尺深。忽然化为膝下群山,雪莲万千。他终于登上了攀登顶峰的必由之路,登上了(1+2)的台阶。"报告文学《哥德巴赫猜想》所艺术地表现出来的陈景润的科学研究过程的美,难道不是靠理性认识才发现的吗?

　　主体不但是客体美存在和产生的必不可少的条件,而且主体的主观精神特征是使美感的程度和性质发生变化的重要因素。天鹅,我们凭直观感就觉得是美的,然而,当你从它那轻盈的体态联想到翩翩起舞的芭蕾演员,从它们的雌雄不离联想到忠诚的爱情、患难与共的夫妻,从它们高飞云天的雄姿联想到人的远大志向,这时,它不是显得更美了吗?太阳也是如此,当我们什么也不想地直观日出时,也会惊叹于它艳红夺目的色彩光芒,但是,如果你进而由朝日联想到古今诗人歌颂太阳的瑰丽诗篇,联想到如日方升的伟大社会主义祖国，联想到我们伟大的共产主义前程，那么，太阳的美就会成倍增长，我们的审美快感就会疾趋强烈，以至感动得热泪盈眶！所以车尔尼雪夫斯基说："美的物象所产生的印象确实会因回忆而增强"，虽然"美的欣赏并不是经常带有这样的回忆的"。在社会生活中，这样的例子也俯拾皆是。

即如五星红旗吧，它本身就是按照美的规律设计，当然美，而如果我们认识到五星和红色所代表的事物，懂得了它的政治意义，它就显得更美了。艺术美也是这样。那些内容比较复杂的作品，如达·芬奇的《最后的晚餐》、苏里柯夫的《近卫军临刑的早晨》、列宾的《查布罗什人写信给土耳其苏丹》、曹雪芹的《红楼梦》等等，哪怕我们根本不了解它们所描绘的历史事件，没有透彻理解它们所蕴含的历史内容，它们也显得是美的，而当我们了解了、理解了，并由此引起对人生、对社会的深沉思索，激起了对自由、幸福、真理、进步的赞美和追求之后，我们的美感就更强烈了——作品也显得更美了。这就是毛泽东同志所说的"只有理解了的东西才能更深刻地感觉它"。所以，真正的艺术家的创作应该尽力在我们身上引起对普遍利益（即广义的功利性，如于社会、于人生、于革命、于四化建设有益，等等）的考虑，就是说，归根结底是要我们的能力（思维）发生作用。当然，艺术作品对人的逻辑能力发生作用，总是要通过直接作用于我们的感官的艺术形象的，如果形象本身就不符合我们的审美感知力的要求，即不能引起我们的美感，那么，它无论怎样作用于我们的逻辑力，也是不会成为美的。

五、小结

现在，我们大概可以对美的本质做一结论了。

美究竟是什么呢？美，是发生在人类实践—认识领域中的一种特殊社会现象，是实践—认识领域中体现了人的需要、人的积极本质和社会要求的事物的感性形象。

我们认为，以这样的定义来说明美的特质，比较能如实地反映和充分肯定作为认识主体的人在美的创造过程中的能动作用，在实践上和理论上都有着现实意义。

首先，由于美必须以认识客体为物质基础，要求人的积极本质的"物化"，因此，要美化人本身和人生活的环境，最主要是亲身参加变革社会和自然的实践，不断地将客观事物变成实践对象、认识客体，在今天来讲，就是要以实际行动参加四化建设，不断地研究新事物，解决新问题，丰富和完善自己。

其次，由于美、美感同人的认识能力、认识深度密切相关，思维对美、美感的形成有着巨大的作用，所以要使我们的生活变得更美，必须发展自己的认识能力，如加深对事物的认识，这除了要参加实践外，学习马列主义、毛泽东思想的革命理论，掌握正确的认识路线，也是一个极为重要的方面。

再其次，由于人对美的客体欣赏是通过人的直观进行的。所以，为了发现美、创造美、欣赏美，必须在变革世界、提高认识的同时培养、锻炼和完善自己的感官，如眼、耳、手等，这就需要进行文学艺术方面的教育和训练。

综上所述，关于美的本质的问题，关系到理论和实践、主体和客体的一系列问题，看似简单，实则极其复杂。现已出现五种见解，恐怕都还不能说是定论，本文做的这番粗浅探讨，更是只具有参考的性质。但是笔者相信，正是这些成熟的和不成熟的、深刻的和不深刻的各种见解的论争，必将使"美"的本质大白于天下。

吉林大学学报1981.6
中国人民大学《美学》月刊转载

论演员的美及其塑造

自电影事业复苏以来，我们的银幕上出现了大批年轻漂亮的演员，它们在容貌俊美、风度翩翩上不仅为"十年动乱"时所难设想，而且使中国自有电影以来的银幕形象为之逊色。对这一现象或褒或贬，引起了许多议论，可以说，这种议论正是促使人们重新研究电影美学的直接原因之一。因此，本文来谈谈关于电影演员的外形美，想来不致有伤大雅。

一

人为万物之灵。人通过实践发现、创造了世上万物的美，同时也就发现、造就了自身的美。但是人作为审美对象被我们观照时，首先呈现在我们视、听感官前的是他（她）的形体，尤其是他（她）的音容笑貌。所谓心灵——性格、气质、思想、感情、修养等等；在很大程度上都要在面容上反映出来。我们对一个人的审美感受，自始至终都离不开容貌、形体；而"任何对像都不能像最美的人面和体态这样迅速地把我们带入纯粹的审美观照，一见就使我们立刻充满了一种不可言诠的快感。"①

因此，许多艺术家千方百计在自己的作品中塑造好心爱人物的外貌，力图使他（她）从一开始就给欣赏者一种美感。更何况电影是这样一种独特的艺术：当小说通过语言文字的意义在读者想象中唤起关于人物的不太确定的、间接的视觉和听觉形象时，电影中的人物却以那样确定、不容丝毫更改的感性形象直接呈现于观众的视觉和听觉；当绘画、雕塑运用物质材料塑造出人物静止的形象时，电影却通过演员塑造出人物活动着的形象；当观众只能从不变的角度和距离从戏剧舞台上观赏全景甚至远景中的人物活动时，电影的近景、特写镜头却使观众有如在放大镜下一样看到人物的肤褶、睫毛、发丝和脸上每一块肌肉的极微妙的抖动。试想，这样一种艺术，怎么可以不重视、不讲究人物的容貌、形体，怎么能不考虑它的每一特征、每一局部、每一变化在观众心理上甚至生理上所可能引起的反应呢？

当然，美不简单地等同于容貌、外形的漂亮，但漂亮却包含在美之中。要言之，容貌、形体之美是自有人类以来所创造的形式美宝库中的重要财富，喜爱和追求美的形式是人的天性和教养使然，它绝不是什么与"真正的艺术"无关的、刺激起卑下本能的东西。匈牙利著名电影理论家贝拉·巴拉兹说得好："美的形象是早期人类要求进步的一种表现。在我们这个电影文化的时代，人的形体又成为可见的，……可见的美的形象又成为由来已久的生理的和社会的要求的一种表现。"②要谈电影美学，就不能不对银幕形象的形体容貌之美做出正确的解释。

---

① 叔本华:《意志及表象之世界》。见《西方美学家论美和美感》第227页。
② 贝拉·巴拉兹:《电影美学》第267页。

二

一般说来，在艺术中，特别是在电影中，外形美、容貌美对于女性比对于男性更为重要。

我国古代历来有阳刚之美和阴柔之美的说法，"其得于阴与柔之美者，则其文如升初日，如清风，如云，如霞，如烟，如幽林曲涧，如沦，如漾，如珠玉之辉……"[①] 西方美学家也将美区分为壮美与优美两种形态，并将优美（阴柔之美）的形式特征概括为小巧、圆形、曲线、光滑、匀称、轻徐、雅致、和谐。这些特征不是哪个美学家的主观臆造，而是从审美实践中总结出来的。女性美主要（但不是完全）属于阴柔之美的范畴，上述这些形式特征也往往在女性的容貌、体态上表现出来。而在观赏阴柔之美的长期审美实践中，又历史性地形成了人们共同的审美心理、审美习惯和审美要求。正是根据对阴柔之美特征的观察，人们用鲜花来形容女性。这种深深扎根于历史源流和现实土壤之中的审美要求对于艺术家来讲，是如法则一般支配着他的创作、不能随意违背的，证明就是古往今来文艺作品中主要的正面女性形象较难找出外形是丑陋的。即以善于运用对比手法塑造人物的法国浪漫主义大作家雨果而论，他在《巴黎圣母院》中也只将丑陋的外形赋予心灵高尚的敲钟人卡西莫多，而吉卜赛女郎艾丝美拉达却被塑造得那样绝艳惊人，达到了内美与外美的高度一致。电影《巴黎圣母院》当然更是如此。不难设想，倘若将奇丑的外形赋予艾丝美拉达，将会产生怎样

[①] 姚鼐：《复鲁絜非书》，《中国美学史资料选编》（下）第369页。

难堪的后果!

  当然，在现实生活中，那些值得敬佩、值得赞美的女性在容貌上不一定漂亮，人们也不一定会、更不应该只强调长相美，用这种美去要求自己的爱人和评价各式各样的女性。但在艺术中人们却有权这样要求，因为艺术毕竟比生活更集中、更高、更典型、更理想、也更美。它有什么理由不满足观众的审美愿望呢？巴拉兹说得对："英雄的形体代表美的理想，这不仅是一个生理上的进化标准而已。英雄的形体从一开始就以经过高度美化的形式在文学艺术中出现，作为精神和伦理价值的体现物。"还是他说得对："英雄的外形是一种正符合那些崇拜他的人的理想和愿望的美。"[①]例如生活中的盲女由于失去了明亮的眼睛，在容貌上很难说是美的，但电影《明姑娘》中的明姑娘却是美的，如果银幕上心灵高尚的明姑娘有一双酷似生活中盲女的瞎眼，那就违背了"那些崇拜他的人的理想和愿望"，从而影响观众对这个如光明天使般人物的美感。

  这里要特别提到电影同文学的区别。谌容同志说，对于她的陆文婷来讲，演员潘虹饰的银幕形象是太美了（大意）。这自然是作家的真实感受，因为作家意在塑造出一个心灵美胜于容貌美的艺术形象，让她以性格的力量而不是以漂亮的外表去打动人。但作家的这种意图对于电影来讲则未必合适，观众也未必会有作家的这种感受。的确，小说《人到中年》中的陆文婷已失去了青春的光彩，"变得多么衰老了啊！原来漆黑的头发已夹杂着银丝，原来润泽的肌肉已经松弛，原来缎子般光滑的前额已刻上了皱纹，那嘴角，那小巧的嘴角也已经弯落下来。"这种老态自然有损于她的容貌，

[①] 贝拉·巴拉兹：《电影美学》第268页。

但这种描写在小说中是寥寥几笔，而且也不是很确定的，读者一进入情节，往往就将那不确定的外形描写抛开，而根据自己对陆文婷这个人物的感受在想象中对她的外形进行不自觉的再创造，重新塑造出一个内美与外美相统一的陆文婷来。从这种审美欣赏规律来说，小说中人物的外形写得更平常些，甚至不作什么具体描写亦无不可。电影则不同。从陆文婷进入镜头的第一秒起，她就以极为确定的具体可感的形貌呈现于观众视、听感觉之中，真可说是纤毫毕现，观众立即就会从对她外形的直观中产生一定的审美感受；在整个映出过程中，她始终面对着观众，观众的想象没法修改人物的外形，而只能接受这个既成事实，这就必然要在观众的审美心理上造成两种情况：如果人物外形在观众心理上引起的感受同观众对人物性格的审美评价相一致，观众就会乐于接受，产生和谐的美感；如果人物外形引起的感受与对性格的审美评价相背离，就可能破坏观众审美感受上的和谐，造成遗憾、滑稽的不良效果。事实上，观众愈是喜欢这个人物，就愈是希望她在外貌上也如希望中的那样美。正是由于潘虹那纤秀、沉静而又略带忧郁的外表恰切吻合了这一人物的性格，符合观众的审美心理，这一人物的性格才有了完美的外化形式，才在观众心中产生崇高的美感。

三

当然，说银幕上的女性形象要讲究外形，并不意味着一定要沉鱼落雁、闭月羞花，也可以平常一些（如《琵琶魂》中相虹饰的角色，说不上漂亮，但仍具一种阴柔之美），根据特定的要求甚至可以小有不足，但却绝不可有那种使观众足以产生嫌厌之感的特征、缺陷。《骆驼祥子》中的虎妞就是如此。

在小说中，虎妞的外形是丑陋的，这种外丑同内丑以及老舍对这一人物的审美评价又是一致的。电影中虎妞虽然也装上了一对虎牙，但并没有弄得如小说里所描写的那样老且丑，女性那种阴柔并没有完全从她身上消失。于是有人说这是对虎妞的美化。其实从电影美学的角度看，这样的造型才是恰当的。因为电影《骆驼祥子》对虎妞的审美评价已不完全同于小说，已由对她的基本否定变为在肯定中否定了。在这样的基调上，如果将虎妞搞得老且丑，就会使观众产生心理上甚至生理上的嫌厌，破坏观众对这一人物审美感受的完整性。

正如德国著名古典美学家莱辛所指出的："面孔上的红斑，缺嘴唇，鼻孔朝天的扁鼻子，额上精光没有眉毛之类丑的东西……确实引起一种情感，这种情感比起拐脚驼背之类身体方面的畸形所引起的情感还更近于嫌厌。生性愈敏感，我们看到前一类丑的东西，也就愈感到恶心作呕以前的那种身体上的激动。"[①] 可见，从电影美学的观点来看，现实生活和语言艺术中可以有、可以写的某些东西，是不能原样搬上银幕的，一旦这些东西在镜头里照录不误，就会引起观众的反感，在这种反感情绪支配下，演员的表演再出色，恐怕也很难消除观众由人物外形所产生的不良印象，而深深感到遗憾。不是说电影是一种遗憾的艺术吗？我看这种遗憾也是应该避免的一种。

应该承认，无论在生活中还是在电影中，一个具有丑的或近乎丑的直

---

① 莱辛：《拉奥孔》第 140 页。

观形象的女性，由于展现了高尚的品格和强大的精神力量，是会使人对其产生好感（同情、敬佩、甚至崇仰）的，但这种好感只是观照者对观照对象所持的一种主观的感情态度，它实际上很难从根本上改变人物的直观外形，即便有人爱上了"她"，也不能说她外形上就是美的，只不过是外表上的丑对"他"来说可以忽略不计罢了。否则，"情人眼里出西施"，各美其美，美丑也就失去客观性了。但在一个半小时的电影中，观众却不会对银幕上"她"的外形忽略不计的，可能恰恰相反，"她"越是心灵高尚，观众就越是希望她美，反之就会削弱人物在观众心中的魅力。这在电影美学上是不能忽略不计的。无怪乎自有电影以来，无论是外国还是中国，几乎还没有谁将女性外形由丑变美列入自己所要解决的课题之中哩！

至于男性，由于其审美特征和人们对其审美要求不同于女性（这点下面再谈），较多地（但也不是完全）表现为粗犷、强悍、雄健、深沉，因而往往有些按通常的形式美标准衡量不美甚或"丑"的外貌，实际上是美的或在观众心目中是美的（如李默然饰的邓世昌）；而当这种具阳刚美的外形与内在的坚毅、果敢、威猛、义烈等品格相吻合时，那就达到了形神合一的整体美。但是，在银幕上（不是在生活或小说中），男性（尤其是正面人物）的外形"丑"也有一个限度，就是也不能丑到使观众在感官上、心理上受刺激的地步。无论如何，外形美同内质美的基本一致总该是塑造正面银幕形象的一般要求。"无盐阙容而有德，曷若文王太姒有容而有德乎？"[①] 所以，《夜半歌声》中被毁了容的宋丹萍出场就只用背向着观众。可见，对于电影艺术来讲，男性的丑的或近乎丑的直观外形也必须有限度、

---

① 皎然：《诗式》。见《中国美学史资料选编》（上）第284页。

有条件，不能为反对唯美主义而在外形丑上随意做文章。

四

那么，人们为什么对银幕上一窝蜂出现的美女美男感到厌烦、不满呢？这不是形式美本身和讲究人物外形美的过错，而首先是将这种美模式化，尤其是将阳刚美混同于阴柔美的结果。

美虽然基本上可分为阴柔与阳刚两种形态，但它每一次都是通过互不雷同、无限多样的形式实现的，即以主要属于阴柔之美的女性而论，人们比之于花，然而花不是千姿百态、万紫千红的吗！拿一些优秀影片中的女性外形来说，外国如沙俄上层社会贵妇安娜·卡列尼娜的雍容典雅，19世纪英国农村姑娘苔丝的朴实无华，日本白衣少女的温顺痴情，印度名门闺秀丽达的风流倜傥；中国如林道静的秀逸贞静，江姐的气度卓然，刘三姐的天生丽质，杜十娘的脱俗超尘，玉贞的庄重敦厚，"新媳妇"的含蓄娴静，等等，一个个美得多有个性！真是桃秾梅淡，各擅其美。遗憾的是，我们这几年的一些平庸之作恰恰忽视了阴柔之美的多样性和观众多样性的审美要求，而将女性外形美等同于粉面红唇、弯眉大眼、柳腰纤指，而不管其气质、演技如何。这就抹杀了美的个性，恰如脂砚斋在评点《红楼梦》时所嘲弄的："可笑近之小说中有一百个女子，皆是如花似玉一副脸面。"如此，且不说能否体现性格，单就直观的审美感受而言，不也使人像天天吃牛奶蛋糕一样反胃吗？！

更为严重的是对男性外形美的曲解。古人云："其得于阳与刚之美者，则其文如霆，如电，如长风之出谷，如崇山峻崖，如决大川，如奔骐骥；其光也，如杲日，如火，如金镠铁；其于人也，如凭高视远，如君而朝万众，如鼓万勇士而战之。"① 又如"挟风雨雷霆之势，具神工鬼斧之奇，语其坚则千夫不易，论其锐则七札可穿……如剑锈土花，中含坚实，鼎色翠碧，外耀光华"②，等等。这些特征也是人们长期审美经验的总结。如果说阴柔之美侧重展示的是统一、对称、和谐的状态，表现为小巧、轻徐、圆曲、光滑，那么阳刚之美更多的是表现出一种以沉重、急速、直线、锐角、方形等特征构成的粗粝形态。作为阳刚之美的男性美也不例外，表现在容貌、形体上就是所谓的男子汉气概。王心刚饰演的洪常青、蔡锷等角色的面容是英俊的，但这种英俊不同于女性的俊美。不过，这也仅仅是男性外形美的一种，除此之外，还有李默然式的粗粝，中叔皇式的伟岸，李仁堂式的浑厚，孙道临式的清癯，赵丹式的神俊，赵尔康式的质朴，多姿多彩，不一而足。

然而不知从何时起，银幕上的某些男性外形就像是从一个模子里倒出来的，从长相到个头相差无几，大有"千人一面"之概，更叫观众受不了的是他们不仅容貌相似，而且带着明显的"雌化"倾向，一个个面如傅粉，唇似涂膏，俊眉秀目，发光可鉴。例如有一个以傣族神话传说为题材的电影，里面的王子有时从背影、侧影以及眉眼等特写镜头看几乎分不出是男是女，媚气十足，甜得发腻。也许导演和演员以为这才叫男性美，才受看，其实这是阴差阳错，是男女变态，必然要在观众心理上引起嫌厌，难怪有人说，

---

① 姚鼐：《复鲁絜非书》。见《中国美学史资料选编》（下）第369页。
② 《芥舟学画编》。

现在的男演员抹了"亮肤第二春",不再长胡须了。真是挖苦得可以!当然,现实生活中女人气的"奶油小生"是有的,电影也可表现他们,但是,我们那些经过精心挑选、精心修饰的演员在电影中扮演的并非这种女人气的男人,而往往是炮火硝烟中的战士,与风雨骄阳搏斗的农民,久经考验的地下党员,这就叫人无法理解和接受了。演员的外形与角色的身份、性格如此背离,在银幕上二者又怎能融为一体!

巴拉兹说:"一个社会只要响亮地宣布了它对新型的人的理想,它就会为这种新型的人寻找一种理想的外形和若干种其他的美德。"[1]的确是这样。文学艺术更是要担负起这种使命。我们的一些影片之所以要把那些青年男女人物搞成"脂粉女郎""奶油小生",大约就是为了替"这种新型的人寻找一种理想的外形"。但实际上,"这种新型的人"——无论是革命战争年代的志士,还是历史新时期振兴中华的青年——都不是那种精于保养、顾影自怜的小姐少爷,而是击水中流、踔厉风发的斗士,将他们"理想的外形"定格成"脂粉女郎""奶油小生",这不仅是美学观的庸俗化,而且违背了生活的真实。

五

但是,人的形式美(形体容貌之美)不同于其他事物的形式美(山水林木之美、风云日月之美、鸟兽虫鱼之美、建筑器物之美等),它是能活动、会变化、有表情的,而这种活动、变化、感情又受人的心理活动的支配,

---

[1] 贝拉·巴拉兹:《电影美学》第268页

在一定程度上是人的思想感情的流露和反映，是性格的表现；所以，对于人这个统一的整体而言，真正理想的美的容貌、形体，应该是体现了优美的心灵而又具有形式美特征的容貌和形体。一个人长得再美，倘若毫无变化和表情，不能体现出性格，那就如巴尔扎克所说，"会令人想起尸体来"。因此，人物的外形美之重要，不仅在于它本身能给人以美感，还因为它是使看不见的性格具象化的物质材料，它能引导观众，使他们产生进一步探视人物性格和命运的兴趣和欲望。所以，电影艺术重视人物的外形美，归根结底不是为了展览、炫耀"美人头"，而是为了表现人物的性格和命运。而我们的某些影片之所以平庸，之所以红男绿女纷纷登场而观众却大生反感，除了将形式美定于一尊而模式化，混淆了阴柔美与阳刚美的区别外，另一个重要原因就是外形脱离性格，脱离了人物的命运和所处的环境，由唯美主义走向了虚假。

一个画家笔下的人物在外形上是各个不同的，决定这种不同的不是画家的主观随意性（例如他对某种脸形的偏爱），而是人物特定的性格和命运，画家一旦确定了这些人物的性格和命运，他的意志就必须服从它，在人物外形塑造上"随类赋彩"。电影更当如此，一个角色应该有什么样的外形，不能由导演的个人爱好或演员的个人愿望来决定，而只能取决于角色的性格和命运，这样才能达到外形和内质的统一。如北影厂和"八一"厂各拍了部《许茂和他的女儿们》，其中李秀明饰的四姑娘在外形上就比王馥荔饰的四姑娘强（演技且当别论），更能体现角色的性格和气质。

而当电影《刘三姐》在泰国上映后，观众交口称赞刘三姐"演绝了"，说演员的表演"朴实无华，气质纯美，和现时的一些明星截然不同"，不同在哪儿？就在人物的外形完全符合民间歌手的奔放和少女的柔情、浓郁的生活气息和淡淡的传奇色彩相统一的角色内在气质及特定身份，而不是现代女歌星的模样。赵丹称赞《归心似箭》中赵尔康的表演，说他饰的角色"完全是个男子汉"，"一个从骨子里到外面响当当的男子汉，没有女性的那种阴柔的东西"，讲的也是角色的塑造从性格到外形都体现了阳刚之美，或者说，外形的阳刚之美充溢着内在的阳刚之气，内在的阳刚之气又了外形的阳刚之美。又如《甲午风云》中李默然饰的邓世昌，那粗砺的、甚至有些奇特的面容多么出色、感人地表达了一代爱国名将饱经沧桑的刚强性格，使观众过目难忘！

  在这里，虽然归根结底是"灵魂创造肉体"，性格制约着外形，但外形也不是完全被动的，消极的，它反过来也会影响着人物性格的表现。记得有一位同志说过，黄宗洛和英若诚作为性格演员，他们扮演角色非得化了装不可，装得离自己越远、离角色越近越好，这样才能"来神儿"，有如"大仙附体"，把角色的七情六欲表现得淋漓尽致。而在一副"娘娘气"十足的外形制约下，即使角色性格是刚毅的，演员恐怕也难以很好地表现出来。如《平原游击队》，原来郭振清饰李向阳，他那粗犷、浑厚、刚毅的脸形是传达角色狂飙式的性格的恰当媒介。"十年动乱"时改由脸蛋俊气的演员来演，结果脸蛋游离于性格之外，成为空无所依的"面具"，而性格也找不到外化的形式了，观众越看越不是味儿。这里固然有个演技高低的问题，但脸形与性格相距太远无论如何是导致失败的一个重要原因。再如李仁堂是一位不错的演员，他饰的政委、县委书记的形象是成功的。但他演《子夜》中的资本家，就不甚成功。其原因，除了不熟悉资本家的生活外，他那乡土气很重的敦厚外形也表达不了吴荪甫的刚愎、精明、威势、派头。不过，现在电影中更多的是以同类型的"脂粉女郎"和"奶油小生"

去演不同类型的角色，不管角色有着怎样的身份、经历，外形上一律是长身玉立、俊眉俏眼。试想，这怎么能够传达出角色的性格特征？！又怎能不使观众产生虚假之感？！

外形为性格服务，不仅是指外形要与角色的气质、特定经历相吻合，而且是指人物的形体动作，尤其是面部表情要随时地、准确地勾画出角色心理活动的轨迹。罗丹说："美，就是性格和表现。"[①]的确，性格只有通过表现——对电影来讲就是演员的表演，主要是面部表情，才能体现出来。据说，有的导演诉苦，说："有的年轻演员真拿她没办法。无论拍什么镜头，她总是把脸转到和摄影机形成二十五度角；只要拍笑，她总是笑到微露牙齿为止。因为她经过仔细琢磨，她只有这个角度、这个笑容最美。"还有的说："我最怕一种小镜子！当喊开拍之前，有的演员会用闪电般的速度掏出一面小镜子，撩一下头发或抹一下嘴唇，还说，要让观众看到自己最美的形象。"如果从影片中孤立地抽出一个这样的"标准笑容"、这样的"标准形象"放到照相馆的橱窗里也许是很美的，但若置诸川流不息的电影画面中，就不但不美，反而是丑了，因为演员这种自以为是、自以为美的"标准笑容"以及其他种种标准化了的表情、动作，完成脱离了、违背了角色在不同情况下所应产生的不同思想活动和应做出的不同感情反应，而这正是虚假、虚假的东西绝不可能是美的。

演员的形体当然属于他（她）自己，只要不上银幕，他（她）尽可以随心所欲地支配自己的动作和表情，但是一旦进入镜头，形体和容貌就不属于演员，而属于角色了，它的变化、动作、表现都必须服从于角色的性

---

① 《罗丹艺术论》第 62 页。

格、命运和处境；表情、动作都必须服从于角色的性格、命运和处境；表情、动作真实不真实，是否符合一定性格在一定境遇中的发展逻辑，比线条、色彩等在更深刻的程度上决定着、影响着容貌和形体的美。为了通过表情和动作表现性格，从电影文学剧本到导演、演员都要付出巨大的努力。以林则徐形象的塑造为例，编导先尽力搜求史料，确定了他"原有的生命力和性格特征；他并不端起架子，而是平易近人，有时好开玩笑；他并不暮气沉沉，而是精力充沛；他并非举止凝滞，'一动也不动'，而是几十年来，没有看见过他袖手枯坐；他并非不动声色，小声小气，而是大声大气，隔几间房子都呼得清楚；他并非眼光收敛，而是英光四射……"[①]就是一位具有这般容貌、形体和性格的人物，力主禁烟，坚决抗击英军的入侵，但却受到腐败的清政府的掣肘、排挤、诬陷、迫害，最后以远谪新疆的悲剧告终。根据人物的性格、容貌和命运，赵丹被确定饰林则徐，而赵丹又进一步确定了角色性格基调：阳刚，而又刚中有柔，以柔辅刚；确定表演风格为写意、大笔触。在此基础上，一场戏一场戏地考虑人物在每个具体环境中所应有的心理活动在形体和面部的反应——表情和动作。于是，随着银幕上情节的发展，"在观众眼中，林则徐一出场是一个端凝持重的、对上忠诚爱敬的大臣；第二回是一个八面威风的钦差，同时又是谦虚守礼的彬彬君子；第三回是个平易近人的老人；第四回是个眼光犀利的政治家，第五回是满腹韬略的儒将……"[②]在整个情节的历史中，林则徐——赵丹的容貌和形体始终在运动中体现着性格；这是一种阳刚之美，但不是处于静

[①] 郑君里：《画外音》第 75 页。
[②] 郑君里：《画外音》第 83 页。

力学状态中而是处于动力学状态中的阳刚之美，是一种揭示了生活的真实因而英光四射的形式美。仅林则徐在官邸中得悉"韩某卖敌，海关派船……"的消息而怒摔茶盅，而抬头看到"制怒"的座右铭，又懊悔自己的孟浪，自动取布揩桌，强使自己制怒的一串镜头，演员充满阳刚之美的外形就表达了多么复杂、丰富的心理活动！

至于容貌、形体的自然生态，在一个半小时的电影中也不可能一点变化都没有，而是随着角色的年龄、命运和境遇有所变化的，《人到中年》就注意到了这一点。该片化妆师说："在影片里，陆文婷在几个不同时期、不同环境里出现，她的面貌是不同的。她有年轻、丰满、朝气蓬勃的学生时代；有纯朴正直、端庄大方的少女时期；还有饱经忧患、疲惫不堪、病态苍白的中年时期。我想，在妆容上能突出陆文婷的这些鲜明特色，才能做到在典型环境里去塑造典型形象，才能做到形象真实完美。"的确，影片中的陆文婷是一个不断和外界进行信息交流并不断在肉体和精神两方面做出反应的有血有肉的、在岁月的洪波中搏击着的真实人物，而不是徒具漂亮脸蛋、与外界隔绝的模特儿。然而在某些影片中，人物不管经历了怎样坎坷的命运，遭受了何等的磨难，处于多么艰苦的境地，他（她）却始终面不改色，如《黑面人》中一群躲入山洞的姑娘挨饿多时而依然肌肤丰盈，《被爱情遗忘的角落》中一群青年在烂泥中干活而衣冠楚楚，以及有的影片中表现新中国成立前在苦难中挣扎的贫民，虽鹑衣百结而面无菜色，这就违背生活的真实，终为观众所不能接受。

电影艺术1983.8
光明日报《文摘报》摘发此文

"理性美"初探

一、"理性美"种种

本文所说的"理性美",是相对于"感性美"而言的。

人们自古以来所普遍感受的、研究的、表现的、创造的美,如山水花木、鸟兽虫鱼之美,城乡风物、社会生活之美,以及文学艺术中的维纳斯的秀雅、大卫的壮美、《奥赛罗》的悲壮、《钦差大臣》的辛辣等等,都是通过具体有形的事物体现出来的,或者说,是依凭具体有形的事物而存在的。抽象的东西一直很难在审美领域中找到其立足之地。因此,人们所说的美历来都是感性美。

然而随着人类理论思维、抽象能力的发展,特别是近现代科学技术和科学方法的发展,一种与传统的感性美迥异其趣的美愈来愈引起了人们的兴趣和注意,并被纳入了美学研究的范围之内。这种美不具备感性美所特有的生动可感的具体感性形式,而带着抽象的性质;一般不能经由眼、耳的直观在审美主体心中产生直觉性的情感反应,而须由审美主体作理性把握后才能产生美感——这就是"理性美"。

事实上，理性美在现实生活中，尤其是在从事理论、科学工作的人们生活中，是大量存在的。我们可以大致将其归纳为以下几类：

理论美。

这指的是理论体系、科学逻辑的美。大家知道，黑格尔在德国古典哲学的领域中是奥林帕斯山上的宙斯，他开拓了一个"包括了以前的任何体系所不可比拟的巨大领域"，使天地万物都按照他的原则各就其位。恩格斯在《费尔巴哈与德国古典哲学的终结》一书中这样说过："黑格尔"在自己的体系中以最宏伟的形式概括了哲学的全部发展。"请注意，恩格斯说的是黑格尔哲学体系形式的宏伟，这个形式当然不是具体事物的线条、色彩、图案、形体一类可以直观的东西，而是指黑格尔用以概括其丰富哲学思想的辩证逻辑结构，这是一种深层的内结构，无疑是抽象的、非直观的、理性的。但恩格斯却感受到了它"形式"的"宏伟"。李卜克内西也曾指出，《福格特先生》的风格"是愉快的，诙谐的，使人不禁想起莎士比亚的欢乐，即由于发现了一个法尔斯达夫而在他身上找到了无穷的笑料的源泉所引起的欢乐！"就是说，马克思的批判理论著作《福格特先生》，具有莎士比亚戏剧作品所能产生的喜剧效果，此乃理性美的动人之处。

科学美。

这指是科学、特别是自然科学的体系、公式、定律、模型等所具有的美。正如恩格斯称黑格尔的哲学体系有着"最宏伟的形式"一样，两千多年来一些科学家将古希腊欧几里得的《几何原本》所建立的美妙庄严的平面几何体系称之为"雄壮的建筑""庄严的结构""巍峨的阶梯"。概括了宇宙万物机械运动规律的牛顿三大定律，被公认为是对自然图景的最美描述，

"他把宇宙系统这幅最美丽的结构的图案如此清楚地展示在我们面前，以致使阿尔丰梭王还活在世上，他也不会对它既不缺乏协调又不缺乏简洁性的那些优点进行挑剔。"对于爱因斯坦的广义相对论，科学界誉之称"一件伟大的艺术品"，是"一切现有物理理论中最美的一个"，因为它是"哲学领悟、物理直觉和数学技巧最惊人的结合"。而卢瑟福—玻尔的原子结构模型，则被爱因斯坦视为奇迹，称之为"思想领域中最高的音乐神韵"。又如前几年，一位年轻的英国理论物理学家史蒂芬·霍金，以自己对"黑洞"的新见解打破了关于"黑洞"的传统看法，轰动了科学界，荣获1978年度爱因斯坦奖金。著名物理学家西雅玛认为，霍金的论文是"物理学有史以来最出人意料的最漂亮的论文之一"。另一位著名的"黑洞"专家则称颂霍金的成就好像是莫扎特创作了一整部交响乐而全部记在脑子里。所以，曾为牛顿和贝多芬作过传的萨列凡在《科学精神》一文中说，一个科学研究常常是一件艺术品，不过不是文学艺术作品罢了。

驭律美。

这里的"律"指的是蕴含在客观生活或文艺作品中的规律，"驭"则是指对这类规律的能动掌握、灵妙运用和了然于胸。例如战争，当熟谙兵法的将帅能动地驾驭战争规律，调兵遣将，避实击虚，以少胜多，玩敌于股掌之间，从而"运筹帷幄，决胜千里"时，他会从中得到愉快的精神享受，别人也会从他"用兵如神"的高妙指挥艺术中产生快感，由衷赞美："这一仗打得真漂亮！"但是在这里，人们所追求、所创造、所欣赏的美显然不是那些有形的、可以直观的东西，如战士们的容貌、体态、动作怎样漂亮，武器装备的外形如何美观，双方拼杀的战场景色多么如诗如画，而是对贯串于战争始末的无形战争规律的能动驾驭、巧妙运用，是由将帅用理性思维揭示出来并用实践加以证明的战争逻辑。又如读小说，首先引起我们的美感、为之或喜或悲的是它塑造的活生生的艺术形象，是人物的命运、性格，是生活的场景，这些都是可以直观的。但是，当我们理性的光芒透过人物和场景，照亮了那在无形中支配着人物的命运、生活的进程的内在规律时，就会产生一种大彻大悟、豁然开朗之感，这是更高层次的审美感受。再如欣赏《米洛的维纳斯》，要领略形象的、直观的、感性的女性美、形式美似乎不太难，只要用眼睛观照就行了。但是，要领悟到那条从下至上的S曲线的美就不容易了，因为这条被英国科学家科克称之为"生命的曲线"的螺旋线或螺旋结构，在《米洛的维纳斯》中虽然决定了女神的整个态势，但它本身却是如规律一样无形的。这就要靠所谓"内在的眼睛"即理性了，而一旦我们通过对雕像外部形态、形式的品味在理性中把握住这内在的"生命的曲线"，我们由雕像生发的美感就上升到更高的层次，获得了那种由于领悟到生命和美的奥秘而生的愉悦。

二、从另一方面"认识你自己"

"理性美"之所以成为美，归根结底，在于它同感性美一样，都是人的自觉自由的创造活动的产物，都是人的积极本质力量的结晶，也都和真与善相统一。

人之所以区别于、超越于任何动物，在于人是大脑高度发达的生物，具有进行"自由自觉的活动"（马克思语）的能力，这所谓的"自由"，指的是人对客观规律的认识和掌握，即人活动的"合规律性"；这所谓的

"自觉"，则是指人干什么事都是有目的的，即人活动的"合目的性"，不过，在实践中，"合规律性"与"合目的性"并不是互不相干或并列平行的。当人根据自己的需要去活动（如猎捕野兽、种植庄稼、建筑房屋、制造舟车），以实现自己的目的（衣、食、住、行）时，他不能不受客观规律的制约，他只能顺应这种规律，否则就会失败，所以，"外部世界、自然界的规律，乃是人的有目的的活动的基础"[①]。早在原始社会，人们在草津林莽中猎捕禽兽的活动，在洞壁上进行的描绘狩猎场面的创作，之所以能成功，就因为符合或遵循了（尽管是不自觉的）客观规律，狩猎规律、艺术创作规律，等等。而"人离开动物愈远，他们对自然界的作用就愈带有经过思考的、有计划的、向着一定的和事先知道的目标前进的特征。"[②]这种特征又是伴随着人对客观规律认识的深化而发展的。总之，自由自觉的活动乃是人类之为"万物灵长"的独特标志。

很显然，人的既合规律又合目的的自由自觉的创造性活动都必然是人在肉体和精神两方面积极本质力量的发挥，因为哪怕是原始人打磨简单粗糙的石斧，他也要动动脑子，选择合适的石块，再用别的石块将它打制成背厚刃薄的形状，然后慢慢将它磨光，以求其锐利，用起来得心应手，而这就得消耗石斧打磨者一定的体力和精力。值得注意的是，人的积极本质力量（无论是膂力、技巧、速度还是意图、意志、构思、需要）发挥出来后，并没有像蒸汽一样散发掉、消失掉，实际上，它以"能量守恒"的方式，通过实践活动，转移到人的创造物（亦即劳动成果、实践结果）上来了，

---

① 《列宁全集》第38卷第200页。
② 《马克思恩格斯选集》第3卷第516页。

这个创造物本身（如猎获的禽兽）或其形态上的改变（如石块之变为石斧），都是人的积极本质力量的证明和表现。原始时代如此，文明时代也如此，从金字塔、万里长城到卢佛宫、故宫，从古代的舟车到现代化的汽车、飞机、舰艇，从《米洛的维纳斯》到《蒙娜丽莎》，哪一件不是人的自由自觉活动的产物，哪一件不是人的积极本质的确证和显现呢？于是，人的本质"以存在的形式表现出来"（马克思语），人"把自己的生命活动本身变成自己的意志和意识的对象"①了。

人作为主体，通过实践将自己的本质力量转移到活动过程及其结果上，使其物化（亦即对象化），是美和美感由以生成的历史和现实前提。马克思说：

我在我的生产过程中就会把我的个性和它的特点加以对象化，因此，在活动过程中我就会欣赏这次个人的生活显现，而且在观照对象之中就会感受到个人的喜悦，在对象里认识到自己的人格，认识到它是对象化的感性的可以观照的因而也是绝对无可置辩的力量。②

显然，人之所以会欣赏自己的活动及成果，会由对它的观照中感受到个人的喜悦，就是因为这个活动及其成果上对象化了人的个性，显现了人的生活和人格，一句话，体现了人的自觉自由的创造。在这里，人直接观照到的是活动及其成果的外在感性形式，使他感到喜悦的则是这感性形式上对象化了自己的积极本质。这个本质原是属于人（主体）的，现在却以物（客体）的形式存在于人自身之外了，"成为对象化了的人"③，于是，

---

① 马克思：《1844年经济学—哲学手稿》第50页。
② 转引自《美学问题讨论集》第6集第187页。
③ 马克思：《1844年经济学—哲学手稿》第78页。

这些物就像"镜子，对着我们光辉灿烂地放射出我们的本质"[①]所以，人的欣赏物，归根结底是欣赏自己的存在价值，它使人感到一种创造性的、由于肯定了自己、确证了自己力量而引起的欢欣愉悦之情。这种人（主体）通过合规律、合目的的实践向物（客体）转移本质力量，使客体成为主体本质力量的信息载体，并由载体反馈回来的信息（向人确证自己）而引起主体相应情绪反应的过程，就是一个主客体交互作用、进行信息交流的动态过程，它使客体的感性形象随其引起的情绪形影相随地在人大脑皮层中得以建立起暂时的神经联系。如果这种使暂时的神经联系得以建立的动态过程不断重复，那么，暂时的联系就会得到强化，并日益巩固起来，成为大脑皮层的神经动力定型。以后，不仅是该客体的出现会使人在不假思索之中产生条件反射式的直觉性情感，而且与该客体相应的词语、概念、符号等也能引起同样的直觉性情感。这时，也只有这时，事物的感性形象以及与之相适应的词语、概念、符号、表征等等才会脱离该具体事物而具备普遍的、独立的意义，人由此而生发的愉悦之情才是审美之情（请参阅《美神·人脑·尺度》一文）。

明乎此，就不难理解理论体系、科学公式、指挥艺术等"理性美"为什么能获得审美价值、成为审美对象了。

人的合乎规律与目的的自觉自由的创造活动不仅创造了物质成果（猎物、工具、房屋、舟车、庄稼等），而且创造了精神成果（包括艺术与科学）。这是因为，如上文所说，"外部世界、自然界的规律，乃是人的有目的活动的基础。"（列宁语）人的有目的自觉创造，是以合规律的自由活动为前提的。人要有效地进行物质生产，满足自己肉体生存的物质需要，

[①] 马克思语。转引自《美学》第三辑第91页。

不能不探索自然界和社会的奥秘，认识和掌握各种客观规律。这种对客观世界的探索、认识和实际上的利用、改造，在创造了物质成果的同时，不仅产生了艺术，而且产生了科学。黑格尔曾说过，希腊有一种回旋舞即起源于对天体行星的模仿："希腊青年男女在节日所跳的那种回旋舞（就像迷径那样曲折），本来是象征行星的螺旋式运动。"而《米洛的维纳斯》雕像则不仅艺术地运用了大自然中 S 形的"生命的曲线"，而且应用了在科学技术上有广泛意义的黄金分割法。实际上，从原始社会到文明时代，从蛮荒远古到现代世界，人类的积极本质力量通过合乎规律与目的的自觉自由的创造活动，不仅源源不断地在其所创造的感性事物（如生活与艺术）上对象化了，而且源源不断地在其所创造的理性事物（如理论与科学）上对象化了。例如大自然中离我们非常遥远、即使科学技术高度发达的今天人类也无法实际加以控制和改造的日月星辰，在主客体交互作用、进行信息交流的实践过程中也会成为人的对象——认识对象。正如黑格尔所说：

人还通过实践的活动来达到为自己（认识自己），因为人有一种冲动，要在直接呈现于他面前的外在事物之中实现他自己，而且就在这实践过程中认识他自己……人这样做，目的在于要以自由人的身份，去消除外在世界的那种顽强的疏远性。[①]

费尔巴哈也说过：

那些离开人最远的对象，因为是人的对象，并且就它们是人的对象而言，乃是人的本质的显示。月亮、太阳和星辰都向人呼喊：……认识你自己。[②]

---

① 黑格尔：《美学》第 1 卷第 39 页。
② 《十八世纪末—十九世纪初德国哲学》第 547—548 页。

自然物就是这样体现着人的本质而实现了"自然的人化"。当然，存在于自然界的作为人们认识对象的日月星辰是感性的事物。那么，它所对象化了的人的积极本质又是什么呢？这从人们通过日月星辰来"认识你自己"的活动及其结果上即可看出来：

这一方面是艺术创造。古往今来，人类以日月星辰为对象的艺术真是浩如烟海！在古希腊神话中，宇宙最初是一片混沌（哈俄斯神），从混沌中最先出现的大地（地神盖娅）；接着在大地的底层（塔耳塔洛斯）产生了黑暗（厄瑞波斯），而在大地之上产生了光明（挨忒耳）和白昼（赫墨拉），与此同时，大地又生了天空（天神乌剌诺斯）。地神盖娅与其子天神乌剌诺斯结合，生下了十二个提坦巨神，这些巨神互相结合（六男六女），又诞生了日（赫利俄斯）、月（塞勒涅）、黎明（厄俄斯）、星辰（阿斯特赖俄斯）等许多神。宙斯也是其中之一；后来宙斯建立了以他为首的奥林帕斯山众神的统治，即众神之父宙斯、天后赫拉、海神波赛东、智慧女神雅典娜、太阳神阿波罗、月神阿耳忒弥斯、爱与美之神阿芙罗狄特（维纳斯）、战神阿瑞斯等神的家庭。这种关于日月星辰、宇宙天体神话的艺术创作，是古希腊人想象的产物，体现了他们对宇宙奥秘的探索、他们对人类社会秩序、人际关系的认识，寄寓了他们的喜怒哀乐，是其精神上某方面积极本质的对象化。中国关于盘古开天地、女娲补天、夸父追日、嫦娥奔月的神话也是这样。当然，随着社会的进步和人类对大自然认识的深化，艺术中对日月星辰等自然现象的描绘的神话色彩越来越少了，但都有主体意识的投影。这些在文学艺术作品中通过对自然现象的描绘所体现出来的智慧、想象、意志、愿望、理想等等，也就是人类自身在日月星辰等自然物上所对象化了的积极本质。所谓日月星辰向人呼喊"认识你自己"，就是从这些成了人的认识对象、审美对象的宇宙天体的艺术创造中，人们发现了、显示了自己的积极本质力量。

另一方面是科学研究。前面说过，远古时代，处于萌芽状态的科学是和人们的生产、生活及艺术混合在一起的，例如，不但牧人们依据对天气气象的观察来确定游牧活动的路线、节律，而且在舞蹈中直接模仿天体运动的螺旋线。生产力愈发展，实践活动愈深入，人类的抽象思维能力和逻辑推理才能愈发达，科学就愈是离开直接的生产活动和艺术创作而腾飞起来，展开自己独立的研究领域（当然反过来它又给予生产和艺术以推动）。在人们运用形象思维对包括日月星辰在内的自然现象进行艺术创作的同时，也运用逻辑思维对自然现象进行科学研究，这样，人的积极本质力量就不仅通过艺术创作对象化为艺术作品，而且通过科学研究对象化为理论、公式、定律、模型了。从关于自然界运动变化的这些抽象概括的理论、公式、定律、模型上，人类发现和显示了自己另一方面的积极本质，他的自觉自由的创造活动以另一种方式开花结果，也就从另一方面认识了"自己"。例如，"人们总想以最适当的方式来画出一幅简化的和易领悟的世界图像。"（爱因斯坦语）爱因斯坦自己提出的著名公式 $E = mC^2$ 就是如此，这个公式仅用三个字母、一个等式，即将整个自然界中质量与能量的转化关系清晰而明确地表述出来，使错综复杂、彼此冲突、互相转化的自然界统一于一幅和谐的图景之中，具有中国诗画那种"神远而含藏不尽"的既深邃又简约的高妙意境。天文学家开普勒则从行星运动和谐的思想出发，提出了著名的开普勒三定律：(1) 行星运动的轨道是椭圆形，太阳在其一个焦点处；(2) 太阳中心与行星中心的连线在轨道上所扫过的面积与时间成正比；(3) 行星在轨道上运行一周的时间的平方与其至太阳的平均距离的立方成正比。这个"三定律"给行星的运动以定量的描述,指明了它们之间那种和谐的有节奏的音乐关系,难怪开普勒自己将它比之为庄严的天上赞歌,人"只能用心智去领会,而不能用耳朵倾听"。再如关于地球上生态平衡的"生物链"理论,以环环相扣、彼此衔接的环形链,将生物之间彼此制约、此消彼长的复杂图景用圆满、简洁的图式展现出来,同样具有迷人的魅力。

总之,科学上的理论、公式、定律、模型、图式,如同美的事物和艺术作品一样,是人的自觉自由的创造,它凝聚着人的心血才智,体现着人的积极本质力量,具有美的基本属性,因而应当在美的王国占据应有的位置。

至于社会科学的理论体系,其成因也不例外,不同的是,它展现的是社会生活(政治、经济、军事、思维等)的内在规律,而这社会生活同样是人的本质的外化(即对象化)。倘若社会生活也像日月星辰一样向人呼喊"认识你自己",那么,从社会科学的理论中,人们就能发现自己作为社会生活的创造者,具有多么丰富的本质。所以,在美的王国中,也应有社会科学理性美的位置。

必须指出的是,我们说理性美,是指这种美是理性的(抽象的)而非感性的(具体的),并不是说凡抽象皆美。美在合规律(真)合目的(善)的实践中产生出来,必然以真、善为前提并与之紧相联系着;假的、恶的亦即违背客观规律、有悖于人类和社会利益的东西不可能是美的。理性美既然是美,当然也是这样。著名物理学家海森堡曾说:

如果自然给我们显示了一个非常简单和美丽的数学形式——说到形式,我是指假说、合理等的统一体系"——显示了任何人都不曾遇到过的形式,那么我不得不相信它是(真)的,它揭示了自然界的奥秘。

开普勒在谈到哥白尼体系时说:"我从灵魂的最深处证明它是真实的,

我以难于相信的欢乐心情在欣赏它的美。"事实上，任何真正的科学，不论是自然科学还是社会科学，都是对客观规律的科学抽象，深刻地反映着事物的真实；而只要是真正的科学，就都是有益于人类的生存和发展，有利于社会的进步和完善的，这样的理性的东西才是美的。而那些胡编乱造、杂乱无章的"理论""科学"，则不可能是美的。

三、"从抽象上升到具体"

理性美既是抽象的，当然不能像山川鸟兽、世态人情、文学艺术那样，以具体生动的感性形式、感性形象直接作用于主体的眼、耳等感官，而必须诉诸人的理性。但是，这并非意味着成为审美对象的理论、公式、定律等是虚无缥缈、游踪不定、无从把握的东西，恰恰相反，理性的东西之所以美，也有自己特定的形式，不过不是外在的感性的形式，而是内在逻辑的形式。这种形式在人的思维中规定着理性美的具体形象。

理性美的特点是抽象，怎么又有"具体形象"呢？这不是自相矛盾吗？当然不是。因为，任何理论、科学及被认识到的规律，对于它们由以抽象出来的具体事物而言是抽象的，但就理论、科学本身的形成和规律在认识中被把握来说，则又是一个如马克思所说的"从抽象上升到具体"的逻辑思维过程，即从对事物的表面的和片面的反映（这种反映在思维内容上是抽象的、不具体的）上升到对于事物的本质的和整体的反映（这种反映在思维内容上才是具体的），这也就是"抽象的规定在思维行程中把具体复制出来"①的过程。

以商品为例，它作为电视机、电冰箱、摩托车、酒、水果、书籍等感性的直观是具体的，但我们天天看它、买它、用它，却不知它们作为商品是什么东西，因此它对于我们的认识来讲是抽象的。马克思的《资本论》正是从这个感觉中具体而思维内容中抽象的商品入手分析，从商品导出货币，从货币导出资本，导出劳动力、剩余价值、工资等等，在这个分析进程中，作为最抽象范畴的商品不但不因为向另一些范畴的过渡而消失，反而继续体现于其他一切范畴之中，而每一个继续的规定，都意味着商品关系的愈加具体而复杂化。于是，逻辑的行程就具有了阶梯式的形式，一些关系发展为另一些关系，一些关系建立在另一些关系之上，而又依赖于这些关系；如此一步步地上升，直到"抽象的规定在思维行程中把具体复制出来"——这种形式难道不具有一种建筑或音乐的结构美、节奏美吗？这时的"具体"是认识中的具体，是关于资本主义一切关系的"许多规定的综合，因而是复杂的统一"②如果这"许多规定"不加以综合，而是"开中药铺"式地杂乱无章地加以罗列，那就不能正确地反映客观事物的内在联系及其发展变化，就是一团乱麻，谈不上科学的理论，当然不会使人产生和谐感、节奏感；现在将这"许多规定"加以科学综合，一切有条不紊，相辅相成，有机地构成了《资本论》的科学体系，达到了"复杂的统一"，就形成了一种和谐的关系。在《资本论》这个巨大的、极其严密的概念、范畴的科学体系中，其中的每一概念、范畴及其关系转化、矛盾，都是作为资本主义社会的现实关系的反映而被表现出来的，它们无不表现着对立的同一；

---

①② 马克思：《政治经济学批判》，1961年版第150页。

毫不例外地相互依赖和转化，呈现着对称和均衡。最后，《资本论》作为一部洞幽烛微的科学著作，不是止于将资本主义社会的种种零部件一一拆卸下来，而是"把堆积如山的实际材料总结为几点概括的、彼此紧相联系的思想"①，在简洁明快之中蕴含着精深博大，人们不会因其卷帙浩繁而迷乱，反而会一读之下豁然开朗，产生一种疑难之点和模糊观念"像春天阳光下的积雪一样地融化"②，使人神清气爽的畅快愉悦之感。

正是从上述内在的逻辑形式中产生出来的结构、节奏，统一、和谐，对称、均衡，简洁、深远，在思维中规定了理性美的具体形象。

自然科学中情形也是这样。如古希腊欧几里得的美妙庄严的平面几何体系，也是从现实生活中种种在感觉中具体而在思维内容上抽象的物质形状开始，经过"从抽象上升到具体"的逻辑演绎过程，将关于世界万物的几何关系在理论上复制出来，才获得了"雄伟的建筑""庄严的结构""巍峨的阶梯"这样的具体形象。不仅欧几里得，古希腊的许多哲学家、科学家都具有追求科学美的激情、创造理性美的能力。丹纳在《艺术哲学》中对此有精彩的概述："他追求抽象的证据，探索从一个定理发展到另一定理的观念有哪些微妙的阶段。……据古人传说，毕太哥拉发现了"从直角三角形之弦引伸的方形，等于其他两边引伸的两个方形之和"，欣喜若狂，许下心愿要大祭神明。他们……分析各种观念，注意观念的隶属关系，建立观念的连锁，不让其中缺少一个环节，使整个连锁有一项颠扑不破的定理或是大家熟悉的一组经验做根据，津津有味地铸成所有的环节，把它们

---

① 《列宁全集》第1卷第121页。
② 《回忆马克思恩格斯》第39页。

接合，加多，考验，唯一的动机是要这些环节越多越好，越紧密越好。这是希腊人的智力的特长。"① 这里所说的，古希腊哲人、学者所追求、创造的，就是理性美的具体形式吗？此后的开普勒从大量的而又十分凌乱的直接观察资料中发现了行星运转周期的二次方与它同太阳的距离的三次方相等的规律。得出了被人称为奇妙的"2"和"3"的公式 $T^2 = D^3$，这个公式和 $C = 2\pi R$、$E = mc^2$（质能相当性定律）等数理公式一样，表明了事物间一种简洁、均衡、和谐的奇妙关系，具有达四海、塞天地、亘古今的囊括力和完美性。

正如古希腊哲学家赫拉克利特所说，"不同的音调造成最美的和谐"，而"看不见的和谐比看得见的和谐更好。"和谐、统一、圆融、简洁、对称等等，对于感性美和理性美都是重要的，只不过表现、运用不同而已。如人体的左右对称以感性的直观形式表现出来是美的，数学上的中心对称、轴对称、镜像对称虽然抽象，但也是凭理性可以感受到的令人愉悦的形式。美国数学家哈尔莫斯说得好："数学是创造的艺术，因为数学家像艺术家一样地生活，一样地工作，一样地思索。"其实岂止数学家，所有真正的科学家都是创造美的艺术家！

四、对"理性美"感受的特殊性

理性美既然同感性美一样是客观存在的，那么，为什么过去很少有人提起过这种美呢？这同对它的感受的特殊性是分不开的。

---

① 《艺术哲学》第 251—252 页。

上文说过，人在合规律合目的的自觉自由的活动中，不但创造了感性的美，而且创造了理性的美。这是两条不同的途径：一条是从具体到具体的途径（前一个具体是物的感性形象，后一个具体是指物质感性形象的美），即人通过实践活动感知事物的具体形态，并将这感性认识加工制作，形成对事物内在规律的理性认识，在这种理性认识指导下能动地利用、改造客观事物，从而使在实践过程中发挥出来的积极本质力量在事物上物化、对象化。再经过重复实践，使由对象化了人的积极本质的物所引起的愉悦之情同物的感性形象之间在大脑皮层中建立起牢固的神经联系——大脑皮质动力定型。凭着这种生理—心理的机制，只要有某物出现，即可凭眼、耳感官的直观而无须再依靠理性即可产生相应的美感。因此在这条途径上，抽象、理性不过是物的感性形象向物的形象的美转化的桥梁。也正因为感性美是凭感官直观就能感受到的，看得见，听得着，所以易为人们的感性经验所证实，也易为大多数人所接受、所注意。

另一条途径是从具体到抽象，亦即由对事物的具体感性形象的感知到对物的本质、内容的理性认识。如果说在前一途径上，抽象、理性曾是由物的具体形象到物的美的桥梁，那么在后一途径上，抽象、理性则是由物的具体形象到理性美的中介；人通过实践感知事物的具体感性形态，再经由对事物的感性认识进到对事物本质、规律的理性认识之后，就循着前面所说的"由抽象上升到具体"的方向前进，直至"抽象的规定在思维行程中把具体复制出来"，事物的感性材料则被抛弃，而不像在前一条途径上那样，由对事物本质的抽象再回到事物的感性形象上来。因为产生理性美的这条途径对于眼、耳等感官而言是从具体到抽象，所以这种美对于习惯于直观的人来说是难以感知的，当然更谈不上对它的欣赏。又因为理性美的创造不仅需要理性的抽象，而且在思维中还要经过"由抽象上升到具体"的高度复杂的逻辑加工过程，所以，一般人即使运用理性也难以领略到它的美。

　　马克思说："对于不辨音律的耳朵说来，最美的音乐也毫无意义。"[①]同样，对于缺乏高度的抽象思维能力而又没有必要的理论修养、科学知识的人来说，最美的理论、公式、定律、模型也毫无意义。因此，能欣赏理性美的大多是理论、科学人才和在政治、经济、军事乃至于文学艺术领域中长于抽象思维的人。黑格尔的哲学体系构筑出来矗立在那儿，却无人能加品评，只有恩格斯给予它以"最宏伟的形式"的审美评价。量子力学的创始人之一海森堡承认自己被自然界所显示的数学体系的简单性和美强烈地吸引住了，产生了由于"自然界突然在我们面前展开这些关系的几乎令人震惊的简单性和完整性"而引起的快感。中国寄生虫学家洪式闾教授在西子湖畔住了十七年，然而"一次也没有游过西湖"。为什么？因为"科学美景胜西湖"。徐迟在报告文学《哥德巴赫猜想》中，曾这样形象地描绘过抽象的数学王国："那里似有美丽多姿的白鹤在飞翔舞蹈。……还有乐园鸟飞翔，有鸾凤和鸣，姣妙、娟丽，变态无穷。在深邃的数学领域里，既散魂又荡目，迷不知其所之。""但是能升登到这样高度的数学领域去的人不多。""闵嗣鹤主教授却能够品味它，欣赏它，观察它的崇高瑰丽。"大量的事实证明法国数学家庞加莱说得对：

　　　感觉数学的美，感觉数与形的调和，感觉几何学的优雅，这是所有数学家都知道的真正的美感。

[①]《1844年经济学—哲学手稿》第79页。

其他理论家，科学家当然也都有数学家这种品赏理性美的"真正的美感"。

那么，人们对理性美的感受到底是一个思维过程还是瞬间的直觉？抑或两者兼而有之？笔者以为，这要具体分析。只要人从审美对象（不论是感性的还是理性的——顺便说说，即使是理性的美，也要借一定的物质材料和形式，如文字、数字、符号、图表等表现出来，在这些抽象的形式后面有着丰富的事实材料和感性经验，因而每一个数字、符号等等组成的公式、定律、体系，在理论家、科学家那里都有特殊的、为其所把握的深广意义）上体验到的是一种心理的而非生理的快乐、精神的而非物质的满足，那么，不管通过什么方式获得，都是美的感受。对某些人来说，在某些情况下，对理性美的感受可能要经过较长的思考过程才能豁然开朗、心领神会；对另一些人来讲，在另一些情况下，却往往能靠瞬间的直觉领略到。这是不是就是所谓的"科学的直觉机制"或"理性的直觉"呢？

总而言之，理性美作为一种美，应该对它予以足够的重视和探讨。在科学技术高度发达、自然科学与社会科学日渐合流的时代潮流中，在大力开发智能、推进社会主义现代化建设的新形势下，提高广大群众的理论、科学素养，培养青少年对理性美的感受能力，这对于两个文明的建设是大有益处的。

《延边大学学报》1982.1
中国人民大学《美学》月刊1988.2转载
江西《争鸣》1983.1"争鸣橱窗"介绍此文观点引起的争鸣

两个人的世界

(时代文艺出版社 1988年12月出版)

序　言

高清海

近几年来，许多作家叙写了无数动天地泣鬼神的爱情故事，音乐家谱出了众多优美的爱情颂歌；也有一些恋爱、婚姻伦理学、爱情心理学方面的著作相继问世。但运用马克思主义哲学、结合相关学科理论（人类学、历史学、心理学等），从多种角度探索人类情爱的历史发展、揭示人类情爱的本质、研究爱情美学的著作，在国内尚未曾见。我作为第一读者，有幸最先阅读了洪斌同志写的《两个人的世界——爱情审美双向流程》，切感它既是一部有理论深度、现实价值的严肃著作，又是一部饶有兴味、雅俗共赏的清新之作。它的出版可以说是既填补了爱情美学领域的某种空白，又为青年提高爱情审美素养提供了一部参考书，我愿把此书推荐给广大青年朋友和理论界。

一部具有可读性的好书，总要提出某些启人深思的真知灼见。《两个人的世界》就属于一部颇富见地的书。

作者形象地说明，从维林多夫的维纳斯到古希腊的阿芙罗狄特的历程，

米萝文存：维纳斯启示录

是人类从性爱到情爱的历程。我十分欣赏作者对人类由性爱到情爱发展历程的揭示，欣赏作者关于美与爱汇合历程的揭示。我也赞同作者的"爱是一种文化"的见解。从这一见解自然地引导我们得出这样一个结论：人类由性爱发展到情爱是一种进化，一种超越自然本能的升华。人就是这样一种动物，它来自于自然，又依靠自己的活动不断超越于自然。没有前者，不会有人；没有后者，人就不会成为人。两性关系上同样体现着这一点。随着人离开动物越远，人的爱情中的情感因素、美学因素、文化因素、社会因素也越来越丰富，越来越发展。情爱虽然不能脱离性本能，但人毕竟是以人的方式去爱，即像人那样去爱的。正是在这里，爱情审美问题才被提出来，而且越来越成为一个重要课题。

两个人的世界虽小，它却是每个人都必须生活其中，且属情感最为丰富、心灵隐秘最深的世界。作者明确提出"两个人的世界"这一概念，并从爱情审美客体和爱情审美主体的内涵，以及二者的统一关系中探讨了爱情审美的一般规律。这很有助于提高我们在两性关系上的爱情审美观和道德情操，我相信，它也会有助于少男少女们按照符合于现时代社会要求的爱情审美规律，塑造好自己的性身份，扮演好自己的性角色。马克思说过这样一句名言："社会的进步就是人类对美的追求的结晶。"爱情领域也是这样。人们只有懂得了什么是真正的爱情美、知道怎样去追求真正的爱情美，才会不断升华自己、提高对方，使两个人的世界内容充实、格调高尚、色彩纷呈、日臻丰富和完美。

"两个人的世界"是同社会的大世界紧密相连、息息相关的世界，它就是人类社会大世界的基本细胞。爱情也是学习做人的一所学校。只有在两个人的世界中懂得真正的爱和美的人，才会以全身心去爱我们这个社会的大世界。各个小世界中充满爱和美，我们社会的大世界也必将在爱的升华中不断进步。我想，引导人们在爱情领域追求纯美，从而发展社会、提高人类，在今天对我国来说，就是提高人们的道德文化素养、发展社会主义精神文明，这恐怕就是作者写作《两个人的世界》的根本目的吧！而在我看来，这也正是本书的根本价值所在。

我还想就本书的内容结构谈一点看法。

恩格斯说得好，"我们需要的与其说是赤裸裸的结果，不如说是研究，如果离开导致这个结果的发展来把握结果，那就等于没有结果。"本书没有预先武断地给爱情的本质下定义、谈论爱情美学应有何种内容，而是先辟第一章来探讨人类由性爱到情爱的发展。由于有了人类情爱发展历程的展示，作者再去揭示现今人类情爱的本质，讨论现今爱情审美客体形态特征、爱情审美意识规律，就有了坚实的基础，读者接受起来也有了心理准备。

爱情是一种关系，关系离不开关系者。爱情的关系者就是"我"与"你"。在我的眼中你是我的对象，在你的眼中我是你的对象。在爱情审美关系中，对象又称为审美客体。不论是我还是你，都要被对方作为审美客体来观照。第二章"'你'——爱情审美客体的审美特征"专门讨论了作为客体的审美特性，揭示了男、女作为爱情对象的美的本质。正像我与你都要作为审美客体一样，我与你也都同时是审美主体。作为一个爱情审美主体有什么样的心理机制，爱情审美意识的结构如何，男与女爱情审美心理的差别何在，这就是第三章"'我'——爱情审美主体的心理机制"所讨论的内容。

爱情的形成是审美主体与审美客体相互作用的结果，爱情审美经验的产生是一种审美客体与审美主体的相互作用，发生爱情美感的男女双方与空间环境也处在一种相互作用的关系中。第四章"两个人的世界——二体双向流程"在分别探讨爱情审美客体、爱情审美主体的基础上，进一步深入讨论了双方的相互关系，及其与客观环境的关系。

我描述本书的内容结构，并不只是为了给读者提供一个阅读轮廓和线索，还因为我觉得这一结构很合理。从历史发展入手、按照先客体后主体、再到主客体统一的顺序展开内容，是符合人类认识运动的次序的。人对自身主体性的自我意识，不论就人类认识史还是就个体认识活动来看，都是从客体中发现主体，然后从主体与客体的关系去认识二者的统一。爱情审美意识的发展也如此。作者按照历史与逻辑相统一的原则安排内容，使得本书可读性很强，而且富有说服力。

作者在爱情审美领域的耕耘能够取得如此可喜收获，我觉得这除了与作者多年研究美学又擅长文学、具有广博知识又勤于思考等条件有关以外，还有一个重要的原因，就是在研究中自觉地运用了马克思主义哲学的观点和方法。哲学是人作为主体自我意识的理论表达。马克思主义哲学是人认识自己及其与外部世界关系的科学理论。对于爱情审美这一人类社会特有的现象,只有运用马克思主义哲学的观点和方法才能认识和揭示它的本质、规律。这从本书每节内容都可以使人感受得出来。作者抓住劳动实践这一核心环节,以马克思"两种生产理论"为基础揭示出了人类爱情发生发展的规律,正如作者所说,"人的美是在'两种生产'的熔炉中冶炼出来的";在"我"与"你"、审美主体与审美客体的论述中,作者充分运用了马克思关于本质对象化的理论;对两性审美特征及审美主客体双向流程的分析,处处都充满了对立而统一的辩证思考。值得指出的还有一点。作者在对上述内容的分析中,不时提示给读者,应当把爱情审美客体和主体组成的两个人的世界,理解为包含多种复杂因素,具有多重复杂结构,所有这些又都处在相互作用和动态发展中的系统。作者熟谙系统理论,在分析中显然也运用了系统论的科学方法。

我不便再多说,还是请读者自己去领略吧!

1987年10月5日于长春

引 言

"开辟鸿蒙,谁为情种?都只为风月情浓。……"当《红楼梦》中的贾宝玉随"警幻仙子"神游"太虚幻境"时,仙女们演唱的这一支曲子声韵凄婉,竟然使他"销魂醉魄",不知所之……

这固然是小说家的艺术想象。然而,曲子中提出的"开辟鸿蒙,谁为情种"的问题,却如同古希腊神话中的怪物司芬克斯提出的"人是什么"的问题一样,都是使人意惹情牵而又困惑难解的问题。但是,如果我们沿着马克思主义指引的线索,从"开辟鸿蒙"的原始人的莽原到文明时代的人类社会做一番巡礼,对爱情及爱情的主体来一番考察,那么我们大概可以解开这个难题了:自从人类的两性关系在美与爱的灿烂星空下放射出皎洁的光辉以来,所谓"情种"就非懂得爱情审美的有情人莫属了。

"情种"与非情种(即没有超越性本能的原始人和将两性关系降低到动物水平的"文明人")的区别在于:前者只钟情于某一符合其审美理想、审美要求的异性个体;这一男一女相美相悦相恋相亲,排斥任何一个第三者的介入,即具有排他性。排他性的存在绝不是偶然的,而是人类进步的历史产物，是由内含着深厚社会内容的爱情审美的一系列因素决定的。因此，爱情审美按其本性而言，乃是"只有两个人有份的特殊恩赐"[①]，是只能发生在"两个人的世界"中的特殊社会现象。

这"两个人的世界"虽小，却如一颗明净的水珠，映射着由男性半边天和女性半边天构成的人类大千世界的全部瑰丽色彩。正像社会大世界中的人们互为主客体一样，在爱情审美的小世界中，男女双方也是互为主客体的。就是说，他（她）既作为审美客体被对方观照（同时作为爱情对象为对方所爱恋），又作为审美主体观照对方（同时作为爱情主体爱恋对方）。所以，爱情审美中的每一方都必然是一身而二任：既是客体又是主体，既是审美者、爱者又是被审美者、被爱者。这样，"两个人"之间美与爱的信息的彼此交流，就形成了特殊的"二体双向流程"。这样，"两个人的世界"中"你"与"我"的分化和统一，就构成了本书的内容和框架。

[①] 赫尔岑：《谁之罪》第126页。

第一章　从原始林莽走向文明大道
——爱情审美的历史历程

朋友！从现在开始，作者将和你们一道，去探索人类精神生活中那个诗一般优美、梦一般奇妙、虹一般绚丽，令人目为之眩、心为之醉、神为之夺的爱情审美领域。

这是一个感性—感知的领域：作为爱情对象的他（她），无不具有生动多姿的感性形态，不论是仪容体貌、气度风采，还是言笑举止、七情六欲，都能被我们实实在在地感知到，都会引起爱情主体真切多样的感受；

这又是一个审美—动情的领域：作为爱情对象的他（她），从静态的肉体存在，到动态的行为过程，从外在的感性形象，到内在的心理流程，都传递着一定的美的信息，都在具有一定审美生理—心理机制的爱情主体的观照和把握之中，从而引起主体某种审美情感，导致特定的审美效应，使其对对象采取相应的爱情态势；

这也是一个科学—理性的领域：不仅每一个爱情主体在爱情过程中的感受和感情都自觉或非自觉地受一定理性的牵引和制约，而且爱情审美中那看似扑朔迷离、变幻莫测、奇光异彩的种种复杂情态和现象都是有规律可循的，而通过理性将这种规律揭示出来，并使之系统化、理论化，那么，我们就会得到一门新的科学——爱情美学。有趣的是，这门新兴的科学却注定了与古老神话中的美爱女神维纳斯（阿芙罗狄特的罗马名字）有着不解之缘。因此，在下面展开的叙述中，我们恐怕还会遇到这位美貌多情的女神。

愿维纳斯皎洁的光辉沐浴着每一对恋人、本书的每一位读者。

让我们的探索从两性的产生、主客体的分化等问题起步。

一、天地既分，阴阳乃判

提起《红楼梦》中的史湘云，读者大约都是熟悉的，这位才貌俱佳、心地善良的古代少女和她的贴身丫头翠缕有一段关于"阴阳"的议论，对于我们要探讨的两性分化可作为一个"引子"，不妨摘录如下——

翠缕道："……什么是个阴阳，没影没形的？我只问姑娘：这阴阳是怎么个样儿？"湘云道："这阴阳不过是个气罢了。器物赋了，才成形质。譬如天是阳，地就是阴；水是阴，火就是阳；日是阳，月就是阴。"翠缕听了，笑道："是了，是了！我今儿可明白了。怪道人都管着日头叫'太阳'呢，算命的管着月亮叫什么'太阴星'，就是这个理了。"湘云笑道："阿弥陀佛！刚刚儿的明白了。"

……

翠缕又点头笑了，还要拿几件东西要问，因想不起什么来，猛低头看见湘云宫绦上的金麒麟，便提起来，笑道："姑娘，这个难道也有阴阳？"

湘云道:"走兽飞禽,雄为阳,雌为阴;牝为阴,牡为阳;怎么没有呢。"翠缕道:"这是公的,还是母的呢?"湘云啐道:"什么'公'的'母'的!又胡说了。"翠缕道:"这也罢了,——怎么东西都有阴阳,咱们人倒没有阴阳呢?"湘云沉了脸说道:"下流东西,好生走罢!越说越说出好的来了!"……①

这里,史湘云道出了自然界一个最基本的事实,即生命体的两性分化。所谓"阴阳",是中国古代思想家常用的朴素唯物主义哲学的重要范畴;先哲们认为,世界就是由阴、阳这两种"天地之气"衍生出来的。"地气上齐,天气下降,阴阳相摩,天地相荡,鼓之以雷霆,奋之以风雨,动之以四时,暖之以日月,而百物化兴焉。"《乐记》中的这段话为我们描绘了古人心目中天地既分、阴阳始判的景象:先是混沌一片的宇宙分裂成了天和地,天为阳,地为阴,阴阳二气虽然相互对立,却又彼此纠缠渗透,一旦阴阳两极相通,天地二体相荡,于是日月、寒暑、昼夜等等一系列分属阴阳二极的自然现象也就孕育出来,并进而产生出史湘云所说的"雄为阳,雌为阴;牝为阴,牡为阳"的飞禽走兽及一切雌雄异体的生物。由此可见,中国古代的"阴阳说"所概括的是一种带普遍性的自然现象。后来:通过对阴与阳所代表的两类事物和现象的特征的观察,"阳"象征着刚强、雄壮、伟岸、热烈、明朗、力量、活力、运动、积极、进取等等,"阴"则象征着柔弱、柔顺、娇小、柔和、清幽、静谧、安宁、温婉、娇嫩等等。这样,阴阳就不只是哲学范畴了,它同时也是美学范畴:阳代表着阳刚之美,阴代表着阴柔之美。而这种哲学的、美学的范畴又都是以世间万物一分为

---

① 见《红楼梦》第 31 回:《撕扇子作千金一笑因麒麟伏白首双星》。

二、特别是生命体分为两性这个普遍事实为客观依据的。正是这两种基本力量的对立统一、相渗相依,使宇宙得以生生不已地运动,使生命得以世世代代繁衍不息,使天地间闪耀着美的无尽光辉。

"怎么东西都有阴阳,咱们人倒没有阴阳呢?"翠缕丫头大概没读过什么书,不明事理,也许是年幼无知,不懂人情世态,故作如是问。现代科学告诉我们,除无性生殖即不经过雌雄两性的性细胞结合,而由单一亲本或二亲本的其他细胞繁殖新个体的生殖方式(如仙人掌的营养生殖、蚜虫的孤雌生殖)外,有性生殖是从低等生物到高等生物的占统治地位的生殖方式,而所谓有性生殖,就是通过两性性细胞的结合而繁殖的方式,这种生殖方式克服了无性生殖不能大量产生新个体和新个体不能取得变异和进化的数量上、质量上的局限,是生命生殖方式的一大飞跃。而居于生物等级最高层、号称"万物之灵长"的人类的生殖方式是有性生殖;人不仅"有阴阳"即男女两性之分,而且这种性的结构和区分是所有生物性分化的最高阶段。古希腊哲学家普罗塔哥拉说:"人是万物的尺度。"离开了人自身"有阴阳"这一事实,我们的先哲大约是难于提出"阴阳说"的观念的。既然如此,知书达理的史湘云为什么对翠缕的问题感到难堪、不作回答呢?这是因为,阴阳之说具体到人身上,就必然要涉及人的"性"及由此而来的男女之爱、阴阳之美这些极为微妙而敏感的问题,身为封建社会大家闺秀、被灌输得满脑子"男女授受不亲""非礼勿视"等封建伦理观念的史湘云自然会羞于启齿了。

其实,正如"走兽飞禽,雄为阳,雌为阴;牝为阴、牡为阳"及雌雄相引、牝牡相配一样,人类的分为男女两性以及男女相恋、两性结合也是基于延续自身生命的需要,同是受新陈代谢、传宗接代的自然法则支配的,丝毫不存在什么神秘、见不得人的东西在内。不论是自然科学还是社会科学，都应理所当然地将这一切纳入自己的研究范围之中。但是，这绝不是说，人的男女之恋与动物的雌雄之配是一回事，恰恰相反，动物作为自然界生物，人作为社会生物，二者在两性关系上存在着质的根本区别；而这个区别又是以能否作爱情审美为标志的。

英国19世纪杰出的博物学家达尔文在创立进化论的过程中，对自然界的生物和生物现象进行了长年的、广泛的观察和研究。他正确地指出：

凡是两性分开而雌雄异体的动物，雄性的一些生殖器官必然是和雌性的有所不同，而这些就是第一性征（primary sexual characters）。但两性之间还有和生殖的动作没有直接关系而被亨特尔所称为第二性征的一些差别。例如，雄性具有某些感觉器官和运动器官，好用来更容易地发现与接触到雌性，而雌性则完全不具备，或虽也具备但不那么发达；再如，为了在交配时紧密地抓住雌性，雄性又具有一些特殊的把握器官，而雌性也是没有的。……[1]

在别的场合，达尔文还多次指明了虫鱼禽兽的雌雄二体在体形、毛色、声音及动作上的种种性的差异。这些，我们不妨称之为"第三性征"。确认动物雌雄二性的不同性征具有重大意义，因为它们的"分阴阳"不仅体现在这不同层次的性征差别上，而且正是这些性征差别造成了异性之间的相互吸引，从而达到二体相配、繁衍种族的目的。这个自然法则对于人也不例外。

那么，这种两性相引是一个怎样的过程呢？达尔文认为是一个彼此炫

---

[1] 达尔文：《人类的由来》第325页。

耀其第二、第三性征（即动物的"某些颜色、形态、声音，或简称为色、相、声"[①]）的形式美，以引起对方愉悦的富于感情色彩的求爱过程。动物之所以能如此，在于它们有鉴赏美的能力。达尔文在他的《人类的由来》一书中列举了大量所见所闻的现象来证明这一点。他说：

……当我们看到一只雄鸟在雌鸟面前展示他的色相俱美的羽毛而唯恐有所遗漏的时候，而同时，在不具备这些色相的其他鸟类便不进行这一类表演，我们实在无法怀疑，这一种的雌鸟是对雄鸟的美好有所心领神会的。世界各地的妇女都喜欢用鸟羽来装点自己，则此种鸟羽之美和足以供饰物之用也是不容争论的。……各种蜂鸟的巢、各种凉棚鸟的闲游小径都用各种颜色的物品点缀得花花绿绿，颇为雅致；而这也说明它们这样做绝不是徒然的，而是从观览之中可以得到一些快感的。但就绝大多数的动物而论，这种对美的鉴赏，就我们见识所及，只限于对异性的吸引这一方面的作用，而不及其他。在声音一方面，许多鸟种的雄鸟在恋爱季节里所倾倒出来的甜美的音调也肯定受到雌鸟的赞赏，……如果雌鸟全无鉴赏的能力，无从领悟雄鸟的美色、盛装、清音、雅曲，则后者在展示或演奏中所花费的实际的劳动与情绪上的紧张岂不成为无的放矢，尽付东流？……

正因为雄鸟有美丽的色、相、声，而雌鸟又有鉴赏这形式美的能力，所以——

……在越是形色美丽的、鸣声婉转的、气魄爽朗的雄鸟面前，（雌鸟）越是容易受到激动，为所吸引……[②]

[①] 达尔文：《人类的由来》，第135页—136页。
[②] 同上，第643页。

这就好比恋人们找对象一样,异性仪容越是英俊、漂亮,就越能使他(她)对之钟情。因为雌鸟不仅会被雄鸟"一般的色相所产生的综合的印象"打动芳心,而且还"有可能注意到(雄鸟)一些美的细节"①。既然雌鸟不仅能鉴赏雄鸟的美,而且能对美加以比较,越美越受吸引,那么合乎逻辑地就得出了"雌鸟对一些特定雄鸟的偏爱"②的结论,正如人的爱情必然要指向特定的某一异性。因此,达尔文断言:

对于从视觉和听觉方面所取得的这类的快感,无论我们能不能提出任何理由来加以说明,事实是摆着的,就是,人和许多低于人的动物对同样的一些颜色、同样美妙的一些描影和形态、同样的一些声音,都同样地有愉快的感受。

人的审美观念,至少就女性之美而言,在性质上和其他动物的并没有特殊之处。③

上面之所以一再引用达尔文的话,是因为,尽管达尔文是一位伟大的自然科学家,尽管他列举的那些动物两性间彼此吸引的现象的确存在,但是,由于他对"为什么某些色彩会激发快感"④一类问题不能做出科学的解答,因而在爱情审美上将动物的两性关系与人类的两性关系混同起来,其结果,不是使人类降到动物的水平(在这种情形下,爱情审美将失去它的社会性),就是把动物提高到人类的水平(在这种情形下,人的社会价值同样会贬值)。

---

① 达尔文:《人类的由来》第644页。
② 同上,第633页。
③ 同上,第137页。
④ 同上,第136页。

为什么？现代生理学、心理学、哲学、社会学和美学证明：生物要在两性间建立起爱情审美关系，必须具备如下条件：

第一，要有清晰的自我意识和实践能力，如此，才能在实践的基础上创造出自己的对象世界，从而将主体（包括恋爱主体）和客体（包括恋爱对象）区分开来；

第二，要有特定的审美生理—心理机制，如此，才能不仅感知到不依赖于主体、纯属于客体（对象）的自然属性（生物的、物理的、化学的）——第一物性，还能在属于客体的第一物性的基础上感知到不属于客体的所谓"第二物性"，如美。

而要兼具这两个条件，只有大脑皮层高度发达，集理智、意志、情感于一身的生物才有可能，这种生物在分辨、处理自然信息（生物的、物理的、化学的）的第一信号系统的基础上，形成了能分辨、处理社会文化信息（以语言、符号、图像、数的形式表达的外界信息）的第二信号系统。事实是，在我们这个星球上，自有生命以来，除人以外，还没有哪种生物有过如此高级、如此发达的大脑皮层，有过这样能处理、分辨社会文化信息的能力。当然，这绝不是说动物的脑根本就产生不了意识。早在19世纪，恩格斯就根据当时自然科学的成就指出："动物是具有从事有计划的、经过思考的行动的能力的。……而在哺乳动物那里则达到了已经相当高的阶段。"[①] 自古以来，马、牛等家畜就能在人的驯养下学会耕地、拉车，狗能准确地识别主人和生人，猴子能学会耍把戏，鹦鹉能随人学舌，这都是人所共知的。当代科学家还发现，老鼠猎食时能灵巧地穿越曲折复杂的路径，但几乎从不再回到它们已经

[①]《马克思恩格斯选集》第3卷第516—517页。

把食物吃掉的地方去,这表明它们能记住应该记的东西;星鸟能准确地找到它们数月前储藏粮食的地点,想必它们已能在头脑中分类地编制某种信息。至于动物中的类人猿,则更有惊人的表现:猩猩不仅成"群"生活,而且这"群"内有着不同的等级划分及彼此关系;雌雄黑猩猩"谈情说爱"时别的同类从不去干涉;它们能合力抵御外来的敌人,能用草茎、树枝"勾引"深藏洞穴之中的蚂蚁以供美餐,能用长竿获取手臂够不着的食物;美国亚特兰大附近一家语言研究所的研究甚至表明,黑猩猩还表现出驾驭单词、指称物件的能力。但是,由于动物的脑没有形成具备第二信号系统的高度发达的大脑皮层,只能依据分辨、处理自然信息的第一信号系统对外界物理的、化学的、生物的刺激做出几乎是本能的反应。猩猩再聪明,也只能在人的训导下使用最简单的符号,却不能运用依凭第二信号系统才能掌握的复杂概念进行逻辑推理,不能接收和处理同语言与数的观念紧密相关的文化信息。所以,动物的意识毕竟只是作为高级思维基础的低级意识。

动物的低级意识以及与之相适应的第一信号系统,决定了它只能利用自然界现成的东西,如鸟类的择林傍水而栖,肉食动物以草食动物为食等等;或是以其自身的存在来使自然界起变化,如羚羊啃光草地,蝗虫毁害禾稼,秃鹫清理腐尸等等。动物在干这一切时依凭的完全是族类遗传基因决定的生物本能,动物的所谓"思考"就是用它那仅有的一点可怜的低级意识,使其依环境变化而做出行为选择,以便尽可能地实现其生物的本能。因此,没有任何一种动物(包括类人猿)能进行那种只有在高级意识指导下才可能出现的有计划、有目的的能动的社会实践,"没有一只猿手曾经制造过一把哪怕是最粗笨的石刀"①。从根本上来说,"动物是和它的生

---

① 《马克思恩格斯选集》第3卷第512页。

命活动直接同一的"①，它和自然界混为一体，它本身就是自然界。

从哲学上看，主体与客体的分化与形成是在实践的基础上实现的；作为主体，必须具有意志和意识、能够对客观世界加以认识和改造；而作为主体认识和实践对象的客体，则是不以主体主观意志为转移、存在于主体意识之外的客观世界。

既然动物不能进行实践，也就谈不上什么主体与客体，所以，它们虽然有阴阳之分、雌雄之别，但却不能将自身作为"我"与"我"以外的一切客观存在区分开来、对立起来，因而也就不能将异性作为"我"的对象、作为"我"要认识和追求、施加意志和感情的客体来对待。一句话，动物没有关于"我"与"你"的主、客体意识，也没有"爱"的意识。

那么，是什么驱使动物雌雄相配呢？是动物传宗接代、繁衍生息的自然法则，而这个法则又是通过动物的性的生理本能及与此相关的初级性心理来实现的。所谓性本能，是源于生殖的生理机制、由脑垂体分泌的求偶素引起的与异性结合的纯生理要求，它不受意识的支配，具有自组织、自控制、自调节的自发性特点，在大多数高级动物那里表现为不召自来的一年一度或一年几度的发情期，这种发情——性要求的产生，就像饥饿产生食欲、困了需要睡眠一样。而所谓动物的性心理，就是性的生理冲动通过机体的内反馈刺激动物大脑皮层引起的相应反应，它表现为动物对异性的注意、识别、追求等等。而这种对异性的注意、识别、追求与对食物的注意、识别和追求在本质上是一样的，它与有意志和意识的主体对恋爱对象的认识和追求有着根本的区别。

---

① 马克思：《1844年经济学—哲学手稿》第50页。

既然如此，雄孔雀为什么会长有艳丽的尾翎并向雌孔雀开屏炫耀呢？母鹿为什么非得等到公鹿中那将对手斗败、身体强健且有巨大犄角的公鹿到来才肯与之交配呢？一句话，动物中雄性（或雌性）那华丽的毛羽、优美的体形、炫耀的行为为谁而生、而作？雌性（或雄性）又凭什么要选中这样的异性呢？

美国美学家乔治·桑塔耶纳说：

性器官的分化还是不够的：性官能和外在感觉之间必须建立联系，以便动物可以认识和追求相当的配偶。①

这就是说，动物雌雄两性第二性征、第三性征（器官、外形、行为）上的差异，以及显示这些差异的炫耀，都是出于吸引异性这个为自然法则所规定的目的，而异性对这种外形和行为的"欣赏"，不过是为了识别和选择合适的交配对象而已。

美国社会生物学家爱德华·奥·威尔逊则从基因学的角度对此做出了另一有趣的解释。他认为动物中雄性之所以毛色漂亮、身强体壮并以此为资本争夺雌性，有生物学上的原因，也是一种进化产物。因为除了第一、第二、第三性征之外，用以判断雌雄之别的还有一个基本特性，那就是雄性的性细胞比雌性的性细胞要小得多，数量却多得多。这样一来，在生殖过程的初始，雌性就已吃了大亏，而雄性却占了大便宜，因为雌性一开始就以其巨大而营养丰富的卵子（如禽蛋、龟蛋等）付出了比雄性更多的投资额，但收获却双方相等——下一代身上雌雄两性的基因含量永远是相等的。而从怀孕直到下一代的哺育，雌性付出的代价更大。由于这种生物学

---

① 乔治·桑塔耶纳：《美感》第39页。

上的差异，使得雌性不轻易和任何雄性交配，总是精心遴选，慎之又慎，结果得以和雌性交配的只是少数几个出类拔萃的幸运儿：

这样，雄性个体就会自然而然地炫耀自己的出众之处，尽管这种炫耀本身看起来很可笑，很荒唐。例如孔雀和极乐鸟的大长尾巴，鹿头上的叉丫巨角。还有一种流苏鹬鸟，为了争夺雌性，把脖子上的羽毛倒竖起来，以示炫耀。

客观地讲，孔雀和极乐鸟的长尾巴并无用处，而雄鹿头上的巨角也不过是种累赘。这些东西本身对于生存甚至是不利的，它影响了动物行动的敏捷，给捕食者创造了方便条件。但是这种累赘似乎向雌性显示了这样的道理：你看，我拖着这么长的尾巴，照样生活得很好，这本身就说明了我的强壮。那些秃尾巴货，不是营养不良长不起尾巴来，就是战斗力不强被人给咬掉了。巨角虽然沉重，但它恰好是一种雄性的象征，头顶沉重的大角，仍然奔跑如飞，战而必胜，足以说明本身的强健骁勇。这样的雄性都不被选中，还有谁呢？于是长尾巴、大犄角也就在这种性选择压力之下得以进化了……

……这里把雄性动物描述得好像有意识地去长长尾巴或花羽毛，其实自然不是这样，只不过是：炫耀者留下后代，还是炫耀者；不炫耀者，留不下后代，也流传不下去。[①]

至于雌性动物，由于其卵子的数量远远少于雄性动物的精子，所以任何一个卵子遇到精子的机会比起精子遇到卵子的机会要大得多，"也就是说，卵子受精成为个体的可能性大，而精子'白活一世'的可能性大。因此，

---

① 《新的综合》第 168 页—170 页。

雌性个体不必像雄性那样具有吸引力就能保证它的卵子有受精的机会。"①这样，威尔逊就用生物繁殖的自然法则——"基因生存机器"的生存策略的理论，解释了动物发情、求偶时的炫耀行为，从而否定了达尔文认为动物的"求爱"伴随着"审美"的观点。

　　人们感兴趣的是，动物那在人看来美丽的形状和颜色、富于调情意味的炫耀行为，不论是为了吸引异性注意还是为了传播基因，它在异性心目中引起的究竟是什么感觉？这里用得着英国哲学家洛克的"两种物性"学说。洛克在《人类理智论》中指出，事物有第一物性与第二物性之分，第一物性是始终存在于事物自身之中，不以有意识主体的感受为转移的，如凝性、广延、形体、数目、动静等，这些，也就是事物的物理、化学、数学、生物的自然性质；第二物性则是第一物性刺激主体感官所引起的感官反应、感觉观念，它不是事物自身所固有的，具有社会性，如颜色、声音、味道、冷暖、软硬等②。现代物理学、生理学、心理学、美学的研究成果证实了这一理论。例如光，其物理能量变化形成的光波有三种物理属性：波长、波幅和纯度。这是光这种"物"自身所固有的第一物性。又如音波，是由物体振动引起空气分子周期性压缩和稀疏变化而产生的，它也有三种自身所固有的物理特性：频率、振幅（强度）和振动形式。光与声这些自然属性所发射的信息是自然信息，作为具有视、听感受器和神经系统的生物，凭第一信号系统即可接收这种信息，建立起条件反射系统。而包括类人猿在内的动物的条件反射系统正是第一信号系统，所以它们可以本能地感受

---

① 《新的综合》第171页。
② 参见《哲学辞典》第506页"洛克"条。

到声与光这些物理特性。那么,光与声的第二物性是什么呢?就是光的三种物理属性(第一物性)所发射的自然信息通过视分析器所引起的视觉的心理属性:色彩(由波长引起)、明度(即非彩色的黑白程度,由波幅引起)和饱和度(即色觉的明显度,由纯度引起);就是声的三种物理特性(第一物性)发射的自然信息通过听分析器所决定的声音心理感受:音高(由频率引起)、响度(由振幅引渡)和音色(由振动形式引起)。

这里要注意的是,事物第一物性发射自然信息引起的是生物机体生理上的变化,如某种光线能刺激鸡多产卵,某种音乐可刺激牛多泌乳,等等。而第二物性作为心理属性、感觉观念,必然伴随着情感与想象一类心理现象,如绿色产生宁静之感,红色引发热烈之情,和声带来愉悦,噪音引起烦闷,见白色联想到冬雪、秋月之皎洁,闻鼙鼓遥思战斗之壮烈,等等。但是,要使事物第一物性发出的自然信息转换成信息接收者的心理属性,接收者就必须具备相应的生理—心理机制,如皮亚杰所说,"一个刺激要引起某一特定反应,主体及其机体就必须有反应刺激的能力"[①],这种生理—心理机制,或者说,这种反应刺激的能力,就是第二信号系统——以词、语言、符号、概念、图式、数字及其在社会实践中形成的意义作为条件刺激物,所建立起来的条件反射系统。对于具有这种信号系统的接收者而言,事物第一物性发出的自然信息已经社会化了,成为文化信息。然而,动物不够发达的大脑皮层使它只能建立第一信号系统而建立不了第二信号系统,所以它不能接收文化信息。在动物心目中,异性艳丽的毛羽、炫耀的行为,实质上不过是在传递求偶的信息;大约毛色愈艳丽、动作愈剧烈、叫声愈

---

① 皮亚杰:《发生认识论原理》第60页。

独特，所发出的信息就愈是对同种异性的情欲有刺激性。费尔巴哈说："动物只为生命所必需的光线所激动。"① 即便是美妙的乐音，也不过刺激乳牛的神经促其多泌乳而已，却谈不上对乐音的欣赏。

可见，动物虽然"有阴阳"，求配偶，但对于它们而言，却无所谓爱情，无所谓美，更谈不上爱情审美。能做到这一点的只有人，因为只有人才具有高度发达的大脑皮层，不仅生来就有第一信号系统，而且在社会实践中建立了第二信号系统，在漫长的历史进程中形成了能感受奇妙的阴阳之美的感官。也只有人才有清晰的自我意识，能在复杂的社会生活中准确地区分主体与客体、"我"与"你"和"他（她）"，并对之采取特定的感情态度。于是乃有爱情，乃有爱情审美。

史湘云作为具体的、活生生的人，作为封建社会的女性，虽然受封建伦理道德的束缚耻于谈人的阴阳之分，但却否定不了人"有阴阳"及她自己属于"阴"性这个客观事实。我们倒是可以从她与翠缕对人的阴阳之别问题的不同态度中窥探出一个奥秘：大凡人在性成熟前，尚不知阴阳间自然的、社会的关系，也没萌生求偶的欲望时，对什么阴阳不阴阳是不存在心理禁忌的，例如翠缕就不仅毫不在乎地提出了"怎么东西都有阴阳，咱们人倒没有阴阳呢？"的问题，而且还天真地（当然也是渗透着封建礼教观念的）说："姑娘是阳，我就是阴。""人家说主子为阳，奴才为阴，我连这个大道理也不懂得？"这自然荒谬之极。但是，湘云就不能这么坦率了。这位年将及笄、情窦初开的少女正处于矛盾的心理状态中：一方面，随着性的成熟，她已经隐约知道了男女之间的秘密，自然而然地产生了求

---

①《西方美学家论美和美感》第210页。

偶欲望（古人谓之"怀春"），另一方面，男女之间的微妙关系及与此相关的伦理道德观念造成的神秘感、羞耻心又抑制着、隐蔽着她的怀春之情，使她对男女之爱既敏感又避讳，既渴望又害羞。——她不知道（在那个时代、那个社会也不可能知道）人的阴阳之别、男女之爱、爱情审美乃是大自然和社会实践赋予人类的伟大特权，是使人类的生命、生活奏出美妙乐章的琴弦。这，正是我们探讨爱情审美的出发点。

二、"两种生产"结硕果：美与爱

爱情审美是人类独享的特权。但是，人类在享有这种特权之前，注定了要在由猿变人的荆棘丛生的崎岖道路上，经历漫长而艰巨的跋涉，注定了要经历改变自己形象和灵魂的如从地狱到天堂般的伟大超升。

"最美丽的猴子与人类比起来也是丑陋的……。"[1]古希腊哲人赫拉克利特如是说。诚哉斯言！但是，人类并不是天生就如此美丽的，即是说，人类不是作为一个与猴子（猿）毫无关系的新的物种出现在世界上的。恰恰相反，正如美丽的彩蝶是由丑陋的蛹虫蜕变而来的一样，美丽的人是由与人相比较显得丑陋的猿（猴子）进化而来；在这个进化过程中，猿彻头彻尾、彻里彻外地改变了自己的心态和生态，从而使自己超升于动物界之上而成为"万物之灵长"，获得了"人"的美称，并在人的社会实践中形成了与自己新的心态、形态相适应的审美观念，以致他在回过头来审视自己的前身——森林古猿时，竟觉得它是那样不堪入目：尖耳塌鼻，拱嘴獠牙，

---

[1]《古希腊罗马哲学》第27页。

遍体披毛，四肢着地，这哪儿有美可言呢！

然而对于生活在新生代中新世时期（距今2500万至1300万年）的森林古猿来说，却是无所谓美不美的。那时的古猿不论在肉体的生理机制还是大脑的心理机制上，还和猛犸、犀牛等野兽一样处于动物的水平线上。它们当然也有阴阳之分、雌雄之别，但两性间的关系纯粹是动物式的繁衍生殖关系。这些古猿栖息在热带和亚热带的丛林之中，它们基本上是树上动物，但也有一部分时间在地上活动。最初，是什么因素促使古猿迈出了向人进化的第一步呢？是地球上的气候。由于气候变化的不平衡，造成了古猿生活区域自然生态环境的失调，为了生存，古猿内部出现了分化，开始了两种走向：

一部分古猿所生活的区域没怎么受气候变化的影响，依然有茂盛的森林可栖息，依然沿袭着树上树下的生活方式，其心态和形态也就没什么改变，繁衍至今，依然是类人猿——黑猩猩、长臂猿等。尽管黑猩猩在智力上有出色的表现，但充其量不过是动物的智力而已。

另一部分古猿由于赖以生存的森林被恶劣的气候所毁灭，不得不将树上为主、地上为辅的生活方式变更为完全的地上生活方式。但是这同一生活方式的古猿却又因自然选择、行为选择的不同而再一次产生差异：有的为了在"弱肉强食"的动物世界里生存，沿自然选择的方向向体格魁梧型发展，不但肌体形态及与之相应的肉体力量通过遗传变异不断增长，而且接收声、光等自然信息的眼、耳、鼻分析器和利爪、锯齿等天然武器（效应器）也大大完善起来，成为巨大的森林古猿和巨猿，其遗族则有今天的大猩猩。美国电影《人猿泰山》《金刚》中那丑陋狰狞、不通人性、力可拔山的巨无霸式的大猩猩，正是已经灭绝的远古巨猿和现实中大猩猩的夸张了的艺术反映。不难设想,倘若当年的古猿只走到这一步,那么我们这个星球至今仍是一个无人、无美的洪荒世界!

所幸的是,当年那采取地上生活方式的古猿中的另一些个体,却沿着行为选择的方向在发展着自己的行为能力:为了适应地面生活的需要,它们从偶尔在紧迫情况下利用石块、木棒来抵御猛兽,逐渐趋进到习惯性地将天然工具作为自己狩猎的"常规武器"。在这个过程中,它们的前肢就慢慢离开地面成为上肢,而弯曲的后肢也相应地变成直立的下肢。手、足的这种分化、分工,不仅使"手变得自由了,能够不断地获得新的技巧,而这样获得的较大的灵活性便遗传下来,一代一代地增加着"①,终于发展到能够通过人工制造来完善被使用的天然工具,开始了物质生产活动,而且随着物质生产活动的发展,必然突破这种活动最初所具有的动物形式,"因而就要求根本改造这种能制造工具的生物的形态组织,要求出现新的反映世界的形式——思维,和新的相互交流的形式——语言,并要求在这些能生产的生物联合体内部产生出新的关系——就其本质而言是生产的、社会的关系。"②

从下到地面生活的森林古猿中的一部分偶尔利用天然工具,到改造这些生物的形态组织、在这些生物联合体内部产生出新的社会关系,古老的时针已从1300万年前旋转到100万年前了。这期间古猿经历了"前人"的梯级,达到了猿人的阶段。此后猿人又迈过古人的梯级,上升到新人(智人)的阶段。如果说猿人是如恩格斯所说的"止在形成中的人",那么新

---

① 《马克思恩格斯选集》第3卷第509页。
② IO·N·谢苗诺夫:《婚姻和家庭的起源》第96页。

人就是已经成熟的、与现代人无异的真正的人了。这样，"天地既分，阴阳乃判"以来，我们这个星球上唯一的一种生物就静悄悄地越过动物世界的藩篱，跨入了人类社会的门槛。这是地球生命史上最激烈但却又不动声色的一场革命，它使那种唯一的生物从形态到心态都来了一番脱胎换骨的改造，以致他（她）有足够的理由君临万物，向整个世界炫耀自己的美！

这就是人类的由来。本书无意于领着读者在那史前的蛮荒丛林中对人类前进的每一步足迹做乏味的探寻，但上面大概的轮廓却是必须勾勒出来的，因为爱情审美这种微妙的社会现象正是以社会人的存在为前提。

那么，是不是有了人类就有了爱情审美呢？换言之，爱情审美的历史是不是和人类的历史同步的呢？这需要运用马克思主义关于"两种生产"的理论，对美与爱的产生及二者结合的过程做一番考察。

马克思、恩格斯早在1846年就指明了这样的基本事实：

"人们为了能够创造历史，必须能够生活。但是为了生活，首先就需要衣、食、住以及其他东西。因此第一个历史活动就是生产满足这些需要的资料，即生产物质生活本身。"[1] 与此同时，"每日都在重新生产自己生命的人们开始生产另外一些人，即增殖。"[2]

此后，恩格斯对"两种生产"的理论做了进一步明确的阐述：

根据唯物主义观点，历史中的决定因素，归根结底是直接生活的生产和再生产。但是，生产本身又有两种。一方面是生活资料即食物、衣服、住房以及为此所必需的工具的生产；另一方面是人类自身的生产，即种的

---

[1]《马克思恩格斯选集》第1卷第32页。
[2] 同上，第1卷第33页。

繁衍。①

　　这里所谓的"生产物质生活本身""生活资料……的生产"指的是维持人类自身生命的物质生产活动，所谓"生产另外一些人""人类自身的生产"指的是繁衍后代的生命生产活动，前者通过劳动，后者通过生育。两种生产都表现为自然的和社会的双重关系：物质生产活动既有人类同自然界做斗争，利用自然、改造自然的一面，又有在生产过程中人与人之间结成一定社会关系（生产关系）的一面；生命生产活动既有男女两性结合生育后代传播基因的纯生理一面，又有两性间的恋人、夫妻关系的一面。

　　毫无疑问，在猿进化成人以前，它就有了两种基本的活动：一是维持自己生命的活动，即觅食、捕食；二是生产新生命的活动，即雌雄相配，生殖幼猿。这两种活动都是纯自然的生物、生理本能，都不具有社会性。只有当猿变成了人，靠觅食以维持生命的活动转变为靠制造工具以进行物质资料生产的活动，猿的联合体发展到人类社会之后，才真正有了马克思、恩格斯所说的表现为自然和社会双重关系的"两种生产"。

　　人类的历史告诉我们，"两种生产"即物质生产活动和生命生产活动，正是"美"与"爱"产生的源泉，换句话说，就是从事物质生产的"手"在播种着、创造着美；促成生命生产的"性"在酝酿着、升华着爱。

　　什么是"美"呢？

　　这是一个聚讼纷纭、极为复杂的古老课题，本书的宗旨不允许我们过深地卷入这种理论漩涡中去，因此，这里不妨用最简明的语言表述之：美，就是人的积极本质力量对象化所取的感性形式、感性形象，或者说，是对

---

①《马克思恩格斯选集》第4卷第2页。

象化了的感性形式、感性形象所显现出来的人的积极本质。

所谓人的积极本质力量，指的是社会化了的人，在精神和肉体上所具有的同人和社会健全发展方向相一致的要素，如智慧、意志、毅力、勇气和体力、灵巧、技能等等。所谓对象化，简言之，就是人作为能动的主体，通过物质生产活动，使自己的积极本质力量发挥出来，并将它转移到作为认识对象、实践对象、劳动成果的客体上来，这样，客体就成为主体积极本质力量的对象化存在和物化形式。这种客体通过光波、声波和气味分子的形式作用于主体的眼、耳、鼻等感觉分析器，就等于是向主体发射信息，这种信息具有双重性：既传递着客体自身所固有的物理的、化学的、生物的、数学的等自然属性（第一物性），同时又将主体施加于客体、因而促成客体改变存在形式的积极本质力量的作用反馈给主体。主体的感觉分析器将这双重性信息转换成生物电流的脉冲信号，经过神经内传递到大脑皮层。正因为实践对象、劳动成果这些客体发射的信息具有双重性，以其感性形态、感性形象显现着主体的积极本质力量，实现了主体的意志、愿望和目的，因而在脉冲信号刺激大脑皮层产生神经兴奋的同时，会使人产生需要得到满足的肯定性的情感，如愉快、喜悦、欢欣、满意等。这样，客体的感性形式、感性形象在大脑中的映象就与一定的肯定情绪一道，建立起暂时的神经联系。这时，客体在主体看来就显得"悦目"起来。这种感知—动情的过程经过多次反复后，客体的形象、形式、样式以及代表它们的符号（语言、文字、图像等）同人的情感在大脑皮层中建立的暂时神经联系得到强化，并日益巩固起来，以后只要该客体的形象或符号出现，就会形成条件反射的自动化，直接引起相应的感情，并保持它们之间精确的大脑神经动力定型关系。这种直觉性情感就是美感。正因为主体形成了这种由物的形象、形式、样式（而不是客体本身）及其符号引发美感的审美生理—心理机制，所以形象、形式、样式及其符号就可以脱离开具体的客体而独立地发挥其审美效应，它们发射的已不再是客体的自然信息，而是经过人脑加工、处理过的自然信息，即社会文化信息；它们所显示的美，已不是客体自身所固有的自然属性（第一物性），而是洛克所谓的"第二物性"，它"并不是对象所具有的东西，而是能借其第一性质在我们心中产生各种感觉的那些能力"[①]。

现代科学研究有足够的根据断言，"美"的这种创造过程，几乎是在原始人类制造工具、从事劳动时就开始了的。最初的美是同粗陋的实用功利目的、因而也就必然是与满足人们生存的具体事物同一的。原始人抱着茹毛饮血、食肉寝皮的目的去观察、追踪、猎取飞禽走兽，当然不是为了欣赏"美"、追求"美"、创造"美"——因为那时人类刚刚脱离动物界，世界上根本无所谓"美"。然而，不管出于什么动机去狩猎，要将高飞的鸟类击落，要将腾跃的羚羊刺死，要将庞大的猛犸制服，猎手无论如何是要使出其浑身解数的：他须腿脚快，膂力强，枪法准，身手矫捷，反应灵敏，还得有一个懂得禽兽活动规律，能恰到好处掌握出击时机、组织伙伴相机行动的大脑。这一切积极本质力量发挥的结果，就是飞禽走兽的被猎获，这被擒获的猎物就以其强健的体态、迅猛的动作、洪亮的吼声、斑斓的色彩等等证明着猎手英武猛勇、灵巧聪明，成了他积极本质的物化形式或对象化存在。他必然因此而对之产生好感、快感。这样，上文所说的由信息刺激引起的感知——动情过程和大脑皮层动力定型的活动就随之发生，飞

[①] 洛克：《人类理解论》第101页。

禽走兽以及类似的形式、形象就成为美的形式、形象了。

原始人为了狩猎必然要制造工具、使用工具。他们最初耐心地磨光石斧，精心地在刀柄上镌刻花纹，同样也不是为了赏心悦目，而是为了实用，为了锐利、便于把握，得心应手地实现狩猎意图。但是，一旦这些工具得心应手地发挥了作用，就同样成为他本质力量的感性显现，其光滑、花纹就自然而然地转化成了美的、有意味的形式。

当然，动物的形象也罢，工具的形式也罢，它们转化为美的形象和形式都不是朝夕之功，而是经历了原始人从事物质生产活动的漫长实践历程。这里特别要注意的是：由于只有在猿彻底变成了人之后才有真正的社会化了的物质生产活动，而猿变人的一个重要标志是脑由动物的脑发展成了大脑皮层高度发达的人的脑，这样的脑能思维、会推理，具有高级意识，因此，人类的物质生产活动从一开始就是有意识地进行的，这一方面表现为对客观规律的能动掌握，另一方面表现为对活动所要达到的目的的明确意识。唯其如此，人才能将自己与他的认识对象、劳动对象区分开来，与外界的客观事物区分开来，从而形成关于"我"的自我意识。正是在原始人作为"我"这种主体能动地从事狩猎的劳动，创造对象世界、创造美的过程中，人就将狩猎对象——飞禽走兽置于客体的对立位置了，他开始能够从"我"的角度用"我"的眼光打量异己的动物，将它们与"我"相比较，他逐渐明确地看到了自己和动物的区别，并意识到自己比动物优越。这种差别愈明显，这种意识愈清晰，人也就愈是羞于与动物为伍，愈是想超升于动物之上。原始人的这种"人本主义"心理，在原始艺术上得到了反映。

根据考古发现，欧洲旧石器时代晚期的原始艺术遗迹分别属于"奥瑞纳""索鲁特"和"马格德林"三个文化阶段，时间在距今四万至两万年之间，几无例外地是洞窟艺术。在这些洞窟的壁画中，鹿、马、野牛、猪、狮、象等动物的形象占绝对优势，却看不到人的形象，有的只是若干"非人非兽，亦人亦兽"的东西，如属于奥瑞纳文化期的拉斯科克斯洞穴壁画上，在形形色色的动物图像中，有戴着兽冠（动物面具）的巫师。有的学者指出，特洛亚·费莱尔洞穴壁画中那个似跳似舞有着野牛脑袋的形象也是一个戴动物面具的人，他手里好像还拿着类似弓的家伙。这个洞穴中还有一个着兽冠、披兽皮，被某些学者指为正在行巫术仪式的"鹿角巫师"形象，画法十分特殊：两眼（类似兽眼）圆睁的脸下部拖着很长的胡须，前臂似乎似爪呈弯曲状，下肢类人足，而手足及躯干部分解剖图似的肌肉处理颇类现代派的某种画法。原始艺术家们为什么要将"人"画成这个样子？是他们认为自己就是如此模样，还是他们缺乏准确造型的能力？都不是。与这些壁画属于同一文化期的单个人像雕塑艺术否定了这种疑问。从格里马底洞的圆雕裸女、鲁塞尔洞的手持骨角的浮雕裸女，以及布拉珊出土的圆雕少女头像来看，虽然面部及躯体的细节不甚精细，比例也有失之准确之处，但人与动物在形体构造上的不同特征却是十分清楚的，绝无混同之嫌。这确凿地表明，原始艺术家完全有能力完整地再现自己——"人"的形象。那么，原始艺术家在处理动物群中"人"的形象时，为什么要画成亦兽亦人、难于辨识的模样呢？合乎情理的解释只有一个，就是当时人类的自我意识已清晰到足以充分认识自己较动物的优长之处并将二者区分开来。因此，当人不得不与动物同时出现于画面之中时，他们几乎总是把自己的真实面貌隐藏在动物的假面具后面。"人摆脱动物状态的最主要标志就是对动物性的扬弃，史前洞穴壁画可以使我们隐约地感觉到原始人仿佛耻于与动物为伍，只有在非常罕见的情况，他们才披上兽皮，为了某种特殊的目的而模仿动物。"①

在人对自己与动物差别的感知和认识中，就包含着审美心理上的因素；人之耻于与动物为伍，内中也有着对自身与动物的不同审美评价。就是说，在从事狩猎等物质生产的悠长岁月里，人通过能动的实践使自己的积极本质力量在动物、工具等客体上物化，一步步地创造着自己的对象世界，创造着美。由于人（"我"）既将他人当作观照对象，同时又被他人所观照，既是主体，又是客体，因此，人的对象世界中也包含着人自己。这样，随着人的积极本质力量的不断发展和发挥，随着人对客观世界认识和改造能力的加强，人的形式、形象就不但愈益闪耀出美的光辉，而且这光辉如同白昼一般使动物之美的光彩黯然失色。

现在，该转到对"爱"（爱有男女之爱、亲子之爱、朋友之爱等等，本书的所谓"爱"专指男女之爱）的考察了。

什么是"爱"呢？

简言之，爱是人类的一种高级情感；爱情，则是只发生于男女异性之间、基于人类生命再生产的生物本能之上，使双方特别强烈的肉体和精神需要得到满足，因而使双方互相倾慕、紧密结合的情感活动和情感体验。

情感，是人对客观事物和对象所持的态度体验；与情感相联系的是情绪。情感和情绪的产生都以客观事物和对象是否满足人的需要为中介，是个体和社会的需求关系在人头脑中的反映。但二者又是有区别的：

一、从需要角度看。

所谓需要，是被人感受到的一定生活和发展条件的必要性。人作为具

---

① 朱狄：《艺术的起源》第51页。

有自然与社会双重性的、灵与肉相统一的生命体，有两种最基本的需要：一是生命机体生存和发展的需要，如对食物、饮料、空气、性（即古人说的"饮食男女"）以及自我保存的本能的需要；二是高级的社会需要，如对友谊、爱情、审美、社会交往、社会活动及实现"自我"的需要。情绪，即是和生命机体需要相联系的人对客观事物和对象所持的体验形式。其中由性的需要（性欲）引起的对性对象（异性）的体验形式就是性爱，这是由生命再生产本能决定的对异性的渴望和由性满足产生的生理性快感。在这一点上，人和动物无本质的不同，虽然人的性爱总是或多或少渗透着社会性的因素。例如，人们对那种丧失理智、无视道德、摒弃美感，单纯以性满足为目的的性关系斥之为"禽兽行为"，可谓一语中的。至于情感，则是同人的高级的社会需要相联系着的人对客观事物和对象所持的态度体验。作为这种体验形式之一的情爱，虽然以性爱为其生理前提，但其内容却高度社会化了，是真正社会性的情感。正如马卡连柯所说：

> 爱情不能单纯地从动物的性的吸引力培养出来。爱情的"爱"的力量只能在人类的非性欲的爱情素养中存在。……（人）非性欲的爱情范围愈广，他的性爱也就愈为高尚。①

显然，动物是不可能有情爱的。

二、从指向角度来看。

由于情绪是和生命机体的需要相联系的，所以它往往随机体及机体需要的变化而变化，带有不稳定性和易变性的特征，由此又导致它的指向不确定性。就性爱而言，在动物那里表现尤为明显。例如哺乳动物（包括类

---

① 马卡连柯：《父母必读》第302页。

人猿）的雌性都有发情期，即在每个月经周期期间有几天或在每年有一度至几度处于性兴奋状态，表现为渴望进行交配，这时它和雄性之间就显得十分"恩爱"，甚至形影不离。而在发情期之外，雌雄之间则往往视同陌路，甚至各奔东西。当然，如上一节所指出的，雌兽在发情期间对雄性是有选择的，但这也是性选择的自然法则所致；倘若另一只更强壮、更有力、也更"美"的雄性击败了雌性原来的配偶，雌性就会立即臣服于它，成为"新夫"的"新妻"。这就是动物性爱的易变性导致的指向不确定性。而情感呢？由于情感和人的高级社会性需要相联系，与理智（认识、判断）、道德等相联系，所以它是某种持久而稳定的、反映本质的需求关系的态度体验，由此也就导致它指向的确定性。情爱即是如此。单纯的性爱也可以使男女结合，但却是不牢固、不稳定的，一旦在性的方面得不到满足，即可导致阴阳裂变，恋人、夫妻、家庭关系的解体；反之，只要能满足性的需要，则"人尽可夫"或"人尽可妻"，即凡异性都是其渴求的性对象，这就是指向的不确定性。而以情爱联结起来的男女双方却立足于坚固而稳定的基石之上，他们之间也会因种种原因而影响情绪，但双方的基本情感不会改变。真正的情爱总是指向某一特定的具体的性对象，因此，它是专爱而非泛爱的。

三、从发生角度来看。

任何事物、任何现象都有其发生过程。情绪、情感也不例外。由于情绪是和生命机体的生理需要相联系的，所以凡是具有对空气、饮食、异性的需要，且又具备相应的脑神经系统的动物，包括史前森林古猿和现代类人猿，都会产生情绪这种心理活动。性爱，就是作为对性需要之体验形式的情绪。

古猿在向人进化的过程中和完全变成人以后，其阴阳之分、男女之别没有变，生命的生产依然要通过两性的结合才能进行，性的需要依然是两性结合的生理本能，因此，也依然保留着性爱这种情绪体验。当然，随着人类社会大门的敞开，原始人就在基本生理需要基础上开始生发出愈来愈丰富、愈来愈高级、愈来愈精神化的社会需要，于是、作为人类对高级社会需要的特有主观体验形式的情感活动就应运而生，如与打磨得很光滑的石斧、石刀和强壮漂亮的禽兽相联系的初步的美感，与狩猎中要巧动脑筋、互相配合相联系的理智感，等等。但是，作为情感之一种的情爱，其萌生却要晚得多。

这原因，还要从"两种生产"特别是生命的生产中去探寻。

我们已经知道，动物，特别是哺乳动物，其雌性是普遍存在着发情期的，这既是由动物的性机制所决定的生理现象，又是动物满足性本能以传宗接代的唯一时期，因为在发情期之外的时间，动物是没有性本能冲动和性要求的。正因为动物中的雌性只在发情期中能交配，所以它们不能选择交配的时机，对于它们而言，要满足其本能的性要求，只能在发情期中服从自然界的"优势原则"，即根据某种自然信息成为最强大、最美丽的雄性的交配对象，雄孔雀的开屏"媲美"，雄麋鹿的角击搏斗，就是要决出一个"优胜者"，以便向雌性传递其"基因最佳"的信息。在这里，谁强谁"美"，谁就可以占有雌性，而雌性却不可能选择交配对象，它只是一个被动的角色。实际上，对于动物的雌性而言，重要的不是交配对象的身份和数量，而是满足其传宗接代的性本能。

生物学家、社会生物学家、民族学家、古人类学家的综合考察和研究表明，人类的祖先即古猿和介乎猿与人之间的早期前人，同动物一样是有发情期的，自然的进步使这种发情期不断延长，而终于成为月经周期，于是发情期就自然消失。发情期的消失，一般被看作是从动物发展到人的重要环节。正因为这样，原始人中的女性就超越了动物雌性不能选择交配时间和配偶的生理局限，由被动转为和男性同样处于主动。这样，谁和谁结成配偶关系，以及这种关系的解除就不仅取决于男方，而且取决于女方。不过，这绝非我们现在所说的一夫一妻关系，而是完全非规范性的两性关系，这种关系不仅有横向表现（即与同血缘的异性同辈发生关系），而且作纵向表现（即与同血缘的上辈或下辈异性发生关系）；同时，这种结合没有任何时间上的限制。因此，从婚姻形态上来讲，这是一种"乱婚"形式，是性本能仍然停留在社会调节①范围之外的两性关系形式。这时当然谈不到情爱，而只有性爱。正因为没有一定的社会规范和社会调节，两性关系必然处于混乱之中。科学研究表明，当时的男性多于女性。在这种情况下，不仅男性或女性寻求配偶的性要求，随时随地都有遭到拒绝或挑战的可能，而且任何一个男性与女性结成配偶都意味着其他男性求偶机会的减少，这样，猜疑、纠纷、角逐必然充斥于原始群之中，性本能于是成了种种冲突的主要根源之一。

这时，社会性的因素开始予以干预了。它表现为物质生产活动对生命生产活动的调节。

原始人的狩猎活动最初是随机性的，处在无计划、无准备、甚至无既定目的的状态之中：什么时候想起什么时候干，碰到什么打什么。这样的狩猎当然不会有丰厚的收获，其不足原始群食用的部分则由采集植物果实、

---

① 即恩格斯说的"后来由习俗所规定的那些限制"。见《马克思恩格斯选集》第4卷第31页。

根茎来弥补。但是随着人自身的不断完善和生产实践水平的逐渐提高，获取肉食皮毛的狩猎活动就日益成为先民们衣食的主要来源，狩猎本身也愈来愈摆脱盲目性、随机性，越来越有计划、有准备、有组织、有目的地进行了。这样，无论是狩猎的进行还是为狩猎做准备，都要求原始群的成员在一定的时期内集中精力、协调配合、团结一致。而性的冲突却破坏着这种集中、协调和团结，严重削弱群体的战斗力，从而往往成为狩猎失败的有害因素。而狩猎的成功率越低，原始群就越面临着饥饿的威胁。

性冲突和狩猎活动的矛盾及其对生存带来的危险的反复出现，终于使原始人形成了性活动与狩猎活动不相容的观念，导致了性禁忌的产生，即在准备和进行狩猎的时期内禁止两性关系。这里要说明的是，在人由古猿蜕变出来的最初时期，艰苦的生活条件迫使男性女性一样地投入觅食猎食活动，但女性的特殊生理机制以及由此而来的体力上的相对弱小和行动上的不便是客观存在的。所以，在原始生产力逐步提高的漫长岁月中，妇女也就逐步由长途跋涉、艰难危险，需要耗费巨大体力的狩猎活动中退出来，转到采集、后勤及哺养后代的事务中去。狩猎已几乎成了成年男性的专门职业。因此，所谓性禁忌实际上就是这么一回事：在狩猎的准备期和进行期，参加狩猎的成年男子与妇女和儿童分开生活。只有等猎事结束之后，男女两性才能回到中断了的生命的生产活动中来。于是。性禁忌在狩猎的经济活动期间造成了两个相对独立非性关系集团：男性集团和女性（还有儿童）集团。这两个集团又属于同一个原始群。

在以后的发展进程中，这样的原始群又面临着新的问题、新的挑战：一是群内男女间的血缘（近亲）杂交，使原始人的遗传基因退化，生命生产的成果——后代在形体结构和智力上、体力上都失去了进化的可能，越来越不利于生产力的进一步发展；二是生产的发展要求有越来越长的时间来进行准备和生产，必然使人们相应地在越来越长的时间禁止、摆脱性活动。这样，人们的性本能要求越来越难得到满足了。性的骚动、性的欲求在两次狩猎活动之间的短时期内难以得到满足的情形下，像被困住的洪水一样必然要找到排泄的新的通路，这样的通路也终于找到了，这就是群体外的性关系，即这一原始群的男性（女性）与另一原始群的女性（男性）之间发生的性关系。开始时这是偶然进行的，后来则愈趋频繁和经常，一旦原始人"没有血缘亲属关系的氏族之间的婚姻，创造出在体质和智力上都更强健的人种"[1]，自然选择就以其优越的效果使这种不同群体间的性关系固定下来并规范化。其结果一是次第排除了同一原始群内部的血缘（近亲）杂交（"起初是血统较近的，后来是血统愈来愈远的亲属，最后是仅有姻亲关系的"[2]）；二是到处出现了两个彼此由性关系联结起来的结构——两合氏族组织即胞族。这其中的每一个结构内部都完全排除了性关系，这种非性关系集团就是氏族。从原始人的性冲突到非性关系的氏族的出现，其间经历了长达数十万年的过程。而无论是性冲突时的乱婚，还是氏族时期的族外婚，都是性本能的满足，因此都只是性爱的表现。

氏族和两合氏族组织的产生，使人类的两性关系由乱婚形态发展到了群婚形态。所谓群婚，就是A群体中的男性与B群体中的女性、B群体中的男性与A群体中的女性所结成的性关系，即生命的生产关系，而A群体中的男性与女性或是B群体中的男性与女性之间则是非性关系的经济关

---

[1] 摩尔根语。转引自《马克思恩格斯选集》第4卷第42页。
[2] 《马克思恩格斯选集》第4卷第42页。

系，即物质的生产关系，这两种关系互不交叉。在性关系中，此群体中的男性（女性）可以与彼群体中的任何异性结成性伴侣，但彼此互不承担后世文明社会"婚姻"所带来的任何权利和义务，使他们结合的仅仅是性吸引与性需求。两性结合生产出的小孩，理所当然地随母亲加入女性集团，生育他（她）的男子却不承担做父亲的责任，也不来往，所以人们"只知有母，不知有父"；孩子长大后，姑娘们继续留在其母所在的女性集团，小伙子们则归入其母所属的那个氏族的男性集团。所以，构成两合氏族的每一个氏族都是母系氏族。

在人类文化史分期上，从欧洲已发现的史前遗迹看，母系氏族社会大致处于旧石器时代晚期的"奥瑞纳""索鲁特"和"马格德林"文化阶段。如上文所说，在这些文化阶段，人类的自我意识已清晰到足以将自身与动物区分开来，并耻于与动物为伍，人自身的美已初步纳入人的审美领域之中。但是，人自身的美或人对这种美的认识，还没有分化为男性阳刚美与女性阴柔美的两种不同形态，因而还是朦胧的、模糊的、混沌一片的。如拉斯科克斯洞穴壁画中戴兽冠的巫师、特洛亚·费莱尔洞穴壁画中牛头人身的形象等，不但非人非兽，而且非男非女，根本无法确定其性别。这里的问题在于，人们将人自身作为一个不分性别的整体来把握，亦即从人区别于动物的一般形态上来掌握可不可能？回答是肯定的。

人是多么了不起的一件作品！

理智是多么高贵！

力量是多么无穷！

行动多么像天使！

洞察多么像天神！

> 宇宙的精华！万物的灵长！

这是莎士比亚通过他笔下的人物哈姆雷特之口唱出的赞歌。席勒也将他对人的一往情深付诸笔端：

> 人啊，你多美！你执着棕榈枝屹立在18世纪的终端，
> 你高贵、自豪、勇敢、刚强，你胸怀开阔，资质聪颖，
> 既温和又严肃，既有为又沉着，
> 你是时代最成熟的儿子！
> 理性使你自由，法则使你坚强，
> 你伟大，因为你平易敦厚，
> 你富足，因为你胸中怀着无数宝藏，
> 你是自然的主人，它甘心受你驱使，
> 你在千万次斗争中锻炼了你的力量，
> 是你使自然从荒芜杂乱一变而为绚丽辉煌！

莎士比亚和席勒所歌颂的"人"就是作为一个不分性别的整体的人类，诗中所谓的人的美也就是人类之为人的一般形象的美。当然，莎翁和席勒是思维和情感较之原始人更为发达的文明时代艺术家，他们描绘的也是文明人的形象美，这种形象美又是运用本身就具有概括性的语言文字，通过对无数男男女女的具体人的高度抽象、高度概括并经高度综合来表现的。原始艺术家、原始人当然做不到这一点，但是人类思维的抽象性往往在对立的两极表现出来：一极是在对具象有深透认识基础上的抽象，如莎翁和席勒对"人"的抽象；另一极是对具象有朦胧感受基础上的抽象，如儿童画人，往往是分不出男女的"人"的形象。原始人是人类的儿童，原始艺术家画在岩壁上的"人"的形象，正有类儿童在智力尚未展开的情况下，

朦胧之中对人所做的不分性别的概括。

这一时期的人像雕塑倒是一眼即可辨识的女性形象,如上文说过的格里马底洞的圆雕裸女、鲁塞尔洞的持角杯的少女(这是雕塑在一块石板上的女性裸体浮雕),以及散布在欧洲广大地区的女性裸像等。耐人寻味的是,这些雕像的一个共同点是着力刻画、突出、夸张其女性的特征,后人往往将它们称作"早期的维纳斯"。如在维林多夫出土、距今二万多年、属于"奥瑞纳"时期的一个圆雕女像,被名之为"维林多夫维纳斯",就对乳、腹、会阴部和臀部做了醒目的渲染,而与生殖没有直接关系的头部和手脚的细节则被略去了。但这并不足以证明当时人的审美已达到了区分男女两种不同形态美的程度,或者说,在当时,人的美还没有分化为男性之美和女性之美。为什么呢?因为雕像表明,原始人心目中的女性不是那使女性阴柔美得以显示出来的女性整体形态,而只是一个提供"性"与生殖的对象,这正是原始人生殖崇拜的表现。当然生殖崇拜也可表现为男性,但当时处于母系氏族社会,所以雕像为女性,于是生殖崇拜乃与女性崇拜合而为一了。但是这些雕像的意义可能还不止于此。由于人的生命生产同动物的"种的生产"、植物的发芽秀实在生殖这点上是一样的,同时人口的繁殖意味着劳动力的增加和劳动成果的丰收,所以,夸大女性的生殖特征,还包含着原始人对物产丰饶、食用充足的祈求。这里也许有原始宗教、原始神话的萌芽了。

不过,这些女像也的确表现了原始人的一种情绪,即性爱。曾经有学者认为女像是情爱的副产品。这是缺乏根据的。情爱作为与高级社会精神需要相联系的情感,当它对象化、物化为艺术品时,必定伴随着情爱所不可少的审美意识、道德意识等,如拉斐尔画笔下的女性端庄秀美,米开朗基罗雕刀下的女性沉雄健美,而生活中浪漫青年在心目中塑造意中人时,则往往是白马王子和白天鹅。但是在"早期的维纳斯"雕像上,却看不到任何情爱的痕迹。所以马克斯·德索说:

> 当代在对最早艺术的研究中几乎没有发现有性爱(指情爱,下同——笔者)的倾向。我们曾经相信过是爱情导致了最早的艺术家去刻画了岩壁上少女的朦胧轮廓,这种幻梦消失了。最早的雕塑是女性的雕像是确实的,但这些事实并不就能清楚地意味着它就是起源于性爱。也许这些雕像只是一些偶像,之所以以女性为对象可能由于其他的原因。[①]

事实上,这些"早期的维纳斯"是性爱的化身。性爱作为一种情绪具有弥散性,在其作用下,当异性映入人的心目中时,首先被注意、被凸现的是与性有关的部分,而其他部分则相对淡化、模糊以至朦胧。因此一旦性爱对象化为具象,突出表现的就不能不是乳房、臀部、会阴了,它体现着原始人对"性"的喜悦、渴念和冲动——这种情绪乃是生命的生产的副产品。

至此为止,人类为维持生存和延续的两种生产已经结出了硕果:在生产物质资料的同时创造了美;在生产后代生命的同时产生了爱。但是,美还只停留在人之为人的一般形态美上,还需要进一步产生出男性美与女性美的不同审美范畴。爱也还停留在性爱的水平上,还需要向情爱做进一步升华。至于二者的结合尚有待时日。但无论如何,美爱交辉的双子星座的光芒,终将透过莽莽的原始丛林,在男男女女的心头闪耀……

---

① 转引自朱狄:《艺术的起源》第205页。

三、维纳斯的诞生：人类成熟的标志之一

当我们沿着由原始人的性冲突到群婚制这一发展过程做了上述粗略的巡礼之后，就不得不使我们的步子更快些，因为对于爱与美的源起而言，我们已经跨越了最漫长、最复杂的阶段，在此后时间大大缩短了的人类发展历程中，我们将会看到，随着原先并行不悖的两种生产的愈来愈相互交叉、彼此制约，两性关系也经由对偶婚和一夫一妻制婚姻的不同阶段，逐步向爱情审美的崭新境界升华，人类完全成熟的里程碑在文明的大道上已隐隐在望……

那么，是什么因素促使人类的两性关系由群婚形式转变为对偶婚和一夫一妻制婚姻形式的呢？

在母系氏族社会早期，两个不同血缘氏族之间异性结成的性伙伴关系对于氏族来说是稳定的，因为只要两个氏族结成了两合氏族，那么这一氏族的男性（女性）必然要与彼一氏族的女性（男性）实行性结合以从事生命的生产；但这种性伙伴关系对于男女个人来讲却是松散的，因为作为个人，他（她）可以和另一氏族中的任何异性结成对偶，这种对偶的形成和解体完全以个人的意愿为转移，而且组成对偶的男女在对偶期间也不是绝对排斥和别人发生性关系的。更重要的是，这种对偶关系无论是对社会还是对个人，都不承担任何权利和义务。

这时，母系氏族社会的经济制度是原始公有制，即有限的财产（食用之物）属全氏族成员所有，每个成员都酌量取用仅供维持其生存的那一份，而这一份的多少又取决于整个公有财产的多少，没有可供氏族成员用作消费之外的任何剩余产品。作为两合氏族组织中性伴侣的任何一方，也都是

从各自所属的氏族取得食用之物（生活必需品）并各自消费掉的。但是社会生产力的发展带来了生产成果的增加，它超出了氏族成员维持生存的生活必需品的限度，出现了剩余产品。这样，性伴侣中那些关系较长久、较稳固的男女之间互相交换食用之物的情况就出现了。当然这种交换不是商品交换，而只是互通有无或维持、巩固性伴侣关系的手段。这里要注意的是，男女间的性关系一旦通过产品交换来维持和加固，就不再是纯粹的生物学上的性关系了，它同时也成为经济的、社会的关系。由于对生活必需品的酌量分配对氏族全体成员（包括未成年的儿童）是一视同仁的，而领取剩余产品的权力却只属于成年男女，而儿童又属于母亲所在的女性集团，所以剩余产品按人均所得而言，男子要多于女子，这就必然导致两方面的结果：一方面是女子需要与男子保持经常的、稳定的关系，以便从男子那里得到有保证的产品以供养孩子；另方面男子逐渐成了孩子食用之物的主要提供者亦即孩子的抚养者，这样就不是"只知有母"，而且是"亦知有父"了。他对子女负起了一定的责任，由此也就必然要对子女的母亲负起相应的责任。因此，剩余产品的交换所导致的经济关系、社会关系就强化了原先松散的性关系，出现了比较稳固的成双成对的配偶。

对偶婚制是母系氏族社会发展到高潮时的产物，处于中石器时代晚期到新石器时代早期，距今约一万年前左右。这时的人类已经由采集天然产物为主、制造工具为辅，进步到学会畜牧和种植（农业），学会靠人类的活动来增加天然产物的生产。与此相伴随的一个重大历史现象，就是男女两性在物质生产活动中的分工，而这种分工又是以其在生命生产活动中的分工为起点的。

人的阴阳之别是以男女两性的不同生理机制为物质基础的，而不同生理机制中最重要的乃是性—生殖机制的区别。这种区别决定了男女两性在生命生产中的不同地位和不同作用。当最早的人类出现在地球上时，就沿袭了他的老祖宗——森林古猿在生命生产中的分工：雌（女）性孕育胎儿，生产婴儿，抚养幼儿；雄（男）性则输出基因，播种生命，照护母婴。所以马克思、恩格斯说：

"分工起初只是性行为方面的分工"[①]；"最初的分工是男女之间为了生育子女而发生的分工。"[②]

这种"性"的自然的分工决定了男女在生理上、体态上、体力上以及随之而来的心理上的差异：男子肩宽体壮，膂力强健，奔跑迅速，富于攻击性，且无子女的拖累；女子则无论在体力上、速度上、攻击性上都较男子稍逊一筹，而且怀孕、哺乳、抚养孩子的担子都落在她们肩上。这就势必影响着女子在物质生产活动中作用的发挥，逐渐被排挤到生产的主力圈之外，例如早在由性冲突向性禁忌转变的时期，原始群的远征、狩猎就已基本上由成年男子组成了。这既是生产力发展的需要，也是保护劳动力再生产的需要。生产力的持续发展，生产领域的不断扩大，原始人突破了狩猎的单一性经济，生产的门类和性质有了愈来愈多样化的区分，这种情况进一步促进和明确了男女两性在物质生产中的分工。而男女之间性伴侣关系的加强及对偶婚制、对偶家庭的出现，又必然使抚育子女、操持家务的任务加重，愈来愈需要妇女在这方面承担起责任，因此，男女性关系的变化，亦即男女在生命生产中分工的精细化，又强化着人们在物质生产中的分工。

[①]《马克思恩格斯选集》第1卷第36页。
[②]《马克思恩格斯选集》第4卷第1页。

当时，男子主要从事狩猎、捕鱼、种植、畜牧，制作武器和工具，建造茅舍和木舟等，女子则主要承担采集、储藏食物，编制绳索、筐篮，缝补衣物，准备饮食，抚养后代等工作。由于男女在物质生产中的社会分工适应了男女在生命生产中的自然分工，因此，这种社会分工大体上照顾到了男女不同的生理机制，有利于不同性别的人按照各自的自然定性健全发展；所以，社会分工有可能将大自然赋予男女的不同体形、体态雕镂得更加分明、更加精细、更加富于不同的性特征。由于这时男女的不同感性形象不再仅仅是同纯粹生物学上的性关系相联系，而且同两性的社会分工相联系，同他（她）们扮演的不同性角色相联系，同原始人关于自己同自然、自己同他人、自己同集体的认识相联系，这样，在原始人心目中，原来混沌一片、界线朦胧的人之美就逐步分化成男人的美和女人的美，换言之，就是从审美的角度区分出了男女两性不同的审美形态。男女两性属于不同审美形态这个客观事实反映到原始人的头脑里，不仅促成了原始人关于男人和女人的审美观念、审美意识的萌生，而且无形中促使人们按照社会审美意识对各自性别所决定的性角色的要求来约束自己、装饰自己、美化自己；而社会生产水平的提高，物质资料的丰富又为人们美化自己提供了条件和可能。例如，当原始人"在使用虎的皮、爪和牙齿或是野牛的皮和角来装饰自己的时候，他是在暗示自己的灵巧和有力"[①]——做出这种装饰和暗示的自然是男性猎手，因为灵巧和有力正是男性美的一个要素。至于女性，其装饰品自又不同于男性。但装饰、美化自己，归根结底不是为了给自己看，而是为了给别人特别是异性看，是为了炫耀于人，取悦于异性（这里已经

---

① 普列汉诺夫：《论艺术》第10页。

渗透着情爱的因素了——这在下文很快就要谈到）。因此，原始人装饰、美化自己，实际上就是将自己作为他人的审美对象，置于审美客体的位置上了。而装饰、美化自己之成为事实，成为生活的一种需要，反过来又证明了当时的原始人已能从对他人的美、特别是异性的美的观照中获得愉悦的精神享受。

男女两性不同形态美的确立，乃是人类审美史上的一大突破。有了人类对于自身不同形态美的感受和认识，在此后人以自身为尺度去审视万物时，才能概括出阳刚美与阴柔美这两大基本审美范畴。

"花开两朵，各表一枝"，又该转到"爱"了。

上一节已经说明，情爱作为一种情感，是同男女间的社会精神需要相联系着的。当两性关系还陷于性的生理需求的泥淖时，当然还只有性爱而无情爱。但是对偶婚一旦产生，情形就有了变化。对偶婚是由交换食用之物引起的用以巩固两性关系的组织形式，它不再只是性的关系，而且还是经济关系、社会关系。在对偶家庭中，男女双方对对方不仅有性的需求，还有她（他）对自己能否关心，对子女能否负责，能否为家庭成员的生活提供较多的食用之物或能否更好地操持家务、抚养后代，以及能否生育出强壮的后代等物质上、精神上的要求，等等。倘若这些需求（自然的与社会的、物质的与精神的）能从异性那一方得到满足，势必会产生一种愉悦、喜欢、高兴的情感体验；而情爱，就可能由这种情感体验中生发出来。此其一。其二，情爱作为一种情感，既不同于具有泛指性（指向所有性对象）的性爱，也有别于指向物可多可少、性别可男可女的友爱，而必然指向某一特定的异性，这个异性在物质上、肉体上和精神上都能符合情爱主体的需求。在两性关系漫无节制的乱婚阶段和只要是非血缘关系的异性即可与之相合的群婚阶段，情爱自然无从谈起。而在对偶婚制阶段，两性间的结合较之以往紧密得多，也长久得多，男女之间关系如何对于后代的重要性也大得多。因此，不论对于男性还是女性，选择一个什么样的异性来组成对偶，就绝不是一件无关紧要的事情了。这么一来，由异性的社会精神需求相联系的愉悦欣喜情感，就同特定的性对象相吻合，转化为依恋感、亲近感，渗入了排他性——这，无疑是人类情爱的最初萌芽。

由于这对人的形态美已有男女之分，而男性美一般和强健的体魄、勇敢灵巧的行为、对结为对偶的女性的关心等联系在一起，而女性美一般和适于生育的生理特征、操持家务的能力等联系在一起，所以，对异性的选择也就自然而然地与异性的形态美联系在一起。于是，爱情审美就像一道清明璀璨的曙光，穿透了蒙昧的云层，第一次在原始人类的心空闪耀着。

我们现在已无法确知对偶婚制时代原始人爱情审美的具体情状，但是关于"劫夺婚"的神话和残迹，却证明着爱情审美现象确凿地存在于原始社会晚期。所谓"劫夺婚"，是以强行"劫夺"女性的方式来达成两性结合的一种先古婚姻形式。其发生的历史背景是：在群婚和对偶婚时期，男女的性活动是在女方所属氏族的女性集团居留地进行的，这种不成文法或约定俗成的习惯最早大约起源于"性禁忌"期间，女性为了满足性的需求，而向本氏族外过路男子发起的"进犯"（即将男子带到女性集团来进行性活动）；也可能是"性禁忌"期间一氏族男性对另一氏族女子集团的"侵入"。由于不管是哪一种方式，都是男方到女方去，所以是"从女居"，性活动期之后，男子照例回到自己所属的氏族去。但是随着生产力发展导致的剩余产品的增多，特别是随着财富的积累开始以种种理由向个别人手里集中，"便一方面使丈夫在家庭中占据比妻子更重要的地位；另一方面，又产生了利用这个增强了的地位来改变传统的继承制度使之有利于子女的意图。"①这就是说,由于"从女居"的习俗,不仅男子(丈夫)在性活动期结束之后要两手空空地离开女子(妻子)回到本氏族中去,而且他的儿子在长大成人之后也要两手空空地离开母亲所属的女子集团,归到母亲所属氏族的男子集团中去。这样,财产便只能按女系继承制由妻子(母亲)传给女儿、再传给孙女。而即便是妻、女之辈,也都是另一氏族中人,与男子无关,所以对于男子而言,他积累的财富到头来却不属于他,也不属于他的男性后代。这样,男子积累的财富越多,他在家庭中的地位越重要,就越是同财富的母系继承制处在尖锐的矛盾之中。于是,由母系继承制转到父系继承制的变革就合乎逻辑地发生了,它的第一步行动就是变"从女居"为"从男居",即连妻子到儿女都归到丈夫(父亲)所属的氏族中去。所谓"劫夺婚"就是完成由"从女居"到"从男居"的历史性转变的一种表现形式。

　　17世纪的尼德兰画家鲁本斯的优秀代表作《劫夺吕西普的女儿》,取材于欧洲古代神话:一对孪生神卡斯特罗和波尔库斯窥见了迈西尼两位公主的花容月貌,顿起爱心,乃用强力将二女劫走。这个神话无疑就是原始劫夺婚的艺术反映。这里应注意的是,由于"从女居"变为"从男居"是一场传统习俗的革命,所以开始时很可能会遇到女方和女方所属氏族成员的反对与阻力,恐怕真得施用强力劫夺才成。但是这种转变毕竟"并不需要侵害到任何一个活着的氏族成员,"②男女双方及子女的关系也未受到

---

①《马克思恩格斯选集》第4卷第51页。
②《马克思恩格斯选集》第4卷第51页。

损害，而且归根结底每个氏族的利益也未受影响，故久而久之，这种"劫夺"就徒具形式了，即假劫真婚：男方看（审美观照及其他）上了女方，而女方也心悦于男方，于是男方就通过戏剧性的行动（如驰马，舞刀，呐喊），在其亲属朋友的簇拥下将女方"劫"（实乃"娶"）走。在这种情形下的"劫夺"对男女双方都不是恨事而是幸事，所以女方即便哭喊也只不过是例行公事、走过场而已。鲁本斯大概深知此中奥妙，所以他画上的二位公主虽然身体扭动，张口扬手，但却看不到什么痛苦之情，而稚气的小爱神则饶有兴味地观看这戏剧性的场面。

我国古代的《易经》也保留了对原始劫夺婚的片断反映：

屯如，邅如，乘马班如：匪寇，婚媾。（《屯》六二）

说的就是男子纵马劫夺女子以为婚配的习俗。这种原始风俗在一些少数民族那里沿袭了很久。《滇南杂志》载：

将嫁女三日前，……于门外结屋，坐女其中。……婿及亲族新衣黑面，乘马持械，鼓吹至女家，械而斗。婿直入松屋中挟妇乘马，疾驱走。……新妇在途中故作坠马状三，新婿挟之上马三，则诸亲族皆大喜……

这里"新婿"在劫"新妇"之前，实际上双方已通过一定的途径互相"看"中了，"劫"只是形式罢了。至于景颇族的抢亲，则是因为女子才貌出众，而又同时与几个男子有爱情关系，男子中爱女心切而又手段高强者乃率先发难，抢女回寨。

美与爱合流这一两性关系中的崭新因素不能不反映到人们的头脑中来，其意识形态的表现就是美爱之神的产生。

马克思说过："任何神话都是用想象和借助想象以征服自然力，支配自然力，把自然力加以形象化。"① 上一节提到的众多的"早期维纳斯"雕像就是原始人通过艺术将自身的生殖力"加以形象化"的结果。不过此时人自身的美尚朦胧不清，性爱也还没升华为情爱，所以"早期的维纳斯"如《维林多夫的维纳斯》充其量不过是性爱之神，亦即生殖之神，她那被高度夸张了的乳房、大腹、会阴即是证明。在原始时代，生产力直接与人的数量、劳动力的数量联系着，人丁兴旺就意味着食用之物的丰收，而丰饶的食物又将促进生命的生产。"两种生产"这种互相促进、互为因果的关系，使原始人有理由认为：动植物的繁殖可以刺激人的繁衍，人类的生育则可诱发动植物的增产，二者有着相通之处。所以原始人崇拜"早期的维纳斯"既是崇拜女性、崇拜生殖，同时也是崇拜丰产；《维林多夫的维纳斯》之类既是母神、性爱之神、生殖之神，又是丰收之神。

而在东方，最古老的性爱之神恐怕是闪米特族所崇拜的"种子的产生者"沙班尼特女神；她衍化为巴比伦的伊丝塔女神和中近东人民普遍崇拜的米莉塔女神，前者由农业和丰收女神变为"生命之母"，后者有"迷人的荡妇""手巧的妖婆"之称，为性爱与丰收之神。还有古代波斯神话中的阿娜伊蒂斯女神，也是象征丰饶多产的水神。所有这些神都是女性，都以性爱为本而兼（狩猎、农业）丰收和（人类自身）繁庶之职，当反映着乱婚与群婚时代人们试图借助想象以支配动植物生长和自身性关系这些自然力的愿望。

巴比伦的伊丝塔和波斯的阿娜伊蒂斯分别经由腓尼基、地中海的西波里丝岛和阿尔明尼亚、吕底亚等地而殊途同归，都传到了古希腊，融汇成为古希腊神话中著名的女爱神阿芙罗狄特（即罗马时代的维纳斯女神）。

---

① 《马克思恩格斯选集》第 2 卷第 113 页。

古希腊神话和宗教传统形成于公元前11世纪到9—8世纪的"荷马时代"，此时希腊正处于父系氏族阶段，但神话本身却不止反映着它所形成的时代，而且反射着此前更古老的母系氏族时代的回光。据古希腊的《论自然》所载："在一切神灵里，她（宇宙大女神）首先创造了爱神。"爱神之所以要首先创造出来，透露出古希腊人的母系氏族社会祖先将生命生产和物产丰收作为生存之本的认识，所以在古希腊神话的最早版本中，阿芙罗狄特还是兼管植物繁茂的农神。阿芙罗狄特后来由性爱、农业之神变为美、爱之神，当在两性关系上已美、爱合流的母系氏族社会的对偶婚阶段，或在爱情审美已经孕蕾的由对偶婚向一夫一妻制婚姻转变的父系氏族社会初期。不过，这时美爱女神所司掌的"爱"已不是性爱，而是情爱了。这一点可以在古希腊艺术家创作的阿芙罗狄特（维纳斯）雕像上得到证明。黑格尔说：

……爱弗若底特，体现纯美的女神。除掉秀美女神三姊妹和季节女神之外，只有她在希腊雕塑中才以裸体出现，尽管也有些艺术家不把她雕成裸体。把她雕成裸体是有正当理由的：因为她所要表现的主要是由精神加以节制和提高的感性美及其胜利，一般是秀雅、温柔和爱的魔力。她的……眼孔张得较窄，由于下眼皮略微向上扬起，这就使得爱的思慕心情表现得极美。①

无独有偶，莱辛也说：

对于雕塑家来说，女爱神维纳斯就只代表"爱"，所以他就须使她具有全部贞静羞怯的美和娴雅动人的魔力，这就是所爱对象使我们心醉神迷的一些品质，也就是我们纳入"爱"这个抽象概念里去的一些品质。②

---

① 黑格尔：《美学》第3卷上册第180页。
② 莱辛：《拉奥孔》第54页。

这两位学者的上述论断是从对古希腊维纳斯雕像的考察中得出的，而这些女神像又正是古希腊人对"爱"的感受和认识的形象体现，所以这些论述可以使我们窥见维纳斯成为美爱之神时古希腊人两性之"爱"的本质：

一、从爱者（主体）方面来说，从异性身上观照到的已不是赤裸裸的"性"，而是灵与肉相统一的感性美，因此引起的不是性的冲动和欲望，而是"心醉神迷"的"思慕心情"。之所以要将爱神雕成裸体，为的是表现"由精神加以节制和提高的感性美及其胜利"，即"美"节制了、升华了"性"，"情"克制了、战胜了"欲"。这就是情爱的本性。所以《维林多夫的维纳斯》与后来的《梅迪奇的维纳斯》《米洛的维纳斯》都展示着裸体，但前者表现着"性"，呼唤着性爱，后者表现的是"美"，引起的是情爱。

二、从被爱者（客体）而言，其体态形貌的感性形式表现的是"贞静羞怯的美和娴雅动人的魔力"或"秀雅、温柔和爱的魔力"，就是说，这种感性美里已渗进了被爱者——情爱对象的情感、思绪、气质、风度等社会性的精神因素，而不只是单纯激起肉欲的性对象了。

这里要指出的是，由于"两种生产"是整个人类生存和发展的基本要素，所以不只是西方，在东方和其他地域都曾发现类似的农神、爱神、美神，如我国远古原始羌族崇奉的女祖先姜嫄，就身兼农业丰收与人类繁殖二职；古巴比伦、古印度、古日本等地也都出土过丰产与生殖女神的雕像。但是这些女神最终都不如阿芙罗狄特发展得那样完备，不是停留在性爱的水平，就是没有将美与爱一肩挑。这大抵同这些地方的神话传统有关。因此阿芙罗狄特这位美爱女神的诞生，是人类发展史上的一件大事，其深远意义在于：它标志着人类由幼稚走向了成熟，由蒙昧走向了文明。

为什么这样说呢？从上面对人类生发的历史过程的概叙中，我们已经看到，作为人类诞生标志的是物质生产活动的出现。由于物质生产活动中人是作为能动的主体以全身心投入的，需要发挥精神和肉体两方面的积极本质力量，并物化、对象化在劳动过程、劳动成果上，所以物质生产不仅创造物质财富，而且创造精神财富，例如"美"。这是动物望尘莫及的。因此，物质生产活动的出现意味着人对动物界的伟大超越。但是，构成人类社会生产活动、并进而构成人类历史的除物质生产活动外，还有生命生产活动。人类发展的历程表明，这两种生产相辅相成，互相制约；物质生产活动的社会化必然带来生命生产的社会化，并共同创造着社会文明。不能设想，在生命生产还处于蒙昧的纯自然状态（即动物式的性爱状态）的时候和地方，人类的物质生产会达到完全社会化的程度，会有社会的文明。

而生命生产活动最本质的关系就是男性和女性的性关系。马克思在《1844年经济学—哲学手稿》中指出：

> 男女之间的关系是人与人之间的直接的、自然的、必然的关系。在这种自然的、类的关系中，人同自然界的关系直接地包含着人与人之间的关系，而人与人之间的关系直接的就是人同自然界的关系，就是他自己的自然的规定。①

这就是说，两性关系作为受繁衍后代的自然规律所支配、以生理本能需要为物质基础的异性间的性关系，是自有人类以来就有了的，它的发生不是外部力量干预、安排、规范的结果，而是两性生理机制发展的必然趋势，因此它"是人与人之间的直接的、自然的、必然的关系"。但是，人毕竟

---

① 马克思：《1844年经济学—哲学手稿》第72页。

超越了动物,对动物而言,无所谓自然界,它本身就是自然界,混同于自然界;人则不然,人在实践中是作为主体将自然界作为异己的客体、作为实践或物化自己的本质力量的对象世界来对待的,人之所以能如此,又是同他作为社会的人、社会的一分子密不可分的。而人既然是社会的人,就不能不处于一定的社会关系亦即自己与他人、与社会的关系之中。这种与他人、与社会的关系里就包含着与异性的关系;这种与异性的关系必然渗透着一定的社会内容,如前面说过的交换产品的内容、尽父母之责的内容、互相关心的内容、互相爱慕的内容等等。所以,在男女关系中,"人同自然界的关系直接地包含着人与人之间的关系"。历史上一般而言,两性关系中的社会内容愈丰富、愈高级,愈是表明这种两性关系所处时代与社会的物质生产活动及整个社会的进步,"表现出人的自然的行为在何种程度上成了人的行为",表明"人之需要在何种程度上成了人的需要,也就是说,其他人作为人在何种程度上对他说来成了需要,他在他个人的存在中在何种程度上同时又是社会的存在。"①

例如,当两性关系还囿于传宗接代的性本能时,人的行为还仅仅是性冲动的"自然的行为",人对异性的需要也仅仅是性的自然需要,因而他(她)这时尽管在物质生产活动中是一种"社会的存在"(即社会化),但在生命生产活动中却依然没有摆脱动物的蒙昧,这样的人当然不可能是彻底社会化了的、成熟了的人。即便是情爱开始萌生,美被创造,只要这美与人自身没发生关系,即是说,只要美没渗透到爱之中去,那么,这种情爱就还不是充分发展了的社会化情感,因为在这里,两性中的任何一方

---

① 马克思:《1844年经济学—哲学手稿》第72—73页。

还不能以其灵与肉、表与里相统一的生动感性形态映照出对方的积极本质，并从对方的感性形态上获得令其心动神怡的愉悦精神享受，即美感。只有美爱结合，爱情审美渗入两性关系之中，才意味着人充分发展并发现了自身的价值，才不仅作为主体与自然界对立统一着，而且在社会中自己既作为主体又作为客体与作为客体又作为主体的他人（尤其是异性）对立统一着，他（她）既审美观照他人，又被他人审美观照，人的本质力量开始以另一个活生生的、感性存在着的人的形态物化着，并由此产生出关于异性的审美观念、审美评价、审美要求和择偶标准，乃形成爱情文化。而爱情文化的形成，又是两种生产及由其构成的社会文明发展到一定阶段的产物。所以马克思说：

> 根据这种关系（两性关系——笔者）就可以判断出人的整个文明程度。根据这种关系的性质就可以看出，人在何种程度上对自己说来成为类的存在物（即社会化的人——笔者），对自己来说成为人并且把自己理解为人。[①]

正是在这个意义上说，维纳斯的诞生乃是人类成熟的标志之一。

四、美爱女神的坎坷之路

但是，维纳斯女神一旦从大海的浪花中踏上远古的大地，展现在她脚下的却是坎坷而曲折的历程。——这个原因，只能从人类社会本身发展的内在因素中去找。

由从女居到从男居，由母系继承制到父系继承制，它所导致的结果

---

① 马克思：《1844年经济学—哲学手稿》第72页。

就是母系氏族社会被父系氏族社会所取代和与之俱来的"一夫一妻制婚姻。""一夫一妻制婚姻"从字面上看似乎是爱情审美与两性关系相结合的最好形式,历史上的事实却正好相反。恩格斯说:"它是建立在丈夫的统治之上的,其明显的目的就是生育确凿无疑的出自一定父亲的子女;而确定出生自一定的父亲之所以必要,是因为子女将来要以亲生的继承人的资格继承他们父亲的财产。一夫一妻制家庭和对偶婚不同的地方,就在于婚姻关系要坚固得多,这种关系现在已不能由双方任意解除了。"① 这所谓"不能任意解除"是指不能像对偶婚制以前那样,男女双方相处,合则留,不合则走,完全以个人意愿行事,而由一定的社会规范束缚着。但这种束缚通常只对女方有效,男方则可利用这种规范任意处置女方。由于随着生产力的发展剩余产品越来越多,并日益向少数人特别是向氏族首领及上层人物手中集中,氏族之间为争夺领地和财富的战争则为战胜的氏族提供大量的男女奴隶,从而使掌握权力和财产、拥有奴隶的特权阶级——奴隶主阶级的产生成为可能。与此同时发生的是大量年轻美貌的女俘、女奴可供丈夫——奴隶主淫乐,妻子则不过是丈夫"婚生的嗣子的母亲,他的主要的管家婆和女奴隶的总管而已"②。这样,爱情审美刚刚在远古的沉沉天宇中爆出耀眼的电光,旋即又消失到浓浓的云层后面去了。历史仿佛注定了一时间爱情不但要与审美相分离,而且注定了情爱要重新退回到性爱的水平……

古希腊的神话和英雄传说表明了,当时女性的美貌是如何成为男子性

---

① 《马克思恩格斯选集》第4卷第57页。
② 《马克思恩格斯选集》第4卷第58页。

需求的媒介，女性的肉体又是如何成为男子泄欲的工具的。马克思指出，在早期的希腊神话中，女神的地位是崇高的，它反映着"荷马时代"即"英雄时代"以前母系氏族社会中妇女所享有的比较自由和比较受尊敬的事实。到了父系氏族阶段的"英雄时代"，"我们就看到妇女已经由于男子的统治和女奴隶的竞争而降低了"[1]。在荷马史诗中，被俘虏的年轻妇女都成了胜利者的肉欲的牺牲品，军事首领们按其军阶依次选择最美的女俘；史诗每提到一个重要的英雄，都要讲到同他共享帐篷和枕席的被俘的姑娘，这些姑娘也被带回胜利者的故乡和家里去同居；对于正式的妻子，则要她容忍这一切，要她自己严格保持贞操和对丈夫的忠诚。在这种情况下，神话中的美爱女神也免不了被亵渎。例如史诗在讲到阿瑞斯（战神）和阿芙罗狄特的私情被撞见时，阿波罗（太阳神）打趣瘸腿的赫美斯（匠神），问他是否愿意处在阿瑞斯的地位，赫美斯跃跃欲试地回答道：

"噢，伟大的弓箭手阿波罗，那真是谢天谢地，求之不得呢；但愿我被搂抱得更紧，但愿所有的男女神明都看见，但愿我能够在金发的阿芙罗代提身边。"[2]

而这位美爱之神还和其他神做过露水夫妻呢。至于人间的爱神庙，如科林斯的阿芙罗狄特庙，则成了女性为金钱而卖身的场所，应征者甚至以千计，她们是最初的娼妓，职业就是卖淫。这是群婚制的残余，它作为一夫一妻制的补充，使旧时的性自由继续存在以利于男子。

在这种历史条件下，无论是男性还是女性，美与爱在他们那里都是相

---

[1]《马克思恩格斯选集》第4卷，第57—58页。
[2] 转引自丹纳：《艺术哲学》第259—260页。

分离的。男性奴役女性，她的美对他不是激起爱情，而是激起色欲（性爱）；她的委身于他也不是出于爱慕，而是出于被迫。反过来，即使女子由男子的美而导致了对他的爱，那也只是一厢情愿的事，因为她能否得到他，完全不取决于当事人（尤其是女方）的愿望，而取决于权势与钱财。正如恩格斯所说：

> 一夫一妻制……绝不是个人性爱（即本书所说的情爱——笔者）的结果，它同个人性爱绝对没有任何共同之处，因为婚姻和以前一样仍然是权衡利害的婚姻。一夫一妻制是不以自然条件为基础，而以经济条件为基础，即以私有制对原始的自然长成的公有制的胜利者为基础的第一个家庭形式。①

可见，个体婚制在历史上绝不是作为男女之间的和好而出现的，更不是作为这种和好的最高形式而出现的。恰好相反，它是作为女性被男性奴役，作为整个史前时代所未有的两性冲突的宣告而出现的。②

不幸的是，自父系氏族社会始，中经奴隶社会、封建社会，直至资本主义社会，这种以利害关系为基础、美与爱相分离的婚姻形式在两性关系中一直居于统治地位，延续了数千年之久！它所造成的悲剧，遍布于两性关系史的每一章每一节：从古希腊神话中的阿芙罗狄特因拒绝"众神之神"宙斯的追求，而被这位权势者嫁给既丑又瘸的匠神赫美斯的故事，到后世的《孔雀东南飞》《巴黎圣母院》《安娜·卡列尼娜》《大雷雨》《红楼梦》《家》等文学作品，都是人间世界男女关系悲剧的艺术反映。

---

① 《马克思恩格斯选集》第4卷第60页。
② 同上，第4卷第61页。

不过，美与爱相分离，还只是一夫一妻制婚姻的一个方面，虽然一度是其主导的方面。作为其对立物的另一面，是恩格斯称之为"现代的个人性爱"——远古渗入审美因素的情爱在新的历史条件下的重新萌生与进一步完善。这正是美与爱发展的辩证法。

一夫一妻制只要求妻子恪守贞节的"妇道"，却给了男子以在法定配偶之外纵欲的特权，这种现象固然是极不合理的，但是，它也导致了意料不到的另一种结果：由于男女在法律上的结合难以将爱情与审美统一起来，而婚外特权又给了男子以另找异性的机会（这同时也就给了女性瞒着丈夫接受别的男性的可能），这样，不论男子还是女子，都可以在婚姻之外另找满足其性爱或情爱需要的异性，这当然是不合法的，即所谓"通奸"。但是，正由于这种"通奸"不以权势、金钱等利害关系为前提，它就使得男方和女方有可能以双方的互爱为前提。这种互爱之所以能产生、存在当然有种种原因，而美即便不说是最重要的也该是主要的因素。也就是说，男子一旦超出为了利害关系不管女子美不美、他与她能否互爱，但都必须以她为合法配偶的范围，他在婚外性关系上就可能走两条路：或是单纯追求色欲，即猎取美色以满足性需要；或是将自己真诚的情爱倾注在符合他审美要求的女性身上。作为女性，当她超出被迫以某人为夫的范围时，同样有两种可能：或是接受任何一个引诱她的男子以满足其性爱，或是专情于某一个符合其审美理想的男子，以满足其情爱。随着整个社会精神文明程度的提高，这后一种可能愈益成为现实。

"所以，"恩格斯指出，"第一个出现在历史上的性爱（即情爱，下同——笔者）形式，亦即作为热恋，作为每个人（至少是统治阶级中的每个人）都能享受到的热恋，作为性的冲动的最高形式（这正是性爱的特性），而第一个出现的性爱形式,……就根本不是夫妇之爱。"①它"是从通奸开始的"②。

这表现在中世纪的欧洲,是所谓的"骑士之爱",如12世纪法国南部的《破晓歌》,就用热烈的笔调描写骑士(中世纪封建统治者内部地位最低下的阶层)怎样睡在他的情人(别人的妻子)的床上,门外站着侍卫,一见晨曦初上,便叫醒骑士,使他悄悄地溜走;而天将破晓之时,骑士与贵夫人依依惜别的情景,则是歌词的最高潮。此后,这一类反映婚外恋的文艺作品连绵不绝,如俄国作家托尔斯泰的《安娜·卡列尼娜》中,怕结婚给自己带来束缚的年轻贵族渥伦斯基虽是情场老手,但他一见安娜,就真正为她的美貌而倾倒,而与其老丑虚伪的丈夫无丝毫情爱可言的贵夫人安娜,则对渥伦斯基的英俊和阳刚之气为之动心,两人由此产生了爱情。在中国古代,此类事实亦史不绝书,汉代卓文君新寡,受司马相如之诱,两人一见倾心,遂私奔他乡之事,大约是最早也最出名的记载之一。中国古代关于婚外恋的文学作品的一个共同点,就是特别注重对郎才(才是内美之一)女貌、心有灵犀的描写,而对金钱权势持否定态度,这无疑正是对爱情审美的赞颂,是对美爱女神的赞颂。

不过,这种婚外恋毕竟是不合法、不能公开,甚至带着风险的,它不能改变那已成事实的不幸的婚姻。"恨不相逢未嫁时"的歌吟,表达了古代社会中人们对建立在利害关系之上、给自己造成终生痛苦的没有爱与美的婚姻的憎恨,和将爱情作为获得精神享受的审美过程展开的向往。同时,它也反映着人对美与爱的觉醒和追求。因此,在以往"婚姻都是由双方的

---

① 《马克思恩格斯选集》第4卷第66页。
② 同上,第4卷第73页。

阶级地位来决定"（恩格斯语）、以政治上经济上的利害关系为转移的阶级社会中，无数憧憬着真正爱情的青年到处都在试图突破利害婚姻、包办婚姻的枷锁，按照自己的审美要求来选择自己的意中人，以便从对象那儿获得自己本质力量的证明，实现人生的价值。这一事实在文学艺术作品中同样得到了淋漓尽致的反映。罗密欧与朱丽叶、张生与崔莺莺的故事，就是爱情与审美相结合的典型。在这样的男女关系中，"体态的美丽、亲密的交往、融洽的旨趣等等"①是情爱产生的唯一的、也是根本的动因。

但是应该指出，在以往的阶级社会中，爱情审美尽管在上层社会得到复苏和新的发展，但它之成为人们的普遍追求，之成为不可逆转的趋势，最根本的还是在于被压迫阶级、劳动者阶级的存在，特别是无产者的存在。这首先是由这些阶级的经济、政治地位决定的。这些阶级没有或只有极少的一点用以谋生的生产资料，生活资料也仅足维持其生存的最低要求，对于它们来讲，几乎不存在什么财产的继承问题，这样，"在这里，古典的一夫一妻的全部基础也就除去了"，因为"一夫一妻制的男子的统治原是为了保存和继承财产而建立的；因此，在这里也就没有建立男子统治的任何刺激了。"②此其一；其二，在被压迫阶级和劳动者阶级那里，为了维持家庭的生活必需，劳动力越多越好，同时，上层社会维护其"体面、尊严"等等的虚伪礼节和戒律也少得多，这就为已婚或未婚的女性投入社会生产、社会交往提供了必要和可能，从而使女性在家庭中占有较高的地位、使男女之间有了较多接触的自由和机会，不论男性还是女性，都可以不以金钱

---

① 《马克思恩格斯选集》第4卷第72页。
② 《马克思恩格斯选集》第4卷第67页、68页。

和权势为转移,而"是以所爱者的互爱为前提"①,这种"互爱"又是建立在对异性灵与肉相统一的审美基础之上的。第三,由于这一切,在被压迫阶级和劳动者之间,"对于性交关系的评价,产生了一种新的道德标准,不仅要问:它是结婚的还是私通的,而且要问:是不是由于爱情,由于相互的爱而发生的?"②这种新的道德标准无疑是与爱情审美标准联系在一起的。

> ……在这种可能性的基础上,从一夫一妻制之中——因情况的不同,或在它的内部,或与它并行,或违反它——发展起来了我们应归功于一夫一妻制的最伟大的道德进步:整个过去的世界所不知道的现代的个人性爱(即情爱——笔者)。③

恩格斯根据对两性关系发展史的考察,得出的这个论断是完全正确的。所谓"与它并行或违反它"的是指上层社会里破坏一夫一妻制的、类似中世纪"骑士之恋"的婚外性关系,所谓"在它的内部"发生的则是指被压迫阶级、劳动者阶级的婚姻,但这种婚姻由于摆脱了政治、经济上的利害考虑,所以已不再是严格意义上的一夫一妻制的家庭了。而这种"现代的个人性爱"之所以是不为过去所知的新事物,就在于它完全不去计较所爱者自身之外的政治、经济因素,而仅仅以对方自身的美以及对这种美的审美为爱情的唯一基础(至于这种"美"的具体内涵,留待后面的章节阐述)。

这时,也只有这时,远古那电光一闪的爱情审美才取得了完备的形态;美与爱之神才得以扬眉吐气,真正司掌起分属于人类感性生活两个主要方面(感情与感知、爱情与审美)的职责……

---

①②《马克思恩格斯选集》第4卷第73页。

第二章 "你"
——爱情审美客体的审美特征

"你"究竟是谁？我不知道。

"你"有着怎样独特的身世经历、音容笑貌？我也不知道。

但我确切地知道，"你"是那无数被自然与社会赋予了阳刚之气或阴柔之美的男子、女子中的这个或那个；我还知道，"你"不仅正被美爱女神之子丘比特的金箭所瞄准或已经被射中，而且为异性所爱慕、所追求。总之，尽管"你"是独特的"这一个"或"那一个"，但却摆脱不了男性或女性所各具有的共同生理与心理特征。这，正是我们对"你"进行分析的依据。

一、性身份与性角色

人自呱呱坠地就是有性别的，非男即女，非女即男（两性相混的"阴阳人"是个别的非正常现象，姑置不论），这已是尽人皆知的古老常识或公理了。现代生理学进一步表明：早在新生命脱离母体之前，即当男性（父体）的精子与女性（母体）的卵子的细胞核相碰撞、汇合的瞬间，生命的性别就与生命本身同时被决定了。而这决定生命性别的神奇因素却是必得在高倍显微镜下才能辨识的精子中的染色体，它荷载着决定性别的遗传基因，使新生命的机体在母体中发育为具有一定性别的胎儿，并使其在离开母体后继续按照男性或女性的生理定性发育、成长，直至生命的终点。这一切是个自然的、合乎规律的过程，无须外部的、社会的因素来干预、影响、指教。因此，即便这个生命处于蒙昧的原始社会，或是与世隔绝的孤岛荒原，只要有维持其生存的自然条件（空气、阳光、一定的温度和饮食之物等），就会发育、成长为男人或女人。

不过，这样的男人或女人还仅仅只是生物学意义上的男人或女人，即具有性本能的人，而不是能进行爱情审美的人。要成为懂得爱情审美、能够置身于爱情审美关系之中的人，必须经历"男子化"或"女子化"的社会过程，明确意识到自己的"性身份"，扮演自己的"性角色"。从而获得使自己与异性明显相区别的"性度"。

所谓性身份，就是人的性别及人对自己是男性或是女性的自我感觉、自我意识，这种感觉和意识中往往存在着矛盾的心理；而所谓性角色，则是性身份被别人和社会所描述、所认可，或为自己所证实的方式。实际上，这两个概念是对性特征的两面观，即从不同的角度所做的表述（性身份是从主体的角度，性角色是从客体的角度）。正如Money和Ehrharde所指明的："性身份是性角色的个人私下体验，而性角色则是性别的公开表现。"二者都是在特定的文化和社会环境中显现出来的。

但是，这里所说的"性别"绝不只是男女纯生物性的差异（如性器官及外在体态的不同），而是包含着诸如心理状态、行为模式、服饰打扮等等丰富社会内容的，因此，必得有一个男子化或女子化的社会过程方能造成这种两性的差别。这种过程虽然完成于人的青年时期，但其发轫却早在人的孩提时代。而贯串于男子化或女子化过程始终的则是一个使女性成为"女子"、男性成为"男子"的社会参照系；它由多种参照物、参照模式、参照标准所组成。

最早的、构成参照系起点的是父母。人一出生，面对着的就是作为生动的感性存在的父母以及他们的照料、爱抚、管教等等，从而受着两方面的影响：一方面是作为男性的父亲和作为女性的母亲的不同音容体貌、衣着举止给孩子的直观印象；另一方面是父母对男孩与女孩在个性风貌、言语行为、衣着打扮上的不同要求，以及他们自己对男孩和女孩的不同态度。当儿童还在襁褓之中时，这两种影响可能还不明显，但是到了一岁半时，儿童就在这些影响下知道了自己是男孩还是女孩，虽然他们还说不清其中的奥秘。三四岁时，儿童进一步学会了识别周围人们的性别，当然这时他们对他人性别的区分还只是同人的外部偶然标志如发式、衣服等相联系。与此同时，父母对子女的性别意识的影响加强了。因为儿童从这个年龄段往前发展，其智力已可以对某些简单的事物和现象做出分辨和判断，于是，父亲作为男子的某些特质、特征，如身材高，力气大，长胡须，留短发，行动快，着男装等等，以及母亲作为女子的某些特质、特征，如身材小，声音脆，性温顺，蓄长发，动作轻，着女服，持家务等等，就逐渐在他们的意识中变得清晰起来，成为可以仿效的直观的参照物。与此同时，父母对男孩和女孩的要求、态度及关系也愈益有所区别，一般而言，父亲更爱和儿子嬉戏，母亲则更多的是和女儿谈话；他们不仅给子女穿不同的衣服，买不同的玩具，而且要求男孩要勇敢，要坚强，跌倒了不要哭，擦伤了不喊痛，举止要有"男子汉气概"，对女孩的要求则是洁净、柔顺，注意自己的衣着，学着妈妈干点家务活，举止要文静、规矩，等等；此外，父母在对子女的教育中还会时时有意无意地举出儿童所能理解的实例，来说明男孩该如何如何，女孩应怎样怎样。这一系列要求实际上就是在性格上、行为上给子女树立起男孩是什么样、女孩是什么样的参照标准，这种标准又饱含着道德的和审美的因素。所以，男孩和女孩在对自己性的生理属性尚不能做出解释的情形下，就已经由于外部的、社会的因素的影响而踏上了明确自己的性身份、充当适合自己性别的性角色的人生之路；所以，男孩喜欢打闹，舞枪弄棒，爱给自己画上胡子，扎上腰带，愿意显示自己的不怕痛、爱冒险，女孩喜欢玩布娃娃、过家家，学着妈妈的样子洗手绢、抱娃娃，求抚爱、喜撒娇，爱干净，他们不但觉得自己这样做是"好"的，而且觉得只有如此才是"美"的。

可见，男子化和女子化的过程从一开始就是和道德与审美相结合的；其参照物、参照标准不仅使儿童初步认识了什么是男性，什么是女性，而且为他们提供了与此相适应的道德规范和审美规范，儿童开始自觉或不自觉地使自己的外观、言行和性格趋向这些规范。

随着儿童的进幼儿园、上学、外出旅行等等，他们同外界各式各样的人接触增多，活动天地不断扩大，作为其男子化或女子化参照系的事物就不只是父母了；除父母外，社会上各种参照物、参照标准会纷至沓来。同学、朋友、老师、随处可见的男男女女，以及书籍、电影、电视等等，都将以直观和非直观的形式加入儿童两性分化的参照系。男孩和女孩先是虽然知道自己的性别，但仍在一起玩耍，后来就慢慢只找与自己同性别的孩子做玩伴了；在兴趣、爱好、行为、心理以及外表上的性差异也愈趋增大，以致有谁在言谈举止、穿戴打扮上有类异性之嫌，就会遭到同性伙伴的嘲弄、蔑视而被孤立。这种看似"不正常"的现象正说明了儿童自我性别意识的加强，和男女不同美的观念（即男、女有各自的美）的进一步明确。

如果说，在儿童阶段，人在男子化、女子化的过程中一般是被动地受社会参照系的影响的话，那么，在转折年龄时期的青少年对待社会参照系就逐渐由被动变为主动了。这是因为，尽管人生下来就是分阴阳、有性别的，但由于儿童时期性尚未发展成熟，第二性征尚未显现，性意识还处在潜伏阶段，因此，他（她）只能形成自我性别意识。而这种自我性别意识的形成又并非来自内在的动力，而是来自外在的因素，即男女有别的社会参照系；靠了这种社会参照系的干预、影响、引导，儿童才能使自己分别"对号入座"，纳入男子化或女子化的轨道。但是，处于转折年龄时期的青少年就不同了。青少年时期正是人的性成熟时期，在性激素的作用下，不但性器官渐趋成熟，而且导致第二性征（副性征）的出现，前者（男子的遗精、女子的月经及与此相伴随的性欲觉醒、萌发等）通过身体内部的皮层下中枢将信息反馈到大脑皮层，后者（男子身躯发育高大，喉结突出，发音趋于低沉，胡子毛发浓密；女子乳房膨起，臀部增宽，脂肪在肩、胸、大腿等处沉积，皮肤柔软光滑，嗓音圆润清脆）则通过本人的眼观目照将信息由视、听、触神经传达到大脑皮层（外反馈）。这两种信息反馈使得人由于性成熟而导致的种种内外变化都反映到意识由以产生的大脑，不断引起兴奋，从而形成清晰而强烈的性意识。性意识之所以不同于性别意识，就在于其形成主要不是靠外因，而是靠内因，是主体由于性的成熟而产生的性的需要在大脑中的反映，它表现为人对自身性的状态、机能、欲求的敏感，以及对异性的关注、兴趣和引起异性注意与好感的愿望。

这就表明，性意识既是生理的，又是心理的。不过，心理的因素虽然以生理的因素为基础，但它对于人的性身份的强化和性角色的完成具有不容忽视的促进作用。在自觉不自觉地渴望得到异性注意和好感的心理支配下，青年男女对自身的生理机制、生理发育，对自己的性身份被社会所确认、所好评特别关心。于是，青年男女在社会上一系列关于男女两性的道德规范、行为规范和审美规范的影响下，在对某些受人赞誉的"男子汉""大姑娘"的感知和对同龄同性伙伴的比较中，形成了心目中"理想男子"或"理想女子"的模式，这种模式乃是青少年男子化和女子化的最佳参照系。他们会根据这种参照系来观察自己，衡量自己，打扮自己，要求自己，显示自己，以图扮演最佳性角色，获得最佳审美效应。

我们不妨看看《安娜·卡列尼娜》中的吉提。小说中的吉提是一位情窦初开的漂亮少女，她自己从容貌体态到衣饰举止都是够美的了，但是青年姑娘那种力求自身完美的心理使完全成熟了的、容华出众的贵族妇女安娜成了她用以作为参照物的"理想女子"。当她刚见到安娜时，"就感到自己不但受安娜的影响，而且爱慕她，就像一般年轻的姑娘往往爱慕年长的已婚的妇人一样"，她甚至觉得安娜"是生活在另一个复杂多端诗意葱茏的更崇高的世界，那世界是吉提所望尘莫及的"。即便是在渥伦斯基弃她而向安娜献殷勤，使吉提遭受感情上的痛苦之时，她却比以前愈来愈叹赏安娜的风采（虽然因此她就愈痛苦）——

某种超自然的力量把吉提的眼光引到安娜的脸上。她那穿着简朴的黑衣裳的姿态是迷人的，她那戴着手镯的圆圆的手臂是迷人的，她那挂着一串珍珠的结实的颈项是迷人的，她的松乱的卷发是迷人的，她的小脚小手的优雅轻快的动作是迷人的,她那生气勃勃的、美丽的脸蛋是迷人的……

在吉提对安娜的叹赏的后面,潜藏着的正是怀春少女由于要在异性眼中显得成熟、完美而渴望充分"女子化"的心理,是由于自己的性角色没有得到社会(首先是异性)的高度评价而导致的对自己性身份信心不足所产生的遗憾与苦恼。

这种情形一般只发生在青春期或求偶期,亦即男子化和女子化的全盛期。处于这一时期的男性和女性最关心的是自己性机能的健全和副性征的发育,是容貌体态的美。这是自然而然的,因为人的生理机制及其外在状态不仅是性意识产生的源泉,是扮演性角色的天然条件,是男女之美的感性显现,而且是直接引起异性注意与欣赏的最根本因素。所以,小伙子往往会为自己的不够魁梧、不够有力乃至胡须不浓而苦恼,姑娘们则会为乳房过大或过小、身体过胖或过瘦乃至单眼皮而伤心。至于什么样才是高大魁梧、坚实有力,什么程度才叫不大不小、不胖不瘦,小伙子为什么希望有浓密的胡须,姑娘们为什么唯愿长有双眼皮,这些,都取决于他们各自作为参照系的"理想男子""理想女子"的模式标准。这种模式标准如前所说是在男女有别的一系列抽象的社会规范和一系列具体的社会存在影响下形成的,而这些规范与存在之所以是这样而不是那样,归根结底取决于人所共同的生长发育的自然定性和社会定性,即人的生理规律和社会本质。歌德认为,事物发展到一定时期,如果它的各部分构造都符合它的自然定性(即符合它的目的),那么该事物就会完全呈现出它所特有的性状。他说:

例如达到结婚年龄(即性成熟期——笔者)的姑娘,她的自然定性是孕育孩子和给孩子哺乳,如果骨盆不够宽大,胸脯不够丰满,她就不会显得美。但是骨盆太宽大,胸脯太丰满,也还是不美,因为超过了符合目的的要求。①

对于男子来讲也是如此,他的自然定性——生理机制决定了他的体形具有不同于女子的特征,如身材高大,肩宽有力,因而也就决定了他的阳刚之美的标准形态。所以,"理想男子"或"理想女子"的标准模式归根结底取自于社会生活中男女的标准形态。

但是,社会生活中男女的标准形态不但取决于男女的自然定性(生理规律),而且取决于其社会定性,即社会风尚对人的要求。作为社会风尚是有鲜明的阶级性、民族性和时代性的,因此,人们从社会中男女两性标准形态归纳、抽象出来的"理想男子"和"理想女子"的标准模式也就带上了阶级性、民族性和时代性。例如处在不同的阶级地位,俄国贵族们所欣赏的"理想女子"的标准是"纤巧的手足""小巧的耳朵""苗条的腰……苗条到可以迷惑上流社会美的鉴赏家的程度",而老百姓所推崇的"理想女子"则是"血乳交融,白里透红""长得结实健康,生气蓬勃,两颊充满红晕;……手足就发育得很有力",并且有"浓郁的头发,又长又浓的辫子"②又如因人种、民族不同,"欧洲女人的美与黑种女人的美之间怎么可能有共通之处呢?……甚至就是俄罗斯型的美与意大利型的美之间也是很少共通性的!"③至于像缅甸巴洞地区一部落以长脖妇女为美,所以她们为了"美"就在脖子上套上一排铜环以抻长脖子;生活在尼日利亚东北部的伊博族则以胖为美,所以姑娘不养胖不能出嫁,这一类民族风尚制约男女理想模式的现象就更多了。再如因时代的不同,我国北魏时对男女

---

① 《西方美学家论美和美感》第170页。
② 《车尔尼雪夫斯基论文学》第24—25页。
③ 同上,第16页。

人体都以清瘦为美，唐朝则以肥硕为美，到清代又以文弱为美。正因为如此，所以处在不同时代的不同民族和阶级的青年男女，虽然在男子化和女子化过程中都有"理想男子""理想女子"的标准模式，但那标准却是各不相同的。不过，尽管阶级环境、民族风俗及时尚这些社会的因素（即社会定性）会对男女形态的标准和模式施加影响，但不同阶级、民族、时代的人的基本自然定性（即生理机制、生理规律）毕竟是共同的，随着文明的发展，科学的进步，人们对自身健全发展的认识愈深入，束缚、戕害人生理机制的陈规陋俗就愈少，人就愈能合乎生理规律地发育、成长，这样一来，人的理想模式就愈能趋向真正健美的标准。所以，现在从西方到东方，以追求肌肉、力量、线条和匀称的全球性的健美热方兴未艾，健与美的统一将愈益成为青年男女对心目中"理想男子""理想女子"的基本要求。

这里要强调指出的是，阶级环境、民族风俗与时尚对男女形态的影响，还只是社会定性对人的规范的一个方面，另一个更重要的方面是对男女两性担任不同性角色所必须具备的不同心理特征和行为方式所施加的作用。

人类作为一个男女组成的整体，有着统一的心理规律和道德的、审美的、法律的、政治的规范（当然也是因阶级、民族、时代及社会制度不同而发生变化的），但是自男女之间有了不同社会分工以来，在各种共同的社会规范的基础上，又产生出男女有别的不同道德规范、审美规范、行为规范等以及与此相适应的心理特征。尽管这些规范和心理也是因时因地而异的，但其"合理的内核"亦即那些有益于男女合理分工、彼此和谐协调相处，有益于人类自身生存和繁衍、社会昌盛与进步的要素，则不仅不会消失，反而会不断发展、完善与强化，并在历史上和心灵里沉积下来。例如，不论古今中外，刚强、勇敢、智慧、大度、稳重、果断、潇洒，及对女性的尊重和爱护,都被社会视为男子应具有的品格,而忠贞、温柔、娴静、敏慧、洁静、富于同情心等等,则被视为女子应具备的美德。实际上,这些就是在不同生理机制、不同社会分工的基础上,在道德的、审美的社会规范作用下所形成的男女两性不同的"心灵的形象",亦即不同的心理特征。这是一种内在的美、心灵的美,它与男女的外在形态一起,共同构成了为社会所认可的"理想男子"和"理想女子"的标准模式。

上文说过,在性意识作用下,处于男子化和女子化高潮期的青少年会特别关注自己性的发育及其内外生理表现。与此同步,由于性别意识的发展、性意识的觉醒,人的自我意识也就随之得到提高。所谓自我意识,指的是人将"自我"作为主体与外部客观事物(包括与"自我"之外的其他同性、全体异性)相区别的自觉性,亦即在主客体分化基础上对自己以及自己和周围关系的认识,归根结底,是实现"自我"的自觉和对"自我"的了解、评价。这种自我意识或对自己存在的意识,使青少年不仅关心自己的存在形式(肉体形态),而且关心自己的存在方式(生活方式、行为方式)和存在价值(人生意义)。而这一切又都离不开青年性身份、性角色的制约。因此,自我意识有了双重表现形式:当人去实现"自我"时,他(她)的意识就是"自我"的意识,驱使他(她)按一定性身份的要求去生活、去行动;当人去了解、评价自己时,他(她)的意识却会与"自我"分离,将"自我"置于被观照的性角色地位,并对之评头品足、加以描述。那么,青少年在按一定性身份、性角色要求去实现"自我"、评价"自我"时,其标准是什么呢?这就是他(她)心目中由"理想男子"和"理想女子"模式所体现、所代表的一系列道德的、行为的、审美的规范和准则,这样,蕴含着内在美的"理想男子""理想女子"的模式就作为男子化和女子化的最佳参照系发挥其作用了。

在参照系潜移默化的影响、引导之下,青少年不仅肉体上趋于成熟,心理上形成了性别各异的特点,而且这种受性别制约的心理状态会使他(她)形成不同的性格、气质、爱好和行为方式、生活方式、交往方式、思维方式等等。

"宝剑锋从磨砺出,梅花香自苦寒来"。如果将宝剑比之为男性的阳刚雄健,将梅花比之为女性的温柔妩媚,那么,在男子化和女子化的高潮时期,宝剑就处在磨砺的最后阶段,锋芒即将毕现;梅花经历了冰雪的洗礼,幽香正自袭人而来。

在这一过程中,男女两性在肉体上、心理上的成熟同男女两性的不同形态美的形成与分化是一致的。这就为爱情审美奠定了物质的和精神的、生理的与心理的、自然的和社会的基础。这样的男子或女子作为爱情审美的主体就是"我",作为客体就是"你"。

男性和女性在肉体上、生理上的"男子化"或"女子化"的表现为性感,这是因为这种表现是生动具体的感性存在,它凭直观就可使人产生是男性还是女性的感觉,这种感觉又有强与弱、明显与不明显之分。男性和女性在心理上、行为上的"男子化"或"女子化"的程度则以性度来衡量,男子在心理上、行为上愈是具有男性特点,男性度愈高;女性度亦如此。而性度愈高,性角色就愈是扮演得成功、出色;反之,就不成功,不出色,甚至会导致"不男不女"即男性"雌化"或女性"雄化"的现象(这点下文再谈)。

由此可见,人的性别虽然取决于性的生理机制,性角色又以性身份为依据,但性角色扮演得是否符合性身份的要求,是否符合社会将人分为男女两半的标准，主要取决于人的性的心理状态，取决于影响人性的心理状态的社会因素。因此，人的性别既是复杂的生理现象，又是生理能力和社会因素共同作用的产物。

性的心理状态一旦形成，就对人性角色的扮演起着支配的、决定性的作用，如同性的生理机制决定着人一生的性身份一样，性的心理状态也决定着人一生所扮演的性角色。而事实表明，即便人的性别、性身份改变了，其性的心理状态、所扮演的性角色也很难改变。有这么一个故事：在日本东京，一位叫夏木纯的40岁左右的男子因车祸几乎丧命，身体严重致残；另一位叫美树的女演员则在登台演出时被人开枪击中头部，大脑处于死亡状态。当两人被送往医院抢救时，鉴于两人都不能幸存，于是医生们做了个大胆的手术：将夏木纯的大脑移植到美树身上。结果手术成功，康复的是一个有着男人的大脑、女人的身体的人，实际上是一个心理状态是男性、生理机制却是女性的人。这就带来了一系列灵与肉、性身份与性角色相分裂的苦恼：心理上是男性的夏木纯习惯的是他自出生起就开始扮演的男性角色，对其新获得的女性身份是那样的不适应，"有一种不是自己的肉体的感觉"，他认为"这一定是严重色情狂的幻觉，这样怎么能出院回到社会上去工作呢？"生活轨道的突然改变，新的性身份对与之相一致的性角色的要求，如何才能取得社会承认的忧虑，迫使他"了解女人的每个秘密，女人的愉快和欢乐"，在镜子前摆出各种姿态，以便"学做女人"，从心理状态到生活方式、行为方式都纳入女性性角色的轨道。不用说，这是一个十分困难的、不时会出现心理失控的漫长过程。——这虽然"是一个虚构的故事"[①]，但它的确是生活中此类现象的真实反映。据报道，去年上海第二军医大学附属长征医院整形科就曾将一对"姐妹"改造为一对兄弟。原来这两姐妹是患有假女性畸形的真男子,但他们自小就被父母和社会指认为女子,他们是在女性参照系影响下进入女子化轨道的,因此一直扮演着女性性角色,形成的是女性的心理状态,并以女性的身份在社会上、家庭里确立了各自的生活位置。现在听说医院决定要做使他们"女变男"的性别还原手术,不啻晴天霹雳,难以接受,为此,"姐妹俩"一再恳求军医无论如何要给他们"女儿身"。当然,最后还是做了手术,但已习惯了女性生活、形成了女性心理的兄弟俩却对未来的生活忧心忡忡。这是完全可以理解的,因为这对于当事人来说,不亚于"从头学做人"。好在他们生活在社会主义国度,社会会尽力帮助他们适应新生活的。类似的事例,国内外都可举出不少。

　　这些,说明了什么呢?说明了人的性别虽是天生的,是自然规律使然,但要成为真正的"男子"和"女子",离开了社会的环境、社会的塑造是不可能的。男子化和女子化这种酝酿着爱情审美之蜜的过程,既是一种高度社会化了的现象,又是一种受历史必然性支配的社会规律。"在许多方面,男性和女性是文化定义上的概念,正如性角色主要是或大部分是文化上的定义一样。……社会学习对性角色的发育也是比生物学因素更为重要的决定因素。"①

---

① 见《男人的大脑,女人的身体》,载《自然与人》1987年1月号。
② 吴阶平等编译:《性医学》第54页。

二、♂与♀

"你"已长成为仪表堂堂的男子汉；

"你"也出落成亭亭玉立的大姑娘；

"你"蓦地出现在"我"面前，顿时使"我"如置身于强大的磁场，又像卷入了汹涌的海潮，"我"的全副身心都在趋向着"你"……

"你"的魅力在哪儿呢？

不论"你"是男子汉还是大姑娘，"你"都是一个成熟了的社会化的人。作为"人"，"你"有着人类共同的特质和共同的美。

在莎士比亚的名作《暴风雨》中，米兰公爵普洛斯彼罗被其弟安东尼奥夺去爵位，被迫携带尚在襁褓中的女儿米兰达流亡到荒岛。后来他制造了一场风暴，把安东尼奥、那不勒斯国王和王子腓迪南所乘的船只摄到荒岛。当米兰达第一次见到这么多人时，不由得发出了由衷的赞叹：

真是奇迹！世界上有这么多美妙的生物！

人类真美！美好的新世界啊！

米兰达赞叹"人类真美"却不知其何以美。但是我们通过对人类的由来和发展史的追踪，已经确知：人这种"美妙的生物"是生物进化和社会进步的产物，人的美是在"两种生产"的熔炉中冶炼出来的。这种美来自灵与肉，亦即精神与肉体、内容和形式两个层次不同的方面，并通过人的整体的感性形态向四周辐射着美的信息，散发着美的魅力。

在天地万物中，人体的构造是精巧绝伦的，它使人能直立起来，昂起高贵的头颅；它使人具有光洁的富于弹性的皮肤；它使人能做出千姿百态的动作，赋予人万样千般的表情；它还使人具有表达极其复杂的思想感情的语言能力和百转千回的歌喉……这一切都是动物所不具备而只为人独有的，仅此就足以使人居于最高等动物（如类人猿）所不能望其项背的至尊地位。然而，人之为万物之灵，最根本的还在于他（她）有"灵"——高度发达的大脑神经系统，唯其如此，人才能思维，才有理智与情感，才能在理智指导与情感驱使下进行合乎客观规律和主观目的的实践活动，才能在实践中形成种种政治的、法律的、道德的、审美的规范以及与之相适应的心理状态和行为方式、生活方式等。这些规范、心理和方式中有相当大一部分，如遵纪守法、敬老扶幼、爱国爱民、见义勇为、先公后私乃至公而忘私、信仰真理、崇尚理想，以及勤劳节俭、尊重他人、信守诺言、善良正派、富于同情心、热爱生活、追求完美等等，都是男女两性作为社会成员所应该共同遵守、共同具备的，否则，社会成员之间就会失去交往、行动、共存的统一准则，社会就会陷于无序状态。

男性和女性在精神和肉体上所共有的这些要素，使人类得以作为一个完整的审美客体屹立于天地之间。

但是，男女两性由于生理机制、心理状态上一系列自然的、社会的因素造成的不同，在各自的审美形态上毕竟是有区别的。马克思曾将男子称为人类"刚强的一半"，将女子称为"美好的一半"；康德在《优美感觉与崇高感觉》一文中也提出，女性应把她的一切优点集中起来，把"优美"的特征加以提炼，男性也应把一切优点集中起来，使"崇高"得以凸现。这里所说的"刚强""崇高"和"优美""美好"既分别是男性、女性的不同优点，又是两性的不同审美特征。从审美形态、审美范畴而言，男性美属阳刚美、壮美，女性美属阴柔美、优美。这两种不同形态的美分别通过两性生理上、心理上的特征（包括四个不同层次的性征）表现出来，从而成为爱情审美关系中的两类不同客体。

现在分别来考察一下这四个层次的不同性征及其审美价值。

第一性征：生殖机制。

这是纯自然的、生物性的性征，是人分阴阳、定性别、确立性身份的依据，如前所说，是与生俱来的。它包括性腺和附性器官。"性腺也称主性器官，在女性为卵巢，在男性为睾丸。它们除产生生殖细胞外，还兼营内分泌机能，换言之，性腺兼有双重机能。附性器官也为完成生殖过程所必需。女性的附性器官包括输卵管、子宫等；男性的附性器官有附睾、输精管、射精管等。"[①]

生殖系统、生殖机制是实现人的性本能的生理条件，是人类种族延续的天然保证，是劳动力再生产的自然前提，它不仅对于生命的生产，而且对于物质资料的生产都有重大的意义。因此，远古人类对此非常重视，甚至奉行生殖崇拜，并由此产生出原始的艺术。前面提到过的突阴、大乳的早期的维纳斯雕像，以及原始人为刺激、诱发生物繁茂而进行的性交表演或性舞就是如此。即便在人类脱离了原始状态后，这种风气也未马上绝迹。黑格尔指出：

> ……东方所强调和崇敬的往往是自然界的普遍的生命力，不是思想意识的精神性和威力而是生殖方面的创造力，特别是在印度。这种宗教崇拜是普遍的，它也影响到佛里基亚和叙利亚，表现为巨大的生殖女神的像，后来连希腊人也接受了这种概念。更具体地说，对自然界普遍的生殖力的看法是用雌雄生殖器的形状来表现和崇拜的。……在印度，用崇拜生殖器

[①]《正常人体学》第593页。

的形式去崇拜生殖力的风气产生了一些具有这种形状和意义的建筑物，一些像塔一样的上细下粗的石坊。……这类石坊，有时取男性生殖器的形状，有时取女性生殖器的形状。①

据古希腊历史学家希罗多德记载，在埃及，至少是在酒神祭奠里，可以见到这样的场面："他们创造出一种长达一肘（古尺名，约三分之二米长）的东西来代替男性生殖器，上面系着一条绳子，由女人们提着，使这生殖器经常举起……"②希腊人也采取了这种崇拜。丹纳说，对古希腊人来说，生殖器官的名字既不猥亵，也没有挑拨作用，"它经常出现，不是在戏剧中，在舞台上，便是在敬神的赛会中间，当着长官们的面，一群年轻姑娘捧着生殖器的象征游行，甚至还被人当作神明呢。一切巨大的自然力量在希腊都是神圣的，那时心灵与肉体还没有分离。"③他们从整个人体以及人体的各部分、各器官上"都能体验到美"。④

当然，随着人类的进步、文明的发展，特别是性爱向情爱的升华，人身上的社会性超过了自然性，这样，赤裸裸表现性与性爱、表现生殖方面创造力的生殖器已不成为崇拜、观赏的对象，但它的重要性及其意义仍然存在，不过是像性一样退居到事物深层而已。这是因为，尽管情爱不是单纯的性欲、性爱，但性欲、性爱却是情爱的生物学基础，情爱必然、也只能指向有不同生殖系统、生殖机制的异性，这是由生命的生产的规律所决定的。不仅如此，生殖系统，特别是生殖系统中的性腺，还决定着、制约

---

① 黑格尔：《美学》第3卷第40—41页。
② 转引自黑格尔《美学》第3卷上册。
③ 丹纳：《艺术哲学》第295页。
④ 同上，第294页。

着男女两性的体态，影响着两性的心理，即是说，它像一双无形的神奇的手，在塑造着人的阳刚之美与阴柔之美。因此，不论社会如何发展，只要人类继续繁衍，正常的、健全的生殖系统、生殖机制在爱情审美中的潜在意义就不会消失。Drellch 等在1956年曾这样论述子宫对于女性、女性美的价值：

在每个人的一生中，为了履行通常理解的、作为一个女性和社会一员的职责，子宫被认为是不可缺少的。子宫，作为一个孕育子嗣的所在，一个清净之府，一个性的器官；作为一种力量的源泉、青春的象征和女性魅力的来由；以及作为健康完美的机体的一项标志，其价值是不言而喻的。[1]

男性生殖系统的意义也是如此。这就不难理解，只要是还没有与爱情审美绝缘的人，包括那些已经结婚生育的人，为什么会对自己的"性"那样关注了。

第二性征：体表形态。

生殖系统的第一性征决定了人的性别，但是男女两性的肉体美却要靠体表形态的第二性征才能感性地显现出来。而人的第二性征又是由第一性征特别是第一性征中的性腺决定的。

性腺在男性为睾丸。睾丸中产生的特殊内分泌物——雄激素，是使男性具备男子体表状态的内在因素。在雄激素的刺激下，喉部扩大，声带增长、增厚，所以男子喉结突出，声音低沉；雄激素刺激蛋白质的合成，促进肌肉和骨骼的发育，所以男子的肌肉，尤其是三角肌发达，骨骼也粗重结实；同时，雄激素还刺激着男性胡须的生长。性腺在女性则为卵巢，由卵巢分

---

[1] 吴阶平等编译：《性医学》第156页。

泌的雌激素是使女性具备女子体表状态的内在要素。在雌激素作用下，女性的骨盆变得短而宽大（为日后胎儿的孕育及分娩做好准备），乳房丰满膨起（为哺育婴儿做好准备）；雌激素还使女性体内的脂肪沉积增多，特别是在乳房、髋部、臀部、大腿内侧沉积，因而臀部变宽，大腿向身体中线并合，整个躯体丰满柔润；同时，当雌激素在真皮内与其特异受体相结合时，可促进细胞生成透明质酸酶，这种酶又可使皮肤对很多物质的渗透性增加，使皮肤保留更多的水分、营养物质、微量元素，从而改善了皮肤的营养状况，促进了新陈代谢，增加了含水量，这样，女子的皮肤就显得格外光洁、柔嫩、滋润；另外，由于雌激素促进长骨（如大腿骨和小腿骨）骨骺与骨干闭合的作用强于雄激素，因此，女性生长的停止期要早于男性，体重和身高也就低于男性。

这样，在男子化和女子化的过程中特别是高潮期，雄激素和雌激素就发挥出魔术师的神奇手段，几乎是"一夜之间"就塑造出男子与女子不同的形态美：

男子身躯高大，膀大腰圆，孔武有力，从肩到髋呈倒三角形（▽），整个体表有棱有角，配上修长劲健的双腿，闪耀着阳刚之美、健力之美的光辉。这样的躯体是可以披坚执锐、负重致远的。文艺复兴时期艺术巨匠米开朗基朗的杰作《大卫》雕像，就是发育完美的男子汉的真实写照。丹纳在《艺术哲学》中谈到古希腊人体态的一段话，简直就是针对这尊大卫像，不，是针对所有真正男子汉而说的：

……呼吸宽畅的胸部，灵活而强壮的脖子，在脊骨四周或是凹陷或是隆起的肌肉，投掷铁饼的胳膊，使全身向前冲刺或跳跃的脚和腿……①

如果说，这还只是对男子汉一般形象的概括，那么，意大利作家拉·乔万尼奥里笔下的庞培和中国作家雪克纸上的支部书记张俊臣，就为我们展现了两个具体的男子汉：

……他（庞培）的身材非常高大，体格和赫克里斯一般结实魁梧；浓密的黑发罩住了他的大头，……他那粗犷的、线条分明的脸和强壮有力的身体，使人感到一种刚毅的美。

(《斯巴达克斯》)

随着洪亮的话音，一掀门帘进来高大粗壮的人，那结实模样就像是用生铁铸成的一般，宽大的肩膀，……毛茸茸红铜似的胸膛，饱受风霜的黑瘦四方脸满是青沉沉的胡茬子。他微笑地紧闭着阔嘴巴，……伸出铁钳似的大手，一把抓过板凳来……

(《战斗的青春》)

当然，作家笔下的人物形象经过了典型化的艺术加工，渗透了作家的审美意识，但无论如何，这样的形象毕竟来自生活，概括了为世人所称道的男子汉在体表状态上所应具有的特征，这就是厚重的躯体，刚劲的线条，粗犷的色彩。于中可见硬度、刚度和力度。

至于女子，则身躯娇小婀娜，面如桃花，肤若凝霜，胸脯饱满，四肢纤秀，从肩到髋呈正三角形（△），整个体表轮廓柔和，曲线玲珑，流溢着阴柔之美、幽婉之美的温馨。这样的躯体充满着生命生产的活力。古希腊雕塑的不朽之作《米洛的维纳斯》《贝壳中的阿芙罗狄特》等，就是一曲对女性人体美的赞歌。诚如罗丹所说，"在任何民族中，没有比人体的美更能激起富

---

① 丹纳：《艺术哲学》第294页。

有官感的柔情了"①。难怪古印度史诗《腊玛衍那》也好，《旧约》也好，都有那样一往情深的对女性美的描写：

红珊瑚的唇上闪耀着素馨华似的牙，澄澈的眼睛里有一道神圣的爱的光华；你的长长的美丽的四肢又圆润又柔软，你的甜美的乳房像是多罗果耸在胸前！

(《腊玛衍那》)

王女啊，你的脚在鞋中何其美好，你的大腿，圆润好像美玉，是巧匠的手作成的。你的肚脐如圆杯，不缺调和的酒。你的腰如一堆麦子，周围有百合花。你的两乳好像一对小鹿……

(《旧约·雅歌》)

但是，对女性人体美描述最精到的还得数艺术大师罗丹，他说：

人体，由于它的力，或者由于它的美，可以唤起种种不同的意象。有时像一朵花：体态的婀娜仿佛花茎，乳房和面容的微笑，发丝的辉煌，宛如花萼的吐放；有时像柔软的常春藤，劲健的摇摆的小树。攸利赛斯向诺西加说：当我看见你的时候，我认为又看见了德洛斯的阿波罗神坛旁的那一棵棕树，从地面上有力地耸入天空的棕树。……有时又像一座花瓶。……只见背影，上身细，臀部宽，像一个轮廓精美的瓶，蕴藏着未来生命的壶。②

这些描述无疑都染上了想象和感情的色彩，但同样无疑的是，它们都准确地抓住了女性人体美的基本特征，即婀娜的体态、柔曲的线条、妩媚的颜色。而这一切都是由遗传和雌激素造成的；凡是发育正常、身体健康

---

①《罗丹艺术论》第32页。
②《罗丹艺术论》第62页。

的女性概莫能外。所以俗话说得妙:"十八岁的姑娘没有丑八怪,再丑的人儿也招人爱。"

第三性征:心理特征。

人的心理形成,既有其自然的、生理的因素,更有其社会的原因;由于男女两性的生理机制不同,特别是男子化和女子化过程中所处的社会位置不同,所取的社会参照系不同,所受的社会影响也不同,因此男女两性的心理活动就带上了不同特征。

早就有生理学家通过科学研究指出,男女两性的内分泌物在性质上是有差异的,男性内分泌物中有某种刺激性强、活跃程度高的化学物质,在它的作用下,男性一般性格较外露,出击性强;而女性则相对地比较文静、含蓄。同时,男女的认知结构不同,这就使女性在解决关系比较简单的问题时反应速度快于男子,而男子解决关系比较复杂、需要更多抽象思考的问题的能力较女子略胜一筹;男女的神经机能特性不同,由此男子需要较强的刺激才能发生兴奋反应,女子则可在单位时间内进行多次神经反射,所以辨别事物的细节也较快;男女感觉器官适应刺激的速度也不同,男性适应徐缓的刺激,综合能力强,女性则对迅速的、个别的刺激反应迅速。概括起来,就是男性长于理论思维和创造性地解决问题,女性则长于积累词汇、记忆、识别图形和数字,以及掌握语言和动作韵律等等。

以上诸多不同当然会影响男女的心理状态,但是,对男女心理特征形成具有决定性作用的还是社会环境。本章开头说过,在道德的、审美的、行为的规范上,社会对男女两性有着共同要求的一面。然而也有不同的一面。例如在道德品格上,社会对男子的特殊要求是勇敢、坚毅、豁达、大度、刚强、明智、有魄力、有闯劲等等,对女子的特殊要求则是温柔、贤淑、聪慧、文静等等；这些，同时也被视为对两性心灵的不同审美要求。这些要求在男子化、女子化的全过程中，或是作为某种抽象的参照标准，或是作为某种具体的参照模式，为男女两性树立了学习的榜样，认同的目标，达标的尺度，从而起着塑造不同特征心理的作用。此其一；其二，男女两性在社会上的地位、人格、权力虽然是平等的，但是实际上由于社会分工的不同和生理上的差异以及社会规范、要求的区别，男子一般处在劳动量重（如从事采矿、冶炼、搬运等工作）、危险性大（如治安戍边、冲锋陷阵、航天巡海等）、复杂度高（如政治斗争、领导工作、学术研究等）的位置。环境造就人。不同的社会位置必然会造成不同的性格。所以男子一般较爱冒险，倾向主动出击，以担当重任、立家立业为荣，使命感较强，感情较粗放。女子则不同，由于生理上的特点和在女子化过程中形成的心理、行为习惯，在社会分工中更适于从事劳动量较轻、危险性较小、复杂度较低的工作（如医护、文艺、教育、文秘、服务等），这些职业所处的社会位置、社会环境就进一步强化、巩固了她们的心理、行为习惯，形成温柔体贴、感情含蓄、细致文静、多情善感的心理倾向。

有人曾将男女两性在心理上以及所密切相关的感觉上的特征做过比较。兹举数例：

△妇女的面部表情比男子丰富。男子通常是面容凝重、表情固定，妇女则表情经常变换，嘴角的折皱变化尤其丰富；

△在触觉、嗅觉、味觉及视觉上，女性均较男性敏感、敏锐；

△女性口齿伶俐，男性稍为逊色，且更易患口吃；

△女性对名字及面貌的记忆力较好。据心理学家分析，女性对人物较有兴趣，男性则对事物较有兴趣；

△女性往往比男性更容易快活或变得不快活；

△女性在较高音域内有较敏锐的听力，所以比男性善于辨音；

△需要精细的动作协调的工作，如打字、弹钢琴或神经外科手术等，女性都优于男性；

△碰到高兴的事，女性往往立即表示欢喜，男子则反应较缓慢，不急于表现自己的情绪；

△男人对于无关紧要的小事和细节不爱过多关心和考虑，而女性常常相反；

△男性比女性更有好奇心，对自己的能力也较有信心；

△就知觉和思维的速度而言，女性明显超过男性。例如女性的阅读速度超过男性，而且复述阅读时优于男性；

△女性的神经系统不如男子稳定，所以女性容易从一种情绪转变到另一种情绪。她们在瞬间转换心理状态的能力优于男性；

△女性从小就能很快地习惯于种种复杂的动作，她们比较容易学会要求准确的手部运动和高度集中注意力的某些体力活动；

△女性一般比较有音乐天分，歌唱能力较强；女性的审美鉴别能力较高，感情丰富，同时有很大的移情性，富于同情心，等等。①

此外，在对待异性上，男子一般主动性强，心理状态呈开放式，较少腼腆；女子则防卫性强，心理状态呈封闭式，较多羞怯。

正因为男女两性从生理特质、心理状态到社会要求有这些差异，所以形成了男性和女性心理特征的下述标准（或模式）：

---

① 参见《男女之别》，载《海外文摘》1987 年第 2 期。

男性：(1) 积极进取；(2) 有雄心大志；(3) 擅长分析；(4) 果断；(5) 擅长运动；(6) 有竞争性；(7) 维护自己的信念；(8) 激烈；(9) 有领导能力；(10) 独立；(11) 易做决定；(12) 男性化；(13) 自立；(14) 自足；(15) 具有坚强的性格；(16) 有主见；(17) 愿意冒险；

女性：(1) 感情丰富；(2) 快活；(3) 孩子气；(4) 慈爱；(5) 谈吐文雅；(6) 有同情心；(7) 女性化；(8) 文雅；(9) 爱小孩；(10) 对别人的需要、创伤敏感；(11) 害羞；(12) 说话轻柔；(13) 温柔；(14) 善解人意；(15) 温存；(16) 柔顺；(17) 贞静。①

这种标准只强调共性，忽视了作为人的个体的男女两性的千差万别、千姿万态，难免有公式化之弊。但是它毕竟概括了男女两性作为性角色在心理上的不同特征，这些特征除个别的与直接的功利目的相联系（如男性的"有竞争性""有领导能力"，女性的"爱小孩"等同男性的肩负社会责任、女性的抚育后代有关）外，其余大部分则是与一定性身份的人应具备的品格相联系的审美规范、审美要求，其本身没有实用功利性。也就是说，男女具备了这些心理特征，就分别具有了与性身份相应的性格美、心灵美、气质美（当然，性格、心灵、气质的美还不止这些。这个问题下文再谈）；而这种内在的美又是与男女体表形态的美一致的，都分属于阴柔美和阳刚美的范畴。唯其如此，在一定性身份的人身上，内美与外美才能达于统一。

概言之，男性心理特征集中到一点是刚硬，女性则是温柔。

苏联无产阶级革命战士奥斯特洛夫斯基从小就养成了勇猛顽强的性格，在战场上出生入死，从未畏惧过；在身染绝症、瘫痪不起、双眼失明

---

① 参见《红颜一定会薄命吗》，载《自然与人》1987年第1期。

后以超人的勇气和毅力顽强地生活下去，写成了《钢铁是怎样炼成的》长篇杰作。文坛上的"硬汉"、杰出作家海明威，14岁上拳击场，满脸鲜血但不肯倒下；19岁上战场，二百多块弹头弹片也没能让他倒下；写作上的无数艰辛、无数退稿、无数失败还是无法击倒他；直到晚年，连续两次飞机失事，他都从大火中站了起来；最后因为不愿意成为无能的弱者，他结束了自己的生命。他们的行为，既是"刚硬"心理支配的结果，又是"刚硬"心理的感性体现。同样，在历史上和现实生活中，女性心理特征同样有它的最佳载体。

第四性征：动态及行为方式。

不论男女，尽管有第一、第二性征，但那是静态的、性身份的证明；第三性征又毕竟只是一种内在的心理活动。一个人要使自己的性身份社会化，要完成他（她）的性角色，就必须在具有性别特征的心理活动支配下，让具有性别特征的机体去行动。所以，动态及行为方式是男女两性相区别的重要社会尺度。

生理的不同，使男性和女性在姿态、动作上产生了天然的差异。男性骨骼粗壮，肌肉发达，两腿修长，所以姿态有力，动作幅度大、节奏快，突发性强，给人以直线条的、锐角似的刚健之感；女性骨骼细、脂肪多，骨盆宽大倾斜，较男性肩窄腿短，就赋予女性以袅娜娉婷的轻盈姿态，且动作幅度较小、节奏较缓，举止柔和，整个给人以曲线的、圆弧似的柔曼之感。而一旦具有不同性别特征的心理活动加入进来，两性的举止、行为就更复杂，呈现出更明显的差异了。

首先，这种心理驱使着男女两性去选择各自认为与其性身份、性角色相适应的职业、工作和活动。这一点不言自明：例如男子一般不会去当纺织工、保育员，女子一般也不会去干搬运工、火炮手；男子喜欢招朋畅饮，喜爱剧烈的运动，女子喜欢聚伴絮话，喜爱表现心灵手巧的运动，等等。其次，也是更重要的，是男女各有一套行动、行为方式，这种方式如同心理特征，远较对职业、活动的选择、爱好更为稳定、持久，对所扮演的性角色得到社会肯定更具决定性。实际上，它是与性角色的形成一道定型的。它包括言谈举止、衣饰打扮、交友待人、生活起居、对事物反应的方式和表达思想感情的方式等等。一般来说，男性较女性更爱广交朋友，交友重在道义；喜欢显示慷慨豪爽；生活细节上比较随便；在突发事态面前力求镇定，感情表达有所克制即"男儿有泪不轻弹"，在女性面前愿意充当保护者角色、显示男子汉气概，如此等等；女性交友重在感情，生活上较男性更注重条理和细节；在苦难面前更易将同情馈赠他人，也更易倾诉自己的情感；在男性前面更显温柔和依恋，如此种种。至于衣饰打扮，古今中外，男女都是有别的。行为方式的差异，当然同男女不同的生理特征有关，但更重要的是社会条件（如男子化和女子化过程的不同）使然。

综上所述，在人的四个性征中，第一、第二性征基本上属于生理的、自然的范畴；之所以说是"基本上"，乃是因为它还受着社会因素的影响：首先，人类两性的不同生殖机制和体表形态是在社会环境特别是社会生产的漫长进程中形成的；其次，两性的第一、二性征发育如何，不仅取决于遗传基因，而且受制于由社会造成的父体母体生理状态，和本身后天所处的社会生活条件，以及后天的锻炼。第三、第四性征则主要是社会文化的产物。离开社会条件，男女的心理、行为特征就无法形成，剩下的只有动物式的雌雄之别了。

综上所述，还可以看出，男女四个不同层次的性别特征，分别渗透着阳刚之美与阴柔之美。"其得于阳与刚之美者，则……如霆，如电，如长风之出谷，如崇山峻崖，如决大川，如奔骐骥；……如杲日，如火，如金镠铁；……如鼓万勇士而战之。其得于阴与柔之美者，则……如升初日，如清风，如云，如霞，如烟，如幽林曲涧，如沦，如漾，如珠玉之辉，……"①从男女两性的不同性征中概括出的这两种不同形态的美，早在古代神话中就得到了形象的体现：美爱女神维纳斯之子小爱神丘比特善使弓箭，不仅用它来播种爱情，而且用它东征西战，骁勇非常。他背负弓箭，箭头向上斜插着，呈"♂"形。还有一位容华绝世的美丽女神，常持一柄圆镜，描眉画鬓，顾影自怜，镜柄与镜面就形成了"♀"形。"♂"活现出男性刚勇的雄姿，"♀"则映照出女性优美的娇态。这两个图形如此简洁明快、寓意深长地点出了男女两性的不同特征，所以，它就成了医学、遗传学、生物学等科学上用以标识雌雄两性的符号。同样，它们也是标识男女两性不同之美的符号。

三、两态美的互融互渗

从人类分为男女两半这个基本事实中概括出两性的不同性征，这是绝对必要的，不如此，我们在具体考察爱情审美的个体时便会失去基本的依据和相应的尺度。但是，男女两性的不同性征只是相对的，而非绝对的。我国明代中叶曾流行过一支叫《锁南枝》的民间曲调，其词曰：

傻俊角，我的哥！和块黄泥儿捏咱两个，捏一个儿你，捏一个儿我，

---

① 姚鼐：《惜抱轩文集》卷四《海愚诗钞序》

捏的来一似活托；捏的来同床上歇卧。将泥人儿摔破，着水儿重和过，再捏一个你，再捏一个我——哥哥身上也有妹妹，妹妹身上也有哥哥。

就像大自然创造男女就是为了使他们互相结合、彼此融合一样，男女的不同性征也是既有区别又有联系的，正如上引民曲中所说，是"你中有我，我中有你"，从而形成一种以阳刚或阴柔为基色的复合美。

这首先是刚与柔两种审美形态的交相渗透、彼此流动。

唯物辩证法表明，处于矛盾两极的事物既对立又统一，在一定的条件下相互融合、相互转化。对立着的阳刚之美与阴柔之美也不例外，它不仅在自然界表现出来，也体现在人身上。如前所说，人生来分阴阳、别男女（真性阴阳人除外），这种生理现象决定了人的性身份；与此相适应，由于性别不同而分别进行的男子化和女子化的过程，又使男女分别扮演着不同的性角色。前者显现着性感，后者体现出性度。但是，在性身份和性角色确立的前提下，由于人生理发育和心理发展上的差异，具有此一性感和性度的人身上会渗入彼一性感和性度。例如在身体的自然形态上，有的男子虽然具有男性的一切特征，绝不会被人误认为女性，但又确实给人以类似女性的秀美之感，这主要是由其面目的清秀、身材的小巧、皮肤的白皙等遗传因素造成的，史籍上就记载着战国时期文学家宋玉"为人体貌娴丽"，即身材容貌都文秀俊雅，汉代谋臣张良则面如冠玉，"望之如好妇"，看上去像姣好的女性；英国浪漫主义诗人雪莱、拜伦的姿容秀雅也广为人知。反之，一个性身份是地地道道女子的人，在其容颜体态上也可能给人以类似男性的粗犷刚健之感，这主要也是由生理遗传因素如身材的高大、骨骼的粗壮、面容的坚毅等造成的。这样的男子和女子，虽各有特定的性别、性身份，但给人的性感就不那么单一了。生理因素不仅影响性感，而且影响性度。医学研究表明，性度通常和母体子宫内的性激素有关，如果女性出生于由于代谢功能异常并从肾上腺分泌出更多的雄激素的母体中，她就会表现出男性的兴趣，如喜爱活动、性格开放；如果母亲在孕期服用过女性荷尔蒙，则其子较一般男性沉静、少攻击行为。

当然，对性度具有决定性影响，即是说，造成性度的根本因素，还是社会环境，是男子化、女子化过程得以实现、并为其提供参照系的社会环境。正因为如此，倘若一个人所处的具体社会环境不能为其男子化或女子化的过程展开以充分的条件，不能为其提供标准的参照系，那么，这个人的性度就会呈现某种复合状态。这在文学作品中有着大量的真实的描写，最典型的莫过于《红楼梦》中的贾宝玉与王熙凤了。

贾宝玉生当中国封建社会末期，那是个以男性为中心的社会，按照当时社会对男子化的要求和为男子化提供的参照系，贾宝玉这个"世代簪缨之族，钟鸣鼎食之家"的公子理应到社会上去扮演一个读书入仕、出将入相的男子汉大丈夫的角色，但是，由于贾府"老祖宗"贾母的宠爱和大观园的落成，"使他只在女儿堆中厮混"，自小就生活在一个由太太、小姐和丫鬟组成的"女儿国"这个特殊的具体的社会环境之中。涉世未深的少女们的纯洁天真、温柔多情同社会上在名利场中钩心斗角的男子们的老谋深算、寡情薄义形成鲜明对照，使贾宝玉形成了这样的观念："女儿是水做的骨肉，男子是泥做的骨肉，我见了女儿便清爽，见了男子便觉浊臭逼人！"实际上，现实生活中的林黛玉、晴雯等女性和《西厢记》《牡丹亭》等文学著作中的主人公已成为宝玉参照系的一部分。这样，一方面是贾政等人用封建社会对男子的一整套伦理规范管教他，另方面是大观园中的纯情少女们影响着他，于是，他所扮演的男性性角色同传统的标准大相径庭，明显地染上了女性的气质,在不向封建势力屈服的刚性之外,还有女性的软款温柔、善解人意、多情善感等柔性。如第四十四回"变生不测凤姐泼醋喜出望外平儿理妆"中,平儿因无端受凤姐之气而伤心落泪,宝玉极尽抚慰之情,并且因"得在平儿前稍尽片心,也算今生意中不想之乐;因歪在床上,心内怡然自得。忽又思及:'贾琏惟知以淫乐悦己,并不知作养脂粉。'又思:'平儿并无父母兄弟姊妹,独自一人,供应贾琏夫妇二人,贾琏之俗,凤姐之威,她竟能周全妥帖,今儿还遭荼毒,也就薄命的很了!'想到此间,便又伤感起来。……见她的绢子忘了去,上面犹有泪痕,又搁在盆中洗了晾上;又喜又悲。"这种温存体贴的作为,这种细腻的感情,是当时的男性所难得有的,充分体现出一个"柔"字。

王熙凤则不同,按照当时社会对女子化的要求以及为此提供的参照标准,王熙凤应该如薛宝钗、李纨等那样成为"谈莫高声,笑莫露齿"、温良恭俭让的封建淑女。然而,荣国府中,大老爷贾赦不理家事,二老爷贾政一味清高,其他人等亦只知安富尊荣,王熙凤之夫贾琏更是个纨绔子弟。这样,荣府家政大事就落入深受贾母、王夫人信任,"自幼假充男儿教养","心机又极深细,竟是个男人万不及一的"王熙凤手中。以她的心理素质,加上这样的特殊家庭环境,使得王熙凤的言谈举止、行事作为都有一股子刚劲儿、辣味儿。这从黛玉刚入贾府参见贾母时王熙凤的上场就可看出来:"……只听后院中有笑语声,说:'我来迟了,没得迎接远客!'黛玉思忖道:'这些人个个皆敛声屏气如此,这来者是谁,这样放诞无礼?'"当然,王熙凤是封建卫道士,她的"刚劲儿"并没用来干好事,但她身上所体现出来的这种"男性度",却只能是"自幼假充男儿教养"以及后来主持家政这种特殊环境的产物,也就是说,在王熙凤女子化的过程中,掺进了男子化的社会参照物和参照标准。

事实上，人的先天遗传基因和母体内的性激素变化是极其复杂多样的，每个人后天所处的家庭社会环境也各个不同，所提供的参照系统又往往互相交错，这就使得具体人身上的性感和性度往往不是那么纯粹、单一，常常是男子身上有某种程度的女性度，女子身上有某种程度的男性度，即刚中有柔，柔中有刚，刚柔相济。这种情况表现在人的外表上，就有如文艺复兴时期拉斐尔、米开朗基罗所画、所雕的人体：前者画的《阿波罗》，面容清秀，肌体匀停，虽一望而知是男性，又分明透着女性的柔和；后者雕塑的《夜》，具有力士般的身躯，肌肉强健，姿态有力，虽为女性，却秉有男性的刚劲。这里虽有艺术上的夸张和概括，但现实生活中类似的情形是随处可见的。小说《牛虻》中这样描写少年亚瑟：

他是一个瘦削的小伙子，……从那长长的睫毛，敏感的嘴角，直到那纤小的手和脚，他身上的每一部分都显得过分精致，轮廓过分鲜明。要是静静地坐在那儿，人家准会当他是一个女扮男装的很美的姑娘；可是一行动起来，他那柔软而敏捷的姿态，就要使人联想到一只驯服了的没有利爪的豹子了。

从性身份上讲，亚瑟是男子，具有男性的体表特征，但是五官四肢的形状和线条又被先天的遗传基因赋予了纤秀的阴柔之美，可谓刚中有柔；而他柔软敏捷的行为姿态却分明具有某种女性的韵律，但这韵律中则又透着鸷厉、矫健，可谓柔中有刚；从而使他的整个形象刚柔相济。当然，这里说的刚柔相济不是刚、柔平分秋色，而是在阳刚的主调、基调或本色上有阴柔的变调或色彩。对于性角色的塑造而言，行为、姿态较之静态的外表更为重要，所以亚瑟静止时虽会被人误以为是女扮男装的少女，但他一且行动起来,那潜伏着的阳刚之气,那内蕴着的男性性度就咄咄逼人地显露出来,有力地证明着他的男性性身份,塑造着与此相应的性角色。

刚柔相济更多地表现在心理状态上、思想感情、性格气质上。一般而言,男性应更刚强,更坚毅,更活跃,这是其心理状态的基本特征,但是这并不意味着他缺乏温情和沉静,他甚至也会像女性一样的脆弱、羞涩,多愁善感。鲁迅有一首诗《答客诮》云:

无情未必真豪杰,

怜子如何不丈夫?

知否兴风狂啸者,

回眸时看小於菟?

讲的就是男性的恋幼之情。据《战国策·赵策》载:触詟要求赵太后给他的小儿子一个王宫卫士的职务,赵太后问:"丈夫亦爱怜其少子乎?"意思是说,男子汉大丈夫也(像妇女一样)疼爱小儿子吗?鲁迅是硬骨铮铮、宁折不弯的无产阶级革命斗士,但却很爱他的孩子。这在有的人看来觉得矛盾,就拿此事开玩笑,所以鲁迅就反用赵太后之典告诉他:没有柔情的人未必是真正的男子汉,疼爱孩子怎么不是大丈夫?连那兴风狂啸、凶猛非常的老虎,都不时地眷顾着小虎呢!显然,这种怜幼之情是一种温情、柔情。男性的柔情在对待异性上表现得更为突出。秦末的西楚霸王项羽,"力拔山兮气盖世",身躯孔武有力,武艺超人,性格粗犷刚勇,极具男性气概。然而在兵败与宠姬虞姬诀别时,却柔情似水、泣下数行,以致"左右皆泣,莫能仰视"。此所谓"英雄气短,儿女情长"。黄花岗七十二烈士之一的林觉民,是中国旧民主主义革命的先驱。1911年4月27日,他和战友们在广州轰炸督署,激战中受伤为清兵所俘,临刑谈笑自若,引颈就义,充分显示出一种壮烈崇高的阳刚之美,"固一世之雄也"。但就在起事前三天写给其妻陈意映女士的绝笔信中,却倾泻了满纸柔情,袒露出"吾至爱汝","吾充吾爱汝之心,助天下人爱其所爱"的博爱胸怀。

反之,女性在其温柔多情、端庄娴静的心理特征基础上,也会因刚烈、坚毅、豪放等性格因素的显露而闪烁出阳刚之美的光彩。代父从军的木兰是人们熟知的古代女英雄。她本是一位当户织、弄机杼、理云鬓、帖花黄、承欢父母膝下、听惯"爷娘唤女"的娇柔女性,但她性格中也有刚烈的一面,所以在"可汗大点兵",而"阿爷无大儿,木兰无长兄"的情势下,她毅然女扮男装,代父出征,投身于"朔气传金柝,寒光照铁衣"的艰险壮烈的军旅生涯,表现出男子汉的无畏气概。但是"将军百战死,壮士十年归"之后,木兰"脱我战时袍,着我旧时裳",依然是一娇柔女性。如果说木兰是文学中的人物还不足信的话,那么清末的革命女杰秋瑾就是生活中的真实女性了。秋瑾原系大家闺秀,性情温柔,气质端雅。但是在寓居北京,接触到新的思想后,痛感帝国主义侵略中国,民族危机严重,又因身受封建家庭压迫,产生反抗心理,遂投身革命。此时的秋瑾虽"身不得,男儿列;心却比,男儿烈",为免神州陆沉,她"把剑悲歌",死不旋踵,拼洒一腔热血,化作万丈波涛! 这些事例表明,由于自然的和社会的影响,女性的心理、行为会趋向于男性,即呈现出男性度。依靠着这种呈男性度的心理、行为,女性是可以干出男子汉"大丈夫"的事业的。所以历来有人将具有男子风的"女强人"称之为"女丈夫"。在男女平等、女性真正成为社会"半边天"的社会主义时代,女子化的过程中由于有大量与男子取齐的参照物、参照标准介入,所以其过程与结果同以往有质的不同,不少女性不仅通过健美运动使自己具有强健的肌肉和力度,使服饰男式化,而且在向男性世袭的工作领地和事业领域进军,思想感情及其表达方式也与男性有更多的相似之处,所以,女性身上的男性度将愈来愈高,将会有更多的"女丈夫"涌现。

正因为刚柔互济,男性身上有女性度,女性身上有男性度,所以性差心理学家认为,男女两性在心理、行为上只有程度的差别;世界上没有绝对的男性或女性,男女性是混合交织地存在于具体人身上的。就审美而言,每个人身上都兼有阳刚与阴柔之美的成分。唯其矛盾统一、刚柔相济,人才显得更多姿多彩。当然,这决不意味着、事实上也决不会取消或湮没两性间的差异:第一,尽管由于先天的遗传和后天的环境,男女两性在体表形态上都可能具有异性的某些形式性因素,因而每个人的男性感或女性感不尽相同,但男女的第一性征和第二性征的基本点是泾渭分明的,因此,男女两性在体表形态(性感)上都各有主调,决不会混同;第二,虽然在心理、行为上男女都会呈现异性的性度,且女子身上的男性性度有增高的趋势,但由于自然的(生理)、社会的(分工、审美,等等)定性和要求,无论如何不会使两性合而为一;一旦出现这种可能,社会作为一个自组织、自控制、自调节的大系统,就会通过种种机制来防止。例如,前几年我们的电影、电视上出现了一批在长相、性格、气质和作为上都脂粉气颇浓(即刚不足柔有余)的"奶油小生",不久即招来社会各方的讥评和干预,招致观众的反感,有人甚至发出了"寻找男子汉"的呐喊。此后,影视屏幕上便出现了一批"硬汉""冷面小生"的形象。这就是社会系统自我调节的结果。当然,这不排除个别人身上出现性度与性身份相悖即阴差阳错的现象。有这么一个例子,不妨摘录如下:

甘素芳祖籍河南,父亲是个画师,……母亲总盼望能生一个女儿,可偏偏一连生下四个儿子。生甘素芳时她已经35岁了，难产，大出血，差一点丧了命。她绝望了，决定把这个小儿子当女儿对待，便起了这样一个名字——素芳。

从小他就留长发，梳小辫，穿花衣，穿裙子。不知底细的人，还真以为他是个女孩子，夸他长得漂亮、伶俐，"像一朵花似的"。听了这些话，母亲更是得意。

按：在这种家庭环境中，由于家长（母亲）对儿子的"性角色期待"违背了儿子的性别、性身份，所以给儿子提供的是"女子化"过程的参照标准。这样——

6岁上小学时，这个假小姑娘不得不换上男孩子的衣服。可内衣、毛衣仍然大红大花的，头发还是留得长长的——母亲舍不得把它剪掉，甘素芳自己也认为这样好看。

一直到上中学，甘素芳都醉心于蓄长发，穿花衣，扮女性。在这个男性"女子化"的违背自然与社会的不正常过程中，甘素芳愈陷愈深，心理状态已经逐渐女性化了，于是导致了行为方式的女性化——

他买了口红、胭脂，甚至乳罩……凡能买到的女人用品，他全买了。白天，他还稍稍收敛一些。一到晚上，就关上门化妆起来，用烧热的卷发钳把长发卷成各种时髦的式样，从里到外都换上女装……

他在扮演一个本不应属于他的女性性角色，但这性角色同他的性身份所具有的性征愈来愈矛盾，引起了他的烦恼：

唇上的髭毛越变越浓，接着下巴又悄悄地钻出几根黑黑的胡须。听说胡子会越刮越粗，他买了一把小镊子，常常对着镜子一根一根地拔掉。有时也将眉毛修饰一下，弄成细细的，弯弯的。①

我们知道，美是与"真"密切相连的，只有合乎客观规律、顺乎社会潮流的事物才可能是美的。所以，男性一定要扮演与其性身份相适应的性角色，愈是成功愈是具有美学价值。女性亦然。甘素芳的性角色则正好与其性身份相悖，心理变态，行为怪诞，于是走到了美的反面——丑，只能叫人反胃。难怪中学校长要训斥他，他的几个哥哥看不惯他，别人给介绍的女朋友一见他这个样子就掉头而去。——这样一个不男不女的人，怎能有资格置身于爱情审美之中呢！这是男性"雌化"的典型例子；同样也有女性"雄化"的事例。这对于每一个青年男女，对于家庭，对于师长，都是应当引以为戒的。

上面，我们谈了刚与柔两种审美形态的交相渗透所造成的刚柔相济，下面，再分析一下四种性征的相互关系和对于人之美的不同意义。

生殖机制、体表状态、心理特征和行为方式这四性征虽然对于人的健全发展都是不可少的，但并非互不相干、独立存在或机械排列、价值均等、无分主次的。

第一，它们之间是一种有内在联系的有机组合。生殖机制作为决定人性别、性身份的生理因素，是其他三性征得以生发的物质前提。一个有正常生殖系统、生殖机能的人，必然会合乎生理规律地出现第二性征，形成男女不同的体表形态，它是人性别、性身份的外部标志。或者，如果将生殖机制叫作性身份的本质内容，那么体表形态就是性身份的表现形式。在一般的、正常的情况下，二者是统一的、表里一致的，共同构成了人符合

---

① 《他的"异装癖"是如何形成的》，载《社会》1987年第1期。

其性身份的肉体美、性感美;这种美是人的感性美的重要组成部分,对于爱情审美具有重要意义:首先,爱情审美是在"两种生产"的基础上和过程中形成的,它的最终目标也必然要指向"两种生产";而具有肉体美、性感美的男性或女性必定是发育健全、足以担当起生命的生产和物质资料生产的双重重担的。所以肉体美、性感美是爱情审美的重要内容;其次,如同一般审美一样,爱情审美也是通过眼、耳、鼻、触等感官来进行的,正如乔治·桑塔耶纳所说:"若不是感官首先被吸引,性的吸引力就不能起作用。本能中预定应该追求的那个对象,也必须能迷惑眼睛和愉悦耳朵。两性为了这缘故就发展了第二性征;性的感情也就同时扩张到各种第二对象上。颜色、仪态、容貌就变成了对性欲的刺激和两性选择的向导。"

他还说,在体表形态这第二性征能完成"两性选择的向导"这个任务之前,"便取得了某种内在的魅力"[①]。这所谓"内在的魅力"指的就是决定人体表形态的内在生殖机制在实现两性结合上的性吸引力。这个观点说明了人体健与美的统一,即是说,由于人的第二性征是由生殖的第一性征决定的并为其服务,所以,人体表形态的性别美反映着人内在生理上的健,并由此获得了审美价值。

由于性身份的不同,人被分别纳入男子化和女子化的社会化过程,正是在这个过程中,才分别形成了男性的心理特征、行为方式和女性的心理特征、行为方式,人才得以进入并实现其各自的性角色。离开了天然的性身份,离开了决定性身份的第一性征以及作为其表现的第二性征,男子化、女子化的过程就不存在,第三性征、第四性征就无由产生,所谓性角色又

---

① 乔治·桑塔耶纳:《美感》第40页。

从何谈起？！但是，这绝不是说心理特征与行为方式就是消极的、被动的。恰恰相反，正像经济基础决定上层建筑，上层建筑反过来又影响经济基础一样，心理特征、行为方式的形成虽然要以性别为前提、为出发点，但这个性身份能否得到社会的承认，得到事实的证明，却主要依靠心理特征及其外在表现——行为方式。正因为如此，所以不论男女，他（她）在社会上所扮演的性角色是否成功，是否具有审美价值以及这审美价值的大小，关键看其行为方式是否符合社会伦理道德要求和审美要求；符合的，就表明他（她）具有男子的内美或女子的内美，反之则不美或丑。作为男子，如果他整天专注琐屑的小事，婆婆妈妈，气量狭窄，没点刚性，举止忸怩，临危难而胆怯，见艰险而动摇；作为女子，如果她举止粗鲁，性情暴躁，缺乏柔性，见苦难而不动容，待老幼时作狮吼，那么，古今中外都没有以此为美的。心理、行为美与否，反过来又影响着肉体的性感美：一个人，倘若有与其性别相适应的健美躯体，又有符合其性角色的心理与行为，那么肉体这个感性形式就会因为与内容相一致而益增其美的光辉；倘若外表美而心理、行为不美，则内容与形式就会因分离而破坏外表给人的美感。

第二、四性征对于具体的人来讲都是不可或缺的，但在社会审美意义上，特别是对于爱情审美而言，它们又是处于不同层次，具有各自的价值的。

爱情审美当然有它独特的社会的、精神的内涵，但无论如何离不开生命的生产；爱情审美导致的两人的结合必然会产生新的生命，这新的生命也就是爱与美的结晶。因此，与生命的生产密切相关的物质条件——发育健全的父体、母体以及由此形成的体表形态的美，对于爱情审美具有特殊重要的意义。斯宾塞在《艺术的起源》中说：

> 甚至男子的舞蹈也是增进两性的交游。一个精干而勇健的舞蹈者定然

可以给女性的观众一个深刻印象：一个精干而勇健的舞蹈者也必是精干和勇猛的猎者和战士，在这一点上跳舞实有助于性的选择和人种的改良……

这样一个"有助于性的选择和人种的改良"的男子在体表形态上无疑是富于阳刚之美的。反之女子亦不例外。尽管人们由于人种、民族、地域、时代和个体的不同而会在审美的观念、理想、趣味和由之而来的审美标准、要求上产生差异，但就具体的人而言，他（她）希望得到的爱人几无例外都是其心目中认为的身体健美的异性，只不过事实上往往会因主客观的种种原因使之不一定能完全实现自己的这个主观愿望罢了。在爱情审美中，人这种对异性外表美的追求是完全可以理解的，也是应该充分尊重的。

可惜的是，人作为整体虽然在美的阶梯上凌驾于一切动物之上，是天地万物之美的精华，但在人类的整体之内，个体与个体之间并没有从这整体美上机会均等地平分一份秋色，因而出现了诸如很美与美、美与不美、甚至美与丑这样的种种差别。这种差别来自先天和后天、生理与环境、自然与社会。

从先天来说，决定人体表形态（包括容貌体态、高矮肥瘦、比例、颜色和乳房、胡须这类副性征）的重要因素是遗传基因，遗传基因中包藏着父体与母体身体结构的"密码"，新生命的发育就是在密码的支配下进行的；而世界上有多少个人就有多少种密码，这就难怪世界上没有完全相同的人了。由于关于人的体表形态的社会审美标准是从大多数正常发育的人中概括、提炼出来的，所以它是一种平均值。日本的美容外科专家曾用 X 光照相取得脑颅骨和面颅骨上各测点位置，并分别用角度和距离等参数标记，经电子计算机处理，发现公认的漂亮女性的标准参数要大于一般女性的参数，即是说，漂亮女性脑颅骨和面颅骨的发育要较一般女性发达，并且面部各部分的协调程度接近全社会女子的平均值[①]。躯体、四肢亦如此。男性当然也是这样。由于社会审美标准是定在平均值上和较大参数上，所以达到这个标准即为社会所公认的"美人"就不能不是少数了；超过这个标准的"绝色"更少，"佳人难再得"的古语就是证明。而大多数人则是接近或低于这个水平的，离这个标准愈远，美的程度就愈低，以致走向不美甚至丑。当然丑的人即身体五官搭配极不协调或者有残缺者也是少数。这就形成一个中间（接近美）大、两头（美、很美与不美、丑）小的纺锤形。

从后天来说，造成人美的差异的有两种因素：自然的和社会的。任何人总有一个衰老的过程，必然导致机体内外的一系列变化，由于青春的消逝，原来很美的人也会美色凋残的，这是不以人主观意志为转移的自然规律。同时，各种疾病也会损伤一个人肉体的性感美。从社会因素看，种种意外情况如工作中、运动中、旅行中、生活中由于不慎、事故、火灾、车祸等，以及社会事件如战争等，都会造成人的伤残，破坏人的外在美；至于因环境不佳、营养不良而影响人的健美，则是社会因素和自然因素共同起作用了。这种种后天的自然的与社会的因素综合作用的结果，又必然使不少人达不到美的标准。

一方面是人人都有爱美、求美之心，另方面大多数人的外表又与社会审美标准有距离，这个审美理想与审美现实的矛盾在爱情审美中如何解决呢？这就要求爱情审美的主体（我）正确而全面地把握住爱情审美对象（你）的整体审美价值，即摆正四类性征的关系，理解其对于爱情的意义。

人是作为一个完整的具有社会内容的整体而存在的。尽管从两性的区

[①] 见《健与美》1985年第2期第24页。

别上，我们可以在理论和艺术中将人的某一性征单抽出来加以考察或表现，如研究体表形态的文章和描绘人体美的绘画；但对于具体的人、作为爱情审美对象的人来说，任何性征都离不开人的整体，任何性征的审美意义都要依整体的性质为转移。那么，人的整体性质是什么呢？是社会性。

人处在其老祖宗——森林古猿、猿人阶段时，只是自然界诸物种中的一种，只有自然性（如第一、二性征及性本能）而无社会性。但人类社会的沉重大门一旦启开，人就不再是动物了，他（她）除了自然属性之外还被赋予了社会的属性（如各具特色的两性心理状态、行为方式，以及由性爱升华而成的两性共有的情爱等等）。正是这种社会性规定了人之为人（而不是动物），规定了人之为男为女（不是为雄为雌）。所以，虽然两性的心理特征、社会特征、性角色特征是以生理特征、自然特征、性身份特征为物质前提，但它却是男女两性之为人的本质特征，是人之所以能成为审美客体、能具备审美意义的先决条件；体表形态的美只有附丽于人的本质特征才有实际意义。这就好比一只手，哪怕长得再美，也没有独立存在的价值。它的美是以它长在有灵魂的活人身上为前提的，手一旦离开人的整体，就不成其为手，美也就无从谈起。有识者说得好："女人的女性美及其聪明才智是男人最为关心的。是的，妇女的美貌常为男人所倾倒，他们常常在美丽的姑娘面前伫立注目，但是，当他发现这个使他惊讶的美丽图案后面并没有什么其他具有真正含义的东西时，他会毫不迟疑地离她而去。"一个最简单但也最有力的证明是：对于痴呆型人或精神病患者，哪怕长得沉鱼落雁、闭月羞花，也是不会有人去爱的。因为人爱的是如同自己一样有灵有肉的异性，而不是失去灵魂、徒具空壳的行尸走肉。倘若有谁要通过占有这肉体获得生理上的享受，那只能表明他发泄的是动物式的兽欲，这种性关系绝非爱情审美使然。

既然人的自然机体会由于先天的和后天的种种原因而达不到或不能长期保持那种标准的美，而体表形态的美对于作为整体的社会化的人来说又以其心理状态、行为方式为先决条件，那么，在对异性作爱情审美时更应看重其社会性的本质特征，就是不言而喻的了。

前文说过，心理特征、行为方式构成男女两性的性度，是性角色的内涵。心理特征和行为方式在人身上的统一形成了男女有别的独特气质与风度，它一旦形成，可以贯串于人的一生，使人得以将自己的性角色扮演到生命的大幕降下为止。因此，相对于易衰、易损的人体美而言，它更稳定、更持久、更深刻，也更重要。但是，这种使两性各美其美的心理特征、行为方式又依存于将男女两性统一为人类的更大的共同前提，这就是：不管男女在生殖机制、体表形态、心理特征和行为方式上有多少差异，也不管人分男女在社会性上有什么不同本质特征，总之他们都是人类中的一员，有作为社会一分子的相通、相同之处；他们除受男子化、女子化的种种互有区别的道德规范、审美规范、行为规范制约外，还受共同的政治的、道德的、审美的等规范的影响和支配。因此男子和女子必然形成某种共同的政治态度、道德观念和审美趣味，即某种共同的世界观、人生观、价值观。这些态度、观念、趣味如何及其实际表现怎样，决定着男女两性作为人是否生活得有价值、有意义，是否美，是否像个人，因此它比决定人性别美的种种因素更重要。

不妨以《红楼梦》中的林黛玉与薛宝钗为例做一分析比较。

照小说的描写看，林、薛二人都是绝色美女。林黛玉禀稀世之姿容，生就"两弯似蹙非蹙笼烟眉，一双似喜非喜含情目。态生两靥之愁，娇袭一身之病。泪光点点，娇喘微微。娴静似娇花照水，行动如弱柳扶风。"薛宝钗则"生得肌骨莹润，举止娴雅"，仙姿玉骨，"稳重和平"，雍容典雅。虽则燕瘦环肥，但按当时的审美标准，都是上流社会的"达标"美人。可是，林、薛二人在心理、行为上却大异其趣：林黛玉性格孤傲，目无下尘，又好使小性子，言语尖刻，行动怪僻；薛宝钗则性情温顺，罕言寡语，安分随时，人缘极好。若衡之以性度，则薛之女性度似高于林，即是说，薛的性角色比林扮演得更成功，更像个大家闺秀。如果事情到此为止，那么由于心理、行为特征在规定人的性身份上较体表形态更重要，所以薛宝钗比林黛玉更具阴柔之美，因之也更可爱。但是，林、薛二人不仅仅是大观园中的女性，而且是封建社会中的人，她们必然还有超乎"闺范"之上的不分男女均应或均可有的观念、准则。当时的封建社会已到末世，一方面是随着新兴市民阶层的兴起，追求个性自由、人格平等、婚恋自主的新思想和与之相适应的新道德正在萌生，另方面是封建的旧思想、旧道德更加腐朽。两者都有其男女信徒。林黛玉纯洁、正直，向往真正的爱情，鄙弃封建官场的蝇营狗苟，敢于同封建传统势力抗争，属于新思想、新道德的觉醒者；薛宝钗却装愚守拙，城府颇深，工于心计，热衷于功名利禄，明知宝玉不爱她也要争夺"宝二奶奶"的宝座，属于旧思想、旧道德的卫道者。在决定人的社会本质这个更高的层次上，林黛玉显然活得比薛宝钗光彩，具有相当高的正面审美价值，薛宝钗则相反。正因为在为人处世这个根本点上林、薛处于历史潮流的顺、逆两个方向，所以作为完整的人，林、薛居于审美尺度上的正、负两极。由于具有性别特征的心理状态、行为方式的审美价值以此为转移，而体表形态的美又以心理特征、行为方式的审美价值为转移，因此，即便薛宝钗从外形到气质都具备女性感和女性度，却会因为心灵世界的灰暗而失去美的光彩；而林黛玉虽然在气质上似较薛宝钗稍逊一筹，但因其有一颗美的心灵而使气质上的缺陷悄然隐去。

这样看来，如果按从深刻、稳定、本质到肤浅、变动、表面的顺序来排列人之美的层次，就会得出灵魂（男女两性作为社会人的最本质的共同的特性，即思想、立场、道德、情操、才智等）→气质（具有性别特征的心理状态、行为方式即第三、第四性征）→肉体（容貌体态，即第一、第二性征）。在审美价值的依从性上说，是自前往后一个层次制约着另一个层次。可别小看了这种依从主次顺序！古往今来的爱情审美史上，有不少男女是在闯过肉体、气质的审美关后，因在对灵魂的观照上发现了丑而分道扬镳的。所以宝玉才最终不爱宝姐姐而爱林妹妹的！

当然，上面我们所做的分析和描述，都是从人类分为男女两性的宏观上进行的，这种宏观的把握对于爱情审美虽然具有必不可少的指导意义，但却永远代替不了微观上的具体分析，因为任何一个男子或女子的美都不可能按照机械划一的模式来复制，而必然表现出千差万别、千姿万态，正如林黛玉、薛宝钗都是生活在大观园中的封建社会贵族少女，但她们从外表、气质到灵魂，呈现出多么复杂的差异！可以断言，人世间有多少个男男女女，美就有多少种具体表现形式。这一点，是本书的读者务必要记住的。

然而无论如何，男男女女的美毕竟可以归结为男性美（阳刚美）和女性美（阴柔美）两种基本审美形态。由此而来就有一个怎样看待这两种美的问题，就如怎样看待一切伟大的历史活动成果一样。

第一个称女子为美丽的性别的人，也许只是想恭维她们，其实他表达出来的意思超过了他自己的预料。我们姑且不说女性容貌清秀、线条柔和，她们面部表现出来的友好、戏谑、和蔼比男人更强烈、更动人……除此之外，女性心灵结构本身首先是具有独特的、和我们男性显然不同的并且以美作为主要标志的特征。如果并不要求高尚的人推让荣誉,将美称割爱给他人,我们就不妨自称是高尚的性别。但是,切不可把这番话理解成这样:妇女似乎缺少高尚品德,而男子似乎缺少美。恰恰相反,倒是可以认为无论男女都是二者兼而有之,只不过女人身上的其他一切品德都是为了衬托其美的特性而组合在一起,而在男子的各种品格中,以作为男性的显著标志的崇高最为突出……

妇女有较强的爱美、爱优雅、爱漂亮的天性。……妇女非常会体贴人,心地善良,富于恻隐之心,讲究美而不注重实用……总之,多亏有了妇女,我们才能识别人性中美的品格和高尚的品格;女人甚至使男子也变得较为精细……

女性的智慧同男性的智慧不相上下,差别只在于:女性的智慧是美的智慧,我们男性的智慧则是深沉的智慧,而这不过是崇高的另一种表现。[①]

这段精彩的论述出自德国古典哲学家和美学家康德笔下。它概括了两性美特别是女性美的特征,指出了无论男女都是以某种美为主的刚柔相济的统一体,它特别赞颂了女性及其美的存在,对于人们认识美、促使人们的审美感觉精细化、敏感化的作用。

英国19世纪的作家耶弗利斯则用诗一样的语言为女性的美唱出了一往情深的颂歌:

……原来处女的珍贵性是由地上和空中一切着魔的事物汲取来的。它来自一个半世纪以来吹过青春的南风;来自那些摇曳在沉甸甸的金花菜和

---

① 转引自瓦西列夫《情爱论》第89—90页。

欢笑的威灵仙上头而藏匿山雀驱逐蜜蜂的渐长的草的香气；来自蔷薇罗布的篱笆、金银花，以及青杉荫下转黄麦茎丛中天蓝色的矢车菊。虹彩留住日光所在的一切曲涧的甜蜜；一切荒林的蓄美；一切广山所载的茴香和自由——并须经过三个百年的累积。

百年来的莲馨花、吊钟花、紫罗兰，紫色的春和金色的秋，不死的夜，一切正在展开的时间的节奏。这是一部未尝书写亦且无此能力书写的编年史；试问一百年前由玫瑰落下的花瓣有谁保存记录呢？三百回飞到屋顶的燕子——你就想想看吧！处女就是从那里来的，而世界之渴望她的美，犹之渴望过去的花一般。17岁的姑娘之可爱已经有了许多世纪的历史了[①]。

在这里，作家从大自然中一切优美的、温馨的、娇艳的事物上看到了女性及女性美的珍贵性，同我国古代所说的"山川灵秀钟于女子"是同一个意思。的确，女性所体现的那种令人赏心悦目、引发蜜意柔情、灵魂为之净化的美，是造物主——自然与社会——在漫长岁月中千锤百炼的杰作；它是那么娇嫩，任何的不慎、粗暴、轻薄都会亵渎它、损伤它、失去它，但它又是那么坚韧顽强，世世代代以来，人类的另一半在奋斗，开拓，挫折，挣扎，痛苦，思索，崛起，胜利之时，始终从它那里得到灵魂的抚慰，获取前进的力量，看到理想的美好。只要人类在，它就注定要伴随着那在大海沸腾、岩浆奔突、天翻地覆、雷电轰闪的创造中诞生的男性阳刚之美，交织、化合成生命无穷延续的庄严乐音！

[①] 转引自德莱塞《珍妮姑娘》第73页。

第三章 "我"
——爱情审美主体的心理机制

"我"姓甚名谁？我不知道。

"我"有着怎样具体的性格、气质、思想、感情？我也不知道。

但正如我确切地知道"你"是爱情审美的对象（客体）一样，我也确切地知道"我"是爱情审美的主体，亦即那无数钟情之男、怀春之女中的一个。或者说，"你"就是"我"，不过作为"你"时是被异性观照、爱着的人，而一旦"你"去观照、爱恋对方时，"你"就转化成"我"亦即处在"我"的位置上了。正因为"我"是千千万万个钟情之男、怀春之女中的任何一个，而这千千万万个男女又都受着爱情审美规律的支配，有着大致相同的心态、情态，所以，我们可以通过对"我"的分析，窥一斑而见全豹。

一、本质的对象化：实现"自我"的需要

在爱情审美中，当人处于对象的位置时，那么对于主体来说，他（她）

是被动的，受动的，以物质的、感性的存在形式将自己从形体到心灵的方方面面展示着，表现着，他（她）存在的客观效果是在主体心目中引起一定的感觉、印象和感情。这在某种意义上有点类似林黛玉初进宁国府时的处境：贾府上自贾母，下至凤姐，乃至大小丫鬟，那一双双审视、挑剔、欣赏的眼睛，将黛玉"上下细细打量一回"，而黛玉却"步步留心，时时在意，不要多说一句话，不可多行一步路，恐被人耻笑了去"，即使她不这样，想怎样便怎样，也仍然是在别人的观照之中，不过是给人另一番印象罢了。

然而，如果黛玉从"我"的角度出发，即作为主体来看，情形就不同了。"我"（黛玉）有思想，有感情，有自己的审美眼光；"我"为了不"被人耻笑了去"，所以提醒自己"步步留心，时时在意"；在规范、约束自己，供别人"观照"的同时，"我"也在悄悄地观照别人，即把别人当作客体来观赏、评价。"我"看见贾母"鬓发如银"，看见迎春"肌肤微丰，身材合中，腮凝新荔，鼻腻鹅脂"，探春"削肩细腰，长挑身材，鸭蛋脸儿，俊眼修眉，顾盼神飞"，并对之依次做出了"温柔沉默，观之可亲""文采精华，见之忘俗"的审美评价；王熙凤则给"我"以"恍若神妃仙子"的印象，产生出"粉面含春威不露，丹唇未启笑先闻"的感觉。及至见到"面若中秋之月，色如春晓之花"的贾宝玉，黛玉竟吃一大惊，心中生出如此感想："好生奇怪，倒像在哪里见过的，何等眼熟！……"在这里，站在黛玉即"我"的角度、立场时，她就不是任人观照的消极被动的审美对象了，而是作为审美主体在积极能动地观照、评价别人，是通过眼、耳等感官，将对象以审美的形式反映在大脑中，并产生相应的感情活动。

由此可见，作为主体，在审美中是能动的，这种能动来自主体思维、意志和感情的自主性，它表现在主体要通过客体满足某种审美需要；为满足这种需要就要选择对象（即在众多的客观事物中将审美注意集中于某一特定对象上，如黛玉作为妙龄少女，她感兴趣的是少男少女的美，所以对"鬓发如银"的贾母和"身量未足，形容尚小"的惜春一掠而过，而将审美注意放在迎春、探春、凤姐和宝玉身上，以满足自己的审美需要）。爱情审美亦然；但在爱情审美中，审美需要、审美选择都同主体内在的求偶欲，即性意识和客体的性差异及其外在表现紧密联系在一起；而这一切又都和人的最高需要——实现"自我"相关联。

下面，拟从三个方面谈谈作为主体的"我"为什么要寻求爱情对象，为什么会自觉不自觉地将审美因素渗入爱情活动中，这种爱情审美的最高境界是什么，以及爱情审美将在主体那儿产生怎样的审美—社会效应，等等。

一、实现"自我"——人的积极本质的对象化。

心理学一般认为，人的需要有天生的和获得的两类。所谓天生的需要，是指有机体维持生命和种族延续所必需的，如饥、渴、呼吸、睡眠和性的需要，简言之即"饮食男女"的需要，古人说："食、色，性也。"这里的"色"就是性，这里的"性"则是规律、本性，意谓吃、喝与两性的结合乃是合乎生理规律、生理要求的人的本性。这种需要是天生的、不学而能的。所谓获得的需要，则是指在天生需要的基础上派生出来的，人在一定社会成长过程中通过各种经验所获得的社会需要，如劳动的需要、娱乐的需要、交际的需要、审美的需要、情爱的需要、事业的需要等等。天生的需要虽然就其产生机制而言是自然性的，但这种需要表现为何种形态，指向什么对象，以及需要的对象和满足的方式方法如何，却具有强烈的社会性。如饮食的需要，动物直接通过自然物的原始形态来满足，茹毛饮血、啃木吃草；人则不但要用工具改变自然物的原始形态（烹调酿制等），而且要采取一定的方式（一日三餐，就桌而食等）。这种烹调酿制的技巧、水平，饮食的习惯、方式都是在一定历史阶段的一定文化环境中形成的，它本身也是文化的一种即烹调文化，包含着深刻的社会内容。从一定社会中人需要有与之相适应的烹调、饮食方式来说，就成为获得的需要了。

性的需要亦如此。性和性爱本身是天生的、本能的传宗接代的需要，动物也有实现性爱、雌雄相合的本领。但作为社会化的人，其性的需要不能表现为赤裸裸的、动物式的性爱，也不能撇开社会规范而直接指向任一异性的肉体。人的性需要必然要通过爱情审美的社会中介而达到与某一特定异性的结合才能满足。这样，爱情、审美及二者的结合也就成了人的一种需要，这种需要虽由性的需要派生而来，但却经历了由生理形态向心理形态的升华，不是天生的，而是在诸如男子化或女子化的社会过程中所获得的。也就是说，原本是自然过程的生理行为、肉体结合，现在首先是一个心理相容、心灵相合的社会过程。正因为心理相容、心灵相合是肉体上性结合的先导和桥梁，而爱情审美又是达到两性心灵契合的途径，所以爱情审美是人类的一种高级精神需要。

无论是天生的需要还是获得的需要。都是人的行为、人的实践活动的强大动力源泉。人需要吃、喝、穿、住才能生存，这种需要推动了物质生产活动的开始和发展；人需要满足性的需要才能延续族类，这种需要导致了生命生产活动的进行。物质生产和生命生产都是物质活动，但这种活动却生产出了精神产品——人类自身的审美与两性之间的情爱。美与爱的结合一旦成了人的需要，同时也就成了驱使人去行动、去实践的巨大内在动力；而这种内在动力正是作为爱情审美主体的"我"的能动性之所在。它首先表现为促使人去主动地选择"对象"，以便在"对象"身上使自己的积极本质外化、对象化，从而确证自己的力量和价值，实现"自我"。

贾宝玉正是这样一个在爱情审美中孜孜追求能使其积极本质力量对象化的女性的艺术典型，是现实生活中情侣们力图使自己的积极本质力量通过对方对象化这一现象的艺术反映。

所谓人的积极本质力量，按照马克思主义的理解，就是人身上符合自然规律和社会发展趋势，有益于人类个体与群体生存、发展的因素，它包括肉体与精神两个方面，如体力、灵巧、智慧、品德、勇气、毅力、才学以及与此相关的进步的哲学、政治、审美观念等等。那么贾宝玉身上的积极本质力量是什么呢？就是正直、善良、富于同情心，追求个性自由、男女平等，憎恶封建社会的"经济学问""立身扬名"，以及聪敏、博学等。离开这一切宝玉就徒具形骸、不成其为生活在封建末世、长于贵族之家的宝玉了，所以这是宝玉作为"这一个"具体人的本质规定，是宝玉的"自我"，也是他作为人的社会审美价值之所在。但是，这种本质是蕴藏在宝玉身上的，在它没有表现出来、发挥出来之前还只是一种潜在的东西，是得不到社会承认的；只有把它变为现实，宝玉才能向社会、同时也向自己确证自己是一个怎样的人，才算实现了"自我"，才真正使自己具有了社会的价值而没虚度此生。诚如美国心理学家克雷奇所说，人的需要的"自我实现"，是"表示人类把自我中潜在的东西变成现实的基本倾向，也就是把个人的潜力做最大的实现。"[①] 因此，所谓人的价值，也就是人的积极本质付诸

[①]《心理学纲要》（下）第388页。

实现的程度，而实现自我价值也就成了人生最高的需要。

那么怎样才能实现人的自我价值呢？就是人的积极本质的对象化，而对象化又离不开人的实践活动。例如，"在劳动过程中，人的活动借助劳动资料使劳动对象发生预定的变化。过程消失在产品中。……劳动物化了，而对象被加工了。在劳动者方面曾以动的形式表现出来的东西，现在在产品方面作为静的属性，以存在的形式表现出来。"[①] 这"在劳动者方面曾以动的形式表现出来的东西"，就是劳动者的实践活动，就是在这活动中发挥出来的肉体和精神两方面的积极本质力量（体力、脑力）；现在，这个力量被劳动者用来按照自己的目的和需要造成了产品，如农民种出的庄稼，工人生产的器皿，艺术家创作的雕塑，这样，庄稼、器皿、雕塑上就凝结着劳动者的本质力量，成为这种力量的外在的、感性的、物质化的证明，即是说，本质力量在产品上物化了、对象化了。而对象化了人的本质力量的客体也就是他的对象。不过，这还只是本质力量对象化的一种方式，即人的本质力量通过实践在被人直接改变了的事物（包括创造出的事物）上体现出来；另一种方式是，虽然客观存在没有经过人的直接改造，但它通过实践成了人的认识对象，这种对象也体现着人的本质。例如星星、月亮、太阳，不仅人关于它们的知识反映着人类的认识能力、认识水平和认识方式，而且人们关于它们的神话，如传说中的夸父追日、嫦娥奔月、金乌、玉兔和古希腊的太阳神阿波罗等等，也同样反映着人们想象、幻想的性质及造成这种性质的人与自然的关系、人与人、人与社会的关系和人自身的状态，这就像上帝是人按照自己的模样创造的，上帝的本质是人的本质的

---

① 马克思：《资本论》第1卷第205页。

对象化一样。所以,"那些离开人最远的对象,因为是人的对象,并且就它们是人的对象而言,乃是人的本质的显示。月亮、太阳和星辰都向人呼喊:……认识你自己。"(费尔巴哈语)[①]

就贾宝玉而言,他的积极本质力量的对象化也无非是两个途径:一是实际地去改变周围的环境首先是家庭环境,通过这方面的业绩来确证自己的力量,实现其政治的抱负、人生的价值,但这在当时的历史条件下以宝玉而论是不可能的;二是寻找这么一个对象,从这个对象上可以得到深刻的理解,可以确证自己的力量,发现自己的本质,寄寓自己的理想。这样的对象当然不能是物,而必须是人;这人可以是同性,也可以是异性。就同性而言,历史上不乏肝胆相照、生死之交的动人故事,如战国时的伯牙琴艺高妙,但没有知音,这样,他的这种本质力量就没法确证,得不到社会承认,他的自我价值也就实现不了。后来与钟子期邂逅,"钟子期善听。伯牙鼓琴,志在高山。钟子期曰:'善哉!峨峨兮若泰山!'志在流水。曰:'善哉!洋洋兮若江河!'伯牙所念,钟子期必得之。"(《列子·汤问》)伯牙大喜过望,引为同调,视为知音。后来钟子期不幸早逝,伯牙悲恸欲绝,在钟子期坟前哭奠之后,将琴摔碎,为之绝响。为什么有此举动?因为在伯牙看来,知音既杳,自己的琴艺也就失去了存在的意义,毫无价值了。钟子期实际上已成了伯牙的"第二个'自我'",成了伯牙由之确证自己的力量、实现生命价值的对象。应该说,宝玉也曾自觉不自觉地在同性中寻求过知音,但现实使他失望了,因为男性们不是入了国贼禄鬼之流,就是成了聚敛诲淫之辈,倒是大观园中的女孩子们受社会污染少些,尚不

[①]《十八世纪末——十九世纪初德国哲学》第574页。

失纯净之心。所以宝玉说:"女儿是水做的骨肉,男子是泥做的骨肉,我见了女儿便清爽,见了男子便觉浊臭逼人!"这种环境,加上宝玉正处于求偶的青春期,决定了宝玉所寻求的使自己本质力量"外化"的对象只能是女性。但这样一来,实现"自我"的最高需要就同层次较低的爱情需要结合起来了,实现爱情的对象同时也是实现"自我"的对象,或者说,"自我"是通过爱情的实现来实现的。而一旦涉及爱情,便又必然产生爱情审美的需要,即那个爱情对象必须是符合"我"的关于异性的审美心理模式的。这样,"自我"、爱情、审美这三种需要的实现都落实到同一个异性对象上了。而就宝玉而言,这个特定的异性对象就是林黛玉。当然,由于爱情是个双向流程,黛玉的特定异性对象也只能是宝玉。

应该说,宝、黛二人在外貌上即第二性征上是彼此契合对方的审美心理模式的。《红楼梦》中关于宝、黛初见有一段描写:

黛玉一见(宝玉)便大吃一惊,心中想道:"好生奇怪,倒像在哪里见过的,何等眼熟!……"

……

宝玉看罢,笑道:"这个妹妹我曾见过的。"贾母笑道:"又胡说了!你何曾见过?"

宝玉笑道:"虽没见过,却看着面善,心里倒像远别重逢的一般。"

不是真的见过,而是"眼熟""面善"。之所以"眼熟""面善",乃是因为彼此外形都与对方在男子化、女子化过程中耳濡目染形成的关于异性的外形审美模式相仿佛。然而,大观园中姣好的妙龄女性非止黛玉一人,有希望成为"宝二奶奶"的更有"比黛玉另具一种妩媚风流""人人都说黛玉不及"的宝钗,足以使处在求索本质力量对象化的合适人选的宝玉"动了羡慕之心"。但是经反复比较、鉴赏,宝玉终于看出了钗、黛二人的区别。

湘云笑道:"你(宝玉)就不愿读书去考举人进士的,也该常会会这些为官作宦的,谈讲谈讲那些仕途经济,也好将来应酬事务,日后也会有个正经朋友。……"

宝玉听了,大觉逆耳,便道:"姑娘请别的屋里坐坐罢,我这里仔细腌臜了你这样知经济的人!"袭人连忙解说道:"姑娘快别说他。上回也是宝姑娘说过一回,他也不管人脸上过不去,'咳'了一声,拿起脚来就走了。宝姑娘的话也没说完,见他走了,登时羞的脸通红……幸而是宝姑娘,那要是林姑娘,不知又闹到怎么样、哭的怎么样呢!……谁知这一位(宝玉),反倒和他(宝钗)生分了。……"宝玉道:"林姑娘从来说过这些混账话吗?……"

那宝玉素日本就懒与士大夫诸男人接谈,又最厌峨冠礼服贺吊往还等事;……却每每甘心为诸丫头充役……或如宝钗辈有时见机劝导,反生起气来,只说:"好好的一个清净洁白女子,也学的钓名沽誉,入了国贼禄鬼之流!……"独有黛玉自幼儿不曾劝他去立身扬名,所以深敬黛玉。

显然,宝玉之所以与宝钗"生分"而"深敬黛玉",关键在于,他只有从黛玉身上才能确证自己对象化了的积极本质,才能感受到一种心灵、气质上的美。黑格尔说:"人有一种冲动,要在直接呈现于他面前的外在事物之中实现他自己,而且就在这实践过程中认识他自己。"① 费尔巴哈也指出:"人是在对象上面意识到他自己的:……你是从对象认识人的;

---

① 黑格尔:《美学》第 1 卷第 39 页。

人的本质是在对象上面向你显现出来的；对象是人的显示出来的本质，是人的真正的、客观的'我'。"[1]证之宝玉，确是如此。宝、黛的本质力量是共同的，因而宝玉能得到黛玉的深刻理解，得到她的充分肯定；由于黛玉的存在，宝玉才更强烈地意识到了他的"自我"，他生命的价值才得以实现，才活得有意义，黛玉是宝玉的"真正的、客观的'我'"，用马克思的话来说，就是：宝玉能在观照对象（黛玉）之中"感受到个人的喜悦"[2]，因为她就像"镜子，对着我们光辉灿烂地放射出我们的本质"[3]，所以宝玉能"在对象里认识到自己的人格，认识到它是对象化的感性的可以观照的因而也是绝对无可置辩的力量[4]"。正因为如此，当宝玉受骗、以为是娶黛玉为妻时，才会觉得这"真乃是从古至今、天上人间、第一件畅心满意的事了"；而当黛玉夭逝之时，他才会迷本性、失精神，最后"悬崖撒手"，从这个世界上消失。从这里也可看出，在"自我"（即积极的本质力量）、爱情与审美这三项中，"自我"是最重要的；光有对象的外在美而"自我"实现不了，爱情不会产生；而"自我"如果能通过对象实现，那么对象的外在形式就退居次要地位，"我"就能从显现了自己本质力量的对象身上产生最高的美感，并进而引发爱情。

我们已经知道，作为情绪一种的性爱是由"我"对异性的生理需要及其满足所引起的心理体验形式，而作为情感一种的情爱则是由异性满足"我"的精神需要所引起的心理体验形式。由于"我"对异性的最高精神

---

[1]《西方美学家论美和美感》第209—210页。
[2] 转引自《美学问题讨论集》第6集第187页。
[3] 转引自上海文艺出版社出版的《美学》第3辑第91页。
[4] 转引自《美学问题讨论集》第6集第187页。

需要是"实现自我",因此情爱只能由可以"实现自己"的特定异性对象而引起。这样,性爱一旦升华为情爱,就不仅产生排他性——不容许任何"第三者"插足于这"两个人的世界"中来,而且产生不可分性——不容许将这"两个人"分开。恩格斯指出:"性爱(即情爱——笔者)常常达到这样强烈和持久的程度,如果不能结合和彼此分离,对双方来说即使不是一个最大的不幸,也是一个大不幸;仅仅为了能彼此结合,双方甘冒很大的危险,直至拿生命孤注一掷……"[①]贾宝玉的出家,林黛玉的绝粒,就是纯真爱情的毁灭、美的毁灭所导致的悲剧。所以,为了美与爱,人们不惜像探求真理那样地去寻找、选择对象。一部《红楼梦》,在某种意义上可以说,是贾宝玉为了使自己的积极本质对象化而历尽艰难、"众里寻他千百度"地物色对象的历史,反之对林黛玉也是这样。此乃"我"的能动性之所在。

二、奉献"自我"——"主体把自己抛舍给另一个性别不同的个体"。

人的积极本质在异性身上对象化所必然导致的结果是抛舍"自我"。黑格尔在谈到这一问题时说:

在爱情里最高的原则是主体把自己抛舍给另一个性别不同的个体,把自己的独立的意识和个别孤立的自为存在放弃掉,感到自己只有在对方的意识里才能获得对自己的认识。[②]

这话有点抽象的哲学思辨,意思是说,由于"我"的积极本质在异性身上对象化了,异性对象成了反映"我"的性格、感情、观念、能力等等

[①]《马克思恩格斯选集》第 4 卷第 73 页。
[②]黑格尔:《美学》第 2 卷第 326 页。

的一面"镜子",成了"我"这些本质存在的证明,"我"从这"镜子"中才看到了"自我",才得以知道自己是个怎样的人;从这个客观的证明中才证实了"我"的积极本质的存在,才由此为自己的价值而欣慰。这样,在"我"的感觉中,就似乎"把我这一个体的过去、现在和未来的样子,全部渗透到另一个人的意识里去"①了,"我"是什么样子,只有这"另一个人"即异性对象才最清楚,于是,"我"甚至要凭借对象的意识去认识自己了。这就是"恋爱者的自我,由另一个人(恋爱对象)的自我反映出来,恋爱者从这反映中又感到自己的自我。"②由于爱情是男女双方共同参加的,上述心理状态不仅"我"有,"你"也有,所以"在这种情况下,对方就只在我身上生活着,我也就只在对方身上生活着;双方在这个充实的统一体里才实现各自的自为存在,双方都把各自的整个灵魂和世界纳入到这种同一里。"③彼此的存在都离不开对方,双方身上都有对方,双方都互为对方存在的前提,双方的灵与肉都这么同一着,这正是"两个人的世界"的基本特征。

在爱情世界中,既然只有从"你"那儿"我"才能发现自己、认识自己、确证自己,既然"我"把自己"抛舍"给了"你","我"只在"你"身上生活着,那么,"我"的一切,甚至生命,都是"你"的。《茶花女》中,富家子弟阿尔芒和地位卑下的"茶花女"玛格丽特倾心相爱,他这样热烈地向她表示爱情:

"我的生命就是你的,玛格丽特,你不用再需要那个人,我不是在这

---

① 黑格尔:《美学》第2卷第326页。
② 黑格尔:《美学》第2卷第332页。
③ 同上,第326页。

儿吗？我会遗弃你吗？我能报答得了你给我的幸福吗？不再有束缚了，我的玛格丽特，我们彼此相爱，其他的和我们又有什么关系呢？"

"我的生命是你的""我是你的""我的一切都属于你""我宁可为你去死"——这些现实生活中用以表达狂热的恋情、以身相许的忠诚、巨大的幸福感的情话，虽然往往出自理智被情潮淹没了的情人之口，但却反映出这么一个哲理："爱情的主体不是为自己而存在和生活，不是为自己而操心，而是在另一个人身上找到自己存在的根源，同时也只有在这另一个人身上才能完全享受他自己。"①

这种抛舍"自我"的爱情本质必然通过奉献、通过自我牺牲精神表现出来。《约翰·克利斯朵夫》中有一段描写：

"弥娜！弥娜！亲爱的弥娜！……"

"我爱你，克利斯朵夫，我爱你！"

他们坐在一条潮湿的凳上。两人都被爱情浸透了，甜蜜的，深邃的，荒唐的爱情。其余的一切都消灭了。自私，自大，心计，全没有了。灵魂中的阴影，给爱情的气息一扫而空。笑眯眯的含着泪水的眼睛都说着："爱啊，爱啊。"这冷淡而风骚的小姑娘，这骄傲的男孩子，全有股强烈的欲望，需要倾心相许，需要为对方受苦，需要牺牲自己。他们认不得自己了；什么都改变了：他们的心，他们的面貌，照出慈爱与温情的光的眼睛。几分钟之内，只有纯洁，舍身，忘我；那是一生中不会再来的时间！

弥娜和克利斯朵夫的爱情之所以是"荒唐的"，是因为他们二人还没完全成年，彼此之间并不了解，他们的"爱情"带有小儿女嬉闹的意味而

---

① 黑格尔：《美学》第 2 卷第 327 页。

且很快就完结。所以上引这个片断只是"几分钟之内"发生的事情,而且一生中不会再来了。但是,这几分钟之内发生的心理状态对于爱情中的彼此奉献却具有典型意义:"需要倾心相许,需要为对方受苦,需要牺牲自己"的确是恋人们从深沉的情爱之中、由抛舍"自我"所产生的"强烈的欲望"。

与弥娜和克利斯朵夫在热恋中那短短几分钟的体验不同,这种"欲望"对许多真正彼此爱着的人们来说往往是毕生存在的。它有两种表现形态:

一是突发式的。在这种形态下,自我奉献、自我牺牲的欲望和精神有如灰烬中的红炭默默燃烧,一旦紧急需要或关键时刻,它就如电光石火般地爆发出夺目的光彩:当"你"负伤或病重时,那平时不言不语的妻子或似乎缺乏柔情与耐心的丈夫会夜以继日、衣不解带、目不交睫地守护在身边,为了"你"的痊愈、康复,"他"("她")可以献出自己的健康、甚至身体的器官;当"你"面临凶暴、猝遇危险时,那平时似乎不怎么关心"你"的丈夫或胆小的妻子会挺身而出保护"你",甚至献出生命;当身处绝境、生死难卜时,"你"的恋人会将最后一块食物、最后一口水让给"你",或是以"他"("她")的生命的代价度"你"出死亡之地……文艺作品中经常有这样的场面:男主人公在即将遭到歹徒的袭击时,他的情人会突然冲出来推开他或挡住他,结果自己身中子弹或身遭刀伤;在另一类场合,则是为使女主人公免遭凌辱,或为了维护她的名誉、利益,她的情人(也可能是丈夫)会以死相搏,等等。这些富于浪漫气息的令观众、读者动情的描写,当然不是艺术家的向壁虚构,而是生活中这一类现象的艺术概括;正是爱情自身固有的抛舍、奉献精神,"使爱情在浪漫型艺术里占着重要的地位"。[①]

---

① 黑格尔:《美学》第2卷第326页。

二是渐进式的。"春蚕到死丝方尽,蜡炬成灰泪始干",乃是此种形态的最好写照。在这种形态中,奉献、牺牲表现为在默默无闻中为了另一方事业的成功、生活的顺利而舍弃自己,被舍弃的可能是个人爱好、兴趣、才华,可能是青春、健康、享乐,也可能是家庭、事业、荣誉等等,而给予另一方的却是保护、帮助、支持、慰藉、鼓励。例如法国作家都德的妻子裘丽哀·阿拉是位很有文学造诣的女性,也写过一些作品,但是,她看到心爱的丈夫更有文学才华,更有发展前途,就竭尽全力支持和帮助都德从事文学创作,以至她自己反而变得默默无闻了。都德对此充满感情地说:"假如我没有我妻子,一定会永远那么任性和疏忽地写东西的。我要求艺术的完美,全是她的努力。在我的著作里,每一页她都细心斟酌过,修改过……"我国围棋国手聂卫平的爱人也是位围棋高手,她完全可以通过自己下棋获得成功和荣誉,但她慧眼识英雄,全力支持比她更有才华的丈夫去做事业上的拼搏,心甘情愿地当配角,做后勤,让自己隐没在聂卫平的更大的背影后。科学家高士其的妻子则为了照料丈夫,成为他工作上的助手、生活上的护理,奉献了青春、享乐。反之,男方为女方做出默默奉献的也为数甚多。这种无私无闻的奉献可以达到卢梭所说的热烈程度:"我宁肯为我所爱的人的幸福而千百次地牺牲自己的幸福。"[1]这种自我牺牲对于牺牲者来说也是一种需要,是一种具有很高伦理价值和审美价值的精神需要。诚如黑格尔所言:

从各方面看,这种爱情里确实有一种高尚的品质,因为它不只停留在性欲上,而是显出一种本身丰富高尚优美的心灵,要求以生动活泼、勇敢

---

[1] 卢梭:《忏悔录》第1部第91页。

和牺牲的精神和另一个人达到统一。①

三、丰富和提高"自我"——"我"因为"你"而变得更高尚、更美好。

在爱情审美中，对象不但如镜子一样放射着"我"的积极本质，给"我"以证明，给"我"以欢乐，给"我"以力量，而且还会反映出"我"的不足和缺陷，促使"我"不断完善自己。这是因为：一方面，对象身上体现着"我"所具备或所追求、珍视的素质，这追求和珍视的素质"我"还不一定具备，它一旦在对象身上以生动的感性形式表现出来，就会潜移默化地影响着"我"陶冶着"我"、同化着"我"，无形之中使"我"也逐渐培养起这种素质，从而弥补"我"的不足。例如勇气通常是女性对男性第三性征（心理）、第四性征（行为）的要求，而对于男性来讲，"温柔是一种崇高的，永恒的女性美"（李卜克内西语）。而在现实生活中，很可能这个女性缺乏勇气，那个男性缺少柔情，然而他们一旦组合成"两个人的世界"，男性在斗争、生活之中表现出来的勇敢往往会使弱女子坚强起来，而女性那种无处不在的似水柔情则能使最暴烈的男子变得温顺、充满柔情。这样，原先单一色彩的男女就一变而为刚中有柔或柔中有刚，从一个方面完善了、丰富了自己。另一方面，作为社会化的人，男男女女都处在各种关系之中，吸收着来自各方面的光线和色彩，每个人的本质在内容上都是十分复杂的。尽管身为对象，必然体现着"我"的某些本质力量，但对象毕竟不是"我"的影子和复制品，"你"身上还可能有"我"所没有的其他积极本质力量。"我"一旦发现了它，品味到了它的美的魅力，就会在获得令人陶醉的精神享受的同时受到强烈的感染，驱使"我"采取种种办

---

① 黑格尔：《美学》第 2 卷第 332 页。

法将自己提到与对象审美价值相应的高度,以取得心理上的对称和平衡。南宋著名女词人李清照和金石学家赵明诚是恩爱夫妻,两人都喜好诗词。赵明诚外出做官时,李清照很想念他,时逢重阳佳节,特赋《醉花阴》词一首,托人捎给丈夫。赵明诚读后,为词中的悠悠离情深深感动,尤觉妻子的诗词才情胜己一筹,乃闭门谢客,苦思三天,作唱和词50首,又把妻子的词重抄一遍混入其中,交好友品评以定优劣。这桩轶事就反映出作为"我"的赵明诚将自己提到对象高度的愿望和努力。《青春之歌》中的林道静,在和优秀的共产党人卢嘉川真挚相爱后,既深为敬佩卢嘉川赤诚、坚定的革命品格,又更清醒地看到了自己的不足,决心走"卢兄"的道路,做无愧于"卢兄"爱人的人。她勇敢地投身于革命的时代洪流,历经磨炼,终于成长为坚定的共产主义战士。在现实生活中,我们也常常听到、读到"我要无愧于做英雄的妻子(或丈夫)""要像我爱人那样去工作、去生活"之类的话,也正是这种与对象取齐愿望的反映。正是这种愿望,推动着情人们不断完善自己,发展自己,提高自己,并且把这种对自己的完善、发展、提高作为一种高层次的需要,通过自己各方面素质的升华,工作上、事业上成绩和成就的取得来满足。

人通过爱情对象实现"自我"、不断完善自己的同时,还会不断发掘、拓展、发扬自己的积极本质,诚如马卡连柯所说,"爱情应当使人的力量的感觉丰富起来,并且爱情的确正在使人丰富起来。"[①]这丰富起来的人的力量的感觉能使人变得纯洁、勇敢、无私,胸怀开阔,富于感情,激起对一切美好事物的憧憬、理想和追求,以至为它奉献自己——这当然是在

[①] 马卡连柯:《论共产主义教育》第101页。

真正的爱情（通过审美来实现的情爱与性爱的统一）意义上说的，单纯的动物式的性爱、粗陋的感官之爱和以政治、经济利害关系为转移的婚姻当不在此列。还是马卡连柯说得对："爱情不能单纯地从动物的性的吸引力培养出来。爱情的'爱'的力量只能在人类的非性欲的爱情素养中存在。一个青年人如果不爱他的父母、同志和朋友，他就永远不会爱他所选来做他妻子的那个女人。他的非性欲的爱情范围愈广，他的性爱也就愈为高尚。"① 这是因为，只有对亲人、对他人、对周围世界怀着热爱之情即"非性欲的爱情"的人，才不是自私、偏狭的人，能使这样的人的积极本质对象化的异性也决不会自私、偏狭；正因为异性身上也具有这种"我"所珍视的品质，"我"才会把"他"（"她"）作为一个和"我"一样的人来尊重、作为第二个"自我"来珍爱，而不是仅仅当作性的对象来占有。也正因为如此，这个对象化了"我"的积极本质的异性就成为"我"所热爱的人和世界的象征，成了这一切的生动的感性体现。"我"因为爱亲人、同志、朋友而爱这个对象，同样会因爱这个对象而更爱周围的人。德国精神分析学家、社会学家和哲学家埃里希·弗洛姆说："虽然性爱是排他的，但它因爱另一个人而爱所有的人……仅在一个人能充分而强烈地只与另一个人结合起来这个意义上说，性爱才是排他的，即仅在性结合、在生活各方面承担全部义务的意义上，才排斥对其他人的爱（当然也排斥其他人对当事人的爱——笔者）。②"这样，"如果我们真正爱一个人，我们就会爱所有人，爱这个世界，爱生活。如果我们能对另一个人说：'我爱你'，

---

① 马卡连柯：《父母必读》第302页。
② 埃里希·弗洛姆：《爱的艺术》第46页。

我们就一定能够说：'我因为你而爱每个人，我通过你而爱这个世界，我由于你而爱我自己。'"①

"记得绿罗裙，处处怜芳草。"中国这句古诗形象地说明了这一点：从因对象穿的裙子是绿色而爱所有绿色的草木来理解，就是"我"因爱"你"而爱这个世界；从因对象是位少女而爱护所有的女性来理解，就是"我"因爱"你"而爱每个人。当然，这里所谓的"爱这个世界，爱每个人"，在阶级社会中是有阶级前提、应作阶级分析的，它指的是和"我"及"我"的对象生活在同一"世界"中的人，而这个"世界"又是能容许"我"在其中健全发展并对之充满感情的环境。倘非如此，那就要加以改变。在清末反清起义中壮烈牺牲的林觉民烈士，起事前即抱必死决心，给新婚不久的妻子留下了一封绝笔信，其中说到：

吾至爱汝，即此爱汝一念，使吾勇于就死也。吾自遇汝以来，常愿天下有情人都成眷属，然遍地腥云，满街狼犬，称心快意，几家能彀？司马青衫，吾不能学太上之忘情也。语云：仁者老吾老以及人之老，幼吾幼以及人之幼。吾充吾爱汝之心，助天下人爱其所爱，所以敢先汝而死，不顾汝也。汝体吾此心于啼泣之余，亦以天下人为念，当亦乐牺牲吾身与汝身之福利，为天下人谋永福也。汝其勿悲。

"吾至爱汝"，林觉民与陈意映是对恩爱夫妻，这种深情厚爱所产生的幸福感、道德感，使林觉民自身所具有的"以天下人为念""老吾老及人之老，幼吾幼及人之幼"的积极思想得到了激活、弘扬，所以他不以个人的爱情幸福和一家之温饱为满足，而是"常愿天下有情人都成眷属"。

---

② 埃里希·弗洛姆：《爱的艺术》第39页。

然而黑暗腐败的封建社会不允许如此。这样，林觉民"充吾爱汝之心"，即将对妻子的爱情加以扩充、扩大，广被天下之民，用自己年轻的生命去实现"助天下人爱其所爱"的革命事业。——这也是人的积极本质力量对象化的一种：林觉民烈士在领导反清暴政的广州起义的革命实践中，淋漓尽致地发挥了他作为资产阶级民主革命家的积极本质，这次起义虽然失败了，但起义威武壮烈的过程、烈士慷慨就义的无畏英雄举动却铁一般地确证了、显现了这种积极本质。林觉民烈士通过起义实现了"自我"，实现了人生的价值。不同于贾宝玉的是，他不是将实现"自我"的最高需要同爱情的需要、审美的需要统一到一个异性身上，而是将三者统一到革命事业上。广州起义就是他的一件作品，一件具有高度审美意义的作品。在这件作品中，林觉民展示了自己因爱"你"而爱天下人的博大胸怀。

我们所处的时代与林觉民所处的时代根本不同了。在社会主义社会，新的生产关系和不断提高的生产力构成的新的生产方式，必然而且已经导致了政治、经济、思想文化、社会生活等各个领域中一系列新事物的出现，这些新事物都是人创造的，因而都体现着人的积极本质力量，是人的对象。但是，这时的"人"已根本区别于社会主义阶段以前的人了，这是在崭新的社会制度、社会生活环境中成长起来，并受到马克思主义的哺育、先进科学文化的熏陶，本质力量得到空前充实、拓展和丰富的人，是具有共产主义因素的"自我"的新人，因此，他们所创造的体现着本质力量的新事物也是前所未有的。虽然在社会主义的初级阶段，过去时代的旧事物、旧思想还残存着，一些人身上还有消极的东西，还会产生种种不良社会现象，但总的大趋势应该是也必定是，将实现"自我"的最高需要同爱情审美等其他需要统一到建设社会主义物质文明和精神文明，建设具有中国特色的社会主义现代化强国的伟大事业上来。

反过来，在这个伟大事业的实践中，我们每一个人的本质力量、精神世界又会变得更加丰富多彩，我们的创造性会得到更加充分的发挥。这样，如马克思所说，我们将会看到：

人的需要的丰富性，从而生产的某种新的方式和生产的某种新的对象在社会主义的前提下具有何等的意义：人的本质力量的新的显现和人的存在的新的充实。①

二、眼·耳·鼻·肤

大千世界，人海茫茫。那么，作为主体的"我"在爱情审美实践中，是通过什么来选择、物色"意中人"，或者用乔治·桑塔耶纳的话来说，"是凭借什么机械作用逐渐指向愈益明确的对象：起初是指向某种属和某性别，最后终于'指'向着一个个体"②的呢？要回答这个问题，必须对人的大脑神经系统和五官感觉特别是眼、耳感觉的生理机制做一番考察。

从信息论角度看，一个人，不论是男是女，当他（她）作为对象被"我"观照时，他（她）就是信息源，是一个信息的"发射"装置，在向"我"发射着各种不同的信息：他（她）的面部表情、身体形态、体表性征、衣着饰物及行为举止通过吸收和反射光波，形成不同的线条、色彩和明暗，传达出形式、行为的物理信息；他（她）的言谈啼笑产生的振动引起空气

---

① 马克思：《1844年经济学—哲学手稿》第85页。
② 乔治·桑塔耶纳：《美感》第39页。

分子周期性压缩和稀疏变化而导致音波，传递着音高、响度和音色的物理信息：他（她）身体的汗水、烟草、脂粉等挥发性物质的分子则传递出气味的化学信息，等等。这种种性质不同、发射渠道不同的信息，反映着人这个感性存在物各个方面的不同属性。

在爱情审美领域，有信息发射就有信息接收。面对着众多异性发射的各种信息，主体"我"有一整套相对应的各司其职的信息接收装置，这就是专收光波的眼睛（视）、专收音波的耳朵（听）和专收气味的鼻子（嗅）等感觉器官。

当然，不只是人，动物也能接收外界的各种信息，否则，雌鸟雌兽怎么会被雄鸟美丽的羽毛、清亮的啼啭，雄兽英武的犄角、强健的体魄"打动芳心"呢！但是正如本书第一章已经阐明的那样，由于动物只具有第一信号系统，所以它们只能感受到物理信息、化学信息本身，即属于事物（异性毛羽、形态、动静的光波构成，鸣叫的音波构成，体味的化学构成等）自身的自然属性（第一物性）。这些自然属性通过动物的眼、耳、鼻等感觉器官刺激着它的大脑，使其做出本能的求偶反应。人则不然。在漫长的自然进化和社会发展的历史过程中，人类具备了动物所没有的高度发达的大脑，在第一信号系统的基础上形成了能理解自然信息的社会意义的高级皮质机能系统，亦即能接收和处理（进行储存、选择、控制、计算、逻辑加工等）人类社会所特有的同语言与数的概念紧密相连的文化信息的第二信号系统。这种文化信息就包括了认识信息、伦理信息和审美信息等等。由于大脑对信息的接收和处理必须经过眼、耳、鼻等感官，因此，在人类大脑高度发达、第二信号系统形成的同时，人的感官也具有了与之相应的功能。如果换一种说法，那就是：由于世上任何事物发射的任何信息都只能经过眼、耳、鼻等感官的传递才能为大脑所接收,而人的实践范围又无比广阔,人的本质力量对象化的客观事物也是无限丰富多样,所以,不论是对象自身所固有的自然属性的信息,还是确证人的积极本质在这些对象上物化的美的信息,在刺激大脑皮层之前,首先就刺激、影响了与信息性质相应的感官,使感官历史性地社会化、审美化了。这就是马克思所指出的:"只是由于属人的本质的客观地展开的丰富性,主体的、属人的感性的丰富性,即感受音乐的耳朵、感受形式美的眼睛,简言之,那些能感受人的快乐和确证自己是属人的本质力量的感觉,才或者发展起来,或者产生出来。……——总之,人的感觉、感觉的人类性——都只是由于相应的对象的存在,由于存在着人化了的自然界,才产生出来的。五官感觉的形成是以往全部世界史的产物。"[①]

那么,人的感官在爱情审美中起着什么作用呢?

感官引起感觉,这是起码的生活常识。人有五种感官:眼、耳、鼻、舌、身,分别职司视觉、听觉、嗅觉、味觉、触觉(和机体觉、动觉、平衡觉)。在社会实践中,人的一切感官都在发挥作用。但是爱情审美不是一般意义上的实践活动,而是审美实践活动,因此,起作用的主要是眼(视觉)、耳(听觉),其次还有鼻(嗅觉),有时,触觉也掺和其中起作用。下面,分别做一下考察。

眼(视觉)。

对于客体("你")而言,眼睛是人的形态美特别是容貌美的最重要因素,不但眼睛的形状、大小、明暗及其与五官的搭配在相当大的程度上

[①] 马克思:《1844年经济学—哲学手稿》第79页。

影响着人的容颜、气质，而且眼神还能在一定程度上反映出人的内心活动，表达出丰富而微妙的思想感情。因此，眼睛在爱情审美中是最易引起"我"的注意，使"我"直观地产生美感、好感或丑感、不快感的部位之一。

然而对于主体（"我"）来说，眼睛却是对客体（"你"）做审美观照的最重要的工具，是客体以光波形式发射的关于颜色、形状、线条等美的信息为主体大脑所接收的必经通道，是人感知外部世界并为大脑提供思维材料的首要器官。

简略说来，作为视觉器官的眼睛是一个直径约为2.4厘米的球状体，其构造分三层：呈白色的最外层是起保护作用的巩膜、角膜；第二层是起营养机能的脉络膜；最里层是视网膜，该层的视杆和视锥细胞是光波的感受器，此外还有神经节细胞（形成视神经束）和双极细胞。而第二层前面的环状虹膜中央为瞳孔；瞳孔、房水、水晶体、玻璃体是折光装置。实际上，眼睛产生视觉的过程就是光能转化为神经能的感光过程。感光细胞接受光刺激时，会产生一系列光化学反应，从而将光能转化为电能，并引起神经冲动，其传导路线如下：可见光波→折光装置（房水液、水晶体、玻璃体）→感光细胞（视杆、视锥细胞）→双极细胞→神经节细胞→视神经交叉→丘脑外侧膝状体→枕叶的皮层视区。

这样说来，眼睛之所以能产生视觉，之所以能看见各式各样的物体，是由于光波（光源发出的和物体反射的）刺激眼球一系列构造的结果。但是，并非一切光波都能被眼睛所感受，例如，长波方向的红外线、无线电波，短波方向的紫外线、x光、伽玛射线等，即使最敏锐的眼睛也看不见。所以，眼睛对光波的感觉能力是有一定限度的。而引起视觉的最适宜刺激物则是电磁光谱中一定范围的可见光波（390～760纳米）。不过，如果光波只停留在刺激感受器（感光细胞）并引起传入神经（视神经交叉、丘脑外侧膝状体）活动的阶段，那还只能形成初步的视觉，这就是外界事物的大致表象，即它的大小、动静、形状（此为物的第一物性，即自然属性）和颜色（此为物的第二物性，即漫长的历史过程中光波在人心中形成的心理属性）。"严格说来，一切视觉表象都是由色彩和亮度产生的。那界定形状的轮廓线，是眼睛区分几个在亮度和色彩方面都决然不同的区域时推导出来的。组成三度形状的重要因素是光线和阴影，而光线和阴影与色彩和亮度又是同宗。"①

然而事实上，事物第一物性中的任何一种通过光波作用于人的眼睛时都会在心中产生一定的心理属性，如岩石的形状引起坚硬感，柳枝垂拂的线条引起轻柔感，等等；属于第二物性的颜色就更不用说了，它甚至能使人产生积极与消极、暖与冷的感觉。歌德通过观察，就曾把色彩划分为积极的（或主动的）色彩，如黄、橙、朱红，和消极的（或被动的）色彩，如蓝、红蓝、蓝红。主动的色彩能使人产生出一种"积极的、有生命力的和努力进取的态度"，而被动的色彩则"适合表现那种不安的、温柔的和向往的情绪。"②前者即所谓"暖色"，后者即所谓"冷色"。这里，颜色的积极与消极、暖与冷显然是光波在人心中产生的心理属性，因为颜色（实际上是物体表面反射的不同光波）本身是无所谓积极与消极、暖与冷这种属性的。

那么，为什么形状、线条、颜色等能使人产生坚硬、轻柔、积极、消

---

① 鲁道夫·阿恩海姆：《艺术与视知觉》第454页。
② 见《艺术与视知觉》第469页。

极这些带有主观心理色彩和感情倾向的感觉呢？这是因为，光波从来不会只停留在刺激感受器、引起传入神经活动的阶段，它必然要进一步通过神经脉冲传达到枕叶的皮层视区，即刺激中枢神经，特别是大脑皮层，正是它，导致人对事物主观感觉的最后完成。鲁道夫·阿恩海姆的一段话颇能说明问题：

……"暖"的色彩看上去似乎是在邀请我们，而冷的色彩却使我们望而生畏和远远躲避。但是，"冷"和"暖"的特征并不仅仅指观察者的反应，它还指事物本身的特征。一个"冷酷"的人，其行为看上去就好像在浑身发冷似的，他往往用衣服把自己紧紧裹住，甚至深居简出，处处提防，孤僻克制；而一个"热心"的人，其行为就正好与此相反，他似乎总是在放射着生命的活力，显得极其平易近人。在平易近人这一点上，一个热心的人与一种"温暖"的色彩之间是颇有相同之处的：……波长较长的色彩（如红色），看上去好像是离观察者很近似的；而一种蓝色的表面，看上去就似乎离我们远一些。①

从这里可以看出，色彩的所谓"冷"与"暖"、积极与消极等等，并非说色彩会使人产生如触觉能感受到的温度上的变化，否则，人们就可以利用色彩来改变或调节温度了。色彩的冷与暖、消极与积极，指的是它引起的心理属性，其成因有二：一是"观察者的反应"即主体对物理上的冷暖反应。由于人"在彩色灯光的照射下，肌肉的弹力能够加大，血液循环能够加快，其增加的程度，'以蓝色为最小，并依次按照绿色，黄色，橘

---

① 《艺术与视知觉》第 467—468 页。

黄色，红色的排列顺序逐渐增大'"①，——这种在不同光照下肌肉弹力与血液循环速度的变化，必然通过人体的内反馈刺激大脑皮层并产生热烈、活跃的情绪或平静、冷漠的情绪；情绪一旦产生，就和引起该情绪和相应色彩的视觉表象一道，在大脑皮层中建立起神经联系并不断强化，以致人一见红色就生热烈之感，一见蓝色则生冷静之情，一如见火见冰、遇暖遇冷时的反应。——这同"强烈的照射、高浓度和磁波波长很长的色彩都能产生兴奋"②的心理学测试，以及歌德将色彩区别为积极（主动）和消极（被动）的依据完全一致。二是指事物本身的特征。就色彩而言，由于波长、波幅和纯度不同，不同光波作用视觉引起的色彩、明度和饱和度的心理属性也不同，因此给人以红色显得近，蓝色显得远的感觉。所以"平易近人""亲切热乎"和疏远、冷漠就分别成了红、蓝两类色彩的特征，它同人的"热心"、开放和"冷酷"、封闭给主体的感觉相似，这样，色彩也就有了暖、冷之分。除此之外，主体的联想也起着很重要的作用，如红色使人联想到火焰、赤日、红旗、鲜血、革命，因而使人激奋，蓝色使人联想到雪的影、水的波，使人感到清凉。这些，更属于心理作用了。可见，色彩之所以会在人心中形成冷暖、积极消极、主动被动的主观感觉，端赖大脑的经验、比较、联想等等。

特别要指出的是，由于人的主观感觉不同于视觉表象，它已不只是对事物信息的机械接收而且包含着事物信息（如光波）对人身心两方面的刺激，因而同人的物质和精神需要发生了联系，这就必然伴随着人的情感活

---

② 《艺术与视知觉》第461页。
③ 同上，第460—461页。

动，顺乎身心需要者则生喜悦，逆乎身心需要者则起反感，这种主观情感一旦与事物或事物的某种形式（如色彩）在大脑皮层中建立起巩固的神经联系，事物或事物的形式（如色彩）就具有了能引起人某种审美反应的审美价值、审美功能，它发射的自然信息也就转化为美的信息了。所以，"色彩能够表现感情"[①]。事物的其他形式性因素如形状、线条等亦莫不如此。如锐角、直线、方形、疾骤、高大等显示着锐进、刚劲、有力、粗犷，同时也就显示着阳刚之美；钝角、弧线、圆形、舒缓、小巧等显示着温和、柔曲、圆润、宁静、细腻，同时也就显示着阴柔之美。

综上所述，光感受器、传入神经和中枢神经这三个环节构成了视分析器。据有关统计，人脑所获得的全部外界信息中有70%是通过视分析器得来的，所以视觉器官是人最重要的感觉器官，因而也是最重要的审美观照器官。

在爱情审美实践中，"你"之成为"我"所注意和观照的对象，是由"你"不同于"我"的性身份（第一性征）决定的；这种性身份又靠一系列外在形式（第二、第三、第四性征）感性地显现出来，才能完成性角色的塑造。而在第二、第三、第四性征的构成因素中，除了声音、体味和心理活动外，像身材、体态、容貌、肤色、衣饰、举止、行为等形状色彩、线条的形式性因素，都是靠反射光波来传递信息的，而要接收光波信息，就必须靠视分析器。所以，对异性外在感性形象做出审美反应和审美判断的，首先是、主要是眼睛，即是说，异性长相如何，得靠"看"。我们知道，一个符合"种的生产"的自然定性和社会对性角色要求的人，必定是身体发育健全、衣

---

①《艺术与视知觉》第460页。

饰举止得体的,亦即"看"起来"顺眼"的;只有"看"起来"顺眼"的异性,"我"才会觉得赏心悦目,才会产生美感和好感,从而动情,从而驱使"我"去接近和追求他(她)。这样,诚如乔治·桑塔耶纳所说,容貌就变成了对性欲的刺激和两性选择的向导"[1](值得注意的是,在这里,是颜色、仪态、容貌这些审美因素引起的情感激起性爱,而不是性爱激起审美和情爱——由此可见美与爱在两性关系中的作用)。而在"我"用眼睛"看"异性的过程中,由于异性这个客观存在反射的可见光波通过视分析器达到大脑,因而伴随着视觉形象会产生一系列联想、比较、判断的思维活动。

天啊,多么美的脸蛋儿呀!白得耀眼的迷人的前额覆盖着玛瑙般美丽的头发。奇妙的鬈发卷成一圈一圈的,有一缕从帽子边上挂下来,碰着了在夜寒中染着轻微的鲜艳的红晕的脸颊。嘴唇闭锁在层层迷人的幻梦中,一切儿时回忆的残痕,一切在明亮的圣灯前面带来幻想和恬静的灵感的东西,——一切的一切,仿佛都凝聚、汇合、反映在她柔和的嘴唇上。

这是俄国作家果戈理小说《涅瓦大街》中的青年画家庇斯卡辽夫在涅瓦大街上见到一张仙女似的脸蛋时的印象和感受。这里有眼睛的直观:前额白得耀眼,脸颊有鲜艳的红晕,头发卷成一圈一圈的;也有联想的心理活动:由头发的颜色想到了玛瑙,由嘴唇的温柔想到了层层迷人的幻梦。这些造成了"我"——画家的主观审美感受:"多么美的脸蛋儿呀!"正是反射光波通过画家的眼睛向主体大脑传递的关于形状、色彩、线条组成的这张脸蛋的信息,以及信息刺激主体大脑皮层引起的审美心理活动,促

---

[1]《美感》第40页。

使画家趋向她。

当然，在爱情审美中，"我"对异性的观照绝不限于脸部，而是要遍及全身的。但无论如何，显示异性客体外表美的因素主要是能反射光波的躯体容貌。因此，作为视觉艺术的绘画、雕塑自不待言，就是作为语言艺术的小说，在爱情描写中，也总是将最大的力气和主要的笔墨用在对人物外形的刻画、描写上。无数的作品证实了这一点。这当然不是作家一厢情愿的主观愿望和艺术手法，而是爱情审美现实的反映。还是乔治·桑塔耶纳说得对：

若不是感官首先被吸引，性的吸引力就不能起作用。本能中预定应该追求的那个对象，也必须能迷惑眼睛和愉悦耳朵。①

这样，眼睛这一满足精神需要（认识、审美等），因而离性的生理需要最远的器官，却成了实现性的结合的必不可少的、也是最重要的先导和中介。——这乃是人类用社会性战胜动物性的最伟大成就之一。

耳（听觉）。

耳朵像眼睛一样，也是构成人的容貌美的一个不可缺少的部分，但是，它不如眼睛那样受人注目。耳朵对于审美意义而言，最主要的在于它的有无和是否对称、是否畸形，至于它的形状的细微变化倒还在其次。

与耳朵这种审美意义相适应的是它的审美功能。上引乔治·桑塔耶纳的话中说，"本能中预定应该追求的那个对象，也必须能迷惑眼睛和愉悦耳朵"，可见耳朵在爱情审美中也是进行审美观照、获得审美享受的器官。不过，由于眼睛担负着为主体接收外界信息中绝大部分的功能，所以耳朵

---

① 《美感》第40页。

为主体接收的信息不如眼睛多。但这绝不意味着耳朵不重要,实际上,耳朵接收音波的功能,是眼睛和其他感官所取代不了的。

耳朵作为听觉器官,由外耳、中耳、内耳三部分构成。外耳主要起集音、传音作用;中耳的鼓膜和听小骨起振动、传递作用;内耳的耳蜗上有支持细胞、毛细胞和耳蜗神经纤维,这是听觉的感受器,它与传入神经和中枢神经一道组成听分析器。

听觉是由音波作用于听分析器引起的;而物体振动引起空气分子周期性压缩和稀疏变化就产生音波。正如眼对光波的感受是有限度的一样,人耳能听到的音波频率通常为16～20000Hz。在这个频率范围之外还有很多音波是我们听不见的。正因为在漫长的进化和发展过程中,耳朵这个人自身的"自然"即生理器官已"人化"为只能接收上述频率范围内的音波的器官,所以是与同样"人化"了的心理接受能力相一致的,这就使得耳朵的听觉保持在人对声音的审美界限之内。否则,倘若自然界的一切音波都能感受得到,那么人将处于无休的噪音刺激之下,神经将为之崩溃。总之,人耳对音波的感受范围同人的正常生理需要和心理需要是一致的。

但是音波本身只有频率、振幅(强度)和振动形式这三种物理属性(第一物性),而人对它的主观感觉却分别是音高、响度和音色这三种心理属性(第二物性)。音波的第一物性要转化为第二物性并被赋予审美判断,同样必须如光波刺激视觉皮层那样刺激人的大脑听觉皮层,作用于人的经验、想象和思维。

在爱情审美中,"你"的不同于"我"的性身份(第一性征)由一系列外在形式(第二、三、四性征)感性地显现出来,而在第二性征中就包含着"你"独特的声音(由人的声带振动引起的空气分子的压缩和稀疏变化）：说话声、笑声、哭声、叹气声等等。这些声音不仅带着某一个具体异性的音波特质，而且还表达着他（她）特有的思想感情、风格气质。是构成"你"的感性美、外在美、形象美的重要因素。中国古典小说中写到年轻女性好听的说话声时爱用"莺声呖呖"来形容；现在则形容女性的声音"银铃一般清脆"，描写男性说话"带着金属音响的膛音"，这些既是对声音的模拟，又是一种审美评价。在爱情审美中，异性的声音无疑是引起"我"的美感，使"我"愉悦、陶醉、激发、诱发情爱的重要因素。

差不多就在那个时候，好像为了安慰他的苦楚、为了安慰他那颤抖着的心似的，加特林娜的熟悉的、优美的、银铃一般的声音响起来了——就像那种内在的音乐，人的灵魂在愉快的时间、在充满恬静的幸福的时间所熟知的那种音乐。紧靠在他的身边，几乎就在枕头上面，一曲歌开始了，起初是轻柔的、抑郁的……她的声音一扬一抑，猝然沉下去了，好像自己藏起来了似的，温柔地低吟着那绝望地隐藏在悲伤的心里的痛苦，……然后又发出夜莺的婉转声，颤动着，充满着放纵的热情，融成销魂的大海，伟大的、无穷的声音的大海，就像最初片刻的恋爱的幸福。（陀思妥耶夫斯基：《女房东》）

这里对加特林娜声音的描写，就是书中的"他"对这声音的审美感受，这感受中有直觉，有联想，有想象，还有理解，它使"他"那"颤抖着的心"沉醉于愉快的、充满恬静的、令人销魂的爱的幸福之中。而《西厢记》中的书生张珙之所以同贵族少女崔莺莺"刚刚的打个照面"，便"风魔了张解元"，其原因也就在于莺莺形态的感性美给了张珙的感官以极强的刺激，使他情窦顿开；而在莺莺的感性美诸要素中，就包含着她那"恰便似呖呖莺声花外转"的说笑声；感受这说笑声的婉转清脆之美的，则是张珙那对音波能接收并做出审美反应的听分析器。概言之，对象（"你"）的声音，愉悦了主体（"我"）的耳朵。这样，耳朵就同眼睛一道，成了实现性的选择的向导。

当然，不只是异性的谈笑声、悲喜声，而且连他（她）的呼吸声（深沉有力的或轻柔舒缓的）、脚步声（坚实的或清脆的）也都在能引发情爱的耳朵审美范围之内。

除了眼睛和耳朵外，嗅觉（鼻）和触觉（手、皮肤）也在不同程度上参与了爱情审美活动。

科学研究表明，每个人的身体都会散发出一定的气味，它主要来自人体排出的汗液，汗液一旦排出，就会被皮肤上的细菌分解，变成挥发性很强的物质，以分子散发的方式传递着体味的信息。男性分泌出带麝香味的雄甾酮，但自己往往闻不到，而女性的嗅觉对此很敏感；女性在青春期的体表排泄物中则含有芳香酮，散发出一种特殊的体香。据说清朝乾隆皇帝的宠姬香妃，平时无须施脂粉，身体自有一股异香。一般女性的体香没有这么强烈，但肯定是有的，这就是有的小说所描写的"女性的温馨"。女性的这种体味对男性的嗅觉是一种刺激。除了这些发自人体自身的体味外，男性与外界环境接触所形成的气味，如烟草味、机油味，女性化妆美容的脂粉味、香水味，等等，也同自身的体味一道，成为"你"的独特气味。

本来，不论是体味还是从环境中染上的气味，都只是生理的、自然的现象，只具有形成这"味"的挥发性物质的化学性质（第一物性）；它们之所以一经被"我"的鼻子所接收，就引起某种"味"的感觉（心理属性亦即第二物性），也是在人类发展的悠久历史过程中，在合乎人的生理需要及其机制的规律性基础上，人的嗅觉"人化"的结果。动物发情期间身上散发出的"体味"只是向异性发射的一种自然信息，可以刺激起彼此间交配的本能。人的"体味"对于爱情审美而言，虽远不如形体与声音重要，但也不是一种可以忽略的因素，它发射的不仅是自然信息，而且是美的信息。一个健康的、注意清洁卫生和善于美化自己仪表的人，他（她）的体味是会令异性惬意，甚至心醉神迷的。

至于触觉，虽然严格地说不是审美器官，但在爱情审美中却也起着特殊的辅助作用。这指的是手和肌肤的接触。因为人的肌肤的质感不同于世上的任何物体的质感；光滑、温软、弹性，这是人肌肤的特性，是人健美的重要标志，是构成人外表美的形式之一。这种特性，这种美，可以通过眼睛来感知（当然也要调动以往的经验），也可以通过触觉（触分析器：皮肤的游离神经末梢）来感知。如果是通过触觉，那么，由于形式美引起的美感同异性身体引起的快感相重合，更易产生一种勾魂摄魄的魔力。请看：

啊！我的指头无意之间触着她的指头的时候，我们的脚互相在桌下遇着的时候，我全身底血液要沸腾起来了哟！……我的感官简直一切都昏蒙了呀！……当她畅谈时把她的手放在我的上面，谈得高兴处更倚近我的身旁，她口中的天香可以达到我嘴唇上的时候——我会倒地，如像着了电的一样。

拿着达维多夫的条纹汗衫到休息站去，华丽雅觉得不好意思……她斜眼偷瞧了一下达维多夫，耸起一只肩膀遮掩着，把一个温暖的小布团塞进自己的贴身衬衣里。当达维多夫那件沾满灰土的汗衫，贴在她赤裸的胸上时，她体验到一种奇异、陌生以及兴奋的感觉：仿佛有个强壮的男子，把身上的全部热力，注入她的身体，使她感到极度的充实……

前面引的那段文字出自《少年维特之烦恼》一书，歌德生动地描写出了维特与"她"的手和脚相触时产生的那种震颤心灵的美快感；后者引自肖洛霍夫的《被开垦的处女地》，华丽雅将达维多夫的衬衫贴紧胸膛，反映出她因爱他而要同其肌肤相触（也可说是一种审美方式）的渴望，是一种爱屋及乌式的心理满足、心理享受，而不是生理满足、生理享受，因此是精神性的活动。

综上所述，对于作为信息源的异性"你"来说"我"就是信息的接收装置；"你"能发射多少种信息，"我"就有多少种与之相对应的接收器—分析器；而每一种接收—分析器在大脑皮层都有各自的神经中枢。这样，"我"的眼、耳、鼻、皮肤等就通过视、听、嗅、触的方式，分别对"你"的形状、线条、色彩、声音、气味等形式性因素产生出感知觉；这种感知觉中就包含着初步的审美效应，如红色引起的庄重、热烈感，曲线引起的柔和、优雅感，等等。由于每一种分析器都各司其职，互不干扰，所以就其实质而言，这些感知觉中的每一种所感知的毕竟只是构成"你"感性存在形式的某一方面，因此相对于"你"这个整体来说，不能不是片面的、局部的、表面的、孤立的。要理解这一点，只需想想：一个耳朵失聪又有色盲的人，"你"就只能引起他（她）对"你"形貌体态线条的感知，就是说，"你"在其心目中是没有色彩、没有声音的；而一个双目失明的人，"你"就只能引起他（她）对"你"声音的感知，倘若他（她）的触觉也无从发挥作用的话，那"你"在其心目中就只能是一种无形的声音。这难道不是片面的、孤立的吗？但事实上，只要"我"是感官健全的，那么"你"在"我"心中总是一个有声有色、有灵有肉的整体，即是说，"我"印象中的"你"决不会像某些抽象派绘画中被拆卸开的人那样，这儿是头，那儿是手，再那儿是躯干，互不相干，凑不成个；而是形状、线条、色彩、声音、气味等等因素有机地、如实地组成完整的"你"。之所以如此，还得归功于"我"的大脑对各种信息的"整合"功能。

人的大脑为两个半球，是人类思维、意识活动的器官，主要由表面的灰质和深部的白质组成。灰质部分又叫大脑皮层，是中枢神经系统的最高级部位，视觉、听觉、嗅觉、触觉等分析器在大脑皮层都有自己相应的中枢，所以，这些分析器的终端都连接着大脑。当反映"你"不同属性（形状、线条、色彩、声音、体味等）的不同信息，以光波、声波、气味分子等不同物质形式刺激眼、耳、鼻、肤等感官，这些感官的感受器又将这些自然信息（第一信号刺激物）通过传入神经达到大脑皮层上的相应神经中枢时，不同的分析器就实现了在大脑中将"你"这个整体分解成各种组成部分的分析过程。但是，对于各分析器来讲是分析的过程，对于大脑而言却又是综合的过程，这是因为"你"的不同信息到达大脑皮层的不同中枢引起冲动从而产生各个兴奋灶的同时，不同神经中枢就建立起复杂的暂时联系，各兴奋灶之间就被接通。这样，由眼、耳、鼻、肤分别得到的"你"的各个片面印象，转瞬间就被有机地组装起来，形成"你"的完整表象，即是说，"我"的大脑对"你"发射的复合刺激物做了整体的反应——这就是"你"的感性形象。这就是恩格斯指出的："触觉和视觉是如此互相补充，以致我们往往可以根据某物体的外形来预言它触觉上的性质。最后，总是同一个我接受所有这些不同的感性印象，对它们进行加工，从而把它们综合为一个整体；而这些不同的印象又是由同一个物所给予，并显现为它的一般属性，从而帮助我们认识它。"[1]这就是"联觉"导致的"通感"。

---

[1]《马克思恩格斯选集》第3卷第553页。

然而,"我"作为社会化的人,不仅能接收"你"发射的自然信息(第一信号刺激物)并使其复合成像,而且能将自然信息转变为具有抽象意义的词语信号(第二信号刺激物)。例如下面这段描写:

"我的天哪,她是多么漂亮!世界上竟有如此漂亮的女子!"他一边想,一边差不多以失惊的眼睛瞧着她。"这白皙的皮肤,这像深渊一样暗黑、同时却有什么东西在发光的眼睛,这一定是灵魂在发光吧!她的微笑可以像书本一样读出意义来;笑起来,这副牙齿和整个头颅……它多么优美地给安在肩膀上啊,宛如一朵花似的招展,吐露芬芳……"(冈察洛夫:《奥勃洛摩夫》)

在这里,"她"的皮肤、眼睛的色彩,牙齿、头颅的形状,微笑的声音或模样,肩膀的姿态,都是实实在在的、感性存在的,它们在"我"心目中复合成的表象也是生动的、形象的。但是,与这生动表象相伴随的还有从中抽象出来的词语和概念;正是借助了词语和概念,或者说,正是因为将肤色、眼睛、牙齿、头颅、微笑的表象转化成了词语和概念,"我"才不仅能用眼睛看她的容貌,用耳朵听她的微笑,而且能在思维中表述她,形容她,用文字描写她,从而得以将"我"的观感传达给别人。事实上,"我"不但能将自然信息转变为文化信息(词语信号),而且能直接接收文化信息,如听"你"谈话,读"你"的书信,领会"你"别具深意的手势、表情、动作等等。唯其如此,"我"才能凭借词语、概念等对大脑接收的信息有效地进行储存、选择、控制、逻辑加工等处理,即进行思维,从而体味"你"穿戴打扮的旨趣,行为举止的意义,并由此及彼,由表及里,理解"你"的志向、品格、性情,认识"你"的灵魂,将对"你"的认识由感性阶段推进到理性阶段,由外形深入到本质。《红楼梦》中,薛宝钗、林黛玉的美貌都曾使贾宝玉为之倾倒，但是后来通过"察言、辨色、观行"，宝玉终于看透"宝姐姐"追名逐利的灵魂而与之疏远，而将玉洁冰清的"林妹妹"引为知己——这样一个由表象到本质的感知—认识过程，就是"我"将"你"感性存在着的形状、色彩、线条、声音等发出的自然信息（第一信号）加工制作为社会文化信息（第二信号），并据此做理性思维，进而产生情感的过程。在这里，情感首先是美感，但又区别于一般审美引起的美感，因为这种美感是发生在追求异性的主体身上，而又系符合其审美心理模式的异性所引起，这个异性必然以性感和性度将自己的异性表里美体现出来，它必然使主体的审美感受中渗进被异性性感和性度唤起、激起的性意识、性心理，所以美的愉悦必然导致爱的情感。

这样，读者们就可以看到："我"的求偶意向之所以会在茫茫异性中"指"向着"你"，乃是因为在"我"的"视听之区"中，"你"最能令"我"赏心悦目。总之，"我"是凭借着能闻声、观色、察心的眼、耳和大脑，在茫茫人海中找到"你"的。

综上所述，读者们还可以看到，在爱情审美中，有四种主观心理因素发挥了作用，这就是感知、联想、情感和理性。感知是通过感觉分析器发生的最基本的心理活动，它直接同"你"（客体、对象）的外在美、感性美相联系，是爱情审美的第一步，是其他三种心理活动的基础。只有凭借着感知，大脑才有了进行逻辑加工的材料，才有理性与思维活动。在对"你"的把握上，理性较感知显然是一个飞跃，它使"我"的目光如X光一般，可以透过"你"的肌肤窥视"你"的灵魂，从而对"你"做出全面、真实的审美评价；而爱情只有由这种审美而生，建立在这种审美之上，才是可靠的。与感知相伴随的是知觉联想，这种联想不能完全脱离开眼前的事物

"你"（即便"你"不在眼前，也得以"你"在"我"大脑中的记忆表象为蓝本），是一种由此（"你"）思彼（别的事物）的心理活动，如前例中"笑起来，这副牙齿和整个头颅……它多么优美地给安在肩膀上啊，宛如一朵花似的招展，吐露芬芳"，这里的"宛如一朵花似的招展"，就是由头颅、微笑及整个姿容的优美而生的联想。联想与感知、形象为伴，但理性也潜移默化地出入其间，引导着、暗示着联想的方向和性质。一个仪容举止温文尔雅的青年，会使"我"联想起"临风玉树"，一旦"我"深刻理解了他虽无缚鸡之力而心雄万夫、烈慨干云的内质，却就会生发出大江东去、鹰击长空的壮阔联想了。联想带来诗情画意，是爱情审美必不可少的要素。至于情感在爱情审美中，它既是美引起的，又与爱结合着；既有美感的愉悦、惬意成分，又有情欲生发的钦慕、眷恋。或者说，这种情感起乎美，归乎爱；它既可由知觉（对"你"外表性感的直观）引发，也可由理性（对"你"本质即由"你"通过性度加以表现的灵魂的认识）产生。

三、爱情审美上的两性差异

毋庸置疑，离开眼、耳等感官，所谓审美是不可能的。幸运的是，眼与耳人皆有之。从生理学角度看，不论男性还是女性，其眼与耳在生理构造、生理机制上是一样的；然而，当男性和女性分别用这一功能相同的感官去做审美观照时，所得到的感受却往往彼此异趣，并且对审美对象常常各有所好——这，就是审美意识上的性别差异。

审美上的差异不只存在于两性之间；由于不同时代、不同民族、不同阶级的人生活的环境、接受的影响和接触的审美客体不同，形成的审美趣味、审美心理和审美意识也不同,这样,他们的美感就出现种种差异。以对人的审美为例,远古初民以拔掉牙齿、割开面颊、剪裂耳朵为美,进入文明时代又以"朱唇皓齿""容则秀雅""姱修滂浩"为美;阶级社会中的贵族、士大夫以削肩细腰、弱不禁风的病态女性为美,劳动人民则以身体健壮、四肢矫健的女性为美;至于因人种、民族不同而各美其美的情形就更多了。由此造成了审美上的时代性、阶级性、民族性。但不管什么时代的什么阶级和民族,都是由一个个具体的人组成的,而每一个人除受一定的时代背景、阶级地位和民族心理的制约、影响外,都各有其独特的人生经历和由此形成的个性等,所以个人与个人之间在审美上都会产生种种差异。

除上述种种差异外,还有一种到处存在的差异,这就是性别差异。审美上的性别差异取决于人类分阴阳、别男女这一最基本的,各个时代、各个社会、各个阶级和民族概莫能外的普遍事实;由于不论哪一个男性女性都是生活于一定的时代、社会、阶级和民族之中,所以这种性别差异不能不受一定时代、社会、阶级和民族的影响,带上了时代性、阶级性和民族性;又由于不论哪一个男性女性都是具体的人,都各有其独特的经历和个性,因此性别差异又不能不和个性差异相交叉,表现出千差万别的形态。但是无论如何,人类分为男性和女性这两个"半边天"的事实,男性和女性在生理上的各自共同特点以及男子化、女子化的共同过程,毕竟造成了男性在审美上的共性和女性在审美上的共性,这就为我们考察审美上的性别差异提供了可能。

审美上的性别差异渗透在两性对一切事物的观照之中;而在爱情审美中,则集中表现在对异性("你")的观照上。

第一、引起情爱的审美对象不同。

我们知道，凡是美的东西，从花鸟虫鱼到山光水色，从琴棋书画到妙舞清歌，都能使人产生愉悦之感、喜爱之情，有时甚至对之流连忘返，爱不释手，但却不会引发那种以性爱为基础的情爱；即便看到一个和"我"同性别的翩翩少年或妙龄少女，"我"在赞赏、欣羡甚至嫉妒的同时也不会动"情"的（同性恋者是极个别的例外）。世界上，唯一能因其美而使"我"怦然心动、油然情生的，只有被"我"看中的异性——"你"。只有美的男性（外美、内美或内外皆美者）才能使女子怀春，反之，能令男子钟情的也只有美的女性。诚如乔治·桑塔耶纳所说："在某种程度上，这种兴趣（审美兴趣——笔者）将集中在性欲的正当对象和异性的特殊性征上；因而，我们发现，女性对于男性是最可爱的尤物，男性对于女性，如果女性的羞怯肯承认的话，是最感兴趣的对象。"[①] 总而言之，不论男女，非异性之美不足以动其情，这是两性在爱情审美上的基本差异之一。

第二、关于爱情对象的审美心象、审美要求不同。

前面说过，在男子化和女子化的过程中，男性和女性按照各自心目中关于自身性角色的理想模式优化自己、完善自己，从而提高自己的性感和性度，成为表里一致的男子和女子。与此同时，由于性意识潜移默化地起作用，导致男女做审美观照时，都将审美兴趣集中在"异性的特殊性征"即体表形态、心理特征和行为方式上，亦即异性的生理副性征和气质、风度、品格上；又由于男性、女性的生理—心理机制不同，在社会化过程中形成了对异性的不同审美心象，因而对"异性的特殊性征"的审美要求也不同。

[①]《美感》第41页。

男女两性这种互不相同的关于对方的审美心象、审美要求，是建立在各自有关异性的心理信息储备基础上的。这种心理信息储备有感性与理性之分；每一种又有两个层次。所谓感性信息自然是指人们通过眼、耳、鼻、肤直接感知外界事物得来的经验，它的第一个层次是现实生活在大脑皮层中留下的痕迹，对于爱情审美而言，就是异性的外部形态、外在形式，如长相、个头、胖瘦、肤色、声音、姿态、动作、服饰、举止等，给"我"留下的印象；第二个层次是过去观赏过的文艺作品（如小说、电影、电视、歌舞、戏剧等）在大脑皮层中留下的痕迹，对于爱情审美来说，就是文艺作品中所描绘的异性形象给"我"打下的烙印。一般而论，这两种形象、两种信息在"我"大脑中都是以两种形态储存着的，一是生活中、艺术作品中所见过的众多异性已被依据某种审美尺度东抽一点、西取一点地综合、概括成某种标准化的模式，它不再是任何具体的某个异性，而是"我"心目中理想的"他"（"她"）；二是生活中、艺术作品中所见过的某个具体的异性，"他"（"她"）曾经以其仪容、姿态、气质深深地打动过"我"的心，给"我"留下了特别深刻的印象，所以久久不忘，以其鲜明的个体特征储存在脑海里，所以生活中往往有人因为某一异性和自己过去所见过的另一异性在外表上相像而突然一见钟情。所谓理性信息则是指由感性认识升华来的理性认识，其第一个层次是直接通过感官的感知从生活现象、生活经验中抽象、概括出来的理性认识，它将作为理性信息储存在大脑里。在爱情审美中，就是过去积累起来的对异性某些共同特点、特质的理解和有关观念，如女性关于"男性要恢宏大度，才像个男子汉"的看法，男性关于"温柔是一种崇高的、永恒的女性美"的认识等。第二个层次的理性信息来自对各种概念科学特别是哲学社会科学理论知识的学习，对爱情审美而言就是从书本中接受的关于异性的观念和知识。

然而,在爱情审美实践中,上述储存在大脑之中,各包括两个层次的感性信息和理性信息通常是综合作用,形成关于男女两性的审美心象和审美要求的。例如,由于两性在社会中的分工和性角色不同,男子往往更多地投身于社会活动,更多地肩负重担,这同男子的生理特征如宽肩厚背是有某种内在联系的。久而久之,宽厚的肩膀这种生理特征就被赋予了社会的、象征的意义,它同肩负重任、坚强有力等联系在一起,"铁肩担道义"就成了具有正面审美价值的男性形象。在男子,以此自励、自勉、自责、自豪,在女子,则以此为男性的审美特征。而女性的乳房乳汁则由于同样的原因同生命、源泉、柔情等社会意义相联系,成为男性(也包括女性自己)对女性美的一种要求。

于是,依据建立在有关异性的心理信息储备基础上的审美心象、审美要求,男性对爱情对象的要求首先必须是"女人",即具有充分女性感和足够女性度的女性;这样的女性不论是外表还是内质都必定是和男性自身形成鲜明性差异的:"她"身躯娇小,肌肤润泽,体态丰满,曲线玲珑,容颜娇嫩,声音圆润,举止温柔,品格端庄,真诚善良。女性则相反,她对"对象"的首要要求必须是真正的男子汉,这样的男性不论在性感还是性度上也都必然是和女性自身形成鲜明对照和反差的:"他"身躯高大,体态挺拔,线条刚健,举止大方,富于智慧,性格坚强,有事业心。当然这只是一般的模式,即大多数男女所共有的关于"对象"的审美心象;这种审美心象的标准形态,在中国古代是"才子""佳人",在西方则有"白马王子""白雪公主"等等。至于现实生活中,要求爱情对象在各方面都完全符合这种标准形态的审美心象往往是不可能的,但无论如何,这种审美心象事实上在起着作用，除了以各种形式实现的"包办婚姻"外，"我"（或男或女）之所以会爱上"你"（或女或男），归根结底是因为"你"在某些方面基本上符合"我"心目中关于异性的审美心象，亦即"我"在某些方面"看"上了"你"；这"某些方面"可以是肉体上的、外表上的，也可以是心理上的、品格气质上的，还可以既有外表上的这点那点、又有心灵上的这点那点。总之，现实生活中男女两性关于异性的具体审美心象和审美要求的实现途径是极为复杂多样的。

男性也罢，女性也罢，异性的美总是使他们心中充满柔情。但这种柔情在男性那儿和在女性那儿又不一样。就男性而言，女性那合乎孕育后代的自然规律和在物质生产中分工的社会规律的阴柔之美，那以小巧、娇柔、鲜嫩的感性形式和温柔善良品格体现出来的优美、秀美、娇美，在渴望着和女性共同实现生命生产并渴望着成功扮演自己刚强的性角色的"他"的心中，引起的是要呵护、怜惜、抚爱的温情。而就女性来说，男性那合乎自然定性与社会定性的阳刚之美，那以高大厚重、刚健有力的感性形式和聪敏、坚毅、勇敢体现出来的壮美、英武、潇洒，会使"她"产生由信赖、依恋而引起的甜蜜之感。在这里，男性的柔情伴随着对秀美的轻怜痛惜，女性的柔情则伴随着对壮美的崇仰依恋。

第三、观照对象的审美重点不同。

不论男性还是女性，在审视异性时都是将其作为一个整体来观照的，但是审美的重点各有不同。据观察，"男子看女人时，视线的顺序是：一、脸；二、发型；三、胸部；四、服装；五、腿；六、腰部；七、臀部；八、拎包、手套之类的小饰物；九、鞋子；十、背部。而女人看男人的顺序是：一、脸；二、发型；三、上衣；四、领带；五、衬衫；六、鞋子；七、腹部；八、皮带；九、手表；十、前半身。"观察者由此得出结论："可见，男人较注重女人的体型，而女人比较注重男子的衣饰。"① 这儿所列的顺序也许不一定准确，多半会因人而异，但男子注重体型、女子注重衣饰的结论大体上是对的。请看下面这个引自《青年近卫军》的例子：

他一面的肩膀——左肩——比另一面略微高一些。他非常年轻，完全还是一个孩子，但是从他的晒黑的脸上、高大矫捷的身躯上，甚至从那打着暗红色的领带、露出白色的自来水笔笔套的熨得很平的衣服上，从他的动作和说话略带口吃的全部姿态中，都流露出这样朝气勃勃、有力、善良、心地纯洁的感觉，使邬丽亚马上对他起了信任。

他也带着青年的那种不自觉的观察力霎时就用眼睛攫住了她的苗条的、穿着白上衣和深色裙子、生着惯于在田间劳动的农村姑娘那样柔韧有力的腰肢的身躯，攫住了注视着他的乌黑的眼睛，起着波纹的发辫，轮廓俊俏的鼻孔，膝盖下面被深色裙子略微遮住一点的修长匀称的、晒黑的小腿，——他忽然脸一红，陡地转过身……

不能不佩服作家的洞察力！他在这段描写中准确地把握住了青年男子审视异性时的重心和特点："他"用眼睛下意识地（即"不自觉的"）捕捉的就是"她"的腰、小腿，她的身躯，她的眼睛、发辫、鼻孔——这些，都是与女性生理的第二性征、因而是和女性美有关的部位；"他"之注视这些部位，显然是潜在的性本能、性意识以及以此为生理—心理基础的审美选择性在起作用。由此也就可以看出，男性对于女性的审美首先是她的自然躯体，而观照这个躯体时又重点在与女性性征有关的部位上。而"她"

---

① 《男女之别》，见《海外文摘》1987年第2期。

首先观照到的虽然也是"他"的身躯（注意到了这身躯是"高大矫捷"即富于男子汉特征的），但视线（亦即注意力）随即转到了"他"的领带、笔套、衣服上，并进而审视、观察"他"的动作、话语、姿态，凭直觉就敏感到"他"内在的朝气、力量、善良、纯洁。这里，不仅显示出女性的审美直觉比男性强，而且表明女性在对异性的男子汉基本特征作了肯定后，不再顾及肉体的某些自然细节，而是将兴趣放到了与社会、与文化、与个人性格有关的衣饰、谈吐、举止上，以此为窗口去窥视"他"的心灵。之所以如此，是因为女性往往比男性更关心对方"是一个怎么样的人"，这种特点，在爱情审美的初始阶段就表现出来。

第四、爱情审美的过程和方式不同。

在一般的审美活动、审美实践中，如游山观水，品画看戏，欣赏音乐，乃至观看时装表演、打量街上的过往行人等，男性和女性面对着的都是与自己的性别、性身份、性角色无直接关系，因而也与个人的生活、命运无关的审美对象，所以都能持一种超功利的纯欣赏态度（虽然也有审美观念、审美趣味上的性别差异）。唯独爱情审美不一样；在爱情审美中，美的超功利性与美所导致的爱的功利性（两性结合、生命生产），审美与爱情在精神上的社会性和美附丽的实体及这实体间结合的自然性，是那样紧密地融合在一起，就是说，美、审美都与男女的"性"因而与主体的生活、命运联系在一起，这样，作为审美主体的"我"，在爱情审美中就不可能采取超然的纯欣赏态度，而必然因性别不同产生不同的方式。

大体而言，男性在爱情审美中多是积极、主动的态势，这同男子易激动的性生理—心理机制和男子性角色在社会上的地位及传统思想的影响是一致的，它使男性在爱情审美上带有下列特征：

1. 观照大胆。男性在"看"异性时往往采取"直面观照"的方式，就是说，把"她"当成可以直接观赏的审美对象，一般不遮遮掩掩、似看非看，而是神情专注地正视、直视"她"。即使在"男女授受不亲"的封建社会，《西厢记》中的书生张珙一旦遇见了莺莺，就"眼花瞭乱口难言，魂儿飞在半天"，目不转睛地尽情欣赏莺莺"宫样眉儿新月偃，斜侵入鬓云边。……樱桃红绽，玉粳白露"的容貌和"行一步可人怜。解舞腰肢娇又软，千般袅娜，万般旖旎"的体态。日本作家樋口一叶在小说《青梅竹马》中也这样描写太郎见到"颜色灿烂的泥美人似的"美登利时的神情："他看呆了，没来得及叫一声，也没像平常那样跑去拉住她，只是目不转睛地望着。"这些，当然不是作家的虚构，而是现实生活中爱情审美现象的艺术反映。在这里，"他"对"她"的观照表现出一种忘情的大胆，一种要将"她"尽情摄入眼中的渴望，一种由女性美引起的强烈感受：赏心悦目。

2. 动情迅速。女性的外美（姿容体态）或内美（如富于同情心或柔情似水）一旦在男性心中产生审美效应，"他"就会很快对"她"产生好感并由此动情。前引《西厢记》中的张珙才见莺莺一面，就感慨"你撒下半天风韵，我拾得万种思量"，为她"意惹情牵"，情动难遏。苏东坡《蝶恋花》词云：

墙里秋千墙外道。

墙外行人，墙里佳人笑。

笑渐不闻声渐消，

多情却被无情恼。

一位男子偶然经过深宅大院，听见院里那"恰便似呖呖莺声花外啭"的少女的悦耳笑声，这美的声音不仅直接刺激他的耳鼓并传入大脑，给他的听觉以美感，而且肯定唤醒了过去的审美经验，生发出"佳人"的美好想象，于是为之动情；由于对方并不知晓，也不领情，因此"多情却被无情恼"。在现实生活中，还有一些男性，甚至只需女方稍示柔情，或是"那秋波一转"或是几句软语温言，就会受到强烈的审美感染，心中漾起情爱的涟漪。

3. 求爱主动。男性由女性的美而生美感，而萌情爱；情爱会因美感的强化而加深，美感又会因情爱的加深而强化；这种包容着美感的情爱（或渗透着情爱的美感）是一种强大的内部力量，它会驱使男性主动向女方做爱情表态，就是说，当男性观赏女性时，他是一个女性美的信息的接收装置，而当这种信息激起了他的情爱时，他就自然会变为爱的信息的发射装置。这爱的信息的发射往往是直截了当、"直奔主题"，而较少掩饰、迂回、试探的。

我突然脱口而出：

"你不在村里时，我万分惦念你，伊丽努查……"

我知道需要的是勇气，此外，当我看到她在泉水旁边，这般婀娜，这般轻盈的时候，我不由……燃烧起了强烈的求爱愿望。……姑娘脸色顿时变白，凝神看了我一眼，接着泛起了一阵红晕。

"你，少爷，是想取笑我。"

我飞快地向前走了两步，抓住了她的一只手。她开始挣脱，而我竭力想吻她，她向后一仰，扭过头去，我的嘴唇就碰到了她的鬓角和头发上，闻到了野花的芳香。

不远的地方传来了人声，我们才彼此分开。她气喘吁吁，仿佛还没有从惊吓中恢复常态。后来她笑了，用一个手指做着吓唬我的手势，然后向村里跑去……

(米哈伊尔·萨多维亚努:《初恋》)

这一段描写,生动地表现出了男性在由审美而萌情、求爱过程中的主动性、直接性。在此后男女爱情审美的整个过程中,男性的这种特点一直是保留着的。

至于女性,也由于其特殊的性生理—心理机制及其性角色的要求和社会的影响,使"她"在爱情审美上呈现出与男性有别的特征:

1. 观照含蓄。在对大自然乃至艺术作品的审美观照上,女性同男性一样,是可以处于"忘我"之境的,但在爱情审美的初始阶段则不然:女性那同性意识相连的羞怯心理,使她往往很难对异性做大胆的"直面观照",而自觉不自觉地采取了"欲看却垂眸,离去还回首"的含蓄方式。

2. 动情徐缓。女性由男性的美引起的审美愉悦会导致对"他"的好感;但是由一般的好感到真正动情,这中间的距离却比男性长得多,也曲折不少。"她"通常要由表及里地对"他"进行反复的审度,还会用同一把审美标尺对照着衡量自己。其间"她"会犹疑,徘徊,思忖;与此相伴随的是柔情的潜滋暗长,起伏波动,直至最后情思潮涌,一发不可收。

3. 示爱隐讳。一般而言,女性那渗透着美感的情爱的表现方式是比较含蓄、隐讳甚至迂回曲折的;语言和表情上的暗示、隐喻、试探,关系上的若即若离,行动上的真真假假,这些,都是在定情之前经常在女性那儿出现的现象。当情爱的溪流如此这般地"斗折蛇行"、穿越恋爱阶段的山林,终于二水合流、两情融洽、阴阳相配之后,女性的满腔柔情就如一泓春水,男性那如山耸立的阳刚之美愈是发扬蹈厉,这柔情的春水就愈是明净盈溢,深不见底。

正因为男女两性在观照、动情、示爱上有上述种种不同,所以男性投入爱情审美的方式是单刀直入，过程呈直线形，如男性自身的审美特征一样，具有一定的力度、刚度，因而也就染上了热烈、明亮的色彩——显然，这是一种阳刚之美。与此相异，女性投入爱情审美的方式却是渐入性、浸润性，颇有点"随风潜入夜，润物细无声"的味道，至于整个过程则一如女性自身的审美特征，呈曲线状，真是"徙倚彷徨，乍阴乍阳；进止难期，若往若还"——人们从中产生的是幽柔婉丽的优美之感。

必须指出的是，我们谈男女两性的爱情审美差异，是就常规现象、普遍现象而言的。任何事情都有逸出常规的例外，比如，有的男性在爱情审美上趋向女性的风格，而有的女性则像男性一样大胆、直接、热烈。尤其是在今天，由于时代、环境的影响，女性普遍较过去开放，在爱情审美上呈现出许多新的特点。但无论如何，只要男女两性的性差别没有消失，二者在包括爱情审美在内的许多问题上的差异就不会消失，这正是今天探讨男女爱情审美差异的依据和意义。

第四章　两个人的世界

——二体双向流程

很久很久以前，当人来到这个世界的时候，完全不是现在这个模样：那时人无男女之分，而是集阴阳于一身的两性人。这种男女同体的人个个长得仪表堂堂，是一种具有高度智慧和无穷力量的生物。遗憾的是这种两性人被大神宙斯发现了，他在惊讶之余生出了恐惧之心：万一这些超凡的生物力气愈来愈大，岂不是要威胁到天上众神的安全！于是，宙斯便大施神威，将这些两性人劈成两半，搅乱之后撒到世界的各个角落。这样，从那遥远的年代以来，人出于本能一代一代地都在寻找自己的另一半……

这个远古的传说，是初民们为解开男女之恋这个斯芬克司之谜提出的一种解释；它虽然幼稚，但却包含着男女结合的必然性的思考。如果人真是男女合体，"如果自然无须分化两种性别就已经解决了生殖问题，我们的感情生活就会根本不同"[①]，也就根本无所谓爱情审美。然而人毕竟是

[①] 乔治·桑塔耶纳：《美感》第38页。

分化为男女两性了，而且双方彼此都在寻找自己的"另一半"，这样，在人类广袤的感性—感情生活领域中，就出现了一个色彩瑰丽、变幻万千、甜蜜美好的特殊天地："两个人的世界"。从这个意义上来说，我们或许应该感谢宙斯——大自然之斧的那一劈吧？！

但是，这"两个人的世界"不是双峰并峙式的静态结构，而是男女两人互为信息发射装置与接收装置、彼此不断进行美与爱的信息交流的动态过程，是一种特殊的"二体双向流程"。在这个世界、这个过程中，两个人不是孤立的、隔绝的，而是互为前提、互相感应的。这种双向交流、二体互感还会造成一种如磁场般的爱情魅力场，使情人连同他们周围的一切都变得分外美好、分外迷人……

一、感性—钟情·理性—移情

"两个人的世界"不是凭空出现的；只有在有美与爱存在的地方，才能组合成"两个人的世界"。而在爱情审美中，爱又是由美引起的，因此，美和审美乃是"两个人的世界"的开端和缘起，它必然导致将"两个人"组合成一个特殊"世界"的内核——爱。尽管导致爱的这个开端和缘起的具体表现形态形形色色、互不相同，但从类型上看，基本上是两种：一是感性先导型，一是理性先导型。

一、感性先导型。

现实生活中的任何异性，除非"我"通过某种信息媒介（如报刊的介绍、他人的评论等）得知"他"（"她"）的经历、品格、才干、为人，"我"对"他"（"她"）的了解、认识都得从与其接触开始，而说到"接触"

就意味着此人以其生动具体的感性存在形式纳入"我"的感官（眼、耳、鼻等）把握之中，不如此，就谈不上"接触"。这一点显然毋庸置疑。

但是这样一来，立即就有一个审美观照的问题发生。因为任何异性的感性存在形式或感性形象在"我"看来都有美、很美、不美甚至丑的区别；这种区别又是以其是否符合、在多大程度上符合"我"关于异性的审美心象，亦即"我"依据社会审美参照系和个人经验所形成的关于异性的审美观念、审美理想、审美趣味以及由此综合成的审美尺度而定；愈是符合就愈觉其美，反之就觉其不美甚至丑。

所谓异性的感性存在形式或感性形象，通俗地讲就是"他"或"她"的体形、体态、容貌、肤色、言笑、体味、表情、举止、衣饰、做派等等。这些都是客观的表现。历史的、现实的事实都表明，在生活中，"任何对象都不能像最美的人面和体态这样迅速地把我们带入纯粹的审美观照，一见就使我们立刻充满了一种不可言喻的快感，使我们超脱了自己和一切烦恼的事情；……所以歌德说：'谁看着人体美，任何不幸都不能触及他；他感到同自己和世界完全协调。'"[①]这还只是就一般人体美、容貌美而言的；倘若面对着的、通过感官"接触"到的是美的异性，那么对人体美的"不可言喻的快感"同性意识相融合，就会凭直观、直感、直觉而对"他"或"她"产生特殊的好感；这种好感之所以特殊，就在于它是同男女情爱紧相联系着的。好感是一种积极的情绪体验，必然导致情动。不妨看看下面这段描写：

佴小姐的真名实姓姑且不表，权且叫她水仙吧。她那一派仪表举止，真像天仙一般可爱，我这是第一次和她见面，我的心就给她俘虏去了，我

[①] 叔本华语。转引自《西方美学家论美和美感》第227页。

的两只眼睛直盯了她整整一顿饭的工夫。她的年纪大约十七八岁，身材很高，长得分外苗条，头发黑得像墨玉一般，一鬈一鬈地垂在如同象牙一般的白颈边；两钩弯弯的眉毛也是乌黑的；她的眼光，尖利之中又透出温柔；她的两片嘴唇就像樱桃那样又嫩又红；她的皮肤晶莹细嫩而又健康；她的神气高贵、自然，而又宽厚；就她整个人来说简直是太可爱了，只要是略有感觉的人就不可能见了她而不赞美她，赞美了她而不爱她爱得如醉如痴。

（〔英〕斯末莱特：《蓝登传》）

这就是由对异性人体美的直观而产生的爱，这种"如醉如痴"的爱显然同艺术爱好者对艺术品的爱、古玩鉴赏家对古玩的爱以及亲子之爱、朋友之爱等不同，它是以性爱为基础的情爱。这种爱的产生不靠权力，不靠说教，不靠关系，不靠财富，只靠美。难怪古希腊的亚里士多德说："美丽比一封介绍信更有推荐力。"

与对异性纯粹的审美观照而产生的爱形影相随的就是人们常说的"一见钟情"。"一见钟情"意谓凭第一次见面或数次见面的印象，就使男女双方产生爱情。爱情之所以来得这样快，是因为在这一次或数次见面（即"接触"）中，对方那外在的异性形态美，同"我"关于理想异性外表的审美心象正相吻合，于是在"我"心头产生强烈的审美共鸣。这种共鸣，使得人对自然信息（如异性的体态、容貌、肤色、声音、气息等）发生反应的大脑皮质机能系统即第一信号系统的活动高度活跃，占据绝对优势，从而抑制了在此基础上历史形成的、能将自然信息转变为具有抽象意义的词语、概念（文化信息），因而能进行逻辑思维、概念推理的大脑第二信号系统的活动。这样一来，男女之间的"一见"或"数见"实际上就成为一个缺少理性的分析综合、缺少概念推理的逻辑思维的审美直觉活动过程。

当然，在这一过程中，"我"并非一点理性思索都没有，"他"或"她"的言谈举止也不是没有提供一点认知因素，但是，这些都被第一信号系统占绝对优势的形象活动所湮没了。既然如此，就排除了只有理性才会带来的关于对对方人品、才华等内在因素的思考，以及由此可能产生的疑问、犹豫，结果只剩下了由纯粹的审美观照所引起的不可言喻的快感和对异性的渴求，这就难怪情爱会如电光石火、熊熊燃烧了。

习惯上，人们往往对一见钟情加以责难，把它与不可靠的爱情和婚姻联系在一起。而实际上，一见钟情本身没什么不好。上面的分析表明，一见钟情是件合乎人的生理—心理机制和审美规律的事。要一见钟情，一方面需要美的异性和异性的美，另一方面需要主体有富于审美敏感的感官和心灵；倘若世上的男男女女都能通过遗传、锻炼和美容而具备足以使异性得到充分审美享受的体貌、仪表、风采，同时又具备高雅的审美素养和善于发现、鉴别、欣赏和爱美的心灵，那我们世界的色彩是多么瑰丽、我们的生活是多么美好！而事实上，几乎涉足爱河的每一个男女都渴望将美带到他（她）的爱情生活中去，都期待着能"一见"心目中理想的人儿，都处于只要这样的意中人一出现就会为之"钟情"的生理—心理状态。可惜的是，现实生活中却往往做不到这一点。由此可见，"一见钟情"作为一种植根于现实又带有理想色彩、生活中不是人人皆可得到但又是人们普遍愿望的现象，是富于打动人心、燃起希望之火、去追求美的浪漫主义情调的。正因为如此，"一见钟情"的题材和故事在文学作品中比比皆是！司马相如和卓文君；唐伯虎和秋香；罗密欧与朱丽叶；安娜与渥伦斯基……这样的名单可以排得很长。这些恋情的美学价值是显而易见的。

那么，一见钟情为什么又常常受到责难呢？根子在于它所可能导致的认识障碍上。本来，作为爱情对象的异性，是一个由内容、本质（指品格、才干、智慧这些两性的共同素质和两性分别具备的心理特征）和形式、现象（指外貌、风度等外部表现）组成的整体；他（她）既是审美的对象，也是认识的对象；归根结底，爱情只有同对异性本质的认识相结合，才能达于爱情审美的深层次（内美），才能有正确的选择和牢靠的基础；而要把握异性的内在本质，就必须将接触对象所获得的表面的感性材料来一番由表及里、由此及彼、去伪存真、去粗取精的逻辑思维、概念推理。但是，在"我"将异性作为认识对象开始感性认识的同时，"我"对他（她）外在感性形式、感性形象的审美直观也开始了。上文说过，在审美直观活动中，由于第一信号系统的形象活动占了绝对优势，从而会抑制第二信号系统的理性思维活动。这样，认识过程就会出现故障：异性外在形态美的魅力在"我"心中引起的陶醉忘情，导致理性的"昏迷"，不能由感性的审美直觉向理性的审美认识跃进，不能深入了解对象的本质和灵魂。倘若对象的本质和灵魂同"他"或"她"的外表相一致，那当然最理想了，生活中这样的事是常有的，古今中外的文学作品也多有反映，《西厢记》中的张珙和崔莺莺就是一个典型例子，他们由"一见钟情"而导致的结合是幸运而幸福的；倘若对象的本质和灵魂同"他"或"她"的外表正好相反，而"我"对"他"或"她"的了解仅仅停留在对其外在美的审美直感上，那么，仅凭这种直感的驱使，"我"爱之如饴的可能是魔鬼，"我"弃之而去的倒也许是天使！当然，这是极而言之，但无可回避的事实是，这种表里不一致的现象较之表里如一往往更多。因此，富于浪漫情调、寄托着恋人们美好愿望的"一见钟情"，也导致了爱情和婚姻上的许多悲欢离合，许多血泪情仇。杜十娘的怒沉百宝箱，玛丝诺娃的被侮辱被迫害，林道静与余永泽的决裂等等，这种种不幸，除了社会的原因外，根子不都在"一见钟情"那里吗！

不过，并非所有"一见钟情"的人都必然为美色所诱而堕入爱河不可拔。对于那些有较高美学素养和较强理智的人来说，虽然异性的美色美声也同样会令他（她）心动情移，但是，他（她）却能在"钟情"之际不乱方寸，能使暂时被抑制的第二信号系统重新活跃起来，自觉地运用逻辑思维，将对对象的审美直觉推进到审美认识的理性深度，从而对对象的内质、内美做出正确的审美评价。如果这种评价同对对象外表的审美直感不一致，那么，他（她）就可能当机立断地中止原先的恋爱关系或从失恋的沮丧中恢复过来。《安娜·卡列尼娜》中的少女吉提，先是为渥伦斯基的堂堂仪表而倾倒，渥伦斯基弃她而去同安娜好上以后，吉提情未了，心若槁，但是后来由于亲人对此事采取了"冷处理"的办法，使她得以理智地思考渥伦斯基的为人，终于从一场感情危机中振作起来。

综上所述，所谓感性先导型，也可以说是由感官愉悦而动情的类型，或谓审美直觉型。

二、理性先导型。

尽管人们都有一颗爱美之心、都在渴望美、追求美，希望将美带到生活中特别是两性关系中去，但是我们如果细加审察，就不难发现，在现实生活中，虽然人人都会或早或迟找到自己的伴侣，但真正"一见钟情"的并不很多。这原因在于：我们已经说过，由于先天的和后天的、遗传的和环境的种种因素，人生来就有一个相比较而言美不美、有多美的问题；世界上极美的人和丑的人都只占少数，大多数人的外在形态大概都在美和一般之间；反之，由于爱美之心的作用和文艺等因素的影响，大多数人关于异性的审美心象却又往往高出于一般人的美的程度。这就注定了许多人都难以碰到足以使其"一见钟情"的异性，幸运儿毕竟只是少数。

正因为如此，在爱情审美上，许多人走的是另一条路子，亦即理性先导的路子。英国女作家夏绿蒂的小说《简·爱》提供了这样的例证：

从孤儿院和教会学校出来的简·爱是一位身无分文且相貌平平、对异性缺乏吸引力（亦即缺乏"女性感"）的年轻姑娘。她担任家庭教师的桑菲尔德的主人却是门第显赫、家财万贯的罗切斯特。地位的悬殊，使从小养成自尊和反抗意识的简·爱对罗切斯特采取不卑不亢的防卫态度，而罗切斯特又是性格孤僻的人。按一般情理而言，或按爱情审美的感性先导型而言，他们俩是不可能相爱的。事实上，他们起初彼此间都谈不上有什么好感。何况还有一批高贵而美丽的贵族小姐在等待罗切斯特的求婚，在她们的映照下，简·爱显得更不起眼了。就是简·爱自己，也认为罗切斯特快要和那位美貌的英格拉姆小姐成眷属了。然而，事实上，罗切斯特爱上的竟是简·爱！他之所以和贵族小姐厮混，之所以装作要向英格拉姆小姐求婚，乃是为了试探简·爱爱不爱他。而简·爱这位年龄比罗切斯特小得多、蔑视财富和地位的女性，也热烈地爱上了罗切斯特。那么，他们互爱着的是什么呢？是心灵。当简·爱误以为罗切斯特快要和英格拉姆小姐结婚，准备离开桑菲尔德，罗切斯特却发誓要让她留在身边时，她愤怒地说：

"我得走！……你以为我会留下来，成为你觉得无足轻重的人吗？你以为我是一架自动机器吗？一架没有感情的机器吗？……你以为，因为我穷、低微、不美、矮小，我就没有灵魂没有心吗？你想错了！——我的灵魂跟你的一样，我的心也跟你的完全一样！……我现在跟你说话，并不是通过习俗、惯例，甚至不是通过凡人的肉体——而是我的精神在同你的精神说话;就像两个都经过了坟墓,我们站在上帝脚跟前,是平等的——因为我们是平等的!"

　　这种对人格平等、权利平等、男女平等的要求,正是简·爱反抗精神、独立精神和以诚待人品格的思想基础;它通过她的言谈、举止、作为体现出来,形成了她不卑不亢的独特气质。罗切斯特就是通过和简·爱的接触,首先为这卓尔不群的气质所感染,逐渐透过她平凡的外表,看到了她闪烁着奇光异彩的心灵,从而产生情爱的。在这里,思想基础也好,精神品格也好,本是道德范畴的东西,也就是"善",它一旦通过人的行动"外化"为感性的可闻可见的言谈举止、风采气度,那就具有了美学的意义,属于人的内美——心灵美了。说罗切斯特"透过"简·爱平凡的外表"看到了"她闪光的心灵,从爱情审美的角度而言,也就是罗切斯特将对简·爱的审美认识取代了对她的审美直感,因而得以"超越"她平凡的外表给自己留下的印象,用"理性的眼睛"观照她内在的灵魂美、人格美,从中获得丰富的精神享受,由此而产生爱情。反过来,简·爱也是因为"看到了"罗切斯特那颗承认平等、追求真情的心,才使她冲破地位、财富悬殊造成的障碍爱上了他,才使她越过年龄的界限最终投入了被烧成重伤、双目失明的罗切斯特的怀抱。

　　由此可见,因为人的内质隐藏在外表的后面,在人之美的整体结构中,内美处于深层,所以,对内美的领略、欣赏必得经由感性到理性的审美阶段,不可能"一见钟情",而往往是一个曲折、渐进的过程。这是一种"心有灵犀一点通"式的爱情审美。由于这种爱情建立在对内美的审美上,以理性为先导,因而这种情与美同真与善结伴而行,因而由此导致的两性结合有牢固的基础。诚如黑格尔所说:

爱情要达到完满境界，就必须联系到全部意识，联系到全部见解和旨趣的高贵性。①

我国著名翻译家傅雷也说过：

诗人常说爱情是盲目的，但不盲目的爱毕竟更健全更可靠。②

这些看法意思是一致的。所谓"盲目"就是任凭感官的愉悦支配感情，"不盲目"则是指感情受理性的引导。这种由心灵美的吸引、感染、激撼而产生的爱情，真正使得两性心心相印、息息相通，从肉体到灵魂、从生活到事业都融为一体；它的牢固性、强烈性、持久性、同一性可以达到这样的程度：或是失去一方另一方便会悲恸欲绝、但求同死——中外古今都不乏双双殉情的事例；或是彼此把对方的需要当成自己的需要，把对方的事业当成自己的事业；或是对方不在了另一方便将对方的事业无保留地挑在自己的肩上；或是不管天涯海角、天长地久、生离死别，双方都同此一心、长相厮守……"万里何愁南共北，两心那论生和死""日日思君不见君，共饮长江水""中心藏之，何日忘之""心心复心心，结爱务在深""以胶投漆中，谁能别离此""宁作野中之双凫，不愿云间之别鹤""在天愿作比翼鸟，在地愿为连理枝""春蚕到死丝方尽，蜡炬成灰泪始干""得成比目何辞死，愿作鸳鸯不羡仙"，等等，等等，都唱出了对这种真情挚爱的追求、渴望和赞美。

与"心有灵犀一点通"相伴随的，是俗谓"情人眼里出西施"的审美现象：移情。

---

① 黑格尔：《美学》第 1 卷第 267 页。
② 转引自《要过好人生这一大关》，载《青年一代》1981 年第 1 期。

所谓移情，就是审美客体被反映到审美主体的大脑并形成审美表象的过程中，主体方面的感情作用于客体表象的一种现象。在爱情审美中，主体"我"超越对象平凡的外表（有时甚至是"不好看"的、有伤残畸缺的）看到了"他"或"她"优美的心灵，由此引起了"我"愉悦、喜爱、仰慕的情感；这种情感反过来又会推动"我"对对象生发出联想和想象，并且影响和制约着联想与想象的性质及趋向，就是说，这种情感会促使"我"调动、搜寻记忆中同这种美好心灵有关的或它所应有的外部表现形式，"附加"到对象反映在"我"大脑中的表象上，或者用这样的形式性因素对对象的表象做出"修整"，总之，是在想象中对对象的表象进行了"艺术加工"，使它变得好看起来，于是，不仅对象的心灵能使"我"产生美感，而且对象的外表也使"我"产生美感。这样，渗透着美感的情爱就同经过了"艺术加工"的对象的表象一道，在"我"的大脑皮层中建立起暂时的神经联系。随着对对象心灵美认识的深化和全面，情爱不断被激起，对象的表象不断被加工、"美容"，美感、情爱和表象之间的暂时神经联系也就不断被强化，并日益巩固起来，形成条件反射的自动化，以后不仅是见到对象时，即使是想到"他"或"她"时，甜蜜的柔情和愉悦的美感就会同时溢满心头，使得"每一个男子或女子都觉得他或她所爱的那个对象是世界上最美，最高尚，找不到第二个的人，尽管在旁人看来只是很平凡的。但是既然一切人或是多数人都显出这种排他性，每个人所爱的并不是真正的唯一的女爱神，而是每个人把他所心爱的女子看成女爱神或是比女爱神还强，我们从此就可以得出结论：可以看成女爱神的人多得很；事实上每个人也都知道世上有无数的漂亮的或是品质高尚的姑娘，她们全体（或是其中大多数）也都找到了她们的情郎、求婚者和丈夫，在他们的眼中，她们都是美丽的，善良的，可爱的，等等，所以偏爱某一个人而且只爱这一个人的现象纯粹是主体心情和个人特殊情况方面的私事，恋爱者只肯在这一个人身上发现自己的生命和最高意识……"①。由此可见，在恋人眼中，对象那不美的、平凡的外表之所以看起来是美的，并非对象本身变美了，而是对象在恋人大脑中的表象为恋人愉悦的情绪笼罩所致。

……在他（骆驼祥子）的眼里，她（小福子）是个最美的女子，美在骨头里，就是她满身长了疮，把皮肉都烂掉，在他心中她依然很美。

这所谓"美在骨头里"，就是指小福子心好，品质好，对祥子情真意切，祥子深深懂得这一点，所以谈不上多美的小福子在祥子"眼"里"是个最美的女子"——他的"女爱神"。由此可印证乔治·桑塔耶纳的论点：

如果幻想为某个人的形象所盘踞，而她的品质也有力量促成这种变革，那么一切价值都集中在这一形象上了。这个对象就显得十全十美，而我们就是所谓堕入情网②。

此即"情人眼里出西施"的真义。正因为有"情人眼里出西施"这个审美规律起作用，所以，世上的男男女女在社会的审美尺度上虽然多数只够"一般"水平，有的还会低于这个水平，但却几乎人人都能从对象身上获得美的享受——否则，这谈情说爱对于许多人来说不是太缺乏色彩和诗意了吗！

除上述感性先导和理性先导两种类型外，为"两个人的世界"开其端的还有一种爱情审美类型，这就是介乎二者之间或兼具二者特点的混合型。

---

① 黑格尔：《美学》第2卷第333页。
②《美感》第41页。

这种类型的爱情之火不是由对象的外在美所引发，而是由对象的内在美而点燃；但这爱情之火的燃烧又不像理性先导型那样要经过潜滋暗长的缓慢过程，而是像感性先导型那样具有一触即发、一点就燃的特征。它具体表现为，虽然跟异性交往极短，"他"或"她"的外表又无足以打动"我"的魅力，本可弃之而去，但突然间由于某种机遇、某种事件、某种需要而使"他"或"她"内在优秀品格的某一方面以强劲有力、鲜明生动的方式体现出来：或是在祖国、人民需要之时挺身而出，救火、救人、奔赴前线；或是在"我"危急之际见义勇为、拔刀相助；或是在"我"受挫之时援之以手、赠之以情；或是在特殊的时候和场合显示出了超众的智慧、才能、气度、勇力，等等。这些虽不是外表上的东西，但却往往能很快地为形象增光添彩，令"我"一"见"钟情。

这就提出一个问题：既然爱情审美在"两个人的世界"中是一个"二体双向流程"，彼此感应，互相交流，那么，当男女双方各自作为主体站在审美的立场，将那审美的目光向对方投过去，从外表到心灵做出审美观照，并由此萌生爱情之花时，对方会有何感应呢？

除了人本身以外，人类对包括自然界和"第二自然"——人类创造的事物做审美观照时，对象是无动于衷的，例如一座山，一泓水，一只鸟，一朵花，一幢房屋，一件器皿，不论你对它投去惊叹的目光、赞赏的话语，还是投去厌恶的目光、鄙夷的话语，抑或不屑一顾而去，它们原来是什么样现在还会是什么样，绝不会因审美主体的态度而有所变化，因为它们没有能和主体相互感应的大脑和感官。人对人的审美就不同了，被审美的人对审美者的态度是会产生感应的，这种感应也就是审美者审美态度的反馈。例如康德说过："一个孤独的人在一荒岛上将不修饰他的茅舍，也不修饰他自己，或寻找花卉，更不会寻找植物来装点自己。只在社会里他才想到。不仅做一个人，而且按照他的样式做一个文雅的人。"① 为什么人在孤岛上不修饰美化自己，而只有在社会里才如此呢？因为人的穿衣打扮，描眉画鬓，簪花涂脂，等等行为。除了某些实际功用如蔽体御寒外，就是为了装饰、美化自己，"而这种装饰、美化归根结底是为了给别人看的，是为了向他人、向社会传递美的信息，只有当他人、当社会接收了这种信息并做出相应的反应之后，他的这种装饰、美化才得到了肯定，才发生了作用，他才在事实上成为被欣赏者、被赞美者，一句话，成为审美对象。从这个意义上讲，人们穿戴打扮也好，美容、健美其身也好，都不仅是为自己，而是为了满足他人和社会的审美需要。……这种需要对于人类个体和人类整体的生活是必不可少的。但是，人之所以愿意被人欣赏和赞美，成为审美对象，从个人动机而言，却又是为了满足自己的精神需要；他可以从观赏者的信息反馈（如倾心的注目、赞许的微笑、爱慕之情的流露、主动接近的表示等等）中确证自己的美及美的程度，看到自己审美价值的实现，由此而获得精神享受，产生喜悦之情。这种感情对于培养、增进人的自我信念和自我完善，提高人的精神境界同样是不可少的。"（见拙著：《美·审美·爱情审美》）由此可知，当一个人处于孤岛时，没有人来观赏他，他不成其为被审美者，他既无满足其审美需要的对象，又无法实现自己的审美价值，得到精神享受，所以装饰、美化对于他都失去了意义。处在社会里即人群中则不然，他装饰、美化自己，使自己为人所观赏，既可以向观赏者发射美的信息，以满足观赏者的审美需要，又可以从观赏者的信息反

---

① 康德：《判断力批判》上，第141页。

馈中得到自身审美价值实现的满足。这就是一个信息发射与反馈的感应过程。

爱情审美也是如此，所不同的是，恋爱的男女双方都不会只是被对方观赏，而且都同时要观照对方，这样，不论是"我"还是"你"，都有一个发射美的信息和反馈信息的问题，由此构成"二体双向流程"。与一般审美的另一点不同是，在爱情审美中，双方装饰、美化自己的意识更为强烈，达到了如孔雀开屏的"自我表现"的程度：首先，性成熟的男子和女子在构成爱情审美关系亦即介入"两个人的世界"之前，就有了要引起异性注意、博取异性好感的愿望，其表现就是尽力使自己在外表上更具有性感，在精神上更具有性度，为此就要"美化"自己。一般言之，男性较多在显示自己的力量、才智和所谓"男子汉大丈夫"的气派上下功夫，女性则更多的是想通过衣饰打扮、描眉画鬓等方式将自己天赋的容貌体态美表现得更充分、更突出。这里，男性以"大丈夫气"使女性产生信赖的努力同女性以形体的娇媚使男性产生悦慕的愿望，不仅有生理的、心理的依据，而且有社会的、历史的原因，是与其在"两种生产"中的分工及所扮演的社会角色相一致的。不过，这时男性和女性对自己的装饰、美化还没有明确的指向性、针对性，"他"（"她"）让自己"变得好看起来"不是为了某一特定的异性，而是为了众多的、所有的异性乃至整个社会；正是从异性和社会那里得到的信息反馈（赞许、肯定）中，"他"（"她"）感受到了自己的性角色扮演成功、出色的喜悦和满足。

但是，对于恋人来讲，事情就起了微妙的变化：

啊，当我爱着你，

我的穿着整洁又华丽；

> 方圆几里都惊奇,
>
> 我的行为端正又有礼。
>
> 如今爱情已失去,
>
> 一切都不复存在;
>
> 方圆几里都在说,
>
> 我又复萌故态。

这首题为《当我爱着你》的小诗,出自英国诗人A·E·豪斯曼之手。它通过生动的形象表明了爱情审美的一个特点:因为"我"爱着"你","你"在"我"心中是那么美好,为了配得上"你",用美来交换美,"我"就必然要尽力使自己从里到外都变得好起来,美起来,使言语行为得体、文明(在男性是豪爽、侠义、勇敢、智慧,在女性是多情、善良、温柔、敏慧),衣饰打扮整洁、漂亮。"我"这种对自己的"美化"既包含着不使"你"失望,让"你"为"我"骄傲,感到爱"我"是值得的含义,同时也内蕴着以"我"的美引起"你"的爱,或者使"你"更爱"我"的期冀。如果"你"对"我"的美通过目光、言语、表情和行动予以赞赏,"我"就可以从中评估"我"在"你"心目中的位置,确证"你"对"我"的爱,因而会像着了魔似的更加着意"美化"自己。但现在已不是为全体异性或社会而美化,而是为某一特定的异性而美化,是为了使这一特定的异性更欣赏、更仰慕、更爱恋,由此具有了明确的针对性、专指性;同时,由于异性"你"对"我"的审美趣味也是有指向性的,有的欣赏豪迈,有的欣赏潇洒,有的注重温柔,有的注重活泼,有的喜欢力士,有的喜欢书生,有的偏好苗条,有的偏好丰腴,"我"就会自觉不自觉地按照"你"的审美指向显露发扬"你"之所好,隐蔽、克服"你"之所恶,这样,"我"的自我"美化"又有了选择性，而不是单凭自己的主观意愿来行事了。这里应该指出的是，恋爱时期也罢，成家阶段也罢，坦诚都是一种内在的美德，是爱情审美的重要内容。一般而言，在爱情审美中，恋人为对象而美，而投其所好，发扬自己美的方面，隐蔽自己不美的方面，此乃爱情审美规律使然。但是如果为获取对方爱情而有意隐瞒自己内在的恶和外在的丑，却不想去克服它、改变它，那么这本身就成为道德品质上的虚伪、不诚实，本身就是丑恶的，以这种方式去对待爱情，是对美与爱的亵渎。"只有驱遣人以高尚的方式相爱的那种爱神才是美，才值得颂扬。"①柏拉图此话应牢牢记取。总之，"你"既然欣赏"我"的美，这种美在"你"那里得了实现，"你"当然就是"我"的知音，"我"就为"你"而美。《诗经·伯兮》中有一段诗：

自伯之东，

首如飞蓬。

岂无膏沐，

谁适为容！

用白话来说，就是"打从我哥东方去，我的头发乱蓬蓬。香油香膏哪缺少，叫我为谁来美容！"②这就是古话说的"女为悦己者容"，它同"士为知己者死"是一个意思。

由于爱情审美是一个二体双向流程，"你""我"双方不仅都在对方做审美观照，而且都会为对方而美，所以，爱情审美能使"两个人的世界"中的每一个人都变得纯洁、高尚、美好。

---

① 柏拉图：《文艺对话集》第225页。
② 见余冠英注释：《诗经选》第68页。

这里要特别一提的是，爱情审美的这种特性不仅在恋爱阶段，而且在两性结合后的家庭阶段，都是存在着的；应该说，它是"两个人的世界"的一种本质性的规定，是"二体双向流程"的内在机制。一旦"两个人的世界"中的一方抱怨另一方不再讲究美，或是一方不再为另一方而美，那么，维系这"世界"的爱情纽带是否牢靠，是否还存在，就值得打问号了；一旦美的信息的发射和反馈停止，爱的交流就会失去一种有效的递质，这个"二体双向流程"也就可能不复存在了。所以，那些懂得爱的人们无论婚前还是婚后，都是尽力在精神上升华自己，在才华上充实自己，在仪表上美化自己，使对方始终能从自己这儿得到美的享受，同时，又对对方的每一种美的表现、美的努力给予肯定性的信息反馈。当然，他（她）也会从对方对自己的信息反馈中得到如何美化自己的启示。只有这样的人，才能使"两个人的世界"色彩纷呈、地久天长。车尔尼雪夫斯基说得对：

爱情赐予万事万物的魅力，其实决不应该是人生的短暂现象，这一道绚烂的生命的光芒，不应该仅仅照耀着探求和渴慕——我们姑且把它叫作求爱或者求婚吧——的时期，不，这个时期其实只应该相当于一天的黎明，黎明虽然可爱、美丽，但是在接踵而至的白天，那光和热却比黎明时分更大得多……①

二、信息的新鲜性和模糊性

"两个人的世界"里发生的二体双向流程，不论表现为感性先导还是

---

① 车尔尼雪夫斯基：《怎么办》第404页。

理性先导，都是通过两性间信息的彼此发射与接收、发射与反馈来实现的；这个"世界"中的一切美与爱，使"两个人"想象联翩、心为之醉、目为之眩的新奇性、朦胧美和神秘感，都与信息源信息的变化及性质密不可分。因此，对信息源及信息做一番分析，对于进一步了解爱情美的魅力是必不可少的。

一、新鲜性

在二体双向流程中，如果一方发射的信息能使另一方产生未曾体验过的美感，或者一方能从另一方那儿接收到关于美的新信息，那么，这种美和美感就具有了新鲜性。因此，有没有新鲜性既不单纯取决于作为客体（对象）的"你"，也不单纯取决于作为主体的"我"，而取决于"你""我"交互作用的二体双向流程。

首先，人的认识，包括审美认识，都是一个不断地向事物的深层结构和整体结构接近的深化过程。所谓深层结构，是说事物的内部结构是分层次、多层次的，不同的层次对于揭示事物的实质和内容具有不同的意义和价值；所谓整体结构，是说事物具有多方面性，从不同的角度去观察，会得到不同的有时甚至是相反的印象，只有将这些多方面的印象综合起来，才能反映出事物结构的整体性。人不论男女，作为万物之灵，更是如此。人的心理结构的这种多层次、多侧面性，会使其性格、思想、行为呈现出复杂的、复合的状态，并通过一系列生动、具体的现象和形式表现出来。但这些现象和形式绝不可能在某一时刻、某一场合全部毕现（即使毕现也不可能被人的感官全部把握），而必然作为过程随着人的行动轨迹而展开，换言之，是作为不断发射各种信息的过程而展开。这个过程对于任何人概莫能外，因此也贯串于爱情审美的"二体双向流程"的始终。

不过，"你"不断地、自觉不自觉地在各种场合通过言谈举止、通过光波与声波等发射各种信息是一回事，"我"能不能敏锐地捕获、接收这些信息，并对之做出逻辑加工、理性分析又是一回事。正如上一节所说，在爱情审美中，有的人虽然对于声、色的信息十分敏感，但由于第一信号系统的形象活动占了绝对优势，从而抑制了第二信号系统的理性思维，导致"以貌取人"，或是对外美不符合其审美心理模式的异性一概排斥，拒绝对其做出由感性到理性、由表层现象到深层内容的审美认识，或是一见钟情，同样不能把对对象的认识由感性提高到理性，要么成为对方美色的奴隶，为其所骗，要么由于不能从对方信息中把握、发现对方不同层次、不同侧面的美，因而产生厌倦以至见异思迁。当然还有些人对信息本身就缺乏敏感，他（她）们就更难对信息做出理性分析，虽然与恋人（或丈夫、妻子）在一起，但从感官到心灵都近乎麻木，不能从对方那儿不断发现新的美、获得新的美的享受，这样的"两个人的世界"显然是难以激发美的想象、缺乏美的魅力，勉强靠其他因素维持着的。

因此，"两个人的世界"要保持新鲜感，要充满美与爱，双方就必须做到：一方面，不仅能通过眼、耳、鼻、肤等感觉器敏锐地感受、接收对方发射的各种自然信息，而且还能开动脑筋，凭借词语、概念对信息有效地进行储存、选择、控制、计算、逻辑加工等处理，逐步由对异性外在形象及行动的审美感知，进到对异性心理结构各个层次、性格各个侧面的整体审美认识；另方面，要不断提高各自感官的审美感知能力和内在的审美素养，善于发现美、欣赏美。这样，对方才能成为使"我"不断获得新的美感、不断得到新的审美满足的源泉。

苏联作家柯切托夫的小说《叶尔绍夫兄弟》中的卡芭对安德烈的爱情

审美为我们提供了一个例子。

医科大学生卡芭是在一个偶然的机会认识炼铁工人安德烈的：当时她在海边排队等着租船，站在她前面的小伙子正是安德烈，他因为不久前曾在电影院见过她，并为她对电影的评说所折服，所以这次大胆提议和她一起去划船，开朗的卡芭答应了。他们一边划船，一边谈论起各自的工作、学习和对爱情的看法。应该说，这次相遇，安德烈质朴而带点倔劲的性格，他对自己所从事的工作的自豪，他的自尊和对她的尊重，已经引起了她的好感，否则，她就不会接受他再见面的要求，以后也不会跟他继续来往了。经过一段接触，卡芭已断定，"他是一个非常好的人。"他们定情了。安德烈希望卡芭永远和他在一起，他"要在生活、工作、学习各方面都做得使卡芭永远不会后悔自己的选择。他要成为一个使卡芭为自己的安德烈感到自豪的人。以后他会成为一个像普拉东伯父那样的总工长，他的事迹也要登在报纸和杂志上"。这样，安德烈对卡芭的爱，已和对事业的追求紧密而自然地结合在一起了，而这是符合卡芭的爱情美学观的——

……我是说爱情应该是崇高而美丽的，它鼓舞人们——无论男的还是女的——去建立功勋，它能激发人们的才华、创造力和高尚的情感。……

因此，安德烈对她的爱使她获得了"美的感受"，她对他的审美已跃进到对他深层的心理结构层次——灵魂的理性把握了。婚后朝夕相处的共同生活，又使善于观察和思考的卡芭进一步看到了安德烈性格的不同侧面：沉着、善良、刚强、脚踏实地、有坚定的政治信念，等等。她愈是对他了解得深，就愈是从他身上发现新的优点，新的魅力；虽然安德烈还是安德烈，但在卡芭眼中，他就像一幅名画，愈看愈能品出新意、获得新的美感，体验到新的情爱：

在家里……要是安德烈坐下来写工长日记,卡芭就坐在他对面,胳膊肘支在桌上,双手托住下巴颏儿看着她的丈夫。是的,他是她的,她的丈夫,丈夫。安德烈甚至被她看得不好意思起来了。

"卡芭奇卡,"他说。"你这样盯着我瞧,弄得我也……我眼睛看着日记,可是什么也看不见。"

"我可看到了一些东西。"

卡芭熟视着他脸上每一根线条,看到他沉思时怎样皱起前额,他那女孩子似的长长的睫毛微微牵动,柔软的头发慢慢地向前额垂下来。当头发眼看着快要耷拉下来的时候,卡芭忍不住把它们重新撩上去,让一绺绺的黑发溜过她的指缝。

……

安德烈上晚班或者夜班的时候……卡芭坐着喝茶,把安德烈的照片斜靠着桌上的糖缸,跟照片说起话来。……

为什么卡芭能从天天见面的丈夫脸上不断"看到了一些东西"呢?因为从认识论、心理学来说,对于任何事物,只有在理解它以后才能更深刻地感觉它。卡芭对安德烈就是如此。由于她有了对他的思想感情的审美认识,理解了他的性格的细微层次变化,所以她能不断变换着角度来观照他的容貌表情,每一次观照在审美上都能有所发现,有所感触。这样,卡芭就能不断从爱人那儿得到愉悦的精神享受和感情满足,始终保持一种审美新鲜感。

"如果你想得到艺术的享受,你本身就必须是一个有艺术修养的人。"①

---

① 《1844年经济学—哲学手稿》第108页。

马克思这个论断也适用于爱情审美。因为人不仅是艺术的源泉，而且其本身就是大自然的杰作，是人类自己通过实践创造出来的艺术品。在爱情审美中，艺术修养愈高，感官和心灵就愈是灵敏，愈是能发现和捕获别人感受不到的美的信息。意识流小说的鼻祖之一、法国现代作家普鲁斯特的小说《忆华年》中，斯万虽然把他的初恋献给了少女奥黛特，但他真正感受到她的美、真正对她产生爱情却是在把她当成一件艺术品之后。

每次见面以前，他脑子里总是先将她想象一番……她的脸颊往往发黄，没有血色，有时还布满小红点，他不得不承认，她面孔上唯一算得上漂亮的地方是微红而鲜嫩的脸颊，这些仿佛证明了理想之高不可及和幸福多么的平庸无奇，因而使他满心忧愁。

……他一向有种特殊的癖好，喜欢在大师们的画幅中去发现我们周围世界的共性，或者相反最缺乏共性的东西——我们所熟知的面孔的个性特色……也许正是这些丰富的感受使他对绘画兴趣盎然，以致当他发现奥黛特和桑德罗·狄马里亚诺的塞弗拉相似的时候，他的乐趣更浓了，而且这种乐趣在他身上产生了一种持久的反应……他把她的面孔当作一束纤细而美丽的线条，他用目光一一分解它们，顺着线条所形成的曲线先后看到和谐优美的后颈，奔泻的头发，下垂的眼皮，仿佛在端详她的肖像，而在这幅肖像上，她的特征清晰可辨。

……斯万责备自己当初低估了这位连杰出的桑德罗在世也会为之倾倒的女人，也庆幸自己和奥黛特相见时的快感在自己的美学修养中找到了答案。他对自己说，他把对奥黛特的思念和对幸福的憧憬联在一起，并不是出于不得已而求其次，既然她使他身上最细腻的艺术观得到了满足，那她就决不像他原来想象的那样逊色，他忘了奥黛特并不因此而成为他欲望中的女人，因为他的欲望恰恰和自己的审美观南辕北辙。"佛罗伦萨作品"这个词给斯万帮了大忙。它仿佛是一个头衔，奥黛特的形象在这个头衔下进入了斯万梦想的世界，以前她不得其门而入，而现在，她却在那个世界里显得雍容高贵。当他纯粹着眼于这个女人的肉体时，他对她的面孔、她的身体、她的全部容貌一再满腹疑虑，爱情冷淡了，然而，当他立足于牢靠的审美观点时，这些疑虑便烟消云散，他的爱情得到了巩固。他认为，接受一个受损的肉体的亲吻和占有，这只是人之常情，平淡无奇，可是，如果这个肉体像艺术珍藏一样引人入胜的话，那么亲吻和占有就一定神奇非凡，美妙无比。

显然，艺术修养不仅使斯万从情人身上看到了以前没看到的美，而且升华了自己的欲望，加深了他对她的爱情。事实表明，"对于我们的眼睛，不是缺少美，而是缺少发现。"[①]男女双方都具备了善于发现美的眼睛和心灵，那么，"两个人的世界"里美与爱的双向流程就将保持强大的活力。

以上说的是男女双方处在"我"的位置上时，怎样充分发挥自己的认识—感觉能力，提高"我"这个信息接收装置的灵敏度和功率，不断从对方身上发现美。但是，"我"不仅需要从对方那儿获得新的审美感受，也需要不断地向对方提供新的美。当然，如前所说，"我"即使处于客体的位置，作为观照的另一方只要具备善于发现美的眼睛，总是能从"我"这儿得到审美的新鲜感的；但是，从"我"处于主体位置而言，从发挥精神和肉体两方面的本质力量、发挥主观能动性而言，从强化审美信息的发射而言，却不能完全被动地等着对方来发现自己的美，而应积极主动地充实、

[①]《罗丹艺术论》第62页。

发展、创造自身的美，从而不断向对方发射美的新信息。

匈牙利作家巴尔·沙波在小说《一寸土》中塑造的玛丽卡的形象，对于我们理解这一点是有启发的：

玛丽卡躺在床上，她的身体是无限可爱的。这个女人的胸脯、肩膀和整个儿的身子，像白皑皑的雪堆那样在大麻织的被单上隆起来。……玛丽卡的样子每天晚上都不同。假使有十万个晚上的话，那么她有十万次将是个不同的女人。她像朵每天重新开的花一样。

他的头沉到妻子的胸上。她用两只胳膊抱住了他的脖子。她动了动，她的睡衣在前面解开了，并且使得她的身子露出来。这时约瑟起了一种玄妙的感觉，他觉得仿佛他妻子的胸、腿和整个儿的身子是不可思议的、不知名的深奥的秘密。土丘、远处的山、受到暴雨袭击的平原、闪电和倾盆大雨，都包含在这深奥的秘密之中。

他们结婚已经有半年多了，可是他从来没有见过玛丽卡的赤裸的身子。

从这两段描写中可以看出，玛丽卡的感性形象之所以富于美的魅力，原因在于：第一，"她像朵每天重新开的花一样"富于变化。我们知道，美感是美的客体发射的信息经过眼、耳等感官转换成生物电流的脉冲信号，经过神经内传递刺激脑细胞里的大分子，引起大脑皮层和皮层下中枢的协同活动，从而使人产生的愉悦之情。但在审美过程中，如果人的感官和大脑皮层长时间地受同一强度的美的信息的刺激，便会由于神经的生理自调节而抑制大脑皮层的兴奋状态，使人产生疲劳和厌倦。只有新的美的信息的刺激才能消除这种疲劳而使感官和大脑皮层重新处于兴奋状态，重新获得美的享受。正如歌德所说："眼睛需要变化，从来不愿只老看某一种颜色，经常要求换另一种颜色。"爱情审美亦如此。尽管真正的爱情不应因对方缺乏新的美感而有所变异，但富于变化、与时俱进的美的信息却的确是激活爱情的重要因子。而"两个人的世界"中这种美的信息的更新，又来自双方心灵与肉体、内美与外美的变化、发展，这就是像马克思说的那样，"按照美的规律去塑造"自己，即在顺应客观规律从事造福民族和人民、实现进步理想的社会实践中，一方面不断升华自己的精神境界，开拓自己的知识领域，丰富自己的思想感情，使自己的积极性本质力量不断有新的发挥，同时按性角色的要求，不断增强自己的性度，使自己成为歌德所说的，如多棱形的金刚石，每转动一下就会闪现出不同光彩的人；另方面要努力使自己的体态、举止、语言、衣饰、风度等外在性感形式日臻优美，并随着内在心境和外在环境的变化不断展示出新的色彩与音响，像玛丽卡那样成为一朵"每天重新开的花"。这样，"两个人的世界"不论是处于恋爱阶段还是家庭阶段，双方不论是在青年时代还是壮年以至晚年，美与爱的双向流程都能始终保持新鲜的魅力和持久的活力。

第二，她的"整个儿的身子是个不可思议的、不知名的深奥的秘密"。哲学家、人类学家说，人是最好奇的动物。的确，人对于自身和外界事物的好奇与探索是永无止境的；正因为好奇与探索是人类与生俱来的特性，所以人的兴趣与认识总是指向未明、未知的事物，而想象力这个人类伟大的天赋也总是在探究未知的秘密时展开它的翅膀。这在审美中也不例外。在"两个人的世界"中，每一个人面对着的都是不可替代的对象、朝夕直面的异性，这一事实本身隐含着的导致审美兴味衰竭的可能，必然要求男女双方不仅从灵到肉都富于色彩和变化，而且要求双方在对方心目中是一个审美上的"秘密"。这就是说，无论男女，从灵到肉都不宜暴露无遗，让人一览无余，而应有所遮掩，含蓄温藉，给好奇心和想象力以驰骋的广阔天地。莱辛在谈到雕塑、绘画等艺术时说过,艺术品最能产生审美效果的"只能是可以让想象自由活动的那一顷刻了。我们愈看下去,就一定在它里面愈能想出更多的东西来。……在一种激情的整个过程里,最不能显出这种好处的莫过于它的顶点,到了顶点就到了止境,眼睛就不能朝更远的地方去看,想象就被捆住了翅膀……"①。对于爱情审美而言,窒息想象的"顶点"就是暴露无遗(这和双方心心相印、彼此坦诚相处是不同性质的两回事),就是艺术创造的大忌:直、白、浅。为了引起对方丰富的想象,就要借助遮掩、含蓄来增加自己形体与性格的神秘诱惑力。著名电影演员索菲亚说得对:适当着衣的女星较之全裸更有魅力。

……他认为她是一位娇弱、敏感、神秘、躲躲闪闪、捉摸不透的人。因此,他从来不倦于对她观察,而且超过了他对自然现象的观察:新的一天,奇特的风,变幻无常的景象。明天会变成怎么个样子呢?下一次他看见她的时候,她的态度会怎样呢?他讲不出来。白丽莱茜自知自己的个性的奇特,没有法子使她,或者使别人明白。她就是这个样子。让柯帕乌,或者让任何人就这样来认识她吧。

这里的"他"和"她"是美国作家德莱塞小说《斯多噶》中的资本家柯帕乌和少女白丽莱茜,对于他们爱情的性质及意义本文不加评析,但是上面的引文却表明,"他"之所以"从来不倦于对她观察",根本原因就在于"她"的神秘、遮掩和十分易变的气质。而《一寸土》中的玛丽卡的身体对于结婚已半年的丈夫约瑟之所以仍然是个"不知名的深奥的秘密",就在于她没让任何人(包括约瑟)见过它。这样,它一旦展现出来,那未

---

① 《拉奥孔》第18—19页。

知的美所传达的信息就使人既感新鲜,又觉神秘,在约瑟的想象中,似乎土丘、远处的山、受到暴雨袭击的平原、闪电和倾盆大雨,都和妻子神秘的肉体美有关,"都包含在这深奥的秘密之中"了。这种神秘感,这种想象,对于激发起人对对方的探究和爱慕之情,无疑是强大的动力。而这种探究和爱慕一旦表现出来,就既是对方对"我"发射的美的信息的肯定性反馈,又是对方自己的爱的信息的发射,它们的不断反复,就是两颗心的不断共鸣。

二、模糊性

二体双向流程中信息的模糊性,对于爱情审美具有极为重要的意义。

所谓信息的模糊性(模糊信息)是相对于信息的精确性(精确信息)而言的。在借以实现二体双向流程的大量信息中,有相当一部分是确定性的精确信息;这类信息的主要特征是具有逻辑性、言传性,可直接通过语言文字(如书信)加以表达,它突出的是对事物、思想、感情的定性描述。这种信息虽然有时显得过于直、露,似乎缺乏浪漫色彩,但由于它往往能精确地刻画出事物的关键和实质,给信息接收者传达出明晰、确定的含义,起着画龙点睛的作用,所以它对于维系二体双向流程是必不可少的。请看下面这段描绘(见柯切托夫:《州委书记》):

亚历山大似乎觉得,他旁边的玛依娅的心在跳,实际上这是他自己的心在跳啊。……

"玛依娅,"亚历山大低声说。

"什么呀?"她也用令人勉强听到的声音回答。

……

他拿起她一只手放在自己手里,又拿起她另一只手,把她两只手放在自己两个手掌中间握着。玛依娅的手一动不动,它们警觉起来,它们等待着。

"玛依娅,"他低声说,"玛依娅……难道您一点都没感觉出来,一点都不明白?"

"我也许明白了一些,"她用更低的声音回答说,"可是我也许错了。也许我大错而特错了,亚历山大。要是我错了,我很害怕!"

"您没有错,没有错。这是对的!"他揉搓着她的发热的双手。她大概很痛苦,可是她忍耐住了。亚历山大却丝毫没有看出来。"这是对的,对的;难道您需要什么蠢话吗?难道……"

"这根本不是蠢话,"她急忙地回答道,"不,不是蠢话。您明白吗?""……这种话,亚历山大,我从来还没有听人家说过。"玛依娅喃喃地低声说,他觉得手上落下一滴沉重的温暖的水珠,接着第二滴,第三滴……

"玛依叶什卡!"他高声说,"我真笨,真笨。我笨得很。请原谅。"他抱住她的脑袋,他的手指掐在散发着某种香味儿的金黄色的柔软的发缕里。

灌木丛里那只小鸟更生气地唧唧叫着,扑楞着翅膀,在灌木的枝叶中撞来撞去,寻找更安静的地方。亚历山大的面颊贴着玛依娅的脸,在她的芬芳的发缕里低声地咕哝着那些古老的、陈旧的、永恒的话语,她是多么爱听这些话啊。

本来,亚历山大对玛依娅的爱是很肯定、明显的,她也体会到这一点,为什么她还要亚历山大说出那"古老、陈旧、永恒"的"蠢话"呢?因为只有这"蠢话"才能使她对与亚历山大的关系最终起到不会"错"的定性作用。这话就是"我爱你"。"我爱你"就是通过语言形式发射的精确信息。这种信息也可用书信传达，在某些情形下甚至可以用点头的动作、含羞的表情等来表达。这些话语、文字、动作、表情等本身就具有美学意义，因而既是爱的信息，又是美的信息。

但是，更大量存在于爱情审美双向流程中的是模糊信息。模糊信息的主要特征与精确信息正相反，它往往缺乏逻辑性而具有意会性，更多的是通过符号、图像来表达，即使借助语言文字，其思维、概念也呈模糊性；信息的这种模糊性有时是由于发射者找不到合适的精确表达手段或用精确手段反而表达不了而造成的，此属被动型；有时则是发射者出于试探对方或有意使对方得到意会效果而产生的，此属主动型。下面对传达只可意会的模糊信息的符号、图像和语言文字作一介绍：

1. 符号

关于什么是符号，目前有多种定义，或指某种用来代替或再现另一相对抽象的事物或概念的事物，如用维纳斯代表美与爱、用橄榄枝代表友好等；或指书写、印刷的记号，如数、理、化及一些新兴交叉学科中表示某种特定概念的记号，等等。在爱情审美中，男女双方的信息对流，大量的是通过手势、眼神、表情、姿态、行为等非语言方式来实现的。这些手势、眼神等当然既不是事物，又不是记号，但它却兼具二者的特征，因为手势、眼神等既可用来代替或再现人抽象的内在思想感情，又像记号一样表示着某种心灵流程的性质、过程，这样，我们就姑且将手势、眼神等作为一种传情表意的特殊符号即"身势符号"。实际上，这也是一种语言，不过不是用文字或声音表达的语言。

这次在那年轻姑娘的目光里，有了什么吧？马吕斯弄不清楚。那里面什么也没有，可是什么也全在那里面了。那是一种奇特的闪光。

两个人的世界

……

他刚才见到的，……是一种奥秘莫测的深窟，稍稍张开了一线，接着又立即关闭了。

每一个少女都有这样望人的一天，谁碰上了，就该谁苦恼！

这种连自己也莫名其妙的心灵的最初一望，有如天边的曙光。不知道是一种什么灿烂的东西的觉醒。这种微光，乘人不备，突然从朦胧可爱的黑夜中隐隐地显现出来，半是现在的天真，半是未来的情爱，它那危险的魅力，绝不是言语所能形容的。那是一种在期待中偶然流露的迷离惝恍的柔情。是天真于无意中设下的陷阱，勾摄了别人的心，既非出于有意，自己也并不知道。那是一个以妇人的神情望人的处子。

在这种目光瞥到的地方，很少能不惹起连绵的梦想。所有的纯洁感情和所有的强烈欲念都集中在这一线天外飞来、操人生死的闪光里面，……它的魔力能使人们在灵魂深处突然开出一种奇香异毒的黑花，这便是人们所说的爱。

（雨果：《悲惨世界》）

"我听说，你打死了一只熊？"吉提说，努力想用叉子去叉住一只要滑落下去的执拗的香菇而终于徒劳，倒使那露出她的雪白手臂的袖子的花边颤动着。"你们那里有熊吗？"她加上说，掉转她那迷人的小小的头向着他，微笑了。

在她所说的话里分明没有什么特异的地方，但是对于他，她说这话的时候，她的每个声音、嘴唇、眼色和手的每个动作都有着何等不可言喻的意义啊！这里有求饶，有对他的信任，也有怜爱——温柔的、羞怯的怜爱，许诺、希望和对于他的爱情……

(列夫·托尔斯泰:《安娜·卡列尼娜》)

分析以上两段描写,可以看出模糊信息之一——"身势符号"的发射、传递、接收具有以下几个特点:

一是这种信息的发射可以是下意识的,在某种意义上说是"本能的",如《悲惨世界》中的那位"年轻姑娘",她那"以妇人的神情望人"的目光,是"无意中"的"偶然流露","既非出于有意,自己也并不知道"——这正是性意识初萌的特征,是植根于由性爱需要而产生的"期待"之中的;这种信息的发射也可以是有意的、自觉的,如吉提,她明确地爱着列文,但由于种种内外原因苦于不能明确向他表示,于是这种内在的欲望就以情绪弥散的方式,在"她的每个声音、嘴唇、眼色和手的每个动作"中流露出来。

二是当用身势符号来传递"爱"的信息时,这种信息对所表达的"爱"这一事物总是呈现出边缘、界限不清的弥散状态,难以用精确的、清晰的逻辑语言来表示。如"年轻姑娘"的目光在马吕斯看来,"那里面什么也没有,可是什么也全在那里面了""它那危险的魅力,绝不是言语所能形容的""迷离惝恍""隐隐显现"。而在吉提的情绪动作中,则既有求饶,又有对列文的信任,也有怜爱,还有许诺、希望和爱情,这些复杂、微妙、迷离的情感、思绪的确是"不可言喻"的。

三是身势符号的显现在客体是一种感性形式、感性活动,它不能直接作用于思维,而是直接诉诸感官,所以就主体而言,不能用概念思维的方式来把握,而只能用感性体验的方式来意会,这种体验方式本身就是一种模糊体验,即是说,"我"虽然对"你"的眼神、微笑、手势等所表示的复杂、微妙意义难以言传,但却可意会到"你"的爱,正如"我"说不明白维纳斯美的精义,但却直觉到她美一样。所以,尽管马吕斯"弄不清楚"在那年轻姑娘的目光里究竟"有了什么",但他却感受到了她的柔情;尽管列文从吉提的话里听不出有什么特异之处,但他却体验到了她表达的"不可言喻的意义"。

四是正因为身势符号传达的信息是模糊的,一时难以言传、难以穷尽的,因此就造成了一种朦胧之感,含蓄之意,神秘之境,这本身就是一种能激发人想象的美,就是说,当"你"用身势符号传达出"爱"的信息时,也就传达出了"美"的信息,这种"美"的信息为"你"平添无限魅力,它起着使"爱"的信息为"我"所接收并做出正反馈亦即产生爱的效用的作用。所以马吕斯从"她"的目光中看到了"一种奥秘莫测的深窟",感受到了"危险的魅力"即心灵为她所勾摄,"在这种目光瞥到的地方,很少能不惹起连绵的梦想"。人类漫长的两性关系发展史表明,爱情审美最忌讳直、白、露,因为两情欢洽是一个双方互相品赏、彼此玩味、缱绻缠绵的回环往复的过程,倘若男女情爱中没有这些,就失去了诗意和魅力。而身势符号发射的模糊信息正是使爱情审美保持活力的重要因素:一方面,它使男女双方都能平添一种含蓄蕴藉而又带神秘感的风韵,从而激发双方的想象和兴味;使每一次的相互接触都余味悠长,从而激起双方再接触的渴望;另方面,在"两个人的世界"中,模糊信息往往可以产生大量精确信息所难以达到的效果,从而节约彼此的信息传递量。正如司汤达所说,"它们的好处,就是有时候我们语言所不能表达的微妙的意义,它可以在瞬一瞥之间显露出来。"这就是为什么"一个女子的脸红胜过一大片话"(《骆驼祥子》),为什么恋人间的一个眼神,一个微笑所传达的东西往往比千言万语还多、还切、还感人。不难设想,排除了身势符号的作用,那使世世代代的男男女女为之倾心的爱情审美，就将萎缩为、简化为"我爱你"这三个干干巴巴却又精练无比的字眼了。

如果说眼神、手势、表情等是人的身势符号、身势语言，那么，如日本电影《幸福的黄手帕》中的黄手帕，《西厢记》中莺莺丢下的手绢，西方盛行的定情、订婚戒指，一方给另一方的心形图案、心形饰物等等，这些男女间传情表意的身外之物则就是图像了，它实际上也是一种符号，不过不是靠人本身而是靠身外物来实现的，它的性质和作用与身势符号大致相同，这里不赘述。

2. 语言

语言是思维的直接现实。照理说，语言传递的应该是精确信息了。的确，在爱情审美的二体双向流程中，精确信息中的绝大部分是靠语言传递的。"我爱你"这句被恋人们说了几千年的话就是一个典型例子。但是，语言也能传递模糊信息。且看两个例子：

宝玉笑道："我就是个'多愁多病的身'，你就是那'倾国倾城的貌'。"黛玉听了，不觉带腮连耳的通红了，登时竖起两道似蹙非蹙的眉，瞪了一双似睁非睁的眼，桃腮带怒，薄面含嗔，指着宝玉道："你这该死的，胡说了！好好儿的，把这些淫词艳曲弄了来，说这些混账话，欺负我。我告诉舅舅、舅母去！"

（宝玉）一面与妙玉施礼，一面又笑问道："妙公轻易不出禅关，何缘下凡一走？"

妙玉听了，忽然把脸一红，也不答言，低了头，自看那棋。宝玉自觉造次，连忙赔笑道："倒是出家人比不得我们在家的俗人。头一件，心是静的。静则灵，灵则慧——"宝玉尚未说完，只见妙玉微微地把眼一抬，看了宝玉一眼，复又低下头去，即脸上的颜色渐渐的红晕起来。

在前一个例子中，宝、黛之间已萌生了爱慕之心，但这种互相爱慕还是朦胧的、还没有明确，因此他们之间信息的双向流程也带有模糊性。宝玉说"我就是个'多愁多病的身'，你就是那'倾国倾城的貌'"这句隐语，其本身可说是含含糊糊的，因为它只说了"我"怎样、"你"如何，并没有说"你"与"我"是什么关系。但是这两句话引自《西厢记》中对张珙与莺莺的指称，而张珙与莺莺的关系是爱情关系，所以它的意思是明确的。黛玉当然明白此话真意，但她是处在封建礼教压抑下的少女，她虽然爱慕宝玉，沉重的礼教压力和少女的羞涩、强烈的自尊，却又使她不能明确表示自己的感情，于是她也用模糊语言传达了模糊信息，不过那方式是奇特的："你这该死的，胡说了！……我告诉舅舅、舅母去！"其实这些话包含着非常丰富的意思，既有因宝玉的大胆表白引起的惊恐，也有被宝玉温情触发的自怜、自伤和自尊，还有少女的羞赧，这种种情绪综合为一个"爱"字，但却是"正话反说"，完全可以被理解为生气、而且是因为宝玉说了"欺负"她的"混账话"而生的气。这里，彼此间爱的交流都是采取发射模糊信息的方式。试想，在这种特定的情境下，这种特定的双向流程能用精确语言吗？显然不能，只有模糊语言才能表达这样一对恋人的感情交流。在后一个例子中，宝玉说的话本与"爱"无关，但"何缘下凡一走"机带双敲，可以作道家语解，亦可作情中语解，妙玉显然是被这模糊语言中的后一含意所触动，所以"脸一红"，宝玉接下来说的"倒是出家人比不得我们在家的俗人"云云，也带模糊性质，但在有心人妙玉听来，似有讥讪、挑逗之意了，所以"那脸上的颜色渐渐的红晕起来"。

一般说来，爱情审美中的模糊语言至少具有如下特性：一是语言的表层意义掩盖着深层意义。如"我就是个'多愁多病的身',你就是那'倾国倾城的貌'",这从字面上看,无非说"我"身体怎样,"你"容貌如何,在语法上正如说"我是南方人,你是北方人"一样。但其深层意义却是暗指男女恋情。正因为表层掩盖着深层,语言的真义就显得朦胧起来;二是语言的表达与思维的底蕴正相反。如黛玉指着宝玉道"你这该死的,胡说了"时,她的心却正为宝玉的爱而颤动,宝玉虽然知道黛玉对自己的一片情,但并无确证,正处于急于"求证"的心态,黛玉偏偏给他一个"反证",连他自己对此也无把握了,所以黛玉的话对他来说就具有了模糊性:似乎是真的,又似乎是假的……;三是一言多义,边界模糊。"妙公……何缘下凡一走?"及"倒是出家人比不得我们在家的俗人"就属此类,由于对它可做多种理解,具有多种意义,所以它没有确定的意义,其语义界限是模糊不清的。模糊语言是恋爱中人复杂微妙心态的反映和产物,在二体双向流程中必然大量被运用;正是有了它,才有了旖旎可观的儿女情态,才使恋人的恋情跌宕多致,才成为"两个人的世界"中特有的信息手段。

模糊语言在爱情审美中也可表现为文字,这就是情书。当然有逻辑性很强、说理清晰、文字规范的情书,但大量的被高涨的爱情倾泻在纸上的文字,却往往是语无伦次的。马克思说:

……爱者在十分冲动时写给被爱者的信不是范文,然而正是这种表达的含混不清……极其动人地表达出爱的力量征服了写信者。爱的力量征服了写信者就是被爱者的力量征服了写信者。因此,热恋所造成的词不达意和语无伦次博得了被爱者的欢心,因此有反射作用的、一般的、从而不可靠的语言本性获得了直接个别的、感性上起强制作用的、从而绝对可靠的性质。而对爱者所表示的爱的真诚深信无疑,是被爱者莫大的自我享受,是她对自己的信任。①

马克思在这里生动地说明了模糊文字对爱情审美的意义。被爱情所激动、所征服的人写给恋人的含混模糊的情书，其语言具有特殊的跃动性、亲密感和美感，它正是被爱者所发射的美与爱的信息产生强大效应的确证，因而被爱者能对之作无尽的自我欣赏，并能从中获得极大的精神享受。而这种效果是那种沉着冷静、文字精确的书信所代替不了的。

三、环境的审美化

我们已经探讨了"二体双向流程"的信息对流机制。那么，作为人生天宇中的小小星球，"两个人的世界"是如何存在、怎样运行，具有什么特性呢？

请看一则报道："每逢夜幕降临，华灯初上，你步入外滩，就会看到从黄浦公园水上饭店到南京东路外滩，这百余米的江畔，靠江堤倚着一对对男女情侣，形成了一条蔚为可观的'恋爱墙'。难怪外地人称这是'外滩一景'、上海一特。""尽管外滩人群川流不息，但'恋爱墙'畔的男女情侣却不受干扰，可谓'聚精会神、专心致志'。他们中有的谈笑风生，如入无人之境；有的却悄声细语，亲昵地依偎在一起；有的举目远眺，甜蜜地憧憬着美好的生活。他们中自然也有默默相伴的，他侧着脸，她微噘着嘴，可能是刚发生了小'摩擦'；偶尔'墙'边也会传来断断续续的抽泣声。""到过'恋爱墙'的人们，无不为那里的青年情侣的'谦让'、

---

① 《马克思恩格斯全集》第42卷第182—183页。

大度和谅解精神所折服。令人称奇的是，在平均仅一米左右的'区间'里，正是每对情侣幸福的小天地。大家一对对紧挨着，互相配合默契，各自互不搭界。可谓'黄牛角、水牛角，大家各管各。'有时晚来的情侣，即使要介入'墙'内，也商量得通，毋须犯难，只要左右'邻居''紧一紧''挤一挤'，留出一个小空当，这样就很快又多出了一个甜蜜的小'区间'。……"①

从这则报道中，我们稍加分析，即可看出"两个人的世界"的两个特征，即开放性与封闭性，由此形成了它在人生天宇中的存在方式、运行轨道及其特点。

一、从开放性一面看，"两个人的世界"具有独特的审美辐射力，这就是移情于周围事物，使它同周围物与人的关系审美化、诗意化，这种审美化、诗意化的关系反过来形成一种类似地球大气保护层的氛围，笼罩着"两个人的世界"，使其得以融洽地处于人生的大世界之中。

就其本质而言，两个人的世界具有排他性，是一个绝不容许外人窥视的秘密领域，这个领域中发生的一切都只属于两个性别不同的当事人，所以，它是排斥向外界开放的。然而就其爱情审美而言，它却具有开放性。在上一章谈"理性先导型"时曾说过，在审美客体被反映到审美主体的大脑并形成审美表象的过程中，主体的感情和想象作用于客体表象，使之变"美"或变"丑"的现象，就是移情。移情的心理机制是美感、想象和表象之间的大脑神经动力定型。它的直接审美效应乃是"情人眼里出西施"。但是，爱情审美中的移情并不止于"改变"对象的表象，如黑格尔所说，

---

① 见 1986 年 10 月 29 日《文汇报》：《外滩"恋爱墙"拾零》。

它还"围绕着爱情的关系创造出一个整个世界,把一切其他事物,一切属于现实生活的旨趣、环境和目的都提升为这种情感的装饰,把一切都拉入爱情这个领域里,使一切都由于与爱情的关系而获得价值。"① 由此形成了两个人的世界的开放性:它面向周围的一切人与物,情感与想象由两个人的世界内部弥散开来,投射到与这个世界相联系的"属于现实生活的旨趣、环境和目的"上来。这样,一个充满浪漫气息的"大气层"就如影随形地包裹着两个人的世界,使之能不受外界影响地随遇而安、自得其乐。上引报道中提到的"恋爱墙"畔那一双双情侣,之所以在"人群川流不息"的上海外滩照样能"大家各顾各"地谈情说爱,或是"聚精会神,专心致志",或是"谈笑风生,如入无人之境",其中一个重要原因恐怕就是有了这种"大气层"之故。在那些情侣的感觉中,外滩川流不息的人群也好,身边别的情侣也好,周围的景物也好,都会因为爱情的美好而变得美好起来,都不过是为其谈情说爱设置的场景而已。但实际上,周围的这些人群、景物等可能与"爱情"根本不协调,也根本不美。因此,在爱情审美的移情作用下,两个人的世界所处的那种审美化、诗意化的环境是"想象围绕着爱情的关系创造出"的假定性环境。

爱情审美中的移情使周围环境的美化大致有以下几种情形:

1. 由异性的美导致环境的审美化。

罗梅西又一次注视着这女孩的脸。她那时正微低着头在看她的英语读本上的图片。美丽的面容正好像是风水先生手中的藤杖,它能使四周潜伏着的美立即显露出来。柔和的阳光在那一刹那间似乎已变成了有知觉的生

---

① 黑格尔:《美学》第2卷第327页。

物；秋天也似乎忽然具有了一定的形象。像太阳约束着一切行星一样，这女孩儿使得天空、大气、光线和她身边的一切都围绕着她活动，而她自己却颟顸地、沉默地坐在那里，看着一本教科书上的图片。

（泰戈尔：《沉船》）

这是一种"爱屋及乌"的审美心理过程。本来，天空、大气、光线等自然物在具有不同审美心境的人看来会产生不同的审美感受：心情愉悦的人看了会觉得风和日丽，心情抑郁的人看了则可能觉得惨淡郁闷，正如《静静的顿河》中葛里高利在面临悲剧末路时觉得太阳是黑色的一样。而之所以会产生如此异趣的审美效果，又是不同的情感弥散开来作用于想象（当然是不自觉的），想象又对自然物在大脑中的表象进行"情感加工"的结果。当罗梅西注视着那女孩的脸时，这脸的美丽发射的信息，立即对他的大脑皮层产生强烈刺激，由原来的平静状态转入兴奋状态，心境也变得愉悦起来。在这种心境下对自然物作审美观照，就自然而然会产生感情弥散，同时还会产生一种"因为女孩美，她周围的一切也应当美"的审美补偿心理，这种心理暗暗地为情感和想象对自然物的"加工"导向，于是产生了"使四周潜伏着的美立即显露出来"的效应。当然也不能排除另一种情形，即女孩所处的环境本来也是具有潜在审美价值的，要使这潜在的美显露出来，需要像"画龙点睛"那样配置一个"主件"，或来上关键的"一笔"，而那女孩就是这"主件"或"点睛"之笔。这种情形在一般审美活动中是常见的。

2. 由对象的偶像化导致环境的审美化。

在《复活》中，当聂赫留朵夫还是个纯洁的青年时，他与姑妈家的女仆喀秋莎产生了热烈的初恋。在他心目中，"眼睛乌黑，走路轻快"、身段苗条、心地纯洁的卡秋莎简直就是"女爱神",是天下最美的姑娘。在复活节的晨祷仪式上,聂赫留朵夫看着"穿着白色连衣裙、系着浅蓝色腰带、黑头发上扎着红花结、眼睛快活得发亮的卡秋莎",心中产生了这样的感觉:

……这儿的一切东西,以至全世界的一切东西,都只是为了卡秋莎才存在的,人对世界上的一切东西都可以怠慢,独独不能对她这样,因为她就是万物的中心。为了她,圣像壁的黄金才光芒四射,枝形大烛架和那些烛台上的所有蜡烛才大放光明;为了她,人们才发出欢乐的歌声:"主的复活节来了,欢乐吧,人们。"世界上凡是好的东西,一切好东西,都是为了她才存在的。

乔治·桑塔耶纳指出:"如果幻想为某个人的形象所盘踞,而她的品质也有力量促成这种变革,那么一切价值都集中在这一形象上了。这个对象就显得十全十美,而我们就是所谓堕入情网。"① 此时的聂赫留朵夫的想象已完全被卡秋莎的形象所占据了,她是他所崇拜的十全十美的偶像,一腔情感无保留地倾注在她身上。在这种心理状态下,卡秋莎成了他自己存在的依据,成了这个世界存在的依据,在他不自觉的、被弥散着的情爱大潮推动着的想象中,世界上的一切都是为了她才产生、才存在的,这一切又因为她的存在才显出美、才成为美。于是,"一切价值都集中在这一形象上了"。这样,热恋中的聂赫留朵夫就围绕着心中的偶像,"创造出一整个世界",这个世界的素材来自现实世界但比现实世界更美、更诗意化。

值得注意的是,要达到这种移情境界,对象的美必须有强烈的新鲜感和朦胧的神秘感(这里的"美"不仅指外形美,更重要的还有气质美、灵

---

① 乔治·桑塔耶纳:《美感》第41页。

魂美），否则不足以产生偶像化的审美效应，也就无法使"我"围绕着对象创造出一整个世界。正因为如此，所以由对象的偶像化导致环境的审美化这种现象，多出现在情窦初开的初恋期和甘愿"抛舍自我"的热恋期；也正因为如此，婚后要使两个人的世界继续笼罩在美妙的氛围中，就必须在"两个人"之间始终保持新鲜感和神秘感。

3. 由爱情本身导致环境的审美化。

在《安娜·卡列尼娜》中，列夫·托尔斯泰生动地描绘出了列文在历经坎坷、终于得到了心爱的姑娘吉提的爱情之后，对周围人与物的审美感受：他跟他哥哥一道去参加一个会议，虽然"秘书在含糊地宣读着显然他自己也不了解的纪录，但是列文从这个秘书的脸上看出了他是怎样一个可爱、善良而出色的人"；虽然议员们在为某宗款项的滥用和某些水管的敷设而争论着，互相刻薄地攻讦，但在列文看来"这些损失的款项和水管都不是什么实在的事情，他们也并没有生气，大家都是十分可爱，可敬的人，在他们中间一切都非常圆满和愉快。……最妙不可言的是列文感到他今天能够看透他们所有的人，从微细的、以前觉察不出的表征知道每个人的心，明白地看出了他们衷心地都是好人"；甚至他一直对之不满的史惠兹斯奇其人，现在竟"完全不能理解而且也回想不起他所不满于史惠兹斯奇的是什么，他在他身上所感到不足的是什么了。他是一个聪明的、非常善良的人"，连"史惠兹斯奇家的女人们也是格外可爱"；至于那个列文从来没注意过的茶房叶戈尔，"现在竟觉得他是一个非常聪明优美，特别是好心肠的人"——显而易见，列文此时感觉中那么美好的人和事并不都是真的，从秘书"宣读纪录时的那副困惑的狼狈的神情"中，无论如何看不出他的可爱、善良和出色；那些夸夸其谈、互相攻讦的议员们也绝非"十分可爱，可敬的人"或"好人",若在平时,列文是讨厌他们的,在他们中间根本谈不上什么"圆满和愉快";那个他平时连注意都引不起的茶房叶戈尔,也绝非"是一个非常聪明优美"的人。

而当列文来到街上时,"他那时候所看到的东西,他以后是再也不会看见的了":

上学校去的小孩们,从房顶上飞到人行道上的蓝色的鸽子,被一只见不到的手所陈列出来的盖满了粉末的面包,特别打动了他。这些面包、这些鸽子、这两个小孩都不是尘世的东西。这一切都是同时发生的:一个小孩向鸽子跑去,带着微笑瞥望着列文;鸽子拍击着羽翼在太阳光下,在空中战栗的雪粉中间闪烁着飞过去了;而从一个窗子里发出新烤的面包的香味,面包被陈列了出来。这一切合在一起是这样分外美好,列文笑了,竟至欢喜得要哭出来。

下了雪的街道,上学的孩子,飞翔的鸽子,陈列的面包,这些都是生活中常见的事物,一般是不会使人产生审美震动的;然而列文被震动了,他对这平凡普通的街景产生了强烈的美感,觉得"分外美好",愉悦,动情,"竟至欢喜得要哭出来",足见感动之深。

在上引文字中,托尔斯泰全方位地描写了爱情本身所导致的环境审美化:人、人际关系、景物等等一切他接触到、感觉到的东西通通被情绪化了、审美化了。之所以会如此,乃是因为当时列文正沉浸在由爱情引起的巨大幸福之中——

整整的那一夜和一早晨,列文完全无意识地度过去,感到好像完全超脱在物质生活的条件之外了。他一整天没有吃东西,两夜没有睡觉,没有穿外套在严寒的空气里过了好几个钟头,不但感觉得比什么时候都更清醒更健康，而且简直感到超脱于形骸之外了；他一举一动都不用筋肉的努力，而且感受到仿佛他无所不能了。他深信不疑，他必要的时候可以飞上天去，或是举起房子的一角来。

可以看出，此时的列文完全处于一种精神亢奋状态，本来平常的人和事一旦通过视听感官反映到大脑中来，汹涌的情感就立即浸润了它的表象，想象给它抹上了诗意的光辉；同时，在情感的作用下，第二信号系统的理性思维活动受到抑制，第一信号系统的形象活动就会占据绝对优势，从而导致不能对周围事物做出正常的、如实的理性分析和评价。这样，就不难理解列文为何会觉得他所遇到的无能的秘书、刻薄的议员、平庸的茶房、普通的街景都是那么美好了。但是，这种精神亢奋状态一次是不能维持很长时间的，以后再要重新达到这种状态也殊非易事，一旦精神恢复常态，汹涌的感情平息下来，周围事物被主观染上的光辉就会逐渐消失，人对事物的审美判断和审美感受也就回到正常。所以，托尔斯泰的论断十分正确："他那时候所看到的东西，他以后是再也不会看见的了。"因为造成列文精神亢奋的客观条件——由吉提的爱情激起的巨大幸福感——已不复存在了；倘若要再一次看到"他那时候所看到的东西"，非得重新经受一次那无可替代的爱情冲击不可。

这里要指出的是，那包裹着两个人的世界的"大气层"，即移情造成的环境的美化、诗化，不仅当"两个人"在一起时存在着，而且在"两个人"分开时也存在着。不妨再看看《复活》中的一段话：

每逢卡秋莎刚刚走进房间里来，或者甚至聂赫留朵夫只是远远地看见她的白围裙的时候，一切东西在他的眼里就仿佛都被太阳照亮，一切就都变得更有趣，更快活，更有意义，生活也变得更充满欢乐了。她也有这样的感觉。然而，不单是卡秋莎近在眼前或者相离不远的时候才会给聂赫留朵夫造成这样的影响；只要他想到世上有卡秋莎这样一个人活着，就也会对他造成这样的影响。对她来说，也只要想到有聂赫留朵夫活着，就会造成同样的影响。

这是对生活中此类移情现象的真实艺术概括。它表明，当情侣在一起时，对象与爱情会使他和她感到周围的一切充满阳光，生命，生活变得充实、欢乐；当情侣分开时，他和她也会感觉如此，因为爱情是空间隔不断的，而想象则是不论心上人在何处都能使他或她与自己同在的"缩地之术"。

意大利美学家缪越陀里指出："想象力受了感情的影响，对有些形象也直接认为真实或逼似真实。诗人的宝库里满满地贮藏着这类形象。……想象力把无生命的东西看成有生命的东西。情人为他的爱情对象所激动，心目中充满了这种形象。例如他的热情使他以为自己和意中人做伴调情是世界上最大的幸福，一切事物，甚至一朵花一棵草，都旁观艳羡，动心叹气。……这种幻想是被爱情颠倒的想象所产生的。诗人的想象产生了这种幻觉，就把它表现出来，让旁人清楚地看到他强烈的爱情。"[①]缪越陀在这里谈的是诗人的想象力怎样在情感影响下对客观事物在人脑中的表象发生作用；这对一般人，尤其是处在爱情审美中的恋人们也是适用的。上文谈到的三种对环境审美化的情况，归根结底都是情感（情爱、美感）作用于恋人们对自然景物的联想和想象的结果。

二、从封闭性一面看，"两个人的世界"又有一种对外隐蔽感情的倾向，它表现为寻找与情爱的表达相适应的环境，即独处、幽会的需要；优

[①]《外国理论家作家论形象思维》第21页。

美、幽静、朦胧是这种环境的审美基本特征,它作为主观情感外化产物(即移情导致的环境审美化)的补充,同样为"两个人的世界"提供了在人生大世界中存在的保护性氛围。

前已指出,"两个人的世界"中的二体双向流程,即美与爱信息的交流是排斥对外开放的。这是因为,第一,爱情与性密切相关,而性爱具有排他性,所以爱情是只属于两个人的最隐蔽的感情,正如《叶尔绍夫兄弟》中的卡芭所说:"爱情是不容许人们偷看的,就像不容许偷看别人的卧房一样。"①第二,虽然男女之间只要由美产生了爱,就宣告了"两个人的世界"的开始,虽然这个"世界"中的男女双方不可能如神话中的阴阳合体人那样形影不离,虽然两个人不在一起时还有书信、电话等各种交流信息的手段,但是,任何间接交流信息的方式都代替不了两个人在一起时的直接情感交流,情话缠绵、耳鬓厮磨时获得的美感、幸福感往往最为强烈,是促成两心相印、两情融洽的必不可少的环节,同时又是实现两性相亲、男女结合的生理—心理需要的必经阶段。但是这种耳鬓厮磨的灵魂与情感的沟通、融汇,只有在不受外界因素干扰、影响的情况下才能进行,只有在与这种场合中爱情的表现方式相一致的审美环境下,才能合乎自然地实现。虽然爱情审美活动中的移情能导致环境的美化,给"两个人的世界"创造一个适宜的审美氛围,但移情现象不是随时随地都能发生的,它需要主客体两方面的种种条件,如时机、场合、心境、双方的心理契合度等等,这样,情侣就需要寻找适合自己"谈情说爱"的客观环境。于是独处、幽会就成为"两个人的世界"的一种存在方式。上海的一些情侣之所以喜欢到

---

① 《叶尔绍夫兄弟》第51页。

外滩来，就是因为这儿临江倚树，风光较之嘈杂拥挤的市区美，尽管外滩人群川流不息，但只要掉过头来就江阔天空，江风拂面，适于传情、遐想，虽然比不上花前月下海誓山盟，但在繁华的大上海也可算难得的了。当然，不同时代、不同民族和不同文化层次的人们对幽会环境的审美要求和幽会的方式是不同的，在礼教森严的封建社会中，张珙与莺莺"待月西厢下，迎风户半开；隔墙花影动，疑是玉人来"的幽会环境和方式是完全秘密的、无人知晓的，而二三十年前青年男女的幽会则是漫步于公园郊外、定情于花朝月夕，附近有游人来往也不在乎，只要他们不过分迫近"两个人世界"存在的空间就行；现在的情侣们就更解放了，哪怕是一对一对地紧挨着在外滩形成"恋爱墙"，他们也照样能各谈各的。但无论不同时代不同文化层次的人们的幽会方式如何不同，其本质即寻找一个与爱情表现和谐、与审美心理一致的环境的要求却是共同的。

从一般规律来看，从古至今，独处、幽会的环境具有以下审美特征：

1. 优美

优美是审美范畴中最基本、也最常见的一种。历代美学家特别是西方美学家对优美的感性特征做过细致的研究，看出了优美在于和谐，和谐在于对立的统一；其特征在于小巧、柔静、逐渐变化、不露棱角、娇弱、光滑以及色彩柔和等等，总之，"凡是美的都是和谐和比例合度的"（夏夫兹博里语）。可见，优美实际上就是合乎事物一般发展规律和表现形态的美，它在自然界也就是事物的形式美，例如："叶上初阳干宿雨，水面清圆，一一风荷举""断虹霁雨，净秋空、山染修眉新绿""花褪残红青杏小。燕子飞时，绿水人家绕""余霞散成绮，澄江静如练""重湖叠巘清嘉，有三秋桂子，十里荷花""疏影横斜水清浅，暗香浮动月黄昏"，等等，都具有和谐、雅淡、柔静的审美特征，都是优美之境。优美使主体在心平气和的状态中产生快适、惬意、愉悦、满足、陶醉的审美感受。

优美当然不只形诸自然界，在社会生活中也大量表现出来，女性的阴柔之美就是优美；高洁无私、学识渊博、言行文雅的人就是心灵优美的人。而爱情作为一种由异性灵肉两方面美所引起的彼此为对方奉献的高级情感，作为一种植根于繁衍生命、延续社会，不受权力、金钱等支配的纯洁情感，其本身就是优美的。温柔、贞静、羞怯、含蓄是爱情的审美特征和动人魅力，是弥散在"两个人的世界"之中、为双方所体验的感觉。这种情感、这种心理感受必然要求有与之相适应的外部环境；只有在这种与主观情感、主观体验相一致的和谐环境中，爱情的传递、宣泄和发展才有了最佳条件，当事人才能获得最大限度的爱情审美快感。因此，根本用不着别人指点，任何情侣都会自动地为其双方的"金风玉露一相逢"寻找一片"乐土"，寻找一个胜境，以便在这一有限的幽会中，获得"胜却人间无数"的美爱享受。这就不难理解，在一般的、正常的情况下，为什么荒山秃岭之上，残荷败柳之旁，很难见到恋人的身影，而断虹霁雨、余霞散绮之时，疏影横斜、暗香浮动之际，三秋桂子、十里荷花之中，曲径通幽、群花迷眼之地，到处都会奏响美与爱的旋律了。

2. 幽静

人类有一种个人空间意识，在一般情况下它表现为：当人们彼此来往接触达到很近的距离时，例如当你一个人坐在公园的长椅上，观赏景色或默想心事而旁人走来靠着你坐下时，当你与别人谈话而他（她）将脸凑到你脸跟前时，当你走在路上忽然有陌生人同你并排走或紧跟着你时，你就会感到紧张、心烦、不快，或是从长椅上站起走开，或是赶紧往旁挪将目光移向别处，或是赶紧往后退缩或是转过脸去，或是自己站住让陌生人超前或是干脆改走另一条路，等等。甚至在极为拥挤人贴人的公共汽车上，也难得见到面对面贴着的乘客（情侣除外）；即使是再亲密的朋友在一起谈话，目光互相直视对方的时候也不能长久维持。人们之所以会这样，不是出于生理上的原因，如挨得太紧会导致呼吸困难，被人盯着跟着会心动过速等（实际上不可能），而纯粹是心理上的原因，即个人空间意识在起作用。这种意识是在人类由动物进化而来的求生存、发展的漫长历史过程中形成的，在它的作用下，人们需要一定的存在和活动空间，并且走到哪儿就把这空间带到哪儿，一旦有人靠近或进入这个空间，这个空间的占有者就会下意识地感到自己的人格受到了侵犯。因此，在文明社会中，这种空间需要被体现在一系列的社会行为规范之中，如当长椅已有人坐着时，后来者应尽量回避或先动问"可以坐吗？"，谈话时不要将脸凑到人跟前也不要老盯着对方，等等，否则即为失礼。

当然，这在情侣之间又是另一码事。情侣、夫妻之间之所以能突破个人空间的壁障而交往接触，是因为异性相引、两情相悦已使情侣各自的个人空间融为一体了，从而形成了"两个人的世界"。但是这样一来又出现了一个新问题，即"两个人的世界"也需要一个共同的空间。所谓"爱情不容许人们偷看"就是这种空间不容他人"侵犯"的证明。所以爱情在一定的阶段、爱情的内幕往往是秘而不宣的。但是光这样还不够，因为"两个人"毕竟是生活在人群之中的，不可能随时随地"秘而不宣"，即不受外界干扰地互诉衷肠、相亲相爱，为了获得表现爱情的所需空间，情侣们就需要独处，即在一定的时候将自己的"世界"与周围的人和事隔离开，隔离的方式除了单独处于别无他人的房间里外，最方便也是最理想的办法就是到公园、到野外去幽会。这就决定了幽会的环境必然是幽静的。幽静能使人心境平和，浑然忘掉烦恼，专注于、沉醉于"两个人"的感情世界，它同爱情自身的审美特性是一致的。恋人们之所以爱在绿荫深处、鲜花丛中逗留，在落满红叶的小径、细浪拂岸的海滩上漫步，不仅是因为这些环境优美，还因为它宁静。在这些环境中，他们会感到整个空间都是属于"两个人的世界"的，他们的情感、想象、憧憬可以无拘无束、自由自在地宣泄、驰骋，从而获得极大的爱情审美享受。由此观之，上海外滩人挨人的"恋爱墙"实在是不得已而为之，情侣们的空间已被压缩到最低限度了。不过从这里也可看出，在不同生活条件下情侣对恋爱空间大小的需求是不同的。

3. 朦胧

如果我们细细观察一下现实生活中的情侣，看看文学艺术作品中关于幽会的场景描绘，那么可以发现，朦朦胧胧的处所是谈情说爱的最佳环境。

朦胧作为美是属于优美这个审美范畴的，它同模糊性密切相关。大凡边界不清晰、变化难测、具有很大非稳定性和随机性、只能靠模糊识别来感受的事物往往就是模糊的，被赋予一种朦胧美。如雨雾中的桂林山水，山的轮廓仿佛在水气中润化了，峰顶峰腰在雾气中若隐若现，它倒映在水中，把水也搅得模模糊糊、迷迷茫茫，天地山水似乎都失去了它的稳定性、精确性，这就是朦胧美。唐代词人张先善摹朦胧之景："那堪更被明月，隔墙送过秋千影""云破月来花弄影""中庭月色正清明，无数杨花过无影"是他的名句，从中可以看出朦胧是同光与影，同飘杳、飘忽等变幻不定的事物联系在一起的，而月光是最能造成朦胧美的，请看：

月光在栏杆外假山上面涂抹了几处，天井里种了一片杜鹃花，跟着一阵微风在阴暗中摇动。四周静得连草动的声音也仿佛听得见。一切景物都默默地躺在半明半暗里,半清晰,半模糊,不像在白昼里那样地具体了。空气里充满了一种细微的但又是醉人的夜的芳香。春夜是柔和的。

(巴金:《春》)

雨过后,天空里还堆积着一叠叠的湿云,映着月光,深碧里透出淡黄的颜色,这淡黄的颜色又映着绿色的树影儿,加上一层蒙蒙的薄雾,万物的轮廓,像着了水似的模糊开来,眼前只见一片柔和的光影。

(绿漪:《绿天》)

朦胧之景美。问题在于,为什么情侣们格外喜欢朦胧之美?这是因为,第一,爱是一种弥散性的情感,当情侣们心中充溢着情爱时,它绝不会只停留在心中,而是要表现出来,扩散开来,不仅是对象本身,还有他(她)身上的一切、周围的一切都被这种情感所笼罩、所晕染、所辐射,都是美的,好的,可爱的,就像聂赫留朵夫、列文当时感受的一样。这就是爱的弥散性。而构成朦胧之景的雾气、月光、波影等所具有的流动飘忽、边界不定、轮廓不清、四处弥漫的性状,同情侣们情爱弥散时的心理感受正相一致,这就是格式塔学派所谓的心与物之间的"异质同构"。格式塔学派的代表人物阿恩海姆认为,"造成表现性的基础是一种力的结构,这种结构之所以会引起我们的兴趣,不仅在于它对那个拥有这种结构的客观事物本身具有意义,而且在于它对于一般的物理世界和精神世界均有意义。像上升和下降、统治和服从、软弱和坚强、和谐与混乱、前进与退让等(力)的基调,实际上乃是一切存在物的基本存在形式。不论是在我们自己的心灵中,还是在人与人之间的关系中;不论是在人类社会中,还是在自然现象中;都存在这样一些基调。……我们必须认识到,那推动我们自己的情感活动的力,与那些作用于整个宇宙的普遍的力,实际上是同一种力。"①阿恩海姆对自己的观点还用许多实验加以证明,例如"一个心情十分悲哀的人,其心理过程也是十分缓慢的,……他的一切思想和追求都是软弱无力的,既缺乏能量,又缺乏决心,他的一切活动看上去也都好像是由外力控制着。"②相反,兴高采烈的人其活动则是跃动的、扩展的、充满活力的。可见,在包括人自身的客观事物及其活动中展示的力的式样,能够与人的内在心理活动达到异质同物。这样,当外界事物与主观情感在"力"的结构上达于一致时,二者之间就会同声相应,"共振""共鸣",从而使情感得到充分的表现和发挥。正由于情爱的弥散性同朦胧之景的弥漫状在"力"的结构上同步,所以花荫月夕历来是情侣们的幽会之所。"待月西厢下,迎风户半开。隔墙花影动,疑是玉人来。""去年元月夜,花市灯如昼。月上柳梢头,人约黄昏后。""月朦胧,鸟朦胧",这是在中国;在西方,月亮干脆被称之为"情人的月亮"了。除此之外,情侣之间用以进行信息交流的带模糊性的身势、语言,同环境的朦胧性也是"异质同构"的。第二,朦胧之景由于呈弥漫状,远近不清,界线不明,轮廓模糊,半遮半掩,若隐若现,所以非常含蓄,耐人寻味;这种一眼看不透的含蓄又使它具备了神秘感,给情侣们以极大的想象余地。而这一切同朦胧环境给对象染上的神秘色彩、同爱情本身的奥秘也是"异质同构"、相得异彰的,于是,对象的美的魅力大大增强,"我"的情爱也就大大激发了。

三、"两个人的世界"与环境的关系是辩证的关系,互相影响,彼此相通,由此又构成一种不同于"两个人"之间的新的二体双向交流。

---

① 阿恩海姆:《艺术与视知觉》第625页。
② 同上,第615页。

从情侣们移情于周围环境而导致环境的审美化而言,是主观作用于客观。不过这种对客观环境的作用不是指对它的实际改造或改变,而是作为审美主体的情侣的情绪和情感推动、制约、引导着联想与想象,对周围环境反映在审美主体大脑中的表象进行加工。这种加工不管是由对象引起还是爱情本身引起,都可以达到四类效果:一是客观事物的审美形态在表象中被想象改变了。最典型的是列文所见到的那些形象猥琐的秘书、议员,在他的感觉中却显得"可爱可敬""聪明优美";二是在表象中,此一事物变成了彼一事物,如《苦菜花》中写道:"这一对人,好像不是伫立在严寒的雪夜里,而是置身在火树银花的环抱之中。真的,那凛冽的西北风,他们明明觉得是和煦的春风;而那随风飘舞的雪片,都是新鲜的花瓣儿。"这里,西北风变成了春风,雪片变成了花瓣儿。之所以没变成阳光和鸟儿,是因为"西北风"与阳光、"雪片"与鸟儿之间没有相似之处,而与春风(都是风)、花瓣(形状相似)有着性状上的联系。可见联想也得以事实为依据;三是在感觉中给事物赋予特殊的性能或意义,请看马克·吐温《镀金时代》中的萝拉,她"爱上了他,……她崇拜他,……她的热情支配着她的全部身心,……鸟儿在她走过的时候,歌唱的是爱情,树木向她低语的也是爱情,连她脚下的花也像是特为铺在路上,专给新娘走的一般。"其实,鸟儿、树木哪能说和唱?又哪能懂什么爱情?脚下的落花不过是自然现象,根本不存在为新娘铺路的问题,但这些在情人的想象中却都是存在的;四是现实中平凡的事物在想象中被赋予了美的光彩,如列文碰到的茶房,大街上的雪景、上学的孩子、腾飞的鸽子、烤出的面包,这些平凡的人和物在列文心目中都变得"分外美好"了。这里要特别指出的是,移情的"情"是多种多样的,既有喜悦、兴奋之情,也有忧愁、悲痛之情,不同的情"移"

到同一事物上，这一事物在主体大脑中的表象及主体对它的感觉就会两样。由于我们探讨的是爱情审美中的移情（失恋等除外），而爱情引起的总是喜悦、兴奋等肯定性的情感，所以它一旦"移"开去，就必然导致环境的美化。但是，倘若情侣们由于离别等原因而产生离愁别绪时，那么在他（她）心目中事物的表象就会笼罩上一层伤感、暗淡、凄清的气氛，在柳永是"寒蝉凄切，……冷落清秋节！今宵酒醒何处？杨柳岸，晓风残月"；在张珙是"望蒲东萧寺暮云遮，惨离情半林黄叶。马迟人意懒，风急雁行斜。""暮雨催寒蛩，晓风吹残月"。这凄清、凋零、萧瑟也是一种美，也是移情导致的环境审美化。但这不是由爱本身引起的，所以不做详细分析。

　　从情侣们寻找独处、幽会的合适环境并陶醉于其中来说，则是客观作用于主观。这种作用有两层意义：一是使"两个人的世界"中的二体双向情感交流得以正常进行。优美、幽静、朦胧的环境同"爱情的温柔的灵魂美"（黑格尔语）是和谐一致的，这种环境使情侣们感到他们的"世界"同整个大世界是彼此协调、融洽的，从而产生安全感，"专心致志"地交流、玩味、享受爱与美带来的欢愉和幸福。"桃花枝上，啼莺燕语，不肯放人归"，这正是情侣们由沉醉产生移情而形成的乐而忘归的心态；二是激发情爱的萌生、发展，推动其趋于高潮。莫泊桑小说《一生》中的少女约娜结婚后，很快就对缺少诗意的丈夫产生了隐隐的反感，当他们外出度蜜月时来到奥塔山谷中，正是这儿雄奇、优美的自然景色强烈地打动了约娜那温柔、敏感、富于幻想的心灵，使"约娜忽然动了爱的灵感。……约娜超乎寻常的温柔，偎依在他身上；她的心扑通扑通地跳着，……轻声悄悄地说：'于连……我爱你！'"。可见环境的美对爱的激发力（顺便说说，约娜是一位善良、纯洁、憧憬美好人生的少女，而她的丈夫于连则正相反，所以她的命运是悲惨的。这儿不是对这两个人物及其爱情做历史的、社会的、文学的评价，只是为了说明爱情审美的一种现象才举了这个例子）。杭州西湖景色旖旎，水光潋滟，山色空蒙，宋代苏轼比诸西子，可见这风景胜地具有一种妩媚蕴藉的美，这种美无疑正是爱侣们所需要的，在这种环境中，人很容易变得情意缠绵、柔肠百转。难怪有外国记者说，西湖是陶冶温情的地方。于此亦可见环境对人的作用。

但是在情侣们的实际活动中，他们所处的环境是不断变化的，而且不论处于什么环境，都可能出现移情。因此，在很多场合，情侣们在表象中对环境的美化与客观环境对情侣们的影响，往往是交织进行的，也就是说，主观与客观是交互作用的。如复活节举行晨祷仪式的教堂，那金光四射的圣像壁，烛光闪耀的枝形大灯架，那身着节日盛服唱出虔诚赞歌的人群，这一切在信徒们看来原本就是庄严、圣洁、崇高的，这种晕染着宗教气息的美当然也无例外地感染着聂赫留朵夫，使他生出一种似乎超凡脱俗的圣洁的美感。

反过来，他所热恋着的卡秋莎又身着白色连衣裙出现在那儿，中国俗话说："女要俏，须穿孝"，于是，卡秋莎的青春、美貌在素衣素裙的映衬下愈发显得纯洁、姣好、迷人，这种强烈的美感与聂赫留朵夫对她的恋情以及晨祷气氛，在他心中引起的圣洁感融合在一起，就使卡秋莎成为他心中占据一切、无可代替的偶像，由此又强化着他的情爱，并产生移情，以致觉得这里的一切、世界的一切都是为她存在、为她而美的。正因为周围的一切是为美的人而美，所以它们反映在聂赫留朵夫大脑皮层上的表象也就会因情感的笼罩、想象的加工而显得更美。从这个过程可以看出，环境与恋人、客观与主观之间的相互作用往往不是一次性的，而是多次性的，随着每一次环境之美对人的感染或人对环境的移情,环境的审美感染力和人的审美享受就递进一层,直到物我相忘的化境。

外滩"恋爱墙"的情侣,是否也已臻于爱情审美的化境了呢?!

后　记

　　本书动笔之先，曾游目四顾，就笔者目力所及，尚未见有此类著作问世；但"爱情审美"这一问题对于人生、对于社会主义精神文明建设的意义正愈来愈显示出来，正在不断激发起人们探究它的兴趣，因此差不多可以断定：时过不久，这类著作就会如爱情心理学一样风行于世的。有鉴于此，我必须给要写的这本书找到一个独特的视角，要有一定的理论深度。我不能将它写成有关爱情审美的问题解答，也不能写成教人如何选择对象的审"女"（男）指南——尽管这种写法也是可行的、需要的。我想，这应该是一本将爱情审美这一社会现象当作完整的对象，按一定的内在逻辑结构起来，力求探索其内外机制，并以"有意味的形式"出之的论著。

　　于是经过一年业余时间里断断续续的"案牍劳形"，乃有了是书。

　　本书的写作，得到了时代文艺出版社总编魏克信同志的关注，得到了该社第二编辑室主任牟玉青同志和责任编辑李西西同志自始至终的关心，并提出了很好的建议。李西西外出学习还不忘来信询问此书的写作进展情况，此后又不断予以敦促，使笔者得以按期终篇。他们对出版事业的热情，对新兴学科的敏感，对作者的坦诚和支持，令人感佩。

全书定稿之后，承蒙吉林大学哲学系主任高清海教授审阅，并写了热情剀切的序言，准确地概括了本书的思路和结构，指明了它的意义，使拙作为之增色。

最后要说明的是，按照原定计划，本书还应有一章专谈爱情审美的各个阶段和各种表现形态的审美意义。但一来实在是时间、精力有限，二来也是为了不增加本书的篇幅，所以就此打住，未尽之意且留待以后再说吧。即使是现在已写出来的这些，由于谈论的是一门新兴学科，所以一些问题带有探讨的性质。笔者力所不逮之处，尚祈专家学者及有识之士校正。

作者

1987年10月于长春

"否定之否定"问题析疑

究竟什么是否定之否定？过去似已有定论，近来又众说纷纭。我们亦想就此问题做一些探讨，并兼对有关传统论点质疑，以就教高明。

必须区分两类不同性质的否定

"我们必须学会全面地看问题，不但要看到事物的正面，也要看到事物的反面。"——这是毛泽东同志的名言，是为实践一再检验而被证明是正确的。为什么要这样看问题？因为任何客观事物内部都有正反两个方面，如果不把"正"和"反"一般性地理解为矛盾的两个方面，而是以正面专门表示新生的、向上的、高级的、具有旺盛生命力和远大发展前途的方面，即在社会生活中被称之为好的、进步的、正确的、有益的、革命的这方面；那么反面所表示的则就是陈旧的、向下的、低级的、正在失去生命力和没有发展前途的方面，在社会生活中称之为坏的、保守的、错误的、有害的、反动的方面。这两方面矛盾斗争的结果，在通常的情况下，正面会否定反面，从而使事物前进一步，这就是新陈代谢。在这里，否定反面的正面是否定的因素，被否定的反面则是肯定的因素。

但是，事物正、反双方矛盾斗争的结果并非总是正面否定反面，肯定因素与否定因素的位置也并非是绝对不变的。在另一种情况下，反而会否定正面，这时，事物就发生下行式、倒退式的"逆转"，否定正面的反而成了否定因素，被否定的正面则成了肯定因素。对于这一类否定在事物发展过程中的地位和作用，本来是应该进行探讨和研究，做出科学说明的。遗憾的是我们的哲学著作和教科书对此或者干脆不提，把否定与新陈代谢等同起来，归结为"是从旧事物向新事物变革的环节"（《辩证唯物主义与历史唯物主义》），给人以否定就只能是新事物否定旧事物的印象，或者以这种否定只是"发展过程中的暂时现象"为理由而几笔带过，弃置一边，似乎它无足轻重（《唯物辩证法大纲》）。而近来的有关言论则对此不置一词，仿佛它不存在似的。这都不能说是慎重的办法。我们认为，这类否定不但是存在的，而且在事物发展过程中是不可避免的，占着不可忽视的位置。抛开这一类否定，唯物辩证法的否定观就是跛足的、不全面的。只有把上述两类否定综合起来，才能窥见事物发展的全貌。

事物波浪式前进、螺旋式发展的原因何在

或云：否定之否定"说明了事物发展过程的螺旋式、波浪式前进上升的性质。"（《辩证唯物主义历史唯物主义》）但是，人们是怎样解释否定之否定的呢？——经过两次否定（两次"从旧事物向新事物变革"），事物矛盾双方连续两次向对立面转化，就是否定之否定。按照这种解释，

下列过程都是否定之否定：

有机物——生物界——人类；

奴隶社会——封建社会——资本主义社会；

朴素辩证法——形而上学——唯物辩证法。

但是，这一类过程并不能说明事物发展前进趋势中的迂回曲折，因为：第一，它们虽然都经过了两次否定，每一次否定都是向对立面的转化，但实质上都是新的、高一级的事物（"正面"）否定旧的、低一级的事物（"反面"），从而每一次否定都使事物前进了一步（在人类认识发展中，形而上学对于朴素辩证法来讲也是一种进步）；同时，在这些过程中，都很难确定事物在经历否定之否定发展时所必有的周期。如果说从奴隶社会到资本主义社会是一个周期，那么，从封建社会到社会主义社会不也可以说是一个周期吗？因为从封建社会到社会主义社会，同样经过了两次否定和两次转化！之所以会产生这种混乱，关键在于这些过程中缺少一个确定周期始点和终点的客观标志；第二，在这些过程中也看不出否定之否定过程中所特有的"向旧事物回复"的现象：人类"回复"了有机物的什么特征呢？资本主义社会"回复"了奴隶社会的什么特性呢？在这里，缺少一种可以使事物转化开端和转化结果首尾相连的环节。总之，上述排除了事物出现倒退、无法确定周期，以及不出现"向旧事物回复"现象的新事物对旧事物的连续两次否定，实际上并不是导致事物迂回曲折发展的否定之否定，而只是表示事物直线式上升的单纯否定，如果用公式表述，就是 A-B-C……显然，这个公式说明不了"事物发展过程的螺旋式、波浪式前进上升的性质。"因此，把否定之否定仅仅归结为事物矛盾双方连续两次向对立面转化是不准确的。

人们常把鸡蛋—鸡—鸡蛋这一过程作为否定之否定的典型事例。我们认为，这个例子同样说明不了事物的波浪式、螺旋式前进上升的性质。在这里，从形式上看，产生鸡蛋的鸡否定了鸡蛋，鸡所产生的鸡蛋又否定了鸡，该是体现了事物发展的迂回曲折吧？而实质上，无论是鸡否定鸡蛋，还是鸡蛋否定鸡，都是新事物否定旧事物，是事物向上的正常发展，是连续上升的单纯否定过程，恐怕说不上是事物的螺旋式运动吧？而且，如果说鸡蛋—鸡—鸡蛋是一个周期，那么，把鸡—鸡蛋—鸡划为一个周期同样是可以的。

那么，对于否定之否定究竟该怎样理解？

我们认为，只有当两次连续否定中的第一次否定是事物的"反面"（坏的、陈旧的、低级的、下行的、落后的、错误的、反动的）否定事物的"正面"（好的、新生的、高级的、上行的、先进的、正确的、革命的），第二次否定是"正面"否定"反面"时，才是否定之否定；只有这样来理解否定之否定，才能说明"事物发展过程的螺旋式、波浪式前进上升的性质"。

马克思、恩格斯、列宁、斯大林都肯定过好的新的东西向坏的旧的东西转化这种否定。从毛泽东同志的一贯思想来看，他也是认为在否定中应该包括坏的方面对好的方面的否定的；而且指出由于有了这种否定，才使得第二次否定成了事物发展之必需环节。他曾说过："一切新的东西都是从艰苦奋斗中锻炼出来的。新文化也是这样，二十年中有三个曲折，走了一个'之'字，一切好的坏的东西都考验出来了。"（《新民主主义论》）他还对第二次国内革命战争时期的一个具体过程做了说明："依战略的性质说，也可以说井冈山时期至第四次反'围剿'时期为一阶段，第五次反'围剿'时期为一个阶段，长征至今为第三阶段。第五次反'围剿'时人们错误地否定了以前本来是正确的方针,我们今天又正确地否定了第五次反'围剿'时人们的错误方针,复活了从前的正确方针。然而不是否定第五次反'围剿'时的一切,也不是复活从前的一切。复活的是从前优良的东西,否定的是第五次反'围剿'时的错误的东西。"(《中国革命战争的战略问题》)这不正是否定之否定的典型例证吗?

又如:某一物种出现某些不良性状,经过自然选择或人工选择,淘汰了这些影响它顺利生存和发展的性状,物种得到进一步改良;资本主义在确立时期出现封建复辟,经过斗争,粉碎了封建复辟,巩固了资产阶级的统治,资本主义得到进一步发展;马克思主义被新老机会主义者所"修正",经过斗争,马克思主义战胜了修正主义,发展到新的阶段……类似事物由"正面"走向"反面",又由"反面"走向"正面"的事例,还可以举出许多,像社会由安定走向动乱,又由动乱走向大治;群众由团结走向分裂,又由分裂走向新的团结;人民奋起斗争,遭到失败,再奋起斗争,直至胜利;社会主义民主和法制由确立走到被林彪、"四人帮"的封建法西斯专制所破坏,又走向恢复、健全和发展;人性异化,走向人性复归,等等,都是表明事物迂回曲折发展的否定之否定过程。

综上所述,不难看出:"正面"向"反面"转化,或"反面"否定"正面",在发展过程中占着不容忽视的位置,它是否定之否定中第二次否定发生的前提,是使否定之否定得以发生、得以成立的关键环节。在这里,如果用 A 表示事物的"正面",用 B 表示事物的"反面",那么可得公式如下:A—B—A′。试将它与公式 A—B—C……比较一下,就可知道,这两个公式的区别,关键在于 B 的性质不同。在单纯否定(A—B—C)中,B 对于 A 来讲是"正面"(好的、新生的、高一级的东西),对于 C 来讲却是"反面"

（坏的、陈旧的、低级形态的东西）。而在否定之否定（A—B—A′）中，B无论对于A还是对于A′都是"反面"。这就告诉我们：（1）否定之否定不能一般性地归结为矛盾双方连续两次向对立面转化，它的两次转化是特别的，第一次是"正面"向"反面"转化，第二次是"反面"向"正面"转化；因此，否定之否定中的否定与单纯否定中的否定是有区别的。（2）在否定之否定中，事物的周期是以"正面"向"反面"转化为划分标志的；（3）每一周期终了，都仿佛是向旧事物的回复（"正面"依然是回到"正面"，即 A′ → A。这种回复不是在某种具体性状上的回复，而是在事物根本性质上的回复）；（4）只有这样理解否定之否定，才能把退化、下降、曲折、困难、挫折、失败、错误、保守、倒退等导致事物发展出现波浪和螺旋的因素纳入过程之中。而如果把否定之否定归结为新事物对旧事物的两次连续否定，那就不存在什么"波浪式螺旋式"运动，而这正是列宁和毛泽东同志所一再批评过的形而上学观点；（5）既然存在两类不同性质的否定，所以在事物的整个发展过程中不可能只是单纯否定，而必定会有否定之否定交互作用于其中，把单纯否定和否定之否定综合起来，就构成了事物辩证发展的全貌。

　　由此可得结论：否定之否定不是普遍规律，它只在特定的条件下（即当"反面"否定"正面"时）才会发生，其起作用的范围是有限的。

　　应该指出，现在通行的哲学教科书由于在论及否定之否定的否定时，都是指的新事物对旧事物、"正面"对"反面"的否定，这样，它就不可避免地要陷入自相矛盾的境地。如《辩证唯物主义与历史唯物主义》和《唯物辩证法大纲》，它们先在给否定作界说时把"反面"否定"正面"这一情况从前门排除出去，但在后面为证明"把事物的发展看成是直线式的，否认事物发展的曲折性、复杂性,是错误的"时,又不得不把这一类情形从后门引回来,开列了许多这样的具体例子。这个事实进一步表明:不改变对否定之否定规律的传统观念,就不能正确认识和解释客观世界的辩证运动。在一切观念都要受到实践检验的今天,这个问题的提出该不会是不合时宜的吧!

否定之否定在事物发展总过程中的必然性依据

把否定之否定归结为事物由"正面"走向"反面",又由"反面"走向"正面",其必然性依据何在?

在于事物内部"正面"与"反面"的矛盾转化——当这一对矛盾处于以下情形时,必不可免地会导致"反面"否定"正面":

1. 在一个统一体中,如果旧事物处于统治地位,新生事物相对来讲总是弱者;由于新、旧事物间的对抗性,强大的旧事物是一定要否定弱小的新事物的,如历史上凡尔赛匪帮对巴黎公社的镇压,俄国沙皇对一九〇五年革命的绞杀,罗马天主教廷对伽利略及其学说的迫害,等等。

2. 新事物虽然居于统治地位,但如果由于新事物自身的不完备而给旧事物留下死灰复燃的漏洞,使旧事物得以潜滋暗长,就有可能取新事物而代之,这时整个矛盾统一体的性质就要发生"逆转",由"正面"走向"反面"。像法国历史上波旁王朝的封建复辟,中国现代史上第一次国共合作掀起的革命高潮由于蒋介石"四·一二"反革命政变而被断送,就是如此。

3. 当两个独立的事物因种种原因而形成矛盾共处于统一体中时,如果处于高一级发展阶段的事物相对弱小,也会被虽处于低一级发展阶段但相对强大的事物所否定。历史上生产力水平较低的游牧民族对生产力水平较高的农业民族的征服,就是一例。

4.任何事物自身都有数与量的界限,即"度"。倘若越过了这个"度",新事物也会"物极而反",由"正面"走到"反面",如农业上密植能高产,但若密得过分,则会减产,医学上许多于增进人体健康有益的药物,如服用过量,反而会损害健康;在政治生活中,社会主义民主和法制是搞社会主义建设的重要保障,而如果民主搞成了"大民主",法制逾了格,变成了"群专"之类,就会出现"文化大革命"时期那种混乱局面,破坏社会主义建设;再如思想认识领域中"只要再多走一小步,仿佛是向同一方向迈的一小步,真理便会变成错误"。(列宁)

当以上"反面"否定"正面"的情况出现时,事物的发展就不可避免地要呈倒退式或下行式。但是,虽然"反面"否定"正面"在所难免,而"正面"再次否定"反面"却更是势所必然,因为:

1."反面"否定"正面",旧事物否定新事物,不符合事物从低级到高级、从简单到复杂的上升前进的总趋势,它发生在自然界,不利于物质的更新和物种的进化;发生在人类社会,会束缚生产力的发展,阻碍社会的进步;发生在精神领域,会造成认识水平的下降,精神文明的退化。在此情况下,事物要获得发展,除对旧事物再次否定外别无他途;而事物总是要发展的,所以新事物再次否定旧事物就是必然的,如十月革命的胜利否定了沙皇对一九○五年革命的胜利;粉碎"四人帮"后为老一辈革命家平反,否定了"四人帮"对老一辈革命家的诬陷迫害;生产力水平较低的征服者最后被生产力水平较高的被征服者同化,否定了前者入侵后者时带来的破坏和退步;发扬社会主义民主和健全社会主义法制,否定了"四人帮"对民主和法制的践踏，等等。这里要指出的是，这种否定之否定的过程是有长有短、速度是或快或慢的，有的长达几个世代，如罗马教廷迫害伽利略和他的学说已过去数百年了，现在才为其昭雪沉冤；有的短至几年、几月、几天，像为"天安门广场事件"平反，才不过两年工夫。至于自然界中的否定之否定过程，其周期长短更为悬殊，短则短至几分、几秒，甚至更短，长则长得要以天文数字来计算。所以，当我们考察事物的否定之否定过程时，切忌一刀切，而要不同情况不同对待。

2. "反面"否定"正面"既然是否定，它就不能不遵循既克服又保留（即"扬弃"）的自然法则，新事物在被旧事物否定时不是变成空无所有的"○"，而是改变形式、改变数量被保留下来，这正是实行第二次否定的前提和基础。例如，蒋介石发动"四·一二"反革命政变，实行的是"宁可错杀千人，不可放过一个"的血腥政策，但是革命者并没有、也不可能被杀绝，正是这些幸存下来的共产党人，日后成了重新掀起革命高潮、最终否定蒋介石的中坚力量；又如林彪、"四人帮"妄图用封建法西斯专制取代社会主义民主和法制，但民主和法制作为一种理论、一种制度、一种愿望存在于人民群众之中，是无法连根拔掉的，而且即便在林彪、"四人帮"肆虐的时期，也依然有人在按民主和法制办事，唯其如此，随着"四人帮"的倒台，社会主义民主和法制才能恢复和发展，否定了封建法西斯专制。在这里，不管蒋介石、"四人帮"主观上如何想把新事物置于死地，实际上他们却不能超越客观条件的制约，不能不受自然法则的左右。新事物具有旺盛的生命力和远大的发展前途，在它的历史使命没有完成之前是不会消亡的，它必然要与否定它的旧事物做顽强的斗争，以争取和维护自己存在的权利，因此，它即使一时为旧事物所否定（被击败、被批判、被压制、被"取缔"，等等),也终有一日会"东山再起",重新取旧事物而代之,实现否定的否定。

由此可见,否定之否定的必然性依据存在于事物内部新、旧矛盾的斗争之中,存在于客观事物的发展趋势之中,而绝非人们主观臆想出来的虚幻概念。

否定之否定法则作为方法论的意义

否定之否定规律提示了辩证发展过程的一个特殊方面、特殊过程,所以,它作为马克思主义世界观的一个组成部分,作为方法论,也就具有特殊的意义。

首先,在对事物发展变化复杂性的认识上,否定之否定的概念弥补了以往否定观的不足。以往通行于哲学界的否定观由于排除了"反面"否定"正面"这一类否定,因而对"事物发展过程的螺旋式、波浪式前进上升的性质"的说明是自相矛盾的,对新生事物不可战胜的解释是缺乏充分说服力的。把"反面"否定"正面"作为关键一环的否定之否定正好补救了这种缺陷,从而得以将新陈代谢的辩证法贯彻到底。"星星之火,可以燎原""黑暗即将过去,光明就在前面""道路是曲折的,前途是光明的"——这些科学预见,就是建立在对否定之否定规律的认识之上的。革命者明确了这一点,就能在失败、挫折、困难时看到胜利、看到成功,自觉地循着艰难曲折的道路,信心百倍地进行斗争!

其次,既然客观事物的发展必然要经过迂回曲折的道路,人们要获得行动上的自由,就必须驾驭必然,根据这种曲折性采取有效的措施,来推动事物的发展,"将欲取之必先予之""将欲擒之必先纵之""进一步退两步",诸如此类都是否定之否定规律见之于方法论的东西。毛泽东同志是善于运用否定之否定法则的大师,在过去的革命战争年代,他创造性地开辟了放弃城市,走向农村,最后以农村包围城市的道路;提出了在土地问题上"只有丧失才能不丧失"以及"不在一部分人民家中一时地打烂些坛坛罐罐,就要使全体人民长期地打烂坛坛罐罐"等辩证思想;巧妙地推动西安事变由"捉蒋"到"放蒋",从而结成抗日统一战线,最后把蒋介石赶到了台湾孤岛;规划了先放弃延安,然后又收复延安,并最终夺取全国胜利的伟大解放战争——这一切,都是毛泽东思想的组成部分,都应被继承下来并运用于四化建设的实践。党中央在四化建设的速度问题上,基于"欲速则不达"的道理和种种实际条件,实行八字方针,延缓一些重点工程,取消一些重大项目,就是寓快于慢,先慢后快,则又为我们提供了一个在和平时期正确运用否定之否定法则的范例,是毛泽东哲学思想的一个发展。让我们都拿起否定之否定这个思想利器吧——四化要求我们!

1980年11月28日

吉林日报1980.11.28

《中国哲学年鉴1982》摘录此文观点

中国人民大学《哲学研究》B.1980.3转载

某曰：

某，湘人也。籍于汨罗，长于长沙，束发就学即与麓山湘水、书院文庙、村舍田畴、虫鱼草木为伴，耳濡目染之际，幸稍被湖湘文化之薰陶焉。甫弱冠，负笈京华，就读于北京师大历史系，懵懂学子由此始悟文史哲相融之妙道也。1968年岁末毕业离校，"四个面向"，飘蓬千里，落户于吉林省延边汪清林业局。五年蹉跎磨砺，得窥白山黑水之粗犷沉雄博大。黑土地文化与湖湘文化之基因兼容并蓄，得以裨益一生。1974年调入延边日报，开新闻职业生涯之先河。1978年上调吉林日报，从编辑、记者做起，直至报社主管，且兼省新闻工作者协会主席，后复兼任吉林省委宣传部副部长。系中共吉林省委第六、七届委员，省文联第五、六届副主席，省作协第五、六届理事及第七届副主席。深荷时代知遇之恩，自当竭诚以报，乃全力以赴和同仁打理报社编务、行政、经营诸项业务，组建吉林日报报业集团，在前任基础上谋改革创新，力求为此后报社可持续发展打下一定基础。而绘事由此搁置二十余年矣。

工作之余，不弃旧好，于文艺理论、评论、美学、哲学等诸多社会学科之兴趣与探究未尝少息，尤孜孜于新闻实践及散文、杂文、小说创作之尝试。有多部小册子和论文问世，多次获省哲学社会科学奖和长白山文艺奖之一等奖、优秀奖、省世纪艺术金奖及中央各部委及国家、国际若干奖项，并获国务院特殊津贴待遇及国家有突出贡献专家称号。

长年之文化积淀，使潜藏心底少年时代之绘画欲求得以实现。1989年一个偶然机会重拾画笔，画思泉涌，乃至一发不可收。期间，与许、郭二兄以画马结缘，遂有"关东三马"之行焉。2002年兼任吉林省政协常委、文教卫委员会主任，当选吉林省美协主席、中国美协理事。2008年省政协换届，未几，被聘为吉林省政府文史研究馆馆员至今。

　　如是，乃有《米萝文存》存焉。即或不入时人眼，亦聊证此番人世游也。